डॉ. कविता सुरभि

डॉ. कविता सुरभि आज के दौर के सबसे प्रसिद्ध, सबसे उत्कृष्ट और सबसे सक्रिय कथाकार नरेन्द्र कोहली के व्यक्तित्व और कृतित्व की विशेषज्ञ हैं। नरेन्द्र कोहली की लोकप्रिय उपन्यास-शृंखला 'तोड़ो कार तोड़ो' की संवेदना और शिल्प पर दिल्ली विश्वविद्यालय से एम.फिल. और बाद में वहीं से उनके उपन्यासों में पौराणिकता और आधुनिकता के द्वंद्व पर पी-एच.डी. करते हुए सुरभि ने उन्हें निकट से देखा और जाना है।

3 फरवरी 1984 को मुरादाबाद, उत्तर प्रदेश में जन्मीं सुरभि विभिन्न लॉ कॉलेजों में अध्यापन और उच्चस्तरीय प्रशासनिक कार्यों का अनुभव रखती हैं। श्रेष्ठ अध्यापिका पुरस्कार और प्रतिभा ज्योति राष्ट्रीय पुरस्कार आदि से सम्मानित सुरभि हिंदी में पी-एच.डी. होने के अतिरिक्त कानून में एल.एल.एम. भी हैं। विभिन्न पत्र-पत्रिकाओं में नियमित रूप से छपती रहने वाली सुरभि के एम.फिल. और पी-एच.डी. के शोधग्रंथों के अतिरिक्त 'डॉ. सिद्धार्थ' नामक एक उपन्यास और 'विधि भाषा, विधि की शब्दावली और विधि लेखन' नामक पुस्तक भी प्रकाशित हो चुकी है, जिसका अन्य भारतीय भाषाओं में अनुवाद होने की भी प्रक्रिया चल रही है।

यह उपन्यास डॉ. नरेन्द्र कोहली के आदर्श जीवन के विभिन्न प्रेरक पहलुओं पर प्रकाश डालते हुए लेखिका के साथ-साथ पाठकों को भी जीवन में छाए गहन अँधेरे से सुनहरे उजाले की ओर ले जाता है।

तमसो मा

युगप्रवर्तक साहित्यकार नरेन्द्र कोहली के
आदर्श जीवन के विभिन्न पहलुओं को रेखांकित कर अँधेरे
से उजाले की ओर से जाने वाला प्रेरक उपन्यास

डॉ. कविता सुरभि

हिन्द पॉकेट बुक्स

हिन्द पॉकेट बुक्स
भारत की सर्वप्रथम पॉकेट बुक्स

उत्कृष्ट साहित्य का प्रतीक
सुन्दर • सुरुचिपूर्ण • सरल

तमसो मा (जीवनीपरक उपन्यास)

प्रथम संस्करण : 2015
प्रकाशक : हिन्द पॉकेट बुक्स प्राइवेट लिमिटेड
जे-40, जोरबाग लेन, नई दिल्ली-110003
टाइपसेटिंग : स्वाति त्यागी
मुद्रक : आर्टेक्सल, ए-69, सेक्टर-63, नोएडा (यू.पी.)

TAMASO MAA (Biographical Novel)
By Dr. Kavita Surabhi

ISBN 978-81-216-2034-5
15/15/01/01/10/CE/AX/AX/OP250/NP250

श्रद्धेय गुरुदेव नरेंद्र कोहली
को सादर
जिन्होंने मेरी महत्त्वाकांक्षा को
महत् आकांक्षा में बदला!

1

असंभव!

यह हो ही नहीं सकता।

इतना पागल कोई नहीं होता।

कोई अपनी लगी-लगाई नौकरी भी छोड़ता है क्या?

दामिनी बहुत व्यग्र थी, "क्या सचमुच सर नौकरी से स्वैच्छिक अवकाश ले रहे हैं?"

इससे बढ़कर दुखदायी समाचार और क्या होता। अपने भव्य व्यक्तित्व, विनम्रता और हंसमुख व्यवहार के कारण वे सारे विद्यार्थियों में कितने लोकप्रिय थे! उनका पढ़ाना अर्थात काल स्तब्ध। पीरियड गुज़रने का पता ही नहीं चलता था। विद्यार्थियों को तो था ही, डॉ. नरेन्द्र को भी अपने विद्यार्थियों से कम प्रेम नहीं था। साहित्य के अध्यापक के रूप में साहित्य के विद्वान तो बहुत मिलते हैं; किंतु सर्जक साहित्यकार कहां मिलता है!...

दामिनी स्कूल के दिनों से ही उनकी कहानियां, उपन्यास, नाटक आदि पढ़ा करती थी। बिना जाने ही कि उसके अपने मन में भी कुछ लिखने की विकट आकांक्षा थी, उनकी पुस्तकें पढ़कर वह वैसा ही कुछ लिखने का प्रयत्न करती थी।...

तब वे उसके लिए केवल एक 'नाम' थे। उनकी पुस्तकों पर छपे परिचय से ही ज्ञात हुआ था कि वे एक कॉलेज में अध्यापक थे। पगलाया मन सोचा करता था, वह उनके समान लिख नहीं सकती, उनसे पढ़ तो सकती है। और उसकी आत्मा थी कि लपककर, कुलांचें मारती हुई, उनके कॉलेज तक पहुंच जाना चाहती थी।... पहुंच भी गई। परेशानी क्या थी। स्कूल के पश्चात उस कॉलेज में नाम लिखा लिया, जहां वे पढ़ाते थे। कॉलेज में पढ़ाते थे तो समय आने पर उसकी कक्षा को भी पढ़ाएंगे ही।

वे प्रथम वर्ष की कोई कक्षा नहीं लेते थे; किंतु उसके कितने निकट थे। बरामदे में आसपास से गुज़रते हुए, अगल-बगल के कमरों में पढ़ाते हुए, विभागीय उत्सवों में बोलते हुए, वह उन्हें देख और सुन सकती थी। उनकी टिप्पणियों को देख-सुनकर, उसकी आत्मा निरंतर हिचकोले खाती रहती थी।

फिर वह अपनी आत्मा को रोक नहीं सकी। सड़क की लाल बत्ती तक तो उसकी आत्मा को रोक नहीं सकी थी। कॉलेज की कक्षाएं और सेक्शन क्या करते... एक दिन अपनी लिखी एक कहानी उन्हें थमा ही दी, "सर, आप यह कहानी देख लेंगे?"

"दो-तीन दिन बाद मिलना।" उन्होंने निर्विकार भाव से कहानी थाम ली।

दूसरे दिन से ही दामिनी उनके आसपास मंडराने लगी, जैसे गली के लुच्चे कच्ची उम्र की लड़कियों के आसपास मंडराते हैं।

"क्यों मंडराती है?" आत्मा ने पूछा भी, "कहीं कोई रोमांस का चक्कर तो नहीं?"

"धत पगली।" "तो?" "शायद उन्होंने मेरी कहानी पढ़ ली हो।..."

कहती कुछ नहीं। बस सामने से आकर नमस्ते कर जाती। अपना चेहरा दिखा जाती।... शायद वे उसे बुलाकर उसकी और उसकी कहानी की प्रशंसा करना चाहें।... तो वह उनको निराश क्यों करे...

उनको तो अवसर दे रही थी कि वे उसे बुला लें; किंतु स्वयं उन्हें बुलाने का साहस कभी नहीं कर पाई।

मस्तिष्क ने मन को डांटा, 'उन्हें और कोई काम नहीं है क्या कि तुम्हारी कहानी लेते ही पढ़ने बैठ गए होंगे? यदि पढ़ भी ली हो और उन्हें अच्छी न लगी हो तो...? बुलाकर क्या कहेंगे, 'अरी ओ खराब कहानियां लिखने वाली लड़की! आ बैठ और अपनी निन्दा सुन।'

चौथे-पांचवें दिन उसे उनका संदेश मिला, "दामिनी से कहो, आकर अपनी कहानी ले जाए।"

कहां तो वह इतनी उत्सुक थी, उनसे पूछने के लिए; और कहां संदेश पाकर जान निकल गई। लगा, वह तो बरामदे के एक छोर पर खड़ी है और उसकी आत्मा उसका शरीर छोड़कर बरामदे के दूसरे छोर पर जा खड़ी हुई है... डांट पड़े तो दामिनी को पड़े, आत्मा को न पड़े।

भगवान जाने, स्वभाव कैसा है। कठोर हैं या सेमल की रूई हैं। डांटेंगे तो नहीं? अध्यापक हैं तो डांटते ही होंगे। अध्यापक का काम क्या है—डांटना। डांटने का ही तो वेतन मिलता है अध्यापकों को!... ठीक है, वे उसे अच्छे लगते हैं। जाड़े में सूर्य का ताप किसे अच्छा नहीं लगता; किंतु कोई सूर्य के सम्मुख बैठकर तपना तो नहीं चाहता।... वह उनके विषय में इतना कम जानती थी।... ओह! कैसी मुसीबत मोल ली।

मन में आशंकाओं का बवंडर लिए वह स्टाफ-रूम की ओर चली। श्मशानी कविता की शैली में कहें तो वह कंधे पर अपनी सलीब लेकर चल रही थी। द्वार तक जाकर भी लौट आई। कौन सलीब पर लटककर अपने शरीर में कील ठुकवाए!

"लेखिका बनना है या नहीं?" आत्मा ने पूछा।

"बनना तो है।"

"तो चल, फिर चढ़ जा सूली पर।"

वह सूली चढ़ गई। हिम्मत कर, उनके सामने जा खड़ी हुई। उनके निकट खड़े होने मात्र से उसे पसीना आ गया। सारा पर्फ्यूम धुल गया।

"सर, मेरी कहानी..."

"तुम दामिनी हो?"

"हां सर।"

"बैठो।"

बैठ गई, उनकी साथ वाली कुर्सी पर। आत्मा मुस्कराई, "तू तो चरणों में बैठने वाली थी।"

"चुप बेशरम। अब यहां स्टाफ-रूम में फर्श पर बैठी अच्छी लगूंगी क्या?" उसने आत्मा को झिड़क दिया—हर समय आकर कंधे पर बैठ जाती है। शोरमचावन कौए के समान कांव-कांव करने लगती है। कंधा न हुआ, विरहिणी की मुंडेर हो गई।

"मैंने तुम्हारी कहानी पढ़ ली है। यह तो अच्छी है ही, पर तुम्हारी इच्छा हो तो तुम और अच्छा लिख सकती हो।" वे बोले, "अच्छे लेखकों की रचनाएं पढ़ा करो। तुम्हारा शब्द ज्ञान और कल्पना-शक्ति बढ़ेगी, प्रतिभा का विकास होगा।"

इसके पश्चात डॉ. नरेन्द्र ने उसकी कहानी की कमियां बताईं। यदि उन्होंने पहले ही उसकी पीठ ठोककर आश्वस्त न कर दिया होता तो कहानी की इतनी त्रुटियां सुनकर उसके कंधे पर पालतू कौए के समान बैठी आत्मा उड़ गई होती और वह कहानी के चिथड़े-चिथड़े कर पैर पटकती हुई स्टाफ-रूम से लौट आई होती। किंतु अब उसे लग रहा था, कोई उसकी निंदा नहीं कर रहा, वरन उसके लिए उत्कृष्ट लेखन के संभावित द्वार खोल रहा था। आत्मा पर मानों सावन की घटाएं झूमने लगीं।

आत्मा इतनी प्रभावित हुई कि आश्चर्य से आंखें फाड़ उन्हें देखती ही रह गई।... क्या ये ही डॉ. नरेन्द्र हैं, जिनका नाम साहित्य जगत में हर व्यक्ति जानता है? इनके भय से तो आत्मा जाने कितनी बार कॉलेज की छत से छलांगें लगाकर आत्महत्या कर चुकी थी। पर आत्मा मरती थोड़े ही है। वह भी नहीं मरी। अब उनके गुणों के विषय में सोच-सोचकर मरी जा रही है।... उनके स्नेह से छलकते बोल और स्नेह भरी दृष्टि बता रही थी कि कॉलेज के ये तीन वर्ष अत्यंत सुखद और अविस्मरणीय होने वाले हैं।

ये सारे विद्यार्थी उनसे फेवीकोल लगाकर क्यों चिपक गए हैं। जिसे देखो, उनसे प्यार जता रहा है। किसी को अपनी लिखी कहानी के लिए मार्ग-दर्शन चाहिए था; किसी को छपने का रहस्य जानना था; किसी को कविता की कुछ पंक्तियों का अर्थ समझना था; किसी को अपना टूटोरियल जंचवाना था। सब बहानेबाजी थी, उनको घेरे रखने की—क्यों घेरे रहते हैं सब लोग। कालेज में और अध्यापक भी तो हैं, सबको डॉ. नरेन्द्र से ही क्यों चिपकना होता है। दामिनी को उनसे बात करनी थी, पर इस मेले में क्या बात होगी।

आत्मा सोचती, कितने अध्यापकों से संपर्क हुआ है; पर डॉ. नरेन्द्र सबसे भिन्न हैं। विज्ञापन की भाषा में सोचती तो कहती - एक्लूसिव! अच्छे बनने की शिक्षा तो सभी देते हैं, पर क्या वे स्वयं अपनी दी हुई शिक्षा के अनुरूप चलते हैं? गुड़ छोड़ने को तो सब कहते हैं किंतु स्वयं गुड़ छोड़ते हैं क्या?

* * * * * *

प्रेषिता ने कॉलेज की क्यारी से गुलाब का एक फूल तोड़ लिया था।

"इसे डॉ. नरेन्द्र को देंगे।"

"किसी पुरुष को गुलाब का फूल देने का अर्थ समझती है न?"

"समझती हूं, पर तू मंदिर में भगवान की प्रतिमा के चरणों में पुष्प अर्पित करने का अर्थ समझती है न?"

"समझती हूं।"

दोनों बड़ी प्रसन्न! पहुंचीं उनके पास।

"सर! आपके लिए।"

डॉ. नरेन्द्र ने हाथ नहीं बढ़ाया।

"कॉलेज की क्यारी से तोड़ा है?"

"हां सर! बस आपके लिए।"

"यह फूल तुम्हारा था क्या?"

"नहीं सर, कॉलेज का था। पर कॉलेज भी तो हमारा ही है।" चंचल प्रेषिता इठलाई।

"कॉलेज हमारा है, पर सामूहिक रूप से।" वे बोले, "वह हमारी व्यक्तिगत संपत्ति नहीं है।"

"तो सर?"

"समूह की संपत्ति को व्यक्ति ने अपने लिए हथिया लिया," वे बोले, "वहीं से चोरी का आरंभ होता है।"

प्रेषिता की सारी चंचलता हवा हो गई। पानी-पानी हो गई बेचारी। धरती फट जाती...

वे चले गए।

"तौबा मेरी तौबा।" प्रेषिता ने अपने गाल थपथपाए, "अब तो अपने बाग से भी फूल नहीं तोड़ूंगी।"

* * * * * *

वे पानी पीने कूलर की ओर जा रही थीं। अकस्मात प्रेषिता के पैरों से कोई चीज टकराई। देखा—एक सुंदर सा लैटरपैड था। उसमें एक ताजा गुलाब महक रहा था। शायद किसी का उपहार गिर गया था। प्रेषिता ने उसे उठा लिया।

"लैटरपैड अच्छा है न दामिनी?"

"अच्छा तो है।"

"चाहिए?" उसके चेहरे पर शरारत भरी मुस्कान थी।

"जो चीज मेरी नहीं है, उसे मैं नहीं लेती।"

"अच्छा!" उन्मुक्त भाव से हंस दी प्रेषिता, "आओ, ऑफिस में चलते हैं।"

उसने वह पैड जमा करा दिया और गुलाब की तरफ देखकर कहा, "इसे रख लें।" हमें मैदान में पड़ा हुआ मिला है। कोई पूछने आए तो उसे दे दें।

दामिनी आश्चर्य से उसे देखती रह गई: यह लड़की तो बदल गई। किसने बदल दिया?...

"जो चीज मेरी नहीं, उस पर मेरा क्या अधिकार।"

"तो मुझसे लेने के लिए क्यों पूछा था?"

"परख रही थी।" वह खिलखिला पड़ी।

"प्रेषिता, सारे मनुष्य डॉ. नरेन्द्र जैसे क्यों नहीं होते?"

"डॉ. नरेन्द्र से पूछकर बताऊंगी।"

दोनों हंस पड़ी थीं।

* * * * * *

नवागत विद्यार्थियों के लिए स्वागत-समारोह था, ग्यारह बजे से! साढ़े ग्यारह बज गए; परंतु समारोह आरंभ नहीं हुआ।

"तुम्हारा कार्यक्रम कब आरंभ होगा?" आखिर डॉ. नरेन्द्र को कहना ही पड़ा।

"सर, बस अभी थोड़ी देर में शुरू कर रहे हैं।"

"समय का पालन क्यों नहीं करते तुम लोग?"

"सर, इंडियन स्टैंडर्ड टाइम।" मैत्रेयी खिलखिलाकर बोली।

"गलत परंपराओं को बढ़ावा तुम दो, कार्यक्रम में विलंब तुम करो और कलंकित करो सारे देश को। अपना दोष क्यों स्वीकार नहीं करते?"

मैत्रेयी चुप! शेष लोग सन्न!

"देश के सम्मान के साथ मज़ाक नहीं करते।" डॉ. नरेन्द्र ने प्यार से कहा।

वे पहला पीरियड लेते थे—प्रातः नौ बजे। ठीक नौ बजे कक्षा में उपस्थित होते थे। इधर यूनिवर्सिटी स्पेशल हो या सिटी बस—विद्यार्थियों को देर हो ही जाती थी।

कुछ दिन तो वे देखते रहे। फिर बोले, "हमारे देश की प्राचीन परंपरा थी कि शिष्य बैठे होते थे। तब गुरु आते थे। शिष्य खड़े होकर उनका स्वागत करते थे। उन्हें प्रणाम करते थे। अब हम आधुनिक हो गए हैं। गुरु

पहले से आकर बैठ जाते हैं। खिड़कियां दरवाज़े खोलते हैं। मेज़ कुर्सियां झाड़ते हैं। तब शिष्य पधारते हैं। गुरु उठकर उनका स्वागत करते हैं। उनका धन्यवाद करते हैं कि वे कक्षा में आए तो। न आते तो गुरु क्या कर लेते।"

अगले दिन स्वयं डॉ. नरेन्द्र चकित!

"वाह! वाह! क्या बात है, आज तो तुममें से एक भी विलंब से नहीं आया। भारत की प्राचीन परंपरा सीख रहे हो तुम लोग।"

* * * * * *

परीक्षा फल निकला था। डॉ. नरेन्द्र प्रत्येक विद्यार्थी के प्राप्त अंक पूछ रहे थे।

"निष्ठा, अंक कैसे हैं?"

"सर, अच्छे हैं। बासठ प्रतिशत हैं।" निष्ठा बोली।

"अच्छे कहां हैं। कम से कम पैंसठ प्रतिशत होने चाहिए थे।" वे बोले, "इतना आत्मतोष भी अच्छा नहीं कि महत्वाकांक्षाओं का अस्तित्व ही न रहे।"

निष्ठा मौन। वह कम में ही संतुष्ट थी; किंतु डॉ. नरेन्द्र नहीं। उनकी अपेक्षा और अधिक की थी। अंक कम ही थे। उसे और श्रम करना चाहिए।

* * * * * *

आज रह-रहकर पिछली बातें याद आ रही थीं।

"सर हिंदी का प्रचार-प्रसार करते समय लोग अंग्रेज़ी के बहिष्कार की बात करते हैं। क्या यह उचित है? इससे तो हमारा भविष्य प्रभावित होगा। अंग्रेज़ी नहीं आएगी तो लोग हमें अनपढ़ मानेंगे।"

"विभिन्न भाषाओं का ज्ञान प्राप्त करना अनुचित नहीं है।" उन्होंने कहा था, "मात्र हिंदी के विद्वान बनकर तो हम कूपमंडूक बन जाएंगे। विरोध अंग्रेज़ी-ग्रहण का नहीं, हिंदी के त्याग का होना चाहिए।"

वे बोलते तो अपनी भाषा को दूसरी भाषाओं के शब्दों के मिश्रण से दूषित नहीं करते थे। डॉ. अग्रवाल भी प्रायः हिंदी में पूर्ण दक्षता प्राप्त करने का उपदेश देते थे।

किंतु उस दिन तृप्ति ने डॉ. अग्रवाल से कहा, "सर, इस चैप्टर में इस पद्य को छोड़कर अन्य कोई इतना डिफिकल्ट नहीं है।"

"तृप्ति, कितनी भ्रष्ट हिंदी बोल रही हो तुम!" अनायास संदीप के मुंह से निकल गया था।

"कोई बात नहीं," डॉ. अग्रवाल बोले, "यहां नरेन्द्र साहब नहीं हैं।"

"तो?" दामिनी लड़ने लड़ने को हो गई थी।

"इनसे पूछ, हमें भाषा सिखाने आए हैं, या हमारी भाषा बिगाड़ने।" आत्मा ने दामिनी के कान में कहा।

डॉ. अग्रवाल मौन रह गए, नहीं तो वह पूछ ही बैठती।

उनसे यह सब नहीं पूछा तो फिर कभी कुछ और भी नहीं पूछा। वस्तुतः डॉ. अग्रवाल के प्रति उसके मन में कोई श्रद्धा ही नहीं रह गई थी। जो व्यक्ति डॉ. नरेन्द्र का सम्मान नहीं करता वह स्वयं भी सम्मान योग्य नहीं है।

* * * * * *

वे बस में बैठी थीं। थोड़ी भीड़ थी। एक थका हुआ प्रौढ़ व्यक्ति, बस में चढ़ा। बेचारा गिरता-गिरता बचा। उसने स्वयं को संभालकर इधर-उधर देखा। कोई सीट खाली नहीं थी।

"कितना थका हुआ है। ढंग से खड़ा भी नहीं हो पा रहा।" प्रेषिता ने कहा।

दो प्रौढ़ाएं चढ़ीं। झटका लगते ही वे गिरने को हो जातीं।

"प्रेषिता, सीट खाली कर देते हैं।"

"पागल हुई हो क्या? अभी इतनी दूर जाना है। भीड़ बढ़ती जाएगी।"

"तो क्या हुआ। हम खड़ी तो हो सकती हैं। वे तो खड़ी भी नहीं हो पा रहीं।"

"और लोग भी तो हैं। वे भी तो सीट छोड़ सकते हैं।"

"मन नहीं मान रहा।"

दोनों खिड़की के बाहर का दृश्य देखने लगीं। पर आंखें बार-बार उस प्रौढ़ और दोनों प्रौढ़ाओं को देखने पर मजबूर हो जातीं।

अंततः वे दोनों किसी मूक समझौते के अंतर्गत उठ खड़ी हुईं, "आइए, आप यहां बैठ जाइए।"

उन दो सीटों पर वे तीनों आगे-पीछे होकर बैठ गए।

उनके चेहरे पर फैली हुई मुस्कान को दामिनी और प्रेषिता दोनों ने देखा।

बढ़ती हुई भीड़ के कारण परेशानी तो होनी थी। वह हुई। कोई धक्का दे जाता, कोई पैर कुचल जाता। जब वे अपने स्टॉप पर उतरीं तो दामिनी ने पूछा, "हमने कुछ गलत तो नहीं किया?"

"एकदम नहीं।" प्रेषिता बोली, "मैंने कहीं पढ़ा था कि साम्यवादी रूस में तो युवा लोगों को सीट खाली होने पर भी बैठने का अधिकार नहीं था। स्वयं कष्ट उठाए बिना दूसरों को सुख कैसे दिया जा सकता है।"

"रोज तो मैं बस में बैठी बैठी भी थक जाती हूं।" प्रेषिता ने कहा, "आज तो मुझ में अतिरिक्त ऊर्जा भरी हुई है।"

"आज तक हम इस अनजानी खुशी से वंचित रहे।" दामिनी ने कहा, "हर कोई इस विलक्षण सुख को प्राप्त क्यों नहीं करता?"

"हर कोई डॉ. नरेन्द्र के संपर्क में जो नहीं आता।"

* * * * * *

परीक्षा आरंभ होने वाली थी।

डॉ. नंदन वर्ष भर तो कक्षा में आए नहीं थे। अब आए और बोले, "लिखो, लिखो। जो प्रश्न परीक्षा में आएंगे। वे सब लिख लो।"

जो कुछ वे बोले, विद्यार्थियों ने अक्षर-अक्षर लिख लिया। इससे अच्छा अवसर और क्या मिलेगा। पूरा का पूरा पर्चा ही लिखा रहे थे।

"इन प्रश्नों के अतिरिक्त और कुछ भी तैयार करने में समय नष्ट मत करना।" वे बोले, "इन प्रश्नों के अलावा शायद ही कोई अन्य प्रश्न परीक्षा में आए।"

सारी कक्षा प्रसन्न! भिक्षुक को कुबेर का खजाना जो मिल गया था।

परीक्षा आरंभ हुई।

प्रश्नपत्र पर नजर डाली तो पैरों तले से धरती खिसक गई। केवल दो ही प्रश्न कुछ परिचित थे। शेष सब कुछ अनजान—न पढ़ा न सुना। अब डॉ. नंदन के दर्शन कहां होते! अपनी बुद्धि से जो जैसा लिख सकता था, लिख आया।

आस्था का पर्चा एकदम ही मटियामेट हो गया था। बहुत रोई बेचारी। कुछ संभली तो सोचा कि अगले पर्चे की सुध ले। अगला पर्चा अभी चार दिन दूर था। वह डॉ. नरेन्द्र का पर्चा था।

आस्था ने डॉ. नरेन्द्र को फोन मिलाया, "सर, नमस्ते।"

"नमस्ते। तुम लोगों का पर्चा कैसा हुआ?"

"अच्छा नहीं हुआ सर। सर, कुछ महत्वपूर्ण प्रश्न बता दीजिए।"

"वर्ष भर क्या किया है मैंने? महत्वहीन चीज़ें नहीं पढ़ाईं जो आज महत्वपूर्ण पूछ रही हो। सब कुछ पढ़ो। जो कुछ पढ़ाया है, सब महत्वपूर्ण है।"

उत्तर सुनकर आस्था को फिर से रुलाई आ गई। अब सिरे से सब कुछ पढ़ना होगा।

द्वितीय प्रश्नपत्र आरंभ हुआ।

डॉ. नरेन्द्र ने तो कुछ महत्वपूर्ण बताया ही नहीं था। सारे विद्यार्थी सब कुछ तैयार करके आए थे। सब कुछ परिचित था। सब आता था। सबका पर्चा प्रायः अच्छा ही हुआ।...

* * * * * *

"सर," विद्यार्थियों ने डॉ. नरेन्द्र को घेर लिया, "आप कॉलेज क्यों छोड़ रहे हैं?"

"अभी तो आपकी दस वर्षों की नौकरी और है।" दामिनी ने कहा।

"लिखना चाहता हूं। नौकरी अब संबल नहीं, बंधन हो रही है।"

"सर, हमारी पढ़ाई का क्या होगा?"

"अन्य अध्यापक हैं न! कोई न कोई तो तुम्हारी क्लास लेगा ही। निराश क्यों हो? मन लगाओ। पढ़ाई हो जाएगी।"

"सर, आप एक वर्ष और रुक नहीं सकते? हमारा थर्ड ईयर हो जाएगा।"

वे हंसे, "तुम्हारे बाद कोई दूसरा बैच आएगा। आज तुम रोक रहे हो, अगले वर्ष वे रोकेंगे। यह तो अनन्त प्रवाह है जो कभी थमेगा नहीं।"

"सर, आपके बिना हम पढ़ नहीं पाएंगे।"

"पढ़ लोगे। किसी के बिना संसार का कोई काम नहीं रुकता। मैं तो बहुत पहले ही नौकरी छोड़ देता, किंतु परिस्थितियां अनुकूल नहीं थीं।" वे बोले, "अब नहीं रुक सकता। करने को काम बहुत है और समय बहुत कम है।"

"सर, पहले क्यों रुकना पड़ा?" दामिनी की जिज्ञासा छलककर बाहर आ गई।

"आजीविका के लिए। अब परिवार के लिए मेरी नौकरी आवश्यक नहीं है।" वे बोले।

"सर, आप सप्ताह में मात्र एक घंटे के लिए आ जाया कीजिए।" निष्ठा ने अनुरोध किया।

"एक घंटा! सारा दिन निकल जाता है। या शायद उससे भी अधिक।"

"कैसे सर? एक घंटा एक दिन से भी अधिक कैसे हो सकता है?" दामिनी ने तर्क किया, "ऐसे तो सारा गणित झूठा पड़ जाएगा। आप हमें इतना बुद्धू क्यों मानते हैं सर?"

वे हंसे, "तुम लोग बुद्धू नहीं हो सकते; किंतु मन लिखने में रमा हुआ हो, और तन पढ़ाने में लगा दूं तो न तुम्हारे साथ न्याय होगा, न विषय के साथ। लिखा तो जाएगा ही नहीं।" वे कुछ रुककर बोले, "कोई सहायता चाहिए हो, तो मुझसे संपर्क करना। मैं कॉलेज नहीं आऊंगा; किंतु तुम लोग मेरे पास आ सकते हो।"

"सर, आपको मालूम है कि हम आपसे ही पढ़ना चाहते हैं," दामिनी बोली, "आपके पढ़ाने में ही हमारा मन रमता है।"

वे मुस्कराए, "मालूम है। तभी तो पढ़ाता हूं। तुम्हारा लाभ न हो तो मेरे पढ़ाने का अर्थ ही क्या है।"

"तो फिर आप इतने स्वार्थी क्यों हो रहे हैं सर?" दामिनी का दुस्साहस फन काढ़कर खड़ा हो गया, "हमारी हानि करके आप अपने लाभ की सोच रहे हैं।"

आरोप गंभीर था। उनके चेहरे पर मुस्कान नहीं थी, एक हल्की सी वेदना उभर आई थी, "मैं अपने विकास के मार्ग में आए प्रलोभनों का मोह छोड़कर, अपने वास्तविक लक्ष्य की ओर बढ़ने का प्रयत्न कर रहा हूं।"

"आपका विकास?" निष्ठा भी कुछ धृष्ट हो चुकी थी, "आपका इतना तो विकास हो चुका है। ज्ञान, धन, यश, ख्याति, सम्मान सब कुछ तो आपको मिल रहा है, सर।"

वे रुष्ट नहीं हुए। बोले, "एक प्रकार से तुम ठीक ही कह रही हो। किंतु विकास का अंत यहीं तो नहीं है। विकास का अर्थ ही है कि जब इन सब तथाकथित उपलब्धियों की व्यर्थता का बोध हो जाए।" वे मुस्कराए, "मेरी एकाग्रता, मेरा ध्यान, मेरी समाधि, सब कुछ मेरा लेखन है। वह मेरा स्वधर्म है। मुझे उसी में लीन होना है। वह सुख है। शेष सब कुछ विघ्न-स्वरूप है।"

सब शांति से सुनते रहे। दामिनी की उच्छृंखल आत्मा भी नहीं कुसकी। किसी के भी पास न इन सूचनाओं का कोई तोड़ था, न तर्कों का कोई उत्तर। बस, वियोग की वेदना भर थी।

दामिनी को अनायास स्वामी विवेकानंद की याद हो आई। उनके परिवार और निकट बंधुओं की ओर से जब उनसे विवाह करने का आग्रह किया गया तो उन्होंने कहा था, 'मुझे पत्नी नहीं, ईश्वर चाहिए।' उसी ईश्वर को प्राप्त करने के लिए उनके गुरु रामकृष्ण परमहंस ने उन्हें अपने पास बुलाया, तो चाहकर भी वे नहीं जा सके। परिवार की परिस्थितियां ऐसी नहीं थीं कि वे घर छोड़कर जा सकते। पिता का देहांत हो चुका था और परिवार में पेट भरने को अन्न भी नहीं था। ईश्वर को पाने की आकांक्षा मन में रही और विवेकानंद परिवार में रहे। किंतु परिवार के लिए मोटे अन्न और वस्त्र की व्यवस्था होते ही, वे सांसारिकता में एक क्षण भी नहीं रुके। गुरु के पास चले गए। उनका लक्ष्य ईश्वर था। घर-परिवार नहीं, सुख-समृद्धि नहीं।

डॉ. नरेन्द्र का ईश्वर उनका लेखन था; या लेखन से उन्हें अपना ईश्वर प्राप्त करना था। कुछ भी हो, उनका लक्ष्य उन्हें पुकार रहा था। मार्ग में अटकाने वाली बाधाएं समाप्त हो गई थीं। कॉलेज की यह नौकरी उनका लक्ष्य नहीं था।

2

घंटी बजी और डॉ. खुराना कक्षा छोड़कर चले गए। अनुशासन समाप्त हो गया। कक्षा में स्वच्छंदता पसर गई। दामिनी अपने स्थान से उठी और अध्यापक की कुर्सी पर जा बैठी।

"अभी से इस पर बैठने का अभ्यास कर रही हो!" मैत्रेयी मुस्कराई।

"दामिनी," क्षितिज बोला, "तुम अध्यापक बनीं और तुम्हें भी अपने ही समान उच्छृंखल विद्यार्थी मिले तो?"

दामिनी ने आश्चर्य से क्षितिज की ओर देखा... क्या कहना चाह रहा है वह? और इसके स्वर में इतनी पीड़ा क्यों है?

"अभी खुराना सर के पीरियड में तुम कितनी शरारत कर रही थीं," अक्षिता ने हस्तक्षेप किया। उसके चेहरे पर एक शिथिल मुसकान और आंखों में उसके प्रति शिकायत थी, "कभी पैन से खेल रही थीं, कभी पुस्तक के पृष्ठ पर पृष्ठ पलट रही थीं। बीच-बीच में अनगिनत प्रश्न पूछ रही थीं; और आंखें बाहर मैदान में खेलते लड़कों पर लगी थीं।"

"समझ न आए तो पूछना चाहिए!" दामिनी सहज भाव से बोली, "आंखें उनके चेहरे पर नहीं थीं तो क्या! ध्यान तो उनकी बातों में ही था न। तुम लोगों की भांति अध्यापकों के चेहरे ताकती रहूंगी तो सुन कैसे पाऊंगी।"

"अच्छा," दिव्यांशी व्यंग्य से मुस्कराई, "डॉ. नरेन्द्र पढ़ाते थे, तो तुम्हारी दृष्टि उनके चेहरे पर टंगी रहती थी।"

दामिनी ने चौंककर उसकी ओर देखा... यह उसकी शिकायत है या डॉ. नरेन्द्र की प्रशंसा?

क्यों आज सभी उस पर टूट पड़े थे! संभवतः उसके व्यवहार से बहुत दिनों से परेशान थे। इन दिनों अपने मन को वह स्वयं भी समझ नहीं पा रही थी। आखिर किस दुख, किस निराशा ने उसमें इतनी उदासीनता भर दी है? अब तो इन सबके क्षोभ का भी कोई अर्थ नहीं रह गया।

चेहरा घुमाकर वह अन्यत्र देखने लगी।

"तुझे याद है," मैत्रेयी ने जैसे स्थिति को कुछ सहज बनाने के लिए कहा, "डॉ. नरेन्द्र प्रेमचंद पढ़ा रहे थे और बाहर खिड़की से सटकर खड़े लड़के शोर मचा रहे थे। उनका ध्यान बंट गया। कुर्सी से उठकर, खिड़की के पास आकर उन्होंने उन लड़कों को वहां से जाने को कहा। लौटकर जब पुनः पढ़ाना आरंभ किया तो सूत्र जोड़ने के लिए वे क्षण-भर के लिए रुक गए। तुमने झट से उनका कहा हुआ अंतिम वाक्य दुहरा दिया था, 'प्रेमचंद की सहानुभूति इतनी व्यापक थी कि'..."

"अरे यह उनका बोला हुआ अक्षर-अक्षर चुगती थी।"

"उसी दिन लगा था कि यह उनका चेहरा ही नहीं देखती, उनके कहे को ध्यान से सुनती और समझती भी है।"

"वह एकाग्रता और उद्यम तो डॉ. नरेन्द्र के लिए थे।" अक्षिता ने रुष्ट होकर उसे देखा, "अब या तो कक्षा में आती नहीं; आती है तो अपनी धमा-चौकड़ी और विरोध से अध्यापकों को परेशान करती है।"

वह अवाक बैठी सुन रही थी। हां, इन दिनों उसके मन में इस समग्र परिवेश के प्रति एक ऊब, एक खीज है, जो उसे कहीं भी टिकने नहीं दे रही।

वह उठकर बाहर आ गई। बरामदे में टहलना भी कठिन हो रहा था।

'क्यों उसका मन कॉलेज से इतना विरक्त हो गया है!' उसने कई बार अपने-आपसे पूछा था,... 'दूषित वातावरण के कारण? या, डॉ. नरेन्द्र के कॉलेज से चले जाने के कारण?' जाने क्या कारण था। उसके मन

में विचित्र सी बेचैनी है। एक शून्य। रिक्ति... ध्यान कहीं लगता नहीं। स्वयं को भुलाकर वह पढ़ाई या अन्य गतिविधियों में डूबने की भरपूर चेष्टा कर रही है; परंतु मन जैसे बार-बार लौटकर कहीं खोना चाहता है। एक धुंधली सी छवि प्रायः आंखों के सामने आ जाती है। आंखें अंधी और कान बहरे हो जाते हैं। न स्वयं पढ़ा जाता है, न किसी अन्य अध्यापक का व्याख्यान सहन होता है। कभी मन-मस्तिष्क पर जड़ता छा जाती है, कभी वितृष्णा और हिंसा जाग उठती है। विध्वंस! तोड़-फोड़! विनाश! हर किसी से मन रूठा रहता है। आत्मा तो कहती है कि कॉलेज के इस सड़े से भवन को आग लगा दे और उसमें कूदकर आत्मदाह कर ले... पर आत्महत्या अपराध है—सर ने कहा था।

उसने देखा है कि उसकी इस उपेक्षा से अन्य अध्यापक उससे रुष्ट हैं। पर क्या करे वह उनके रोष का! वह तो स्वयं उनसे रुष्ट है। क्यों आते हैं वे कक्षा में पढ़ाने? नहीं पढ़ना है उसे उनसे।

अभी-अभी डॉ. खुराना पढ़ाकर गए हैं। यहां नौकरी करते हैं और बाहर जमीन-जायदाद बेचने का व्यवसाय करते हैं। पीएच. डी. सूफी काव्य में की; और पढ़ाते हैं, आधुनिक काल। अपना विषय लेने पर भी डॉ. खुराना का ध्यान या तो किसी बिकाऊ फ्लैट में सौदे में टंगा रहता है, या किसी प्लॉट में दफन रहता है। हफ्ते में एक-आध बार ही कक्षा में प्रकट होते हैं। निराश होकर विद्यार्थियों को कुंजियों का सहारा लेना पड़ता है। एक बार उन्होंने सूफी महाकाव्य 'पद्मावत' के स्थान पर उपयोग के रूप में जयशंकर प्रसाद का 'चंद्रगुप्त मौर्य' नाटक ले लिया था। नाटक तो पढ़ाया नहीं, वर्ष भर नौटंकी करते रहे। परीक्षा में महीना भर रह गया, तब विद्यार्थियों ने डॉ. नरेन्द्र को अपनी समस्या बताई। विद्यार्थियों की दयनीय स्थिति देखकर, उन्होंने अतिरिक्त समय देकर नाटक पढ़ाया।

वह प्रथम वर्ष में आई-आई ही थी...

ऑनर्स के विद्यार्थी गौण विषयों पर वैसे भी ध्यान नहीं देते; और यदि अध्यापक कक्षा में न आएं तो परीक्षा आने तक वे उस विषय से प्रायः अछूते ही रहते हैं। डॉ. त्यागी को उनकी अंग्रेज़ी की कक्षा दी गई थी। दिन पर दिन बीतते जा रहे थे परंतु वे कक्षा में नहीं आए। विद्यालय के अनुशासित जीवन से निकलकर सीधे कॉलेज आए प्रथम वर्ष के विद्यार्थियों को अध्यापक से पढ़ने का कुछ अधिक ही शौक होता है। डॉ. त्यागी को बुलाने वह स्टाफ-रूम तक पहुंच गई। वे अपने सहयोगियों से बातें कर रहे थे।

"सर," वह बेहिचक उन तक पहुंच गई, "आपका पीरियड है।"

डॉ. त्यागी ने दृष्टि उठाकर उसे देखा। आंखों में क्रोध की चिंगारी धधक उठी। नाड़ियों का रक्त खौल उठा। "स्टाफ-रूम में आकर इस प्रकार किसी अध्यापक का अपमान करने की अनुमति तुम्हें किसने दी?" वे कड़ककर बोले, "मुझे आना होगा तो स्वयं आऊंगा। बुलाने की आवश्यकता नहीं है।"

बिना किसी अपराध के अकारण क्रोध की इस प्रचंड ज्वाला से झुलसकर उसका स्वाभिमान हाहाकार कर उठा। एक शब्द भी कहे बिना वह स्टाफ-रूम से बाहर आ गई।

डॉ. त्यागी के आहत अभिमान ने उन्हें कई महीनों तक कक्षा में नहीं आने दिया। परीक्षा से कुछ सप्ताह पहले रजिस्टर में विद्यार्थियों के नाम लिखने के लिए वे कक्षा में आए। पर तब कोई विद्यार्थी उन्हें नहीं मिला। शायद अब विद्यार्थियों को उनकी आवश्यकता नहीं रह गई थी।

उमेशचंद्र पहली बार कक्षा में आए। लगा कि नग्न पैदा हुए तो फिर आज तक वस्त्र पहन नहीं पाए। नग्नता और अश्लीलता की छायाएं उनके दाएं-बाएं चलती थीं। उन्होंने बताया कि वे हृदय रोगी हैं, ठंड सहन नहीं कर पाते इसलिए तीन-तीन या चार-चार पीरियड एक साथ लेकर जल्दी से जल्दी अपना पाठ्यक्रम पूरा करना चाहेंगे। उन्होंने हाथ की पुस्तक मेज पर रख दी और दृष्टि लड़कियों की ओर कर ली। समझ में आ गया कि वस्तुतः दिल के रोगी हैं।

"सुंदरता किसे मुग्ध नहीं करती। क्या खिले हुए पुष्प आपको आकर्षित नहीं करते? स्त्री-पुरुष का आकर्षण भी एक-दूसरे की शारीरिक सुंदरता के लिए ही होता है।"

विद्यार्थियों ने आश्चर्य से अध्यापक की ओर देखा, 'ये क्या पढ़ा रहे हैं! पढ़ाना तो भूषण कवि का देशभक्ति काव्य है।'

अनायास उनकी दृष्टि सविता की ओर चली गई। वे उसकी आंखों में देखते रहे, "अति निकट आ जाने पर मनुष्य की शारीरिक सुंदरता क्या अर्थ रखती है। परस्पर आलिंगनबद्ध स्त्री-पुरुष एक-दूसरे को देखते कब हैं।"

विद्यार्थी स्तब्ध रह गए। आंखें झुक गईं। लड़कियों की तो हिम्मत ही नहीं हुई कि पुनः कक्षा में जाएं। तीन-चार कक्षाओं में लड़कियों की लगातार अनुपस्थिति देख वे सीधे उनके पास आए, "मेरी कक्षा में आने से पहले नैतिकता का झोला कक्षा से बाहर रखकर आया कीजिए।"

"जैसे आप अपनी मर्यादा कॉलेज के बाहर गटर में डालकर आते हैं।" आत्मा ने उसके कान में कहा।

उन्होंने अपना रोष प्रकट किया, "रीतिकाल का अध्यापक हूं। प्रत्येक विषय को रोचक और सरस बनाकर पढ़ाता हूं।..."

"जैसे रोचकता तो अश्लीलता में ही होती है।" आत्मा ने चिढ़ाया।

"मैं तो समझता हूं कि वयस्क विद्यार्थियों के लिए अध्यापक मित्र के समान होता है...।"

"और मित्र तो अश्लील बातें ही करते हैं।" आत्मा पूरी कमेंट्री ही कर रही थी।

"मित्रों के बीच कोई दीवार, कोई पर्दा नहीं होना चाहिए।" वे रुके और धमकाते हुए बोले, "आप लोगों की उपस्थिति पूरी नहीं हुई, तो परीक्षा में नहीं बैठने दिया जाएगा।"

तीन-तीन, चार-चार पीरियड एक साथ लेने पर भी उमेशचंद्र दो दोहे भी पूरी तरह समाप्त नहीं करा पाए थे। उन्हें अन्य चर्चाओं से ही अवकाश नहीं मिलता था। कुछ लड़के चटखारे लेकर उन्हें सुनते थे और बाकी विद्यार्थी सिर झुकाए पुस्तक में डूब मरने का प्रयत्न करते रहते थे। भूषण कवि के देशभक्ति के दोहों को भी इतनी अश्लीलता से पढ़ाया जा सकता है, इसका ज्ञान उन्हें उमेशचंद्र से ही मिला था।

धीरे-धीरे वे चार से तीन, तीन से दो और बाद में सिर्फ एक पीरियड पढ़ाने लगे। उस एक पीरियड में भी अगर कहीं तृतीय वर्ष के विद्यार्थी दीख जाते तो वे यह कहकर कक्षा छोड़ जाते कि उनका अंतिम वर्ष है और पाठ्यक्रम काफी बचा है। उनके कक्षा न लेने से विद्यार्थियों को एक प्रकार से तो राहत ही मिलती...

"शनिवार, रविवार या किसी त्योहार के कारण होने वाली छुट्टी के दिन भी सर हमें पढ़ाते हैं।" तृतीय वर्ष की मृगया ने बताया था, "कॉलेज बंद होने के कारण कभी वे हमें लोदी गार्डन ले जाते हैं, कभी बुद्ध जयंती उद्यान या फिर कभी धौला कुंआ के पास वाले बाग में। दो-दो घंटे के अंतराल पर बीच में मध्यांतर करके सभी विद्यार्थियों के खाने-पीने का खर्च भी वे ही करते हैं।"

"इतना पढ़ने के बाद भी तुम्हारा पाठ्यक्रम पूरा क्यों नहीं हो पा रहा!" अपनी जिज्ञासा वह रोक नहीं पाई।

"पाठ्यक्रम?" उसके स्वर में वक्रता उभर आई, "पुष्पी का मुखड़ा उन्हें कुछ पढ़ाने ही नहीं देता।"

द्वितीय वर्ष में पद्माकर पढ़ाते हुए उन्होंने शालीनता के सभी बांध तोड़ दिए। दामिनी का मन नियंत्रण से बाहर होता जा रहा था। पढ़ाने के इस ढंग का तीव्र विरोध करने के लिए मन बार-बार उकसाता था।

"तुम उमेशचंद्र की कक्षा कैसे सहन कर लेती हो?" निष्ठा से एक बार उसने पूछा था।

"मुझे अच्छे अंक लाने से मतलब है।" निष्ठा ने कहा, "वे किसी भी ढंग से पढ़ाएं परंतु विषय की अच्छी पकड़ तो उनमें है ही। उनके आचरण से मुझे क्या करना है।"

दामिनी उससे सहमत नहीं हो सकी। उसके लिए अध्यापक की बुद्धि से कहीं अधिक महत्व उनके आचरण का था। शायद इसीलिए डॉ. नरेन्द्र को भुलाना उसके लिए सम्भव नहीं हो सका।...

मस्तिष्क ने सजग किया, "किसी और को परेशानी नहीं है तो तुम ही क्यों कक्षा का अनुशासन तोड़ना चाहती हो? दूसरों की पढ़ाई भी रुक जाएगी।"

मन ने स्वयं को संयत किया और मूक रहकर उसने कक्षा का बहिष्कार किया, "वह उन्हें बोलने से नहीं रोक सकती तो स्वयं को सुनने से तो रोक ही सकती है।'...

उसके बहिष्कार से वे हतप्रभ हुए। शायद अपने किसी विद्यार्थी से उन्होंने इस प्रतिक्रिया की आशा नहीं की थी। परंतु उस समय एम. ए. के विद्यार्थियों के लिए उनका आकर्षण इतना अधिक था कि उसकी अनुपस्थिति रोकने का उन्होंने कोई प्रयत्न नहीं किया।

डॉ. नरेन्द्र ने भी तो उन्हें बिहारी पढ़ाया है। वे तो एक-एक पंक्ति को स्पष्ट करते हैं। परंतु कहीं भी तो उनके पढ़ाने में अश्लीलता नहीं आई; वरन शृंगार की समझ उत्पन्न हुई। कवि का महत्व प्रतिपादित हुआ। पहले तो समझ में न आने के कारण कोई उसे पढ़ना ही नहीं चाहता था; और कहां उनके पढ़ाने के ढंग ने इतनी रुचि पैदा कर दी कि विद्यार्थी उनके पढ़ाने से पहले ही स्वयं उसे समझने का प्रयत्न करने लगे। उनकी कक्षा में तो विद्यार्थियों के सिर लज्जा से नहीं झुके।... और उमेशचंद्र! पद्माकर शायद बुरा कवि नहीं है; पर वह बेचारा भी क्या करता... कक्षा में तो उन पंक्तियों को उमेशचंद्र की आत्मा में ढलकर आना था...

उसका मन पढ़ाई, कॉलेज और अध्यापकों से विरक्त हो गया है, ध्यान बार-बार डॉ. नरेन्द्र की ओर जाता है तो इसमें उसका क्या दोष है! आश्चर्य तो यह था कि पिछले दो वर्षों से कॉलेज में यही वातावरण था, फिर इन सब बातों की ओर उसका ध्यान तब क्यों नहीं गया? शायद पिछले दो वर्षों में डॉ. नरेन्द्र के अतिरिक्त किसी अन्य की ओर देखने का उसे अवकाश ही नहीं था।

उस दिन जब उमेशचंद्र विद्यार्थियों के प्रति नाराजगी जता रहे थे, 'आजकल के बच्चे नालायक हैं, पढ़ते-लिखते नहीं हैं, अपने अध्यापकों का सम्मान नहीं करते,'...

मन हुआ, कह दे, 'आपने कभी कारण जानने का प्रयत्न किया है? कभी सोचा है कि अध्यापक के कक्षा में न आने पर अथवा आकर भी न पढ़ाने पर विद्यार्थी कितना हताश और निराश होता है।'

प्रथम वर्ष में अस्सी प्रतिशत विद्यार्थी पढ़ने के लिए ही कॉलेज आते हैं, भले ही उनके सामने कोई महान आदर्श न हो। उनकी अपनी कक्षा में उसके और निष्ठा के अतिरिक्त शायद ही किसी ने शिक्षा के उच्च लक्ष्य को प्राप्त करना अपना उद्देश्य बनाया हो परंतु डॉ. नरेन्द्र की कक्षा में उपस्थित होने के लिए सभी इतने उत्सुक होते थे कि कहीं भी हों, कुछ भी कर रहे हों, उनके आने से पांच मिनट पहले ही कक्षा में उपस्थित हो जाते थे।

उनके अवकाश लेते समय डॉ. शर्मा ने उनसे कहा था, "पच्चीस प्रतिशत अध्यापकों ने अवकाश ले लिया।"

"पच्चीस प्रतिशत!" उन्होंने आश्चर्य से पूछा।

"हां।" डॉ. शर्मा हंसे, "कॉलेज में पढ़ाने वाले अध्यापक तो चार ही हैं।"

पास-कोर्स के विद्यार्थियों ने उन्हें अपनी दुविधा बताई थी, "सर, हमारे दो विषयों की ही कक्षाएं लगती हैं। अब आपके चले जाने पर एक विषय ही पढ़ाया जाएगा।"

दामिनी को कभी-कभी आश्चर्य होता है कि इस परिवेश में भी कैसे डॉ. नरेन्द्र इतने जागरूक रहे, विद्यार्थियों से इतना स्नेह किया, उनकी छोटी से छोटी समस्या को भी ध्यान से सुनते रहे, समझाते रहे।

3

डॉ. नरेन्द्र से मिलने की उत्कंठा भी बढ़ती जा रही थी। उनसे मिल न पाने की विवशता मन को कैसे तो अवसन्न कर देती थी।... हृदय में जैसे कोई वस्तु प्रबल वेग से उफन रही थी। उनकी याद आते ही स्नेह की कोई मूर्ति मन में कहीं गहरे अंकित हो जाती थी। और तब... चेष्टा करने पर भी किसी भी कार्य के लिए मन में न स्फूर्ति जागती, न उत्फुल्लता।... हृदय के इतने पास होते हुए भी आंखों से कितनी दूर थे वे।

चलते-चलते अनायास दामिनी की दृष्टि उपहारों की दुकान पर पड़ी। सप्ताह-भर बाद दीपावली थी। बधाई-कार्ड दुकान की दीवारों पर पंक्ति बद्ध सैनिकों के समान अनुशासनपूर्वक टंगे थे। उसने कार्ड खरीद लिया। देखें... डॉ. नरेन्द्र कोई उत्तर देते हैं या नहीं!

डॉ. नरेन्द्र ने उत्तर में लिखा था...

प्रिय दामिनी,

दीपावली के अवसर पर तुम्हारी शुभकामनाएं प्राप्त हुईं। धन्यवाद कि तुमने इस अवसर पर मुझे याद रखा। कामना करता हूं कि यह तथा आने वाली प्रत्येक दीपावली तुम्हारे लिए तथा तुम्हारे परिवार के लिए अत्यंत शुभ हो; क्योंकि न्याय और सत्य की खोज करने वालों के जीवन में दीपावली के प्रकाश का विशिष्ट मांगलिक महत्व है।

तुम्हारी कहानी तभी पढ़ ली थी। उसके विषय में स्वयं तुमसे बात करना चाहता हूं। अभी लौटा नहीं रहा। संभवतः तुम्हें गोष्ठी का निमंत्रण मिलेगा।

स्वस्थ-सानंद होगी।

शुभाकांक्षी

नरेन्द्र

दामिनी विह्वल हो उठी। आह्लादपूर्वक पत्र पुनः पढ़ गई।

* * * * * *

गोष्ठी में पहुंची। ड्राइंग रूम नवलेखकों से भरा हुआ था। उन्हीं के बीच डॉ. नरेन्द्र बैठे हुए थे। एक लड़का किसी रचना पर चर्चा कर रहा था। संभवतः अभी-अभी कोई रचना पढ़ी गई थी।

"नमस्ते सर!"

क्षण-भर के लिए उनकी दृष्टि उस पर ठहरी; आहिस्ता से गर्दन हिलाकर उन्होंने उसे बैठने का इशारा किया और चर्चा सुनने में व्यस्त हो गए। एक-एक कर सब लोग उस रचना पर टिप्पणी कर रहे थे।

डॉ. नरेन्द्र की प्रतिक्रिया सुनने को सब उत्सुक थे। जिज्ञासा इस बात की भी थी कि सबने रचना की प्रशंसा में 'वाह-वाह' की है; अब यदि रचना इतनी ही अच्छी है तो डॉ. नरेन्द्र की क्या प्रतिक्रिया होगी!

"भाव अच्छे हैं, परंतु अगर कविता छंद और लयबद्ध होती तो और ज्यादा अच्छी होती। आजकल नई कविता के नाम पर अधिकांशतः छंदमुक्त कविता रचने की पद्धति चल पड़ी है," उन्होंने कवि की ओर

दृष्टि की, "परंतु छंद-ज्ञान के बिना यह अधिकार लेना उचित है क्या?" वे रुके, "लोग पहले देश के संविधान का पालन करते हैं, तब संसद में जाते हैं। संसद में प्रवेश करने का अधिकार पाकर भी पहले उन नियमों का पालन करते हैं और तब, उन नियमों में त्रुटि पाकर उसमें संशोधन के अधिकारी होते हैं। छंद-ज्ञान के बिना, मुक्त छंद में कविता लिखने का प्रयास करना ठीक ऐसा ही है जैसे अपनी संस्कृति, अपनी परंपरा से अछूते रहकर अपसंस्कृति को अपना लेना। भेड़-चाल में जो कुछ सुगम है, उसे अपनाना तो रचनाकार का लक्ष्य नहीं होना चाहिए।"

दामिनी मंत्रमुग्ध सी डॉ. नरेन्द्र के विचारों को सुन रही थी। कॉलेज में जब उसने अपनी कहानियों को इस सीमा तक संकीर्ण कर लिया था कि जो उसकी सहेलियां पसंद करेंगी, वही वह लिखेगी, तो उसकी कहानियों को पढ़कर वे कितने क्षुब्ध हुए थे।

"रचनाकार का कर्तव्य समाज को उचित दिशा देना है, पथभ्रष्ट करना नहीं।" उन्होंने समझाया था।

"पथ-प्रदर्शक, आदर्श साहित्य का आज क्या महत्व है!" उसने सोचा था, "उसकी सहेलियों को तो ऐसा साहित्य पसंद ही नहीं।"

कॉलेज और विश्वविद्यालय में होने वाले साहित्यिक आयोजनों में वह एकाध बार सम्मिलित हुई थी। वहां उसने रचनाकारों में एक-दूसरे के प्रति ईर्ष्या और द्वेष को प्रकट देखा था। रचना के किसी पक्ष पर बहस आरंभ हो जाती थी और प्रत्येक व्यक्ति उस पर अपने विचारों की मुहर लगाकर उसे ही सत्य साबित करना चाहता था। तर्क पर तर्क दिए जाते थे, विचारों से विचारों की टकराहट होती थी। प्रत्येक व्यक्ति दूसरे पर अपने विचार आरोपित करना चाहता था। घंटों तक एक ही रचना पर बहस होती रहती थी। इन सबसे विकास कितना होता था, यह तो रचनाकार को ही पता चलता था। हां, प्रतिष्ठित लेखकों का आतंक जरूर नवरचनाकारों के मन में बैठ जाता था।

डॉ. नरेन्द्र के घर आयोजित यह गोष्ठी सबसे भिन्न थी।

प्रतिक्रिया समाप्त हुई ही थी कि हाथ में पुष्पगुच्छ लिए हुए आशा जी ने प्रवेश किया।

"बधाई हो।" डॉ. नरेन्द्र को फूल देते हुए बोलीं वे।

"धन्यवाद।" वे मुस्कराए।

बधाई!... ओह, आज छह जनवरी है। डॉ. नरेन्द्र का जन्मदिवस।

डॉ. नरेन्द्र ने कवि की ओर दृष्टि की, "तुम्हें इन प्रतिक्रियाओं या अपनी रचना के विषय में कुछ कहना है?"

रचना पढ़ने की दामिनी की बारी आई तो उसने पर्स में से अपनी नई कहानी के ठूंसे हुए पृष्ठ निकाले। डॉ. नरेन्द्र हल्के से मुस्कराए, "रचना इस तरह पर्स में मोड़कर नहीं, फाइल में सीधी रखा करो।"

उसने गर्दन हिलाकर सहमति जताई और सुनाने के लिए रचना अपने सामने रख ली।

कहानी पर सभी लोग एक-एक कर अपनी राय देने लगे। सबको लग रहा था कि कहानी में उलझन है, अस्पष्टता है।... उसकी कहानी की नायिका कॉलेज की छात्रा है जो अपने पिता के निषेध के बावजूद, कॉलेज द्वारा सौंपे गए पत्र को पहुंचाने उस मुहल्ले में चली जाती है जो उसके पिता के अनुसार भले लोगों का नहीं है। घर आने के बाद वह इस बात से बहुत पीड़ित होती है कि उसे अपने भाई की भांति कहीं भी आने जाने की स्वतंत्रता क्यों नहीं है? क्यों उस पर इतने प्रतिबंध लगाए जाते हैं। किंतु दूसरी ओर अपने पिता का निषेध तोड़ने पर वह दुखी भी है।

प्रत्येक टिप्पणी पर दामिनी के मन में अनेक प्रश्न और जिज्ञासाएं उत्पन्न होने लगीं... कहानी में अस्पष्टता है, यह तो पता चल गया। पर क्यों है! यह कोई नहीं बता रहा। कहानी को लेकर अनेक द्वंद्व उसके मन में उमड़ रहे थे... प्रतिक्रिया तो ठीक है, विश्लेषण सही है... कहानी की नायिका स्वयं उलझन में है। उस नायिका की उलझन लेखिका के मन की उलझन बनकर कहानी में भी समा गई है। पर कहानी की अस्पष्टता और स्वयं दामिनी के मन के द्वंद्व कैसे समाप्त हों, कहानी में सुधार कैसे हो?...

"मेरे विचार से इस कहानी को, एक की जगह दो कहानियों के रूप में लिखा जाना चाहिए।" "डॉ. नरेन्द्र ने कहा, "पहली वह, जहां नायिका को अपने घर में माता-पिता के अपने और अपने भाई के प्रति व्यवहार में अंतर दिखाई देता है। स्त्री-पुरुष के इस भेद के प्रति उसके मन में विद्रोह जागता है और वह कुछ और मुक्त होकर जीना चाहती है।... दूसरी कहानी दो कर्तव्यों के द्वंद्व की है। दोनों कर्तव्य हैं। दोनों का नैतिक पक्ष प्रबल है; किंतु दोनों एक-दूसरे के विरुद्ध जान पड़ते हैं।"

दामिनी स्तम्भित रह गई। कितनी सहजता से उन्होंने उसके मन में उमड़ते द्वंद्वों, आलोड़न खाते प्रश्नों का समाधान कर दिया। सारी जिज्ञासाओं के उत्तर उसे मिल गए।

वह अभी अपनी स्तब्धावस्था से उबर भी नहीं पाई थी कि महेंद्र वसिष्ठ की आपत्ति सुनाई दी, "इस प्रकार विश्लेषण करके, कमियों को दूर करने का समाधान बताकर तो आप नवलेखकों का विकास रोक रहे हैं। इस प्रकार स्वरूप बनाकर कहानियां लिखने का प्रस्ताव रखने से क्या उसकी मौलिकता पनप पाएगी?... वह तो मात्र अनुकरण करना सीखेगा।"

डॉ. नरेन्द्र ने उन्हें देखा, "लेखक-मंडल का आरंभ से ही यह दृष्टिकोण रहा है कि रचनाओं पर सैद्धांतिक चर्चा करने के स्थान पर व्यावहारिक रूप से सुधार की विधियां सुझाई जाएं। इंजीनियर के रूप में केवल यह न बताया जाए कि रचना अच्छी नहीं बन पाई, मिस्त्री के समान यह भी बताया जाए कि कौन सा पुर्जा बदलने पर रचना श्रेष्ठतर हो जाएगी।"

* * * * * *

गोष्ठी के सम्मोहन में महीना भर कैसे बीत गया, दामिनी को पता ही नहीं चला। अगले महीने की गोष्ठी का निमंत्रण पाकर वह कहानी लिखने बैठ गई।

मासिक रूप से होने वाली इन गोष्ठियों का आकर्षण उसके लिए किसी त्योहार से कम नहीं था। हर महीने गोष्ठी में जाने की उसकी यह आतुरता उतनी ही प्रबल थी जितनी कॉलेज के प्रथम वर्ष में जब वे उनकी कोई कक्षा भी नहीं लेते थे, वह कोई न कोई बहाना ढूंढकर उनसे मिलना चाहती थी। पहली बार जब उनसे मिली थी; उनकी ममता और स्नेह-भरे व्यवहार ने उसे कितना भाव-विह्वल कर दिया था। लगा था, जैसे वर्षों से उन्हें जानती है। उनकी बातों में, उनकी मुस्कान में न जाने कैसा स्निग्ध आलोक था, जो बार-बार उसे उन तक खींच ले जाता था। कहानी जंचवाने के बहाने से वह उन तक पहुंचती। वे जितनी बार कहानी सुधारने को कहते, उनसे मिलने की आकांक्षा में वह उतनी बार कहानी सुधारकर उनके पास ले जाती। उनसे बातें करके उसे जो उल्लास और आनंद मिलता, उसके समक्ष कॉलेज की चहल-पहल, मित्र-मंडली का सान्निध्य - सब कुछ तुच्छ लगता। उनके वात्सल्य ने उसे वह खुशी दी थी जिसके सामने दुनिया का हर रंग फीका था। तब अपनी प्रतिभा के विकास की किंचित मात्र भी चिंता नहीं थी और न इस बात का बोध था कि इस प्रकार उसकी साधारण सी कहानियों को जांचने में उनका कितना समय नष्ट होता होगा! उनके सान्निध्य की चाह में बेसिरपैर की कहानियां ही तो लिखा करती थी। इन सब बातों का अहसास तो बहुत बाद में हुआ।

4

प्रथम और द्वितीय वर्ष के विद्यार्थियों की ओर से अंतिम वर्ष के विद्यार्थियों के लिए विदाई का आयोजन था। विभाग की तरफ से अपने पूर्व सहयोगी, डॉ. नरेन्द्र को, समारोह के मुख्य अतिथि के रूप में आमंत्रित किया गया था। उनसे मिलने का उल्लास इस समारोह की गहमागहमी से इतना अधिक था कि उन्हें चैन से बैठकर बातें भी नहीं करने दे रहा था।

"कितने विद्यार्थी कार्यक्रम प्रस्तुत करेंगे?" डॉ. मुकेश ने अक्षिता की ओर देखा।

"सर", दामिनी..."अक्षिता ने दामिनी की ओर दृष्टि की, "अध्यापकों पर चार-चार पंक्तियों की चुटकियां लिखकर लाई है। इन्हें सुनाने के लिए यह कुछ ज़्यादा ही उत्सुक लग रही है।"

डॉ. मुकेश ने दामिनी से वह कविताएं देखने के लिए मांगीं। शायद वे देख लेना चाहते थे कि उसमें अध्यापकों को अपमानित करने वाला तो कोई व्यंग्य नहीं है। दामिनी को उनका यह अविश्वास अच्छा नहीं लगा।

कोई उत्तर न पाकर उन्होंने पुनः चुटकियां मांगीं। उसे झुंझलाहट हुई... पढ़ाने में कोई रुचि नहीं लेते। साहित्य-सभा का संचालन उनके हाथ में था तो भी किसी कार्यक्रम में भाग नहीं लिया। पिछले वर्ष डॉ. नरेन्द्र के हाथ में था तो कितने कार्यक्रम हुए थे... वाद-विवाद, कविता, कहानी, सेमिनार आदि। विभाग की ओर से हस्तलिखित पत्रिका भी निकली थी। वर्ष के अंत में एक विशेष समारोह में उन विद्यार्थियों को उपहार दिए, जिन्होंने साहित्य-सभा का काम किया था।

डॉ. मुकेश ने स्वयं तो रुचि ली ही नहीं। दामिनी ने साहित्य-सभा की अध्यक्षा होने के नाते यह दायित्व निभाना चाहा, कुछ कार्यक्रम कराने चाहे, हस्तलिखित पत्रिका निकलवानी चाही, तो यह कहकर टाल दिया कि, 'क्यों अपना समय बरबाद करना चाहती हो!' अब जब वह छोटे-छोटे व्यंग्य पढ़ना चाहती है, तो सेंसर-बोर्ड बन बैठे हैं।

उनके रोकते-रोकते भी वह चुपचाप उठी और व्यास-पीठ पर पहुंच गई। डॉ. मुकेश का अभिमान आहत हुआ था; उनके चेहरे पर रोष उभर आया।

"मैंने प्रयत्न किया है कि किसी की भावनाओं को ठेस न पहुंचे।"

डॉ. नरेन्द्र ने उसकी भावुकता को संभाला और प्रोत्साहित करते हुए बोले, "चुटकियों का तो मजा ही तब है जब उसमें पैनापन हो, व्यंग्य हो।"

उनके प्रोत्साहन ने उसे सहज किया। वह चुटकियां सुनाने लगी। डॉ. मुकेश भी कुछ आश्वस्त थे। व्यंग्य था, किंतु मर्यादा भी थी। उनके चेहरे का उल्लास लौट आया। दामिनी अपने स्थान पर लौट आई।

"दामिनी दीदी," द्वितीय वर्ष की छात्रा आसक्ति उसके पास आई और धीरे से बोली, "हम चाहते हैं कि आप लोगों में से कोई कॉलेज के विगत तीन वर्षों के अपने कुछ खट्टे-मीठे अनुभव सुनाए। हम आपको मंच पर बुला लें?"

"नहीं आसक्ति, निष्ठा को बुला लो।"

"लेकिन दीदी, आपके अतिरिक्त कोई और सामने आकर बोलना ही नहीं चाहता।"

"हां। परंतु मैं एक काम कर चुकी हूं।" वह मुस्कराई, "तुम मंच पर जाकर निष्ठा का नाम पुकारो, तो वह इंकार नहीं कर सकेगी।"

"अच्छा।" आसक्ति चली गई।

निष्ठा का नाम पुकारा जा चुका था। संकोच के साथ वह मंच पर आ गई।

उसने बोलना आरंभ किया तो संकोच विलीन हो गया, "तीन वर्ष कैसे बीत गए, पता ही नहीं चला। कॉलेज का जीवन निश्चित रूप से एक यादगार बन जाता है। कुछ मधुर और कुछ कटु घटनाएं सदैव याद आती रहेंगी। वैसे तो सब कुछ अच्छा ही रहा। परंतु सबसे अच्छा अगर हमें कुछ लगा तो,..." उसने डॉ. नरेन्द्र की ओर दृष्टि घुमाई, "वह है डॉ. नरेन्द्र का सान्निध्य। उन्होंने हमेशा हमें एक बात सिखाई कि हम सच बोलें। "उसने विद्यार्थियों की ओर दृष्टि की," "हम सभी छोटी-छोटी बात पर झूठ बोल देते हैं।" वह हंसी, "मैं भी बोलती हूं। परंतु डॉ. नरेन्द्र ने सिखाया कि, "जो भी बोलें, सच बोलें।" यदि मन-वचन-कर्म से सत्य के मार्ग पर चलें तो शायद इससे बड़ा आदर्श कुछ नहीं है। विजय भी अन्ततः सत्य की ही होती है। इस बात को हम कभी भूल नहीं पाएंगे क्योंकि यह सब हमने स्वयं उनके आचरण से सीखा है। वे जो करते हैं, वही सिखाते हैं। उनके आचरण, उनके कर्म से बड़ी शिक्षा हमें इस कॉलेज में तीन वर्षों में नहीं मिली। हममें भी इस राह पर चलने का उत्साह जागा है। प्रयत्न कर रहे हैं कि उनके दिखाए पथ से भटकें नहीं।" वह कुछ अधिक ही गंभीर हो गई, "अन्य अध्यापक भी अपना कर्तव्य निभाते रहे। जब प्रथम वर्ष में दो छात्राओं की प्रथम श्रेणी आई तो अध्यापकों को यह किसी चमत्कार से कम नहीं लगा। पता चला कि बीस-बाईस वर्ष से कॉलेज में किसी की प्रथम श्रेणी नहीं आई। हमारे लिए यह बहुत बड़ी बात नहीं थी। स्कूल में अकसर ऐसा होता था। प्रथम वर्ष में डॉ. विनय ने काव्यशास्त्र में हमें मेहनत कराई थी; शायद इसीलिए परीक्षा फल अच्छा आ गया। बाद के दो वर्षों में कुछ ने पाठ्यक्रम पूरा भी कराया। डॉ. नरेन्द्र के विषय में अच्छे अंक आए। जिन्होंने नहीं पढ़ाया," व्यंग्य से हंस पड़ी वह, "उनका पाठ्यक्रम हमने स्वयं पूरा कर लिया।"... वह अतीत में पहुंच गई। अपनी सहेलियों, सहपाठियों, प्रवर और अवर साथियों आदि के विषय में बताते हुए उसने बात को समाप्त किया, "बहुत अनमोल यादें कॉलेज से ले जा रहे हैं। सबसे अनमोल याद डॉ. नरेन्द्र की है, जिन्होंने हमारा चहुंमुखी विकास करने का प्रयत्न किया। जीवन में जब भी कठिनाइयां आएंगी, परेशानियां होंगी तो उनकी बातें राह दिखाएंगी, सांत्वना देंगी, सही गंतव्य तक पहुंचाएंगी। धन्यवाद।"

जोरदार तालियां बज उठीं। सबको लग रहा था कि यह तो उनका अपना ही अनुभव है।

डॉ. नरेन्द्र को बोलने के लिए आमंत्रित किया गया तो सभी कौतूहलपूर्वक उनकी ओर देखने लगे।

"विदाई समारोह में विदाई का दुख भी होता है और समारोह की खुशियां भी।" डॉ. नरेन्द्र बोले, "निष्ठा ने बहुत प्रशंसा की है मेरी। अध्यापक का पढ़ाया हुआ विद्यार्थियों की समझ में आए, वे उसे ग्रहण करें, उसकी दिखाई राह पर चलना चाहें तो यह अध्यापक के लिए बहुत बड़ी उपलब्धि है। मुझे लगता है कि अध्यापक बनने का दायित्व लिया है तो विद्यार्थियों को पढ़ाने में भी रुचि लेनी चाहिए, उनके विकास का प्रयत्न भी करना चाहिए।"

समारोह समाप्त हुआ। सब अध्यापक जाने के लिए उठ खड़े हुए। विद्यार्थियों ने डॉ. नरेन्द्र को घेर लिया, "सर, अब कब आएंगे?"

वे मुस्कराए, "यह अभी कैसे बता सकता हूं।"

"सर," निष्ठा ने उनका ध्यान अपनी ओर खींचा, "मुझे आशीर्वाद दे दीजिए।"

डॉ. नरेन्द्र ने आशीर्वाद रूप में उसके सिर पर हाथ रख दिया।

दामिनी के मन में कितने विचार स्फुटित हो रहे थे, 'काश! उसे भी सर आशीर्वाद दें। लेकिन... आशीर्वाद कहीं ऐसे मांगा जाता है क्या?'

ऐसे ही भाव उसके मन में तब जागते थे जब उन्हें सामने पाकर लड़के उनके चरण-स्पर्श करते थे और वे आशीर्वाद रूप में उनकी पीठ थपथपा देते थे। उसे यही सिखाया गया था कि लड़कियां अपने माता-पिता के चरण-स्पर्श नहीं करतीं; फिर भला पिता समान गुरु के चरण-स्पर्श वह कैसे कर सकती थी। सत्पुरुष की प्रतिमा को हम क्यों प्रणाम करते हैं! इसीलिए न कि उनके सद्गुण आत्मसात कर लें। उनकी पवित्रता को अपने जीवन का अंग बनाने का प्रयत्न करें। प्रायः वह भगवान से शिकायत करती थी, 'उसे भी लड़का क्यों नहीं बनाया? वह भी अपने गुरु के चरण-स्पर्श करना चाहती है।'

बिल्कुल ऐसे ही भाव उसके मन में अब उठ रहे थे। लेकिन वह आशीर्वाद मांगेगी नहीं।

डॉ. नरेन्द्र ने दामिनी की ओर दृष्टि की, "दामिनी, तुमने अपनी कहानी प्रकाशनार्थ कहीं भेजी है?"

"नहीं सर, अभी तो नहीं भेजी।"

"मैं अमर-उजाला में भेज रहा था। फिर सोचा, कहीं तुमने भेज न दी हो।" वे रुके, "अठारह मार्च को प्रेम के घर गोष्ठी है।"

"लेकिन सर, मुझे उनका घर तो मालूम ही नहीं।"

"निमंत्रण पहुंच जाएगा।"कहते हुए वे आगे बढ़ गए।

5

बी.ए. की परीक्षाएं समाप्त हो गई। मन से बोझ उतर गया। दामिनी की इच्छा हो रही थी कि छुट्टियों में गोष्ठी में सुनाने के लिए कोई रचना लिखे। हर बार गोष्ठी का निमंत्रण मिलने के पश्चात रचना लिखना आरंभ करती थी। फलतः दो या तीन दिन में लिखी रचना में जान नहीं होती थी। दिमाग में कहानी की अस्पष्ट सी तस्वीर होती थी, जिससे कागज पर उतरने के पश्चात भी अनुभव या विचार कहानी के कलेवर में ढल नहीं पाता था।

ज्यों-ज्यों दिन बीतते जा रहे थे, गोष्ठी का निमंत्रण न मिलने के कारण दामिनी का उत्साह निराशा में परिणत होता जा रहा था। पिछले कई दिनों से डॉ. नरेन्द्र का फोन नंबर मिला रही थी, परंतु हर समय व्यस्त रहता था। मन में तरह-तरह के प्रश्न उठ रहे थे... क्या डॉ. नरेन्द्र का फोन खराब है या नंबर बदल गया! शायद सब लोग कहीं बाहर गए हुए हों। लेकिन वे तो अपने लेखन को छोड़कर कभी इतने दिनों तक बाहर नहीं रहे। हां, यह हो सकता है कि उन्होंने गोष्ठी रखी ही न हो। पर वे तो हर महीने गोष्ठी रखते हैं।... कहीं ऐसा तो नहीं कि उन्होंने उसे गोष्ठी में न बुलाया हो।

नहीं! व्यथा से वह छटपटा उठी। गोष्ठी रूपी इस अवलंब ने तो उसे संभाला है...

* * * * * *

जून का पहला सप्ताह चल रहा था। मौसम गरम तो था ही, अत्यधिक कष्टदायक भी था। आदित्य किसी कार्य से लक्ष्मी-नगर आया हुआ था। दामिनी से मिलने आ गया।

"कैसे हो?"

"अच्छा हूं।" पसीना पोंछते हुए मुस्कराया वह।

"गरमी बहुत हो गई है न?"

"हां। बाहर निकलने की इच्छा ही नहीं होती।" वह हंसा, "और, आजकल क्या लिख रही हो तुम?"

"कुछ नहीं।" दामिनी के चेहरे की मुस्कान उदासीनता में बदल गई।

आदित्य ने आश्चर्य से उसे देखा, "लेकिन तुम तो परीक्षा के अंतिम दिन कह रही थीं कि छुट्टियों में कुछ कहानियां लिखोगी।"

"हां। गोष्ठी में सुनाने के लिए रचनाएं तैयार करना चाहती थी।" दामिनी व्यथित सी हो उठी, "लेकिन सर ने गोष्ठी में मुझे बुलाया ही नहीं। लिखने की इच्छा ही समाप्त हो गई। लगता है, वे मुझसे नाराज हैं।"

"वे तुमसे क्यों नाराज होंगे?" आदित्य उसकी बात सहज ही स्वीकार नहीं कर पाया, "हां, उनसे मिले हुए बहुत दिन हो गए। कभी सब मिलकर चलते हैं।"

"तुमने 'गोष्ठी' पत्रिका का दूसरा अंक देखा?" दामिनी ने सहसा बात बदल दी।

"दूसरा!" आदित्य ने आश्चर्य से कहा, "मुझे तो पहला भी नहीं मिला।"

"अच्छा!" दामिनी अंक लेने के लिए उठ गई।

"यह देखो।" अंक देते हुए बोली वह, "पहला अंक डॉ. नरेन्द्र के जन्मदिन की वर्षगांठ के उपलक्ष्य में उन पर केंद्रित है। दूसरा डॉ. प्रेम जनमेजय की जन्मतिथि पर निकला है।"

वह पत्रिका के पृष्ठ पलटने लगा।

"कितने रोचक ढंग से गतिविधियों की चर्चा है।" एक पृष्ठ पर रुक-कर कुछ पढ़ने लगा वह।

"हां।" वह मुस्कराई, "रचनाएं तो बाहरी पत्रिकाओं में भी छप जाती हैं, इसलिए डॉ. नरेन्द्र ने इसमें गोष्ठी में होने वाली गतिविधियों की चर्चा रखी है। मुझे भी यह सामग्री सरस और रोचक लगी। सात-आठ अंक निकलने के बाद इनको पुस्तकाकार छापा जाए तो बहुत सारे लोग उसे पढ़ना चाहेंगे।"

आदित्य ने पत्रिकाएं फाइल में रख लीं, "घर जाकर इत्मीनान से पढूंगा।"

* * * * * *

सोलह जुलाई को कॉलेज खुला।

दामिनी अपनी सहेलियों के साथ स्टाफ-रूम के सामने के कमरे में बैठी बातें कर रही थी। उसका ध्यान स्टाफ-रूम की ओर ही था। शायद आज डॉ. नरेन्द्र आए हों।

"छुट्टियों में मैं और आदित्य डॉ. नरेन्द्र के यहां गए थे।" मृगया ने बताया।

"डॉ. नरेन्द्र के यहां?" दामिनी चौंक पड़ी।

"हां। मैं एल.एल.बी. के रजिस्ट्रेशन फार्म के बारे में मालूम करने विश्वविद्यालय गई थी। वहीं आदित्य मिल गया। बहुत समय से सर से मिले नहीं थे। विश्वविद्यालय तक तो आए ही थे, वैशाली भी चले गए।"

दामिनी के मन में एक टीस उठी।

"क्या डॉ. नरेन्द्र का फोन नंबर बदल गया है?"

"नंबर तो वही है। एक्सचेंज बदल गया है।"

सामने से द्वितीय वर्ष का अभिषेक आ रहा था; उन्हें देखकर रुक गया।

"बहुत खुश दिखाई दे रहे हो," मृगया ने कहा, "क्या बात है?"

वह चहक उठा, "इस वर्ष डॉ. नरेन्द्र तीन महीने के लिए हमें पढ़ाएंगे।"

"पढ़ाएंगे?" दामिनी ने विस्मय से उसे देखा, "तुमने गलत तो नहीं सुन लिया।"

"नहीं।" उसने अभी-अभी प्राप्त की हुई समय-तालिका उसके सामने कर दी, "यह देखो।"

दामिनी ने उस पर दृष्टि डाली... बुधवार को सुबह नौ बजे उनके साथ डॉ. नरेन्द्र का पीरियड था।

"क्या वे स्टाफ मीटिंग में आए हुए हैं?"

"नहीं। उनकी पत्नी आई थीं और थोड़ी देर पहले ही गई हैं।"

"ओह!" दामिनी मौन हो गई। शायद डॉ. नरेन्द्र ने पुनः पढ़ाने का निश्चय किया है। यदि पढ़ाना ही था तो उन्हें क्यों नहीं पढ़ाया?

* * * * * *

बुधवार की सुबह अन्य सभी दिनों से भारी हो गई थी। एक-एक क्षण, जीवन के एक-एक युग के समान बीत रहा था। प्रातः जल्दी उठने की चिंता में रात को नींद भी नहीं आई थी। इतने दिनों तक किसी न किसी काम में स्वयं को व्यस्त रखने का प्रयत्न कर रही थी। परंतु आज जब उनसे मिलना है तो मन की व्याकुलता अपनी चरम सीमा पार कर गई है। पता नहीं डॉ. नरेन्द्र में ऐसा क्या है जिसने उसे

इतना आतुर बना रखा है। उनकी याद, उनसे मिलने की इच्छा न चैन लेने देती है, न उनसे दूर रहने देना चाहती है। जब तक उनसे मिल नहीं लेती, मन न शांत होता है, न किसी अन्य चीज में ध्यान लगता है। एक अतृप्ति सी मन में छाई रहती है।

कॉलेज में प्रवेश कर वह टूटोरियल-कक्ष की तरफ बढ़ी ही थी कि सीढ़ियों से डॉ. नरेन्द्र उतरते हुए दिखाई दिए। शायद क्लास लेने जा रहे थे। उसे देखकर उल्लास के साथ पूछा, "कैसी हो?"

"अच्छी हूं सर।"

"अब आगे क्या करोगी?"

"एम.ए. करना चाहती हूं।"

वे मौन हो गए। दामिनी की स्थिति विचित्र हो गई। समझ नहीं सकी, क्या कहे! कुछ नहीं कहती, तो वे कक्षा में चले जाएंगे।

"सर," तत्काल ही जैसे उसे बात सूझ गई, "आप अब पढ़ाया करेंगे?"

"नहीं। केवल एक टर्म।"

वे चले गए। क्षण-भर पहले तक का डॉ. नरेन्द्र से मिलने का उसका उल्लास, अवसाद में परिणत हो गया। कितनी बातें उसने सोच रखी थीं... सर से यह बात करेगी, वह बात करेगी। परंतु उनके निकट जाते ही पता नहीं उसे क्या हो जाता है, सारी बातें भूल जाती है। बात करती तो थोड़ी देर, वे रुक ही जाते। कितनी अजीब बात है, जिससे ढेर सारी बातें करना चाहते हैं, उससे एक भी बात नहीं कर पाते।

* * * * * *

दामिनी बस की प्रतीक्षा कर रही थी। कॉलेज के मुख्य सड़क से दूर होने के कारण यही परेशानी थी। जितनी देर बाहर निकलने के लिए बस का इंतजाम करें, उतनी देर में तो पैदल धौला कुंआ पहुंच सकते थे।...

उसकी दृष्टि कॉलेज से निकलते डॉ. नरेन्द्र पर पड़ी। उसे आश्चर्य हुआ, अरे! डॉ. नरेन्द्र का सिर्फ एक ही पीरियड था।... और आज उनकी कार का क्या हुआ? स्कूटर पर आए थे।

उसे देखकर डॉ. नरेन्द्र ने स्कूटर रोक दिया।

"सर, मुझे आत्माराम सनातन धर्म कॉलेज तक जाना है।" वह स्टैंड से उठकर उनके पास आ गई।

"बैठो।" उन्होंने संकेत किया।

"एम.ए. तुम अपने कॉलेज से नहीं कर रहीं?" थोड़ी आगे बढ़ने पर पूछा उन्होंने।

"नहीं सर, परिवर्तन चाहती हूं। आत्माराम कॉलेज में प्रवेश लेना चाह रही हूं।"

क्षण-भर के लिए खामोशी छाई रही।

"छुट्टियों में आदित्य घर आया था," वे बोले, "उसने बताया, 'दामिनी कह रही है कि सर मुझसे नाराज हैं'...।"

दामिनी आसमान से गिरी... आदित्य भी! कोई बात पचा नहीं सकता।

आत्माराम पहुंच उन्होंने स्कूटर रोक दिया। वह उतर गई।

"मई-जून में गरमी बहुत थी, इसलिए गोष्ठी रखी ही नहीं।" उन्होंने उसे देखा और हल्के से मुस्कराए, "जब गोष्ठी ही नहीं हुई तो सूचना कैसे जाती?"

दामिनी स्तब्ध खड़ी रह गई। उसकी चेतना मानो लुप्त हो गई। वह न जाने क्या-क्या सोच रही थी।

"अच्छा! नाम किसी कालेज में लिखा लो। एक टर्म तक एम. ए. की एक कक्षा मेरे साथ भी होगी।" उन्होंने स्कूटर आगे बढ़ा दिया।

उसी जड़वत अवस्था में उसके हाथ नमस्ते की मुद्रा में जुड़ गए।

तीन महीने कैसे बीत गए, पता ही नहीं चला। ये तीन महीने सभी के लिए किसी उत्सव के समान थे। एम. ए. के विद्यार्थियों के लिए तो कॉलेज के पिछले सुनहरे पल मानो फिर सामने आ गए थे।

डॉ. नरेन्द्र के पढ़ाने की अवधि समाप्त हो गई थी। भनक मिली थी कि उनके लिए विदाई-समारोह की तैयारी हो रही है। विद्यार्थी चाहते थे कि वे भी अपनी ओर से अपने गुरु के लिए कुछ करें। लेकिन क्या?... वे इतने छोटे हैं। क्या दे सकते हैं उन्हें! कुछ नहीं; लेकिन अपना स्नेह, अपनी भावनाएं तो उन तक पहुंचा ही सकते हैं। उन्होंने भी अपने प्रयत्नों से एक छोटा सा आयोजन रखने का निश्चय किया।

गुब्बारों, झालरों आदि से हॉल को सजाकर विद्यार्थी हॉल में बैठ गए। आदित्य ने स्टाफ-रूम में जाकर ससम्मान डॉ. नरेन्द्र को समारोह में आमंत्रित किया।

डॉ. जैन, डॉ. इंद्र, डॉ. मुकेश आदि अध्यापकों के साथ डॉ. नरेन्द्र ने हॉल में प्रवेश किया। नम्रता ने डॉ. नरेन्द्र के सम्मान में कुछ उद्गार प्रकट करने के लिए दामिनी को आमंत्रित किया...

"आदरणीय डॉ. नरेन्द्र, अध्यापक गण और मेरे साथियों!" दामिनी ने बोलना आरंभ किया तो विदाई की इस घड़ी में एक व्यथा सहज रूप से ही मन में उभर आई, "आज हमने हिंदी साहित्य के आधार-स्तम्भ डॉ. नरेन्द्र के अध्यापन-कार्य से स्वैच्छिक अवकाश ग्रहण करने पर उनके सम्मान में यह विदाई-समारोह आयोजित किया है।"

"यद्यपि डॉ. नरेन्द्र वर्ष-भर पहले ही अवकाश ले चुके हैं। परंतु उस समय हमारा मन इस बात को सहज ही स्वीकारने को तैयार नहीं था। जब उन्होंने कहा था कि, 'लेखन मेरा स्वधर्म है, मुझे उसी में लीन होना है,' तब हमें बहुत दुख हो रहा था। लग रहा था कि वे हमसे बहुत दूर जा रहे हैं। मन बार-बार पूछ रहा था, जिनकी छाया में सबने अपना विकास किया है, उनका यह कदम इतना स्वार्थपूर्ण क्यों हो उठा है! विद्यार्थियों के विकास का मार्ग इस प्रकार अवरुद्ध करना तो कोई आदर्श नहीं है।... किंतु इस एक वर्ष में समझ में आया है कि सर से हमारा कॉलेज में संपर्क भले ही न हो पाता हो, परंतु हमसे वे दूर नहीं हुए हैं। अपने लेखन के माध्यम से आज भी वे हमारे साथ हैं।

"कॉलेज में प्रथम वर्ष में आने पर जब मैंने पहली बार उनका उपन्यास 'तोड़ो, कारा तोड़ो' पढ़ा तो कहीं भीतर तक छू गया। स्वामी विवेकानंद के उस रूप को मैं आज तक भुला नहीं पाई हूं। इस एक वर्ष में उनके लेखन में और भी डूबती रही हूं। हर पल महसूस किया है कि आज तक जो कार्य वे अध्यापन के माध्यम सेकर रहे थे, वही कार्य अब वे अपने लेखन के माध्यम से कर रहे हैं। अध्यापन से तो वे केवल अपने विद्यार्थियों का ही विकास करते थे, लेखन से उन्होंने अपनी बात को कहीं अधिक दूर पहुंचाया है। सारे समाज को स्वस्थ दृष्टिकोण प्रदान किया है।

"जब भी मैं डॉ. नरेन्द्र की रचनाओं को पढ़ती हूं तो ऐसा लगता है जैसे वे कहीं आसपास ही हैं। मेरे अस्तित्व के बहुत करीब। परेशानियों में, दुखों में उनका लेखन सांत्वना देकर नई राह दिखाता है। जिसमें सीखने की ललक है, वह उनके अध्यापक रूप से भी सीख रहा था और अब भी सीख रहा है।

"और अपने स्नेह और सान्निध्य से भी कहां वंचित किया उन्होंने हमें!... सर ने हमसे कहा था, मैं कॉलेज नहीं आऊंगा, लेकिन तुम लोग मेरे पास आ सकते हो। वास्तव में, जब भी हमें सर की

आवश्यकता पड़ी, पढ़ाई या लेखन में कठिनाई उत्पन्न हुई और हम अपनी जिज्ञासाओं को लेकर उनके पास गए तो उन्होंने हमारी सभी कठिनाइयां धैर्यपूर्वक सुनीं और उनका निदान किया। कॉलेज से उन्होंने भले ही अवकाश ग्रहण कर लिया है; परंतु हम बच्चों से उनका संबंध और संपर्क सदा बना रहा।"

"इतनी उदात्त विचारधारा वाले आदर्श गुरु पाकर हम सचमुच धन्य हुए हैं। ईश्वर से प्रार्थना है कि अपने मार्ग में आने वाली हर कठिनाई को सफलतापूर्वक पार कर वे निरंतर आगे बढ़ते जाएं।"...

दामिनी के बोलने के पश्चात सभी उनके विषय में कुछ न कुछ कहने को बहुत उत्सुक हो उठे। एक-एक कर सब आकर बोलते रहे। सबमें बोलने की इस तरह होड़ लगी हुई थी कि डॉ. जैन को उठना पड़ा। अगर इस प्रकार एक-एक कर हर बच्चे ने दस-दस मिनट का भी समय लिया तो समारोह तो समाप्त ही नहीं हो पाएगा।

वे उठकर मंच पर आ गए।

"आप बच्चों ने अपने गुरु को जो सम्मान दिया है, वह वास्तव में अविस्मरणीय है।" वे बोले, "दामिनी तो अब दूसरे कॉलेज में चली गई है फिर भी उसके मन में इतना आह्लाद है, इतनी उत्फुल्लता है मानो इसी कॉलेज की हो। अब मैं डॉ. नरेन्द्र से कहना चाहूंगा कि वे हमारे साथ अपने उद्गार बांटें।"

विद्यार्थियों में हर्ष और उत्साह की लहर दौड़ गई।

"मेरा स्वधर्म लेखन है। लेखन मुझ पर, मेरे अध्यापन पर इतना हावी हो गया है कि यदि मैं उससे विद्रोह करूंगा तो न अध्यापन कर पाऊंगा, न ही लिख सकूंगा। हां, प्रयत्न यही है कि लेखन के माध्यम से भी आपसे मेरा संबंध बना रहे।

"दामिनी ने अभी मुझे हिंदी-साहित्य के आधार-स्तम्भ के रूप में संबोधित किया। यह उसकी अपनी भावना हो सकती है, मैं इसे स्वीकार नहीं कर पा रहा।...अभी जैन साहब ने कहा कि दामिनी दूसरे कॉलेज में है तो मैं इस बात को भी नहीं मानता कि स्थान-परिवर्तन से संबंध समाप्त हो जाता है। गुरु-शिष्य का नाता सिर्फ वर्तमान तक ही तो सीमित नहीं होता। वैसे सामान्यतः यही कहा जाता है कि अमुक कक्षा में वे हमारे गुरु थे; किंतु मैं सोचता हूं कि अगर किसी कारण से हमें अपने मां-पिताजी से अलग होना पड़े तो क्या हम उनके विषय में ऐसा कहेंगे कि जब तक हम उनके सान्निध्य में रहे, जब तक उन्होंने हमारा पालन-पोषण किया, तब तक वे हमारे मां-बाप थे। मैं इसे स्वीकार नहीं कर पाता। मुझे लगता है कि जिन लोगों से कभी भी कुछ भी सीखा है, वे सब मेरे गुरु हैं; न कि थे।" वे रुक गए...

"आप लोगों से बहुत स्नेह मिला है," ...बहुत भावुक हो गए थे वे। चश्मे के कोने से उन्होंने अपने अश्रु पोंछे और बोले, "आज के दिन मैं तुम लोगों से यही कहूंगा कि जीवन को निरंतर स्वच्छ करने का प्रयत्न करना। आत्मा को निर्मल रखना। अपने स्वरूप को पहचानना। यह छल-छंद भरा संसार तुम्हारा लक्ष्य नहीं है। अपने लक्ष्य को पहचानो और उसे प्राप्त करने का प्रयत्न करो।"

विद्यार्थी, डॉ. नरेन्द्र से भी अधिक विह्वल हो उठे थे...

6

डॉ. नरेन्द्र ने कक्ष में प्रवेश किया तो सब उठकर खड़े हो गए।

उन्होंने घड़ी देखी, "सब एकत्रित होकर आए हो, इसीलिए देर हो गई लगती है।" सहज रूप से पूछते हुए वे बैठ गए, "बारात जुटते-जुटते देर कर ही देती है।"

"और आजकल तुम क्या कर रही हो?" उन्होंने निष्ठा की ओर दृष्टि की।

"सर, बी.एड. कर रही हूं।"

"एम.ए. करने में कोई रुचि नहीं है?"

निष्ठा ने अस्वीकृति में गर्दन हिला दी, "सर, मेरा परिवार... वे मेरा विवाह करने की तैयारी में हैं। बी.एड. करके नौकरी की संभावना अधिक है।"

"विवाह और नौकरी ठीक हैं; किंतु जीवन का लक्ष्य हमेशा ऊंचा होना चाहिए। विवाह और एम.ए. में कोई विरोध तो है नहीं।" उन्होंने कॉफी का कप उठाते हुए कहा।

"सर," दामिनी ने पकौड़े की प्लेट उनकी ओर बढ़ाई, "आप खा नहीं रहे?"

"आज मंगलवार का व्रत है।"

"सर," निष्ठा ने मुस्कराते हुए उनकी ओर देखा, "गरम-गरम पकौड़े आपको ललचाते नहीं?"

वे मुस्कराए, "यही तो संयम है।"

"तुम लोग कुछ खा नहीं रहे?" प्रशांत को फोल्डर में से कुछ निकालते देख डॉ. नरेन्द्र की पत्नी ने पूछा।

"नहीं तो। हम तो बहुत खा चुके।" प्रशांत ने कप उठा लिया।

"ये लड़कियां नहीं खा रहीं।" डॉ. नरेन्द्र ने दामिनी और निष्ठा की ओर देखा, "मेरे विद्यार्थी जीवन में मेरे मित्र मेरे घर आते थे तो मेरी मां कहती थीं, लड़के तो निःसंकोच खा लेते हैं, परंतु लड़कियां नहीं खातीं।" वे हंसे, "और मुझे भी लगता है, लड़कियां अधिक ही नखरे करती हैं।"

निष्ठा मुस्कराई!

"सर," प्रशांत ने डॉ. नरेन्द्र का ध्यान अपनी ओर खींचा, "हम विश्वविद्यालय की तरफ से एक पत्रिका निकालने जा रहे हैं। उसके पहले अंक के लिए आपका शुभकामना संदेश चाहते हैं।"

अन्य विषयों पर चर्चा होने लगी। डॉ. नरेन्द्र ने बताया कि मुहल्ले में आजकल बहुत शोक पसरा हुआ है, पड़ोस में एक बच्चे का अपहरण करके हत्या कर दी गई है।

"सर," दामिनी ने जिज्ञासा की, "मरने के बाद मनुष्य का क्या होता है!"

वे विस्मित थे, "मैं अभी उस अवस्था में नहीं पहुंचा। कैसे बता सकता हूं।"

दामिनी सकपका गई, "मृत्यु के बाद आत्मा मुक्त हो जाती है। किसी प्रकार का कोई बंधन नहीं। सुख-दुख से परे चले जाना!"

"स्वामी विवेकानंद ने जब निर्विकल्प समाधि का सुख पाया तो उन्होंने वापस सामान्य स्थिति में लौटना नहीं चाहा।" वे रुके, "परंतु यह तो बहुत ऊंची अवस्था है। हां, जिस समय आप पूरी तरह से शुद्ध

हो जाएंगे, उसी समय ईश्वर आपके सामने प्रकट हो जाएंगे। और मुक्त होने के लिए तो आवश्यक है कि अंत समय में आपकी कोई इच्छा ही न हो।"

"यह तो बहुत आसान है सर। मरते समय हम कोई इच्छा ही न करें।"

वे हंस पड़े, "इतना आसान भी नहीं है। जन्म से मृत्यु तक जैसा जीवन बिताएंगे, अंत समय मन की गति भी तो वैसी ही होगी।"

"सर," निष्ठा के मन में असमंजस उभरा, "क्या हर धर्म के यही नियम हैं?"

"ईश्वर तो एक ही है, उपासना पद्धतियां अनेक हैं।" वे गंभीर हो गए, "जैसे विद्युत तो एक ही है परंतु जब फ्रिज में जाती है तो बर्फ जमा देती है, टेलीविज़न में जाती है तो दृश्य दिखाई देने लगते हैं, बल्ब में जाती है तो उसका रूप अलग हो जाता है। हर धर्म ने एक ही शिक्षा दी है—मानवता की, सबसे प्रेम करने की। छल-छंद से दूर रहकर जो सात्विकता को अपने जीवन का अंग बना लेता है, प्रेम के स्वरूप को समझ लेता है, वह ईश्वर को भी जान लेता है।"

7

विश्वविद्यालय में विभाग में नए आए विद्यार्थियों के स्वागत का अवसर था।

दामिनी को आश्चर्य हुआ कि अध्यापकों में केवल तीन ही आमंत्रित हैं...प्रोफेसर आनंद, प्रोफेसर विष्णु और मिसेस नेगी।

अभी पिछले सप्ताह ही तो दामिनी कक्षा से बाहर निकल रही थी। विभाग के क्लर्क रूपेश को सामने से आते देख रुक गई।

"अब तुम्हारी भक्तिकाल की कक्षा है?" उन्होंने पूछा।

"हां। परंतु लंच के बाद।"

"दरअसल उस विषय के अध्यापक आकर, विभागीय कक्ष में बैठ गए हैं। उनकी उपस्थिति में मिसेस नेगी, प्रोफेसर आनन्द और प्रोफेसर विष्णु बहुत व्याकुल हो रहे हैं। भोजन भी नहीं कर रहे।" कुछ क्षण रुककर बोले वे, "अब वे कक्षा में आएं तो उन्हें बुधवार और शुक्रवार के स्थान पर किसी और दिन कक्षा लेने के लिए कहना।"

चार महीने से विश्वविद्यालय में वह बहुत कुछ ऐसा देख और सुन रही थी। प्रोफेसर आनन्द, विष्णु और मिसेस नेगी सब कुछ अपनी इच्छानुसार चाहते थे। साहित्यिक आयोजनों में विद्यार्थी स्वयं कभी किसी चिंतक या साहित्यकार को बुलाना चाहते तो उन्हें डपट दिया जाता था। चापलूसी करने वाले विद्यार्थी उनकी कृपा प्राप्त कर अच्छे अंक प्राप्त करना चाहते।

मिसेस नेगी की बातें परस्पर विरोधी हैं, "अपने दायित्व को निर्धारित करना बहुत मुश्किल है। लेखनी थामे रखिए परंतु हिंदी-साहित्य को उन्नत करने जैसा बड़ा दायित्व लेने का दंभ मत कीजिए। ढंग से कपड़े पहनना और बाल संवारना सीख लीजिए, यही बहुत है।"

लक्ष्य कोई भी हो, ऊंचे उठना है तो उद्यम और संघर्ष तो करना ही पड़ेगा। इतना निराशावादी दृष्टिकोण! प्रोत्साहन न दें, प्रशंसा न करें, कम से कम विद्यार्थियों को हतोत्साहित तो न करें।

उसे अनायास डॉ. नरेन्द्र की याद आ गई। एक बार उन्होंने कहा था, "मैं नई मानवता से हमेशा आश्वस्त हूं। मैं उन लोगों में बिल्कुल नहीं हूं जो यह मानते हैं कि आगे तो अब कुछ होगा ही नहीं, जो कुछ होना था, सब अतीत में हो गया। अगर ऐसा ही होता तो फिर हमारी भी कोई जरूरत नहीं थी। मेरा तो आग्रह इसी पर है कि निरंतर वे लिखें। लिखते समय किस समय उनकी प्रतिभा प्रौढ़ होगी और किस समय वे अपने पूर्ण रूप में नई रचनाएं देगी, यह लेखक के लिए भी समझना मुश्किल होता है।"

"दामिनी, वर्तिका," प्रशांत घूमता हुआ उसके पास आ पहुंचा, "देखो... हमारी पत्रिका का प्रथम अंक।"

पत्रिका देकर वह आगे बढ़ गया।

"दामिनी," वर्तिका ने पत्रिका का पृष्ठ पलटते हुए कहा, "देखो, इसने पत्रिका के संरक्षकों में प्रोफेसर आनंद, प्रोफेसर विष्णु और मिसेस नेगी का नाम लिखा है।"

दामिनी हतप्रभ हुई। क्या कहे!

* * * * * *

एम.ए. का अंतिम पर्चा था। दामिनी बहुत प्रसन्न थी। आठ पर्चे करते-करते दिमाग भन्ना गया था। अब जाकर मुक्त मिली।

सबके हाव-भाव में उन्मुक्तता लौट आई थी।

"दामिनी," प्रशांत ने कहा, "संस्कृत-विद्यापीठ की ओर से तेरह दिन के लिए एक शिविर लग रहा है। उसमें एक दिन डॉ. नरेन्द्र को आमंत्रित किया गया है।"

"सच!" उसकी आंखों की चमक और आवाज के उत्साह से प्रशांत जरा संकुचित हुआ।

"हां, लेकिन शाम को साढ़े छह से साढ़े सात बजे का कार्यक्रम है। स्थान भी तुम्हारे घर से बहुत दूर है।"

"ओह!" उसकी चमक बुझ गई। आंखों में निराशा झलकी, "मुझे अनुमति नहीं मिल पाएगी।"

"...।"

दामिनी ने सवालिया निगाहों से आदित्य की ओर देखा, "तुम जाओगे आदित्य।"

"हां।"

"मेरी नमस्ते सर तक पहुंचा देना।"... आगे बोल नहीं पाई।

"पहुंचा दूंगा," आदित्य ने उसे सांत्वना दी, "अब तो छुट्टियां हो रही हैं। किसी दिन डॉ. नरेन्द्र के घर चले चलेंगे।"

दामिनी के चेहरे पर मायूसी के भाव बने रहे। उन्हें सुनने का इतना अच्छा अवसर मिल रहा है; परंतु जाना चाहकर भी वह कितनी मजबूर है।

* * * * * *

फोन बजा।

"हैलो!"

"दामिनी बोल रही हो?"

दामिनी ने पहचाना... डॉ. नरेन्द्र थे। इस आवाज को भला वह कैसे भूल सकती है।

"हां सर।" वह उत्फुल्ल हो उठी।

"तुम्हारी नमस्ते मिल गई।" उन्होंने चुहल करते हुए कहा।

"सर, कल तो बहुत बारिश हो रही थी," उसने जिज्ञासा की, "ऐसे खराब मौसम में भी आप चले गए?"

"वे लोग लेने आ गए थे।"

"मैं भी जाना चाहती थी; किंतु जा नहीं पाई।" दामिनी उदास हो गई, "आप किस विषय पर बोले?"

"पत्रकारिता और प्रकाशन की समस्याओं के विषय में।" उन्होंने उसे सहज किया, "इतने भाषण तो तुमने सुने हैं। अगर एक छूट गया तो क्या हुआ?"

वह चुप हो गई।

वे भी मौन रहे।

"सर," उसने हड़बड़ाकर कहा। कहीं ऐसा न हो कि कोई बात न होने पर 'अच्छा' कहकर वे फोन रख दें।

"सर, आप गोष्ठी कब कर रहे हैं?"

"मौसम थोड़ा ठीक हो जाए। और, आजकल तुम क्या लिख रही हो?"

"क्या करूं लिखकर!" उसके स्वर में शिकायत थी, "आप गोष्ठी तो कर नहीं रहे।"

वे हंसे, "सोच लो कि इस रविवार की गोष्ठी है। अब जल्दी से एक कहानी लिख लो।"

"ठीक है सर।" वह हंस दी।

"और पढ़ क्या रही हो?"

"समझ नहीं आ रहा, क्या पढ़ूं। आपकी जितनी रचनाएं उपलब्ध हो सकीं, वे सब तो पढ़ लीं।"

"साहित्य-संसार सिर्फ मेरी रचनाओं तक ही सीमित है क्या? मैं पहली सीढ़ी हूँ, साहित्य का आकाश नहीं।"

वह थोड़ा हतप्रभ हुई।

"तो क्या पढ़ूं सर?" वह साकार मासूमियत हो गई थी।

"हूं।" वे सोचते हुए बोले, "तुम कहानियां लिखती हो। टालस्टाय की कहानियों से पढ़ना आरंभ करो।"

"टालस्टाय...।" दामिनी का मन स्फूर्ति और उमंग से भरा हुआ था।

8

धरती अब भी घूम रही थी।

दामिनी स्तब्ध थी। परीक्षा फल आया था। अपने अंक देखकर दामिनी को सहसा विश्वास नहीं हुआ... 'सैंतालीस प्रतिशत अंक!'... मन-मस्तिष्क पर अवसाद का पहाड़ टूटा था।

लेकिन ऐसा कैसे संभव है! अधिक आत्मविश्वास के कारण पूरे वर्ष पढ़ाई नहीं की थी और उपस्थिति की अनिवार्यता न होने के कारण स्वच्छंद हो गई थी वह। परंतु इतनी मूर्ख तो नहीं थी कि तृतीय श्रेणी आए।

उसने अपनी इच्छा से शिक्षा का क्षेत्र चुना है। मां-पिताजी को क्या जबाव देगी!

पहले तो वह सकते की सी हालत में रही, 'ऐसा कैसे हो गया, उसके पर्चे इतने खराब तो नहीं हुए थे।' फिर दुविधा जागी। संदेह जागा... कहीं यह अध्यापकों का उसके प्रति रोष तो नहीं?

... सब से बड़ी चिंता... डॉ. नरेन्द्र का सामना कैसे करेगी?...

उधर से डॉ. नरेन्द्र का फोन आ गया, "कैसी हो दामिनी? अंक कैसे हैं?"

"....।"

"कम हैं? कोई बात नहीं," उन्होंने सांत्वना दी, "आगे मेहनत करना। जिस-जिस पर्चे में अच्छे अंक आने की उम्मीद है, उनका पुनर्मूल्यांकन करा लेना।"

"सर!" दामिनी का अवसाद कुछ क्षीण हुआ, "मेरे पर्चे तो अच्छे हुए थे।"

"हो सकता है। पर एम.ए. का अपना स्तर होता है।" वे बोले, "आदित्य कह रहा था कि तुम केवल कुछ महीने ही कक्षा में गई।"

"हां सर," वह संकुचित हुई, "आरंभ से ही मैंने पढ़ाई भी नहीं की।"

"हां, आरंभ से पढ़तीं तो शायद यह स्थिति न आती।" उन्होंने समझाया, "कक्षा में जाया करो। अध्यापक व्यर्थ तो पढ़ाने नहीं आते। जो हो गया, उसे भूलकर आगे मेहनत करो।" वे रुके, "मेरे बड़े बेटे के बी.ए. प्रथम वर्ष में पचपन प्रतिशत अंक आए। पुनर्मूल्यांकन में और कम हो गए। परंतु उसने मेहनत की और तृतीय वर्ष में उसके बहत्तर प्रतिशत अंक आए।"

"लेकिन सर! हिंदी में इतने अंक कैसे आ सकते हैं!"

"इतने नहीं। किंतु जितने आ सकते हैं...। साठ प्रतिशत।"

दामिनी मौन हो गई, 'सैंतालीस से सीधे साठ।'

"ऐसा हो सकता है सर?"

"परिश्रम करो तो कुछ भी असंभव नहीं है।"

दामिनी निराशा से उबरी...सर को उस पर कितना विश्वास है।...

"हां," कुछ क्षण रुक-कर बोले वे, "अध्यापकों से लड़ना नहीं। इन्हीं के बीच रहकर तुम्हें एम.फिल. और पीएच.डी. करनी है।"

दामिनी भौचक सी रह गई।... वे शायद उसकी प्रकृति से परिचित हैं।

"ठीक है सर।" उसका उल्लास लौट आया था, "नहीं लड़ूंगी।"

* * * * * *

वह 'महासमर' का पाँचवां भाग 'अंतराल' पढ़ रही थी। उसका ध्यान ठिठका... डॉ. नरेन्द्र ने प्रकृति के हर कार्य में कार्य-कारण संबंध स्थापित किया है। उपन्यास में ही नहीं, वे तो जीवन में भी ऐसा ही मानते हैं। उस दिन कह रहे थे, "मैं विश्वविद्यालय के विद्यार्थियों को शोध-कार्य कराना चाहता था। प्रोफेसर न बन पाने पर दुःख भी हुआ। परंतु बाद में समझ में आया, जो हुआ अच्छा हुआ। लिखने की तरफ अधिक अग्रसर हुआ। इस माध्यम से आत्मविकास किया। लिखकर या पढ़कर यह जो उपलब्धि हुई, वह ज्यादा महत्वपूर्ण और सुखदायक है।"

वे मानते हैं कि दुःख या कष्ट भी हमारे कल्याण के लिए आते हैं। ईश्वर हमारी आत्मा की मैल को धोने के लिए दुख देता है।

परंतु क्या प्रकृति का हर कार्य, हर दुःख-कष्ट हमारे विकास से संबंधित है?...उसकी तृतीय श्रेणी, उसका अपमान, घर-बाहर सबकी उपेक्षा... क्या अच्छा हुआ इसमें?...

वह पढ़ती चली गई, 'क्रिया की प्रतिक्रिया व्यक्ति की इच्छा के अधीन नहीं, स्रष्टा के नियमों के अधीन होती है।'...

स्रष्टा के नियम इतने कठोर क्यों हैं? और डॉ. नरेन्द्र उनका समर्थन कर रहे हैं!

उसने पृष्ठ पलटे। कृष्ण का चिंतन सामने आया, 'कर्म करो, उसका फल निर्धारित मत करो। प्रत्येक कर्म में उसका फल निहित है।'

कृष्ण के रूप में अकस्मात ही जैसे उसके नेत्रों के समक्ष डॉ. नरेन्द्र आकर खड़े हो गए। वे मुस्करा रहे थे, "कर्म का फल तो मिलेगा ही; परंतु अकर्म में प्रीति न हो। अन्यथा उसके लिए प्रकृति दंडित भी करेगी।"

संदेह मिटने लगा। ईश्वर की इस कठोरता, इस दंड में भी कितनी करुणा सन्निहित है। उन्होंने उसके इस अभिमान को तोड़ा कि वह बिना कर्म किए भी सफल हो सकती है। बिना परिश्रम किए वह मीठे फल की आशा लगाए बैठी थी। दुःख की इस घड़ी में वह व्यक्ति के आचरण से परिचित हुई। करुणा और सहानुभूति का महत्व प्रतिपादित हुआ।... यह भी उपलब्धि ही तो है।

* * * * * *

दामिनी विश्वविद्यालय के पुस्तकालय में पुस्तकें ढूंढ रही थी।

आदित्य बिना कुछ बोले, उसके सामने आकर खड़ा हो गया।

"तुम?"

"हां, मैं।" वह हंसा, "बहुत दिनों से तुमसे मुलाकात नहीं हुई थी, इसलिए चला आया।"

वे पुस्तकालय से बाहर निकल आए।

"तुमने व्यर्थ ही परीक्षा नहीं दी।" उसने आदित्य को देखा, "पढ़ रहे होते तो हम मिलकर पढ़ाई तो कर लेते।"

"मेरे बदले की पढ़ाई भी तुम ही कर लो।" स्वर में आई वेदना को उसने हंसी की ओट दी।

दामिनी मौन हो गई। पारिवारिक परिस्थितियों के कारण आदित्य के लिए नौकरी अधिक महत्वपूर्ण थी, शिक्षा नहीं।

"तुमने कोई पुस्तक तो ली ही नहीं।" उसने दामिनी के खाली पर्स की ओर देखा।

"हां। आलोचना की पुस्तकें यहां वैसे ही कम हैं। जो हैं, वे जिसके हाथ पड़ जाती हैं,वह लौटाता ही नहीं। फलतः परीक्षा तक पुस्तकें मिलतीं ही नहीं।"

"फिर...!"

"दो महीने ही बचे हैं।"

"डॉ. नरेन्द्र से कहो।...उन्होंने अपने घर में कितनी बड़ी लाइब्रेरी बना रखी है।"

"कहीं नहीं मिल पाई, तो उनसे पूछ लेंगे।" उसने सहसा बात बदली, "चार दिन बाद डॉ. नरेन्द्र की जन्मतिथि है। याद है, पिछले वर्ष तक हमारे यहां फोन नहीं लगा था और पिताजी के ऑफिस का नंबर भी बदल गया था। उन्होंने 197 से सही नंबर मालूम कर पिताजी के माध्यम से मुझे आमंत्रित किया था।"

"हां," आदित्य जैसे कहीं खो गया, "सर के मन में सबके लिए कितना अपनत्व है। कभी-कभी मुझे बड़ा आश्चर्य होता है कि कितना स्नेह है उनके पास! जितना हम उन्हें देते हैं, उससे कहीं अधिक प्रतिदान में वे हमें दे देते हैं।"

"सचमुच!"

* * * * * *

दृष्टि पुस्तक पर थी, मन कहीं और। और यह उदासी...।

आज डॉ. नरेन्द्र के जन्मदिन की वर्षगांठ है। इस बार उनका निमंत्रण नहीं आया।

डॉ. नरेन्द्र से न मिल पाने पर उसे ऐसी व्याकुलता क्यों घेर लेती है? अपने इस प्रश्न का उत्तर उसे कभी मिल नहीं पाया। इस वर्ष उन्होंने कोई गोष्ठी भी तो नहीं रखी थी। इस बहाने उनसे हर महीने मिल तो लेती थी। वे अपने पुत्र के विवाह में व्यस्त थे। दीपावली पर मिलने गए थे। उसे भी दो महीने हो चुके।

एक आशा थी, उनकी जन्मतिथि! परंतु बुलावा ही नहीं आया। अंक कम आए तो रुष्ट हो गए!

डॉ. नरेन्द्र से इतना मोह क्यों है? क्यों वह इतनी असहाय हो उठती है!...

स्वयं को नहीं संभाल पाई तो उनका नंबर मिलाया, "सर, जन्मदिन की हार्दिक बधाई।"

"धन्यवाद।" स्वर तो रूठा सा नहीं था।

"...।"

"आदित्य ने फोन किया था।" उन्होंने मौन को तोड़ा, "तुमने उससे कहा कि मैं तुमसे रुष्ट हूं।"

"मैंने!"

"...।"

"सर," उसने बात को मोड़ दिया, "इस वर्ष आपकी क्या उपलब्धियां रहीं?"

"उपलब्धि!..."

"आपकी प्रकाशित होने वाली रचनाएं।...अब आपसे तो मिल नहीं पाते। आपकी रचनाओं से ही प्रेरणा मिलती है।"

"इस वर्ष 'प्रच्छन्न' आना है।" वे रुके, "वैसे गुरु की उपलब्धि तो इसमें है कि उनके विद्यार्थी उनसे भी आगे बढ़ें।"

दामिनी संकुचित हो उठी।

"आदित्य कह रहा था, तुम्हें कुछ पुस्तकों की आवश्यकता है। किसी भी दिन घर आ जाओ। देख लेना, तुम्हारी जरूरत की कौन सी पुस्तकें हैं।"

"ठीक है सर।"

...वह क्यों इतनी भयभीत रहती है कि किसी न किसी बात से डॉ. नरेन्द्र उससे अप्रसन्न होकर उसे अपने स्नेह से वंचित कर देंगे। उनकी वह करुणा और फिर यह भय! यह परस्पर विरोधी रूप। कैसा पाजी है उसका मन।

... मनुष्य कभी संतुष्ट नहीं होता। हो सकता है, उन्होंने अपने जन्मदिन पर कोई कार्यक्रम न रखा हो। आयोजन रखा हो और उसे बुलाना आवश्यक न समझा हो। इतने बड़े साहित्यकार। वह है क्या जो हर कार्यक्रम में उसे आमंत्रित किया ही जाए!... रात भर वह सो नहीं पाई।

प्रातः फोन किया...

"सर!" कैसे आरंभ करे?

"....।"

"सर," उसने हिचकते हुए कहा, "मैंने कहा था कि आप मुझसे नाराज हैं। आपको यह बात बुरी तो नहीं लगी?"

"नाराज क्यों होऊंगा? होऊंगा तो बता दूंगा," रुककर बोले वे, "तुम ऐसे ही कहती रहीं तो जरूर हो जाऊंगा।"

"नहीं सर," उसकी आंखों से अश्रु निकल पड़े, "मुझे बहुत शर्म आ रही है।"

"ओह!" वे हंस पड़े, "वह जो शर्म आ रही है न, उसको किसी अच्छे से डिब्बे में सहेज लो और घर आ जाओ।"

वह शर्म से गड़ी जा रही थी... कितना जाना उसने उन्हें! व्यर्थ की शिकायत मन में संचित कर ली।

उसका मन व्यग्र हो उठा। इतना कुछ सोचकर, इतना कुछ कहकर अब कैसे वह उनकी नज़रों का सामना करेगी?...कैसे उनके सामने जाएगी?

डॉ. नरेन्द्र ने शायद उसके संकोच का अनुभव किया, "कल तो घर पर कुछ मेहमान आ रहे हैं। ऐसा करो, आज आ जाओ।"

दामिनी कुछ क्षण संकोच में डूबी रही, फिर 'हाँ' कर दी।

रिसीवर रखने के बाद भी मन उलझा ही रहा। विवेक कुछ सोचने के लिए बाध्य कर रहा था। प्रश्नों में उलझाने का प्रयत्न कर रहा था, 'क्या इस प्रकार उनसे पुस्तकें लेना उचित है?'

भक्त क्या चाहता है? अपने आराध्य का सान्निध्य; और उसके लिए वह अपने दुर्गुणों को दूर कर जीवन को स्वच्छ करता है।... 'अपनी भक्ति से उसे उनका स्नेह प्राप्त हुआ, जीवन का सही लक्ष्य मिला, सुख का नया आयाम मिला।' पुस्तकें...!

स्वामी विवेकानंद... उन दिनों वे अपने परिवार के लिए अन्न-वस्त्र प्राप्त न हो सकने की चिन्ता से ग्रस्त थे। गुरु ने उन्हें अपनी इच्छा-पूर्ति हेतु मां भवतारिणी के पास जाने का परामर्श दिया। वे गए। देवी की मूर्ति के समक्ष हाथ जोड़ते ही उनके मन की अवस्था बदल गई, 'वे देवी से अपनी तुच्छ आवश्यकताओं की पूर्ति हेतु कुछ मांग रहे हैं। इतनी विराट सत्ता से वे ऐसी तुच्छ मांग करेंगे?'

"भक्ति दो, वैराग्य दो, विवेक दो मां।"

* * * * * *

अनूप बी.एड. कर रहा था। कॉलेज शकरपुर में ही था। इसी बहाने कभी-कभार उसके घर आ जाया करता था।

वह पहुंचा तो दामिनी के हाथ में एक निमंत्रण पत्र था।

"बहुत खुश दिखाई दे रही हो।"

"अठारह जनवरी को डॉ. नरेन्द्र के उपन्यास 'प्रच्छन्न' का लोकार्पण है।"

"किसके हाथों से हो रहा है।"

"अटलबिहारी वाजपेयी विमोचन करेंगे।"

उसकी आंखों में आश्चर्य की चमक झलकी।

"डॉ. नरेन्द्र ने कहा था, 'गुरु के द्वार अपने शिष्यों के लिए सदा खुले रहते हैं।' सर से मिले बहुत समय भी हो गया है।" उसने उसे देखा, "कांस्टिट्यूशन क्लब का रास्ता मालूम है?"

"मंडी हाउस के आसपास है।"

"मैं ले चलूंगा।"

* * * * * *

"किस सोच में डूबी हुई हो?" अनूप ने उसके विचार प्रवाह को भंग किया।

"कुछ नहीं।" उसने उसे देखा, "तुम कुछ विचलित लग रहे हो।"

"हां। मैं ऑटोग्राफ बुक लाना भूल गया। अटल जी के ऑटोग्राफ लेना चाहता था।"

दामिनी मौन हो गई

"कैसा लगा लोकार्पण?" लौटते समय अनूप ने पूछा।

"बहुत अच्छा।" दामिनी उल्लसित हो उठी, "सर के कार्यक्रम कितने व्यवस्थित होते हैं। मुझे कार्यक्रम की अनौपचारिकता बहुत अच्छी लगी। प्रायः ऐसे कार्यक्रमों में सब बढ़-चढ़कर तारीफ करते हैं। परंतु यहां सबने बेबाक टिप्पणी की। अपनी स्पष्ट राय दी।" उसने अनूप को देखा, "आते समय तुमने सर से विदा क्यों नहीं ली?"

"सबने उन्हें इस प्रकार घेर रखा था। ऐसे में क्या बात हो सकती थी। हां..."

दामिनी मुस्करा दी।

* * * * * *

निर्मल की पत्नी की चित्र-प्रदर्शनी का उद्घाटन ग्यारह मार्च को डॉ. नरेन्द्र कर रहे थे।

उद्घाटन शाम साढ़े पांच बजे था। उनसे मिलने का उल्लास उसे सुबह से ही चैन नहीं लेने दे रहा था।

वह दस मिनट पहले ही पहुंच गई। डॉ. नरेन्द्र अभी नहीं आए थे। वह किसी से परिचित नहीं थी। निर्मल और उनकी पत्नी अतिथियों के स्वागत में व्यस्त थे।

डॉ. नरेन्द्र आए तो एक हड़बड़ाहट सी मच गई। सबने उन्हें घेर लिया। उसका आगे बढ़ा हुआ कदम हिचक गया...। वे बड़े लोगों में व्यस्त थे...

"कैसी हो दामिनी?" उस पर दृष्टि पड़ते ही उन्होंने पूछा।

सबकी दृष्टि उसकी ओर उठी। वह अपने-आप में सिमट गई।

"ठीक हूं सर।" गर्दन हिलाकर धीरे से कहा उसने।

उद्घाटन की समाप्ति पर वह डॉ. नरेन्द्र के पास आ गई।

"सर, जा रही हूं।"

"चित्र देख लिए?"

"हां सर।" उसने गर्दन हिला दी।

"परीक्षा कब से है?"

"चार अप्रैल से।"

"तब तो कुछ ही दिन बचे हैं। पढ़ाई कर रही हो न?"

"हां सर।"

"सिर्फ हां नहीं," अधिकारयुक्त स्नेह के साथ बोले वे, "अच्छी तरह पढ़ाई करनी है। अपने लक्ष्य को सामने रखना है।"

वह भीतर तक सिहर उठी।

"वैचारिकी में कहानी भेज दी तुमने?"

"हां सर, फरवरी में भेजी थी।"

"ठीक है, अब पढ़ाई में मन लगाओ।"

वह उत्साह से आप्लावित घर लौटी।

* * * * * *

हाथ में 'नवभारत टाइम्स' था; परंतु ध्यान कहीं और। आज दो अप्रैल है। परसों से परीक्षाएं। परिश्रम तो करना ही है। एम.फिल. में प्रवेश के लिए पचपन प्रतिशत अंक तो चाहिए ही।

पृष्ठ पलटा। दूसरे ही पृष्ठ पर डॉ. नरेन्द्र की तस्वीर देखकर चकित हुई। एक ही सांस में पूरी खबर पढ़ गई। डॉ. नरेन्द्र को दिल्ली हिंदी अकादमी के इस वर्ष के 'शलाका-सम्मान' से अलंकृत किए जाने के निर्णय का समाचार था।

पुलक! ओह कैसा सुख!

हिंदी साहित्य को डॉ. नरेन्द्र का योगदान! उनका लेखन तप था! साधना! लेखन का लक्ष्य 'बहुजन हिताय, बहुजन सुखाय'। राग-द्वेष से मुक्त। न्याय-अन्याय का विश्लेषण! मानवता में आस्था! सृजन... केवल सृजन! ध्वंस नहीं! ईर्ष्या नहीं! द्वेष नहीं! घृणा नहीं! वैर नहीं! समस्या का समाधान! कष्टों की निवृत्ति का उपाय! देश का वर्तमान और भविष्य! देश को झुलसाती हुई आग! क्या करें इसका?...खंडित, तिरस्कृत जीवन को सम्मान मिले!... भाषा को सिंगार मिले!... संस्कृति की रक्षा! परंपरा का प्रवाह! निराशा और हताशा के लिए सांत्वना का लेप! पौराणिक कथाओं का वर्तमान में जीवन्त होकर सार्थक होना।...वे और उनके उपन्यासों के चरित्र एकरूप हो गए हैं। युगों का अंतराल मिट गया है। पढ़कर लगता है, यह सब कुछ तो हमारे अपने समाज में हो रहा है। धृतराष्ट्र तो फिर भी नेत्रहीन था, परंतु हमारे शासक... वे तो आंखें होते हुए भी नेत्रहीन बने हुए हैं। कभी राम, कभी कृष्ण, कभी विवेकानंद और कभी रामलुभाया बनकर डॉ. नरेन्द्र उन समस्याओं का समाधान प्रस्तुत कर रहे हैं। अपनी मर्यादा, परंपरा, विचार और संस्कृति से पाठक को परिचित करा रहे हैं।...

उनके यश और सम्मान की सूचना से कैसा तो मद भर आया था मन में।

* * * * * *

परीक्षाएं समाप्त हो गईं परंतु सिर का बोझ समाप्त नहीं हुआ था।

पिताजी संतुष्ट नहीं थे। कभी नहीं रहे। उनकी दृष्टि में वह एक भावुक और मूर्ख लड़की थी जिसे अपने भले-बुरे की समझ नहीं थी।

पिताजी की शिकायतें... 'किसी अंधे को सड़क पार क्यों कराती है? परिवार से बाहर के संबंधों को गंभीर क्यों मानती है? लाभ, अपना स्वार्थ क्यों नहीं साधती? आदर्श, भावुकता, सच्चाई, नैतिकता... ये सब बातें सिर्फ परिवार में ठीक हैं, समाज के लिए नहीं। मित्रता बराबर के पद और धन वालों से होती है।...

अपनी छोटी बेटी, साक्षी, उन्हें सदा प्रिय रही। वह नौकरी के लिए पढ़ रही थी, दामिनी अपने लिए। पिता से उसकी प्रकृति का विरोध। वात्सल्य उसकी मनमानी मानने पर विवश भी होता रहा, और अहं आहत भी होता रहा। संतुष्ट तो कभी हुए ही नहीं, उसके भविष्य को लेकर सदा आतंकित रहे।

वह एम.फिल. करना चाहती है, पिता बी.एड. करवाना चाहते हैं। उन्होंने तो उससे बी.एड. का फार्म भी भरवा लिया है। पर उसे बी.एड. नहीं करना तो नहीं करना।

पिताजी उसमें साक्षी को ढूंढते थे; और वह क्या करती है? स्तब्ध रह गई वह... वह हर पल पिताजी में डॉ. नरेन्द्र को ढूंढना चाहती है। कितना बड़ा सत्य उसकी दृष्टि से छिपा हुआ था। पिताजी उसे नहीं समझते तो वह ही कहां उन्हें समझने का प्रयत्न करती है।

सिर से जैसे एक भारी बोझ हट गया।

* * * * * *

बादल छंट गए लगते थे। पचपन प्रतिशत अंक ही नहीं आए थे, एम.फिल. में प्रवेश भी हो गया था। केंद्रीय हिंदी संस्थान के अनुवाद-पाठ्यक्रम की प्रवेश-परीक्षा में भी उत्तीर्ण! गोष्ठी भी आरंभ।

गोष्ठी आरंभ होने में पूरे पंद्रह मिनट बाकी थे,जब वह पहुंची।

"अंक कैसे आए?"

"सर, पचपन प्रतिशत आ गए।"

"सैंतालीस से पचपन। अच्छे हैं। परंतु पचपन से साठ प्रतिशत और अच्छे हैं।"

उसे ऐसी प्रतिक्रिया की तो आशा नहीं थी, "सर, साहित्य में पचपन प्रतिशत अंक लाने के लिए लोग तीन-तीन, चार-चार वर्ष लगा देते हैं।"

उन्होंने उसे देखा, "तुम मंदिर के पुजारी से शिक्षा लोगी या स्वामी विवेकानंद से?"

वह सोच में पड़ गई... पुजारी पूजा क्यों करता है? चढ़ावा आए। वह क्यों डॉ. नरेन्द्र की भांति आकाश को नहीं देखती।

"जहां हो, वहां से ऊपर उठने का प्रयत्न करो।"

निर्लज्ज गर्व गल गया, कच्ची बर्फ के समान!

"...।"

"...।"

"सर, मेरा लिखना रुक गया है। लिखना क्या, विकास ही रुक गया है।"

"हां," वे गंभीर थे, "पिछली दो-एक गोष्ठियों में मुझे भी ऐसा ही लगा। अच्छा लिखना हो तो अच्छे

रचनाकारों को पढ़ो भी। भाषा की साधना हो। कल्पना का विस्तार हो। इस उम्र में इतनी जिम्मेदारियां भी नहीं हैं कि पढ़ न सको।"

वह अपने में खो गई... पढ़ती तो वह है ही नहीं। मन लगाकर लिखती भी कहां है। सहेलियों के साथ घूमना...

"सर," उसने दूसरी उपलब्धि की सूचना दी, "अनुवाद-पाठ्यक्रम भी कर रही हूं।"

"क्यों? तुम्हारी ऊर्जा विभाजित नहीं होगी?" उन्होंने पूछा।

"हां, ऊर्जा तो विभाजित हो रही है।"

... हां! प्रातः एम.फिल. की कक्षाएं, शाम को अनुवाद... लिखना? सोचने तक का समय नहीं है... पढ़ेगी क्या...

"यह पाठ्यक्रम नौकरी के लिए?"

"हां सर। एक वर्ष का डिग्री पाठ्यक्रम है। सोचा, नौकरी मिल जाएगी।"

घर लौटी तो चिंतित थी। अनुवादक बनना उसका लक्ष्य नहीं है। किसी दूसरे की रचनाओं का अनुवाद! वह मौलिक लेखन करना चाहेगी। हिंदी अधिकारी? न! यह भी नहीं। अध्ययन-अध्यापन...। स्वाध्याय और अपनी अभिव्यक्ति! पर आजीविका? सबको चाहिए।...

अनुवाद पाठ्यक्रम छोड़ दिया उसने। अब लिखने के लिए समय ही समय था। किंतु केवल समय ही था। बिखरी शक्ति को समेटना! पुनः नए सिरे से लिखने की मानसिकता में आना! मुश्किल लगा। पहले तो विचार ही अंकुरित नहीं हो रहे थे। विचार अंकुरित हुए तो ध्यान बार-बार भटकने लगा।...पिछली कुछ गोष्ठियों में उसकी कहानियां किसी को बांध नहीं पाई थीं। डॉ. नरेन्द्र ने कहा कुछ नहीं। पर उनकी भंगिमा बोल रही थी। प्रसन्न नहीं थे वे। पिछली गोष्ठी के अंत में उन्होंने कहा भी था, "रचना, गोष्ठी का निमंत्रण पाकर नहीं, पहले से लिखकर रखा करो।"

* * * * * *

साहित्यिकी की संपादिका, मृदुला जी का फोन आया। उसकी कहानी उन्हें अच्छी लगी थी; परंतु...

"क्या?" सहजता से पूछा था उसने।

"प्रथम पृष्ठ पर ही समर्पण देख कहानी पढ़ने का ही मन नहीं हुआ।... सिफारिशी रचनाएं तो मैं बिना पढ़े ही वापस भेज देती हूं। वापसी लिफाफा संलग्न न होने के कारण रचना रखी रही। एक दिन कहानी पढ़ी तो अच्छी लगी। परंतु तुम्हारी यह बात अच्छी नहीं लगी।"

दामिनी स्तब्ध!

"ऐसा नहीं सोचा था," दामिनी बोली, "उनसे लिखना सीखा, उस पर लिखी कहानी उनको समर्पित कर दी।"

"तुम कहानी अपने पात्र को ही समर्पित कर दोगी?" वे बोलीं, "कहानी पढ़ने के पश्चात कोई पूछे तो उसे बता दो। वापसी लिफाफा होता, तो कहानी वापस जाती।"

"अब ध्यान रखूंगी।"

"हां," वे बोलीं, "कहानी अच्छी है और फरवरी अंक में आएगी।"

* * * * * *

दामिनी उत्फुल्ल थी। आज गोष्ठी में उसकी कहानी की प्रशंसा हुई थी।

डॉ. नरेन्द्र ने ठीक ही पहचाना... उसका स्वधर्म लेखन ही है। इधर उसने कुछ पढ़ा भी है।

* * * * * *

दामिनी ने अनुवाद पाठ्यक्रम छोड़ दिया था—अनूप इस बात को पचा नहीं पा रहा था। जिस संस्थान में प्रवेश पाने के लिए लोग तड़पते हैं, उसको ऐसे छोड़ दिया दामिनी ने!... थोड़ा सा समय देकर, उसे डिप्लोमा मिल रहा था। नौकरी का एक अतिरिक्त क्षेत्र खुल रहा था... इसे छोड़ने की मूर्खता क्यों? अव्यावहारिक मूर्ख कहीं की...

दामिनी क्या कहती।

"मैं संस्थान आने-जाने से थक जाती थी।"

"रोज जाने की जरूरत ही कहां है। केवल परीक्षा देने आ जाना।"

"और उपस्थिति?"

"कर लेंगे।"

दामिनी अवाक!... इतना महत्वपूर्ण संस्थान! उसके कायदे-कानून?

संस्थान के विभागाध्यक्ष डॉ. निरंजन से अनूप के अच्छे संबंध थे। उन्हीं की सिफारिश पर उसे आदर्श विद्यालय में नौकरी मिली थी। पर वह उनका भूतपूर्व विद्यार्थी ही तो है; किस अधिकार से सारे कायदे कानून तोड़कर उसे फर्जी उपस्थिति दिलवाने की बात कर रहा था?

मन में अनेक शंकाएं थीं... अनूप उसके लिए यह सब क्यों करना चाहता है? क्या योजना है उसकी? ऐसे विद्यार्थी भी तो हैं जो पाठ्यक्रम करना चाहकर भी उपस्थिति के अभाव में संस्थान छोड़ने के लिए विवश हैं; उन पर यह कृपा क्यों नहीं की जा रही!

यदि पाठ्यक्रम करना चाहती, तो भी इस प्रकार झूठ का सहारा? पाप है यह! अनूप का प्रस्ताव उसे छिपकली सा घिनौना लगा।

"परीक्षा देने के लिए पढ़ना पड़ेगा।" दामिनी ने आश्वस्त वाणी में कहा, "उतना समय नहीं है।"

अवाक अनूप मानो पलक झपकाना भूल गया। हताश स्वर में इतना ही कह पाया, "तो यह डॉ. निरंजन को बता देना।"

दामिनी साकार प्रश्न हो गई... क्यों आवश्यक है, डॉ. निरंजन को बताना? संस्थान न जाना, अपने आप में सूचना है। संस्थान न आने वाले को क्या 'कारण बताओ नोटिस' भेजा जाता है?

पर वह गई। सूचना दी। कारण भी बता दिया। वे कुछ और पूछते, उससे पहले ही बोली, "सर, अनूप ने कहा है कि आप मुझसे बात करना चाहते हैं।"

"हां," डॉ. निरंजन को जैसे कुछ याद आया, "तुम्हारे घर के पास 'लवली पब्लिक स्कूल' है न?"

"जी।"

"मेरी पत्नी की एम.एड. की पार्ट-टाइम कक्षाएं उस स्कूल में लगती हैं। वहां उनका दो बजे हाजिरी लगाना अनिवार्य है।"

"तो?" वह नहीं बोली, उसकी आत्मा बोली। पर आत्मा का बोला, व्यक्ति स्वयं ही नहीं सुनता तो कोई और कैसे सुन सकता है। डॉ. रंजन ने भी नहीं सुना।

"उनके लिए प्रतिदिन इतनी दूर जाना संभव नहीं है।"

"बहुत मोटी होगी।" आत्मा ने कहा।

"अनूप ने बताया होगा।"

"नहीं बताया।"

"बड़ा पाजी है।"

"वह तो है ही।"आत्मा बोली।

डॉ. निरंजन आत्मीय होने के चक्कर में हंसे, "उसने मुझ से कहा था कि दामिनी वहां पास ही रहती है। उपस्थिति लगा आया करेगी।..."

"ओह।"

'नहीं,' डॉ. नरेन्द्र ने जवाब दिया।

"तब मैंने ध्यान दिया कि तुम तीन महीने से संस्थान आई ही नहीं हो।"

धुंध छंट गई। डॉ. निरंजन के माध्यम से अनूप को नौकरी मिली थी। आदान-प्रदान का व्यापार अच्छा चल रहा था।

दामिनी उठ खड़ी हुई, "नमस्ते।"

"ऑ..." डॉ. निरंजन चौंके, "ठीक है।"

* * * * * *

प्रशांत अपनी पत्रिका के लिए स्वतंत्रता के विगत पचास वर्षों के हिंदी-साहित्य पर डॉ. नरेन्द्र के विचार जानना चाहता था।

दामिनी की तो पुरानी इच्छा थी कि डॉ. नरेन्द्र का कोई संदेश वह कैसेट पर रिकॉर्ड करे। प्रशांत से पत्रिका का यह कार्य उसने अपने हाथ में ले लिया। इस बहाने डॉ. नरेन्द्र से मिलना भी हो जाएगा और वह संदेश भी ले लेगी।

पहुंची तो ज़फ़र संजरी 'अभ्युदय' के एक खंड के नाट्य रूपांतर का उसका पाठ कर रहे थे। एक भाग पूरा हुआ तो उन्होंने ज़फ़र को रोक दिया, "जरा दामिनी से बात कर लूं।"

"सर! वह संदेश।"

"संदेश! क्या करोगी?"

"आप जो भी कहेंगे, उस पर आचरण करने का प्रयत्न करूंगी।" उसने कहा।

वे हंस दिए। समाधिस्थ से हो गए। बाहर आए तो बोले, "अच्छी चाय पियो, अच्छी रोटी खाओ।"

दामिनी चकित!

"मज़ाक कर रहे हैं।"आत्मा बोली।

"नहीं!"दामिनी ने स्वयं को साधा। अच्छी रोटी?... परिश्रम से कमाई गई रोटी? पवित्र कमाई की रोटी?...

डॉ. नरेन्द्र की ओर देखा... "सर, आपका संदेश रिकार्ड करना चाहती हूं।"

वे मुस्करा दिए, "क्या करोगी रिकार्ड करके?"

"सुबह-शाम सुनूंगी।" वह तो दीवानी मीरा थी।

9

"सर, मैं आपके व्यक्तित्व को आधार बनाकर आपके कृतित्व पर शोध करना चाहती हूं।"

"यह तो पीएच.डी. का विषय है, एम.फिल का नहीं।" वे बोले, "विषय इतना विस्तृत मत रखो कि छह महीने की परिधि में समेटा ही न जा सके। और, साथ में कोई विकल्प भी होना चाहिए। मनपसंद विषय नहीं मिला तो!"

उसका मन यह स्वीकारने को तैयार नहीं हुआ। दो वर्ष पहले तक डॉ. नरेन्द्र के साहित्य पर शोध इसलिए नहीं हो पाता था कि वे विश्वविद्यालय के एक कॉलेज में अध्यापक थे। दूसरे विश्वविद्यालयों में उन पर जमकर शोध हो रहा था, पर दिल्ली के विद्यार्थियों को यह सुविधा प्राप्त नहीं थी। उनके अवकाश ग्रहण पर यह सुविधा प्राप्त हो गई थी। पिछले वर्ष एक छात्रा को उनका विषय मिल भी गया था, फिर भला उसे क्यों नहीं मिलेगा। विषय विस्तृत तो था; छह महीने में सारे साहित्य को पढ़ना, खंगालना, मंथन करना। निष्कर्ष निकालना। फिर लिखेगी कब?... परंतु विषय न मिलना?

"मिलेगा क्यों नहीं?"

"बहुत सी बातें हो सकती हैं। विकल्प तो रखना ही चाहिए।"

"अधिकांश विद्यार्थी तो ऐसा विषय ढूंढ रहे हैं जिसकी सामग्री सुलभ हो; या फिर ऐसा विषय जिससे ऐसे निर्देशक मिल जाएं जिनके माध्यम से नौकरी मिलती है।"

"हां। तुमको अपना विषय न मिले तो परेशान मत होना। यह सब डिग्री के लिए है। महत्वपूर्ण तो बाद में अपना लिखना-पढ़ना है।" वे कहीं खो से गए, "मैंने डी. लिट्. करने का विचार बनाया था। तब डॉ. विजयेन्द्र स्नातक ने डांट दिया, 'अपना लिखने को कुछ नहीं रह गया कि डी. लिट्. करोगे। अरे अपना काम करो।'... आज सोचता हूं कि शोध डिग्री के लिए ही तो है। किसी भी पुस्तक पर कर लिया जाए, क्या फर्क पड़ता है।"

दामिनी असहमत ही रही।

मनपसंद विषय न हो तो शोध में मन नहीं लगेगा। इधर-उधर से टीपकर किसी तरह औपचारिकता भर निभाएगी। विषय तो वही चाहिए, जिसमें मन रमे।...

सहसा वह सचेत हुई।... अपनी भावना ही देख रही है। क्यों नहीं समझती कि वे क्या कह रहे हैं... वे उसे आने वाली कठिनाई के लिए तैयार कर रहे हैं। जब से उसने एम. फिल. में प्रवेश लिया है, तब से कभी अपने प्रवर विद्यार्थियों से और कभी किसी अध्यापक से क्या यह नहीं सुनती आई कि विषय विभाग की सहमति से मिलता है।

पर उसका मन तो पागल था। वह डॉ. नरेन्द्र संबंधी विषय मिलने पर होने वाली प्रसन्नता में डूबी रहना चाहती थी। शोध में कितने उत्साह से अग्रसर होगी वह। अपनी रुचि का विषय नहीं मिला तो नुकसान उसका भले ही कुछ न हो, परंतु डॉ. नरेन्द्र के लेखन से मिलने वाली प्रेरणा और सुख से तो वंचित हो ही जाएगी।

"लेकिन सर," इस बार उसकी आत्मा उसकी जिह्वा पर आ बैठी, "आप ही तो कहते हैं कि देने वाले तो भगवान हैं। फिर न देने वाला विभाग कौन होता है?"

"तो भगवान से ही मांग लो। उनके कार्यालय में पंजीकरण करा लो।" वे हंसे, "इतनी कटु हो जाओगी तो बनता काम भी बिगड़ जाएगा। देने वाला तो भगवान ही है। भाग्य में होगा तो विषय मिल जाएगा, नहीं तो हरि इच्छा मानकर दूसरा विषय स्वीकार कर लेना।"

दूसरा विषय! नहीं चाहिए। पर... पर... पर देने वाले तो भगवान ही हैं। देंगे विभाग के माध्यम से। तो फिर उसके प्रतिनिधि के सामने अकड़ना क्या?

* * * * * *

"कुछ सोचा?" प्रशांत ने नलिनी की ओर दृष्टि की।

"हां। सोच रही हूं कि अशोक वाजपेयी की कविताओं में 'मृत्युबोध' पर शोध करूं।"

वह हंसा, "फिर तो मिल गए प्रोफेसर आनंद। डिग्री भी पक्की और नौकरी भी।"

नलिनी की आंखों में रोष उभरा, पर सत्य से टकराकर चूर्ण हो गया।

"तुम?" दामिनी ने जानना चाहा।

"मैं! मैं डॉ. नरेन्द्र पर काम करना चाह रहा हूं।" प्रशांत बोला।

दामिनी विस्मित, "उन पर तो मैं!... दो लोगों को एक ही लेखक शायद ही मिले।"

"हो सकता है, दोनों को मिल जाए।"

दामिनी विचलित! यदि प्रशांत गंभीरतापूर्वक इस विषय को मांग ले तो दामिनी की कौन सुनेगा। आज तक प्रशांत ने एक ही तो कमाई की है—चापलूसी!

नलिनी ने उसे सांत्वना दी, "डॉ. नरेन्द्र ने तो बहुत सी विधाओं में लिखा है। अलग-अलग विधाएं चुन लेना।"

दामिनी तन गई, "अपना विषय नहीं तो इस वर्ष शोध भी नहीं।"

प्रशांत को उस पर तरस आ गया, "क्षणिक उत्तेजना है। प्रयत्न करो तो किसी पर भी शोध कर सकोगी।"

आत्मा हंसी—यह मूरख क्या जाने।... डॉ. नरेन्द्र ने अवकाश ग्रहण किया तो उस बावरी पर क्या बीती थी। सबने समझाया, 'मन लगाओ, पढ़ाई हो जाएगी।' पर क्या वह पढ़ पाई?...

"आनंद सर आए हुए हैं क्या?" प्रशांत उठने को हुआ।

"हां। डांट का सदाव्रत खोले बैठे हैं, जो चाहे, जितनी चाहे, खा ले।"

प्रशांत कुछ समझा, कुछ नहीं। पर हंस पड़ा, "तुमने अपने बारे में उनके दिमाग में बनाई गलतफहमी जो दूर कर दी है।"

"गलतफहमी?"

"आज तक उन्हें पता नहीं था कि डॉ. नरेन्द्र तुमको प्रिय हैं।"

"उन्हें क्या?"

"कल कह रहे थे, दामिनी मेरे निर्देशन में तो कार्य करेगी नहीं।"

"तो रूठे बैठे हैं।"

"....।"

"एक ओर ये और एक ओर डॉ. नरेन्द्र का स्नेह...।"

"बहुत बड़ी भ्रांति पाल रखी है तुमने।"

दामिनी हंस नहीं सकी, "तुम्हें ऐसा क्यों लगा?"

"मैं मज़ाक कर रहा था।"

दामिनी स्वीकार नहीं पाई, "मुख से वही बोल जो मन में है।"

"अच्छा वही सही।" प्रशांत ने दृष्टि घुमाते हुए कहा, "परसों उनके घर गया, तो ऐसा ही लगा।"

दामिनी कहां सहमत होती। प्रशांत झूठा है। डॉ. नरेन्द्र की ममता नहीं।

आत्मा ने उसे डांटा, "अपने गुरु को नहीं जानती?"

"लेकिन," मन ने पूछ लिया, "अगर यह सत्य हुआ तो!..."

"नहीं।" हृदय कौओं के झुंड के समान कांव-कांव कर उठा, "संभव ही नहीं है।"

...उसने अपने आंसुओं के निर्झर को रोका। उसने अपनी आत्मा से अधिक उन पर विश्वास किया है। वे झूठे हैं तो कुछ भी सत्य नहीं है। ईश्वर, पृथ्वी, आकाश, मां-बाप, जीव-जंतु, पेड़-पौधे सब कुछ झूठ है।

आत्मा ने उसे थाम लिया। नहीं तो वह अचेत होने-होने को थी।...

* * * * * *

विश्वविद्यालय से लौटी तो पिताजी ने बताया कि डॉ. नरेन्द्र का फोन आया था।

डॉ. नरेन्द्र का फोन?... वह नंबर मिलाने बैठ गई।

"सर, आपने फोन किया था?"

"हां," वे बोले, "तुम्हारे जन्मदिन का क्या कार्यक्रम है?"

दामिनी सोच में पड़ गई... क्यों पूछ रहे हैं सर? उस दिन तो आना स्वीकार कर लिया था। अब, क्या आना नहीं चाहते?

"मैं सोच रहा था," डॉ. नरेन्द्र बोले, "क्यों न गोष्ठी के माध्यम से तुम्हारा जन्मदिन मना लिया जाए।"

दामिनी किंकर्तव्यविमूढ़ सी सुनती रह गई...क्या वह स्वप्न देख रही है? ऐसे तो डॉ. नरेन्द्र का जन्मदिन मनाया जाता है। या, किसी अन्य प्रख्यात साहित्यकार का।

"सर, यह मेरा सौभाग्य होगा।"

पागल आंखें छलछला आईं। जीवन के प्रति आस्था, आशा, उल्लास समाप्त होने का कोई कारण नहीं था।

... कृष्ण के पास कितनी राजनीतिक तथा सामाजिक समस्याएं, व्यक्तिगत और व्यावहारिक चिंताएं थीं। पांडवों के बारह वर्ष के वनवास और एक वर्ष के अज्ञातवास की सूचना... द्रौपदी और सुभद्रा की चिंता सता रही थी...अभिमन्यु का पालन-पोषण, शिक्षण...। कृष्ण का वह व्यापक संसार द्वारका से इंद्रप्रस्थ, हस्तिनापुर, कांपिल्य और मथुरा से लेकर प्राग्ज्योतिषपुर तक फैला हुआ था। इस संसार में इतनी परेशानियों के बीच सुदामा आ गए।... फिर भी कृष्ण ने कितना दिया।

आत्मा कृतकृत्य हो उठी। उद्वेग गल गया। प्रशांत... झूठा कहीं का।

10

* * * * * *

शाह ऑडिटोरियम में 'अगस्त्य-कथा' का मंचन था। जैसे-जैसे नाटक आगे बढ़ रहा था, देखने का मोह सघन होता जा रहा था।

अगस्त्य ऋषि के मंत्रमुग्ध करने वाले कार्य और उनकी मानवीयता देख दामिनी को उनमें डॉ. नरेन्द्र का रूप दिखाई देने लगा।

अनायास उसकी दृष्टि घड़ी पर गई, 'सवा नौ।'

पांच बजे कार्यक्रम आरंभ होना था। उसने सोचा था, सवा घंटे का नाटक है। कुछ औपचारिकताओं के पश्चात भी आरंभ हुआ तब भी साढ़े सात बजे तक वहां से उठ ही जाएगी और आठ बजे तक घर पहुंच जाएगी। परंतु उद्घाटन के पश्चात नृत्य, नाटिका, गायन आदि आरंभ हो गया। उस दिन का मुख्य आकर्षण नाटक होने के कारण उसे सबसे अंत में रखा गया था।

आठ बजे नाटक आरंभ हुआ था। सवा घंटा हो गया था। नाटक देखने का लोभ उसे उठने नहीं दे रहा था। पर...पता नहीं नाटक कितनी देर और चलेगा। घर कहकर आई थी कि आठ-साढ़े आठ तक अवश्य आ जाएगी। सब चिंता कर रहे होंगे। रात में बस का माहौल भी खराब होता जाता है। उसे उठ जाना चाहिए। स्टॉप से घर तक का रास्ता भी सुनसान होगा।

वह उठ गई।

* * * * * *

"क्या हुआ सायरा? विषय मिल गया न?"

सायरा खीजकर हंस दी, "मैं 'चाक' उपन्यास लेना चाह रही थी, परंतु वह विषय मुझसे पहले ही किसी और ने ले लिया। मुझे दूसरा विषय लेना पड़ा।"

"ओह!"

"तुमने डॉ. नरेन्द्र का उपन्यास 'तोड़ो, कारा तोड़ो' मांगा है?"

"हां।"

"परंतु डॉ. नरेन्द्र को तो तुम्हारे अतिरिक्त अन्य लोगों ने भी चुना है न?" सायरा ने शंकित दृष्टि से उसे देखा।

"हां। अनूप ने भी उनका एक छोटा सा उपन्यास लिया है; परंतु दोनों की विधाएं अलग हैं। मैंने उपन्यास लिया है, अनूप ने व्यंग्य मांगा है।"

"डॉ. नरेन्द्र ने कितनी विधाओं में लिखा है?" सायरा जिज्ञासु हो उठी।

"गद्य की सभी विधाओं में लिखा है। कविता छोड़ दी है दूसरों के लिए।"

सायरा ने आश्चर्य से उसे देखा, "इतना।"

दामिनी मुस्करा दी।

* * * * * *

साक्षात्कार के पश्चात बाहर निकली तो चेहरा प्रसन्नता से खिला हुआ था। खुशी से पैर जमीन पर नहीं पड़ रहे थे।

"बादलों पर चल रही हो।" आत्मा ने चिढ़ाया।

"चुप!" उसने धकिया दिया, "लोग सुनेंगे तो ईर्ष्या से जल मरेंगे।"

वह अपनी सहेलियों की दिशा में बढ़ी। स्टाफ-रूम के बाहर खड़े प्रशांत ने उसका ध्यान अपनी ओर खींचा, "विषय मिल गया?"

"हां।" उसकी प्रसन्नता आंखों से फूट पड़ी।

"बधाई।"

"धन्यवाद।"

"विषय तो मिल गया। अब देखते हैं, काम कैसा करती हो।"

"मनपसंद विषय मिला है तो...।"

"समय आने पर वह भी देख लेंगे।" फिर वही कटाक्ष।

"...।"

"तुम्हारी वजह से मैंने डॉ. नरेन्द्र को नहीं लिया।"

"बड़ी कृपा की।"

"अब पीएच.डी. में मेरा मार्ग मत छेकना।"

आत्मा ने कहा, "पाखंडी।"

दामिनी मौन रह गई। विषय मिल जाने की खुशी में आज उसे कोई बात बुरी नहीं लग रही थी। आकाश छू लेने के पश्चात टीलों की चिंता कौन करता है।

11

चाची के बताए लड़के ने कहा कि वह अभी शादी के लिए तैयार नहीं है इसीलिए लड़की देखने की रस्म भी निभाना नहीं चाहता।

खुशी से दामिनी के नेत्र सजल हो उठे। जबसे मां मुरादाबाद से लौटी थीं, वह कितनी परेशान थी।

दादी की तबीयत बहुत खराब थी। मां उन्हें देखने गई थीं। लौटीं तो उनके मुख पर अद्भुत उल्लास था। नेत्र चमक रहे थे।

चाची ने मां को किसी लड़के के विषय में बताया था। वह दिल्ली के किसी कॉलेज में अध्यापक था और यू.पी.एस.सी. की परीक्षाओं में व्यस्त था। चाची उस परिवार से परिचित थीं। उन्होंने मां को बताया था कि लड़के के घर के लोग दामिनी को देखना चाहते हैं। मां बहुत खुश थीं। पिछले दो वर्षों से पिताजी से वे उसके विवाह के विषय में सोचने के लिए कह रही थीं। पिताजी चाहते थे कि वह कुछ कमाने लग जाए, तो उसके विषय में कुछ सोचें। परंतु जब बिना परिश्रम के रिश्ता आ गया तो पिताजी भी उत्फुल्ल हो उठे। वे भी तो यही चाहते थे कि लड़का अच्छे पद पर हो, उनकी जाति का हो, परिवार अच्छा हो। उन्होंने भी इस रिश्ते में रुचि लेनी आरंभ कर दी।

पर उसका मन!... उसे कभी लगा ही नहीं कि विवाह फूलों की सेज है। विवाह एक जिम्मेदारी है; और वह अभी इस जिम्मेदारी के लिए तैयार नहीं थी। अनूप उसके जीवन में न आया होता, तब शायद वह विवाह के लिए उत्साहित होती, किंतु अनूप के छल-छंद के पश्चात तो वह शादी के नाम से ही थर्रा जाती थी।

ईश्वर की बड़ी कृपा थी कि ऐसी परिस्थितियां बनीं कि अनूप की प्रकृति उस पर उजागर हो गई। जिसे स्वच्छता से प्रेम है, वह मल की ओर कैसे आकृष्ट हो सकता है।

जबसे घर में विवाह का प्रसंग छिड़ा था, उसका दिमाग उड़ा हुआ था।... एम. ए. में उसकी सहपाठी थी नन्दिता। अच्छे अंक आए थे। पढ़ने में रुचि थी। वह अपनी शिक्षा पूरी करना चाहती थी। ससुराल वालों ने पहले तो पढ़ाने का वचन दिया था। विवाह के पश्चात उसकी पढ़ाई की तुलना में उन्हें उसकी नौकरी अधिक प्रिय लगी। फिर वह बहू थी। उसे जिम्मेदार बहू, पत्नी और मां बनकर दिखाना था। एम.ए. होने के कारण उसे स्कूल में नौकरी तो मिल गई, परंतु रोज-रोज के लड़ाई-झगड़े और खींच-तान के पश्चात पढ़ाई छूट गई।

दामिनी ने मां से पूछा था, "विवाह के पश्चात यदि उन लोगों ने उसकी पढ़ाई-लिखाई में रुचि नहीं ली, उसे लिखने से रोकना चाहा, तब?"

"जीवन में खुश रहने के लिए बहुत से समझौते करने पड़ते हैं।"

दामिनी का मन कहीं दूर भाग जाना चाहता था। अब लड़के ने अपने परिवार वालों से स्वयं ही कह दिया, उसे विवश न किया जाए। दो वर्ष अपनी पढ़ाई-लिखाई के अतिरिक्त अन्य कुछ वह सोचना नहीं चाहता।

* * * * * *

"आजकल क्या कर रही हो?"

डॉ. नरेन्द्र की पुत्रवधू वंदना से दामिनी की यह दूसरी या तीसरी ही भेंट थी।

"एम. फिल। शोध चल रहा है।"

"अच्छा।" वे चली गईं।

दामिनी उन्हें जाते देखती रही। कितनी सहजता है उनके व्यक्तित्व में। उसके जन्मदिवस पर किसी ने पूछा था, 'ये सर की बेटी हैं?' वे चकित थे। इतना सहज, सरल व्यक्तित्व उनकी पुत्रवधू का है; इस परिवार में बहू और बेटी में कोई अंतर नहीं था। वैसे स्त्री और पुरुष का भी वैसा भेद नहीं था।

'अभ्युदय' में उन्होंने अहल्या का कैसा पवित्र और तेजस्वी रूप चित्रित किया है। रुमा और सीता के साथ न्याय किया है। 'महासमर' में द्रौपदी के चरित्र की गहराई को इतनी सफलतापूर्वक चित्रित कर सके। बहुत सी रचनाओं में... पुत्री को पिता की संपत्ति में उतना ही हक दिया, जितना पुत्र को।

"दामिनी!" वंदना ने पानी का गिलास देते हुए उसे उसके चिंतन-प्रवाह से बाहर निकाला, "पापा ऊपर अपने कमरे में हैं।"

"ठीक है।" पानी पीकर वह उठ खड़ी हुई। बैठक से बाहर निकल सीढ़ियों की ओर बढ़ गई।

अध्ययन-कक्ष का दरवाजा खोलकर अंदर प्रवेश करते ही वह ठिठक गई। भव्यता थी। डॉ. नरेन्द्र कंप्यूटर पर बैठे कार्य कर रहे थे। उसकी 'नमस्ते' का जबाव देकर उसे बैठने का संकेत किया। बैठते हुए दामिनी का ध्यान मेज के किनारे पर रखे रामकृष्ण परमहंस के चित्र पर गया। चित्र देखते ही उसे कुछ याद आने लगा... डॉ. नरेन्द्र के ड्राइंग रूम में स्वामी विवेकानंद की विशाल छवि देखकर उसने पूछा था, "सर, सब लोग स्वामी जी का चित्र ही अपनी बैठक में लगाते हैं। ठाकुर की तस्वीर क्यों नहीं लगाते?"

"रामकृष्ण परमहंस की तस्वीर लोग अपने साधना-स्थल में लगाते हैं।"

तो, अध्ययन-कक्ष ही नहीं, यह उनका साधना-स्थल था।

डॉ. नरेन्द्र उसके सामने मेज के दूसरी ओर बैठे तो उसकी दृष्टि उनके पीछे दीवार की ओर चली गई। थोड़े-थोड़े अंतराल पर देवताओं के मढ़े हुए चित्र लगे थे। नीचे श्रीकृष्ण की साढ़े तीन-चार फुट की बड़ी सुंदर सी प्रतिमा थी। पास ही अन्य देवी-देवताओं की छोटी प्रतिमाएं थीं। उनकी भावना स्पष्ट दृष्टिगोचर हो रही थी।

मेज पर स्वामी जी विषयक अनेक पुस्तकें रखी हुई थीं। उसके आने से पूर्व ही उन्होंने पुस्तकें निकाल दी थीं। कमरे में चारों ओर पुस्तकें ही पुस्तकें थीं। डॉ. नरेन्द्र ने एक बार कहा था, "घर में पुस्तकें होना सुसंस्कृत व्यक्ति की पहचान है।"

"यह अद्वैत आश्रम से प्रकाशित हुई है; द लाइफ ऑफ विवेकानंद। दो भागों में है। स्वामी जी के जीवन को जानने में काफी सहारा मिलेगा तथा जीवनी तथा उपन्यास में भिन्नता का भी पता चलेगा।" उन्होंने अन्य पुस्तकों पर दृष्टि डाली, "यह रोमां रोलां कृत 'स्वामी विवेकानंद' का हिंदी अनुवाद है। यह महेन्द्रनाथ गुप्त द्वारा रचित है।"

"सर, महेंद्रनाथ गुप्त तो ठाकुर के शिष्य हैं न जो उपन्यास में भी हैं।"

"हां। ठाकुर से मिलने के बाद रोज वे अपने अनुभव लिख लेते थे। वही बातें पुस्तक रूप में छप गई हैं।"

"स्वामी विवेकानंद को पढ़ते-पढ़ते कहीं तुम भी संन्यासी बनने के विषय में तो नहीं सोचने लगी हो?" पुस्तक रखते हुए वे हंस पड़े।

दामिनी चौंक उठी। 'तोड़ो, कारा तोड़ो' पढ़ते-पढ़ते धर्म और अध्यात्म में तो वैसे ही रुचि बढ़ गई थी। घर में विवाह की चर्चा से उसके मन की उदासीनता में वृद्धि ही हुई थी। वह गंभीर हो उठी, "सर, संन्यास बुरा तो नहीं है।"

डॉ. नरेन्द्र तत्काल कुछ नहीं बोले। चुपचाप उसकी ओर देखते रहे। चेहरे का हास्य लुप्त हो गया, "नहीं। संन्यास तो बहुत श्रेष्ठ, बहुत ऊंचा आदर्श है। इस सीमा तक ईश्वर-निर्भर होना कि हम अपनी चिंता ही न करें।

अपना 'आप' ईश्वर को समर्पित कर दें। परंतु महत्वपूर्ण बात यह है कि हम भावना में बहकर अपने जीवन से खिलवाड़ तो नहीं कर रहे।"

चुप रही वह। ठीक ही तो कह रहे हैं सर। समस्या से भागना, समस्या का समाधान नहीं है।

उसकी सहजता लौट आई। जाने क्यों वे उसे इतने अपने लगने लगे कि उसका संकोच टूट गया, "सर, मां-पिताजी मेरा विवाह कर देना चाहते हैं।"

"एम.ए. के बाद हर लड़की के मां-बाप उसकी शादी की सोचने लगते हैं।" वे हंसे, "विवाह न करने के लिए संन्यास लेना तो आवश्यक भी नहीं है। तुम्हें अपने मन को पहचानना होगा," वे रुके, "मैं अपने बारे में सोचता हूं तो याद आता है कि मैं तो विवाह करना चाहता था। हमारे पूर्वजों ने मानव के विकास के लिए उसके जीवन को चार भागों में बांटा है—ब्रह्मचर्य, गृहस्थ, वानप्रस्थ और संन्यास। ब्रह्मचर्य आश्रम में मन, बुद्धि और शरीर का विकास होता है। रजोगुण और तमोगुण को हटाते रहने की चेष्टा कर विद्यार्थी जीवन से ही सत्वगुण की ओर बढ़ने का प्रयत्न किया जाता है। मानवीय गुणों को जीवन में महत्व दिया जाता है। गृहस्थाश्रम में पति-पत्नी पहले एक-दूसरे के लिए त्याग करते हैं। संतान का जन्म होता है तो उसका सुख-दुःख अपने से कहीं अधिक महत्वपूर्ण हो जाता है। उसके लिए त्याग करने लगते हैं। जीवन में सत्वगुण की या मानवीयता की कमी रह जाए तो सत्य और त्याग द्वारा वानप्रस्थाश्रम में उन त्रुटियों को दूर करने का प्रयत्न करते हैं। अंत में संन्यासाश्रम आता है।"

वह कुछ नहीं बोली। आज उसकी आत्मा भी मौन थी।

"तुम्हारा मन विवाह के लिए सहमत है?" डॉ. नरेन्द्र ने उसके मन में उतरने का प्रयत्न किया, "वैराग्य की प्रबल इच्छा से वशीभूत होकर किसी लक्ष्य के लिए संन्यास लेने की इच्छा है अथवा समस्या या संघर्ष से परेशान होकर?"

"नहीं सर," संकोच टिक नहीं पाया, "आशंका है कि मां-पिताजी मेरी प्रकृति के अनुकूल वर नहीं चुनेंगे।"

"तुम क्या चाहती हो?"

"इतना चाहती हूं कि लड़का सात्विक प्रवृत्ति का हो।"

"तो ऐसा तो नहीं कि दिल्ली में सात्विक लड़के नहीं हैं। हां, परिवार भी ऐसा हो, जहां तुम्हारी पढ़ाई-लिखाई में परेशानी न हो। यदि कलाकार हो तो और भी अच्छा है।"

बर्फ कुछ पिघली। आत्मा सोते से जागी, "यही तो। यही तो।"

"लेकिन सर, वे तो ऐसा लड़का नहीं खोज रहे।"

"तुम उन्हें अपनी पसंद निःसंकोच बताओ। वे न पूछें तो भी।" उन्होंने स्नेह से कहा, "यह तुम्हारे जीवन का प्रश्न है। विवाह की उम्र तो यही है।" क्षण भर रुककर बोले वे, "वैसे विवाह तो संयोग से होता है। विवाह के लिए समय और संयोग पहले ही निर्धारित हो चुके होते हैं।"

उसका असमंजस बोला, "यदि सब-कुछ निर्धारित है तो फिर प्रयत्न करने की आवश्यकता? जब और जिससे विवाह होना है, स्वयमेव हो जाएगा।"

"नहीं। कर्म तो करना ही पड़ेगा। बिना कर्म के भाग्य साथ नहीं देगा। मेरा तो यही आशीर्वाद है कि जो तुम चाहो, वही हो।"

आत्मा भीगी। दामिनी को भावुक तो होना ही था।...

दामिनी ने पर्स में से कैसेट निकाल लिया।

"सर, कुछ प्रश्न पूछने हैं। रिकार्ड कर लूं?"

"कर लो।"

उसने कह तो दिया था, परंतु क्या पूछे। इस उपन्यास को पढ़कर वह जीवन के एक विशिष्ट अनुभव से गुजरी, उसकी सोच की दिशा बदली, धर्म और वेदांत की सार्थकता समझ में आई। ऐसे में असहमति का तो कहीं प्रश्न ही नहीं उठा। हां, प्रशंसात्मक प्रश्न अवश्य कर सकती है कि, 'उन्होंने धर्म और अध्यात्म की इन गूढ़ गुत्थियों को, जीवन के सत्य को कला का सत्य कैसे बना दिया? पात्रों के मन में इतनी गहराई तक कैसे उतर गए कि हर पृष्ठ पर लगता है मानो वे प्रत्येक पात्र के साथ-साथ जिए हों, स्वामी जी के साथ-साथ चले हों।' उपन्यास की संवेदना, शिल्प अथवा अन्य किसी भी दृष्टिकोण से उसका कोई विरोध नहीं है तो पूछने के लिए आलोचनात्मक प्रश्न कहां से लाए।

डॉ. नरेन्द्र उसे देख रहे थे... प्रश्न पूछती क्यों नहीं?

दामिनी फिर पगलाई, "सर, ऐसा नहीं हो सकता कि आप ही संभावित प्रश्न बताएं; और उन्हीं प्रश्नों के आप उत्तर दे दें।"

वे अवाक!

वाक लौटा तो बोले, "यही किसी और को कहतीं तो बहुत डांट पड़ती।"

आत्मा ने देखा: वे रुष्ट नहीं थे। पगली से क्या रुष्ट होना। बचकानी हरकत! वह तो वह करती ही है। विशेषकर उनके सामने।

उसने कैसेट वापस पर्स में रख लिया। शायद पढ़ते-पढ़ाते, सोचते-विचारते, मथते-मथाते, मन में प्रश्न उठें, जिज्ञासाएं जागें। प्रश्न एकत्रित हो जाएंगे तो पूछने आ जाएगी।

"प्रश्न तो बहुत उठ सकते हैं," डॉ. नरेन्द्र बोले, "नायक के रूप में स्वामी विवेकानंद को ही क्यों चुना? या, सारी घटनाएं विवेकानंद के जीवन से संबद्ध हैं, जिनके विषय में लिखित प्रमाण उपलब्ध है; उन्हीं को लिखा है तो उपन्यास मौलिक कैसे है?"

आत्मा समाधि से जागी, "सर, आपने उपन्यास में अनेक चामत्कारिक घटनाओं का वर्णन किया है। इस तार्किक युग में क्या पाठक इन चमत्कारों को स्वीकार कर पाएगा?"

"किसी अनपढ़ गांव का अज्ञानी युवक, जिसने आज तक कम्प्यूटर नहीं देखा, वह यह स्वीकार कर पाएगा कि एक कुंजी दबाने मात्र से कंप्यूटर सहस्रों मील दूर शब्दों में लिखित संदेश भेज सकता है? चमत्कार तो विज्ञान में भी बहुत सारे हैं।" वे रुके, "जब व्यक्ति अध्यात्म की ओर बढ़ता है तो साधना के मार्ग में अनेक चमत्कारों से परिचित होता है। पर वे विशेष उपलब्धियां नहीं हैं। उपलब्धि तो ईश्वर-दर्शन ही है। सामान्य जन की बुद्धि वहां तक पहुंच नहीं पाती।" वे मुस्कराए, "यह प्रश्न भी लिख लो, नहीं तो भूल जाओगी।"

आत्मा बोली, "देख, साहित्य के माध्यम से सर आत्मिक उन्नति कर रहे हैं।

विचार-विमर्श के पश्चात दामिनी ने मेज पर रखी पुस्तकों की ओर दृष्टि की, "सर, कौन-कौन सी पुस्तक ले जाऊं?"

"द लाइफ ऑफ स्वामी विवेकानंद' के दोनों भाग ले लो। रोमां रोलां कृत 'स्वामी विवेकानंद' भी पढ़ लेना। और... स्वामी जी द्वारा लिखे पत्रों के लिए रामकृष्ण मठ से प्रकाशित पुस्तक ले लेना। देखा है तुमने रामकृष्ण मठ?"

"नहीं, देखा तो नहीं।"

वे रास्ता बताने लगे। रास्ता न समझ पाने वाली दुखी आत्मा को सामने बैठे देखा तो मौन होकर कुछ सोचने लगे। फिर बोले, "यह स्वामी जी की पूरी रचनावली है। इसमें स्वामी जी द्वारा दिए गए भाषण, उनके द्वारा लिखे गए निबंध तथा पत्र संकलित हैं। मैंने किसी के विवाह में उपहार देने के लिए यह सेट लिया था। यह ले जाओ।"

"और विवाह वाले।"

"उनका दहेज फिर आ जाएगा।"

अब तक आत्मा बहुत संकुचित हो चुकी थी।

"सर, पुस्तकें लेने आपको स्वयं जाना पड़ेगा?"

"नहीं।" दृष्टि घुमाकर वे पुस्तकों को समेटने लगे।

उसने घड़ी पर दृष्टि डाली; साढ़े छह बज रहे थे। इच्छा हो रही थी समय रुक जाए और वह ऐसे ही इस अध्ययन-कक्ष में बैठी सर से बातें करती रहे।

आत्मा हंसी, "उठ रोमांचक सोच वाली लड़की।"

* * * * * *

महीने भर पश्चात विश्वविद्यालय अनुदान आयोग की परीक्षा थी। दो पर्चों की तैयारी वह कर चुकी थी। एक बचा था। लगता था, इस महीने उसकी भी तैयारी हो जाएगी। दूसरी ओर शोध था। एक हजार पृष्ठों का आलोचनात्मक विश्लेषण उसे छह महीने में समेट लेना है।

विवेक कह रहा था, आयोग की परीक्षा नौकरी के लिए जरूरी है। शोध की व्यस्तता में दिसंबर में होने वाली परीक्षा वह नहीं दे पाएगी। अभी मन लगाकर पढ़ ले अन्यथा दो वर्षों तक नौकरी के लिए आवेदन भी नहीं कर पाएगी।...मन समझा रहा था, परीक्षा में उत्तीर्ण होना कोई निश्चित तो नहीं है। पिछले वर्ष भी तो परीक्षा दी थी। शोध अभी नहीं किया तो उसकी क्षति होगी। आयोग की परीक्षा तो पुनः दी जा सकती है। शोध फिर नहीं होगा।

* * * * * *

"सर," फोन पर डॉ. नरेन्द्र की आवाज सुनकर उसने उत्साहित होकर कहा, "मैं दामिनी बोल रही हूं।"

"कैसी हो?"

"अच्छी हूं सर। सर, मैंने स्वामी जी की जीवनी पढ़ ली। अब मैं लिखना चाहती हूं। क्या लिखूं?"

"जो विश्लेषण किया है, वह लिखो।"

"लेकिन सर, वह सब कुछ तो मुश्किल से पंद्रह-बीस पृष्ठों में समाएगा।"

डॉ. नरेन्द्र का स्वर कुछ रूखा हुआ, "पीएच.डी. में आकर तुम पूछोगी, पांच सौ पृष्ठ कैसे लिखूं!"

"नहीं सर। तब तक शोध-कार्य का अनुभव हो जाएगा।"

"इसीलिए हर गोष्ठी में तुमको कहता था कि विश्लेषण करो, अपनी प्रतिक्रिया व्यक्त करो।"

आत्मा तो ठगी सी खड़ी रह गई।

"हां सर।" हंसने को कुछ नहीं था, पर हंस पड़ी वह।

"अच्छा सर, नमस्ते।" उसने फोन रख दिया।

मन कुछ समझने को तैयार नहीं था। बार-बार आत्मा से पूछ रहा था:... कभी-कभी व्यक्ति इतना निर्मम क्यों हो जाता है? संवेदनाएं, सहानुभूति, आत्मीयता, स्नेह कहां चला जाता है?

मन था कि झल्लाकर दीवारों से सिर मार रहा था। आंखें थीं कि खून के आंसू रो रही थीं। और आत्मा थी कि बावरी सी हंसे जा रही थी। कुछ कहती ही नहीं थी।...

और हुआ यह कि दो दिनों बाद डॉ. नरेन्द्र का फोन आ गया।... परिणाम! दामिनी के नेत्र सजल। मन विभोर।

बात आरंभ करने के लिए उन्होंने यह तो पूछा था कि उसने इन दो दिनों में क्या किया; परंतु उसके अस्पष्ट से उत्तर पर ध्यान नहीं दिया।

आत्मा समझ रही थी कि वे जानते थे कि उनके इस व्यवहार के पश्चात वह कितनी असहाय हो उठेगी। मूर्खतावश न जाने क्या-क्या सोच रही होगी।

"सोचता हूं कि रचना की संवेदना में क्या लिखा जाना चाहिए।..."

दामिनी चकित!...उसे फोन मिलाते हुए एक बार भी उनका अहंकार आड़े नहीं आया?

...एक बार 'कर्मभूमि' पढ़ाते हुए नायिका के अहं के संदर्भ में उन्होंने कहा था, किसी रिश्ते के मध्य अपने अहंकार को आड़े मत आने देना। अहंकार के कारण संबंध टूट जाते हैं।...

मन शांत हुआ तो आत्मा ने समझाया: इस प्रकार किसी लेखक को परेशान करना किसी शोधार्थी का अधिकार नहीं है। आखिर निर्देशक किसलिए होता है।

* * * * * *

"पुस्तकालय जाकर, कुछ पुराने शोध देखकर, संवेदना और शिल्प का अर्थ समझो।"

डॉ. भास्कर के कहने पर संवेदना और शिल्प संबंधी जानकारी प्राप्त करते हुए आत्मा ने कोंचा... पहले ही वह पुराने शोध देख आती तो शायद उसे डॉ. नरेन्द्र की कठोरता का सामना नहीं करना पड़ता।

इस बार डॉ. भास्कर को फोन किया, "मैं लिखना आरंभ करना चाहती हूं। लिखकर आपको कब दिखाऊं?"

"महीने भर बाद विश्वविद्यालय खुलने ही वाला है। तभी दिखा देना।" वे बोले, "अभी तो बहुत समय है, चिंता मत करो।"

वह चिंतित नहीं उत्साहित थी।

विश्वविद्यालय खुलते ही उसने डॉ. भास्कर से मिलने का समय लिया।

उसके लिखे पृष्ठ उन्होंने पलटे भर और जैसे अनजाने ही वापस कर दिए।

डॉ. नरेन्द्र के विषय में बताया कि एम.ए. में वे उनके सहपाठी थे। डॉ. नरेन्द्र की प्रतिभा, क्षमता, सात्विकता, सच्चाई आदि की उन्होंने बहुत प्रशंसा की।

डॉ. नरेन्द्र की प्रशंसा होती और उसका मन मयूर न नाचता, यह तो संभव ही नहीं था। बड़ा अच्छा लगा। मान लिया कि डॉ. भास्कर बहुत निरहंकारी व्यक्ति हैं। दूसरों की प्रशंसा तो निरहंकारी व्यक्ति ही कर सकता है।

डॉ. भास्कर का व्यवहार शालीन था पर शोध के लिए उत्साह?... फोन पर कही गईं बातें ही दोहरा दीं—विवेकानंद साहित्य पढ़े, डॉ. नरेन्द्र से चर्चा करे, पुस्तकालय में कुछ पुराने शोध-प्रबंध देखे और फिर उनसे मिले।

आत्मा हंसी, वे भूल क्यों जाते हैं कि उसने उन्हें बताया था कि ये सारे कार्य वह कर चुकी है। पर भूलना तो निर्देशक का धर्म है। वही सब कुछ याद रखे तो शोध विद्यार्थी क्या करेगा?

* * * * * *

डॉ. नरेन्द्र से मिले बहुत दिन हो गए थे। पर यह तय था कि वह उनसे शोध के संबंध में किंचित भी चर्चा नहीं करेगी। पर डॉ. नरेन्द्र ने तो कोई ऐसा संकल्प नहीं किया था। उन्होंने पूछ ही लिया कि कार्य कैसा चल रहा है। क्या करती? टाल गई।

पर गुरु तो डॉ. नरेन्द्र थे; वह तो थी नहीं कि उनसे पार पा सकती। उसकी टाल-मटोल से वे मामला भांप गए।

पूछा, "कितना काम हो गया?"

अब क्या करती। संयम टूट गया। संकल्प बह गए। ऊपर से मन ने ठेला, "अपनी परेशानियां उन्हें नहीं बताएगी तो फिर किसे बताएगी?"

आत्मा भी हंसी, "सुना अपनी व्यथा-कथा। झेंप मत! झेंप मत! कंधा सामने है तो उस पर सिर रख टसुए बहा ले।"

उसकी बात सुनकर डॉ. नरेन्द्र सांत्वना न देते तो क्या करते। बोले, "चाहो तो लिखकर मुझे दिखा दो।"

दो दिनों में दामिनी ने 'कथ्य' वाला अध्याय लिख तो लिया, पर अपना लिखा स्वयं को ही नहीं रुचा। स्वामी विवेकानन्द का चिंतन ऐसा तो था नहीं कि इस हड़बड़ी में ठीक-ठीक समेटा जा सके। उस चिंतन को सही रूपाकार देने के लिए समय चाहिए था।... डॉ. भास्कर से मिलने के पश्चात उसने महाकाल का वह खंड तो क्षोभ और क्रोध की क्रीड़ा में व्यतीत किया था। फिर भी...

डॉ. नरेन्द्र ने धैर्य से उसका अध्याय पढ़ा। वे उसके विचारों से सहमत नहीं लगे। उसे स्वयं ही नहीं रुचा था तो उन्हें क्या रुचता। पर इतनी ही कहा, "अच्छा लिखा है। पर थोड़ा सुधार लेना।"

वह आश्चर्यचकित!

"ठीक है?"

"हां। बस थोड़ा सा व्यापक रूप दो।"

आत्मा हंसी "देख! यह नहीं कह रहे कि संकुचित है। संकीर्ण है। संक्षिप्त है। बस कह रहे हैं, थोड़ा व्यापक कर लो।"

आत्मा समझ रही थी: मात्र कामना से फल नहीं मिलता। कर्म करना पड़ता है भाई।

वह चाहती थी कि जो भी वह लिखे, डॉ. भास्कर उसे जांचें। वह भूल जाती है कि उसे निर्देशक की इच्छानुसार चलना है, निर्देशक उसकी इच्छानुसार नहीं चलेंगे।

चलो छोड़ो।

"सर, डॉ. भास्कर आपकी बहुत प्रशंसा कर रहे थे।"

"उसे छोड़ो। इसे सुधारो।" डॉ. नरेन्द्र ने उसे उसके लिखे पृष्ठ पकड़ा दिए।

ओ-हो! यह आदमी ढंग से अपनी प्रशंसा भी नहीं सुन सकता।

12

थकान के बावजूद दामिनी को नींद नहीं आई। इस प्रकार अकस्मात घर बैठे उसके पास नौकरी करने का प्रस्ताव आएगा, इसकी कल्पना उसने नहीं की थी।

घंटे भर पहले अनूप ने फोन पर प्राइमरी स्कूल की अध्यापिका की नौकरी का प्रस्ताव रखा था। उसे इंकार करने में क्षण-भर भी नहीं लगा था।

"पहले सोच लो दामिनी!" अनूप ने आतुर स्वर में कहा, "प्राइमरी स्कूल है तो क्या! साढ़े सात हजार रुपये मासिक वेतन है।"

क्या!" दामिनी चकित रह गई, "प्राइमरी स्कूल का वेतन साढ़े सात हजार!"

"हां।" वह उत्साहित हो उठा, "हमारा स्कूल दिल्ली में पहले स्थान पर है। इस नौकरी के लिए कम से कम तीन सौ लोगों के आवेदन आ चुके हैं।"

दामिनी मौन! तीन सौ लोगों के आवेदन! पर वह यह नौकरी उसे ही दिलाने के लिए इतना आतुर क्यों है?

"याद है दामिनी," अनूप ने कहा, "तुमने मुझसे पूछा था कि स्कूल में नौकरी करते हुए मुझे पढ़ने-लिखने का समय मिल जाता है क्या।"

"पूछा तो था।"

वह अपने आप में डूब गई थी... महीने भर पहले पिताजी ने समाचारपत्र में बाल-भवन स्कूल के लिए हिंदी अध्यापक का पद देखा था। वे चाहते थे कि वह वहां आवेदन करे। जरूरी नहीं कि नौकरी मिल ही जाए; परंतु साक्षात्कार देने में क्या हर्ज है। संभव है, एम. फिल. करते हुए विद्यार्थी को वे रख ही लें। वह उलझन में थी। चाहती थी कि शोध पर पूरा ध्यान दे। बड़ी कक्षाओं को पढ़ाते हुए उसे स्वयं भी पढ़ना पड़ता। पढ़ाने का अनुभव नहीं था। पिताजी नौकरी पर जोर दे रहे थे, चाह रहे थे कि नौकरी लगने पर उसके विवाह के विषय में सोचें। शोध के लिए समय नहीं मिला, तो क्या लगी-लगाई नौकरी छोड़ सकेगी?

"दामिनी, तुम्हारी पढ़ाई-लिखाई में कोई बाधा नहीं आएगी। स्कूल का समय आठ से साढ़े बारह तक है। दो पीरियड खाली मिलेंगे। वेतन अच्छा है ही। सप्ताह में सिर्फ पांच दिन जाना है।"

मन मान रहा था कि बातों ही बातों में अनूप से पूछा गया एक प्रश्न उसे नौकरी दिलाने का कारण बन रहा है।

और आत्मा थी कि ऊधम मचाए हुए थी, "मूर्खे! तू अनूप को जानती नहीं क्या। कोई षड्यंत्र रच रहा है वह षड्यंत्रकारी।"

उसके मौन के उत्तर में अनूप का रिकार्ड चल रहा था, "सोच लो दामिनी। वैसे इस समय हमारे विभागाध्यक्ष डॉ. नवनीत फोन पर डॉ. नरेन्द्र से तुम्हारे विषय में ही बात कर रहे हैं। संभवतः अभी थोड़ी देर में ही डॉ. नरेन्द्र तुम्हें फोन करेंगे।"

"डॉ. नरेन्द्र से बात हो रही है, तब तो मेरे लिए सोचने की कोई बात ही नहीं है।"

"अच्छा। रख रहा हूं।" वह हल्के से हंसा, "मुझे फोन कर लेना। स्कूल बस के समय और स्थान के विषय में बता दूंगा।"

दामिनी ने रिसीवर रख दिया। आखिर अनूप को इतना विश्वास क्यों है कि वह नौकरी करेगी ही - वह भी उसके कहे से?

यह ऊहापोह चलता ही रहता यदि डॉ. नरेन्द्र का फोन न आ जाता।

"तुम्हें कैसे मालूम कि मैं फोन करने वाला हूं?"

"सर, कुछ समय पहले अनूप ने बताया था।"

"अनूप ने।" उन्हें आश्चर्य हुआ, "उससे तो इस विषय में मेरी कोई बात ही नहीं हुई। हां, अभी-अभी डॉ. नवनीत का फोन आया था। वे स्कूल के लिए किसी अध्यापिका के विषय में पूछ रहे थे। तुम्हारा ध्यान तो मुझे आया ही नहीं। तुम्हें तो लेक्चरर बनना है। पर मधु ने कहा कि तुमसे इस विषय में बात करूं।"

"सर, अनूप ने बताया कि साढ़े सात हजार मासिक वेतन है।"

वे चौंक उठे, "इतना वेतन तो नए अध्यापक को कॉलेज में भी नहीं मिलता। हां, स्कूल अच्छा है इसलिए इतना नहीं, तो भी अच्छा होगा।"

"सर, मैं सोच नहीं पा रही हूं कि क्या करूं। कहीं नौकरी करने का असर मेरे डिजर्टेशन पर तो नहीं पड़ेगा।"

"हूं" वे सोचते हुए बोले, "कुछ दिन पढ़ाकर देखो। लगे कि पढ़ाई नहीं हो रही तो छोड़ देना। छोड़ना तो तुम्हारे अपने हाथ में है।"

"हां सर। ऐसा ही करती हूं।"

उन्होंने उसे डॉ.नवनीत का फोन नंबर देकर उनसे संपर्क करने को कहकर फोन रख दिया।

मन ने तर्क भिड़ाया, उसका लक्ष्य प्राइमरी स्कूल न सही, परंतु बनना तो उसे शिक्षक ही है। छोटे बच्चों को पढ़ाने के लिए ज्यादा परिश्रम की भी आवश्यकता नहीं है। कौन सा वह सारे दिन पढ़ती ही रहती है। स्कूल भी अच्छा है। एम.फिल. करते हुए, खर्च के लिए, पिताजी पर निर्भर रहना उसे भी तो खटकता है। और जबसे पिताजी के मन में उसकी नौकरी की इच्छा जागी है, तब से यह बोध और भी बढ़ गया है। पिताजी उसके विवाह के लिए उसकी नौकरी चाहते हैं। दिल्ली के लड़के कामकाजी लड़की की मांग करते हैं।

पिताजी को बताया तो उन्होंने तत्काल अपना निर्णय सुना दिया, जैसे भी हो, वह नौकरी कर ले।

दामिनी स्तब्ध! आज उनके मन में एक बार भी नहीं आया कि अनूप भी उसी स्कूल में है। रोज मिलना होगा। घर में उसके फोन भी आएंगे।

वाह रे पिताजी! पल में तोला, पल में माशा।

और यह डॉ.नवनीत ! उन्होंने ऐसा क्यों कहा कि स्कूल स्टाफ या प्रिंसिपल को वह अपना परिचय उनकी रिश्तेदार के रूप में दे। उससे कुछ पूछा भी नहीं। कल से ही नौकरी पर आने को कह दिया।

शायद अनूप ने बता रखा होगा।... पर क्या बताया होगा? उसने तो आज तक कभी किसी को किसी के विषय में सत्य नहीं बताया।...

* * * * * *

"कैसा रहा स्कूल में पहला दिन?" बस में बैठी तो अनूप ने पूछा।

मुस्कराई, "सोचा था, पहले दिन मुझे विषय और बच्चों से परिचित कराया जाएगा। पर मिसेस सन्याल ने कहा है कि नौकरी देने से पूर्व दो दिन तक मुझे जांचा जाएगा।"

"हां! दो दिन ट्रायल के होते हैं।"

बात करने की इच्छा तो नहीं थी, पर चुप भी क्या बैठना। पूछ ही लिया, "डॉ.नवनीत ने डॉ. नरेन्द्र से किसी अध्यापक के विषय में पूछा था। फिर तुम्हें क्यों लगा कि डॉ. नरेन्द्र मुझसे ही बात करेंगे।"

"हमने हवा में तीर चलाया था जो सही निशाने पर लगा।"

आत्मा हक्की-बक्की, "हवा में तीर?"

"हां, डॉ. नरेन्द्र के माध्यम से एक काम कराना है। इसी सिलसिले में परसों पहली बार उनके यहां गया था।"

"फिर वही कुटिलता। आदान प्रदान का व्यापार!" आत्मा झल्लाई।

"पहली बार।" दामिनी चकित हुई, "उन्हें अपने स्कूल में आमंत्रित करने के समय भी तो गए थे।"

"जाना चाहता था। सर को फोन किया तो उन्होंने कहा, दिलशाद गार्डन से इतनी दूर सिर्फ निमंत्रण देने के लिए आकर, अपनी आत्मा को कष्ट क्यों दे रहे हो। मैं स्कूल पहुंच जाऊंगा। मैंने आग्रह किया, यदि निमंत्रण देने नहीं आया तो डॉ.नवनीत नाराज होंगे। परंतु डॉ. नरेन्द्र ने कहा कि तुम कह देना कि मैं गया था। फिर मैं क्या कह सकता था। नहीं गया।"

दामिनी स्तब्ध!... कितनी छोटी-छोटी बातों पर झूठ बोलता है यह। और सर के लिए भी कह रहा है कि उन्होंने उसे झूठ बोलने पर विवश किया।

"अब क्या विचार है?"

"मैं और डॉ.नवनीत मंगलवार को उनके यहां जाने की सोच रहे हैं। संयोग ही है कि एक हिंदी अध्यापिका के कुवैत जाने के कारण हमारे यहां यह पद रिक्त हो गया। डॉ. नरेन्द्र के संपर्क में तुम्हारे अतिरिक्त जितने भी हैं, सभी काम कर रहे हैं। हमने अंदाजा लगाया कि वे तुम्हें ही कहेंगे और जब हम उनका कार्य करेंगे तो वे हमारा कार्य कर देंगे।"

दामिनी ने मर्मभेदिनी दृष्टि उस पर फेंकी, "डॉ. नरेन्द्र आदान-प्रदान का तुच्छ व्यापार नहीं करते।"

"इसमें तुच्छता क्या है? तुम अभी प्रोफेशन में नहीं आई। इन बातों को नहीं समझतीं। कुछ पाने के लिए कुछ देना ही पड़ता है।" अनूप का आत्मविश्वास बोला।

"डॉ. नरेन्द्र शर्तों पर कार्य नहीं करते।"

"तुम उन्हें जानती ही कितना हो।"

आत्मा हंसी, "अपनी एक छात्रा की नौकरी के लिए!..."

"वैसे," दामिनी ने उसे देखा, "ऐसा कौन सा काम है, जो उनके सहयोग के बिना तुम्हारे लिए संभव नहीं है। डॉ. नरेन्द्र को क्यों मोहरा बना रहे हो?"

अनूप ने दृष्टि फेर ली, "नॉट योर प्रॉब्लम। "

"फिर भी...।"

वह खिड़की से बाहर देखने लगा।

"ठीक है," दामिनी ने चेतावनी के लहजे में कहा, "मैं सर से ही पूछ लूंगी।"

अनूप तिलमिला उठा। व्यग्रता ने आंखें खोलीं। खौंखियाकर बोला, "उन पर अधिकार तो ऐसे जताती हो, जैसे वे तुम्हारी व्यक्तिगत संपत्ति हों।"

दामिनी फिर से अवाक!

उसने तो सदा यही चाहा कि अधिक से अधिक लोग उन्हें जानें, समझें। उनका सान्निध्य पाकर लाभ उठाएं... और यह पाखंडी! पामर!...

आत्मा ने उसे गोस्वामी तुलसीदास की परंपरा में बहुत सारी साहित्यिक गालियां सुझा दीं; किंतु दामिनी ने उन्हें तत्काल व्यय करना उचित नहीं समझा। डाल दीं फिक्स्ड डिपॉज़िट में। वक्त जरूरत काम आएंगी।

"नहीं जानती, तुम्हें ऐसा क्यों लगा।"

जिसने घिस-घिसकर अपनी एड़ियां तक कोमल कर ली थीं, उसका स्वर तो कोमल होना ही था। वह हो गया, "तुम उन्हें उतना ही तो जानती हो, जितना उन्होंने स्वयं को प्रकट किया। वे उसके अतिरिक्त, और भी तो बहुत कुछ हैं।"

"सर का जीवन तो खुली पुस्तक के समान है।"

"साहित्यकार के सार्वजनिक और व्यक्तिगत जीवन में बहुत अंतर होता है।"

दामिनी का तेज कुरुक्षेत्र में आ गया, "जिनके साहित्य का एक-एक शब्द उनके अपने अनुभव से जीवंत हो उठा हो; उनके इस रूप के दर्शन सिर्फ तुम्हें ही क्यों हुए?"

वह हंसा, "मैं देखता और जानता कम हूं, समझता अधिक हूं। तुम भ्रम में हो। ये पाप-पुण्य, सत्य-असत्य सब प्रेमचंद युगीन बातें हैं। आज बिना समझौता किए शोषण और दुःख के अतिरिक्त कुछ नहीं मिलता। तुमने अनुवाद पाठ्यक्रम की डिग्री अपनी इसी मूर्खता के कारण छोड़ दी। अब लगी-लगाई नौकरी छोड़ने पर तुली हुई हो।"

"तुम जिसे मूर्खता कहते हो, वही मेरा सुख है।" आत्मा लपककर बोली और जाकर सो गई।

"कल फोन पर सर से तुम्हारी क्या बात हुई?" अनूप ने उसे जगाया।

"उन्होंने कहा, शोध पर नौकरी भारी पड़े तो नौकरी छोड़ देना।"

अनूप हंसा, "कल मैं मां से पूछ रहा था, क्या कर रही हो? वे बोलीं, बाल्टी भर रही हूं। मुझे यह सोचकर बहुत हंसी आई कि बाल्टी तो स्वयं भर रही है, उन्होंने तो सिर्फ नल खोला है। शोध भी ऐसा ही है। स्वयमेव हो जाता है। और फिर पढ़ाई-लिखाई हम नौकरी प्राप्त करने के लिए ही तो कर रहे हैं न!"

"नौकरी तो सारा जीवन करनी है। इतने वर्ष रुकी हूं, छह महीने और सही।"

"लेकिन यह तो निश्चित नहीं कि छह महीने बाद तुम्हें नौकरी मिल ही जाएगी।"

जाग्रत आत्मा ने दामिनी के कान से मुंह सटा दिया, "इस बंदर से कह दे कि निश्चित तो मात्र कर्म ही है; और कर्म का फल मिलने से तुम्हारा बाप भी नहीं रोक सकता।"

अपनी सात्विक आत्मा का यह नटखट रूप देख, दामिनी को आश्चर्य हुआ। पर उसने उसकी बात मानी नहीं। बोली, "जो भाग्य में नहीं है, वह छल-कपट से भी नहीं मिलेगा।"

"मां-बाप पर आश्रित हो, इसीलिए इतनी बड़ी-बड़ी बातें कर लेती हो।"

बस रुकी। बच्चे उतरने लगे। उसे भी इसी स्टॉप पर उतरना था।

"तुमने सर को अपना वेतन बताया?" अनूप ने जिज्ञासा की।

"हां।"

"वेतन का पहला चेक डॉ. नरेन्द्र को दिखाना।"

दामिनी फट पड़ी, "जिनके माध्यम से मुझे नौकरी के लिए सहमत किया है, उन्हीं को मेरे सामने इस प्रकार अपमानित किए जा रहे हो।"

वह उठ खड़ी हुई, "मुझे ऐसी नौकरी स्वीकार नहीं। कल से स्कूल नहीं आऊंगी।"

वह बस से उतर गई।

* * * * * *

अचानक, फोन बज उठा।

नई बात नहीं थी। सदा अचानक ही बजता था। कभी बताकर तो बजा नहीं।

"दामिनी, मैं अनूप बोल रहा हूं।"

"फरमाइए!"

"घर पर सबको नौकरी के विषय में बताया?"

"आवश्यकता नहीं समझी।"

वह हंस पड़ा, "मुझ पर आया गुस्सा उन पर उतार दिया!... मैं तो बस थोड़ी छेड़छाड़ कर रहा था।"

"कल एक क्षण को लगा था कि मैंने व्यर्थ ही तुम्हारे विषय में पूर्वाग्रह पाल रखा है।" मन सत्य बोल गया, "पर तुम्हारे विषय में मेरी धारणा गलत नहीं है।"

वह तत्काल कुछ नहीं बोला। बोला तो उसके शब्द बेहद संयत और नियंत्रित थे, "तुम स्वयं सोचो दामिनी! डॉ.नवनीत के एक बार कहने मात्र से डॉ. नरेन्द्र ने तुमसे संपर्क कर लिया। अगर उनका चरित्र ऐसा होता तो क्या वे डॉ. नरेन्द्र के मित्र होते?...मैं बस तुम्हें परेशान कर रहा था। मेरे मन में डॉ. नरेन्द्र के प्रति श्रद्धा न होती तो क्यों उनके लिखे साहित्य को अपने शोध का विषय चुनता? डॉ.नवनीत उनके साहित्यकार रूप और उनके आदर्शों का बहुत सम्मान करते हैं। फरवरी में हमने उन्हें अपने स्कूल में आमंत्रित किया था। स्कूल की लाइब्रेरी के एक अनुभाग में सिर्फ उनका ही साहित्य है, जिसका उद्घाटन भी हम उनसे ही करवाना चाहते हैं।"

दामिनी मौन रही। किस बात पर विश्वास करे वह?...बस में कही हुई बातों पर जो सहज अवस्था में मन से निकली थीं, या इन बातों पर जो सोच-समझकर अपने पक्ष में करके कही गई थीं। एक कुशल अभिनेता की भांति अपने स्वर में उनके प्रति पूरी श्रद्धा और विश्वास भी उत्पन्न किया गया था। बातें सत्य ही थीं पर इसका दूसरा पक्ष भी तो हो सकता है।

"डॉ. नरेन्द्र के प्रति इतनी ही श्रद्धा है तो उनके आदर्शों को मूर्खतापूर्ण, विक्षिप्त और अव्यावहारिक क्यों मानते हो?"

"क्योंकि मैं उन्हें अपना गुरु स्वीकार नहीं कर पाता।" बातों के प्रवाह में अनजाने ही उसके मुख से निकल गया।

और फिर उसकी वाणी को सन्नाटा चबा गया।

एक लंबा मौन छा गया। दामिनी फोन रख देगी, उससे डरकर, अंततः उसने मौन तोड़ा और अपेक्षाकृत शांत स्वर में बोला, "तुम तो जानती हो दामिनी! जब मैं बी.ए. में था, तो डॉ. नरेन्द्र प्रेमचंद पढ़ाते थे। मेरे पास तुलसीदास था। मैं उनसे पढ़ा नहीं तो परिचित भी नहीं हो सका। सारा काव्य उमेशचंद्र पढ़ाते थे। उनके सिद्धांतों को मैंने अपनी प्रकृति के बहुत अनुकूल पाया। डॉ. नरेन्द्र को उनके साहित्य के माध्यम से जाना भी तो उनके सिद्धांतों से कभी सहमत नहीं हो पाया। उनके प्रति श्रद्धा जरूर हुई, परंतु इतनी श्रद्धा फिर भी नहीं हुई कि तुम्हारी भांति उनका अनुकरण करने लगूं। वैसे स्वामी विवेकानंद भी तो इतने वर्षों तक रामकृष्ण

परमहंस का विरोध करते रहे। अंततः उन्हें गुरु स्वीकार कर ही लिया। शायद मेरे साथ भी ऐसा ही हो।" वह और अधिक विनम्र हो उठा, "विश्वास नहीं करना चाहती तो मत करो, किंतु मैं तुम्हारा शुभचिंतक हूं।"

"लेकिन तुम तो डॉ. नरेन्द्र के माध्यम से कोई कार्य करवाना चाहते हो?"

"डॉ. नरेन्द्र किसी के दबाव में कोई कार्य नहीं करते। हां, मधुरिमा मैडम को अपने स्कूल में आमंत्रित करने के लिए उस दिन मैं सर के घर गया था। शुक्रवार को वे और उनकी एक सहयोगिनी स्कूल में आ रही हैं।"

दामिनी बैठी सुनती रही, चित्रवत।

"दामिनी, डॉ.नवनीत को फोन करके आज की गतिविधियों के विषय में बता दो।"

"देखो अनूप," दामिनी कुछ कोमल हुई, "बस में हमारी जो तकरार हुई, मैं अभी उससे मुक्त नहीं हो पाई हूं। और..."

"और क्या?" उसके स्वर में एक असहाय सी खीज थी।

"अब रोज एक ही बस में आना-जाना होगा। रोज-रोज की वही टकराहट... और क्षोभ!"...

दामिनी को बेहद आश्चर्य हो रहा था कि छोटी-छोटी बातों से भड़क उठने वाला अनूप कैसे शांत रहकर उसके एक के बाद एक प्रहार को झेले जा रहा है।

"आज पहला दिन था। तुम्हें बस के नंबर और खड़े होने का स्थान आदि बताने के लिए मैं तुम्हारे साथ था। वैसे इस रूट पर दो बसें चलती हैं। कल से तुम अलग बस में होगी, मैं अलग बस में। मैं वरिष्ठ कक्षाओं को पढ़ाता हूं अतः मेरी और तुम्हारी बिल्डिंग भी अलग-अलग है। मिलना होगा ही नहीं।" उसका स्वर भीख मांगने जैसा दीन था।

"ठीक है।"

* * * * * *

दो दिन के पश्चात भी उसे नहीं बताया गया कि निर्णय क्या हुआ।

सोमवार को वह मिसेस सन्याल से मिली। उन्होंने कहा, फिलहाल वह न आए, निर्णय की सूचना उसे फोन द्वारा दे दी जाएगी।

चलो छुट्टी हुई। वह घर बैठ गई।

अनूप का फोन आया...जांच रही अध्यापिकाओं ने कहा: 'दामिनी हंसती बहुत है। बात-बात पर खिलखिला उठती है। बच्चों पर नियंत्रण नहीं रख पाती। अन्य अध्यापिकाओं से बची-बची रहती है।'

यह सब तो सच ही था।

सब कुछ भागमभाग में ही तो हुआ था...रात नौ बजे उसे बताया गया. अगले ही दिन स्कूल आना है। न वह कुछ सोच पाई, न समझ पाई। स्कूल पहुंचने पर उसे समय-तालिका पकड़ा दी गई। कक्षा में पहुंचते ही विषय दे दिया गया। वह जैसे एक वेगवान धारा में बहती चली गई।

वैसे ही भागमभाग पढ़ाया भी। शायद उसकी असहायता ही थी। उसे दस मिनट पहले ही तो बताया जाता था कि उसे पढ़ाना क्या है।

"आप इन्हें वर्ण-भिन्नता सिखाइए।" मिसेस काम्या ने उससे कहा।

वह सोचती रह गई कि एक नई चीज बच्चों को किस ढंग से बताई जाए कि वे अच्छी तरह समझ पाएं। व्याकरण छोड़े दस-बारह वर्ष हो गए थे। भाषा-विज्ञान में रुचि न होने पर शॉर्ट-कट मारा था। और यहां बच्चों को सिर्फ सिखाना समझाना ही नहीं था। नाचना गाना भी था अर्थात विषय को रोचक बनाना था।

कक्षा में पहुंचते ही अध्यापिका ने उसे पुस्तक पकड़ा दी थी, "काला हिरन पाठ का उद्देश्य बच्चों को समझाइए।"

"लेकिन पाठ तो मैंने पढ़ा ही नहीं।" उसने असहायता से कहा।

"ठीक है, तो पहले पाठ पढ़िए, फिर पढ़ाइए।" वे पिछली सीट पर बैठकर कॉपी जांचने लगीं।

वह पाठ पढ़ाती, उससे पहले ही बच्चों ने उसे पट्टी पढ़ानी आरंभ कर दी।

"मैडम, आपका नाम क्या है?"

"दामिनी।"

"आज आप हमें पढ़ाएंगी?"

"हां।" मुस्कराकर उत्तर देते हुए वह सोचने लगी थी...अगर पढ़ाने से पहले उसका बच्चों से परिचय करा दिया जाता तो!

"मैडम! तुषार ने मुझे इतनी जोर से पेंसिल चुभो दी।"

उसने तुषार की ओर दृष्टि की, "चुभाई?"

"मैडम, इसने ही पेंसिल चुभाने को कहा था।"

उसने पहले लड़के को देखा...

"मैडम, कहा था, पर इतनी जोर से चुभाने को थोड़ी कहा था।"

"दामिनी," जांच कमेटी ने आदेश दिया, "चुप कराओ इन्हें। न पढ़ेंगे, न पढ़ाने देंगे।"

उन दोनों का झगड़ा सुनने में पल-भर के लिए वह कक्षा को भूल बैठी थी। सबकी बातें, लड़ाई-झगड़ा आरंभ हो गया था।

"चुप हो जाओ।" दामिनी ने तेज स्वर में कहा; परंतु पैंतालीस बच्चों के शोर में उसकी आवाज ऐसे खो गई, जैसे कुंभ के मेले में बच्चा।

बच्चों के इस भोले-भाले संसार में आकर बच्चों की निश्छल हंसी और झगड़ों में शामिल होकर अनेक बार कक्षा का अनुशासन टूटा। कई बार वह भूल जाती थी कि वह उनके साथ हंसने-खेलने नहीं, उन्हें डांटने आई है।

नहीं डांटा तो दूसरे दिन मिसिज़ मेहरा ने उसे डांटा, "दामिनी, इन्हें डांटो, नहीं तो प्रिंसिपल तुम्हें डांटेंगी।"

"इन बच्चों से पहले मेरा परिचय करा दिया जाता तो शायद इन्हें डांटना नहीं पड़ता।"

"तुम तो ढंग से डांट भी नहीं पा रही हो।"

"हां। नई हूं। डांटने का अभ्यास नहीं है।"

"सीख लेतीं। स्कूल में सब अपनी कक्षाएं लेते हैं। किसके पास समय है कि तुम्हें डांटता रहे या डांटना सिखाता रहे।"

"मेरे पास आपका फोन नंबर नहीं था।"

"पूछ लेतीं।" तीक्ष्ण नजरों से उसे देखते हुए उन्होंने डांटा, "देखो दामिनी, स्कूल तो ससुराल की भांति है। नई बहू कितना ही अच्छा खाना बनाए, उसे डांट तो पड़ती ही है। विद्यालय का अर्थ है डांटालय।"

* * * * * *

छह अगस्त को डॉ.नवनीत का फोन आया। डर गई। सोचा, डांटेंगे।

उन्होंने डांटा, "मिसेस सन्याल के निर्णय की सूचना मुझे क्यों नहीं दी। चलो, दो घंटों के भीतर स्कूल पहुंचो और काम संभालो।"

नौ बज रहे थे। डेढ़ घंटा स्कूल पहुंचने का। और तैयार होने का? इतनी देर से पहुंचने का कोई फायदा नहीं था।

परंतु डॉ.नवनीत नहीं माने। वे चाहते थे कि आज से ही वह स्कूल में उपस्थित रहे। उन्होंने उसे आश्वासन दिया कि जल्दी से जल्दी वे उसकी नौकरी स्थायी कर देंगे।

पिछले तीन दिन वह स्कूल-बस से ही गई थी। सार्वजनिक बसों का उसे ज्ञान भी नहीं था। कनॉट प्लेस तक बस से जाकर, वहां से ऑटो करके वह स्कूल पहुंची।

मिसेस सन्याल से मिलने पर उन्होंने उसे तीसरी से पाँचवीं कक्षा तक की समय-तालिका और पाठ्यक्रम की जानकारी लेने को कहा जिससे अपने ढंग से, अपनी तैयारी से वह डांटना आरंभ कर दे।

स्टाफ-रूम में पहुंची तो पता चला कि पंद्रह अगस्त के उपलक्ष्य में इस पूरे सप्ताह स्कूल में 'इंडिया वीक' मनाया जाएगा जिसमें बच्चे पढ़ाई को छोड़कर अन्य गतिविधियों, प्रतियोगिताओं तथा घूमने-फिरने में व्यस्त रहेंगे। अतः इस सप्ताह अध्यापक पढ़ाने के बदले इन गतिविधियों में बच्चों का साथ देंगे।

दामिनी को प्राइमरी कक्षाओं की हिंदी पुस्तकों की चिंता हुई। 'इंडिया वीक' समाप्त होने के अगले सप्ताह ही उनकी मासिक परीक्षाएं थीं। उनका बचा हुआ पाठ्यक्रम परीक्षाओं से पहले पूरा कराना था। अनूप ने उससे कहा था, उसके पास सभी पुस्तकें थीं।

डॉ.नवनीत ने उससे तीसरी से पाँचवीं तक की हिंदी की सारी पाठ्य पुस्तकें, अभ्यास पुस्तिकाएं आदि खरीद लेने को कहा।

परंतु उसे डॉ.नवनीत की नवनीतबाजी पसंद नहीं आई। नौकरी है नहीं, और वह पुस्तकें कापियां खरीदती फिरे। उसने अनूप को फोन किया...

"कैसा लग रहा है स्कूल में?" अनूप ने पूछा।

"ठीक है। अभी तक डॉ.नवनीत ने साक्षात्कार नहीं लिया। लिखित रूप में कुछ भी नहीं हुआ।"

"संभव है, कल साक्षात्कार लें। नहीं तो सोमवार को अवश्य आएंगे।"

"क्या पूछेंगे?"

"कुछ भी पूछ सकते हैं। तुम्हारे ही विषय में। तुम्हारा नाम पता। तुम्हारा फोन नंबर। लड़कियों का फोन नंबर उनका प्रिय विषय है।... तुम्हारी पसंद। तुम्हारी अपेक्षाएं। कुछ भी। तुमसे ऐसा प्रश्न पूछ सकते हैं जिसका उत्तर तुम्हारे पास न हो।"

"पाजी कहीं का।"

"सच!" अनूप ने उसे विश्वास दिलाने का प्रयत्न किया, "डॉ. नरेन्द्र जब हमारे स्कूल में आए थे तो डॉ.नवनीत ने इस प्रकार उन्हें अपने तर्कों में बांधा कि उनकी बोलती बंद हो गई।"

आत्मा फिर चहकी, "झूठ बोल रहा है पाखंडी।"

दामिनी ने चाहा, फोन बंद कर दे।

"तुम्हें विश्वास नहीं हो रहा?" अनूप ने पूछा।

"क्या फर्क पड़ता है?"

"उन्हें देवता के समान पूजती रहोगी तो तटस्थ होकर सोच कैसे पाओगी?"

दामिनी की भौंहें सिकुड़ गईं, "तुम्हारे मन में सर के प्रति इतना विष क्यों है?"

"वे मेरे भी गुरु हैं। लेकिन मैं तुम्हारा शुभचिंतक हूं। तुम्हें समझाना चाहता हूं कि इस प्रकार किसी पर भी आंख मूंदकर विश्वास नहीं करना चाहिए। कोई भी मनुष्य देवता नहीं होता।"

"कैसे कह सकते हो?"

बीच में आत्मा ने टांग अड़ाई, "इससे कहो, मनुष्य देवता नहीं होता; किंतु मनुष्य तो हो सकता है।"

"मैं उनके यहां गया था। उस एक दिन में ही जो देखा और सुना, उसी आधार पर कह रहा हूं। तुम तो अपनी ही नहीं, दूसरों की बातें भी बता देती हो। "आज अनूप ने जैसे उस पर प्रहार करने की ठान रखी थी," तुम्हें क्या आवश्यकता थी उन्हें यह बताने की कि मैं अक्तूबर में शोध आरंभ करूंगा।"

"वह तो बातों ही बातों में डॉ. भास्कर की चर्चा आने पर मैंने कह दिया था।"

"मुझे बीच में लाने की क्या आवश्यकता थी?" पल-भर रुक-कर भर्त्सना के से स्वर में बोला, "वे मुझे समझाने लगे कि इतनी देर में आरंभ करोगे तो पूरा नहीं होगा। आरंभ तो मैं अक्तूबर में ही करूंगा और देखना इकत्तीस अक्तूबर तक पूरा भी कर लूंगा।"

"तो इस एक बात से यह निष्कर्ष निकाला है।"

"बातें तो और भी हैं; लेकिन क्या तुम ऐसा करती नहीं हो?"

"करती हूं तो कुछ तो उनमें ऐसा होगा जो उनकी दिखाई राह पर चलने का मन करता है।"

"यह सब कुछ तो कभी तुमने मुझमें भी देखा था।"

"हां, स्वयं को स्वामी विवेकानंद के अनुयायी के रूप में प्रस्तुत कर तुमने मुझे भरमाया था।"

"चलो, मैं राक्षस ही सही। परंतु डॉ. नरेन्द्र तो स्वयं अपने मुख से कह रहे हैं कि आंख मूंदकर मुझ पर विश्वास मत करो, फिर भी सत्य नहीं देख पा रही हो। तुम सदा अंधभक्ति करती रहीं। कभी मेरी...और, अब डॉ. नरेन्द्र की।"

आत्मा हंसी, "इस छछूंदर को देखो। किस-किस से अपनी तुलना करता है। जात की छिपकली ओर शहतीरों से गलबहियां।"

"अंधभक्ति ही सही, उन्होंने मेरे विश्वास को कभी तोड़ा तो नहीं। मुझे भ्रम में तो नहीं रखा।"

"कोई किसी को भ्रम में नहीं रखता। व्यक्ति स्वयं भ्रम में रहकर जीता है। तुम सोचती हो कि वे तुम्हें स्नेह करते हैं। वे सिर्फ तुम्हारी भावनाओं का ख्याल रखते हैं। तुम्हारे जैसे न जाने कितने लोग हैं जो उन्हें पसंद करते हैं। दिल्ली में ही नहीं, भारत के अनेक स्थानों पर उनकी रचनाओं पर शोध हो रहा है। उनके साहित्यकार रूप के इतने प्रशंसक हैं।...तुम्हीं ने तो कहा था न कि नौकरी के लिए मैडम ने उन्हें तुम्हारा ध्यान दिलाया था। तुम्हीं सोचो, उन्हें तो तुम्हारा ख्याल तक नहीं था। उनसे ज्यादा स्नेह तो तुम्हारे प्रति मैडम के मन में है। तुमने कभी उन्हें महत्व दिया?"

दामिनी पल भर के लिए मौन रह गई। मैडम के प्रति सदा उसके मन में एक संकोच रहा जिसके कारण वह कभी उनसे खुल नहीं पाई। लेकिन इसका यह अर्थ तो नहीं है।...और सर के व्यक्तित्व पर यह कैसा आरोप! इसलिए कि वे भावनाओं का प्रदर्शन नहीं करते, नाटक नहीं करते।

"अनूप, तुम सर को मेरे मन से दूर करने का प्रयत्न तो नहीं कर रहे?"

वह व्यंग्य से हंसा, "इसीलिए मैंने कहा था, तुम सर को अपनी व्यक्तिगत संपत्ति समझती हो। वे मेरे भी गुरु हैं। हां, मैं किसी अपेक्षा से उनका शिष्य नहीं बना हूं।"

"तुम यह कह रहे हो कि मैंने स्वार्थ के लिए सर को गुरु स्वीकार किया है।"

"मैं तो एक सामान्य बात कह रहा हूं।"

इससे क्या बहस करे कोई। झूठा है। कुतर्क करता है। उससे जीतकर उसे करना भी क्या है!

"खैर," दामिनी ने विषय बदला, "इन बातों का कोई अर्थ नहीं है। हमारी लड़ाई कभी समाप्त नहीं होगी।"

"मेरी तो तुमसे कोई लड़ाई नहीं है। जो मैं तुमको सिखा रहा हूं, वह कोई नहीं सिखाएगा। तुमने मेरे प्रति इतनी शिकायतें पाल रखी हैं क्योंकि तुम हर व्यक्ति में डॉ. नरेन्द्र को ढूंढती हो।"

"...................।"

"उस दिन सर कह रहे थे कि...अनूप तुमने बहुत समझदारी से काम लिया कि शोध के लिए सिर्फ सौ पृष्ठ की पुस्तक का चुनाव किया। दामिनी ने एक हजार पृष्ठ ले तो लिए, अब उसके हाथ-पैर फूल रहे हैं। मैं कहना चाहता था कि सर, मैं भी दामिनी से यही कह रहा था। पर जब सर स्वयं अनुभव कर रहे थे तो मैं चुप रहा।"

"सर ने ऐसा कहा?"

"हां," वह सहज रूप से बोला, "कह रहे थे कि विवेकानंद के विषय में उसे कुछ ज्ञान है नहीं। उसे तो सिर्फ शोध ही नहीं लिखना, उपन्यास से संबंधित सारा विवेकानंद साहित्य भी पढ़ना है। परंतु कुछ लिखने-पढ़ने की अपेक्षा हाय-तौबा मचा रही है।"

"समझ नहीं पा रही कि सर ने तुम्हें यह सब बातें क्यों बताईं?"

"वे हमें अच्छा मित्र समझते हैं शायद इसलिए।"

"और क्या कह रहे थे?"

"और कह रहे थे कि दामिनी लिखती है तो अपने चरित्रों के नाम तक नहीं बदलती।"

दामिनी विश्वास नहीं कर पा रही थी...डॉ. नरेन्द्र ने इस प्रकार उसकी भर्त्सना करते हुए तो यह सब नहीं बताया होगा जिस लहजे में यह बता रहा है।

"और क्या कह रहे थे?"

"बहुत सी बातें हुईं। मैं तुम्हें सिर्फ इतना बताना चाहता हूं कि जिन्हें तुम इतना मानती हो, उनके लिए तुम अन्य विद्यार्थी-छात्राओं से अधिक महत्व नहीं रखती हो।"

दामिनी सनाका खा गई। अनूप ने जो बातें बताई थीं, वे थीं तो सत्य ही। जो बातें डॉ. नरेन्द्र और दामिनी के मध्य थीं, वे अनूप तक पहुंची थीं।

* * * * * *

रिसीवर रखते ही दामिनी की व्यथा फफक उठी।

"रोंदू।" आत्मा ने चिढ़ाया।

पर दामिनी ने उसकी चिंता नहीं की।

तो अब तक वह स्वयं को छलती आ रही थी। इस संसार में कोई किसी का नहीं है। यह स्नेह भी शिष्टाचार मात्र ही था। यह संसार सचमुच माया है। वह मोह में फंसी है। पल-भर में उसका सारा सुख रीत गया।

"अब चली सही मार्ग पर।" आत्मा चहकी।

क्या करे वह? ईश्वर ही यदि अंतिम सत्य है तो क्या करे इस समाज का। लेकिन... क्या वह ईश्वर के स्वरूप को पहचानती थी। सबने उसे भगवान का भय दिखाया था पर सर ने भगवान से प्रेम करना सिखाया। भगवान के प्रति प्रेम ने ही उसके मन में मानवता की भावना उत्पन्न की। अब यदि डॉ. नरेन्द्र का स्नेह उसका भ्रम है तो उनके द्वारा दिखाया ईश्वर का स्वरूप सत्य कैसे हो सकता है।

हाय रे असहाय वेदना!

रहा नहीं गया तो डॉ. नरेन्द्र का नंबर मिलाया।

"हां दामिनी," उसकी आवाज सुनकर डॉ. नरेन्द्र ने कहा," आज गोष्ठी में नहीं आई?"

"हां सर। कुछ लिखा नहीं था।"

"सिर्फ इसलिए नहीं आई? सुना नहीं सकतीं थीं तो सुन तो सकती थीं।"

दामिनी पल-भर के लिए मौन हो गई। इच्छा हुई... सब कुछ उन्हें बता दे। लेकिन बात कैसे आरंभ करे।

"सर," बात आरंभ करने के लिए उसने भूमिका बनाई, "मन स्वस्थ नहीं था।"

"क्यों?"

"...।" दामिनी कुछ कह नहीं सकी।

"...।"

"बस, ऐसे ही सर।" उसने स्वयं को संभाला।

"फिर भी, कोई बात तो होगी।"

"हां सर, मिलूंगी, तब बताऊंगी।"

"ठीक है," उन्होंने परिहास की मुद्रा में कहा, "मैंने सोचा, शायद लड़के वाले तुम्हें देखने आए होंगे।"

दामिनी खिलखिला पड़ी।

"और, स्कूल कैसा चल रहा है?"

"ठीक है सर। परंतु मेरे विषय में अभी तक सिर्फ मौखिक निर्णय हुआ है।"

"तो उनसे बात करो और वेतन के विषय में भी पूछो। ऐसा थोड़ी है कि जो वेतन मिलेगा, उसी पर काम कर लोगी।"

"हां सर। सोमवार को डॉ.नवनीत साक्षात्कार लेने आएंगे, तभी सारी बातें होंगी।"

डॉ. नरेन्द्र से बात करके जहां दामिनी का हास्य लौट आया, वहीं एक असहायता बनी रही कि वह ढंग से बात नहीं कर सकी। उनके पूछने पर भी कुछ नहीं बता सकी। जब फोन पर नहीं बता सकी, तो क्या सामने बता सकेगी?

* * * * * *

'इंडिया वीक' का अंतिम दिन था। पढ़ाई से इतर ये गतिविधियां अच्छी लगी थीं उसे। इन छह दिनों में हर दिन एक अलग ही प्रकार का आयोजन हुआ था। बच्चों के लिए यह सब बेहद रोचक और आकर्षक था। अध्यापकों का काम बच्चों को संभालना भर था।

स्कूल में अंग्रेज़ी के आधिपत्य ने उसे सबसे अधिक हतप्रभ किया था। शोर मचाते बच्चों को अंग्रेज़ी में डांटो तो वे चुप हो जाते थे। और हिंदी में कहो, तो मजाक उड़ाते थे। हिंदी की दो-एक अध्यापिकाएं हिंदी में परस्पर बातचीत कर लेती थीं, अन्यथा शेष तो हिंदी बोलना ही भूल चुकी थीं। चोट भी लगती थी, तो अंग्रेज़ी में कराहती थीं। बच्चे इस मनःस्थिति में पहुंच चुके थे कि हिंदी की कक्षा में भी पढ़ाई से संबंधित कई बातें वे अंग्रेज़ी में ही समझना चाहते थे। मिसेस सन्याल ने स्वतंत्रता दिवस पर झंडा फहराने के पश्चात भाषण अंग्रेज़ी में ही दिया था। और उस दिन...कवि सुरेन्द्र शर्मा को स्कूल में आमंत्रित किया गया था। कार्यक्रम के पश्चात सुरेन्द्र शर्मा से परिचय कराने के लिए मिसेस सन्याल ने हिंदी की सभी अध्यापिकाओं को स्टाफ-रूम में बुलाया था। उस समय मिसेस सन्याल सुरेन्द्र शर्मा से हिंदी में बातें कर रही थीं। हिंदी का जोरदार समर्थन कर रही थीं... बच्चों को आरंभ से ही हिंदी का महत्व सिखाना चाहिए। उनमें हिंदी बोलने की आदत डालनी चाहिए।...

पीरियड समाप्त होने की घंटी बजी तो वह विचारों के संजाल से बाहर निकली। अब उसका खाली पीरियड था।...उसे मिसेस सन्याल से मिल लेना चाहिए। उन्तीस जुलाई से वह विद्यालय आ रही थी। परीक्षण के पश्चात दो दिन तो वह जरूर घर पर रही थी परंतु तब से लगातार आई ही थी। आज अगस्त की चौदह तारीख थी। अब तक न तो उसका साक्षात्कार लिया गया, न उसे वेतन के विषय में बताया गया...

वह उठ खड़ी हुई।

मिसेस सन्याल एकदम अटल महिला थीं। अपने व्यवहार से टलती नहीं थीं। पिछली बार भी जब वह उनसे मिलने गई थी तो उन्होंने उसे स्कूल आने से मना कर दिया था। आज भी वही किया। अपने आप कुछ बताती नहीं थीं और पूछने जाओ तो मना कर देती थीं। शायद इसे ही स्थायी चरित्र कहते हैं।

दूसरी बार विद्यालय आने के पश्चात इस पूरे सप्ताह तो 'इंडिया वीक' मनाया गया था। पढ़ाई हुई ही नहीं थी। फिर क्या कारण था, जो उसे आने से मना कर दिया।

कारण पूछने का उसे अधिकार नहीं था। वैसे भी परीक्षण के पश्चात उनके इंकार ने उसे अहसास करा दिया था कि उन्हें उस जैसी कोमल-मृदुल नहीं, वरन एक कड़क, जोर से डांटने वाली अध्यापिका चाहिए। उसे डांटना सीखने में कम से कम एक महीना लगेगा। उन्हें अपने विद्यार्थियों की भी चिंता थी, जिनकी पढ़ाई कुवैत जाने वाली अध्यापिका के कारण काफी पिछड़ गई थी।

वेतन के लिए उन्होंने उसे अकाउंट सेक्शन के क्लर्क मनोज के पास भेज दिया। विद्यालय आते हुए उसे सत्रह दिन हो गए थे। मनोज ने परीक्षण के दिन, विद्यालय की छुट्टी के दिन, मुख्याध्यापिका द्वारा मना करने पर न आने वाले दो दिन तथा डॉ.नवनीत के कहने पर देर से पहुंचने वाला दिन काटकर उसे छह दिन का वेतन लेने के लिए महीने भर पश्चात आने को कहा।

उसने बची हुई दो कक्षाएं लीं और अपने मन को विद्यालय से मुक्त कर लिया।

* * * * * *

दो घंटे से थोड़े-थोड़े अंतराल पर दामिनी डॉ.नवनीत का फोन नंबर मिला रही थी, जिससे मुख्याध्यापिका के निर्णय की सूचना उन्हें दे दे। अंगुलियां घिस गईं, पर फोन नहीं मिला। व्यस्त था या शायद खराब था। इतनी व्यस्तता भी ठीक नहीं होती। दूसरे दिन भी डॉ.नवनीत का फोन व्यस्त ही रहा।

हारकर अनूप को फोन किया।

"हां, मुझे सूचना मिल गई है," अनूप ने कहा, "कल शाम विद्यालय में स्वतंत्रता दिवस के उपलक्ष्य में कार्यक्रम था। मिसेस सन्याल भी थीं और डॉ.नवनीत भी। मिसेस सन्याल तुम्हारी प्रशंसा कर रही थीं कि बहुत नम्र और सीधी-सादी लड़की है।" पल भर रुककर बोला वह, "बताओ, तुम्हें नौकरी अच्छी लगी? काम करना चाहोगी?"

"अब इस प्रश्न का क्या अर्थ?"

"तुम्हारी 'हां' या 'न' पूछ रहा हूं। चाहोगी तो यह नौकरी तुम्हें ही मिलेगी।"

दामिनी स्तब्ध! पाखंडी का गोरखधंधा कभी उसकी समझ में नहीं आया। यह प्रश्न ऐसा ही था जैसे वर्ष भर पहले अनुवाद पाठ्यक्रम करने के लिए बाध्य करते हुए उसने कहा था, "तुम्हें उपस्थिति देने की आवश्यकता ही क्या है? सिर्फ परीक्षा देने चली आना।"

आत्मा ने कुछ स्मरण कराया: नौकरी के पहले ही दिन अनूप ने कहा था, 'डॉ. नरेन्द्र के माध्यम से हमें एक काम कराना है।'

उसे विश्वास होने लगा... निश्चित ही अनूप द्वारा कही गई बात सत्य है। तभी तो न चाहते हुए भी ये सब उसे 'न' नहीं कह पा रहे। उनका काम हो गया तो उन्हें उसकी आवश्यकता नहीं रहेगी। काम नहीं हुआ तो खीजकर वैसे ही मना कर देंगे।... वह कोई खिलौना नहीं है कि जब चाहा बुला लिया, जब चाहा घर बैठने को कह दिया। उसे नौकरी की आवश्यकता होती, तब भी वह इस प्रकार अपना अपमान तो नहीं कराती।

"क्या सोचा तुमने?"

"फिलहाल मैं नौकरी नहीं करूंगी। इन सत्रह दिनों में मैं एक दिन भी पढ़ नहीं सकी। वैसे कभी आवश्यकता पड़ी तो बताऊंगी।"

"ठीक है। जैसी तुम्हारी इच्छा। हां, डॉ.नवनीत का फोन इन दिनों खराब है। तुम्हारा निर्णय उन तक पहुंचा दूंगा।"

"ठीक है।" उसने रिसीवर रख दिया।

* * * * * *

इन सत्रह दिनों में जो कुछ हुआ, उन सबसे डॉ. नरेन्द्र अनजान थे। कभी उनके दिल्ली से बाहर रहने के कारण नहीं बता सकी, कभी स्वयं में उलझी रही। परंतु अब, नौकरी से संबंधित बातें उन्हें बता देनी चाहिए।

उसका निर्णय जानकर डॉ. नरेन्द्र ने उसका समर्थन किया कि यदि पढ़-लिख नहीं पा रही तो स्वतंत्र हो जाए। वे दामिनी के विकास में किसी प्रकार का गतिरोध नहीं चाहते थे।

अकस्मात डॉ. नरेन्द्र ने पूछा, "अनूप ने कैसे सोच लिया कि मैं तुम्हें फोन करूंगा ही?"

दामिनी ने अनूप द्वारा पहले दिन कही बात बता दी।

उन्हें बात की तह तक पहुंचने में देर नहीं लगी। वे हिंदी अकादमी की पुरस्कार समिति में हैं। इसलिए डॉ.नवनीत ने 'बाल साहित्य का पुरस्कार' पाने की आशा उनसे कर ली।

"ऐसी क्षुद्र अपेक्षा!" डॉ. नरेन्द्र बोले, "उन्होंने बाल-साहित्य रचा है। इसलिए मैंने स्वयं ही उनका परिचय मंगवाया था। उन्होंने सोच कैसे लिया। मुझे तो प्राइमरी स्कूल की अध्यापिका के रूप में तुम्हारा ध्यान तक नहीं आया।"

"वे तो प्रचारित कर रहे हैं कि वे आपके मित्र हैं।"

"उनकी सूरत पहली बार तब देखी, जब उनके विद्यालय में गया।" डॉ. नरेन्द्र हंसे, "वे मुझसे परिचित नहीं हैं, नहीं तो ऐसी अपेक्षा न करते।"

13

डॉ. नरेन्द्र उसे सजग करते रहे थे कि नवंबर तक शोध-प्रबंध का सारा कार्य समाप्त कर ले जिससे टाइपिंग, बाइंडिंग आदि के लिए पर्याप्त समय बचे। कई बार अनेक प्रकार की परेशानियां उत्पन्न हो जाती हैं... टाइप करते-करते बिजली चली जाती है। जिल्द बांधने के लिए अनेक पुस्तकें होती हैं। जिल्दसाज़ अन्य कार्यों में व्यस्त होने के कारण देर लगा देते हैं। समय न होने पर अनेक प्रकार की परेशानियां उत्पन्न हो सकती हैं। डॉ. नरेन्द्र की सलाह अनुसार चलने के कारण ही सभी सहपाठियों में उसका कार्य सबसे पहले समाप्त हुआ था। टाइप और जिल्द बंधवाने का काम भी सबसे पहले हुआ था। निर्देशक के हस्ताक्षर भी समय से काफी पहले हो गए थे। शेष लोगों को कितनी परेशानियां हुई थीं। प्रशांत का काम तो अंतिम तिथि निकल जाने पर भी पूर्ण नहीं हुआ; परंतु प्रो. आनंद उसकी ढाल बन गए। प्रशांत का काम नहीं हुआ था, इसलिए अन्य शोधार्थियों का काम भी उत्तरी परिसर में नहीं भेजा गया। प्रो. आनंद की इच्छा पर चलने वाले विद्यार्थियों को इस प्रकार की सुविधाएं मिल जाती थीं। नलिनी ने भी तो अपने डिज़र्टेशन पर प्रो. आनंद से चार जनवरी को हस्ताक्षर कराए थे।

और अनूप!... अंत समय तक उसका डिज़र्टेशन तैयार नहीं हो सका। डॉ. भास्कर के समक्ष वैसे गिड़गिड़ाया, जैसे वह ही गिड़गिड़ा सकता था। अनूप था वह, गिड़गिड़ाने में अद्वितीय और अद्भुत!

सत्ताईस दिसंबर को जब दामिनी विश्वविद्यालय गई थी, तब वहां अपना शोध-प्रबंध टाइप करा रहे अनूप की हालत देखकर भौचक ही रह गई थी। रात-दिन जागकर जैसे-तैसे तो आधा-अधूरा कार्य किया था; लगातार लिखते रहने के कारण हाथ इतना सूज गया था कि हिल-डुल भी नहीं रहा था। दर्द-निवारक गोली खा-खाकर अपने हाथ से बेगार कराई थी उसने। आंखों में नींद इस कदर भरी पड़ी थी कि उससे खड़ा भी नहीं हुआ जा रहा था; परंतु फिर भी टंकक के सिर पर खड़े होकर टाइप कराना पड़ रहा था। न कराया जाता तो उसके पास तो इतना कार्य था कि किसी भी हालत में इकतीस दिसंबर तक प्रतियां तैयार हो नहीं पातीं।

उसकी इस असहाय अवस्था को देख, उसके पास से निकलते हुए दामिनी की आत्मा गुनगुनाई, "देख लेना, कार्य तो मैं अक्तूबर से ही आरंभ करूंगा।"

दामिनी प्रसन्न थी। शोध को उसने जो रूप देना चाहा, दिया। निर्देशक ने आपत्ति नहीं की। उस समय भी उनका अहं आड़े नहीं आया, जब उसने शोध-प्रबंध डॉ. नरेन्द्र को समर्पित किया था। समर्पण देखकर चकित होते हुए यह अवश्य कहा था, "शोध-प्रबंध में समर्पण नहीं होता।"

वह अड़ी रही। उसकी जिद देखकर अंततः उन्होंने वह पंक्ति रहने दी। डॉ. नरेन्द्र ने भी इस समर्पण का विरोध किया था, "इन पंक्तियों को पढ़कर सब यही सोचेंगे कि डॉ. नरेन्द्र ने जैसा चाहा, लिखवा दिया।"

कार्य आरंभ करने से पूर्व ही प्रशांत ने भी कहा था, "दामिनी को तो डॉ. नरेन्द्र अच्छा करा ही देंगे।"

"जिसे कहना होगा, वह तो वैसे कहेगा ही।"

डॉ. नरेन्द्र ने आश्चर्य से उसे देखा था फिर क्षण-भर रुक-कर कहा, "वह बात अलग है; परंतु यह लिखकर तो तुम प्रमाण दे रही हो।"

वह अड़ गई। समर्पण नहीं काटेगी।

"इसका प्रभाव तुम्हारे अंकों पर भी पड़ सकता है। एम. फिल. में प्रथम श्रेणी नहीं आई तो नौकरी में भी बाधा आएगी।"

"मैंने शोध अंकों के लिए नहीं किया।"

"जानता हूं।"

वह हतप्रभ सी उन्हें देखती रह गई थी... वे उसके मन की हर बात से परिचित हैं।

उन्होंने समझाया, "फिल्हाल तुम्हारा ध्यान अपने अंकों पर होना चाहिए।"

उसे नहीं मानना था, नहीं मानी।

अंततः वे बोले, "भगवान तुम्हारी रक्षा करें।"

दामिनी को तो भावुक हो उठने का कोई बहाना ही चाहिए था। मन पिघलकर जैसे तरल हो गया था। बस उसने उसे बहने नहीं दिया।

"सर, मुझसे गुरु-दक्षिणा ले लीजिए।"वह धीमे स्वर में बोली।

डॉ. नरेन्द्र भौचक से उसे देखते रह गए, "गुरु-दक्षिणा? क्या मांगूं?"

वह पल-भर के लिए चुप हो गई... 'क्या मांगें! कुछ भी। मांगकर तो देखें। वह तो हर संभव-असंभव मांग को पूर्ण करेगी।'

"कुछ भी सर।"उसने उन्हें देखा।

"कुछ भी?"

"हां! कुछ भी।" वे शांत होकर कुछ सोचने लगे। पल-भर बाद उसकी ओर दृष्टि की, "अभी तो ऐसी कोई आवश्यकता नहीं है। कभी जरूरत हुई तो बताऊंगा।"

दामिनी के मन में असमंजस उभरा... टाल रहे हैं अथवा उन्हें सचमुच समझ नहीं आ रहा? गुरु-दक्षिणा लेना तो गुरु का अधिकार है। उनसे तो सदैव वह कोई न कोई शिक्षा पाती ही रहेगी। विकास की तो कोई सीमा ही नहीं है।

उसने डॉ. नरेन्द्र को देखा... वे मौन भी थे और शांत भी। शायद वे ठीक ही कह रहे हैं; अभी गुरु-दक्षिणा देने का समय नहीं आया है।

दामिनी ने शोध-प्रबंध की हस्ताक्षरित प्रतियां उठा लीं। डॉ. नरेन्द्र ने एक बार भी उसके कार्य पर कोई टिप्पणी नहीं की। क्यों?...देख तो पहले भी चुके हैं पर यह नहीं बताया कि उसने लिखा कैसा है। अन्य लोगों की प्रतिक्रिया उसके लिए अप्रासंगिक थी परंतु डॉ. नरेन्द्र की प्रतिक्रिया!

"सर," दामिनी ने सकुचाते हुए पूछा, "क्या मेरा डिजर्टेशन छपने लायक है?"

"क्यों नहीं है?"

दामिनी भीतर तक संतुष्ट हो गई।

* * * * * *

छह जनवरी की प्रतीक्षा!

शोध प्रबंध की एक प्रति डॉ. नरेन्द्र की जन्मतिथि पर उन्हें देगी।

आत्मा हंसी, "जन्मतिथि न होती तो एक प्रति भी न देतीं?"

वह समझ रही थी: प्रति तो उन्हें देनी ही है। हर शोधार्थी देता है। उसमें विशेष क्या है?

टाल गई, 'विशेष उसके भाव हैं।'

आत्मा नहीं टली, 'अपने मुंह मियां मिट्ठू!'

'वही सही।' वह अड़ी रही।

छह जनवरी तक निमंत्रण नहीं मिला। निराशा हुई। अपने को समझा लिया, 'चलो, डिजर्टेशन फिर कभी दे आएगी।'

छह जनवरी को फोन पर, जन्मदिन की बधाई देकर, दामिनी ने डिजर्टेशन देने के लिए उनसे सात जनवरी का समय ले लिया।

पंद्रह मिनट पश्चात ही डॉ. नरेन्द्र का फोन आया, "अगले वर्ष साठवीं वर्षगांठ मनेगी। आज तो बस रात्रि में कुछ अतिनिकट मित्रों को भोजन पर बुलाया है। दिन में कोई कार्यक्रम नहीं है। चाहो तो आज तीन बजे के लगभग आ जाओ।"

पांव जमीन पर नहीं पड़ रहे थे। प्रयत्नपूर्वक मन के उस उत्साह को साधकर वह डॉ. नरेन्द्र के घर जाने की तैयारी करने लगी।

* * * * * *

"शिखा, यह दामिनी है," नलिनी ने कहा, "इसने डॉ. नरेन्द्र के उपन्यास 'तोड़ो, कारा तोड़ो' पर शोध किया है।"

"अच्छा," शिखा ने उसे देखा, "तब तो तुम डॉ. नरेन्द्र से मिली भी होगी?"

"मिली होगी!..."नलिनी हंसी, "अरे, वे इसके गुरु हैं।"

"ओह!... वैसे उनकी पत्नी डॉ. मधुरिमा कोहली से मैं पढ़ी हूं। मैंने कमला नेहरू कॉलेज से बी.ए. किया है। मिल तो डॉ. नरेन्द्र से भी चुकी हूं।"

"कब?"

"अपने कॉलेज में। तब मैं प्रथम वर्ष में थी। किसी साहित्यिक आयोजन में उन्हें आमंत्रित किया गया था। अच्छे व्यक्ति लगे।"

"कैसे?"

"उन दिनों मैं कविता लिखती थी। उपन्यास पढ़कर मन करता था कि एक उपन्यास लिखूं हालांकि तब लिखने की समझ भी नहीं थी। मैंने मंच पर जाकर उनसे कहा, 'सर, मैं एक उपन्यास लिखना चाहती हूं।'... उन्होंने मुझे देखा और उत्साहित करते हुए बोले, 'हां लिखो, लेकिन ऐसा करना, एक साथ पूरा लिखने के बदले सौ-सौ पृष्ठ करके लिखना और दिखाती रहना। इससे उपन्यास लिखने की तकनीक से भी परिचित हो जाओगी। फिर उन्होंने मुझे अपना फोन नंबर दिया।"

"हां। डॉ. नरेन्द्र आशावादी हैं।"

"तोड़ो, कारा तोड़ो' तो बहुत चर्चित और महत्वपूर्ण उपन्यास है। तुम कहां-कहां उनसे असहमत हुई?"

नलिनी हंस पड़ी, "यह उनसे असहमत होती नहीं।"

"शोध के दौरान ज्यों-ज्यों उपन्यास को आत्मसात किया, अनेक विशिष्ट प्रकार के अनुभवों से गुज़री। जीवन की कुछ घटनाएं भी वैसी ही घटती चली गईं। इसका प्रभाव व्यक्तित्व पर भी पड़ा।"

"तुम शोध नहीं, भक्ति कर रही थीं," नलिनी ने उसकी ओर दृष्टि की, "उपन्यास अच्छा है परंतु तकनीक की दृष्टि से मुझे लगा कि घटनाएं स्वाभाविक रूप से घटित नहीं हो रही हैं। चिंतन अधिक है। पात्रों की गतिविधियां सहज नहीं हैं। घटना के बीच में ही पात्र विश्लेषण करने लगता है। आदर्शों को जबरदस्ती ठूंसा है। तुम्हें ये सारे प्रश्न शोध में उठाने चाहिए थे।"

"उस पर आलोचनात्मक दृष्टिकोण से भी लिखा गया है। परंतु इस प्रकार का विश्लेषण तो किसी ने नहीं किया।"

"वैसे," शिखा ने नलिनी का समर्थन किया, "इससे तो मैं भी सहमत हूं कि डॉ. नरेन्द्र आदर्शों को जबरदस्ती आरोपित करते हैं।"

"आपने उनकी कोई रचना पढ़ी है?" दामिनी ने उसके भीतर झांका।

"प्रीति-कथा। इस उपन्यास ने तो मुझे बहुत प्रभावित किया। हां, उस पर लिखी आलोचनाएं पढ़ी हैं। स्वयं आदर्शों को अपना लक्ष्य बना रखा है तो चाहते हैं कि दूसरे भी उसे अपनाएं।"

दामिनी को कैसी तो खीज चढ़ी... इसने उनकी कोई रचना पढ़ी नहीं, फिर भी फतवा देने का अधिकार मान लिया। आलोचना पढ़कर अपनी राय कायम की है; मतलब इसका अपना कोई चिंतन नहीं है। जो दूसरे कहेंगे, वही स्वीकार लेगी।...

नलिनी ने पुनः प्रहार किया, "दामिनी, तुम अपने गुरु की कमियां स्वीकार नहीं कर पाती हो। वे आदर्शरोपणवादी लेखक हैं। व्यास और वाल्मीकि पढ़ते-पढ़ते और वही सब लिखते-लिखते वे उसी समाज में जीने लगे हैं। सबसे ज्यादा परेशानी तो उन्हें भाषा से होती है। राष्ट्रभाषा अपनाने के नाम पर वे दूसरों को डोमिनेट करते हैं। उन्हें विवश करते हैं कि हिंदी ही बोली जाए।"

"राष्ट्रभाषा बोलने के लिए प्रेरित करने में क्या दोष है? वे जागरूक साहित्यकार हैं। दृढ़ संकल्प हैं, व्रती हैं।"

"दूसरों के साथ कौम्यूनिकेट तो हम तभी कर सकते हैं जब हम सहज भाषा बोलें। जबरदस्ती हिंदी बोलना तो बनावटी लगता है। इस भाषा-नीति के कारण उनके सब पात्र एक ही भाषा बोलते हैं, जबकि हर पात्र के बात करने का अपना ढंग होता है। जब हमारा ध्यान भाषा पर ही रहेगा तो भाव स्वाभाविक रूप से व्यक्त हो ही नहीं सकते। तुम्हारे गुरु तो मानवतावाद के समर्थक हैं, फिर भाषा के नाम पर लड़ाई-झगड़ा क्यों करते हैं। और अगर उनकी विचारधारा इतनी ही संकीर्ण है तो पंजाबी होने के कारण पंजाबी भाषा का समर्थन करना चाहिए।"

"तुम चाहती हो, वे वह भाषा बोलें जो तुम बोलती और लिखती हो। अर्थात तुम्हें अधिकार है कि तुम अपने विचार उन पर लादो।" दामिनी हंसी, "डॉ. नरेन्द्र के मुख से सहज रूप से अंग्रेज़ीमुक्त हिंदी ही धाराप्रवाह निकलती है। तुम कभी उनसे मिली नहीं, उनकी कोई रचना नहीं पढ़ी; और उनके प्रति मन में विरोध पाल लिया। मुझे तो कभी नहीं लगा कि उनका हर पात्र एक सी भाषा बोलता है। उनके व्यंग्य पढ़ो। उनकी कहानियां पढ़ो। उनके पौराणिक उपन्यास पढ़ो। 'पांच एब्सर्ड उपन्यास' और 'महासमर' की भाषा एक सी लगती है तुम्हें?...जितने सहज रूप से उनकी लेखनी अमिश्रित भाषा का उपयोग करती है, उतने ही सटीक उनके भाव भी होते हैं।... जहां तक पंजाबी होने की बात है, कभी उनसे पंजाबी में बोलकर देख लो।"

"तुम्हारे द्वारा दिया गया 'गोष्ठी' का अंक पढ़ रही थी जिसमें उन्होंने लिखा है, "जिस भाषा और जिस शब्दावली को हम त्याग देते हैं, उसमें रचा गया ज्ञान भी हमारे लिए अपरिचित हो जाता है। लेकिन उन्होंने यह नहीं सोचा कि जब भाषा के 'हार्ड' शब्द किसी की समझ में नहीं आएंगे, तब उस भाषा को बोलने और लिखने का क्या अर्थ?"

"हार्ड!"दामिनी हंसी, "अगर शब्द परिचित नहीं है तो यह लेखक और पत्रकार का ही तो दायित्व है कि वे लोगों को सही भाषा से परिचित कराएं। वे ही अगर भाषा को भ्रष्ट कर देंगे तो फिर इस पतन को कौन रोकेगा? भाषा नहीं समझ आती तो शब्दकोश देखकर समझें। प्रचलन के पश्चात तो किसी भी भाषा के शब्द का अर्थ लोग सीख ही जाते हैं। उनके कहने और करने में तालमेल है।"

"ठीक है, वे इस भाषा के अभ्यस्त हो चुके हैं लेकिन दूसरे तो नहीं हैं। कोई अपने मनोरंजन के लिए साहित्य पढ़ेगा अथवा परेशानी उत्पन्न करने के लिए।"

"संस्कृत इसीलिए समाप्त हो गई क्योंकि जब वह भ्रष्ट होने लगी तो चिंतकों ने उसके सही रूप का ही समर्थन किया। किसी की समझ में न आने पर वह भाषा ही समाप्त हो गई।"

"संस्कृत आज भी जीवित है।"

"तुम डॉ. नरेन्द्र की किसी भी बात से असहमत नहीं होती। तुम्हारा अपना कोई चिंतन, अपना कोई सोच-विचार है?"

"मेरा अपना व्यक्तित्व न होता तो उनकी ही नहीं, हर किसी की बात मान लेती। तुम्हारी भी। जहां तक उनका अनुकरण करने की बात है, वे मेरे आदर्श हैं।...मेरी दलीलों और तर्कों ने भी सत्य को खोजा था। एक बार सत्य का बोध हो गया तो अविश्वास क्यों करूं! अब मन व्यर्थ विचारों से मुक्त हो गया है। भगवान ने उन जैसा गुरु दिया।..."

"तुमने अपने मन में उन्हें महिमामंडित कर रखा है।"

"विकसित आत्मा के प्रति श्रद्धा जागती है।"

"कोई अपने मम्मी-पापा से इतना प्रेम करे, वह अलग बात है... पर गुरु से!"

"यह आप पर निर्भर है कि आप परिवार की सीमा कहां तक निर्धारित करते हैं।"

"जब लोग माता-पिता की नहीं सुनते, तो गुरु की क्या सुनेंगे।"

"गुरु का प्रभाव सबसे अधिक पड़ता है। गुरु अनुकरणीय होना ही चाहिए।"क्षण भर रुककर नलिनी को देखती हुई बोली दामिनी, "नहीं तो श्रीकृष्ण को अर्जुन को गीता का उपदेश देने की आवश्यकता क्यों पड़ती? स्वामी विवेकानंद को रामकृष्ण परमहंस का सान्निध्य क्यों प्राप्त होता?"

"संसार में इतना कुछ घट रहा है, फिर भी वे रामकथा और महाभारत-कथा में उलझे हुए हैं। आजकल तो उपनिषद पढ़ रहे हैं। इन सबसे बाहर निकलकर समाज के भीतर झांककर तो देखें।"

"कह तो वे वही सब कुछ रहे हैं, जो समाज में घट रहा है। समय बदल जाता है, पात्र बदल जाते हैं; किंतु न मनुष्य की प्रकृति बदलती है, न त्रिगुणात्मक प्रकृति के नियम। साहित्य सामयिक नहीं, शाश्वत होना चाहिए।" दामिनी बोली, "वे कहानी से व्यंग्य की ओर आए और व्यंग्य से उपन्यास की ओर। पहले सामाजिक उपन्यास लिखे, फिर ऐतिहासिक तथा अंततः पौराणिक सांस्कृतिक उपन्यास की ओर उनकी प्रवृत्ति हुई। नाटक, निबंध, संस्मरण आदि भी लिखे। तुम्हें इसमें कुछ भी समसामयिक नहीं लगा?" दामिनी ने रुक-कर उसकी ओर देखा, "धर्म और अध्यात्म से जुड़ना बड़ी उपलब्धि है। व्यक्तित्व का यह परिवर्तन उनके लिए ही नहीं, शेष लोगों के लिए भी बेहद सुखद रहा।"

"डॉ. नरेन्द्र ने अध्यात्म पर इतना लिखा है। उनके विचार भी बदले। ये बताओ, क्या उन्हें कोई दिव्य अनुभव भी हुआ है?" "नलिनी ने जिज्ञासा की, "मतलब, क्या कोई चमत्कारी घटना उनके जीवन में घटी है?"

"वे कहते हैं कि उन्हें कोई इंद्रियातीत अनुभव नहीं हुआ। वे योग और ध्यान से इस मार्ग पर नहीं बढ़े हैं। लेखन ही उनकी साधना है।" दामिनी कहीं और पहुंच गई।... "हर व्यक्ति अलग-अलग ढंग से गंतव्य तक पहुंचता है। महत्वपूर्ण तो मन को शुद्ध करने का प्रयत्न है।"

"किस हद तक उन्होंने मन को शुद्ध किया है।"

"उन्हें इस बात का कष्ट नहीं होता कि इतनी प्रतिभा, इतनी क्षमता होते हुए भी वे प्रोफेसर नहीं हुए। उन्हें प्रसन्नता है कि वे उस फंदे में नहीं फंसे। पदोन्नति हो जाती तो लेखन की अवनति होती, आत्मोन्नति न होती।"

दामिनी, शिखा ने उसका ध्यान अपनी ओर आकृष्ट किया, "तुम क्या लिखती हो?"

"अभी तक तो कहानियां ही लिखी हैं।"

"कोई संकलन निकला?"

"नहीं। अभी तो पत्रिकाओं में ही रचनाएं छपी हैं।"

"जानती हो दामिनी," नलिनी ने कहा, "मैं और शिखा अपना कविता-संकलन छपवाने एक प्रकाशक के यहां बैठी थीं। उसी समय डॉ. नरेन्द्र ने अपने किसी व्यंग्य-संग्रह के प्रकाशन हेतु वहां फोन किया। प्रकाशक बड़ा प्रसन्न हुआ। वह तो जैसे बिछ ही गया था।"वह हंस पड़ी, "हमने पूछा, क्या अपने चेले-चेलियों की रचनाएं छपवाने के संदर्भ में उन्होंने कभी बात की है?"

दामिनी के मुख पर व्यंग्य उभर आया, "मैं स्वयं नहीं चाहूंगी..."

"मैंने तुम पर कोई आरोप नहीं लगाया।"नलिनी बोली, "मेरा एक संकलन हिंदी अकादमी के सहयोग से छपा था। पर चर्चा नहीं हुई। अब दूसरा संकलन पैसे देकर छपवाया है।"

"संघर्ष तो करना ही पड़ता है। पर सीधे संकलन ही क्यों निकाला जाए? पहले रचनाएं पत्रिकाओं में, अखबारों में भेजी जाएं। धीरे-धीरे चर्चा होगी तो संकलन भी बिना धन दिए निकाला जा सकता है।"

"क्या पत्रिकाओं में रचना सरलता से छप जाती है?"

"नहीं। दस पत्रिकाओं में भेजेंगे तो एक में छपेगी।" दामिनी हंसी, "डॉ. नरेन्द्र प्रत्येक नए लेखक को यही सिखाते हैं... जितना संघर्ष लिखने में है, उतना ही उसे प्रकाशित करवाने में है। पर हिम्मत मत हारना। जो लिखा है, वह छपेगा ही। बस निरंतर लिखते रहो।"

"वे ऐसा कह सकते हैं क्योंकि सूथापित हो चुके हैं।"

"प्रतिष्ठा तक तो वे भी बाधाओं के मार्ग से चलकर ही पहुंचे हैं।... वे बता रहे थे कि जब उनकी रचना डाक से लौटती थी, तो उनका बड़ा भाई अंगूठे और तर्जनी में रचना पकड़कर झुलाता हुआ, सबको दिखाता था और कहता था, लेखक साहब का पारिश्रमिक आया है।"

"जो जिस समय लिखा है, वह उस समय न छपे तो उसका क्या महत्व?"

"महत्व सदा रहता है। अन्यथा वह रचना तात्कालिक है और उसका जीवन अल्पकालीन है।"

शिखा ने दामिनी की ओर दृष्टि की, "तुम्हारे विचार कितने भिन्न हैं। तभी तो एक-दूसरे से सहमत हो पाना संभव नहीं है।"

दामिनी मुस्कराई, "मेरे एक सहपाठी ने मेरे विचारों को एक आदर्श स्वप्न संसार कहकर मेरा उपहास किया था। कहा था, डॉ. नरेन्द्र ने तुम्हारे सामने जो संसार रखा है, वह आज के जमाने में सफलता प्रदान नहीं कर सकता।" दामिनी हंसी।

"अच्छा, तुम कह रही थीं कि 'तोड़ो, कारा तोड़ो' उपन्यास पर किए शोध ने तुम्हारे व्यक्तित्व पर बहुत प्रभाव डाला है?"

"हां। जीवन को देखने और समझने की मेरी दृष्टि काफी हद तक स्थूल से सूक्ष्म की ओर चली गई है। अब हर बात को एक व्यापक दृष्टिकोण से देखने का प्रयत्न करती हूं।" दामिनी बोली, "एक बार मैंने डॉ. नरेन्द्र से पूछा था, 'सर, आप व्यंग्य से अध्यात्म में प्रवेश कर गए; व्यक्तित्व में यह परिवर्तन कैसे हुआ?' उन्होंने कहा, 'लिखते-लिखते।'...उनकी बात अब समझ में आई है। अपने लिखे को ही हम कितना आत्मसात करते हैं। तभी तो पाठक पर भी लेखक का इतना गहरा प्रभाव पड़ता है।"

"दामिनी, क्या तुम्हें नहीं लगता कि यह संत महात्माओं की बातें हैं।" नलिनी मौन नहीं रह पाई, "यदि ऐसा ही जीवन जीना है तो तुम संन्यास क्यों नहीं ले लेतीं?"

दामिनी खिलखिला पड़ी, "जब मैं इस उपन्यास पर शोधकर रही थी, तो अनेक लोगों ने मुझसे कहा, अभी से सठिया गई हो क्या जो इस वैज्ञानिक युग में धर्म, अध्यात्म और वेदांत से सिर मार रही हो।... मैं मुस्कराकर टाल गई। आज सोचती हूं कि वैज्ञानिक प्रगति ईश्वर के विधान से बाहर तो नहीं हुई। मनुष्य ईश्वर से ज़्यादा बुद्धिमान भी नहीं है। मनुष्य ने विज्ञान के नाम पर ईश्वर के विधान को ही तो खोजा है। विज्ञान और अध्यात्म एक-दूसरे के विरोधी तो नहीं हैं।"दामिनी ने पल-भर के लिए नलिनी और शिखा पर दृष्टि डाली, फिर जैसे उसका मन अपने-आप में लीन होने लगा, "धर्म-ज्ञान सिर्फ संन्यासियों का अधिकार नहीं है। अध्यात्म सद्गुण उत्पन्न करता है, दुर्गुणों को दूर करता है; यह कार्य समाज के बीच रहकर ही करना चाहिए। मैं आंख मूंदकर ध्यान नहीं कर सकती, पूजा में मन एकाग्र नहीं होता। लिखने बैठूं तो मन स्वयं एकाग्र हो जाता है। आसपास कितना ही शोर मचता रहे, कोई फर्क नहीं पड़ता। मैंने उपवास आदि भी रखे थे, किंतु पाया कि ईश्वर जिस प्रकार उस दिन मेरे चिंतन में रहते हैं, उसी प्रकार प्रतिदिन रहते हैं। मन की शुद्धि का एकमात्र साधन ध्यान ही नहीं है। जानती हूं कि मन ही मनुष्य के बंधन और मोक्ष का आधार है। इसलिए मन को ही साधने का प्रयत्न कर रही हूं जिसके लिए संन्यास लेना जरा भी आवश्यक नहीं है। देखा जाए तो हमारे देश में बहुत से तत्वज्ञानी गृहस्थ रहे हैं... भगवान शिव, श्रीराम, श्रीकृष्ण गृहस्थ ही तो थे। गुरुनानक देव गृहस्थ थे।"

"बहुत संतुष्ट हो तुम। तब तो महत्वाकांक्षी भी नहीं होगी?" शिखा ने उसके भीतर झांकने का प्रयत्न किया।

"क्षमता से बढ़कर प्राप्त करने के प्रयत्न में गलत पथ का चुनाव नहीं किया और न ही अकर्मण्यता को अपना संबल बनाया।"

"लेकिन इन सबसे सुख मिल सकेगा क्या?"

"सुख तो मन की एक स्थिति है।"

"दामिनी," नलिनी के मन में जिज्ञासा जागी, "डॉ. नरेन्द्र के लिए लेखन अगर इतना महत्वपूर्ण है तो परिवार की तरफ से तो वे उदासीन ही होंगे।"

"नहीं, वे बेहद जिम्मेदार व्यक्ति हैं।" दामिनी ने कहा, "जितने जागरूक लेखन के प्रति हैं, उतने ही परिवार के प्रति भी। न होते तो नौकरी से अवकाश लेने की इच्छा इतनी तीव्र होने पर भी परिवार के दायित्व के कारण क्यों रुके रहते? सबके मध्य उन्होंने संतुलन बैठाया है।" दामिनी घड़ी देखती हुई उठ खड़ी हुई, "पुस्तकालय के बाहर निष्ठा मेरी प्रतीक्षा कर रही होगी। चलती हूं।"

"ठीक है। निकलेंगे साथ ही। यहीं आ जाना।"

"अच्छा।"

* * * * * *

दामिनी के मुख से एक लंबा उच्छवास निकला... पिछले डेढ़ महीने से सारी स्थितियां उसके प्रतिकूल होती जा रही हैं। पिताजी चाहते हैं कि वह नौकरी करे, ताकि उसका विवाह कर सकें। लेक्चरशिप तो अभी संभव नहीं है इसलिए स्कूल में प्रयत्न करे। रोजगार समाचार और अन्य समाचारपत्रों में उन्होंने 'सिचुएशन वैकेंट' पढ़ना आरंभ कर दिया था और कुछ विद्यालयों में हिंदी अध्यापक की जगह देखकर उसका शैक्षिक परिचय भेज दिया था। वे चाहते थे कि वेतन चाहे कम मिले, परंतु नौकरी मिल ही जाए। वह घर-बैठी न मानी जाए, कामकाजी हो जाए। दामिनी चुप रही थी। नौकरी के लिए वह सहमत हो गई थी; मां ने उसे बताया था,

उनके पास इतनी ही जमा-पूंजी है कि वे उसके विवाह का आयोजन मात्र कर सकें। लाखों रुपये दहेज में देने का सामर्थ्य उनमें नहीं है। वे चाहते हैं, उसका विवाह किसी प्रथम या द्वितीय श्रेणी के अधिकारी, इंजीनियर या लेक्चरर से हो। इस वर्ग के लड़कों को अच्छी लड़कियों की कमी नहीं होती। फिर चुनाव का एक ही आधार होता है—दहेज! दामिनी उनसे सहमत नहीं थी। जरूरी तो नहीं कि हर लड़के की मांग दहेज ही हो। वे ऐसा लड़का क्यों नहीं चुनते, जो उसे उसके लक्ष्य के साथ स्वीकार करे।

* * * * * *

कुछ विद्यालयों में साक्षात्कार के लिए वह गई थी। वहां एक ही मांग थी - बी.एड. या फिर अच्छे स्कूल में पढ़ाने का अनुभव।

पिताजी हताश हो गए थे। घूम-फिरकर वे एक ही बात पर आ जाते थे, 'उसने बी.एड. क्यों नहीं किया? बी.एड. लड़की का विवाह तत्काल हो जाता है।'

रोज-रोज एक ही बात सुनकर उसने पिताजी से पूछा, "शिक्षा क्या विवाह का प्रवेशपत्र है? यदि उनके पास दहेज के लिए पैसा होता तो क्या वे बिना पढ़ाए उसकी शादी कर देते?"

"हां! पैसा होता तो एम.ए. करते ही, तेरी शादी कर देते। फिर तेरे ससुराल वालों का निर्णय होता कि वे आगे पढ़ाएंगे या नहीं।"

उसने चकित होकर पूछा, "और मेरी इच्छा?"

उन्होंने उपेक्षापूर्ण स्वर में कहा, "लड़कियों का कोई मन नहीं होता।"

पिताजी ने अखबारों में वैवाहिक विज्ञापन देखने आरंभ कर दिए थे।

"इससे विवाह करेगा कौन? न नौकरी है, न धन।"अपने कमरे में बैठी दामिनी को पिताजी और साक्षी का वार्तालाप सुनाई दिया।

"पिताजी," साक्षी ने कहा, "नौकरी पाना इतना मुश्किल तो नहीं है। ये करना ही नहीं चाहतीं। स्कूलों के चक्कर लगाएं, किसी न किसी स्कूल में तो मिल ही जाएगी। अनुवाद का पाठ्यक्रम कर लिया होता तो नौकरी कब की मिल चुकी होती। डॉ. भास्कर से कहें। वे ही किसी कॉलेज में अस्थायी रूप से लगवा देंगे। अन्य अध्यापकों से कहें।"

तभी एक नए खुले विद्यालय से साक्षात्कार के लिए बुलावा आया। शायद यहां भी पिताजी ने उसका परिचय भेजा था।

"दामिनी," पिताजी ने कहा, "मैंने सोचा है कि तुम्हारा किसी स्कूल का तीन या चार वर्ष का पढ़ाने का अनुभव प्रमाणपत्र बनवा दें। उससे नौकरी सहजता से मिल जाएगी।"

"अनुभव प्रमाणपत्र? लेकिन मैंने तो आज तक कहीं नौकरी की ही नहीं।"

"ऐसे भी बन जाता है।"

"झूठा!" दामिनी की आंखें आश्चर्य से फटी रह गईं, "नहीं, मैं झूठ की नींव पर प्रासाद नहीं बनाऊंगी।"

पिताजी की दृष्टि का क्रोध, वाणी में उतर आया, "यह सत्य-असत्य, पाप-पुण्य... अभी दुनिया देखी नहीं है न! बाप कमा लाता है, बेटी खा लेती है। इसलिए बड़ी-बड़ी बातें हो रही हैं।"

दामिनी का संयम तिलमिला रहा था... पता नहीं मनुष्य यह अहंकार क्यों पाल लेता है कि उसके परिवार के लोग उस पर आश्रित हैं। हर व्यक्ति अपना भाग्य लेकर आता है।

"स्कूलों के चक्कर तो लगा ही रही हूं। बाकी मेरा प्रारब्ध... झूठा प्रमाणपत्र लेकर मैं किसी विद्यालय में नहीं जाऊंगी।"

"जो जी में आए, कर।" पिताजी ने कैसे तो दांत मिसमिसाए, "यही लच्छन रहे तो जीवन भर सुख नहीं मिलेगा। हम तो मां-बाप हैं, सह रहे हैं। दूसरा कोई नहीं सहेगा।"

पैर पटकते हुए चले गए वे।

दामिनी ने आंखें बंद कीं और दो अश्रु टपक पड़े... जीवन की जो राह चुनी है, उस पर इस प्रकार की परेशानियां तो आएंगी ही। संघर्ष ही नहीं करना, विरोध भी सहना पड़ेगा।

* * * * * *

बहुत मन हो रहा था कि कुछ लिखे। शोध-निबंध के चक्कर में छह महीनों से कुछ नहीं लिखा था। शोध-निबंध लिखते हुए नियमित लिखने का अभ्यास हो गया था। यदि वैसे ही प्रतिदिन तीन-चार घंटे लिखती चली जाए, तो महीने-डेढ़ महीने में रचना पूरी हो जाएगी। लंबी रचना।... जून में विश्वविद्यालय अनुदान आयोग की परीक्षा थी। तीन-चार महीनों का समय था।

लिखने में वैसे ही कितनी बाधाएं थीं। मां को घर के काम में सहायता की आवश्यकता थी। उम्र बढ़ने के साथ उनकी क्षमता कम हो रही थी। दामिनी से उनकी अपेक्षाएं बढ़ रही थीं। घर का काम तो मायावी अजगर था, जो फैलता ही जाता था। मुंह की ओर से चलो तो पूंछ नहीं मिलती थी... पूंछ की ओर से चलो तो मुंह का पता नहीं चलता था। शारीरिक काम की थकान उतारकर, चिंतन-मनन की स्थिति में आने में समय लगता था। बिजली का बटन नहीं था कि जलते ही प्रकाश हो जाए। उसे लिखते देख पिताजी टोक देते, 'लिखना तो जीवन-भर है, फिल्हाल परीक्षा की तैयारी कर ले।'

वह असमंजस में उन्हें देखती... आयोग की परीक्षा उत्तीर्ण हो जाने पर वे संतुष्ट हो जाएंगे? एम.ए. में थी, तब चिंता थी, पचपन प्रतिशत आ जाएंगे या नहीं! पचपन प्रतिशत आए तो चिन्तित हुए कि एम. फिल. में प्रवेश मिल पाएगा या नहीं। एम. फिल. में प्रवेश हुआ तो यही सोचते रहे कि आयोग की परीक्षा कब उत्तीर्ण करेगी। यह हो जाएगा तो? सोचते रहेंगे, नौकरी कब लगेगी। नौकरी लग जाएगी तो सोचेंगे कि विवाह कब होगा?...और किसी की उन्हें इतनी चिंता नहीं है। होगी भी कैसे! लड़के चिंता का विषय नहीं होते। लड़के का विवाह तो अपने-आप ही हो जाता है। भाई के लिए कभी इस प्रकार चिंतित नहीं हुए। बी. कॉम. में अच्छे अंक नहीं आए, कंपनी सेक्रेटरी की परीक्षा में उत्तीर्ण नहीं हो सका, तो मुरादाबाद से एल.एल.बी. करा दी। परीक्षाओं के समय वहां जाकर परीक्षा दे आया। और साक्षी... वह उनकी आदर्श पुत्री है। उन्होंने चाहा, इंजीनियरिंग की परीक्षाओं में बैठे तो बैठ गई। उत्तीर्ण नहीं हुई तो उसे गणित से ऑनर्स करने की सलाह दी। इसी दौरान चाहा कि वह कंपनी सेक्रेटरी की परीक्षाएं दे, तो दे दी। नहीं कर पाई तो छुड़वा दिया। फिर चाहा कि एम.ए., बी.एड. कर ले तो एम.ए. कर उसने बी.एड. की परीक्षा दे दी। बी.एड. में उत्तीर्ण नहीं हुई तो 'इंदिरा गांधी मुक्त विश्वविद्यालय' में एम.सी.ए. में प्रवेश दिलवा दिया। उसकी तो अपनी कोई रुचि या इच्छा है ही नहीं। फिर उसके लिए चिंता कैसी? चिंता तो उसकी है जो अपनी इच्छानुसार जीने की स्वतंत्रता चाहती है। ऐसे बच्चे को प्रेम देना कितना मुश्किल है। फिर भी, मां-बाप हैं; चिंतित होते रहते हैं, समझाते रहते हैं। पता नहीं उन्होंने कौन से कर्म किए थे जो ऐसी औघड़ लड़की उन्हें ही मिली।...

14

'बाल मंदिर' से लौटते हुए दामिनी ने संकल्प कर लिया कि जैसे भी हो, पिताजी के नौकरी के इस मोह को दूर करना ही होगा। आए दिन स्कूलों के चक्कर काट-काटकर कितना समय व्यर्थ नष्ट हो जाता है। विद्यालय में पढ़ाने के लिए बी.एड. अनिवार्य है। जहां बी.एड. नहीं मांगते, वहां वेतन इतना कम होता है कि नौकरी का कोई अर्थ नहीं रह जाता।

साक्षात्कार के लिए आ रही थी तो पिताजी ने चलते समय कहा था, "हमें तुम्हारे पैसों का कुछ नहीं करना। तुम्हारी कमाई तुम्हारे खाते में जमा होती जाएगी। वेतन कम हो, तो भी स्वीकार कर लेना।"

"कितना कम?"

"दो-ढाई हो, तब भी स्वीकार कर लेना।"

उसे एम. फिल. जानकर प्रिंसिपल ढाई हजार वेतन पर तैयार हो गई थीं। किंतु उसका मन नहीं माना। सारा दिन भी दे और आठ हजार के स्थान पर ढाई हजार ले। उसे ऐसी नौकरी की कोई आवश्यकता नहीं है। उसकी इच्छा थी कि पिताजी व्यर्थ परेशान न हों। पर यदि उन्हें बता दिया कि वे रखने को तैयार थीं और दामिनी इंकार कर आई है तो कई दिनों तक क्षुब्ध रहेंगे।

घर लौटी तो पिताजी ने पूछा, "क्या हुआ?"

"प्रिंसिपल ने कहा, लेक्चरर बनना चाहती हो तो इतना धैर्य क्यों नहीं है कि पीएच. डी. कर कॉलेज में पढ़ाओ। स्कूल के लिए तुम ओवर क्वालिफाइड हो।"

"ठीक ही तो कह रही थीं।"

वह आश्चर्य से उन्हें देखती रह गई। बात उसकी ही थी लेकिन किसी और के मुख से आई तो पिताजी ने स्वीकार कर लिया?...

"यह तो स्पष्ट है कि स्कूल में नौकरी नहीं मिलेगी।" दामिनी ने जैसे उन्हें समझाया, "व्यर्थ ही धक्के खाने का कोई लाभ नहीं है।"

"हां, कोई लाभ नहीं है।" किंतु पिताजी का असंतोष अपनी जगह वर्तमान था, "अनुवाद का कोर्स छोड़ते समय ही तुमसे कहा था। लेक्चरशिप ठीक है, किंतु उसकी यात्रा कितनी लंबी है।"

"संघर्ष क्या तब नहीं होता? अनुवाद वालों को ही कौन सी नौकरी सड़क पर पड़ी मिल जाती है।"

"सड़क पर पड़ा तो कहीं कुछ नहीं मिलता।"

"संघर्ष करना ही है तो अपने ही क्षेत्र में क्यों न करूं? दामिनी ने पिता की ओर दृष्टि घुमाते हुए कहा, "आज लग रहा है कि बहुत अच्छा किया जो अनुवाद छोड़ दिया।

"हम तुम्हारा बुरा नहीं चाहते। सारा दिन घर में पड़ी रहोगी तो मन कुंठित ही होगा। व्यर्थ के कामों में समय नष्ट करोगी। सारा दिन पढ़ती तो तुम वैसे भी नहीं।"

"............।"

"ठीक है, जो मन में आए, करो।" पिताजी के स्वर में व्यंग्य उभर आया, "सोचती रहो कि आयोग की परीक्षा के पश्चात तुम्हारे लिए गाड़ी आएगी, 'आइए, हमारे कॉलेज की शोभा बढ़ाइए।' एक नौकरी के लिए सैकड़ों लोग आवेदन करते हैं। मात्र अपनी डिग्री के आधार पर नौकरी कहां मिलती है!"

'तो?'

"मेरे पास कोई सिफारिश नहीं है। न मैं विश्वविद्यालय में किसी को जानता हूं। किसी अध्यापक से क्यों नहीं कहती कि कहीं एड-हॉक ही रखवा दें।"

मां ने दामिनी को घेर लिया, "क्यों अपने पिता से बहस करती है? तुम्हारे पिताजी ठीक कह रहे हैं।"

दामिनी अवाक रह गई... तो मां भी उससे सहमत नहीं हैं!

"नहीं मां, मैं वह सब नहीं कर सकती।" दामिनी के मुख से बेबस सी हंसी निकली, "इतनी जल्दी मैं आप पर बोझ बन गई।"

"जहां जाओ, लोग शादी के विषय में पूछते हैं। तुम्हारे पिता ने कभी कोई दायित्व नहीं लिया। बेटियों की बारी आई है तो परेशान हो रहे हैं।"

"जीवन में कुछ करने की यही उम्र होती है।"

"इस तरह से समस्या सुलझ जाएगी क्या?"

"समस्या तो पिताजी की वर्जनाएं हैं। मैं टी.वी. पर संत को सुन रही थी तो पिताजी बोले, 'भाषण देना तो इनका व्यवसाय है और वह इसे देखकर बिगड़ रही है। धर्म-अध्यात्म में अगर इतनी ही रुचि है तो भगवा धारण कर किसी आश्रम में क्यों नहीं चली जाती।'...मैंने पिताजी की बातों को सुनकर भी अनसुना किया तो उन्होंने रिमोट लेकर चैनल बदल दिया। मैंने कहा, आपत्ति करने से पहले जान तो लीजिए कि वेदांत का ज्ञान है क्या?... तो बोले, मैं अभी बूढ़ा नहीं हुआ हूं।"

"कैसी बेटी है तू! पिता के प्रति मन में इतनी शिकायतें भी पाल रखी हैं और उनके प्रेम की प्रशंसा भी करती है।"

दामिनी हंस पड़ी, "विरोध सहकर भी प्रेम देते हैं, तो श्रद्धा उत्पन्न होती है। परेशान करते हैं तो गुस्सा भी आता है।"

"तुम तो सारे निर्णय ईश्वर पर छोड़कर बैठ गई हो। ऐसे कैसे चलेगा? धर्म-अध्यात्म सब बुढ़ापे की बातें हैं। योगी बनना तो तुम्हारे जीवन का लक्ष्य नहीं होना चाहिए।"

"नहीं। मुझे संन्यासी नहीं बनना। और प्रेम,करुणा,क्षमा,दया,उदारता आदि बुढ़ापे की बातें नहीं हैं। डॉ. नरेन्द्र तो आज के समय के हैं...।"

"तुम्हारे डॉ. नरेन्द्र... सारी मुसीबत की जड़..."मां ने वाक्य अधूरा छोड़ दिया, "ईश्वर इतने करुणामय हैं तो क्यों मनुष्य को इतना दुःख देते हैं?"

"दुःख देखती हो, दोष नहीं देखतीं।"

"तुम्हारे लिए ईश्वर क्या कर रहे हैं?"

"क्या नहीं किया? मानव-तन दिया। बुद्धि और विवेक दिया। शिक्षा दी, चिंतन की क्षमता दी। आप जैसे माता-पिता दिए।... और डॉ. नरेन्द्र जैसे गुरु दिए।"

"यह सब तुम्हें डॉ. नरेन्द्र ही सिखाते हैं?"

"मैं स्वयं निष्कर्ष निकालती हूं, सीखती हूं।"

" 'कलम' कार्यक्रम में तुम्हारे डॉ. नरेन्द्र ने कहा था, कोई प्रोत्साहित करे या न करे, उत्साह जगाए या न जगाए, प्रशंसा करे या न करे...परंतु लेखक तो वह लिखेगा ही जो उसे लिखना है।"

दामिनी अवाक सी मां को देखती रह गई... विरोध करते-करते वे उसका समर्थन कर बैठी थीं।

वह मुस्करा दी, "हां, शायद मैं इस बात को भूल बैठी थी।"

* * * * * *

वायवा की तैयारी!

तीन दिन से पिताजी मौन थे। किंतु आज सुबह ही सुबह!

"दामिनी, वायवा देने जा रही हो। वहां तुम्हें अपने बहुत सारे अध्यापक मिलेंगे। उनसे नौकरी के लिए कहना।"

"नहीं।" दामिनी ने निर्णय के से स्वर में कहा, "ऐसा कुछ नहीं कहूंगी।"

"ऐसी बात क्यों करती हो जिससे मुझे चिढ़ चढ़ती है।" पिताजी खीज उठे।

"मैं अपनी विफलता से इतनी परेशान कभी नहीं हुई, जितना आपका व्यवहार मुझे परेशान करता है।" दामिनी के मन में शिकायत उभरी, "आपने कभी मुझसे पूछा कि मैं क्या सोचती हूं, क्या चाहती हूं?"

"क्या चाहती हो, सब दीख रहा है।" वे क्रोधित हो उठे, "यही लच्छन रहे तो जीवन-भर रोओगी। हमारा क्या... हम तो जब तक कर सकेंगे,कर देंगे।"

दामिनी असहाय सी उन्हें देखती रही...

वह भी तो उनको सदा ही ठेस पहुंचाती रही है। मन ही मन वे कितने बेबस और असहाय हो जाते होंगे जो अपनी ही बेटी के लिए उनके मुख से इस प्रकार की दुःसंभावनाएं निकलती हैं।

वह सजग हुई... क्या फालतू बातें सोच रही है! जिस दिन पहली बार उसने डॉ. नरेन्द्र के लेखन-कक्ष में प्रवेश किया था, उन्होंने उससे कहा था, चाहे कितनी ही बाधाएं आएं परंतु तुम वही करना जिसकी अनुमति तुम्हारा मन दे।...

रोज-रोज की लड़ाई से दामिनी का मन रो पड़ा... पता नहीं पिताजी को कभी-कभी क्या हो जाता है। उदारता जागती है तो अच्छे-अच्छे हो जाते हैं; और क्रोध जागता है तो इतने बुरे हो उठते हैं।

फोन घनघनाया! डॉ. नरेन्द्र का फोन था। उन्होंने शुभकामनाएं दीं और निर्भय रहकर आत्मविश्वास के साथ वायवा देने जाने के लिए कहा।

दामिनी की सारी व्यथा, सारा क्लेश जाने कहां विलुप्त हो गया।...

* * * * * *

"क्षमा कीजिएगा, "एक अनजान लड़की सामने खड़ी थी, "क्या डॉ. विकास आए हुए हैं?"

"नहीं, अभी तो नहीं आए,"दामिनी ने उसे देखा, "क्या हुआ? बहुत परेशान हो?"

"हां। शोध-प्रबंध जमा करना है। उससे पहले अध्यापकों के मध्य सार-संक्षेप पढ़ना पड़ता है। पंजीकरण के पांच वर्ष समाप्त होने को हैं। डॉ. विकास समय ही नहीं दे रहे। रोज चक्कर लगाती हूं। हफ्ते भर में मीटिंग नहीं हुई तो मैं गई।"

"इतनी देर कैसे हो गई?"

"शादी हो गई। दो वर्ष कोई काम नहीं हो पाया। अब तो थीसिस पूरा किए दो महीने हो गए हैं। डॉ. विकास...।"

"विकास सर ऐसा क्यों कर रहे हैं?"

"मेरी निर्देशिका मिसेस नेगी हैं। पता नहीं डॉ. विकास और उनकी क्या लड़ाई है... फंस मैं रही हूं। पता नहीं ये अध्यापक विद्यार्थियों के भविष्य से खेल क्यों करते हैं।"

"आप विभागाध्यक्ष से बात करिए।"

"हां। यही सोच रही हूं। वे आए हुए हैं क्या?"

"हां। आ चुके हैं।"

वह स्टाफ-रूम की तरफ बढ़ गई।

अनूप लौटा।

"मेरे इक्ज़ामनर आ चुके हैं," उसकी आंखों से खुशी झलकी, "मैं डर रहा था कि आज नहीं हुआ तो फिर एक दिन स्कूल की छुट्टी करनी पड़ेगी। तुम्हारे इक्ज़ामनर तो पहले ही आ चुके थे। थोड़ी देर में तुम्हारा वायवा हो जाएगा।"

"डॉ. भास्कर कुछ कह रहे थे?"

"तुम्हारी प्रशंसा कर रहे थे कि दामिनी ने बहुत निष्ठा से काम किया है। वास्तव में तुम्हारा कार्य बहुत अच्छा है।"

"बहुत लोगों ने इससे अच्छा काम भी किया है।" वह बोली, "तुमने कई बार कहा था, एक हजार पृष्ठों की रचना पर मात्र छह महीने में शोध संभव नहीं है।"

"कहा था।"

"मुझे बिल्कुल भी मुश्किल नहीं लगा।"

"मेरी तुमसे कोई प्रतिद्वन्द्विता नहीं रही।" कुछ मौन रहकर वह बोला, "बुरा न मानो तो एक बात पूछ सकता हूं।"

"ऐसी बात पूछना क्यों चाहते हो जो मुझे बुरी लगे।"

"....।"

"अच्छा, पूछो।"

"क्या तुम्हारी शादी की बात कहीं चल रही है? मेरा मतलब... क्या तुम्हारी शादी कहीं पक्की हुई है?"

"क्यों?"

"मैं सोच रहा था, अगर कहीं पक्की न हुई हो तो..." उसकी निगाहों में झांकते हुए बोला अनूप, "मैं अब भी तुमसे विवाह करना चाहता हूं।"

दामिनी स्तब्ध!

आत्मा का कलरव आरंभ हो गया, "क्या स्थान है! कैसा अवसर है!...और वायवा के परीक्षा फल के स्थान पर इस पाखंडी का विवाह के विषय में पुनरीक्षण प्रस्ताव! क्या मज़ा रहता यदि परीक्षक महोदय ही पूछ बैठते 'क्या इस लंगूर से विवाह करोगी?' "

"शादी के लिए संसार में एक तुम ही बचे हो?" दामिनी ने आत्मा के स्वर में स्वर मिला दिया।

"मज़ाक अच्छा कर लेती हो।"

“सच्चाई है।”

“मुझसे इतनी रुष्ट क्यों हो? मैंने तुम पर इक्यावन कविताएं लिखी हैं। पढ़ोगी तो तुम्हारी सारी भ्रांतियां दूर हो जाएंगी।” उसके अधरों पर फीकी मुस्कान आई, “मुझसे विवाह करने में तुम्हें क्या आपत्ति है?”

“बहुत भेद है हममें।”

“हम दोनों की गलती यही रही कि अपनी-अपनी सोच दोनों ने एक-दूसरे पर थोपनी चाही।”

“मैं तुम्हारे हरम की शोभा नहीं बढ़ाना चाहती।”

“मतलब?”

“दीपाली, नेहा, अंजुम...।” दामिनी बोली, “किसी का विवाह हो गया, किसी ने धोखे में रखा, किसी ने संबंध तोड़ लिए।”

“तुम्हारे घर में सन तिरानवे का कलैंडर है?”चिड़चिड़ाते हुए पूछा उसने।

“हो सकता है।”

“तो फेंक क्यों नहीं देती उसे?”

दामिनी मुस्करा उठी...

“जानना चाहोगी कि मैंने तुमसे विवाह संबंधी प्रश्न क्यों पूछा था?”एक लंबे मौन के पश्चात वह बोला।

“क्यों?”

“मैं देखना चाहता था कि तुम मुझसे कितनी नफरत करती हो।”

“मेरे जीवन में घृणा के लिए कोई स्थान नहीं है।” दामिनी ने शोध-प्रबंध की अपनी प्रति खोल ली।”

“जब भी हम मिलते हैं, लड़ते ही रहते हैं।” अनूप ने भी अपनी प्रति खोल ली, “वायवा की तैयारी ही कर लूं।”

“दामिनी,” स्टाफ-रूम से बाहर आकर क्लर्क ने आवाज लगाई, “इसके बाद तुम्हारी बारी है।”

दामिनी ने पुस्तक बंद की।

“कुछ देर यहीं रुक जातीं।” अनूप ने उसे देखा।

दामिनी के पग रुक गए...।

वह खिलखिला उठा, “देखा, रुक गईं तुम आज भी मुझसे प्यार करती हो।”

दामिनी आगे बढ़ गई... यह घिसा हुआ रिकार्ड बजना ही बंद नहीं करता।

क्लर्क के ऑफिस में एक कुर्सी पर दामिनी बैठ गई। वह समझ रही थी कि इस धूर्त ने इस समय यह सारी चर्चा उसे उद्विग्न करने के लिए छेड़ी थी, ताकि उसका ध्यान वायवा से उचट सके और उसका काम बिगड़ सके।...उसे स्वयं को शांत रखना होगा।...

15

आयोग के फार्म पर विभागाध्यक्ष के हस्ताक्षर कराने गई तो सूचना पट्ट पर दृष्टि पड़ी: पीएच.डी. के लिए विषय जमा कराने की अंतिम तिथि पंद्रह अप्रैल।

"मार्च के अंतिम सप्ताह में तो मैं आई ही थी," दामिनी ने नलिनी की ओर देखा, "तब क्लर्क ने मुझसे अप्रैल के दूसरे हफ्ते में पता करने को कहा था। इतनी जल्दी निर्धारित करके अंतिम तिथि भी निश्चित कर दी।"

"और विषय ही नहीं, साथ में रूपरेखा, अब तक लेखक पर किया गया कार्य, शोध-कार्य की प्रविधि आदि सब कुछ लिखकर देना है। इतना कुछ एक दिन में लिखकर कैसे दिया जा सकता है? तुम तो डॉ. नरेन्द्र पर करोगी, कोई भी विषय उठा सकती हो। मैंने तो अभी विषय भी नहीं सोचा है।"

"कोई भी विषय तो मैं भी नहीं ले सकती।"

"फिर भी, कुछ तो सोचा ही होगा।"

"हां। मैं डॉ. नरेन्द्र के जीवन और सृजन का तुलनात्मक अध्ययन करना चाहती हूं।...सोचा तो कुछ तुमने भी होगा ही।"

"भक्तिकाल सोच रही हूं जिससे प्रो. आनंद मुझे निर्देशक रूप में मिलें। आनंद सर से विषय पूछा तो था। पता होता तो उन्हें फोन करके आती। अब एक दिन में इतना कुछ कैसे होगा?"

"सायरा आ रही है।" दामिनी की दृष्टि उसकी ओर उठ गई।

"तुम लोगों ने विषय दे दिया?"सायरा ने पूछा।

"नहीं। तुमने दे दिया?''

"नहीं। रूपरेखा वगैरह तैयार करनी है। प्रो. आनंद आए हुए हैं, पर उनसे पूछना भी बेकार ही गया।"

"सर आए हुए हैं।" नलिनी उठ खड़ी हुई, "मैं जरा सर के पास जा रही हूं।"

नलिनी स्टाफ-रूम की तरफ बढ़ गई।

"प्रो. आनंद से जानकारी लेनी चाही तो बोले, 'मुझे तो मालूम नहीं। शायद पंद्रह तक ही जमा कराना होगा। विषय की जानकारी तुम पुस्तकालय में पीएच.डी. के पुराने शोध-प्रबंध देखकर ले लो।'..." सायरा बोली, "प्रो. नाथ मिले थे। वे बहुत सहायता करते हैं। उन्होंने मुझे विषय से संबद्ध सामग्री तैयार कराने में बहुत सहायता की। अब बाकी जानकारी लाइब्रेरी से मिल जाएगी इसलिए चिंता समाप्त हो गई है।"

"अगर प्रो. आनंद की रुचि का विषय लिया जाए तो वे बहुत सहायता करते हैं।"

"करते होंगे।... मैं लाइब्रेरी चलती हूं। कल तक विषय जमा कराना है।" सायरा चल पड़ी।

नलिनी लौटी तो न सिर्फ उल्लसित थी वरन भाव-विह्वल भी थी।

"क्या हुआ? आनंद सर ने विषय बता दिया क्या?"

"नहीं। बोले, क्यों व्यर्थ परेशान हो रही हो? यह सूचना ऐसे ही लगा दी गई है। विषय तो जुलाई तक जमा कर सकते हैं।"

"और तिथि निकल जाने के कारण उस समय जमा न किया गया तो?''

"मैंने भी पूछा था। बोले, किसमें इतनी हिम्मत है कि तुम्हें विषय न जमा करने दे।"

"नहीं। तिथि निकल जाने पर या तो क्लर्कों की खुशामद करनी पड़ेगी अथवा बहाने बनाकर, झूठ बोलकर विभागाध्यक्ष से प्रार्थना करनी पड़ेगी।"

"तुम फालतू बातें ज्यादा सोचती हो। आनंद सर ने झूठ तो नहीं कहा होगा।"

"वह सुविधा, यह आश्वासन सिर्फ तुम्हारे लिए है।"

"फिर, तुमने क्या सोचा है।"

"सोच रही हूं, डॉ. भास्कर से बात करूं।"

* * * * * *

दामिनी की दृष्टि बस की खिड़की से बाहर पीछे छूटती जाती वस्तुओं की ओर देख रही थी। और मन!...पिछले तीन दिनों से निरंतर बदलती अपनी मनःस्थिति की ओर था।

डॉ. भास्कर को फोन कर उसने उनसे पूछा था, "क्या शोध-विषय जमा कराने की अंतिम तिथि पंद्रह अप्रैल ही है?"

उन्होंने बड़े तटस्थ स्वर में उत्तर दिया था, "जो सूचना लगी है, वही होगा। मुझे तो मालूम नहीं।"

पहली बार दामिनी ने स्वयं को इतना एकाकी महसूस किया था, 'अपने ही अध्यापकों से वह किसी भी सहयोग की अपेक्षा नहीं कर सकती थी। क्या अध्यापक और विद्यार्थी का संबंध मात्र कक्षा तक ही सीमित है?' उसने डॉ. नरेन्द्र की अधिकांश रचनाएं पढ़ी हैं। ढंग से पढ़ी हैं। पर रूपरेखा को सुनियोजित रूप देने के लिए निर्देशक या किसी विशेषज्ञ से विचार-विमर्श की आवश्यकता तो है ही। अभी भी वह छात्रा ही तो है, कोई विदुषी तो नहीं हो गई।

सारे मार्ग बंद देखकर वह घबरा उठी... पीएच.डी. में शोध के लिए डॉ. नरेन्द्र के साहित्य को लेने के इच्छुक विद्यार्थियों की संख्या कितनी बढ़ गई थी। उसके अतिरिक्त प्रशांत और अनूप ही नहीं, कुछ अन्य विद्यार्थी भी उन्हें लेने को आतुर थे। सचिन भी डॉ. नरेन्द्र के कहानीकार रूप पर कार्य करना चाहता है। कुछ लोग केवल विषय का शीर्षक ही जमा करा रहे हैं। संभव है कि फार्म पूरा न भरने का प्रभाव विषय के चुनाव पर पड़े। कम से कम उसे सारी जानकारी एकत्रित करके तो देनी ही चाहिए। राजनीतिक दांव-पेंच अलग बात है लेकिन बिना कर्म किए फल की आशा वह कर भी कैसे सकती है!...

पांडवों के समक्ष युद्ध की विभीषिका मुंह बाए खड़ी थी... उस समय कृष्ण की विशाल नारायणी सेना को छोड़कर अपने स्नेह के कारण उन्होंने श्रीकृष्ण को चुना था। उन्हें तो सिर्फ श्रीकृष्ण से प्रेम था। प्रतिदान में उन्हें विजय मिल गई।... डॉ. नरेन्द्र ने न सिर्फ उसे सांत्वना दी वरन डॉ. तरुण को फोन करके विस्तृत जानकारी ली कि सामग्री तैयार करने में क्या-क्या जानकारियां देनी हैं। साथ ही पंद्रह अप्रैल तक विषय जमा कराने के संदर्भ में भी पूछ लिया था। डॉ. तरुण ने कहा था, पंद्रह की जगह उन्नीस-बीस को भी जमा करा सकती है। जमा कराने में कोई परेशानी हो तो विश्वविद्यालय में ही दामिनी उनसे मिल ले।

इतना समय पर्याप्त था...डॉ. नरेन्द्र ने विषय से संबंधित उसकी सारी परेशानियां दूर कर दी थीं; और आवश्यक जानकारी देने के लिए उसे समय दे दिया।

आजकल डॉ. नरेन्द्र कितने व्यस्त हैं... 'महासमर' के आठवें भाग 'निर्बंध' को पूरा करने में लगे हैं; शायद इसीलिए गोष्ठी का आयोजन भी नहीं कर पा रहे। फिर भी अपने लिखने के लिए निर्धारित समय–प्रातः का समय उसे दे दिया।

* * * * * *

स्टाफ-रूम से बाहर निकलती दामिनी के मन का आह्लाद जहां नवीन स्फूर्ति से संचरित हो रहा था, वहीं उसका आश्चर्य भी किसी प्रकार कम नहीं हो पा रहा था। यह उसके लिए किसी चमत्कार से कम नहीं था कि प्रो. आनंद उस स्थिति में उसका समर्थन करेंगे जबकि शोध-समिति का प्रत्येक सदस्य उसके विषय-चुनाव के निर्णय का विरोधी हो उठा। उसे डॉ. नरेन्द्र की बात याद आ रही थी, 'देने वाले तो भगवान ही हैं।' क्या सचमुच विषय-चुनाव के निर्धारण के समय ईश्वर प्रो. आनंद की आत्मा में आकर बैठ गए!

डॉ. मुकेश ने डॉ. नरेन्द्र का नाम सुनते ही यह कहकर उड़ा दिया, "डॉ. नरेन्द्र तो अभी लिख ही रहे हैं। अभी उनकी उम्र ही क्या है! ही इज़ सो यंग। अभी कल की बात है, उसे मैंने कॉलेज में नियुक्त किया था। थोड़े प्रौढ़ हो जाएं, तब विभाग उस पर शोध की अनुमति दे।"

डॉ. नरेन्द्र उनके सहयोगी रहे हैं, उनसे बहुत छोटे हैं, इसलिए डॉ. मुकेश अपनी सेवानिवृत्ति तक डॉ. नरेन्द्र को इस योग्य मानेंगे ही नहीं। दामिनी किसी भी प्रकार अपनी उद्विग्नता से मुक्त नहीं हो पा रही थी, 'डॉ. मुकेश को डॉ. नरेन्द्र में मात्र अपना कनिष्ठ सहयोगी ही क्यों दिखाई देता है? वे उनकी सृजन-क्षमता, अन्तर्दृष्टि, कलात्मक सौंदर्य और सूक्ष्म अन्वेक्षणशीलता की परख क्यों नहीं कर सके! क्यों नहीं देख सके कि डॉ. नरेन्द्र ने हिंदी साहित्य को अन्यतम कृतियां दी हैं। डॉ. मुकेश ने एक बार भी नहीं सोचा कि अपना ही विश्वविद्यालय प्रतिभाशाली लेखक की उपेक्षा करेगा, तो इतिहास में कलंकित नहीं होगा क्या? अन्य अध्यापक? डॉ. मुकेश की टिप्पणी पर वे सब क्यों मूक दर्शक बनकर एक दूसरे से ही नजरें चुराने लगे। उसने डॉ. भास्कर को देखा तो कैसे वे शून्य में ताकने लगे थे। डॉ. तरुण ने दृष्टि घुमा ली। डॉ. विकास कागजों पर झुककर आड़ी-तिरछी लकीरें खींचने लगे। यहां तक कि विभागाध्यक्ष ने भी डॉ. मुकेश की बात सुनकर मौन साध लिया। क्या डॉ. मुकेश इतने प्रभावशाली हैं कि किसी में उनका विरोध करने साहस और शोधार्थी के साथ न्याय करने का सामर्थ्य नहीं है?...

और ऐसे समय में उसका समर्थन किया प्रो. आनंद ने। चित्रवत सी उनका मुख ही तो देखती रह गई थी वह। प्रो. आनंद ने डॉ. मुकेश को चुनौती दी, "डॉ. नरेन्द्र के साहित्य पर एम. फिल. में भी हम विषय दे चुके हैं। अन्य विश्वविद्यालयों में तो बीसियों लोग उस पर काम कर रहे हैं। उस पर शोध की अनुमति हम क्यों नहीं दे सकते? हम इतने कठमुल्ला क्यों हैं कि रीतिकाल से आगे ही नहीं बढ़ सकते। उपन्यास पर शोध होगा या नहीं होगा? होगा, तो डॉ. नरेन्द्र को छोड़कर होगा?" फिर जैसे वे खुलकर उसके पक्ष में आ खड़े हुए, "यह सिर्फ उन्हीं के साहित्य पर शोध करना चाहती है। किसी शोध-विद्यार्थी का मार्ग रोकने का हमें कोई अधिकार नहीं है। इसे इसका विषय दे देना चाहिए।"

डॉ. मुकेश तो बिज्जू से प्रो. आनंद को देखते रह गए। वे कुछ बोलने के लिए पंख फड़फड़ा रह थे किंतु प्रो. आनंद ने उन्हें अवसर ही नहीं दिया। चुनौती भरे स्वर में बोले, "डॉ. मुकेश का वाक्य न तो वेदवाक्य है, न विश्वविद्यालय का संविधान कि हमें उसको मानना ही होगा। हम कब तक पुरानी कब्रों के समान नए लेखकों का मार्ग रोकते रहेंगे। आवश्यक नहीं है कि जिस पर शोध किया जाए, वह लेखक या तो मर चुका हो, या उसकी अवस्था पचासी वर्ष हो। जीवित और जीवंत लेखकों पर शोध होना चाहिए। हम यहां लेखकों और शोधार्थियों की हत्या करने के लिए नहीं बैठे हैं। दामिनी को उसका विषय मिलना चाहिए।..."

लगा आवेश के मारे प्रो. आनंद तमतमा गए हैं।

दामिनी का मन पुलक उठा। उसका आह्लाद अपनी चरम-सीमा को छू रहा था... प्रो. आनंद आज उसका समर्थन कैसे कर बैठे? यह समर्थन मात्र नहीं था। उसकी वकालत थी। उसके लिए तो यह चमत्कार ही था। सचमुच डॉ. नरेन्द्र सही कहते हैं, 'देने वाला तो ईश्वर ही है। जो मिलना होता है, उसके लिए वैसी ही परिस्थितियां बनती चली जाती हैं।'...

16

अच्छी-खासी काम-काज करती मां ने अकस्मात ही बिस्तर पकड़ लिया था। घुटने में सूजन चढ़ी थी जो बढ़ती ही गई। धीरे-धीरे चलना-फिरना कम होते-होते लगभग बंद हो गया था। उनके घुटने की हड्डी में पानी भर गया था। डॉक्टर द्वारा पूर्ण विश्राम करने की सलाह के बाद भी दवा का कोई लाभ दिखाई नहीं दिया। वे असहाय, लाचार हो गईं थीं। पैर इच्छानुसार हिल-डुल भी नहीं सकते थे। वेदना असह्य होती गई थी। पंद्रह दिनों में दूसरी बार डॉक्टर बदला गया था। डॉक्टर ने सिरिंज द्वारा हड्डी में से पानी निकलवाने की सलाह दी।

पिताजी की व्यस्तता के कारण भाई अंकुश ही मां को लेकर डॉक्टरों के चक्कर लगा रहा था। मां की हड्डी में से पानी निकलवाकर वह घर आया तो बुखार ने उसे जकड़ लिया जो क्रमशः बढ़ता ही गया। दवाइयां असफल हो गईं। तब उसका ध्यान अपने सिर के बाएं भाग में उग आए गूमड़े पर गया। रिपोर्ट ने सबको चौंका दिया... गूमड़ा किसी चोट से उत्पन्न नहीं हुआ था। किसी रोगाणु ने सिर के भीतर ही भीतर जाने कब से मवाद उत्पन्न करना आरंभ कर दिया था। मवाद हड्डी को गलाकर मस्तिष्क की सीमा तक पहुंच गया था। भीतर ही भीतर पनप रहे रोगाणु ने रोग का अहसास तक नहीं होने दिया था। इस रोगाणु के कारण ही बार-बार उसे बुखार आता था। यदि इस बार आया बुखार गंभीर रूप नहीं लेता तो सदा की भांति इस गूमड़े को वह सामान्य चोट ही मानता रहता। पिताजी ने हफ्ते भर में कितने ही चिकित्सकों के चक्कर काट डाले। सबसे ऑपरेशन की सलाह ही मिली। दो-ढाई घंटे के सिर के बड़े ऑपरेशन के नाम से ही मां-पिताजी घबरा उठे थे। उनकी हताशा, घबराहट और बेचैनी देख डॉक्टर ने यह आश्वासन तो दिया कि ऑपरेशन में भय की कोई बात नहीं है। चेतावनी भी दे दी कि रोग हड्डी को गला चुका है। जरा सी लापरवाही बरती तो मवाद के मस्तिष्क में प्रवेश करते ही कुछ भी हो सकता है।

रोग का निदान हो जाने पर उपचार आरंभ हो गया था। ज्वर उतर गया था। रोगाणु के आगे बढ़ने की संभावना रुक गई थी। पिताजी ऑपरेशन की व्यवस्था में लगे हुए थे।

मां अपने रोग से ही कम परेशान नहीं थीं। पानी निकलने से उनकी पीड़ा तो दूर हो गई थी, किंतु पैर की नसें सूख गईं थीं। अधिक दूर चल नहीं सकती थीं, पैर लटकाकर बैठ नहीं सकती थीं। अधिक देर खड़ी नहीं रह सकती थीं; घुटना मुड़ने लगता था, नसें तन जाती थीं और गिरने की नौबत आ जाती। नियमित और समुचित उपचार के बावजूद दूसरे पैर में भी सूजन आ गई थी। पिछली बार पानी निकलवाने से हुई पीड़ा की कल्पना ने ही उनको भयभीत कर दिया था कि कहीं इस सूजन में भी पानी न भर जाए। अंकुश के रोग और ऑपरेशन के विषय में भी सोच-सोचकर वे कम उद्विग्न नहीं थीं। डॉक्टर ने भाई को अस्पताल में भरती करने की तारीख दे दी थी और वे बिस्तर पर पड़ी थीं। उनका मन कैसा तो टूट रहा था। अपनी यह विवशता उन्हें स्वीकार नहीं थी। यह कैसे सम्भव था कि बेटे का इतना बड़ा ऑपरेशन हो और वे उसके पास न हों। उनका प्रेम इस बात को स्वीकार नहीं कर सकता था। उन्होंने निश्चय किया कि जैसे वे घर में थक जाने पर कभी पैर फैला लेती हैं, या लेट जाती हैं, वैसे ही अस्पताल में भी बैठ या लेट लेंगी। ऑपरेशन वाले दिन रहेंगी वे अस्पताल में ही।

साक्षी की एम.सी.ए. की परीक्षाएं चल रही थीं। चाहकर भी वह अपना ध्यान पढ़ाई में नहीं लगा पा रही थी। वह अप्रभावित कैसे रहती? आंखें मूंदकर अपनी पढ़ाई में कैसे डूब जाती? पिताजी भी अपने व्यवसाय की ओर से सर्वथा उदासीन हो गए थे। उनका अधिकांश समय डॉक्टरों और अस्पतालों के चक्कर काटने में व्यतीत हो रहा था। दामिनी ने अपने लिखने-पढ़ने को भुला दिया था। मां के बीमार पड़ जाने से एकाएक

रसोई का सारा काम उस पर आ पड़ा था। उसका दिमाग और हाथ इस तरह यंत्रवत चल रहे थे मानो वह इन सबकी वर्षों से अभ्यस्त हो।

विपत्तियों की इस बेला में भी पीएच.डी. के लिए अपना विषय मिल गया तो मन उल्लसित होकर कैसा तो लोटपोट हो रहा था। विषय न मिलने की कल्पना से भयभीत मन उमंग से भर गया था। लगा था...मन का संघर्ष तो समाप्त हो गया है, अब सिर्फ कर्म का संघर्ष रह गया है। परिवार पर छाई इन विपत्तियों से उबरेगी तो नियमित कर्म भी आरंभ हो जाएगा।...

शोध की रूपरेखा डॉ. भास्कर को देते समय उसको इस बात का बोध तो था कि उससे डॉ. भास्कर बहुत प्रसन्न नहीं होंगे। स्वयं वह ही अपनी बनाई रूपरेखा से संतुष्ट नहीं थी। पर उसके पास इतना अवकाश था कहां कि रूपरेखा बनाने के लिए पुस्तकालय के ग्रंथ, शोध-प्रबंध उलट-पलट सके अथवा उस विषय पर चिंतन-मनन ही कर सके।

साक्षात्कार के दो दिन बाद जब उसे मालूम हुआ कि प्रस्तावित विषय की रूपरेखा तैयार करनी है, निर्देशक के हस्ताक्षर करवाकर उसे तीस जुलाई तक विभाग में जमा कराना है, तब शायद इन बीस दिनों में पहली बार आंख खोलकर उसने अपनी स्थिति पर गौर किया था... उनका परिवार बड़ा नहीं तो छोटा भी नहीं था। मां की देखभाल और घर के वे सब कार्य जो मां और वह मिलकर किया करती थीं, उन सबका दायित्व उस पर आ गया था। मां और भाई के बीमार होने के कारण उनका भोजन अलग तरह का बनता था। एक दायित्व मां और भाई को देखने के लिए आने वाले मेहमानों के सत्कार का था। सुबह पांच बजे उठी दामिनी रात दस बजे मुक्त होती तो उसके शरीर में इतनी शक्ति भी नहीं रह जाती कि खाना खा सके, अपना ध्यान रख सके। परीक्षाओं के बावजूद साक्षी शाम को मशीन लगाकर कपड़े धो देती, खाना बन जाता तो लगा देती, किंतु फिर भी कामों का अंत कहां था। परेशानियों के मध्य इतनी तत्परता से उसे दायित्व निभाते देख मां-पिताजी उसके प्रति अतिरिक्त सहानुभूति से भर गए थे। इस थकान में भी उसे कुछ सुख मिला था।

अंकुश अस्पताल में दाखिल हो गया था। पिताजी को सहारा देने के लिए चाचाजी आ गए थे। अगले दिन ऑपरेशन हो गया। ऑपरेशन की सफलता ने घर में आनंद की लहर दौड़ा दी।

तीस जुलाई तक उसे अपने प्रस्तावित शोध की रूपरेखा तैयार करके विभाग में जमा करनी थी।... कैसे परेशान हो उठी थी वह! मां और घर के काम की उपेक्षा करके कैसे वह अपने निर्देशक से मिले, रूपरेखा तैयार करे। चाचाजी के आने से बाहर के अनेक दायित्व सरल हो गए थे। पिताजी और चाचाजी ने अस्पताल में रहने का समय बांट लिया था। सिर में बारह टांके लगने के बावजूद अंकुश का मन या शरीर जरा भी शिथिल नहीं लग रहा था। पता नहीं युवावस्था के कारण वह इतना बड़ा ऑपरेशन इतनी सहजता से झेल गया था या उसमें सहनशक्ति ही अधिक थी। फिर भी... ऑपरेशन का प्रभाव तो शरीर पर पड़ा ही था। अब तक ग्लूकोज चढ़ रहा था, इंजेक्शन लग रहे थे। चाचाजी के लिए अस्पताल में बने रहना एक काम भर था। पिताजी के लिए निरंतर अंकुश के निकट बने रहना, उनकी आत्मिक आवश्यकता थी। साक्षी के कॉलेज से घर लौटने तक घर का काम, अतिथियों और मां की देखभाल दामिनी का दायित्व था। और लौटकर भी साक्षी सफर, परीक्षा की थकान उतार अगली परीक्षा की तैयारी में व्यस्त हो जाती।

दामिनी निर्देशक से मिलकर रूपरेखा के विषय में चर्चा करने को टालती रही। जानती थी, उसकी यह उदासीनता डॉ. भास्कर के रोष का कारण बन सकती थी।

निर्देशक और लेखक से मिलने का समय उसने निकाला था। किंतु उनसे मिलकर उनकी राय जानने के पश्चात भी दामिनी जानती थी कि उसके पास समय नहीं है कि वह पुस्तकालय में बैठकर, पढ़कर चिंतन-मनन कर सके। रसोई के दायित्व ने उसे बेड़ियों में जकड़ रखा था। वह अस्वस्थ मां को भूखा नहीं रख सकती थी,

बेटे के जीवन के प्रति आशंकित माता-पिता के सम्मुख अपने शोध की चर्चा नहीं कर सकती थी, परीक्षा में उलझी बहन को रसोई में नहीं धकेल सकती थी, संवेदना प्रकट करने आए अतिथियों को घर के द्वार के बाहर ही नहीं रोक सकती थी। घर से निकलने से पूर्व सारा कार्य करके निकलती तो भी मन घर में ही लगा रहता। निकलने से पहले कुछ कामों को टालती थी तो लौटकर काम का बोझ दुगना हो जाता था। भले ही उसे डॉ. नरेन्द्र के साहित्य पर शोध की अनुमति मिल गई थी; परंतु वस्तुतः उसे अपना विषय नहीं दिया गया था। वह तो उनके व्यक्तित्व के विषय में काम करना चाहती थी। इस नए अपरिचित विषय पर कैसे काम करेगी? इसकी रूपरेखा तैयार करने के लिए उसे पुस्तकालय में बैठकर, विषय से मेल खाते पिछले शोध-प्रबंधों को पढ़कर अपनी रूपरेखा की दिशा निर्धारित करनी थी। मां को अकेली छोड़, रसोई को झटक, इतनी देर के लिए बाहर निकलना संभव नहीं था।

दामिनी रूपरेखा तैयार करने के लिए बैठी तो मस्तिष्क कुछ सोचने-विचारने की स्थिति में ही नहीं था। वह बुरी तरह थकी पड़ी थी। उसने फाइल बंद करके कलम रख दी... किंतु मन मुक्त नहीं हो सका। पांच दिन बाद अंतिम तिथि है। रूपरेखा तैयार कर टाइप करवाकर निर्देशक के हस्ताक्षर भी लेने हैं। इसमें भी दो दिन लगेंगे। अब तक उसके मन में रूपरेखा ही स्पष्ट नहीं थी। कितने रुष्ट थे डॉ. भास्कर कि उसने रूपरेखा तैयार करने के लिए उनसे समय लेकर उनकी राय नहीं ली थी। अब भी ऐसे ही लिए बैठी रही तो अंतिम तिथि निकल जाएगी।

डॉ. नरेन्द्र से की गई चर्चा से जो मोटी-मोटी बात सामने आई, उसे बिना सुधारे, बिना सुचारु रूप दिए वह उन्हें दे आई थी। अध्याय भी उसमें व्यवस्थित ढंग से नहीं थे। ग्रंथ-सूची देने की याद ही नहीं रही उसे।

* * * * * *

अनूप ने रात दस बजे फोन पर उसे बताया कि डॉ. भास्कर ने उसके लिए संदेश भिजवाया है। उसे किंचित आश्चर्य हुआ था।

"क्या कहा उन्होंने?"

"तुम्हारा कार्य बहुत घटिया है। इसी आधार पर पंजीकरण की आशा लगा बैठी हो क्या?"

दामिनी मौन रह गई।

"और कुछ कह रहे थे?" क्षण-भर बाद पूछा था उसने।

"वे तुम्हें काम कराना नहीं चाहते। यदि तुम सोच रही हो कि सब कुछ वे ही बता देंगे तो बहुत बड़ी भूल है। उन्होंने कहा है कि उन्होंने अपनी पत्नी का भी थीसिस नहीं लिखा, तो तुम्हारे लिए क्यों लिखेंगे।"

"निर्देशक का जो काम है, वह तो करेंगे। शोधार्थी अपने विवेक से जो कर सकता है, वह तो करता ही है। उसके दोष तो बताएंगे। मार्ग तो सुझाएंगे।"

"पीएच.डी. में पहुंचकर भी अगर इस सबकी आवश्यकता रह जाती है तो शोध करना व्यर्थ है।"

"मुझे निर्देशक का संदेश दो।" वह चिढ़ गई, "अपना फतवा मत दो।"

"यह सब उन्होंने ही कहा है।" अनूप ने अपनी बात जारी रखी, "जानती हो न कि पंजीकरण का निर्णय तुम्हारी रूपरेखा के आधार पर होगा। निर्देशक भी अभी अस्थायी ही हैं। मनोनुकूल विषय और निर्देशक पाकर चैन से बैठी रहोगी, जो एम. फिल. में किया, वही करोगी तो वे तुम्हें अपने निर्देशन से मुक्त कर देंगे।"

दामिनी के माथे पर बल पड़ गए...

"एम. फिल. में मैंने क्या किया था?"

"पूरे वर्ष तुम उनसे मिली नहीं। अपना किया काम नहीं दिखाया।"

दामिनी के मुख से कैसा तो हास्य फूटा... यह शिकायत तो उसे उनसे होनी चाहिए थी। जब भी उसने उनसे समय मांगा, वे कहते रहे, छुट्टी समाप्त होने पर विश्वविद्यालय खुलने पर मिलेंगे। विश्वविद्यालय खुलने पर मिली तो अधिकांशतः यही कहा, अभी तो बहुत समय है, कार्य हो जाएगा। उस स्थिति में भी जब उसने काम करके दिखाया तो उन्होंने पृष्ठ पलटे मात्र और कहा, लेखक की राय लेने के पश्चात उसके अनुरूप विश्लेषण करे। कभी कुछ बताया भी तो वह संतुष्ट नहीं हो सकी।

"ये सब बीती बातें हैं। इन बातों का रूपरेखा तैयार करने से कोई संबंध नहीं है।"

"इन बातों के प्रति ही वे तुम्हें सचेत करना चाहते हैं। सारे विभाग में आज यह चर्चा है कि तुमने डॉ. नरेन्द्र को फोन कर-करके और उनसे रोज मिलकर एक-एक शब्द उनसे पूछकर लिखा है। कुछ लोग तो यह भी कह रहे हैं कि सामने बैठाकर उन्होंने तुम्हें लिखवा दिया।"

"हां, उनके पास और कोई काम नहीं है न! यह विभाग में होने वाली चर्चा नहीं, तुम्हारे अपने सड़े मन की खुराफात है।"

"मैं अपनी तरफ से कोई बात नहीं कह रहा। स्वयं तुमने ही तो शोध-प्रबंध डॉ. नरेन्द्र को समर्पित करके लिख दिया है कि तुम्हारी प्रेरणा के आधार वही हैं।"

"हां, मेरे प्रेरणा स्रोत तो वे ही हैं।"

"किस-किसको तुम यह सफाई दोगी?"

"आवश्यकता ही क्या है। सत्य तो सत्य ही रहेगा; और सामने भी वही आएगा।"

"कब सामने आएगा। राम-राज्य से बाहर निकलकर आंखें खोलो।"

"आज तक किसी ने मुझसे ऐसा नहीं कहा। विभाग में ऐसी चर्चा होती तो क्या पुनः मुझे डॉ. नरेन्द्र के साहित्य पर शोध करने की अनुमति मिल जाती? मुझे विषय मिल गया, तुम चाहकर भी नहीं पा सके।"

"विषय तुम्हें सरलता से मिला भी नहीं। कितना विवाद हुआ था, तुम्हें विषय देने के पीछे। और मुझे तो तुम्हारे कारण ही विषय नहीं मिला। यदि तुम्हारी बारी मेरे बाद आती तो आज डॉ. नरेन्द्र पर मैं काम कर रहा होता।"

"विवाद यह तो नहीं था कि दामिनी को डॉ. नरेन्द्र पर कार्य नहीं करने दिया जाएगा। विवाद यह था कि डॉ. नरेन्द्र पर कार्य करने ही नहीं देना है। और, तुमने शोध-समिति के समक्ष उनके साहित्य पर काम करने का प्रस्ताव रखा ही कहां था।"

अनूप मौन रह गया। उसने पहला विषय 'डॉ. नरेन्द्र का व्यंग्य साहित्य' ही दिया था। साक्षात्कार से पूर्व वह डॉ. भास्कर को प्रणाम करने गया था। उन्होंने उससे कहा था, 'यह निश्चित हुआ है कि डॉ. नरेन्द्र की अवस्था कम होने के कारण उनके साहित्य पर शोध न करवाया जाए। कोई दूसरा विषय चुन लो।'

"हां!" अनूप ने लंबी सांस खींची, "मैंने अपना विषय बदल दिया था।"

दामिनी के मुख पर व्यंग्य उभर आया, "यह सलाह तो उन्होंने मुझे भी दी थी।"

वह खिसिया गया, "मैं तुम्हारी भांति विवादास्पद नहीं बनना चाहता।... और यह मत सोचना कि तुम्हें विभाग ने यह विषय दिया है।..."

"क्या मतलब?"

"यह विषय तुम्हें मिला है डॉ. मुकेश और डॉ. आनंद की शत्रुता के कारण!"

"मैं समझी नहीं।"

"डॉ. मुकेश को नीचा दिखाने के लिए डॉ. आनंद ने तुम्हारा पक्ष लिया। वह तो डॉ. मुकेश अड़े नहीं, नहीं तो डॉ. आनंद और उनके साथी डॉ. मुकेश की अच्छी तरह धुलाई करने की तैयारी में थे।"

दामिनी के सम्मुख डॉ. आनंद के समर्थन की गुत्थी सुलझ रही थी...

"खैर," दामिनी ने बात टाली, "डॉ. भास्कर की बात पूरी करो।"

"वे तुमसे प्रसन्न नहीं हैं। क्रुद्ध हैं। एम. फिल. करने के पश्चात भी तुम्हें रूपरेखा बनानी तक नहीं आई। तुम्हें पीएच.डी. करने का कोई अधिकार नहीं है। घर बैठो, रोटी बनाओ, विवाह करो और अपना परिवार संभालो।' "

"तुम सीधे-सादे मुझे उनका संदेश नहीं दे सकते?"

"एक तो घर पहुंचते ही फोन कर दिया, और..."

"यह उनका कहना है... घर बैठकर रोटी बनाओ!"

"हां, उन्हीं का संदेश है। वैसे, उन्होंने गलत कहा भी क्या है।"

"संदेश पूरा हो गया तुम्हारा?" दामिनी की कठोरता उदासीनता में बदल गई।

"नहीं। वैसे मेरी कृपा मानो कि मेरे कारण तुम्हारा पंजीकरण होगा। मैं तुम्हें संदेश नहीं देता तो अंतिम तिथि निकल जाती। अगले वर्ष की प्रतीक्षा करनी पड़ती।"

दामिनी का सिर भन्ना गया... इच्छा हुई कहे, पीएच.डी. का पंजीकरण ही क्यों, भूत, वर्तमान और भविष्य की सारी उपलब्धियां तुम्हारी ही देन हैं।

खीजा हुआ उसका मन अपनी चिढ़ और तिलमिलाहट पर काबू नहीं रख सका, "जो शुभचिंतक होते हैं, वे इस प्रकार अहसान नहीं जताया करते। अब तुम्हें डॉ. भास्कर का संदेश...!"

"हां, उन्होंने कहा है," उसने आदेश के से स्वर में कहा, "अच्छी तरह से रूपरेखा तैयार कर कल शाम पांच बजे उन्हें घर जाकर दिखा आना। नहीं तो..."

दामिनी बेचैन हो उठी, "कल? पांच बजे तक! एक दिन में यह कैसे संभव है?"

"एक दिन? विषय मिले हुए छह दिन हो चुके हैं। अंतिम तिथि में तीन दिन बचे हैं। कल तक रूपरेखा तैयार नहीं करोगी तो कब टाइप कराओगी, कब निर्देशक के हस्ताक्षर कराकर जमा करोगी?...मैंने एकदम नया विषय लिया है। दिन-रात पुस्तकालय में बैठकर रूपरेखा तैयार कर ली है।"

"विषय तो मेरा भी नया है।"

"खैर, यह तुम्हारी समस्या है। लापरवाही दिखाई है तो परिणाम भी भुगतो। ओ.के.," वह हल्के से हंसा, "अशुभ रात्रि।"

दामिनी का मन कड़वा हो गया। यह बनमानुस उसे खिजाने, चिढ़ाने और सताने का कोई मौका नहीं छोड़ता। पता नहीं किस जन्म का वैर निकाल रहा है। मन के भाव प्रयत्नपूर्वक छिपाकर वह मुस्करा उठी, "तुम्हें भी।"

वह हंस पड़ा, "मैं तो निश्चिंत सोऊंगा। डॉ. भास्कर मुझसे संतुष्ट हैं। मेरी रात्रि अशुभ क्यों होगी!"

"ठीक है।" दामिनी ने बात समाप्त कर दी, "धन्यवाद।"

* * * * * *

अनूप से बात करने में दामिनी ने जितना साहस और धैर्य दिखाया था, उससे बात करने के बाद अब मन उतना ही व्यग्र और विचलित हो उठा था। उसके लिए यह विश्वास करना बहुत कठिन था कि डॉ. भास्कर के शब्द इतने क्रूर हो सकते हैं। उनका फोन भी तो खराब है, अन्यथा बात हो जाती। सत्य का पता चल जाता। अनूप जैसे झूठे व्यक्ति की बात पर विश्वास करना बहुत कठिन है। संदेश की आड़ में उसने अपने मन की भड़ास निकाली थी। डॉ. भास्कर को उसके माध्यम से संदेश भिजवाने की क्या आवश्यकता थी! उन्होंने कल बुलाया है तो कल उससे ही कहते। किंतु वे अनूप और उसके बीच की लड़ाई, प्रतिस्पर्धा आदि से परिचित थे ही कहां!...

मन में उभरते अनेक तर्क दामिनी की व्यग्रता बढ़ाते जा रहे थे। यदि सचमुच डॉ. भास्कर ने इस समय उसका निर्देशक बनने से इंकार कर दिया?... वे विभाग में रीडर हैं। प्रभावशाली हैं। दामिनी का विषय इस समय बदल दिया तो?... डॉ. भास्कर उसके लिए आदर्श निर्देशक नहीं हैं। उनके निर्देशक न रहने पर भी उस पर कोई प्रभाव नहीं पड़ेगा, किंतु विषय-परिवर्तन वह झेल नहीं सकेगी।

अब इतने कम समय में एक रूपरेखा!...

निराशा से दामिनी का हृदय डूबा जा रहा था।

सुख में यदि उसे सबसे पहले डॉ. नरेन्द्र याद आते थे, तो दुःख में भी उसका असहाय मन उन्हीं को तलाशता था। पीड़ा की इस अवस्था में डॉ. भास्कर का संदेश उन्हें सुनाते हुए, चाहकर भी वह अपनी व्यथा और व्यग्रता छिपा नहीं सकी थी। ढाढस बंधाई थी डॉ. नरेन्द्र ने। विश्वास दिलाया था कि इस प्रकार विषय-परिवर्तन नहीं होता।...

दामिनी ने पृष्ठ डॉ. भास्कर के समक्ष रखे, "सर, मैं रूपरेखा में संशोधन करके लाई हूं।"

डॉ. भास्कर उन्हें पलटने लगे। दामिनी का ध्यान रूपरेखा से हटकर उनकी भंगिमा की ओर चला गया। उनके माथे पर बल पड़े हुए थे और भौंहें सिकुड़ी हुई थीं।

"देखो दामिनी!" उन्होंने उसकी ओर दृष्टि की, "एक बात मैं स्पष्ट रूप से बताना चाहता हूं। तुम यह भ्रांति पालकर मत बैठना कि तुम्हारा शोध-प्रबंध मैं तुम्हें लिखकर दे दूंगा।... हां, तुम चाहो तो," उनके स्वर की कठोरता और वक्र हो उठी, "यह लिखकर अवश्य दे सकता हूं कि मैं तुम्हें अपने निर्देशन से मुक्त कर रहा हूं।"

अवाक सी दामिनी उनका मुख देखती रह गई... उसने ऐसा कब चाहा कि वे उसे लिखकर दे दिया करें!

"सर!" उसने अपने स्वर को भरसक नम्र किया, "मैंने एम.फिल. में कभी लापरवाही दिखाई थी? मैं तो सदा लगकर काम करती रही हूं।"

उनकी निगाहों में उपहास झलका, "अपनी रूपरेखा देखी है तुमने?...विषय मिले हुए सात दिन हो गए। इतने दिनों से क्या कर रही थीं तुम? तुमसे मैंने कहा था, लाइब्रेरी जाकर विषय से संबद्ध जानकारी प्राप्त करना। पिछले शोध-ग्रंथ उलटना-पलटना। मेरे निर्देशन में जो रूपरेखा बनी है, विभाग से लेकर उसे देखना। कुछ किया तुमने? मैं इस प्रकार काम नहीं करा सकता।"

"सर, कुछ पारिवारिक परेशानियों के कारण काम हो नहीं सका। प्रयत्न करूंगी कि भविष्य में ऐसा न हो।"

उसकी क्षमा-याचना डॉ. भास्कर के रोष को कम नहीं कर सकी। शायद उन्होंने उसकी बात की ओर ध्यान ही नहीं दिया था, "मेरी जगह कोई और होता तो ऐसा काम देखता भी नहीं। सहायक पुस्तकों की ग्रंथ-सूची तक नहीं लगाई तुमने?" उनका पारा सातवें आसमान पर पहुंच गया।

अकस्मात ही उनकी पत्नी ने ड्राइंग रूम में प्रवेश किया, "आपका फोन।"

डॉ. भास्कर उठ गए। सहसा उनका ध्यान मेज पर रखे पानी के गिलास पर गया।

"तुमने पानी नहीं पिया?" उनके स्वर की कठोरता कोमलता में बदल गई थी।

मन की पीड़ा और आक्रोश दोनों दामिनी की आंखों में उतर आए, 'डांट से ही भूख-प्यास तृप्त हो गई है। अब पानी...'

उसके नेत्रों के समक्ष डॉ. नरेन्द्र प्रकट हो उठे। प्रातः ही तो उन्होंने उसे समझाया था, "वे थोड़ा डांटें तो खा लेना। लड़ने से तुम्हारा ही अहित होगा। उनके वाक्य ने उसके लिए ब्रेक का काम किया...

"मैं अभी आता हूं।" वे अंदर चले गए।

दामिनी ने आंखें मूंद सिर सोफे की सीट से टिका लिया। उसकी उद्विग्नता किसी भी प्रकार शांत नहीं हो पा रही थी। क्षुब्ध मन सहज जिज्ञासा नहीं छोड़ पा रहा था कि कार्य अच्छा न होने को डॉ. भास्कर उसकी लापरवाही क्यों मान बैठे? वे उसके स्वभाव से अपरिचित तो नहीं थे। एम. फिल. करते समय काम के प्रति उसके समर्पण और निष्ठा की प्रशंसा भी की थी उन्होंने। फिर क्यों नहीं वे इतनी सी बात सोच सके कि जो लड़की विषय-चुनाव के समय अपने मनपसंद लेखक पर काम न कर पाने की कल्पना मात्र से इतनी पीड़ित होती रही, वह कर्म करने के समय इतनी लापरवाह क्यों हो उठी!...

दामिनी का मन डूबने लगा... परिस्थितियों में एकाएक ही कैसा तो उलटफेर हो गया था। जुलाई का यह महीना मानसिक, आर्थिक और शारीरिक हर प्रकार से उनके परिवार के लिए कितनी यंत्रणा लिए हुए था। परिस्थितियों की जटिलता ने कैसे तो पूरे परिवार को अपनी कुंडली में जकड़ रखा था। पढ़ाई के विषय में सोचने तक का अवकाश नहीं था।

डॉ. भास्कर के प्रवेश ने दामिनी की चेतना लौटा दी। उनके हाथ में कुछ अव्यवस्थित पृष्ठ थे।

"बहुत दिनों बाद आज ही फोन ठीक हुआ है। बात थोड़ी लंबी हो गई।" पृष्ठों को व्यवस्थित करते हुए बोले वे।

"अनूप ने तुम्हें मेरा कोई संदेश नहीं दिया?" उसे शांत पाकर डॉ. भास्कर ने पूछा।

"उसने कहा, सर ने कहा है, रूपरेखा बहुत ही घटिया है। दामिनी शोध छोड़े, घर बैठे, रोटी बनाए और अपना परिवार संभाले।"

"मैंने?" उन्होंने भौचक होकर उसे देखा, "ये मेरे शब्द नहीं हैं। हां, यह अवश्य कहा था कि शोध में दृष्टिकोण आलोचनात्मक रखो। शोध-कार्य अपनी जगह है और भक्ति-भावना अपने स्थान पर। आलोचना बहुत अच्छे शब्दों में भी की जा सकती है।"

"....।"

"और," डॉ. भास्कर के स्वर में शिकायत उभरी, "शोध-निबंध पूरा करके तुमने डॉ. नरेन्द्र को समर्पित कर दिया। वे कह रहे थे कि उनके इतना मना करने पर भी तुम नहीं मानीं।"

"हां। सर ने समर्पण वाले पृष्ठ को फाड़ने को कहा था।"

"उन्होंने भी शोध कराया है इसलिए तुम्हें समझाया। तुमने उनका कहना भी नहीं माना। जानती हो, इसका अर्थ क्या लगाया गया है?"

दामिनी की दृष्टि ने उनकी आंखों में झांका, 'क्या?'...

"शोध-समिति में, लाइब्रेरी में, सबके हाथों में शोध-प्रबंध जाता है। सबकी दृष्टि उस समर्पण पर पड़ती है। सब उपहास करते हैं। इसे चापलूसी माना जाता है। कितने लोग भावना का महत्व समझते हैं?" वे रुके, "तुमने एम. फिल. में एकाध बार ही मुझसे संपर्क किया।" उनकी शिकायतें जारी थीं, "उसके बाद काम पूरा करके ही दिखाने आई। एम. फिल. में मात्र छह महीने की अवधि थी; किंतु पीएच.डी. में तो ऐसा नहीं होगा। पांच वर्ष का समय है। मुझे हर छह महीने पश्चात तुम्हारे कार्य की रिपोर्ट भेजनी होगी।"

दामिनी का मन हुआ, कहे, 'जब आप काम कराने का दायित्व लेना नहीं चाहते, तो?'...

किंतु क्या वे इस सत्य को स्वीकार करेंगे? जब शोध-निबंध पूरा कर उन्हें दिखाने गई थी, तब कैसे बेहद जिम्मेदार निर्देशक की भांति कहा था उन्होंने,'निर्देशक का दायित्व निभाने का मौका तो तुमने मुझे दिया ही नहीं।'

"समय कम है इसलिए नरेन्द्र जी का ध्यान करते हुए फिल्हाल तो मैंने तुम्हारी रूपरेखा ठीक कर दी है।" हाथ में पकड़े पृष्ठ उसकी ओर बढ़ाते हुए बोले वे, "नरेन्द्र जी मेरे घर आए थे। हमारे इतने पुराने संबंध हैं। लेकिन ध्यान रखना, आगे से ऐसा नहीं करूंगा।"

"ठीक है सर," दामिनी उठ खड़ी हुई, "प्रयत्न करूंगी कि आपको मुझसे शिकायत न हो।"

"अब सीधे घर जाओगी?"

"नहीं। डॉ. नरेन्द्र के यहां जा रही हूं।"

"उन्हे यह रूपरेखा दिखा देना। वे कोई परामर्श दें तो इसमें जोड़ लेना।"

दामिनी ने गर्दन हिलाकर हाथ जोड़ दिए।

उसके कदम डॉ. नरेन्द्र के घर की ओर बढ़ गए। उल्लास ने उसके अधरों पर सलज्ज मुस्कान बिखेर दी।

डॉ. नरेन्द्र के घर से निकलते हुए दामिनी का मन बेहद शांत था। सर ठीक ही कह रहे हैं... डॉ. भास्कर उसके परिश्रम से परिचित हैं ही कहां! कार्य न होने पर उनका रोष स्वाभाविक ही है। पिछली बातें भुलाकर अब वह सजग रहे, तो उनका रोष स्वयमेव समाप्त हो जाएगा।...

* * * * * *

रूपरेखा जमा किए आज बाईस दिन हो गए।

अंकुश ऑपरेशन के पश्चात शारीरिक रूप से पूर्णतया स्वस्थ हो गया था। टांके कटने के पश्चात तो पिताजी के साथ कोर्ट जाना भी आरंभ कर दिया था।

पानी निकलवाने के पश्चात मां ने अपनी बीमारी को जितना साधारण माना था, उतनी साधारण वह थी नहीं। नियमित इलाज के बावजूद उनमें इतना कम और अल्पकालीन सुधार होता था कि वे दुःखी हो उठती थीं। अनेक बार दवाई से कुछ और कष्ट उभर आते थे। जितने लोग मां को देखने आते, अपने किसी न किसी परिचित को उसी बीमारी से पीड़ित बताकर रोग को भयावना बना देते... 'एक बार किसी जोड़ में यह रोग हो जाए तो अन्य जोड़ों में होने की संभावना भी रहती है।' मां ने एलोपैथिक उपचार छोड़ होम्योपैथी आरंभ की। परिणाम!... तीसरे दिन ही पैरों के दोनों घुटने अधिक सूज गए। पुनः एलोपैथिक दवाई से हालत कुछ सुधरी तो डॉक्टर ने समझाया, 'हड्डी से संबद्ध रोग इतनी जल्दी ठीक नहीं होते। कम से कम छह-सात महीने धैर्यपूर्वक दवा खाइए और पूर्णतया आराम कीजिए।'

मां को आराम मिला तो घर की दिनचर्या अपने ढर्रे पर आ गई। पिताजी और भाई का ध्यान अपनी वकालत पर टिका। साक्षी पत्राचार से एम.सी.ए. कर रही थी। उसने डी.ओ.ई. से एम.टैक. में प्रवेश ले लिया, जिसकी नियमित कक्षाएं लगती थीं।...

बस, दामिनी का ही जीवन रुक गया। पुस्तक उठाकर देखने का भी समय नहीं मिला था। पूरी तरह से घर के काम-काज में पड़कर उसने जाना... खाना बनाना अपने आपमें ऐसा कोई बड़ा दायित्व नहीं है, जितना घर के अन्य कामों को देखना। मां के बीमार पड़ने से पहले जब वह खाना बनाती थी तो मां का ध्यान अन्य ऊपरी कामों पर रहता था। घर की सफाई की जिम्मेदारी साक्षी की थी। काम बंटा हुआ था इसलिए दोनों बहनें अपने निजी काम भी कर लेतीं। समय भी मिल जाता था और इतनी थकान भी नहीं होती थी। किंतु अब सारा बोझ दामिनी पर आ पड़ा था। साक्षी एक ओर अपनी पढ़ाई के लिए इतनी दूर आती-जाती थी, दूसरी ओर घर पर भी गणित के कुछ ट्यूशन करने लगी थी। बचे समय में वह विश्राम करती। और मां! डॉक्टर ने पूर्ण विश्राम की सलाह नहीं भी दी होती, तब भी जिस पीड़ा से मां गुजरी थीं, उनके उस कष्ट ने उसे कहीं झकझोरा था। उस पर और बोझ लादना!...

मां को उसके मन की उथल-पथल का ज्यों ही आभास होता, वे अपराध बोध से पीड़ित होतीं।

उसका मन निरंतर शोध की ओर खिंचता था; और शरीर रसोई में कीलित रहता था। कुछ समझ में नहीं आता था। हाथ शाक काटते, आटा गूंधते, कड़छुल चलाते और मन अनेक आशंकाओं के भूचालों को झेलता रहता। कहीं यह व्यस्तता पढ़ाई-लिखाई के उत्साह के स्रोत को ही न सुखा दे!...समय सदा एक-सा नहीं रहता, किंतु यह सोचकर तो निष्क्रिय नहीं बैठा जा सकता, कि अनुकूल समय आएगा और वह रसोई से बाहर निकलेगी। परिस्थितियों को अपने अनुकूल ढालने का प्रयत्न करना चाहिए, न कि उनके अनुकूल हो जाने की प्रतीक्षा करनी चाहिए।

शायद भोजन बनाने में अधिक देर नहीं लगती। अधिक समय तो सफाई और कपड़े प्रेस करने में लगता है। इतने बड़े घर की सफाई करते-करते शरीर निढाल हो जाता है। कितनी बार सफाई-बर्तन के लिए कामवाली रखी है, पर उससे काम करवाने के लिए भी धैर्य की आवश्यकता होती है। न तो वे उसका समय-असमय आना पसंद करते थे, न उसका जल्दी-जल्दी उलटा-सीधा काम निबटाना। उसके सिर पर खड़े होकर काम कराने का न समय था, न धैर्य। प्रेसवाली की कामचलाऊ प्रेस भी कोई स्वीकार नहीं कर पाता था।

यदि कामवालियों से थोड़ा समझौता कर लिया जाए तो उसे अपने लिए पर्याप्त समय मिल सकता है। घर संभालना स्त्रियों का दायित्व है, किंतु घर के काम तो जितने बढ़ाओ, जितने खोजो, उतने ही निकलते जाएंगे। दामिनी को अच्छी गृहिणी का डिप्लोमा नहीं लेना है। अपनी पढ़ाई-लिखाई उसके लिए महत्वपूर्ण है। पुस्तकालय जाना तो दूर, घर बैठकर पढ़ने का भी समय नहीं है।

* * * * * *

समय के प्रबंधन की दृष्टि से रखा प्रस्ताव किसी को पसंद नहीं आ रहा था। पिताजी ने आवेश में कहा, "आज तक तो कपड़े घर में ही प्रेस हुए हैं। थोड़ा सा काम नहीं होता तुमसे?"

समझ गई कि समस्या मात्र घर के काम की नहीं है। समस्या तो परिवार और उसकी जीवन-शैली के भेद की है। उनके लिए 'लिखना' कोई काम नहीं था; तो उसके लिए घर के ढर्रे को क्यों बदला जाए?... अब शोध को भी लिखने की भांति अनावश्यक मान लिया गया था। मां ने बड़े आश्चर्य से उससे पूछा था, "तूने एम. फिल. में इतना परिश्रम किया, अनूप ने किसी और के शब्दों को ज्यों का त्यों टीप दिया। अंक तो दोनों के समान ही आए!... फिर परिश्रम का महत्व ही क्या है?"

उसका यह उत्तर उन्हें संतुष्ट नहीं कर सका था कि उसने शोध मात्र डिग्री या अंकों के लिए नहीं किया है। लेखन के माध्यम से आत्मविकास या आत्मसंतोष की चर्चा उनके लिए हास्यास्पद थी। पिताजी तो मानते थे कि पीएच.डी. में जब अंक होते ही नहीं, तो अच्छे शोध-प्रबंध और बुरे शोध-प्रबंध का अर्थ ही क्या है। क्यों नहीं वह भी अनूप की पद्धति अपनाकर दो वर्ष में पीएच.डी. कर लेती जिससे नौकरी भी जल्दी मिल सके।

साक्षी की एम.सी.ए. और एम.टैक. की पढ़ाई थी। अंकुश की वकालत कमाई का साधन था। दामिनी के लेखन और शोध का क्या था? व्यर्थ की सिर-खपाई और समय की बरबादी।...

आरंभिक विरोध के पश्चात ऊपरी कामों के लिए कामवाली रखी गई, किंतु पढ़ाई का परिवेश नहीं बना, तो नहीं बना। पुस्तक लेकर बैठी तो किसी न किसी ने बुला लिया। सबके मन में था कि उसकी परीक्षाओं वाली पढ़ाई समाप्त हो गई है। शोध का क्या! आगे-पीछे कभी भी कर लेगी। नौकरी लग सकती है, किंतु वह करना नहीं चाहती। तो फिर किस काम की है वह? घर का काम भी नहीं करेगी?...

मां देखती थीं... कामवाली तो सफाई कर बर्तन मांज गई है, किंतु बर्तन उठाकर संभाले नहीं गए।... सोफे पर, पंखों पर, मेज पर धूल क्यों है? पलंग पर चादरें मुचड़ी सी क्यों हैं? दीवारों पर जाले लग आए हैं। कूलरों पर धूल जमी है। फ्रिज और टी.वी. के कवर रोज झड़ने चाहिए।... मां को लगता था कि जब करना उसे ही है, वह ध्यान क्यों नहीं देती? वह तो बेगार टालकर, पुस्तक लेकर बैठ जाना चाहती थी। उसे उपन्यास में डूबे देख वे अपनी जिज्ञासा रोक नहीं सकीं, "इस उम्र में पहुंचते-पहुंचते लड़कियां अपने-अपने घर की हो जाती हैं। वे घर भी संभालती हैं, बच्चा भी। फिर भी डिग्री लायक कार्य कर ही लेती हैं। तेरे लिए ही तीन-चार घंटे लिखना-पढ़ना अनिवार्य क्यों है?"

"मैं घर की बेगार टालती हूं। वे पढ़ाई की बेगार टालती हैं।" दामिनी ने कहा।

"क्या?" मां ने उसे घूरकर देखा।

"हां। उन्हें डिग्री अवश्य मिल जाती है, ज्ञान नहीं मिलता।" दामिनी ने जैसे मां को समझाया था, "इधर-उधर से सामग्री लेकर टीपना शोध नहीं है। मुझे इससे संतोष नहीं होता। शोध मौलिक हो, अच्छा हो, तो प्रकाशित होकर जीवन भर की संपत्ति होता है, अन्यथा वह कूड़े के ढेर में चला जाता है।"

"उससे लाभ क्या होगा? नौकरी तो दोनों ही स्थितियों में मिल जाएगी।"

"मां, आपको बर्तन साफ मंजे-धुले चाहिए?"

"हां।"

"कपड़े ठीक प्रेस हुए चाहिए?"

"हां।"

"फर्श धूल रहित चाहिए?"

"हां।"

"तो शोध ही क्यों मैला-कुचैला, मुचड़ा हुआ तथा धूल-धूसरित चाहिए?"

पता नहीं मां उससे सहमत हो सकीं या नहीं; किंतु एक अव्यक्त वेदना उनके अधरों से रिस उठी थी, "मैं स्वयं असहाय न होती, तो क्यों तुमसे सिर मारती।"

दामिनी चुप रही। मां का समर्थन वह कैसे करती? उसका मन अपने कार्य में रमना चाहता था।

* * * * * *

साक्षी क्रीम लेकर उसके पास आई, "मेरा फेशियल कर दो।"

पुस्तक से ध्यान हटा उसने उसे देखा, "पार्लर?"

"पार्लर जाने में समय लगता है।"

"मेरा समय नहीं लगेगा?" दामिनी ने क्रीम उसकी ओर सरका दी।

साक्षी को बहुत बुरा लगा, "जब मैं कहीं जाती हूं तो कहती हो, रास्ते में पड़ने वाली दुकान से मेरे लिए कागज ले आना, रिफिल ले आना, स्याही ले आना। और मेरा इतना सा काम नहीं कर सकतीं। फिर यह सब सीखा ही क्यों था?"

"रुचि थी इसलिए सीख लिया। अब समय नहीं है मेरे पास।"

"होता तो कहानी लिखने बैठ जातीं।"

"लिखना मेरा जीवन है।" उसने पुनः पुस्तक खोल ली।

साक्षी उसे स्वार्थी घोषित कर, रूठकर चली गई।

* * * * * *

रसोई में अचार खुला पड़ा देख पिताजी क्रुद्ध हो उठे, "कितनी बार कहा है, खाने की चीज ढककर रखा करो। जिम्मेदारी नाम की कोई चीज है या नहीं।"

दामिनी चौंकी... सब कुछ ढककर ठीक-ठाक करके तो आई थी। जो भी कुछ लेने जाता है, बिखेर आता है।...

"पिताजी, ढकना मेरा काम है; पर जो ढक्कन हटाए, उसे फिर से ढकना नहीं चाहिए।"

पिताजी के मुख पर व्यंग्य भरी मुस्कराहट फैल गई, "तुम्हारी उम्र में तुम्हारी मां ने पंद्रह लोगों का परिवार संभाल रखा था। तुमसे इतना भी नहीं होता।"

"मुझे पढ़ने के लिए भी कुछ समय चाहिए।"

"बुढ़ापे तक पढ़ना ही नहीं होता। इस उम्र में स्त्री घर और बाहर दोनों संभालती हैं। और... सुघड़ गृहिणी हो तो किसी अन्य कला से परिवार को खुश रखने की आवश्यकता ही नहीं रह जाती।"

दामिनी मौन रह गई। अब तक तो बात नौकरी की ही थी। अब लग रहा था कि नौकरी लग भी गई तो भी ये झंझट पीछा नहीं छोड़ेंगे। पता नहीं क्यों उसके काम को सब बौद्धिक विलास मात्र मानते हैं। उसका काम, काम क्यों नहीं है?...

* * * * * *

मां फिल्टर से बोतलों में पानी भर रही थीं। रसोई के सामने से निकल रहे अंकुश की दृष्टि मां पर पड़ गई।

"आपको डॉक्टर ने आराम करने को कहा है न!" उसका स्नेह डांट बनकर मां पर बरस पड़ा, "तबीयत खराब हो गई तो फिर रोएंगी। हमारे सामने ही काम कर रही हैं, तो हमारे पीछे पता नहीं क्या-क्या करती होंगी। आप आराम कीजिए। खाना नहीं बनेगा, पानी नहीं भरेगा तो भूखे-प्यासे रह लेंगे।"

अंकुश के क्रोध ने पिताजी को भी भड़का दिया। सबकी शिकायत भरी दृष्टि उसकी ओर उठ गई। आखिर उसी की लापरवाही तो मां के काम करने का कारण बनी थी। जबसे मां थोड़ा-बहुत चलने में समर्थ हो गई थीं, वे छोटे-मोटे काम करना चाहती थीं। दामिनी ने उनसे अनेक बार कहा भी था, स्वयं न करके वे उसे

आवाज दे दिया करें। हर समय वह मां की चौकसी तो नहीं कर सकती थी। मां का उत्तर उसे निरुपाय कर देता कि 'पढ़ते या सोते व्यक्ति को उठाना अच्छा नहीं लगता। कोई काम पड़ा रहे, यह भी उनसे देखा नहीं जाता।'... मां कब उठकर पानी भरने लगी थीं, दामिनी को पता ही नहीं चला था।

"साक्षी एम.सी.ए. और एम.टैक. पूरा करेगी तो उसका वेतन पच्चीस-तीस हजार से कम नहीं होगा। अंकुश मुकदमेबाजी के पैंतरे को जितना अधिक समझेगा, उतना अधिक सफल होगा। किंतु दामिनी... थोड़े परिश्रम से ही उसे डिग्री मिल जाएगी, फिर इतनी ऊर्जा क्यों नष्ट करना चाहती है?" मां पूछ रही थीं, "पढ़ाने की नौकरी में इतना झंझट है तो तू कोई और काम क्यों नहीं कर लेती? भविष्य में भी कभी तेरी कमाई साक्षी या अंकुश के बराबर नहीं होगी। साहित्यकार बनकर यश, सम्मान और धन भी बहुत बाद में मिलता है। इतना परिश्रम कर किसी भी प्रौफेशनल क्षेत्र में बहुत जल्दी यह सब पाया जा सकता है।"

पिताजी को लगता था, "लेक्चरर हो भी गई तो अपने सिद्धांतों की झोंक में दुःखी ही रहेगी। दुःख और संघर्ष!... संचय और भोग का सुख कभी नहीं पाएगी।..."

* * * * * *

'अभ्युदय' पढ़ते-पढ़ते डॉ. नरेन्द्र का व्यक्तित्व अन्तः साक्ष्य के रूप में पुनः दामिनी के समक्ष उभर आया। कितना कुछ मन में घुमड़ने लगता है। उपन्यास न हो, उनके व्यक्तित्व का वाङ्मय शरीर हो। उनका साहित्य मन को उत्साहित करता है। प्रताड़ित मन को शांति देता है। मानव-मूल्यों के प्रति निष्कपट आस्था जगाता है। क्षुद्र स्वार्थों से ऊपर उठने की प्रेरणा देता है। आत्मीयतापूर्ण वातावरण प्रदान करता है। उनसे मिलकर जैसे तीर्थ से हो आती है वह।

मन में शिकायतें पनपने लगीं... उसे डॉ. नरेन्द्र की याद आ रही है और उनको उसकी जरा भी परवाह नहीं! वे चाहते तो गोष्ठी ही रख लेते।... पर शायद वे व्यस्त हैं। वह जाकर उनसे मिल क्यों नहीं लेती? अपने शोध-प्रबंध के लिए उनका साक्षात्कार भी लेना है। पौराणिकता और आधुनिकता के विषय में उनके विचार जानने हैं। उनके साहित्य पर की गई समीक्षाओं की सूची प्राप्त करनी है।

अनायास दामिनी का चिंतन थम गया।...अब उसे जल्दी से जल्दी 'अभ्युदय' पढ़कर वाल्मीकीय रामायण आरंभ कर डॉ. भास्कर से मिलकर कार्य आरंभ कर देना चाहिए।

वह मुस्करा उठी। यदि उनसे मिलने, उनकी बातें सुनने की इच्छा उसके मन में प्रबल न होती तो संभवतः शोध के लिए उत्साह भी इतना प्रबल न होता।

* * * * * *

विभाग में जमा की गई रूपरेखा की जांच आरंभ नहीं हुई थी। जांच के पश्चात पीएच.डी. के पंजीकरण के पहले फीस जमा होगी। तब तक पुस्तकालय के उपयोग की अनुमति नहीं था। इस सबमें अभी दो-ढाई महीने लगेंगे। दामिनी ने पत्र द्वारा विभाग से पुस्तकालय के पुराने शोध-ग्रंथों और पुस्तकों को पढ़ने की अनुमति मांगी। अनुमति नहीं मिली। हां! एक प्रश्न उसके आंचल में आ पड़ा, 'अभी तो विषय का पंजीकरण भी नहीं हुआ। उसे इतनी जल्दी क्या है?'

निराश होकर वह विभाग में डॉ. भास्कर के पास चली गई। प्रतीक्षा में व्यर्थ दो महीने खोने का क्या लाभ! जाने कब जीवन में कौन सा मोड़ आ जाए। मिले हुए एक-एक क्षण का सदुपयोग होना चाहिए।

डॉ. भास्कर की आंखों में उभरने वाले असमंजस ने दामिनी को विचलित कर दिया।

"देखो दामिनी," डॉ. भास्कर के धैर्य का बांध जैसे टूट गया, "मेरा दायित्व तुम्हारी रूपरेखा बनवाने तक था। रूपरेखा बनने से कार्य करने की दिशा तुम्हें मिल गई। सागर में गोता लगाया है तो मणि-माणिक्य भी स्वयं ही निकालने पड़ेंगे। उपन्यास पढ़ो और रूपरेखा में दिए गए निर्देश के अनुरूप विश्लेषण करो। लिखो और दिखाओ। काम आसान नहीं है इसलिए पांच वर्ष की अवधि दी गई है। कभी कोई कठिनाई आए तो पूछ लेना।" अपनी इच्छा उन्होंने स्पष्ट कर दी, "शोधकर्त्री तुम हो, कार्य करने का दायित्व तुम्हारा है। शोधार्थी की भांति विषय में डूबे रहना निर्देशक की जिम्मेदारी नहीं है।"

क्षण-भर वे उसे देखते रहे; मन में सद्भावना जागी, मुख से आशीर्वाद, "मेरी शुभकामनाएं तुम्हारे साथ हैं, खुश रहो।"

अब वह समझ रही थी... घर, बाहर, सब जगह काम करने के उसके अति उत्साह को व्यर्थ मानकर उसे सहज, सरल ढंग से कार्य करने की सलाह ही दी जाती है। कहीं से कोई सहयोग नहीं मिलता। वह कार्य की ओर उन्मुख होती है, उसकी एकाग्रता जागती है, तो निरंतर उसे विचलित करने का प्रयत्न किया जाता है। वह अपने काम के प्रति इतनी समर्पित क्यों है?...

उसके हताश मन में विद्युत सी चमक जागी... वह संसार को कुछ-कुछ समझ रही थी। अब तक वह कोरी कल्पनाओं में जी रही थी। उसके पास बुद्धि है, क्षमता है, लगन है, दृढ़ निश्चय है... उसे भी संसार को जीतकर खुश होने का अधिकार है। राम, युधिष्ठिर, विवेकानंद...सबका जीवन यातनाओं से भरा हुआ था। कौन सुखी रहा है इस मार्ग पर चलकर। रावण समस्त भोगों में लीन था। दुर्योधन के पास राज्य, धन, संपत्ति, ऐश्वर्य, सब कुछ था। राम और युधिष्ठिर नंगे पग, भूखे, वस्त्रहीन वन-वन भटक रहे थे।

अपने पास रखी वाल्मीकीय रामायण उसने परे खिसका दी...

मां-पिताजी की इच्छा से नौकरी स्वीकारने की बात मान ली थी। सहज-सरल ढंग से शोध निबटाने की बात सोच ली थी। धर्म-अध्यात्म से मुख मोड़ लिया था। लिखने और साहित्यकार के आदर्श रूप को सामने लाने की महत्वाकांक्षा विलीन हो गई थी। उसमें यह परिवर्तन परिवार के लिए आश्चर्यजनक ही नहीं, सुखद भी था। वे तो उसे यही समझाते रहे थे; वह ही अनजान बनी कष्ट सह रही थी। स्नेह की निर्मल सरिता उस पर झर उठी थी। परिचितों, मित्रों सभी ने उसकी वापसी का जोरदार स्वागत किया... व्यर्थ में कर्म के नाम पर स्वयं को बांध रखा था उसने!...

पर तब डॉ. नरेन्द्र ने डाक से एक लिफाफा भेज दिया।

लिफाफे से कागज़ निकाले। 'प्रच्छन्न' पर परंपरा और आधुनिकता की दृष्टि से लिखे निबंधों के अंश थे। उसके शोध-प्रबंध के लिए उपयोगी सामग्री!

दामिनी का रोम-रोम उनके प्रति कृतज्ञता से भर उठा।

भगवान से कितना लड़ी थी, "तुमने तो मनुष्य को प्रेम और मानवता का पाठ पढ़ाने के लिए इतने धार्मिक ग्रंथों और साहित्य का सृजन करवाया। राम, कृष्ण, ईसा, बुद्ध, गुरुनानक आदि को संसार में भेजा। तुम चाहते हो कि मनुष्य सत्य के मार्ग पर चले। फिर जब मनुष्य इस राह पर बढ़ता है तो क्यों उसके मार्ग को कंटकाकीर्ण कर देते हो? जो तुम्हारी बात मानना चाहते हैं, उनके शत्रु क्यों बन जाते हो?"

और आज डॉ. नरेन्द्र ने ये कागज भेज दिए। उन कागज़ों में कैसा जादू था कि वह स्वयं को संभाल नहीं पाई। रो पड़ी।

उसका लिखा हुआ संस्मरण डॉ. नरेन्द्र के सामने रखा हुआ था। वे बता रहे थे कि 'छह जनवरी' को उनकी षष्टिपूर्ति के उपलक्ष्य में कुछ पुस्तकें प्रकाशित होनी हैं। उनका ध्यान दामिनी के इस संस्मरण पर भी

गया। किंतु संस्मरण के रूप में तो केवल वही अंश प्रकाशित हो सकते थे, जो उन पर लिखे गए थे। किंतु यह मात्र उन पर लिखी रचना नहीं है। इसमें उस लड़की की कहानी भी है जो नौकरी, विवाह जैसी अनेक परेशानियों से जूझ रही है। यह किसी भी लड़की की कथा हो सकती है। ऐसे में अगर वे मात्र संस्मरणात्मक अंश प्रकाशित कराने की सोचते हैं, तो शेष सामग्री नष्ट हो जाएगी। वे उसकी ऐसी हानि करना नहीं चाहते। इसलिए मात्र इन अंशों को प्रकाशित कराने का विचार उन्होंने त्याग दिया है।

दामिनी उन्हें देख रही थी... वह तो इस बात को समझती ही नहीं थी कि यदि उस पर लिखे अंश छप गए तो उसका उपन्यास व्यर्थ हो जाएगा। वह कभी छप नहीं पाएगा।...

दामिनी मूर्ति की भांति निश्चल बैठी थी।

उत्साह बहुत बड़ी शक्ति है। वह इसी उत्साह को अपनी दुर्बलता बनाकर आत्मशत्रु क्यों बन बैठी है? जरा सी बाधा आई, परिस्थितियां जरा सी प्रतिकूल हुईं और वह इतनी व्यग्र हो उठी। उसने कैसे मान लिया कि दुर्योधन और रावण सुखी थे। युधिष्ठिर और राम दुःखी, पीड़ित और वंचित थे। सत्य तो यह है कि युधिष्ठिर सब कुछ खोकर भी सुखी थे।

डॉ. नरेन्द्र ने उसे समझाया था, "अपने लक्ष्य पर डटे रहने के लिए मूल्य चुकाने के लिए सदैव तत्पर रहना चाहिए।"

उसे कौन सा मार्ग चुनना है... 'सबका स्नेह, सम्मान पाने वाला, सबको संतुष्ट करने वाला मार्ग'... अथवा 'प्रलोभनों को ठुकराकर सत्य पर चलने वाला मार्ग'!

क्या वह भूल सकती है कि विषय के पंजीकरण की प्रक्रिया में से गुजरते हुए जब उसने स्वयं को अकेला और एकाकी पाया था, तब डॉ. नरेन्द्र उसकी ढाल बन गए थे। डॉ. भास्कर का फोन खराब था। वह उनसे मिलने का समय नहीं ले पा रही थी। डॉ. नरेन्द्र ने उसके लिए उनसे मिलने का समय लिया था। कैसी भाव-विभोर हो उठी थी वह! अनूप ने डॉ. भास्कर का संदेश देने के बहाने उसका मन दुखाया था। बिलख उठी थी वह! उन क्षणों में डॉ. नरेन्द्र के आत्मीय व्यवहार ने उसके मन का सारा विषाद धो दिया था। उनकी सांत्वना ने ही उसे विश्वास दिलाया था कि उसका विषय उससे नहीं छीना जाएगा।... डॉ. भास्कर ने उसकी लापरवाही और कर्महीनता की शिकायत डॉ. नरेन्द्र से की थी। तब उन्होंने उसका पक्ष लेकर डॉ. भास्कर को आश्वासन दिया था, 'बहुत परिश्रमी लड़की है।' भगवान की कृपा तो निरंतर बनी हुई है। दुःख में भी ढूंढ़ना चाहिए कि उसमें सुख कहां है।

वाल्मीकीय रामायण को उसने अपने हाथों में उठा लिया, 'सत्य का सुख कल्पना नहीं है, यही यथार्थ है।'...

17

पिछली बार आवश्यकता होने पर भी वह अनूप द्वारा रखे गए नौकरी के प्रस्ताव को सहसा स्वीकार नहीं कर सकी थी।... अब फिर परिस्थितियों ने उसे इस मोड़ पर खड़ा कर दिया था कि जहां कहीं नियुक्ति की संभावना होती, वह फार्म भर आती।...और अनायास अनूप का प्रस्ताव उसकी झोली में आ गिरा। वह हतप्रभ!

"अरे यह प्राइमरी स्कूल की नौकरी नहीं है। इसमें श्रीमती सान्याल का कोई दखल नहीं है।"

पर प्रस्ताव तो अनूप का था न! पाखंडी का।

"मुझे सोचने के लिए वक्त चाहिए।"

"सोच लो। अखबार में निकालने, साक्षात्कार देने आदि में बहुत समय निकल जाएगा। विभागाध्यक्ष डॉ.नवनीत ने किसी योग्य व्यक्ति को सूचित करने को कहा है। अभी मैंने किसी अन्य से नहीं पूछा है। तुम्हारी इच्छा हो तो बताओ। कल स्कूल बस से ही आ जाना।"

"किन कक्षाओं को पढ़ाना होगा?"

"छठी से आठवीं तक। हमारे यहां हिंदी तो दसवीं तक ही है। उसमें भी हिंदी और अन्य भाषाओं के मध्य विकल्प है। यहां वेतन दस हजार रुपये मासिक होगा।"

"लेकिन मैं तो अस्थायी होऊंगी न!"

"हां। किंतु उससे वेतन पर कोई प्रभाव नहीं पड़ेगा। कल बृहस्पतिवार है। कल आ जाओ, तो तुम्हारा साक्षात्कार और ट्रायल वगैरह हो जाएगा। अगले ही दिन पढ़ाना आरंभ कर दो। शनिवार, रविवार की छुट्टियों का वेतन भी जुड़ जाएगा।"

"सोच लूं।"

"ठीक है। सुबह छह दस पर तुम्हारे स्टॉप पर स्कूल बस आती है।"

"ओ. के.।"

अनूप के प्रस्ताव ने दामिनी को उत्साहित नहीं किया था, किंतु डॉ. नरेन्द्र की राय उसे अच्छी लगी थी कि अनूप के माध्यम से जाने की अपेक्षा वह सीधे जाकर स्कूल की प्रिंसिपल से मिल ले। फिर भी कोई संशय रह जाए तो स्कूल की एक अध्यापिका ज्योतिका से मिल ले। वे उनकी पत्नी की पूर्व छात्रा हैं, उनसे परिचित हैं।

"नमस्ते।"

दृष्टि उठाकर डॉ.नवनीत ने उसे देखा। उनकी मुस्कान में पहचान की चमक थी। गर्दन हिलाकर नमस्ते का जबाव दिया और हाथ बढ़ाकर सामने पड़ी कुर्सी पर बैठने का संकेत किया।

अभी कल ही डॉ.नवनीत से उसका परिचय हुआ था। डॉ.नवनीत का व्यवहार उसकी कल्पना के सर्वथा प्रतिकूल था। अत्यंत सहज भाव से वे उसके विषय में जानकारी ले रहे थे। उसे लगा ही नहीं कि उसका साक्षात्कार लिया जा रहा है। उन्होंने उसकी शिक्षा, अंक, कॉलेज, एम. फिल. के शोध-कार्य, हर विषय में उससे सहज रूप से बातचीत की। विभागाध्यक्ष का आतंक कहीं देखने को भी नहीं मिला।

"आपका पीएच.डी. का विषय क्या है?'

"डॉ. नरेन्द्र के उपन्यासों में पौराणिकता और आधुनिकता का द्वंद्व।"

"आप लिखती भी हैं।" उन्होंने उसके परिचय पर दृष्टि डाली, "एक उपन्यास प्रकाशन की प्रक्रिया में...। उसका विषय भी पौराणिक है?"

दामिनी खिलखिला पड़ी, "नहीं।"

उन्होंने घड़ी पर दृष्टि डाली, "दस मिनट बाद मेरा पीरियड है। उससे पहले आपको प्रिंसिपल से मिलवा दूं।"

"प्रिंसिपल क्या पूछेंगी?" वह डरी हुई थी।

वे मुस्कराए, "कुछ भी पूछ सकती हैं। आत्मविश्वास के साथ उत्तर देना। अगर कहें कि पीएच. डी. करते हुए नौकरी कैसे करोगी! तो कहना, पीएच.डी. के लिए मेरे पास पूरे पांच वर्ष हैं। वह नौकरी के लिए विघ्न नहीं है। अपनी प्रकाशित रचनाओं के विषय में अधिक बताना। लेखन के बारे में चर्चा करना। रचनात्मक व्यक्तित्व का प्रभाव पड़ता है। शोध-कार्य पर भी चर्चा हो सकती है।"

वह मुस्करा दी।

वे उठ खड़े हुए, "आइए।"

* * * * * *

प्रिंसिपल व्यस्त थीं। अंदर उनके साथ कोई था। उसे बाहर सोफे पर बैठाकर डॉ.नवनीत कहीं चले गए।

कुछ क्षणों बाद लौटे, "दामिनी, मेरी कक्षा का समय हो गया। जैसे ही अंदर बैठे सज्जन बाहर निकलें, तुम भीतर चली जाना। कहना, मुझे डॉ.नवनीत ने भेजा है।"

बाहर बैठे चपरासी को उसे अंदर भेजने का निर्देश देते हुए वे चले गए।

प्रिंसिपल मिसेस भार्गव की अनुमति पाकर दामिनी भीतर आई। उन्होंने उसकी ओर नजरें उठाईं। उनकी दृष्टि जैसे उसके चेहरे पर अटक गई। कुछ क्षण अपलक वे उसे देखती रहीं। फिर बैठने का संकेत किया।

"डॉ.नवनीत से कहिए, आकर मुझसे मिलें।" क्षण-भर उसे निहारकर प्रिंसिपल बोलीं।

दामिनी भौंचक्की सी रह गई। कुछ पूछा नहीं, कुछ जानना नहीं चाहा!...

मुस्कराकर उसने स्वीकृति में गर्दन हिलाई और हाथ जोड़कर बाहर आ गई।

"कैसा रहा साक्षात्कार?" स्टाफ-रूम में आई तो अनूप ने पूछा।

"प्रिंसिपल ने कुछ पूछा ही नहीं।"

"कुछ पूछा नहीं?" अनूप चकित था।

"तुम्हारा पीरियड खाली है?" दामिनी ने अनूप को देखा।

"हां," उसने टिफिन निकाला, "लो, पोहा खाओ।"

"बस, तुम खाओ।"

पीरियड समाप्ति पर डॉ.नवनीत स्टाफ-रूम में आए।

"बैठो।" वे सामने पड़ी कुर्सी पर बैठते हुए बोले, "चाय पिओगी?"

"नहीं सर।"

"अच्छा नींबू-पानी पिओ। यहां का खास पेय है।" उन्होंने कैंटीन से दो गिलास नींबू-पानी लिया। एक गिलास उसकी ओर बढ़ाया। उनके हाथ में चावल की प्लेट थी, "यहां कैंटीन में खाने को कुछ खास तो नहीं है। फिर भी... यहां फ्राइड राइस ठीक है। लो...।" उन्होंने उसकी ओर प्लेट बढ़ाई।

"नहीं सर।" दामिनी सकुचा गई, "मैंने अनूप के साथ खाया है।"

"थोड़ा सा ही तो खाया होगा। सुबह से यहां हो, भूख लग रही होगी।"

दामिनी का मन अपने भीतर उतर गया... अंतर है डॉ.नवनीत और अनूप में। अनूप भी जानता था कि वह सुबह से यहां है। उसने पूछने की औपचारिकता निभाई और स्वयं भोजन कर लिया। और डॉ.नवनीत... और यह सहज आत्मीयता...!

"आप खाइए सर।"

उन्होंने स्टाफ-रूम से बाहर जाते अनूप को संकेत से बुलाया, "दामिनी ने कुछ खाया?"

"हां सर, मैंने उसे पेट-भरकर खाना खिलाया है।"

"ठीक है, नींबू-पानी पी लीजिए।" उन्होंने उसकी ओर दृष्टि की, "प्रिंसिपल ने क्या पूछा?"

"आपसे मिलने को कहा है।" वह बोली, "सर, उन्होंने मुझसे कुछ पूछा क्यों नहीं?'

"संभवतः रूप ने ही उन्हें प्रभावित कर दिया होगा।"

दामिनी हंस पड़ी।

* * * * * *

प्रिंसिपल ने दामिनी का ट्रायल लेना चाहा था। डॉ.नवनीत ने छठी कक्षा की पुस्तक उठाई और 'आ रही रवि की सवारी' का पृष्ठ खोला।

"यह कविता पढ़ा देना। अब समझ लीजिए, किस ढंग से पढ़ाना है।" क्षण-भर रुक-कर उन्होंने उसे देखा और बोले, "पहले बच्चों के सामने शीर्षक का अर्थ स्पष्ट करना। रवि मतलब सूर्य, सवारी का अर्थ उन्हें बताना, जैसे आप सब किसी न किसी सवारी से स्कूल आते हैं–कोई बस से, कोई स्कूटर या कार से। ऐसे ही सूरज भी अपनी सवारी पर चढ़कर धरती पर आता है। सूरज की सवारी रथ है। उनसे पूछना, सूरज की सवारी रथ में कितने घोड़े होते हैं।" उन्होंने उसे प्रश्नवाचक दृष्टि से देखा, "कितने घोड़े होते हैं?"

"पता नहीं।"

"सात। संभव हो तो सात घोड़े के रथ का सामान्य सा चित्र बना देना। शीर्षक का अर्थ बताने के बाद पहला छंद पढ़ना। अगर थोड़ा लय के साथ पढ़ोगी तो बच्चों को और अच्छा लगेगा। एक-एक पंक्ति पढ़ते समय ब्लैक-बोर्ड पर कठिन शब्दों के अर्थ लिखती रहना। फिर पढ़े हुए छंद का अर्थ स्पष्ट करना। कभी-कभी बच्चों के बीच में आकर चक्कर लगा लिया करना, जिससे उनका ध्यान इधर-उधर न भटके। पहला छंद पढ़ाने के बाद उस छंद के विषय में बच्चों से एकाध प्रश्न पूछना। जिस बच्चे से पूछना हो, उसके खड़े होने पर पहले उसका नाम पूछना, फिर प्रश्न करना। इसी पद्धति से अन्य छंद पढ़ाना।"

पढ़ाने का ढंग समझाने के बाद उन्होंने उसे कविता का अर्थ बताया और पुस्तक उसके सामने रख दी, "पुस्तक ले जाओ और घर जाकर पढ़ाने का अभ्यास करना। कल आपका ट्रायल ले लेंगे।"

* * * * * *

दामिनी आई तो डॉ.नवनीत कहीं जाने को तैयार थे।

"ट्रायल के बाद आप कहां चली गई थीं?" उन्होंने सामने बैठने का संकेत किया।

"अनूप की कक्षा में। कह रहा था, देख लो कक्षा को किस प्रकार संभाला और पढ़ाया जाता है।"

"मैं आपको स्टाफ-रूम में देख रहा था।" वे बैठते हुए बोले, "प्रिंसिपल के पास तब कोई नहीं था। आपके विषय में उनका निर्णय पता चल जाता। मैं चाह रहा था, बात आपके सामने ही हो। तब मेरा पीरियड भी खाली था।"

"फिर?"

"अब मेरे ये आखिरी तीनों पीरियड लगे हुए हैं। इसके बाद प्रिंसिपल के पास चलते हैं। छुट्टी में वे भी खाली मिलेंगी।" उन्होंने उसे देखा, "आपने कुछ खाया?"

"मैं खाना लाई हूं।"

"तो अब ये तीनों पीरियड आप यहीं बैठिए। खाना खाइए। सामने वॉटर कूलर है, पानी पीजिए। यहां कुछ साहित्यिक पुस्तकें भी रखी हैं।"

"स्टाफ-रूम में नहीं जाऊं?"

उनके मुख पर असमंजस की रेखा उभरी, "दरअसल, स्टाफ-रूम में आपके विषय में अनेक जिज्ञासाएं जन्म ले रही हैं।"

दामिनी चौंकी। ट्रायल देकर वह स्टाफ-रूम में गई थी। अध्यापकों की प्रतिक्रिया? सामने सीट पर बैठी अध्यापिका ने आवाज देकर उसे बुलाया था। अपना नाम 'कामना' बताकर उसके ट्रायल के विषय में पूछा...

"मैंने शब्दों के अर्थ समझाकर पंक्ति का अर्थ स्पष्ट किया था। कुछ प्रश्न बच्चों से पूछे थे। रथ का चित्र बना दिया था।"

"रथ का चित्र बनाया?" उन्होंने आश्चर्य से पूछा।

"हां, साधारण सा चित्र बना दिया था।" सहज भाव से कहा उसने।

"अच्छा!..."

वह हल्के से मुस्करा भर दी थी।

और डॉ. अघ... हाथ का इशारा करके उन्होंने अपने पास आने का संकेत किया था। बुलाने का यह ढंग उसे अपमानजनक लगा था।

"सर," दामिनी ने डॉ.नवनीत को देखा, "डॉ. अघ का भाव कुछ भला सा नहीं लगा।"

"क्यों?"

"वे आंखों से देखने का नहीं, खाने का काम लेते हैं।" दामिनी की आंखों में वितृष्णा ने जन्म लिया, "'मैं डॉ. अघ हूं। वरिष्ठता में डॉ.नवनीत के बाद मैं ही हूं।'...आत्मश्लाघा के रोगी लगते हैं।"

"संसार में अनेक प्रकार के लोग होते हैं। पीएच.डी. होते हुए भी वे कॉलेज तक नहीं पहुंच सके इसलिए फ्रस्ट्रेटेड हैं। आप आराम से यहां बैठिए।"

"सर, आप जिज्ञासाओं के विषय में बात कर रहे थे।"

डॉ.नवनीत ने उत्तर नहीं दिया। शून्य में देखते रहे।

"मेरे लिए योग्यता का अर्थ विषय में दक्ष होना मात्र नहीं है। आपके आत्मविश्वास और साहित्यिक व्यक्तित्व ने मुझे प्रभावित किया। मुझे अपने विभाग के लिए मात्र डिग्री-प्राप्त अध्यापक नहीं चाहिए। साहित्यिक समझ हो, चिंतन-मनन की क्षमता हो।" वे बोले, "कुछ अध्यापकों का कहना है कि अनूप दामिनी को लाया है, इसलिए..."वे पुनः रुके, "मेरे लिए विभाग का विकास महत्वपूर्ण है। मैंने उनसे कहा, आप अध्यापक लाइए, योग्यता होगी तो उसे भी रखूंगा।" उन्होंने उसकी ओर देखा, "यदि आपकी नियुक्ति हो जाती है, किंतु आगे आपका व्यक्तित्व विकसित होता दिखाई नहीं दिया तो मैं आपको भी नहीं रखूंगा।... कुछ अन्य बातें भी उठ रही हैं कि आप बी.एड. नहीं हैं। अनूप ने बताया, डॉ. अघ की आपत्ति है कि डॉ. भास्कर के निर्देशन में कार्य करने वाले शोधार्थी को इस स्कूल में नियुक्ति क्यों दी!... जिस समय वे विश्वविद्यालय में नियुक्त होने का प्रयत्न कर रहे थे, उस समय विभागाध्यक्ष डॉ. भास्कर के पिता थे। उन्होंने डॉ. अघ को लेक्चरशिप नहीं दी। तुम्हारी नियुक्ति रोककर वे डॉ. भास्कर के पिता से प्रतिशोध लेना चाहते हैं। शायद उन्हें अभी तक मालूम ही नहीं कि अनूप भी उन्हीं के निर्देशन में है। खैर, इन सबसे मैं निबट लूंगा। आपको परेशानी न हो इसलिए फिल्हाल यहीं बैठिए।"

"ठीक है सर।"

उन्होंने मेज पर रखी पुस्तकों की ओर संकेत किया, "पुस्तकें अच्छी हैं। वैसे मैं अनूप से कह दूंगा, उसका पीरियड खाली होगा तो वह यहीं आ जाएगा।"

* * * * * *

श्रावण मास था। प्रातः विश्वविद्यालय के लिए निकली तो धूप प्रखर थी, किंतु बारह बजते-बजते मौसम सुहावना हो उठा था। पुस्तकालय से बाहर आकर दामिनी स्वामी विवेकानंद की मूर्ति के नीचे बैठ गई।... यह ईडियट अनूप भी।... नियुक्ति संबंधी सूचना दे क्यों नहीं रहा!...क्यों उसे भ्रम में रखे हुए है?... उसके मन में अब आक्रोश पनपने लगा था।

शुक्रवार को अंतिम पीरियड समाप्त होने से कुछ समय पहले अनूप डॉ.नवनीत के कमरे में आया था। आश्वासन दिया कि उसकी नियुक्ति यहां पक्की है। कारण?

"विभाग को अध्यापक की आवश्यकता है, तत्काल। और फिर... ट्रायल के बाद प्रिंसिपल संतुष्ट थीं। डॉ.नवनीत पक्ष में थे।" और उसने पूछा, "नौ या दस हजार वेतन मिलेगा। क्या करोगी इतने पैसों का?"

"तुम्हारे लिए ताजमहल बनवाऊंगी।" आत्मा ने कहा।

"अभी बजट नहीं बनाया है।" दामिनी बोली।

पीरियड समाप्त होने पर डॉ.नवनीत आए।

"प्रिंसिपल भोजन करने चली गई हैं। उनसे पूछकर मैं अनूप को बता दूंगा।"

शुक्रवार और शनिवार दामिनी ने प्रतीक्षा की। अंततः शनिवार की शाम उसने अनूप को फोन किया। "डॉ. नवनीत को फोन किया था, वे घर पर नहीं मिले। रात नौ बजे तो वे घर पर मिल ही जाएंगे। कल सुबह तक बता दूंगा।"

किंतु रविवार की शाम तक भी उसने कोई सूचना नहीं दी...

पुनः फोन!

"अगर 'न' भी है तो बताने में संकोच कैसा? मुझे टांग क्यों रखा है?"

"मैं बहुत प्रोफेशनल हूं। 'न' कहने में संकोच क्यों करूंगा। किंतु मुझे सूचना तो मिले। सुबह मैंने डॉ.नवनीत को फोन किया तो वे घर से निकल चुके थे। तुम लटकी हुई क्यों हो, लेट क्यों नहीं जातीं?"

"कल मुझे स्कूल जाना भी है या नहीं? निर्णय पता चल जाए तो निश्चिंत होकर कल विश्वविद्यालय चली जाऊं।"

"अभी डॉ.नवनीत से बात कर पांच मिनट में तुम्हें फोन करता हूं।"

फोन दो मिनट में ही आ गया: डॉ.नवनीत की प्रिंसिपल से बात नहीं हो पाई थी।

* * * * * *

पांच दिन हो गए थे। अनूप ने मौन साध रखा था।

मान लिया कि उसकी नियुक्ति नहीं हुई है।

आज बहुत नाटकीय ढंग से अनूप ने बताया, "तुम्हारे लिए बेहद दुखद सूचना है कि अब तुम्हें रोज मेरा मुंह देखना होगा।" सूचना न दे पाने का कारण? स्कूल में सप्ताह भर से कार्यक्रम चल रहे थे। प्रिंसिपल व्यस्त थीं। अब थोड़ा मुक्त हुई तो उन्होंने अपना निर्णय बताया।

"तो मुझे कब से आना होगा?"

"आज शुक्रवार है। सोमवार से ही आ जाओ।" क्षण-भर रुका वह, "हां दामिनी, मैंने एक छोटा सा झूठ बोला है। वे तुम्हारा अप्वाइंटमैंट सिर्फ 31 अक्तूबर तक कर रहे थे। पीएच.डी. करने वाला व्यक्ति भला तीन महीने के लिए नौकरी करना क्यों चाहेगा। जब तक संभलोगी, समय समाप्त! इसलिए मैंने कह दिया कि दामिनी इतने कम समय के लिए नहीं आना चाहती, तब कहीं जाकर उन्होंने समय दिसंबर तक बढ़ाया। वे तुमसे पूछ सकते हैं कि आना क्यों नहीं चाहती थीं।"

"ठीक है, मैं उत्तर दे दूंगी।"

* * * * * *

बहुत समय बाद दामिनी ने इतनी सहजता से अनूप से बातें की थीं।

अनूप ने बताया, इस वर्ष अप्रैल में ही उसका विवाह हुआ है।

"मैंने तुम्हारे विश्वास को तोड़ा है दामिनी। किंतु अब मित्र के रूप में उस विश्वास को पुनः स्थापित करना चाहता हूं।" उसने कहा था।

आत्मा हंसी, "अरे इस छछूंदर ने तो पुनः विवाह का प्रस्ताव भी किया था।"

"देखते हैं।" उसने टाल दिया।

छोटी -मोटी सहायता वह करता रहा। अभी नियुक्ति-पत्र नहीं मिला था। अनूप ने छठी से आठवीं तक की, पुस्तकालय में उपलब्ध पुस्तकें, उसे अपने कार्ड पर ले दी थीं। जूनियर और सीनियर दोनों पुस्तकालय दिखा दिए थे। अपनी अध्यापकीय डायरी दे दी थी ताकि वह अपनी डायरी तैयार कर सके।

अनूप सहायक हो गया और डॉ.नवनीत आत्मीय। लगा यह नौकरी अब जम जाएगी।

* * * * * *

सब कुछ अप्रत्याशित रूप से अनायास होता चला गया। दिनचर्या में आए परिवर्तन ने नीरस एकरसता छांट दी। डॉ.नवनीत ने पढ़ाने की मानसिकता बनाने का उसे समय दिया था। पहले दिन बच्चों से परिचय

हुआ, पाठ्यक्रम को जाना, पद्धति को समझा... इन सबका उसे वक्त दिया गया था। किंतु ऊहापोह से वह मुक्त नहीं हो सकी थी। अनेक बातें थीं... काम करते हुए दस दिन हो गए थे; लेकिन पता नहीं चल सका था कि उसका वेतन कितना है। विभागाध्यक्ष प्रत्येक सूचना उस तक अनूप के माध्यम से पहुंचाते थे। उसका एक ही उत्तर होता था कि यहां वेतन आठ-नौ हजार से कम नहीं होता।... नियुक्ति-पत्र की बात पर वह मौन हो जाता। उसकी अस्पष्ट सी बातें दामिनी को खटकने लगी थीं। स्पष्ट न कहने की उसकी पद्धति दामिनी को सदा खिजाती थी। उसे डॉ. नरेन्द्र की बात याद आई, 'कोई परेशानी हो तो ज्योतिका से बात करना।' ज्योतिका इन दिनों लंबी छुट्टी पर चल रही थीं। उनकी तबीयत ज्यादा खराब थी।

डॉ. नरेन्द्र जानना चाहते थे कि यदि उसकी योग्यता जांच ली गई थी, उस पर विश्वास कर लिया गया था, तो उसे नियुक्ति-पत्र क्यों नहीं दिया जा रहा!... उसने वेतन तक नहीं पूछा। क्या किसी भी वेतन पर वह कार्य कर लेगी?...फिर, उसके पास क्या प्रमाण है कि वह नौकरी कर रही है।

दामिनी चिंतित हो उठी। उसके मन में आदर्श विद्यालय की रानी बाग शाखा में की गई नौकरी में घटित घटनाएं घूमने लगीं।

दर्शन की उसके साथ ही अस्थायी अध्यापिका के रूप में नियुक्ति हुई थी। साक्षात्कार वाले दिन ही प्रिंसिपल ने उसे वेतन और उसकी नियुक्ति की अंतिम तिथि के विषय में बता दिया था। किंतु दामिनी को तो यह भी नहीं बताया गया कि उसकी नियुक्ति किस तारीख तक हुई है। दोनों अध्यापिकाएं एक साथ लगी हैं, दोनों के साथ अलग-अलग व्यवहार क्यों किया जा रहा है? संभव है, सारी सूचनाएं अनूप तक पहुंचाई जाती रही हों।

"अनूप, दर्शन बता रही है कि उसे पांच हजार रुपये वेतन मिलेगा। संभवतः दोनों को समान ही मिलेगा।"

अनूप ने अविचलित भाव से उसे देखा, "और उसे कितने की अपेक्षा थी?"

दामिनी उसे देखती रह गई... तो उसे उसका वेतन मालूम था? तो उसने यह दुराव-छिपाव क्यों किया? नौटंकी कहीं का...। उसे द्वंद्व में टांगे रखा। क्यों झूठ बोलता रहा! पांच हजार रुपये महीना वेतन एक अनुभवहीन लड़की के लिए कम नहीं है। इस वेतन पर कार्य करना उसे स्वीकार है। किंतु अनूप ने यह बात उससे छिपाए क्यों रखी?...

उसी पल उसने निर्णय किया... वह डॉ.नवनीत से सीधे बात करेगी...

डॉ.नवनीत को कैंटीन के पास खड़ा देख दामिनी अपनी सीट से उठ खड़ी हुई। किंतु इससे पूर्व कि वह उन तक पहुंचती, उनके कदम स्टाफ-रूम से बाहर की दिशा में मुड़ गए। शायद वह चाय पीने आए थे।

"सर।" वह तेज कदमों से चलते हुए उन तक पहुंची। उन्होंने दृष्टि घुमाकर उसे देखा; किंतु उनकी गति पर कोई प्रभाव नहीं पड़ा। संभवतः उनका पीरियड था। उसने अपनी चाल तेज कर दी।

"सर," दामिनी ने मृदु स्वर में कहा, "मैं आपसे कुछ बात करना चाहती हूं।"

डॉ.नवनीत ने चकित दृष्टि से उसे देखा।

"अब आप यहां से नहीं जाएंगी।" चलते-चलते वे बोले।

"नहीं सर।" दामिनी ने परेशान से स्वर में कहा, "मुझे नियुक्ति-पत्र नहीं मिला।"

डॉ.नवनीत के पग थम गए। क्षण-भर रुक-कर बोले, "मि. चुघ आपका अप्वाइंटमेंट लैटर तैयार कर रहे हैं। अगले सप्ताह आपको मिल जाएगा। अटैंडेंस रजिस्टर में अपनी उपस्थिति तो रोज आकर लगाती हो न?"

"हां सर।"

"आपको हमने बाईस दिसंबर तक के लिए नियुक्त किया है। अगर मिसेस बोस नहीं आतीं, जिनकी जगह आपको रखा गया है, तो आपकी अवधि बढ़ जाएगी। नहीं तो बाईस दिसंबर के बाद आप मुक्त हैं। आपका वेतन पांच हजार रुपये महीना होगा।"

"ठीक है सर।" दामिनी संतुष्ट हो गई।

डॉ.नवनीत आगे बढ़ गए।

* * * * * *

* * * * * *

स्कूल में टेलेंट शो की तैयार हो रही थी। प्रत्येक कक्षा में से पंद्रह-सोलह बच्चों का चयन किया गया था। हर कक्षा का अपना अलग कार्यक्रम था। तैयारी के लिए उनकी कक्षा-अध्यापिका को स्कूल के बाद तीन घंटे रुकना पड़ता था। छठी 'जी' की कक्षा अध्यापिका की नई-नई शादी हुई थी। सातवीं 'एच' की कक्षा अध्यापिका गर्भवती थीं। इन कक्षाओं की सुपरवाइजर मिसेस कुलकर्णी ने उन दोनों की जगह दर्शन और दामिनी को स्कूल के बाद रोक लिया। नई जानकर उन पर काम लादा जाता था; उनका वेतन स्थायी अध्यापकों से आधा था। डॉ.नवनीत से चर्चा की तो बोले, "टाइमटेबिल इंचार्ज द्वारा लगाए गए अरेंजमेंट ऑफिशियल होते हैं। इन्हें करना आपका कर्तव्य है, किंतु सुपरवाइजर द्वारा भेजने पर कहिए, 'मेरे विभागाध्यक्ष से लिखवाकर लाइए'।" डॉ. नवनीत के समझाने पर भी इतना स्पष्ट और आक्रामक उत्तर वह दोनों ही नहीं दे सकी थीं।

दामिनी ने स्टाफ-रूम में प्रवेश किया। डॉ.नवनीत बाहर आ रहे थे। शायद घर के लिए निकल रहे थे।

"अरे, आप जा नहीं रहीं? बस का समय तो हो गया।" छुट्टी के बाद बाहर निकलने की अपेक्षा उसे स्टाफ-रूम में लौटते देख डॉ.नवनीत ने पूछा।

"सर, टेलेंट शो की तैयारी के लिए मुझे रुकना है।"

"आप टेलेंट शो की तैयारी देखना चाहती हैं?" वे मुस्कराए।

"नहीं सर। मुझे मिसेस कुलकर्णी ने रुकने के लिए कहा है। उनका कहना है कि उस कक्षा की अध्यापिका को रुकने में परेशानी होती है।"

"और आपको परेशानी नहीं होती?"

"होती है सर। सुबह छह बजे से निकली मैं पांच बजे घर पहुंचती हूं।"

"आप मिसेस कुलकर्णी से कहिए कि मुझे रिसर्च करना होता है। आप अपने नौकरी से सुबह 6.50 से दोपहर 12.50 तक ही बंधी हैं। इसके बाद आप मुक्त हैं। सुपरवाइज़र्स की जितनी आज्ञा मानेंगी, उतनी ही अधिक जिम्मेदारियां ये आपको सौंपती जाएंगी। ये रैप तो आपका खून चूस लेंगी।"

उसे डॉ.नवनीत का परामर्श उचित लगा।

"मैम," उसने मिसेस कुलकर्णी से कहा, "मेरा घर बहुत दूर है। सारा दिन स्कूल में निकल जाता है। मेरी अपनी पढ़ाई-लिखाई बिल्कुल रुक गई है।"

वे मुस्कराईं। उनका स्वर बेहद नम्र हो उठा, "मैं तुम्हारी परेशानी समझ सकती हूं दामिनी। किंतु तुम नीतू को देख रही हो न! प्रेगनेंट है। रुकने से उसका तनाव बढ़ता है। महीने भर बाद तो टेलेंट शो हो ही जाएगा।"

नम्रता भरे इस आग्रह ने उसे मौन कर दिया।

* * * * * *

"सर, नमस्ते।"

"नमस्ते।" डॉ.नवनीत ने दृष्टि उठाई। उनकी आंखों से स्नेह झलक पड़ रहा था।

"गुड मार्निंग सर।" उपस्थिति लगाती दर्शन दामिनी को देख उसके पास आ गई।

"गुड मार्निंग," वे मुस्कराए, "कैसी हो?"

"ठीक हूं सर।"

"कोई असुविधा!"

"नहीं सर। शर्मिला मैम सब बता देती हैं।"

दर्शन शर्मिला की जगह आई है। शर्मिला अपने पति के साथ विदेश जा रही है। जब तक वहां के टिकट नहीं आ जाते, वे स्कूल आती रहेंगी। उन्होंने दर्शन को अभी अपनी सारी कक्षाएं नहीं सौंपी हैं। वे उसे सारे कार्यों से परिचित करा रही हैं। दर्शन इससे पहले भी दो वर्ष आगरा में पढ़ा चुकी है। उसे पढ़ाने का भी अनुभव है और व्यावहारिक जीवन का भी। शर्मिला अपने साथ दर्शन को हर कक्षा में ले जाती हैं। वह उनके पढ़ाने का ढंग देखती है। बच्चों और उनकी गतिविधियों से परिचित होती है। जिन कक्षाओं में वह अकेली जाती है, उनकी समस्याएं शर्मिला सुलझा देती हैं। दर्शन को आए चौदह दिन हो गए हैं, संभवतः पंद्रह दिन शर्मिला यहां और रहेंगी। किंतु दामिनी... सारा संघर्ष उसे अकेले करना है। पढ़ाने का उसे कोई पूर्व अनुभव नहीं है। कक्षा को नियंत्रित करना, पढ़ाए जाने वाले पाठ को रोचक बनाना, व्यावहारिक जीवन को जानना...! अनूप सहायता करने को सहमत भले ही हो जाता हो, किंतु हावी रहने की आदत अब भी नहीं छूटी।

नियुक्ति के बाद एक फार्म भरना था।

"फार्म अंग्रेज़ी में है और भरा हिंदी में जा रहा है।" अनूप ने कटाक्ष किया।

दामिनी ने फार्म अंग्रेज़ी में भरा।

"शुद्ध भाषा नहीं लिख सकतीं?" फार्म पढ़ते हुए अनूप बोला।

"क्या गलती हो गई?" अपने स्वर का नम्रता उसने नहीं खोई।

"खुद देखो!" उपेक्षा से उसने दृष्टि घुमा ली।... थोड़ी देर बाद उसकी दृष्टि पुनः दामिनी के भरे फार्म को देखने लगी थी। अगली अशुद्धि पर जब उसने उपहास करते हुए उसे डांटा, तो वह स्वयं को रोक नहीं सकी, "क्या बिना डांटे गलती नहीं बताई जा सकती?"

"मेरी यह प्रकृति है कि मुझे सिर्फ परिणाम की सफलता से मतलब होता है, चाहे उसके लिए कोई भी पद्धति क्यों न अपनानी पड़े।"

"सिखाने की यह पद्धति मुझे पसंद नहीं।"

इस घटना के बाद उसने नौकरी से संबद्ध अपनी किसी भी परेशानी को अनूप के सम्मुख नहीं रखा। संघर्ष उसका था। वह ही उससे निबटेगी।...

* * * * * *

"नमस्ते।"

"हूं।" डॉ. अघ ने तीखी सी दृष्टि उस पर डाली, "और, कितना वेतन मिल रहा है तुम्हें?"

"पांच हजार।"

उनकी मुखमुद्रा व्यंग्यात्मक हो उठी, "किसी अस्थायी अध्यापक को सात-आठ हजार से कम नहीं मिलते। ये नवनीत साहब!... हिंदी विभाग को मिलने वाले वेतन पर कभी ध्यान ही नहीं देते।"

"सर," सहसा दामिनी ने बात बदल दी, "आठवीं 'डी' कक्षा किस ब्लॉक में है? वहां मेरा अरेंजमेंट है।"

"हूं।" उन्होंने सिर हिलाया और आगे बढ़ गए।

डॉ.नवनीत ने उसे स्टाफ-रूम के बाहर लगा कक्षा का वह नक्शा दिखाया जिसमें हर कक्षा का ब्लॉक और कक्षा संख्या लिखी हुई थी।

* * * * * *

शर्मिला की विदाई के अवसर पर छोटा सा आयोजन किया गया था। विदाई समारोह के लिए विभाग के प्रत्येक अध्यापक से साठ रुपये लिए जा रहे थे।

परस्पर चर्चा के मध्य दामिनी और दर्शन उठ खड़ी हुईं।

डॉ.नवनीत ने प्रश्नवाचक दृष्टि से देखा।

"सर,"दामिनी ने कहा, "समारोह में देने के लिए पैसे लेने जा रही हैं।"

डॉ.नवनीत ने हाथ से उन्हें बैठने का संकेत किया। कामना की ओर दृष्टि घुमाई, "मैं सोच रहा हूं, नए अध्यापकों से पैसा क्या लेना। अभी तो इन्हें पहला वेतन भी नहीं मिला।" क्षण-भर रुककर बोले, "ऐसा करते हैं, बाकी अध्यापक पंद्रह-पंद्रह रुपये बढ़ा देते हैं।

उन्होंने पर्स में से सौ का नोट निकालकर कामना की ओर बढ़ा दिया।

डॉ.नवनीत का सुझाव कामना को जरा भी रास नहीं आया। मुंह ही मुंह में बड़बड़ाते हुए उसने पच्चीस रुपये वापस कर दिए।

शर्मिला, कामना और ज्योतिका के मध्य बैठी हुई थी। तीनों आपस में हंसी-मजाक कर रही थीं। शर्मिला बीच-बीच में दर्शन और दामिनी को अपनी चर्चा में सम्मिलित करने का प्रयत्न करती किंतु कामना और ज्योतिका का उपेक्षित सा व्यवहार उन दोनों को इन चर्चाओं से जोड़ नहीं पाया। उनके लिए इन नई अध्यापिकाओं की उपस्थिति का कोई महत्व नहीं था। शायद उन्हें अपने समकक्ष बैठाना भी उनको अपनी हेठी लग रही थी।

बहुत से अध्यापक अभी आए नहीं थे।

"दामिनी, सबको बुला लाएं?" दर्शन बोली।

"हां," उठते हुए दामिनी ने शर्मिला को देखा, "मैम, हम अभी आ रहे हैं।"

"ठीक है।" वे मुस्करा दीं।

दामिनी ने पहला कदम कमरे से बाहर रखा...

"अच्छी भली बैठी थीं, उठकर चल दीं।" कामना की आवाज दामिनी के कानों में पड़ी, "पता नहीं कैसे-कैसे पागलों को भरती कर लिया है डॉ.नवनीत ने। आदर्श विद्यालय का स्टैंडर्ड डुबोकर रहेंगे।"

दामिनी के पग वहीं थम गए। कदमों ने दिशा बदली और मुख कामना की तरफ घूम गया। किस बात का इतना मद?...

दर्शन उसके चेहरे के भावों को पढ़ रही थी। उसने दामिनी की भुजा पकड़ ली, "चलो दामिनी।"

"क्यों?...इस प्रकार अपमानित करने का अर्थ?"

"चलो तो।" दर्शन ने उसे कक्षा से बाहर धकेला। चलते-चलते कहा, "लड़ने से हमारा अपमान कम तो नहीं होगा। वे और अपशब्द बोलेंगी। हम डॉ.नवनीत को बताएंगे।"

दामिनी मौन हो गई। उसका मन दर्शन की बात से सहमत हुआ, 'कुछ कहने से विवाद बढ़ेगा ही।'

समारोह काफी अच्छा रहा। कुछ औपचारिक और कुछ आत्मीय। डॉ.नवनीत से अनुरोध किया गया कि वे अपनी कोई कविता गाकर सुनाएं। डॉ.नवनीत ने भावनात्मक कविता सुनाई। मिसेस हुसैन ने पुराना फिल्मी गीत सुनाया। इस अप्रत्याशित कार्यक्रम ने शर्मिला को तो रोमांचित ही कर दिया। वे भावुक हो उठीं। सबकी इस आत्मीयता के प्रति उन्होंने आभार व्यक्त किया और स्कूल में बिताए अपने समय को कभी न भूल सकने वाला बताया।

विदाई समारोह का यह कार्यक्रम दामिनी और दर्शन को अच्छा लगा था।

"कामना और अनूप की बड़ी गहन बातचीत हो रही है।"

दामिनी मुस्कराई, "फिर किसी का शिकार करने का प्रयास हो रहा होगा।"

दर्शन के मुख पर असमंजस झलका, "लेकिन अनूप तो तुम्हारा भी अभिभावक है।"

"हां," दामिनी ने गहरी सांस भरी, "मेरी बात मुझसे नहीं कही जाती, अनूप से कही जाती है।"

"तुम दोनों बहुत अच्छे मित्र हो, शायद इसलिए।"

दामिनी मौन रह गई।

"अनूप से तुम्हारी काफी पुरानी जान-पहचान है न?"

"हां। हम एक-दूसरे से पिछले आठ वर्षों से परिचित हैं।"

"संभवतः इस मित्रता के कारण ही अनूप ने इस नौकरी की सूचना तुम तक पहुंचाई होगी।"

"नौकरी की सूचना तो उसी ने दी है;" दामिनी का स्वर पर्याप्त संयमित था, "किंतु मित्रता..."

दर्शन ने आश्चर्य से उसे देखा, "क्यों?"

"हम एक-दूसरे से पर्याप्त भिन्न हैं।"

"उसका विवाह हो गया?"

"हां, इसी वर्ष अप्रैल में हुआ है।"

"उसकी पत्नी से मिली हो?"

"नहीं। किंतु जल्दी ही मिलना होगा। अनूप की इच्छा है कि नौकरी पाने की खुशी में मैं उसे और उसकी पत्नी को दावत दूं।"

"मुझसे भी ट्रीट देने को कह रहे थे।" दर्शन सायास हंस पड़ी, "शर्मिला मैम ने मुझे झिड़क दिया। कहा, जब नौकरी स्थायी हो जाएगी, तब दावत लेंगे।"

अनूप उनकी ओर आ रहा था।

"हमारी बात हो रही थी?" अनूप मुस्कराया।

"आप इतने चर्चित हैं कि...।"

"मैंने सोचा...।"

"वैसे चर्चा तो आपकी ही थी।" दामिनी उसकी ओर घूमी, "दर्शन कह रही थी, हम बहुत अच्छे मित्र रहे होंगे। मैंने कहा, अनूप सर हम पर कुछ ज्यादा ही कृपालु रहते हैं।"

अनूप हंसा, "दामिनी मैम, आप मजाक अच्छा करती हैं।" ... वह गंभीर हो गया, "तुम दोनों कामना मैम को समारोह के लिए 75-75 रुपये दे आओ।"

दामिनी और दर्शन की निगाहें मिलीं।

"क्यों, सर ने तो हमें मना किया था?"

"समारोह में डेढ़ सौ रुपये अधिक लगे हैं। तुम्हारे योगदान से उन रुपयों की पूर्ति हो जाएगी।" अनूप ने उन्हें मनाने के से अंदाज़ में कहा, "पचहत्तर रुपयों की ही तो बात है। क्या फर्क पड़ता है, दे आओ।... मेरी नौकरी का पहला दिन था। स्कूल के वाईस प्रिंसिपल के पुत्र की शादी थी। मैं किसी से परिचित तक नहीं था। फिर भी सबकी तरह मैंने तीन सौ रुपये दिए। तुम्हें तो आए पंद्रह दिन हो चुके हैं। सबसे परिचित भी हो चुकी हो।"

"बात रुपये न देने की नहीं है," दामिनी ने सहजता से कहा, "किंतु क्या हमें अपने विभागाध्यक्ष की बात का विरोध करना चाहिए?"

"यहां बहुत कुछ ऐसा होता है, जिसकी सूचना डॉ.नवनीत तक नहीं पहुंचती। उन्हें इस बात का पता नहीं चलेगा, किंतु कामना की बात का विरोध करोगी, तो विवाद खड़ा हो जाएगा। इतनी देर सामने बैठाकर उन्होंने मुझे इतना कुछ कहा।"

"क्या कहा उन्होंने?"

"जानकर क्या करोगी?"

"बताने में क्या हर्ज है?"

"कुछ खास नहीं... पैसे के लिए ही कह रही थीं कि तुम्हारी सहेलियां कैसी हैं, खा-पीकर मनोरंजन किया और चली गईं। अगर पैसे नहीं देने थे तो खाया-पिया ही क्यों? समारोह में आई ही क्यों? अब तो उनका वेतन भी मिलने वाला है।"

वे अवाक सी अनूप को देखती रह गईं!...

"अपनी मानसिकता और बुद्धि के अनुरूप ही तो बात करेंगी।" आहत दर्शन ने पर्स में से सौ का नोट निकाल लिया और कामना को देने के लिए चली गई। दामिनी मुंह बाए दर्शन को जाते देखती रह गई। अपमान की वेदना सहकर भी एक वाक्य से उसने स्वयं को संतुष्ट कर लिया। उन्होंने तो पैसा देने से मना नहीं किया था, डॉ.नवनीत के कहने पर वे रुक गई थीं।

दामिनी ने पर्स से रुपये निकाले और अनूप को देखा, 'पचहत्तर रुपये मैं उन्हें अवश्य दूंगी। किंतु डॉ.नवनीत को पता तो चलना चाहिए कि उनकी अध्यापिकाएं क्या हैं। इस प्रकार की भाषा आदर्श विद्यालय का मानक है?"

दामिनी की मुख-मुद्रा ने अनूप को विस्मित किया, "रुक जाओ। विरोध करोगी, तो हानि तुम्हारी ही होगी। यही माना जाएगा कि तुम पैसे देना नहीं चाहतीं। और, अभी तो तुमने नियुक्ति-पत्र तक नहीं पाया है। उनके प्रति विरोध पालोगी...! दिसंबर क्या, अक्तूबर तक भी नहीं टिकने देंगी। फिर, संदेश मेरे माध्यम से भेजा

गया है...!" अनूप ने उसकी उत्तेजना को शांत करने का प्रयत्न किया, "नए अध्यापक को यह सब झेलना पड़ता है। तुम्हारे साथ तो फिर भी इतना ज्यादा नहीं हो रहा। जब मैं नया-नया आया था तो कामना मैम ने मुझे परेशान करने का कोई हथकंडा नहीं छोड़ा था।" वह रहस्यमय ढंग से मुस्कराया, "एक दिन मैंने उनसे कहा, 'आप मेरी मां के समान हैं। घर में मेरी मां हैं, स्कूल में आप।'...वे बहुत प्रसन्न हुईं। मैं तो इस पद्धति पर चलता हूं कि जो जैसा है, उसकी प्रकृति के अनुरूप वैसा ही व्यवहार उसके साथ अपना लो। डॉ. अघ को भी मैंने इसी प्रकार संतुष्ट किया। इस तरह के लोगों की सुनते रहो, उनकी 'हां' में 'हां' मिलाकर तारीफ करते रहो। वे खुश रहेंगे।"

दामिनी के मुंह का स्वाद कड़वा हो गया। बोली, "हां। इनके सम्मान पाने की भूख को तुमने शांत कर दिया; इसलिए वे तुमसे संतुष्ट हो गए। किंतु मैं पद और धन का नहीं, चरित्र का सम्मान करती हूं। वे अपने आतंक का सम्मान पा रहे हैं। और मैं..."वह उठ खड़ी हुई, "मैं भयभीत ही नहीं, तो सम्मान के फूल किस पर चढ़ाऊं?... रुपये दे आती हूं जिससे यह न समझा जाए कि मैं मुफ्त के खाने-पीने की शौकीन हूं।"

अनूप जोर से हंस पड़ा, "बहुत भोली हो तुम।"

दामिनी ने कुछ नहीं कहा। वह मुड़कर चली गई।

* * * * * *

दामिनी के हाथ में नियुक्ति-पत्र था। उसने समय-तालिका में देखा, डॉ.नवनीत के यह दो पीरियड खाली थे। वह उनके कक्ष में पहुंची।

"सर,"उसने उन्हें देखा, "नियुक्ति-पत्र के साथ मिले पत्र पर आपके हस्ताक्षर कराने हैं।"

"नियुक्ति-पत्र मिलने की बधाई," वे मुस्कराए, "बैठिए।"

दामिनी का मुख कुछ उत्फुल्ल हो उठा।

उन्होंने पत्र पर हस्ताक्षर किए, "यदि आप ट्रायल के तुरंत बाद आ जातीं तो इसमें आठ दिन और बढ़ जाते। किंतु, शायद आपका विचार बदल गया था।"

दामिनी अवाक! सयत्न बोली, "मैं आपका मतलब नहीं समझी।"

उन्होंने उसे फार्म वापस लौटाया, "ट्रायल वाले दिन प्रिंसिपल की राय पता नहीं चल सकी थी न!"

"हां।"

"उसके बाद आपने इंकार कर दिया था। प्रिंसिपल को आप इतनी अच्छी लगी थीं कि उन्हें आपका नाम तक याद हो गया था।"

दामिनी का ध्यान उनकी बात पर गया। उसे दर्शन के शब्द याद आए... जब उसका दर्शन से परिचय हुआ था, 'ओह! तो तुम दामिनी हो। जिस समय प्रिंसिपल ने मुझे नियुक्ति की अनुमति दी थी, उस समय डॉ.नवनीत को देखकर उन्होंने कहा था, दर्शन ठीक है। एक आप दामिनी को बुला लीजिए।... तबसे मैं सोच रही थी कि दामिनी कौन है। आज तुमसे मुलाकात हुई।'

वह सोच से उबरी, "अगर उन्हें मैं पसंद थी, तो अपनी राय बताने में उन्होंने इतनी देर क्यों की?"

डॉ.नवनीत ने कुछ चकित भाव से उसकी ओर देखा, "ट्रायल वाले दिन ही मैंने उनसे पूछ लिया था। अनूप के पूछने पर सोमवार से ही स्कूल आने के लिए कहा था। एक हफ्ते तक आपकी प्रतीक्षा की थी। आपके बाद मिसेस भार्गव को अन्य कोई अध्यापक पसंद ही नहीं आ रहा था।"

"मैं विश्वास नहीं कर पा रही।"

"आपके आत्मविश्वास और सहजता ने उन्हें बहुत प्रभावित किया था। बी.एड. स्थायी नौकरी के लिए बंधन है अन्यथा पीएच.डी.कर रहे व्यक्ति में विषय की पकड़ क्या कम होती है। कई बार तो ऐसा भी देखा गया है कि सीनियर टीचर वर्षों से किसी बात को गलत ढंग से पढ़ा रहे होते हैं। उन्हें स्वयं इस बात का पता नहीं होता।"

दामिनी के मन में अनेक प्रश्न उठ रहे थे।

"आपके न आने पर दो अन्य अध्यापकों को जांच रहा था।"

"हां। जिस दिन मैं आई थी, उस दिन एक लड़का बैठा हुआ था।"

"हां। उसने यू.जी.सी. की परीक्षा उत्तीर्ण कर रखी थी। हमारे विभाग में पुरुष अध्यापक कम हैं इसलिए मैं उस लड़के को रखने की सोच रहा था। उसी दिन आप आ गईं। प्रिंसिपल की इच्छा जान मैंने तुरंत आपको समय-तालिका पकड़ा दी," वे ठठाकर हंसे, "सोचा, कहीं फिर से आपका विचार न बदल जाए।"

"किंतु सर, अनूप को फोन करने पर दोनों बार उसने मुझसे कहा कि आप उसे फोन पर मिले ही नहीं। मैं चुप रह गई।"

डॉ.नवनीत स्तब्ध से उसे देखते रह गए, "मुझसे तो उसने कहा, दामिनी आना नहीं चाहती। मिसेस भार्गव ने कहा, एक बार उससे बात करके तो देखिए।... मैंने अनूप से फिर से पूछने के लिए कहा। अगले दिन उसने कहा, दामिनी कह रही है, पहले उसे नियुक्ति-पत्र दीजिए, तब नौकरी करेगी।"

"अच्छा!"

"मुझे आश्चर्य भी हुआ और उपेक्षा सी भी जागी कि अभी ज्वाइन भी नहीं किया और...! यह तो मुझे मालूम है कि वह झूठ बोलता है पर यह नहीं पता था कि उसकी मित्रता के रिश्ते भी झूठ पर आधारित हैं।"

"मित्रता!"दामिनी व्यंग्य से हंसी, "मुझे उसकी किसी बात पर विश्वास नहीं होता।"

डॉ.नवनीत के तन-मन में जैसे भूचाल आ गया, "मुझे पता नहीं था कि उसकी पर्सनल लाइफ भी झूठ की नींव पर खड़ी है अन्यथा अब तक मैं उसके माध्यम से तुम तक बात क्यों पहुंचाता?... मैं सोच भी नहीं सकता था कि जिसने स्वयं नौकरी के विषय में सूचना दी, वह इस प्रकार की हरकत करेगा।"

"धोखे में रखना उसकी प्रकृति है।"

"हां। यह उसकी प्रकृति है।" शून्य में देखते हुए उन्होंने उसके शब्दों को दोहराया। उनका स्वर गंभीर हो गया, "यहां भी उसने बहुत कुछ ऐसा ही किया है। जब नया-नया आया था, स्वयं को इतना बढ़ा-चढ़ाकर दिखाया, इतना प्रतिभावान और कर्म के प्रति समर्पित दिखाया कि लोगों की अपेक्षाएं उससे जुड़ती चली गईं। आरंभ में मैंने भी उस पर बहुत विश्वास किया। धीरे-धीरे उसकी बनावट सामने आई। समझ में आया कि घोर स्वार्थी और अवसरवादी है। अनेक स्थानों पर स्कूल के और कहीं-कहीं मेरे नाम का भी दुरुपयोग करता है। मैंने उसे परखा, सच्चाई सामने आई। अपनी चालाकी और छल को प्रतिभा कहता है।"

"मैं आदर्श विद्यालय की रानी बाग वाली शाखा में थी, तो उसने आपकी जो छवि...।"

अवाक डॉ.नवनीत दामिनी को देखते रहे, "मेरे विषय में!"

"हां सर। एक अध्यापिका कुवैत गई थी और आपने डॉ. नरेन्द्र से किसी अध्यापक के विषय में पूछा था।"

"हां!"डॉ.नवनीत ने असमंजस से उसे देखा, "एम. फिल. कर रही एक लड़की आई भी थी। किंतु वहां की हैडमिसट्रेस को अनुभवी और तेज-तर्रार अध्यापिका चाहिए थी। वहां अध्यापिका के न होने से बच्चों को काफी नुकसान हो रहा था। डॉ. नरेन्द्र के माध्यम से आई अध्यापिका बहुत नम्र और सीधी-सादी थी।"

"वह मैं ही थी।"

डॉ.नवनीत चकित हुए।

"अनूप की बातों से मुझे पता चला कि आपको अकादमी का पुरस्कार चाहिए था इसलिए आपने मुझे वहां भेजा।" दामिनी ने कुछ उत्तेजित होकर कहा।

"किसी के विषय में कोई धारणा बनाने से पहले उसका पक्ष भी जानने का प्रयत्न करना चाहिए। मुझे इसी प्रकार पुरस्कार पाने होते, तो आज तक न जाने..."

दामिनी के मन का संदेह समाप्त नहीं हो रहा था, "अनूप ने जिस प्रकार से मानसिक रूप से मुझे प्रताड़ित किया।...पसंद न आने पर एक बार मुझे मनाकर दिया गया था। बाद में स्वयं आपने मुझे फोन कर वहां भेजा।"

"दुबारा तो आपको इसलिए भेजा क्योंकि हमें अध्यापक मिल नहीं रहा था।"

दामिनी अविश्वास भरी दृष्टि से डॉ.नवनीत को देखती रही, "कैसे विश्वास करूं? आदर्श विद्यालय जैसे स्कूल को अध्यापक नहीं मिल रहा था। अखबार में विज्ञापन देते ही दो-तीन सौ आवेदन तो उसी दिन पहुंच जाते।"

"यह सच है। किंतु यह प्रक्रिया बहुत लंबी हो जाती। अनूप से चर्चा हुई। उसने तुम्हारे विषय में इस प्रकार बताया कि मिसेस सन्याल के पुनः पूछने पर मैंने तुम्हारे लिए फिर से कहा और अनूप से नंबर मांगकर तुम्हें फोन किया।"

"मुझसे तो रोज यह भी कहा जाता था कि आप मेरा साक्षात्कार लेने आएंगे, किंतु आपने मेरा साक्षात्कार नहीं लिया।"

"लेने आऊंगा का क्या अर्थ!"डॉ.नवनीत बोले, "साक्षात्कार लेना होता तो यहां सीनियर शाखा में लेकर फिर तुम्हें वहां भेजता। प्रायः अस्थायी अध्यापकों का साक्षात्कार हम नहीं लेते। ट्रायल में उसे परख लेते हैं।"

"अनूप ने ऐसा क्यों कहा कि आपको डॉ. नरेन्द्र से काम निकलवाना है?" दामिनी के मन का द्वंद्व और संदेह समाप्त नहीं हो पा रहा था, "उसने आप पर इतना अधिकार जताया जैसे आप उसकी हर बात मान लेते हों।"

"अनूप ने तुमसे क्या कहा और क्यों कहा, यह मैं नहीं जानता।"

उनकी दृष्टि गंभीर और विश्लेषणात्मक थी... इन दो वर्षों में उन्होंने जहां तक अनूप को जाना है, उसे भीतर से बहुत भीरु पाया है। उसमें इतना साहस नहीं कि सामने आकर आघात कर सके इसलिए छल-कपट का मार्ग उसने अपना रखा है। अपनी छवि वह सीधे-सादे, सच्चे और कर्तव्यनिष्ठ इंसान की बनाए रखना चाहता है। किंतु परपीड़न-रति का रोगी है। उसे इस बात की खुशी नहीं कि उसे इतना मिला, इस बात की ज्यादा खुशी होती है कि दूसरे का कितना छिना।

"मैं तो सोचती थी कि,"उन्हें मौन देख दामिनी ने कहा, "आपमें और उसमें बहुत अच्छे संबंध हैं।"

डॉ.नवनीत के मुख पर सहमति के भाव नहीं उभरे। वे सायास मुस्कराए, "बोलने का अर्थ अच्छे संबंध होना नहीं होता। हां, जब नया-नया आया था तो उसके अभिव्यक्ति-कौशल ने बहुत प्रभावित किया था। उसने

और शर्मिला ने साथ-साथ ही ज्वाइन किया था। अपने खाली पीरियड में दोनों यहीं आ जाते थे। बैठते थे। साहित्यिक चर्चा होती थी। शायद यह उसकी प्रकृति है कि जान-पहचान या औपचारिक संबंध को भी वह घनिष्ठ संबंध के रूप में प्रस्तुत करता है। अपने तर्कों और प्रमाणों से उसने मुझे यह विश्वास दिलाया कि डॉ. नरेन्द्र जैसा सात्विक और निष्कपट व्यक्ति उसे कितना पसंद करता है।"

"आपके मन में कहीं पुरस्कार वाली बात नहीं थी?''

"जहां तक पुरस्कार पाने की बात है तो, "वे सहज भाव से बोले, "प्रो. मुकेश ने मेरी 101 बाल-कहानियां पढ़ी थीं। उन्होंने मुझसे कहा, 'आप बाल-कहानियां लिखना बंद नहीं कीजिएगा।' संभवतः उन्होंने ही डॉ. नरेन्द्र से पुरस्कार की बात की होगी। डॉ. नरेन्द्र अकादमी के अध्यक्ष हैं। उनके कहने पर मैंने आवेदन भरा। संयोग ही था कि उन दिनों रानी बाग वाली शाखा की एक अध्यापिका कुवैत गई। बातचीत के दौरान मैंने डॉ. नरेन्द्र से जिक्र कर दिया। अनूप ने एक ओर तुम्हें स्कूल के विषय में जानकारी दी, दूसरी ओर पुरस्कार के लिए आवेदन का फार्म भरने आदि का सारा कार्य उसने किया।... फार्म भरने के बाद मैंने तो यह जानने का प्रयत्न भी नहीं किया कि पुरस्कार मुझे क्यों नहीं मिला।"

दामिनी मौन रही। अपने मुख का कोई भाव उसने प्रकट नहीं होने दिया। डॉ.नवनीत इस समय उसे बेहद चालाक और शातिर लग रहे थे। सारा दोष अनूप पर डालकर वे स्वयं मुक्त हो गए थे। अनूप ऐसा कर सकता था, इसमें कोई संदेह नहीं था; किंतु यह सब वह क्यों करना चाह रहा था?... और उसे यह कैसे पता चला कि डॉ.नवनीत, डॉ. नरेन्द्र से इस विषय में ही बात कर रहे हैं।

घंटी बजी। दामिनी उठ खड़ी हुई।

"मैं चलूं सर?"

"हां। तुम्हारा पीरियड है। आगे से हम एक बात का ध्यान रखेंगे। बातचीत के लिए किसी बिचौलिए का सहारा नहीं लेंगे।"

* * * * * *

"आओ दामिनी।" फाइल बंद कर डॉ.नवनीत ने हाथ से उसे सामने बैठने का संकेत किया।

"अगले हफ्ते आठवीं की सोमवासरीय परीक्षा है।" वे मुस्कराए, "कैसा चल रहा है सब?"

"उनका पाठ्यक्रम पूरा करा दिया है। इस सप्ताह उनकी कठिनाइयां दूर करूंगी।"

"हूं।" डॉ.नवनीत बोले, "आठवीं कक्षा के कुछ विद्यार्थियों का कहना है कि आप बहुत जल्दी आगे बढ़ गई हैं। यह बात उन्होंने कक्षा-अध्यापिका से कही है। कहीं सुपरवाइज़र से कह देते तो बात प्रिंसिपल तक पहुंचती। ये सुपरवाइज़र तो वैसे भी अध्यापकों को उखाड़ने पर तुली रहती हैं। हर बात का ध्यान रखो। तुम्हारे अपने कार्य में कहीं कोई कमी नहीं होनी चाहिए।"

"सर,"दामिनी ने अपनी स्थिति स्पष्ट की, "मैं यहां चौदह अगस्त को आई हूं। आठवीं कक्षा का जुलाई का पाठ्यक्रम तक अधूरा था। आठवीं के कॉरडीनेटर अनूप ने मुझसे कहा कि महीने की अंतिम तिथि तक उस महीने का पाठ्यक्रम पूरा होना चाहिए। समय के अभाव के कारण जल्दी आगे बढ़ना जरूरी था।"

"यह बात आपने बताई नहीं!"... उनका स्वर कोमल हो गया, "कोई बात नहीं। परीक्षा में अभी एक सप्ताह है। उनकी समस्याएं दूर करो, फिर भी कोई समस्या रह जाए तो बताना। मैं स्वयं तुम्हारी कक्षा में आऊंगा।... हां, आज तुम्हारी कक्षा में शर्मिला को भेज देते हैं। उसकी कक्षा तुम ले लेना।"

"ठीक है सर।"

"कभी भी, किसी प्रकार की भी कोई समस्या हो, तो निस्संकोच बताना, "उनका स्वर गंभीर था," यहां तुम्हें किसी से डरने की आवश्यकता नहीं है। अपना दायित्व सजग होकर निभाना।... अब तक तो मैं यही सोच रहा था कि जैसे शर्मिला दर्शन को सहयोग दे रही है, वैसे ही तुम भी अनूप से सहयोग...।"

दामिनी मौन रही।

* * * * * *

समय दामिनी को अपने साथ बहा ले जाना चाहता था। वह चिंतित थी। शोध और लेखन न जाने कहां छूट गए थे। मन उद्विग्न था... शिक्षा इस प्रकार बीच में छूट जाएगी तो उसके स्वप्नों का क्या होगा? विद्यालय में कहने को आधा दिन देना पड़ता है; पर समय कहां निकल जाता था, पता ही नहीं चलता था। नई होने और बड़ी कक्षाएं लेने के कारण अगले दिन पढ़ाए जाने वाले विषय को उसे पढ़कर जाना होता था। स्कूल में दो खाली पीरियड मिलते थे, किंतु प्रायः ही किसी अध्यापिका के न आने पर उसे अरेंजमेंट पर भेज दिया जाता था। ऑफिशियल अरेंजमेंट नहीं लगता था तो छठी, सातवीं और आठवीं की रैप किसी न किसी कक्षा में भेजने को तत्पर रहती थीं। बच्चों की कॉपी जांचने का समय स्कूल में नहीं ही मिलता था। जब से स्कूल आई थी, कॉपियां घर लाकर ही जांचती थी। घर का सारा समय स्कूल ही खा जाता था। जबसे नौकरी करनी आरंभ की थी, मां बहुत अकेली पड़ गई थीं। घर के कार्यों में वह कोई सहायता नहीं कर पाती थी। मन बहुत व्याकुल था। इधर डॉ. नरेन्द्र से न मिल सकने के कारण अशांत थी।

दामिनी की दृष्टि कैंटीन के पास खड़े डॉ.नवनीत पर पड़ी। वे अनूप से बात कर रहे थे। दृष्टि मिलने पर हाथ के संकेत से उन्होंने उसे बुलाया।

दामिनी उनके पास आकर खड़ी हो गई।

"रिसर्च कैसा चल रहा है?"

"चल ही नहीं रहा।"

डॉ.नवनीत चौंक पड़े। दामिनी के चेहरे पर आए निराशा के भावों का परीक्षण चुपचाप करते रहे।

"क्यों?" उन्होंने उसे देखा, "अनूप का तो कहना है कि वह दो वर्ष में अपना काम पूरा कर थीसिस जमाकर देगा।"

दामिनी की निगाहों ने अनूप को देखा और दृष्टि फेर ली। इच्छा हुई कहे, 'इसने तो एम.फिल. भी पंद्रह दिनों में कर लिया था। ऐसी अप्रतिम प्रतिभा का क्या कहना!... किंतु मौन रह गई। इस समय उसका मन हताश और अपने भीतर डूबा हुआ था।

"सामग्री के लिए आपको यहां की लाइब्रेरी की मदद मिल जाएगी। आधुनिकता और पौराणिकता पर देवेन्द्र सत्यार्थी की एक पुस्तक तो कल ही आई है।"

"मुझे नहीं चाहिए।" दामिनी ने तटस्थ स्वर में कहा।

डॉ.नवनीत ने भौचक होकर उसे देखा। उसके इस व्यवहार और ऐसे उत्तर की उन्हें तनिक भी आशा नहीं थी।

"वैसे अभी शायद इशू न हो क्योंकि स्कूल की मुहर वगैरह नहीं लगी होगी।" उसकी बातों से अविचलित हुए बिना वे बोले, "चलो, मैं इशू करा देता हूं।"

उन्होंने बाहर जाने की दिशा में कदम बढ़ाए।

दामिनी चुपचाप उनके पीछे चल पड़ी। अनूप ने चाल तेज करके डॉ.नवनीत के कदम से कदम मिलाए।

डॉ.नवनीत का उसके प्रति अतिरिक्त स्नेह दामिनी को चकित कर देता था... क्यों वे उसका इतना ध्यान रखते हैं? नियम-विरुद्ध जाकर उसके लिए पुस्तक इशू करा रहे हैं। कहीं...

मन ने उसे डपट दिया... क्या हो गया है उसे?... एक अनूप का चरित्र क्षुद्र है, तो प्रत्येक की तुलना उससे करेगी।

नहीं। किंतु उमेशचंद्र!... आरंभ में इसी प्रकार पुष्पी को प्रभावित करने का प्रयत्न करते थे।

उसने काला चश्मा पहन रखा है क्या? सारी दुनिया को उसी चश्मे से देखने लगी है। उसके कितने अध्यापक थे, जो उसके विद्रोही व्यक्तित्व के बावजूद उसका इतना ख्याल रखते थे। यदि प्रेम, करुणा, ममता, आत्मीयता जैसे उदात्त भावों को भी संशय के भाव से देखा जाएगा तब तो सारा संसार ही दूषित हो जाएगा।

डॉ.नवनीत ने नई आई पुस्तकों में से देवेन्द्र सत्यार्थी की पुस्तक उठाई।

वह रैक में लगी पुस्तकें देखने लगी।

"दामिनी, "कुछ समय बाद अनूप उसके पास आया, "सर तुम्हें बुला रहे हैं।"

"क्यों?"

"पता नहीं।" रैक में से एक किताब निकाल वह उसके पृष्ठ उलटने-पलटने लगा।

दामिनी के आने पर डॉ.नवनीत ने उसे देखा, "मुहर लगाकर ये पुस्तक इशू कर देंगे। इशू हो जाने पर मुझे दिखा जाना।"

दामिनी ने स्वीकृति में सिर हिला दिया।

वे पुस्तकालय से बाहर निकल गए।

"पुस्तक दिखाना।" स्टाफ-रूम में प्रवेश करती दामिनी से अनूप ने कहा।

दामिनी ने पुस्तक उसकी ओर बढ़ा दी। दोनों सीट पर आ गए।

दामिनी ने लक्ष्य किया था, इन दिनों अनूप अपने और उसके मध्य स्नेह के संबंध को प्रदर्शित करने का प्रयत्न करता था। स्वयं उसने कहा भी था, 'उसने उसके विश्वास को तोड़ा है। मित्रता के नए बंधन से वह उसके विश्वास को पुनः जीतना चाहता है।' किंतु मित्रता का यह रूप उसे दिखावटी अधिक लगा। उसके भावों में कहीं कोई स्नेह नहीं झलकता था। दोनों का खाली पीरियड होता था तो पुस्तकालय, बैंक या ऑफिस जाने आदि अनेक बहानों से वह उसके साथ स्टॉफरूम से बाहर निकलना चाहता था। क्यों?... उसके मन को समझना बहुत मुश्किल था।

"तुमने अपने भविष्य के विषय में कुछ सोचा?" अनूप ने पूछा।

"भविष्य!... मतलब?"

"मतलब, लेक्चरशिप प्राप्त करना एक लंबी प्रक्रिया है। अब तुम यहां लग गई हो। संभव है, अवधि बढ़ा दी जाए। न भी बढ़े तो आदर्श विद्यालय से निकले हुए व्यक्ति के लिए नौकरी प्राप्त करना बहुत सरल है, यदि वह बी.एड. हो तो। तुम बी.एड. क्यों नहीं कर लेतीं? हो सकता है, यहीं स्थायी हो जाओ।"

"मैं बी.एड. करने की इच्छुक नहीं हूं। वैसे भी मैं कॉलेज में अध्यापन करना चाहती हूं।"

"और अगर लेक्चरशिप न मिली तो?"

"तुमने तो तीन वर्ष पहले भी मुझसे पूछा था, अगर एम.ए. में पचपन प्रतिशत नहीं आए तो?"

"हां," उसने स्वर को दृढ़ रखा, "मनुष्य को इतना समझदार तो होना ही चाहिए। मुझे देखो... जब तक कॉलेज में जॉब नहीं मिलती, यहां लगा हुआ हूं। तुम और दर्शन एक साथ लगी हो। दर्शन ने बी.एड. कर रखा है इसलिए वह यहां स्थायी भी हो जाएगी; और तुम अपना समय पूरा करके चली जाओगी।"

"सभी अपना-अपना समय पूरा कर चले जाएंगे।" दामिनी ने आत्मा की बात दुहरा दी, "तुम यहां सदा बैठे रहोगे क्या?"

"मैं स्कूल में बिताए समय की बात कर रहा हूं दार्शनिक महोदया।" "हो सकता है, मुझे उससे कुछ और अच्छा मिल जाए।" दामिनी ने पूर्णतः आश्वस्त स्वर में कहा।

"हां। हो भी सकता है; किंतु सदा कल्पना-लोक में ही क्यों जीते रहें।"

"कल्पना तो नहीं, लेकिन मनुष्य को अपने स्वधर्म और लक्ष्य के अनुरूप कर्म करना चाहिए। और वैसे भी..."दामिनी ने उसे टाला, "बी.एड. अब उतना आसान नहीं रहा।"

"उसकी चिंता तुम मत करो।"

उसने चकित होकर उसे देखा।

"आदर्श विद्यालय में इंद्रप्रस्थ यूनिवर्सिटी से बी.एड. कराया जाता है। वहां मेरी अच्छी जान-पहचान है। तुम्हारा एडमिशन हो जाएगा।" उसे मौन देख बोला, "तुम इस विषय में सोचना। घर में बात करना।"

"स्कूल की जानलेवा व्यस्तता!"

अनूप ने उसे देखा, "मूर्ख हो तुम।"

दामिनी हास्य की मुद्रा में आई, "संसार में जितने भी महान व्यक्ति हुए हैं, उन सबको लोगों ने पहले मूर्ख ही कहा है।"

'यह संसार ईश्वर का है। कण-कण में ईश्वर व्याप्त है। यदि याचना करनी ही है तो ईश्वर से ही करेगी, किसी अन्य से नहीं।'

* * * * * *

डॉ.नवनीत के कक्ष में पहुंचकर दामिनी ने उनके समक्ष पुस्तक रखी, "इशू हो गई सर।"

"खाली पीरियड है?"

"हां। रैप अरेंजमेंट देने की बातकर रही थीं; किंतु इसके बाद आपका खाली पीरियड नहीं था इसलिए मैं उनसे मिले बिना आ गई।

"बैठो।" वे पुस्तक की भूमिका पढ़ने लगे।

"स्कूल में कैसा लग रहा है?"

"ठीक ही लग रहा है।" दामिनी मंद स्वर में बोली।

"तुम कह रही थीं, रिसर्च नहीं हो रहा?"

"नौकरी करने से पहले जितना काम किया था, वहीं रुक गया है। कुछ तो समय ही नहीं मिलता, कुछ मन ही वहां से हट गया है।"

"समय तो स्वयं निकालना पड़ता है। ठीक है कि नौकरी ईमानदारी से करो; किंतु स्कूल को अपने घर मत ले जाओ। घर को भी स्कूल में मत लाओ। दो खाली पीरियड तो तुम्हें रोज ही मिलते होंगे। कॉपी घर क्यों ले जाती हो?"

"खाली पीरियड में रैप कहीं न कहीं भेज ही देती हैं। स्पष्ट मना किया नहीं जाता। फिर स्कूल की थकान...।"

"मन को साधो। यह नौकरी ही तो जीवन का लक्ष्य नहीं है। मन को एकाग्र करो। तुम तो अपने विषय पर डॉ. नरेन्द्र से भी चर्चा कर सकती हो।"

"जब काम ही नहीं हो रहा, तो चर्चा क्या करूं। उनसे तो बात किए भी इतना समय हो गया।"

दामिनी के मन में अपनी यह समस्या बहुत गंभीर थी। नाकारापन!... यह अवस्था असह्य थी। किंतु डॉ.नवनीत के लिए तो जैसे यह कोई समस्या ही नहीं थी।

"आरंभ में इन समस्याओं का सामना सबको करना पड़ता है।" वे बोले, "किंतु इसका समाधान नौकरी छोड़ना नहीं है। जब मैं यहां नया आया था तो स्कूल के लिए मर-मिटने को तैयार रहता था। हर बच्चे की मनःस्थिति में झांकना, उसमें विषय के प्रति रुचि जगाने के लिए हरसंभव प्रयत्न करना, नए-नए उपायों से उनके विकास का प्रयत्न करना, उनकी कल्पना-शक्ति को विकसित करने का प्रयत्न। यह प्रयास भी करता था कि बच्चे हिंदी के महत्व को समझें और बारहवीं कक्षा में भी हिंदी लेने को उत्सुक हों।" वे रुके, "ऐसा नहीं कि आज मैं ईमानदारी से काम नहीं करता; किंतु दिमाग पर तनाव नहीं रखता। मेरा लक्ष्य अपना कर्म करना है। अब पहले की भांति बच्चों या प्रशासन से प्रशंसा प्राप्त करने का इच्छुक नहीं रहा। पढ़ाई-लिखाई की कीमत पर आजीविका करना अपना ध्येय नहीं बनाया। आज बच्चों में क्षमताएं जगाने का प्रयत्न करना ही मेरा लक्ष्य नहीं है। वे मुस्कराए, "यही तुम्हें भी सीखना है।"

दामिनी की आंखों में विस्मय के भाव जागे। डॉ.नवनीत जिन तथ्यों से उसे परिचित करा रहे थे, वे उसके लिए नए थे। उसके मन में उत्साह जाग रहा था।

"वस्तुतः मन इसलिए खिंच जाता है कि कॉन्सेप्ट क्लीयर नहीं होते," उसके मुख पर संतुष्टि के भाव देख वे बोले, "कार्य आरंभ कर दो तो तथ्य स्वयं स्पष्ट होते जाते हैं और विषय में भी रुचि जाग्रत हो जाती है।"

"हां सर।"

"मुझसे किसी प्रकार की सहायता चाहिए तो बताना।"

"किसी प्रकार की कोई कठिनाई आए तो आपसे पूछ सकती हूं?"

"बिल्कुल पूछ सकती हो," उनका स्वर बहुत ही आत्मीय था, "परस्पर चर्चा करने से बहुत सी नई बातें उभरकर आती हैं। ऐसा भी हो सकता है कि रोज एक पीरियड में अन्य बातों की अपेक्षा शोध की ही चर्चा करें। पहला अध्याय उठाइए, उससे संबद्ध सामग्री पढ़िए, फिर एक-एक खंड पर चर्चा करते हैं।"

"किंतु," विवेक ने उचककर कहा, "आपका समय!"

"उसके लिए आप चिंतित न हों," उनके मुख पर निश्छल मुस्कान छा गई, "मैंने डॉ. नरेन्द्र के पौराणिक उपन्यास नहीं पढ़े, किंतु पहले अध्याय में तो विषय का परिचय ही है। पौराणिकता और आधुनिकता के विषय में भी चर्चा कर सकते हैं। लिखना आरंभ होगा तो आपके मन में भी विषय को आत्मसात करने की इच्छा जागेगी। पता नहीं मैं कितना सही हूं।"

"आप बिल्कुल सही कह रहे हैं।" वह मुस्करा दी।

आत्मा उसके कंधे पर आ बैठी थी और उसके कान में लगातार कहे जा रही थी, "यह कुछ ज़्यादा ही हो रहा है।"

* * * * * *

अनूप दामिनी को तस्वीरें दिखा रहा था।

"बहुत सुंदर है तुम्हारी पत्नी।" दामिनी तस्वीर देखते हुए बोली।

"मिलना नहीं चाहोगी?"

"कब मिलवाओगे?"

वह मुस्कराया, "नौकरी की दावत दो। मिलवा दूंगा। शनिवार की छुट्टी है।"

"कहां मिलें?"

"दूर आने का कष्ट करने की आवश्यकता नहीं है। घर का माहौल तो बहुत औपचारिक हो जाएगा। तुम्हारे घर के पास 'निरुलास' में मिलते हैं।"

"ठीक है।"

"हां। तुम्हारी 'मसि कागद'। उसने फोल्डर में से पत्रिका निकाली, "तुमने मंगवाई थी न!"

"हां। मेरे पास एक ही प्रति है। दिए हुए काफी समय भी हो गया था, संभवतः पढ़ ली होगी।"

"तुम्हारी कहानी तो तभी पढ़ ली थी। अन्य रचनाएं पढ़ रहा था।" उसने जिज्ञासा से उसे देखा, "तुमने इसकी सदस्यता ले रखी है क्या?"

"नहीं। जब रचना छपती है तो पत्रिका भेजने का दायित्व तो संपादक का होता है।"

"हां। सदस्यता लेने पर वर्ष में एकाध बार वे रचना छापने का कष्टकर देते हैं न।"

दामिनी हल्के से मुस्करा दी। यह वह कोई पहली बार नहीं सुन रही थी। पहले भी जब कभी उसकी रचना छपी, प्रायः कह दिया करता था, "इस तरह की रचना वह पहले भी पढ़ चुका है।"

उसके ईर्ष्या-द्वेष से कौन उलझे।

दामिनी के पास अपने गुरु की सीख थी, "अनुकरण नहीं, मौलिकता व्यक्ति का विकास करती है।"

डॉ.नवनीत उधर ही आ रहे थे।

"बैठिए सर।"

"नहीं।" उन्होंने दामिनी को देखा, "तुमने बच्चों को हिंदी थिएटर के नोट्स लिखवा दिए हैं?"

"हां। जो चर्चा आपसे हुई थी, उसी के अनुसार उन्हें प्रश्न-उत्तर लिखवा दिए हैं।"

"ठीक है।" वे आगे बढ़ गए।

अकस्मात वे रुके और मुड़े, "दामिनी इस एक मेज पर ही दो कुर्सियां पड़ी हैं। तुम्हें बैठने में परेशानी होती होगी। सीट बदल दें?"

"कहां बैठूं मैं?"

"मिसेस अरोड़ा चार महीने की छुट्टियों पर जा रही हैं। उनकी जगह बैठ जाना।"

"वहां तो सीनियर टीचर्स बैठती हैं। मैं अकेली हो जाऊंगी।"

"चलिए ठीक है। फिर यहीं बैठिए।" उनके कदम मुड़ गए।

* * * * * *

"देखिए सर, आपकी प्रेरणा ने मुझसे पूरा एक अध्याय लिखवा डाला।"

शोध का पहला अध्याय दामिनी ने डॉ.नवनीत के सामने रख दिया।

वे मुस्कराए, "मैं इन दिनों आधुनिक चेतना के विषय में पढ़ रहा था। उस विषय पर तुम भी पढ़ना। फिर परस्पर चर्चा करेंगे। दूसरा अध्याय आरंभ हो जाएगा।"

"ठीक है।" पृष्ठ समेटते हुए उसने उन्हें देखा, "सर! आप स्टाफ-रूम में मेरी सीट तक आए किंतु रुके नहीं और एकाएक ही सीट बदलने की बात!"

वे तत्काल कुछ नहीं बोले। क्षण-भर चुपचाप उसकी ओर देखते रहे। बोले तो उनका स्वर दृढ़ और निश्चिंत था, "मैं पीछे के द्वार से स्टाफ-रूम में प्रवेश कर रहा था। उस समय मेरी दृष्टि दो बातों पर एक साथ पड़ी। एक तुम्हारे सहज-सरल व्यक्तित्व पर, दूसरे तुम्हारे व्यक्तित्व से नितांत अनजान उन सभी आंखों पर जो एकटक तुम्हें और अनूप को देख रही थीं।"

"तो?"

"तुम अभी कॉलेज से आई हो। संसार की अनेक बातों से अनजान हो। तुममें इतना भोलापन है कि अपने-आपसे ही परिचित नहीं हो। डॉ.नवनीत ऐसे ही किसी से मित्रता नहीं कर लेता।"

आत्मा फिर कंधे पर आ बैठा था, "ध्यान दे, मैत्री की बात कर रहा है। तुमको और अनूप को मित्रों के समान बैठे देखकर जल गया है। इसका कलेजा जलकर कबाब बन गया होगा। मैत्री!" और आत्मा हंसती चली गई।

"अच्छा!" दामिनी हंसी, "कैसे लोगों को मित्र बनाते हैं आप?"

"जिसमें सच्चाई हो! आज ये जीवन-मूल्य कहां मिलते हैं। तुम विश्वास नहीं करोगी लेकिन इतना मित्रवत व्यवहार आज तक मैंने किसी में नहीं पाया। चारों ओर झूठ और चाटुकारिता।... मन किसी के करीब जा ही नहीं सका। तुम्हारी दो बातों ने मुझे बहुत प्रभावित किया।"

दामिनी चुपचाप उन्हें देखती रही। उसे लगा , आज डॉ.नवनीत उसकी प्रशंसा करने के मूड में हैं। पर क्यों?

"यहां तुमने देखा होगा, सबकी मुखमुद्रा कितनी तनी हुई रहती है। झूठी और बनावटी हंसी।...तुम्हारे मुख पर सदा मैंने एक सलज्ज सहज मुस्कान देखी है। कोई चिंता, कोई तनाव, कोई परेशानी नहीं। प्रत्येक से हंसते हुए बात करना। उत्फुल्ल और उल्लसित मन। आंखों में इतनी निर्मलता है। लगता है, यह सरलता किसी को धोखा नहीं दे सकती। एक और बात ने प्रभावित किया। तुमने देखा होगा, जब भी कोई अध्यापिका अध्यापन सामग्री को लेकर भी मेरे कक्ष में आती है, अपने साथ एक साथी अवश्य लाती है। तुम्हें बिना किसी भ्रम या भय के निस्संकोच कक्ष में आते देखा। कितना सत्व है तुम्हारे भीतर।"

दामिनी सायास मुस्कराई, "जिन बातों की आप प्रशंसा कर रहे हैं, मेरी उस सरलता को लोग मूर्खता कहते हैं। स्वयं मैंने भी अपने इस अज्ञान से बहुत कष्ट पाया है।"

वे उससे सहमत नहीं हुए, "सरलता व्यक्तित्व का गुण है और अज्ञान किसी बात से परिचित न होने का परिणाम। अपने उसी अनुभव को तो तुमसे बांट रहा हूं।"

"आप स्पष्ट बात क्यों नहीं कहते?" आत्मा उसकी जिह्वा पर आ बैठी थी।

"दामिनी, हमारा समाज इतना आधुनिक नहीं हुआ है कि स्त्री-पुरुष की स्वस्थ मित्रता को स्वीकार कर सके। प्रियंका वाली घटना के बाद से तो अनूप बदनाम है। जो भी लड़की उससे बात करती है, उसे गलत दृष्टि से देखा जाता है।"

"प्रियंका!"

डॉ.नवनीत का ध्यान उसके विस्मय की ओर गया, "तुम प्रियंका से परिचित नहीं हो?"

एक धुंधली सी तस्वीर दामिनी की आंखों के समक्ष उभरी... एक विकलांग लड़की बैसाखियों के सहारे खड़ी थी।... धुंध की परतें छंटने लगी थीं... यही प्रियंका थी। अनूप के जन्मदिन की वर्षगांठ पर उसका प्रियंका से परिचय हुआ था। बेहद हंसमुख और कलात्मक रुचि की लड़की थी। अनूप से दो-तीन वर्ष बड़ी थी। फोन पर उसकी प्रियंका से बात होती रहती थी। अनूप से मित्रता टूटने के बाद उसने उसे समझाने का प्रयत्न किया था कि, 'अनूप जैसे व्यक्ति को नकारना दामिनी के जीवन की बहुत बड़ी भूल है। उसका मानना था कि अनूप जैसा मित्र उसने कभी नहीं पाया। सदा सबके हित की ही सोचता है। इतने परिपक्व विचारों का लड़का किसी का अहित नहीं करता।' दामिनी ने कुछ नहीं कहा। जानती थी, प्रियंका की आंखों पर अनूप के झूठ का परदा पड़ा है। स्वयं वह भी तो कभी अनूप के विषय में ऐसे ही विचार रखती थी। अनूप के मित्र उसे सच्चाई बताते थे तो वह उन्हें झूठा साबित कर देती थी। कितना विश्वास था उसे अनूप पर। वही मनःस्थिति इस समय प्रियंका की थी। उसने उसके भ्रम को तर्कों से नहीं छीला। सत्य को समय की धारा पर छोड़ दिया।... धीरे-धीरे प्रियंका से उसका संपर्क टूट गया था। काफी समय बाद अनूप तथा प्रियंका की अंतरंगता की सूचनाएं उसके कानों में पड़ी थीं।

"तुम्हें अनूप ने प्रियंका के विषय में नहीं बताया?" उसे मौन देख डॉ.नवनीत ने पूछा।

"प्रियंका से अनेक वर्ष पहले बात हुई थी," दामिनी सोच से बाहर आई, "आप किस घटना के विषय में बात कर रहे थे?"

डॉ.नवनीत के मुख पर असमंजस के भाव जागे।

"ऐसा क्या है सर, जो आप बता नहीं पा रहे। मैं अनूप से अपरिचित तो नहीं।"

"अनूप के विवाह से एक महीने पूर्व प्रियंका स्कूल आई थी। वह सीधे प्रिंसिपल, मिसेस भार्गव के कक्ष में गई थी। उसने अनूप पर दुष्चरित्रता का आरोप लगाया था। कहा कि उसका अनूप से प्रेम-संबंध था। विवाह का वचन देकर उसने उसके साथ शरीर-संबंध भी स्थापित किया। अब वह किसी अन्य लड़की से विवाह कर रहा है।"

मिसेस भार्गव स्तब्ध थीं किंतु उन्होंने अपना धैर्य नहीं खोया, "यह उसका व्यक्तिगत मामला है। इसका उसके स्कूल से कोई संबंध नहीं है।" उन्होंने बात को वहीं समाप्त कर दिया।

प्रियंका स्टाफ-रूम में आकर कामना से मिली। उस माध्यम से कुछ क्षणों में ही यह सूचना पूरे स्टाफ-रूम में फैल गई। उसने डॉ.नवनीत से भी मिलना चाहा था किंतु वे किसी कक्षा में थे।

दामिनी चकित थी... प्रियंका का साहस!

"फिर!" उसने पूछा।

"उसकी नौकरी पर तो कोई प्रभाव नहीं पड़ा; किंतु कलंकित तो वह हुआ ही। एक महीने तक वह किसी से बोला नहीं था। उसके सामने पड़ते ही अध्यापकों के मध्य उसकी चर्चा आरंभ हो जाती थी... आक्षेप, कटाक्ष, आरोप, लांछन, अपवाद...। प्रायः वह मेरे कक्ष में आकर बैठ जाता था। एक दिन वह अस्पताल के कुछ प्रमाणपत्र लाया और यह साबित करने का प्रयत्न किया कि प्रियंका को पागलपन के दौरे पड़ते हैं; और उन दौरों के प्रभाव में वह इस प्रकार की हरकतें करती है। उन क्षणों में मैं थोड़ा तीखा हुआ और कहा कि अगर मुझे उसके खिलाफ कोई कार्यवाही ही करनी होती तो उसे सहारा नहीं देता। इस घटना के बाद वह बहुत सशंक हो गया था। अपने विवाह की सूचना भी उसने बहुत कम लोगों तक पहुंचाई। कामना काफी समय तक इस विषय पर विवाद करती रही थी। अनूप को दोषी मानती रही थी। उसका तर्क था, 'भारतीय समाज की जो स्थिति है, उसे देखते हुए कोई भी महिला अपनी इज्जत दांव पर रखकर इस प्रकार के आरोप नहीं लगाएगी।'दो प्रेमियों के मध्य विवाह का वचन 'गोपनीय दस्तावेज़' होता है। प्रेम करते समय प्रेम के प्रमाण नहीं जुटाए जाते। दोनों में से कोई एक, वचन से मुकर जाए तो कितनी सहजता से दूसरे को झूठा साबित कर देता है। इसके लिए कोई अदालत नहीं है। नैतिक रूप से गलत सभी कार्य कानूनी रूप से अपराध कहां होते हैं!...

"आपने क्या कहा?"

"मैंने अनूप का ही समर्थन किया। मेरे मन ने उसे गलत माना ही नहीं था।"

आत्मा ने अपने कान बंद कर लिए, "हाय राम!"

दामिनी धक!

आत्मा ने उसके कान उमेठे, "अब कितनी बार स्तब्ध होगी तू। जो बात करनी है, कर। नहीं तो अपनी राह चल।"

"वह दोषी नहीं था?"

"उसका दोष था, शादी का वादा। विवाह का आश्वासन देकर भोग करना छल है। उसके समक्ष स्थिति स्पष्ट रखता। निर्णय उस पर छोड़ देता।"

"मतलब?"

"मैं उन्मुक्त भोग का समर्थक नहीं हूं। लेकिन शरीर की अन्य आवश्यकताओं की तरह यह भी एक जरूरत है। उसे रोकने का प्रयत्न क्यों किया जाए। हां, संयमित अवश्य किया जाए।"

दामिनी खुलकर विवाद पर उतर आई, "यह एक अलग तर्क है। किंतु नैतिक-अनैतिक का विचार किए बिना संबंध बनाना उचित है क्या? प्रियंका को छलकर अनूप ने उसे यातना नहीं दी? और उसे पागल भी साबित कर दिया।"

...दामिनी का मन अतीत में पहुंच गया। उसने भी तो अनूप से कहा था, 'तुम ढोंगी हो। सिर्फ अपने-आपसे प्रेम करते हो। अपने लिए जीते हो।'

...उसके शब्दों की मार वह बरदाश्त नहीं कर सका था। जिसने भी उनके संबंधों के विषय में पूछा, उसने यही कहा, "मैंने कभी दामिनी से प्रेम किया ही नहीं। वह भ्रम में जी रही थी।"

"उसने प्रियंका को प्रवंचित कर अपराध किया है।" उसका स्वर आवेश से भरा हुआ था।

डॉ.नवनीत के मुख पर असहमति के भाव जागे, "तुम इस प्रकरण को बहुत भावुक दृष्टि से देख रही हो। प्रियंका मूर्ख नहीं थी। उसने सोचा तक नहीं कि एक सुंदर, विद्वान, अच्छे पद पर कार्यरत लड़का अपने से

बड़ी उम्र की विकलांग लड़की से विवाह क्यों करेगा! जो कुछ हुआ, उन सबमें उसकी भी सहमति थी। आज का मानव दमित इच्छाओं के साथ नहीं जीता।"

डॉ.नवनीत का ध्यान दामिनी की खिन्नता की ओर गया, "छोड़ो इन बातों को। किसी दूसरे की बात के लिए हम अपने संबंध क्यों खराब करें?...तुम्हारे लिए मैं दर्शन के पास कुर्सी डलवा दूंगा। वहां तुम्हें अकेलापन भी नहीं लगेगा।"

दामिनी मौन रही।

"दिसंबर की यू.जी.सी. की परीक्षा दोगी?" उन्होंने बात बदली।

"अब मेरे पास परीक्षा की तैयारी के लिए समय कहां है।"

"क्यों? क्या दिनचर्या है तुम्हारी?"

"सुबह छह बजे निकलती हूं। सुबह पढ़ना तो संभव नहीं है। फिर..."

"अच्छा, मेरे साथ अलग स्थिति है। मैं तो अपना लेखन-कार्य करता ही सुबह हूं। अभ्यास से तीन बजे नींद खुल जाती है। पांच बजे तक लिखना, फिर तैयार होकर स्कूल चले जाना। मेरी सारी रचनाएं इसी प्रकार लिखी गई हैं।"

"आप रात को जल्दी सो जाते होंगे?"

"दस बजे सो जाता हूं। पांच घंटे की नींद मेरे लिए पर्याप्त है। कभी-कभी सुबह उठने में आलस आता है। फिर मन को संयत करना पड़ता है। सुबह न लिखूं तो फिर लिख नहीं सकता।"

"क्यों? थकान हो जाती है।"

"थकान कैसी? व्यस्तता ही इतनी है। छह बजे से पहले कभी घर पहुंच ही नहीं पाता।"

वह चकित हुई, "क्यों?"

वे मुस्कराए, "मुझे नाट्य और अभिनय में बहुत रुचि है। अपनी किशोरावस्था में काफी नाटकों में भाग भी लिया था। धीरे-धीरे रुचि अभिनय की अपेक्षा निर्देशन की ओर मुड़ गई। घर के पास ही स्टूडियो है, जिसमें विद्यार्थियों को अभिनय की शिक्षा देता हूं। उन्हें शिक्षित करते समय साहित्यकार का चिंतन-विश्लेषण भी चलता रहता है। विद्यार्थियों की मांग होती है कि डॉ.नवनीत से ही सीखेंगे। प्रैक्टिस कराते-कराते पांच बज जाते हैं। अभिनय से आरंभ से संबंध रहा, इसलिए उन्हें शिक्षित करके संतुष्टि मिलती है। हफ्ते में बीस क्लास होती हैं। दस हजार रुपये मिल जाते हैं।"

"किंतु सर, नियमतः तो आप दो कार्य एक साथ नहीं कर सकते।"

डॉ.नवनीत हतप्रभ रह गए। क्षण-भर के लिए कुछ नहीं बोले, किंतु जल्दी ही उन्होंने स्वयं को संभाल लिया, "यहां किसी को इस विषय में मालूम नहीं है। फिर ये कक्षाएं सदा ही नहीं रहतीं। तीन-तीन महीनों के लिए होती हैं। साल में एक बार तीन महीने के लिए कक्षाएं मिल जाती हैं। अन्य अध्यापक भी हैं। प्रत्येक को मौका मिलता है। जब वहां कक्षाएं नहीं होतीं तो यहां ट्यूशन होते हैं।"

"स्कूल में इतनी अच्छी पढ़ाई होती है फिर भी बच्चे ट्यूशन पढ़ते हैं?"

"अकेले पढ़ने और चालीस बच्चों के साथ पढ़ने में अंतर तो होता ही है। फिर धनी परिवार के बच्चे हैं। एक घंटे के ढाई-तीन सौ रुपये देना कोई बोझ नहीं है उनके लिए। चार बच्चे भी मिल जाते हैं तो महीने में दस हजार मिल जाते हैं।" कुछ रुक-कर बोले वे, "अनूप और शर्मिला यहां जब नए-नए आए थे तो उस वर्ष

उन्होंने बहुत ट्यूशन किए थे। स्कूल के बाद रुक जाते थे। उनका वेतन कभी बैंक से निकला ही नहीं बल्कि वेतन से दुगने पैसे ट्यूशन करके मिल गए। दूसरे वर्ष प्रिंसिपल ने ट्यूशन पर रोक लगा दी। ट्यूशन तो उन्होंने फिर भी पढ़ाया किंतु फिर स्कूल में इसकी भनक नहीं लगने दी।"

"मतलब पब्लिक स्कूल ट्यूशन के अड्डे बन चुके हैं।"

डॉ.नवनीत के मुख पर खीज उत्पन्न हुई, "तुम हर बात को गलत तरीके से क्यों देखती हो? जब बच्चों के मां-बाप स्वयं ट्यूशन पढ़ाने के इच्छुक हैं, तो इसमें अध्यापक कहां दोषी है?'

"हां। किंतु इधर-उधर भटककर व्यक्ति का विकास अवरुद्ध होता है। मैं स्कूल के वेतन से संतुष्ट होकर अपना पूरा ध्यान लेखन पर केंद्रित करना चाहूंगी।"

"तुम बहुत भोली हो दामिनी। यदि मैं स्कूल के वेतन से संतुष्ट हो जाता तो आज मेरा अपना घर नहीं होता। बच्चों को सुविधाएं नहीं दे पाता, उन्हें अच्छे स्कूल में नहीं पढ़ा पाता। दिन-रात एक करके, एक-एक पैसा जोड़कर दिल्ली जैसे शहर में मैंने अपना घर बनाया है। जो संघर्ष मैंने किया, उसका सुख बच्चों ने पाया। इन सबके बाद भी लिखा। सिर्फ लेखन और नौकरी तक सीमित रह जाता तो क्या मिलता मुझे? तुम्हारे सामने अभी जिम्मेदारी नहीं आई इसलिए व्यवहार को नहीं समझ पा रही हो।"

"और अब? अब तो आपकी इतनी जिम्मेदारियां भी नहीं हैं। बेटी की शादी हो गई, बेटा भी पढ़ा रहा है।"

"पारिवारिक जिम्मेदारियां नहीं हैं, किंतु अपना प्रकाशन खोला है। उसमें काफी पैसा लग रहा है।"

"प्रकाशन? क्यों?"

"प्रकाशन के क्षेत्र में कितनी प्रतिस्पर्धा है। जब तक कोई गॉडफादर नहीं हो, आप सफल नहीं माने जा सकते। मेरी बाल-कहानियों की प्रशंसा होती है; नौसिखिए रचनाकारों को पुरस्कार मिल गया, किंतु मेरी रचनाओं को कभी सम्मानित नहीं किया गया। मेरी बाल-कहानियां स्कूलों में लगी हैं, इतनी बिकती हैं; किंतु एक तिहाई रायल्टी मुझ तक पहुंचती है। कितनी धोखाधड़ी और बेईमानी है। मैं अपना प्रकाशन खोलूंगा।... ऐसा नहीं कि सारे प्रकाशक बेईमान होते हैं। किंतु अच्छे इंसान भाग्य से ही मिलते हैं।" वे मुस्कराए, "तुम जैसा दोस्त भी तो भाग्य से ही मिलता है।"

आत्मा चीत्कार कर उठी, "भाग बालिके भाग! यह व्यक्ति नम्रता का दाना डाल कोई जाल फैला रहा है। बुढ़ऊ तुमसे मित्रता जता रहा है और उन्मुक्त शरीर-संबंध का सिद्धांत भी सिखा रहा है।"

दामिनी मुस्करा दी।

... डॉ. नरेन्द्र ने कभी किसी की चाटुकारिता नहीं की, स्वाभिमान कभी नहीं बेचा। किंतु 'शलाका सम्मान' जैसे पुरस्कार तक वे प्राप्त कर चुके हैं। उनकी अलग-अलग रचनाओं और विधाओं पर तो पुरस्कार मिले ही हैं, समग्र लेखन को भी सम्मानित किया जा चुका है। डॉ. नरेन्द्र आदर्शों को छोड़े बिना भी सफल और चर्चित हुए। डॉ.नवनीत तो अनेक स्थानों पर झुक जाते हैं। पूरी तरह सांसारिक हैं, फिर क्यों वे माया की नगरी में स्थापित नहीं हो पाए!...

द्वंद्व बादलों के समान उमड़ा घुमड़ा। टकराया, गरजा। और फिर स्वयं ही छंटने को हो आया... डॉ. नरेन्द्र का सारा ध्यान 'कर्म' पर है। फल के प्रति लोलुपता नहीं और अकर्म में प्रीति नहीं।... डॉ.नवनीत तो परिणाम और पैसे की चिंता पहले करते हैं।

"इन दिनों आप क्या लिख रहे हैं?"

"इन दिनों!" डॉ.नवनीत की आंखों से प्रसन्नता-प्रपात लपका, "स्टूडियो में अध्यापन का एक लाभ और है दामिनी। हम मीडिया से जुड़ जाते हैं। नाटक या कहानी लिखने के लिए मिलती रहती हैं। जब उनका प्रस्तुतिकरण होता है तो यश भी मिलता है। तुम जल्दी से पीएच.डी. कर लो, फिर दोनों मिलकर मीडिया में प्रवेश करेंगे। एक साथ मिलकर कार्य करेंगे।"

"दामिनी! दामिनी!! यह तो हर काम में तुम्हें अपनी संगिनी बना रहा है। मामला कुछ गड़बड़ है। सावधान हो जा। देख ले स्कूल के रजिस्टर में कहीं इसने तुम्हारा नाम 'संगिनी' तो नहीं लिखवा दिया।" आत्मा फिर कुहुक उठी।

"लेकिन मौलिक लेखन की संभावना?" दामिनी ने जैसे चुनौती दी।

"स्वान्त: सुखाय लेखन!... यह सिर्फ वायवीय आदर्शवाद है। विषय दूसरे का दिया होता है; किंतु प्रतिभा तो आपकी ही है। बिना कल्पना के आप लिख सकते हैं क्या?"

"फिर तो आप फिल्मी लेखक भी बन सकते हैं?"

"तो!... मीडिया के लिए तो डॉ. नरेन्द्र भी लिखते हैं। पिछले दिनों उनका 'गीता-रहस्य' कार्यक्रम टी.वी. पर आ भी रहा था। हालांकि कुछ किस्तों बाद बंद हो गया।"

"हां। 'गीता-रहस्य' उनके लेखन का ही अंग था।" दामिनी मौन हो गई।... डॉ. नरेन्द्र किसी की मांग पर कुछ भी नहीं लिख देते। वह विषय उनको रुचता है तो स्वीकारते हैं अन्यथा नहीं। 'गीता-रहस्य' लिखने के लिए जब उनके सिद्धांत आड़े आने लगे, तो उन्होंने बीच में ही उसे रोक दिया।...

"तो आजकल आप मीडिया के लिए लिख रहे हैं?"

"नहीं, ऐसा नहीं है। एकाध कहानी भी साथ-साथ लिख ही ली जाती हैं। वैसे मैं एक बाल-उपन्यास लिखने की सोच रहा हूं। आजकल बच्चों में अंग्रेज़ी के बाल-उपन्यास बहुत चर्चित हो रहे हैं। हिंदी में लिखकर अंग्रेज़ी में उसका अनुवाद अपने प्रकाशन से छापूंगा।"

...उसका ध्यान अपने उपन्यास की ओर चला गया... डॉ. नरेन्द्र उसका उपन्यास जांच रहे थे...

"सर, उपन्यास की कमियां?"

"लाल निशान लगा दिए हैं। संशोधन कर लाओगी तो फिर कमियां ढूंढेंगे।" वे रुके, "हां, अलग तरह की रचना है। आदर्श, धर्म, अध्यात्म... बिल्कुल भिन्न विषय!... होता यह है कि जो पद्धति चली आ रही हो, जैसा विषय लिखा जा रहा हो, प्रायः लोग उसे ही उठा लेते हैं। एक समय आया था, जब अश्लील काव्य रचनाओं की बाढ़ सी आ गई थी। पुरुष तो लिख ही रहे थे, स्त्रियां भी इन विषयों को उठाने लगीं। उनका मानना था कि वे समाज के साथ चल रही हैं।... ठीक है कि लोगों को विषय की दृष्टि से उपन्यास समसामयिक न लगे, किंतु यह बिल्कुल जरूरी नहीं है कि विषय का अंधानुकरण किया जाए। वैसे मेरा तो मानना है कि," उन्होंने उसकी ओर देखा, "एक ही समय में कोई एक ही प्रवृत्ति नहीं चल रही होती। प्रत्येक लेखक की अलग प्रकृति, अलग स्वभाव, अलग रुचि, अलग मानसिकता होती है।" उन्हें जैसे कुछ याद आया, "अभी कल अखबार में एक घटना पढ़ रहा था। एक लड़की को पिछले दो वर्षों से उसके ससुराल वालों ने कमरे में बंद कर रखा था। चार दिन में एकाध बार खाना देना, न हवा, न पानी; रोज जाकर पीटना। पूर्णतः राक्षसी। उसे दुख देकर क्या मिल गया... परपीड़न-सुख। इसे ही लोग यथार्थ कहते हैं। पर दूसरी ओर हम देखते हैं कि व्यक्ति भूखे को भोजन दे रहा है। सड़क पर बंदर, कौवों, कुत्तों, गाय आदि को भूखा देखकर लोग खाना खिला देते हैं। कोई पानी पिला देता है। यह भी तो यथार्थ ही है। बस प्रकृति भिन्न है, संस्कार अलग हैं। यथार्थ तो दोनों ही

हैं। अच्छे, बुरे पहले भी थे, आज भी हैं। यह नहीं माना जा सकता कि कोई एक प्रवृत्ति युग-विशेष में पनप रही है। इसलिए लेखक को वही लिखना चाहिए जिसे उसका मन स्वीकार करे।"

दामिनी बहिर्मुखी हुई।

डॉ.नवनीत उसे देख रहे थे। उसकी दृष्टि उनकी ओर उठी, "आप बाज़ार की मांग पर ही लिखते हैं क्या?" दामिनी ने चिढ़ाया, "ऐसा साहित्य स्थायी नहीं होता।"

"विषय समय द्वारा निर्धारित होता है।.. मेरी किसी भी रचना में तुम्हें कोई हल्कापन लगा? विषय से संबद्ध सामग्री पढ़कर लिखना है; किंतु लिखते समय मौलिकता तो लेखक की अपनी होती है। इतनी प्रतिभा है, तभी तो लोग लिखवाने के लिए तैयार रहते हैं।"

आज डॉ.नवनीत उस पर अपनी धाक जमा ही देना चाहते थे, "इन दिनों स्कूल की पहली से आठवीं कक्षाओं के लिए सीरीज़ लिख रहा हूं। इन पुस्तकों में तो आदर्श ही आदर्श हैं। यही तो प्रतिभा है कि सामग्री को कोई आकार दे दो।" वे फिर अपने पुराने राग पर लौट आए, "मेरी तो इच्छा है कि तुम पीएच.डी. कर लो तो इस प्रकार के प्रोजेक्ट हम मिलकर पूरा करें। मेरे प्रकाशन से तुम्हारी पुस्तकें छपें। रायल्टी के लिए तुम्हारे साथ वह अन्याय न हो, जो मैं झेलता आया हूं।"

"वाह! वाह!! यहां तो प्रोजेक्ट पूरे भी हो गए। छप भी गए। रायल्टी भी मिल गई।" आत्मा तालियां पीट-पीटकर नाची।

"सर, मैं भूल ही जाती हूं कि आप विभागाध्यक्ष हैं। आपसे बहस करती रहती हूं, आपका आतंक नहीं मानती। मित्रता का अधिकार देकर आपने भूल तो नहीं की?"

"नहीं दामिनी।" डॉ.नवनीत का स्वर मधुमय हो उठा, "तुम्हारी इन बातों ने ही तो मुझे प्रभावित किया है। तुम्हें किसी प्रकार का कोई लालच नहीं है, इसलिए तुम भयभीत नहीं होतीं। मित्रता इतनी सहजता से नहीं होती, न ही रिश्ते इतनी आसानी से जुड़ जाते। अनूप को देखता हूं, 'हां' में 'हां' मिलाता है; किंतु क्या मेरी आंखें नहीं देखतीं कि यह पद का सम्मान है। वहां राग या आत्मीयता जैसा कोई भाव नहीं है। विभागाध्यक्ष और अध्यापक का रिश्ता स्टाफ-रूम तक सीमित है।" उन्होंने घड़ी देखी, "छठा पीरियड समाप्त होने जा रहा है। तुमसे बात करते समय वक्त का पता ही नहीं चलता। चलो स्टाफ-रूम में चलकर एक-एक कप चाय पीते हैं।"

"नहीं। आप पीजिए। मैं ऑफिस जाकर अपना चेक ले आती हूं।"

"तुमने अपना अकाउंट नहीं खुलवाया?"

"नहीं। दिसंबर तक ही तो रहना है। इतने कम समय के लिए स्कूल में खाता क्यों खुलवाऊं।"

"अकाउंट तो जीवन भर के लिए होता है। और यह क्यों कहती हो कि दिसंबर तक के लिए ही हो। कार्यकाल आगे बढ़ सकता है। बल्कि मैं तो चाहता हूं कि तुम बी.एड. कर लो। यहीं स्थायी हो जाओगी। आदर्श विद्यालय में एक बार प्रवेश कर लें तो प्रायः समय आगे बढ़ता रहता है। यहां नहीं, तो कहीं और लग जाओगी।"

"हां, किंतु मैं कॉलेज में...''

"कॉलेज में लग जाओ तो स्कूल छोड़ देना। अनूप ने भी तो बी.एड. किया है और अब पीएच.डी. भी कर रहा है।"

"वह जो कर रहा है, जानती हूं मैं।" आत्मा ने कहा।

18

दामिनी के हाथ में एलबम थी। मन अन्यमनस्क और आत्मलीन था। कोई घाव जैसे मन में रिस रहा था। उसने एलबम खोली। पहले ही पृष्ठ पर डॉ. नरेन्द्र की तस्वीर थी।

'डॉ. नरेन्द्र!' मन अद्भुत उल्लास से भर उठा। आंखें बंद कर उसने नमन किया।

हाथ ने पृष्ठ पलटे।... अरे, सर कहां चले गए!... मन असहाय होकर रो पड़ा।

उसकी अंगुलियों ने डॉ. नरेन्द्र का फोन नंबर मिलाया...

"हां दामिनी! अरे, कहां हो तुम? नौकरी में कुछ अधिक ही व्यस्त हो गई लगती हो। तुम्हारा कोई समाचार ही नहीं मिला।"

दामिनी विह्वल हो उठी... सर को भी उससे मिलकर तृप्ति मिलती है।

"सर, तुलसीप्रभा में आपका लेख छप रहा है। मेरे पास सिर्फ दो भाग हैं। मैं बाकी के भाग लेना चाहती हूं।"

"मैं निकालता हूं। डाक से भेज दूं..."

दामिनी उदास हो गई। डाक से!... एक निर्जीवता सी मन-मस्तिष्क में छा गई।

"या..." उन्होंने वाक्य पूरा किया, "तुम आकर लेना चाहोगी?"

आह्लादित होकर मन नाच उठा। सहसा उसकी उत्फुल्लता भयभीत हुई, "सर," उसने रुक-कर पूछा, "अगर आपके पास समय हो, तो मैं आकर ले जाऊं?"

"मैं तो तुम्हारे समय की बात पूछ रहा था।"

"मेरा समय!..." आत्मा पगला सी गई, "जिनसे मिलने की प्रतीक्षा में मैं क्षण-क्षण गिनती हूं, जिनसे मिलकर भूख-प्यास बुझ जाती है, सारी थकान उतर जाती है, स्फूर्ति लौट आती है, जन्म लेना सार्थक लगने लगता है, जिनसे मिलकर काल-गति मानो रुक जाती है,'... उनके सान्निध्य में मैं यह जन्म तो क्या, हर जन्म बिताना चाहूंगी..."

* * * * * *

घंटी बजाकर दामिनी निश्चिंत होकर परिवेश को निहारने लगी थी। नौकर को, हाथ का काम छोड़कर, भीतर से बाहर आकर, दरवाजा खोलने में कुछ सेकंड लगते थे।

"अंदर आ जाओ दामिनी।" डॉ. नरेन्द्र की आवाज सुनकर चौंकी। उनसे मिलना उसे कभी स्वप्न से कम नहीं लगता था। वह मानो स्वर्ग में पहुंच जाती थी। स्तंभित अवस्था से स्वयं को उबारकर वह भीतर आई।

"इधर कुछ दिनों से रोज दोपहर तीन से चार बिजली चली जाती है। आज आ रही है, फिलहाल ऊपर ही चलते हैं।"

वह सीढ़ियों की तरफ बढ़ गई।

"तुम्हारे उपन्यास के बचे हुए पृष्ठ मैंने देख लिए हैं।" वे बैठते हुए बोले, "पहले जो तीन-सौ पृष्ठ दिए थे, उनके सुधार, कटाव और छटाव से तुम सहमत हो?"

"हां सर।"

"पुनरावृत्ति बहुत हुई है। जो बातें काटी गई हैं, वे किसी न किसी रूप में कहीं न कहीं आ ही गई हैं। विश्लेषण की अपेक्षा यदि उदाहरण दिए जाते, तो ज्यादा अच्छा रहता।... जो पृष्ठ मैंने अब जांचे हैं, उनमें और भी अधिक लाल निशान लगे हैं। मुझे लगता है, एम.फिल. के शोध-निबंध लिखने का प्रभाव उपन्यास पर हावी हो गया है। उपन्यास में शोध नहीं होता। और..." उन्होंने चुहल की, "तुम्हारे गुरु की सारी प्रशंसा काट दी मैंने।"

उनकी सहज स्निग्ध मुस्कान ने दामिनी को भावुक कर दिया, "सर! मैंने तो वही लिखा है, जो सच है।"

उन्होंने बात बदल दी... वे जानते थे कि वह भावुक ही नहीं हो जाती, प्रायः बहक भी जाती है। कहीं ऐसा न हो कि पुनः उसे गुरु की प्रशंसा करने का दौरा पड़ जाए।

"तुमने इस सुधार से कुछ सीखा? या सिर्फ इसलिए ऐसा सुधार कर दिया कि मैंने कमियां बताई थीं।"

"मैंने गलतियों पर ध्यान दिया है। सजग रहूंगी कि आगे ऐसी गलती न हो।"

"हां।"

"सर," दामिनी ने उलझन भरी दृष्टि से उन्हें देखा, "मेरे विचारों को लोग आज के लिए प्रासंगिक नहीं मानते। ऐसे में इस उपन्यास को भी अप्रासंगिक तो नहीं माना जाएगा?"

वे मुस्कराए, "मेरा एक उपन्यास है,'साथ सहा गया दुख'। तुमने पढ़ा है?"

"हां सर।" दामिनी को ध्यान आया, उस पर उन्हें पुरस्कार भी मिला था।

"आज पति-पत्नी में स्पर्धा और संघर्ष, अहंकार का टकराव, लड़ाई-झगड़ा, मनमुटाव, तलाक आदि एक सामान्य बात हो चुकी है। लेखन का यह प्रिय विषय हो गया है। मेरा उपन्यास विवाह-विच्छेद के इस युग में दम्पती का आदर्श मिलन कराता है। एक दूसरे को सम्मान देकर जीना सिखाता है। महत्वपूर्ण तो अपनी विचारधारा है।"

"....।"

"पिछले दिनों मैं रायबरेली गया था।" वे बोले, "दीक्षा पर चर्चा चल रही थी। जब मैं बोल चुका तो दो लड़के मेरे पास आए। शिकायत सी करते हुए बोले, 'हम तो आपकी 'अभ्युदय' से प्रभावित होकर आपको सुनने आए थे। आप तो तर्क के स्थान पर भक्ति की बात करने लगे।' मैंने उनसे दो बातें कहीं। एक यह कि श्रोता तक बात संप्रेषित न हो, तो बोलने का कोई अर्थ नहीं रह जाता। दूसरा, राम-कथा लिखे हुए इक्कीस वर्ष हो गए हैं। इन वर्षों में मैं भीतर से कितना बदला हूं, मेरा अपना कितना आत्मिक विकास हुआ है, इसे भी देखना पड़ेगा। बाजार में चल रहे विषय की नकल या अनुकरण में विकास नहीं है।"

"हां सर।"

"एक बात का ध्यान और रखना। मैंने जो बता दिया, आवश्यक नहीं कि तुम वही दृष्टिकोण रखो।" उन्होंने दामिनी की ओर स्वच्छ आंखों से देखा, "कोई बात सिर्फ इसलिए मत अपनाना कि सर ने कहा है।"

स्वीकृति में गर्दन हिल गई तो सिर को हिलना ही था। और आत्मा थी कि कह रही थी–'आपसे असहमत हो ही कहां पाती हूं।'

"मैं फिर कह रहा हूं, कोई बात बिना सोचे-विचारे सिर्फ इसलिए मत मानना कि वह मैंने कही है।"

"हां सर," दामिनी ने उत्सुकता से उन्हें देखा, "आप कलकत्ता भी गए थे?"

"गया था।"

"आपने दक्षिणेश्वर का मंदिर देखा?"

"हां। किंतु सौंदर्य की दृष्टि से मुझे बेलुड़ मठ ज्यादा अच्छा लगा।"

"आपने मां से बातें कीं। ठाकुर तो उनसे सदा बात करते थे।"

"यह ठाकुर के हृदय की विशेषता थी। मां हर व्यक्ति से कहां बात करती हैं।"

आंखों में असमंजस उभरा...

उन्होंने आंखों को पढ़ा और हंस पड़े।

"पहले जब कोई परिचित कैलाश पर्वत से लौटता था, तो मैं पूछता था, 'कैसा लगा!'..." डॉ. नरेन्द्र बोले, "सोचता था, कैलाश पर्वत पर कहीं शायद उन्हें समाधि लगाए शिवजी के दर्शन हुए हों। धीरे-धीरे समझ में आया, भाव अपने मन में होते हैं। मन में वासनाएं हैं, कामनाएं हैं, लोभ है, मोह है तो ईश्वर कैसे प्राप्त होंगे।"

"आपके मन में कामना!..." दामिनी ने वाक्य अधूरा छोड़ दिया।

"लेखक के लिए यश की चाह बहुत बड़ी भूख होती है। जब देखता हूं कि निर्मल वर्मा को ज्ञानपीठ पुरस्कार मिला, तो मन में आता है कि मुझे क्यों नहीं मिला?"

आत्मा मुग्ध भाव से देख रही थी, कितनी ईमानदारी से वे अपना विश्लेषण करते थे...

"सर!" दामिनी ने उन्हें देखा, "जब आपको ज्ञानपीठ पुरस्कार मिल जाएगा, तब आप ईश्वर के प्रति पूर्णतया समर्पित हो जाएंगे?"

वे अपने भीतर उतर गए। आंखें सामने स्थित साढ़े तीन-चार फुट की श्रीकृष्ण की प्रतिमा की ओर उठीं और चिंतन के अंदाज में सिकुड़ गईं, "ईश्वर की ओर झुकने के लिए ज्ञानपीठ पुरस्कार प्राप्त करना आवश्यक नहीं है। स्वामी विवेकानंद ने कोई पुरस्कार प्राप्त नहीं किया, नौकरी नहीं की। मन में भाव हों, इच्छा हो तो बंधनों को तोड़ने का प्रयत्न होता है। अभी पिछले दिनों मैं सोच रहा था कि 'तोड़ो, कारा तोड़ो' लिखते समय मन जिस प्रकार ईश्वर की तरफ झुकता चला गया था, वैसी मनःस्थिति इस समय क्यों नहीं है। वैसे मकान में कुछ निर्माण हो रहा है। ध्यान ज्यादातर वहीं रहता है। फिर लगता है कि घर-बार जलाकर ईश्वर मिल ही जाएगा, इसका क्या प्रमाण है। लेकिन ऐसा भी नहीं कि मन पूरी तरह से ईश्वर विमुख हो गया हो। मन में कलुष जागता है तो कष्ट होता है। बंधन-मुक्त होने का प्रयत्न तो चलता ही रहता है।"

आत्मा मंत्रमुग्ध सी उन्हें सुन रही थी... ईश्वर-कृपा के बिना इस प्रकार के प्रयत्न संभव हैं क्या?... उन्होंने ही कहा था, 'कामना कर्म का पूर्व रूप है।'...अनासक्त होने की यात्रा, सतत प्रयत्न! वे धन या संसार नहीं छोड़ रहे किंतु उसकी आसक्ति को त्यागना चाह रहे हैं। उनके भीतर के इस ज्ञान, भक्ति और कर्म से ही तो उसे तादात्म्य करना है।

"चलो, उपन्यास पूरा हुआ। तुम्हारा दायित्व समाप्त।" डॉ. नरेन्द्र ने बातों का रुख मोड़ा, "अब इसके प्रकाशन के विषय में सोचेंगे।"

"सर, मैं इसे और आगे बढ़ाना चाहती हूं।"

वे मुस्कराए। पहले भी ऐसा ही हुआ था। रचना पूरी कर लेती थी और फिर उसे और आगे बढ़ा देती थी।

"देखो," वे गंभीर हुए, "तुम्हें कहीं तो रचना को पूर्ण विराम देना ही है। तुम्हारे जीवन में तो प्रतिपल कुछ न कुछ घट रहा है। घटनाएं कभी समाप्त नहीं होंगी। मन को किसी न किसी निष्कर्ष पर तो पहुंचाना ही होगा।" उन्होंने उपन्यास का अंतिम पृष्ठ खोला, "सत्य का सुख चमत्कार नहीं है... मैं सोच रहा था, चमत्कार शब्द!..."

"मतलब कि सत्य के लिए जीना कोई अद्भुत या आश्चर्यजनक बात नहीं है। यह सुख है। शेष सब क्षणिक और व्यर्थ है।"

"यदि 'चमत्कार' की जगह 'कल्पना'कर दें। सत्य का सुख कल्पना नहीं, यथार्थ है।"

"हां सर," उसने आह्लाद से कहा, "यहां कल्पना शब्द बहुत अच्छा है।"

"इसके आगे जो दो-एक वाक्य लिखे हैं, वे मैंने काट दिए हैं। 'यह यथार्थ है' में पूरी बात स्पष्ट हो जाती है।"

"सर," उसने पूछा, "जब आप रचना पढ़ रहे होंगे तो आपको कितनी हंसी आई होगी न?"

उन्होंने आश्चर्य से उसे देखा, "नहीं, बिल्कुल नहीं। बच्चा जब चलना सीख रहा होता है तो बार-बार गिरता है। उस प्रक्रिया में उस पर हंसी आती है क्या?... बल्कि यह सब कई बार मेरे लिए प्रेरणास्पद भी बन जाता है।"

"प्रेरणास्पद!"

"हां, जब मुझे यह बताना या लिखना होता है कि नवलेखकों का हित कैसे हो, वे अपने लेखन को सार्थक कैसे बनाएं, कैसे अपनी कमियों को सुधारें, तो उस समय दिशानिर्देश करते समय उदाहरण या घटनाओं के रूप में जांची गई रचनाएं ही तो ध्यान में आती हैं।"

वह मुस्करा दी।

"सर!" प्रेरणास्पद शब्द से उसे जैसे कुछ याद आया, "आपने मुझे अभी तक संदेश नहीं दिया।"

"कुछ समझ में आए, क्या बोलना है, तभी तो दूं। सुबह उठकर भजन-वजन सुनो। विवेकानंद रचनावली पढ़ो। क्या मेरा संदेश!..."

"वह मैं पढ़ती हूं। उससे संदेश मिलता है किंतु सर!" दामिनी की दृष्टि श्रीकृष्ण की प्रतिमा की ओर उठी, उसके स्वर में निवेदन का सा भाव था, "आप संदेश देंगे तो... मुझे बहुत अच्छा लगेगा।"

वे मौन रहे। उन्होंने उठकर ट्यूब का बटन दबाया। वोल्टेज बहुत कम थी।

"बिजली की यह हालत देखकर पता चलता है कि गरमी आ गई। चलो, नीचे चलते हैं।"

डॉ. मधुरिमा कमरे से बाहर निकलीं। शायद वे कहीं जा रही थीं।

"नचिकेता अभी तो सो रहा है।"

"ठीक है, मैं ध्यान रखूंगा।"

वे चली गईं। वे ड्राइंग रूम में आ गए।

"दामिनी, ध्यान दो।" वे बोले, "संकोच एक सीमा तक अच्छा है पर जब अति हो जाती है, तो वही दोष बन जाता है। तुम बिल्कुल मौन मूक बैठी रहती हो। पी-एच.डी. कर रही हो। अध्यापकों के बीच बैठोगी और बोलोगी नहीं तो कौन तुम्हें जानेगा। मैं यह नहीं कहता कि बहुत बोलो, पर कुछ तो बोलो। चार लोग बैठे बातें कर रहे हैं, तुम मौन रहोगी। कोई नाम पूछेगा तो दामिनी कहकर चुप हो जाओगी। जब पूछा जाएगा, क्या पढ़ रही हो तो मात्र विषय बताकर चुप हो जाओगी। चलो, स्वयं बोलना आरंभ नहीं करतीं; किंतु जब कोई दूसरा बात करे तो उसे आगे तो बढ़ा सकती हो।"

दामिनी समझ रही थी, उस दिन इंद्रप्रस्थ कॉलेज में 'महासमर' पर गोष्ठी हुई थी। उससे बोलने को कहा गया; किंतु वह एकदम मौन रही थी। पूर्ण विराम।

"तुम इतने वर्षों से मेरे यहां आ रही हो। बहुत नहीं तो भी नियमित रूप से तो आ ही रही हो। और किसी से न सही, किंतु मेरी पत्नी से ही तुम कितना बोलती हो। कई बार संकोच को अभिमान भी समझ लिया जाता है।" वे रुके, "मैंने भी अपने जीवन में ऐसी बहुत सी भूलें की हैं। अपने एक गुरु के यहां गया था। उनकी पत्नी से बात नहीं की। लगा, उनकी पत्नी से मेरा क्या कार्य!... कुछेक बार ऐसा किया तो उस घर के द्वार मेरे लिए बंद हो गए।"

दामिनी ने हतप्रभ होकर उन्हें देखा...कैसा भयानक दृश्य वे उसे दिखा रहे थे। वह जानती है, मैडम ऐसी नहीं हैं; किंतु सर की बात में भी मर्म था। अनेक बार उसके मौन ने उनके अहं को ठेस पहुंचाई होगी, उसकी चुप्पी ने उन्हें व्यथित किया होगा।

उस दिन...जब एम.फिल. के शोध की प्रतियों पर हस्ताक्षर कराने लाई थी। वे शोध की प्रतियां देखने अपने कमरे से बाहर आई थीं। वह डॉ. नरेन्द्र की तरफ उन्मुख हो गई थी। मैडम ने प्रतियों को हाथ भर लगाया था और लौट गई थीं। निश्चित ही उसने उनके मन को आहत किया होगा।... इस प्रकार की न जाने कितनी भूलें उसने की थीं। एक बार डॉ. नरेन्द्र ने पहले भी संकेत किया था, "मेरी पत्नी कहती है, दामिनी बोलती तो है ही नहीं।" सचमुच उसने उनके स्नेह को रोष में बदला था। उनके मौन में उसका निरादर भले ही नहीं था, पर सर की बात की सार्थकता वह समझती थी। उस घर में सब उसे अपनाने को तैयार थे, पर उसका संपर्क और संबंध मात्र डॉ. नरेन्द्र तक सीमित होकर रह गया था। निश्चित ही यह व्यवहार सर के लिए भी कष्टप्रद होगा।

नचिकेता के रोने की आवाज ने डॉ. नरेन्द्र का ध्यान अपनी ओर खींचा। वे उसे उठा लाए। उनकी गोद में आते ही वह चुप हो गया।

नचिकेता बार-बार अपने मुख में अंगुलियां डालता। वे हर बार निकाल देते।

"अच्छा लो, तुम मेरी अंगुली पकड़ो।" उन्होंने उसकी ओर हाथ बढ़ाया।

उसने दोनों हाथों से उनकी अंगुलियां पकड़ीं और हंस पड़ा। स्नेह से वशीभूत होकर उन्होंने उसके माथे को चूम लिया।

"सर! इससे सबका मन लगा रहता होगा न!"

"मन तो लग जाता है; किंतु जिम्मेदारी भी तो है न!"

"हां।" दामिनी देख रही थी कि किस प्रकार निरंतर वे उसे खिला रहे थे, हंसा रहे थे।

"मधु कॉलेज जाती हैं। वंदना सुबह ही निकल जाती है। एक दिन मधु के साथ कॉलेज जाने के लिए सुबह-सुबह मधु की एक सहयोगिनी आई थीं। मधु ने नचिकेता को मुझे पकड़ाया, दूध की बोतल दी और निकलने लगीं।... सहयोगिनी ने किंचित आश्चर्य से पूछा, 'नरेन्द्र जी, अब बच्चे पालना भी सीख गए?'... अपने बच्चे नहीं पाले थे क्या मैंने। ऐसे ही एक दिन मैं दूध लेने जा रहा था। रास्ते में एक परिचित मिल गए, 'आप दूध लेने भी जाते हैं।' वे चकित थे। लेखक होने से दायित्व समाप्त हो जाते हैं क्या?...परिवार में ऐसा नहीं होता।"

दामिनी की आत्मा उनकी विनम्रता के समक्ष नतमस्तक हो गई। इस तरह की बात वह पहली बार नहीं सुन रही थी। जिस प्रकार वे अपने लेखन के प्रति समर्पित थे, उसी प्रकार का समर्पण उसने उनमें अपने परिवार के लिए भी देखा था।

"सर, मैं इसे ले लूं।" पूछती हुई वह नचिकेता को लेने के लिए उठ खड़ी हुई।

नचिकेता उसकी गोद में शांति से बैठ गया।

डॉ. नरेन्द्र ने सामने रखी मिठाई पर दृष्टि डाली, "लो दामिनी, यह मिठाई रामकृष्ण परमहंस बहुत खाते थे।"

"अच्छा!"

"यह संदेश है।" वे मुस्कराए, "तुम सदा मुझसे संदेश मांगती रहती हो न!"

मिठाई मुंह तक ले जाता दामिनी का हाथ सहसा रुक गया, "यदि मैंने यह 'संदेश' खा लिया, तो आप मुझे 'वह' संदेश नहीं देंगे।"

वे चौंके। क्षण-भर बाद निश्चिंत सा करते हुए बोले, "वह तो सुनने के लिए है।"

वह संतुष्ट हो गई।

नचिकेता मचलने लगा था। धीरे-धीरे चलते हुए वह मेज तक चला गया था। डॉ. नरेन्द्र ने उसे अपने पास बुला लिया। उनके हाथ से वह मिठाई खाने लगा।

"आजकल क्या पढ़ रही हो?"

"आजकल... शोध...। उससे संबद्ध सामग्री पढ़ना और लिखना।"

"डॉ. भास्कर से मिलीं?"

"मैं सोच रही थी, अक्तूबर की छुट्टियों में मिलूंगी।"

"मैं तुमसे बार-बार उनसे मिलने के लिए कह रहा हूं। तुम समझ क्यों नहीं रही हो?"

वह समझ रही थी... निर्देशक के रुष्ट होने से, उसके अहित को लेकर, कितने चिंतित थे वे।

"मिलने का कोई उत्साह नहीं जागता।"

"मेरा छोटा बेटा भी पहले ऐसा ही करता था। जो अध्यापक उसे अच्छे लगते थे, उनका काम कर लेता था, अन्य लोगों का नहीं। तुम भी ऐसा ही कर रही हो।" वे रुके, "मेरी छवि उनमें ढूंढोगी, तो नुकसान तुम्हारा ही होगा न! ऐसा बुरा तो उन्होंने तुम्हारे साथ कुछ किया भी नहीं। उनके पास हजार काम हैं। यदि तुम सोचोगी कि तुम्हारी भांति वे शोध-प्रबंध में लगें, तो यह कैसे संभव है?...तुम्हें स्वयं को समझाना होगा। समय पर काम नहीं दिखाओगी तो वे कोई कठोर कदम उठा लेंगे। नुकसान तुम्हारा ही होगा। थोड़ा-बहुत डांट भी देते हैं तो क्या फर्क पड़ता है।"

"मैं उन्हें फोन करूंगी सर।"

"हां।" वे मुस्कराए, "अब उपन्यास की तरफ से निश्चिंत हो जाना, वह मेरा दायित्व है। अपने शोध पर ध्यान देना। कार्य नहीं होगा तो परेशानी तब होगी, जब तुम्हारी रचनाएं छप-छपकर आ जाएंगी। कहा जाएगा, कहानियां लिखने के लिए समय है, शोध के लिए नहीं।" उन्हें अपना समय याद आया, "जब मेरा पीएच.डी. के लिए पंजीकरण हुआ था। उस समय पहले प्री-पीएच.डी. होती थी। उसके बाद के दो महीनों की छुट्टियों में मैंने जल्दी ही सौ पृष्ठ लिख डाले। किंतु पंजीकरण के बाद...विवाह हुआ। पारिवारिक समस्याएं, बच्चों का जन्म, दो बच्चियों की मृत्यु... इन सबसे शोध कहीं पीछे छूट गया, किंतु इस दौरान लिखा बहुत गया। रचनाएं सामने आती रहीं तो मेरे निर्देशक बहुत रुष्ट हुए कि मेरे पास लेखन के लिए समय है, शोध के लिए नहीं। जब पांच वर्ष समाप्त होने को थे, तब कहीं जाकर शोध-प्रबंध निबटाया। सृजन सदा ही शोध से कहीं अधिक आनंदप्रद होता है। कितना ही मनपसंद विषय हो, मन सृजन की ओर ही खिंचता है। यह सब निर्देशक के रोष का कारण तो बनता ही है।"

"ध्यान रखूंगी सर।"

* * * * * *

अनूप न सिर्फ व्याकुल था, अशांत और चिंतित भी दिखाई दे रहा था। उसे इतना उद्विग्न दामिनी ने पहले कभी नहीं देखा था। कई दिनों से वह अस्वस्थ चल रहा था। आरंभ में दामिनी को लगा, कहीं यह भी उसका कोई नाटक तो नहीं। अपनी स्वार्थ-सिद्धि के लिए इस प्रकार के पाखंड वह करता ही रहता था।... बी.एड. में था। नियमित उपस्थिति अनिवार्य थी। अनूप के मकान का निर्माण हो रहा था। वह महीने भर की छुट्टी चाहता था। छुट्टी न मिल सकने पर उसके कुटिल मस्तिष्क की उपज देख दामिनी भौचक रह गई थी। उसने डॉक्टरी प्रमाणपत्र दिखा दिया कि उसके पैर की हड्डी टूट गई है। प्लास्टर चढ़ा पैर लेकर आहिस्ता-आहिस्ता चलता हुआ वह उसके घर भी आया था। सबकी सहानुभूति बटोरी। बाद में पता चला कि वह सब नाटक था।

किंतु आज का रोग!... दामिनी का यह भ्रम तब टूटा, जब स्कूल में ही उसकी तबीयत इतनी खराब हो गई कि उसे एंबुलेंस में तत्काल ही अस्पताल ले जाना पड़ा। जांच रिपोर्ट से पता चला कि उसकी एक किडनी पचपन प्रतिशत कार्य कर रही है और दूसरी मात्र पैंतालीस प्रतिशत। अवाक सी दामिनी अनूप को ताकती रह गई।

"कैसे हो?" अनूप को कुर्सी पर सिर टिकाए देख दामिनी ने पूछा।

"अपने कर्मों का फल भोग रहा हूं।"

"ऐसा क्यों कह रहे हो?"

"मैंने बहुत लोगों को कष्ट दिया है, बहुत अपमानित किया है।" उसके स्वर में रुदन और पश्चाताप का भाव था, "जब मेरा अच्छा समय था, मैंने खुराफात में नष्ट कर दिया। ईश्वर मुझे एक मौका दे दें..." अनूप ने उसकी ओर देखा, "तुम्हें भी तो मुझसे बहुत सी शिकायतें हैं न दामिनी!"

दामिनी सांत्वना सी देती हुई मुस्कराई, "कोई शिकायत नहीं है।...अकस्मात ही यह कैसे हो गया?"

"मुझे खुद पता नहीं चल सका। थोड़ी कमजोरी जरूर थी, पर ध्यान नहीं दिया। घर में सब बहुत परेशान हैं।... शादी के समय इतनी छुट्टियां ले चुका हूं कि अब कोई छुट्टी बची ही नहीं है। दो दिन बाद टेलेंट शो है, स्कूल के बाद बच्चों के साथ रुकना आवश्यक है। मुझमें इतनी हिम्मत ही नहीं कि रुककर उन्हें शो की तैयारी करा सकूं। सातवीं की सोमवासरीय परीक्षा की कॉपी इस हफ्ते लौटानी है।" उसने कॉपी का बंडल निकाला, "मैंने अभी तक बंडल खोला भी नहीं है।" उसने आंखें मूंद लीं।

"मैं रुक जाऊं? जो कर सकूंगी, कर दूंगी।"

"रहने दो।" अनूप ने धीरे से कहा, "तुम्हें परेशानी होगी।"

"नहीं। कोई परेशानी नहीं है। जब मैं नवपरिचित अध्यापकों के लिए रुक सकती हूं तो तुम्हारे लिए...।" दामिनी ने अधिकार से कहा, "लाओ, यह बंडल मुझे दे दो। मैं जांच दूंगी।"

अनूप ने दामिनी को देखा, "फिर लोग कहेंगे, मैं नई अध्यापिका का शोषण कर रहा हूं।"

"कोई नहीं कहेगा। हम मित्र हैं। यह हमारा आपसी मामला है।" दामिनी ने बंडल उसके हाथ से ले लिया।

* * * * * *

"डॉ. अघ कह रहे थे, अपनी सहेली से कहो, कभी हमें भी नमस्ते कर लिया करे। डॉ.नवनीत ही तो सब कुछ नहीं हैं। उनके बाद तो यहां मैं ही हूं।"

दामिनी क्षुब्ध हो उठी, "मैं बदमिज़ाग लोगों से बात नहीं करती।"

"मैंने डॉ.नवनीत से उनकी शिकायत की।" दर्शन ने कहा।

"क्या कहा उन्होंने?"

"डॉ.अघ की मूर्खताओं से अपना मन खराब मत करो।"

जब कामना शर्मा की बात की थी, तब भी ऐसे ही टाल गए थे। डॉ.नवनीत का समझौते में विश्वास था।

"आप इतने दीन क्यों हो जाते हैं?" उसने शिकायत सी करते हुए उनसे पूछा था, "विभागाध्यक्ष का कर्तव्य नहीं है कि विभाग में गलत बातों को रोकें।"

"मैं दीन नहीं होता; किंतु मुझे झगड़ा पसंद नहीं है।" उनका उत्तर था, "पहले मैं भी तुम्हारी भांति उग्र हो जाता था; किंतु धीरे-धीरे अनुभव हुआ, इससे काम की हानि होती है। मात्र स्कूल ही तो सारा संसार नहीं है। तुम्हें भी यह बात समझनी चाहिए। संसार में कदम रखा है तो कूड़ा अनदेखा करना पड़ेगा। कामना और अघ जैसे व्यक्ति तो न जाने कितने मिलेंगे, किस-किस से सिर फोड़ोगी? तुम्हारा ध्यान सिर्फ अपने लक्ष्य पर होना चाहिए।"

"मैं किसी से डरकर अपना स्वभाव नहीं बदलती।" उसने दर्शन को देखा।

"मतलब, तुम डॉ.नवनीत की बात का विरोध कर रही हो?"

वह मुस्कराई, "नौकरी के नियमों में शामिल न होने वाली बात मानना या न मानना मेरा व्यक्तिगत मामला है।"

"किंतु इन सबका प्रभाव नौकरी पर तो पड़ता ही है। डॉ.नवनीत ने बताया था, कामना कह रही थीं, दामिनी को बड़ों का सम्मान करना नहीं आता। तुम अपने चारों तरफ विरोध क्यों पाल रही हो? सामने पड़ने पर अगर अभिवादन कर देंगे, थोड़ा सा उनके आगे-पीछे घूम लेंगे तो वे प्रसन्न भी रहेंगे और हमें परेशान करने का बहाना भी नहीं ढूंढ़ेंगे। तुमने देखा, प्रियंका वाले प्रसंग के बावजूद सब अनूप से कितने प्रसन्न हैं सिर्फ इसलिए कि अनूप उनके अहं को पोषित करता है। वैसे भी किसी का सम्मान करने से हम घिस तो नहीं जाएंगे।"

'सम्मान!' दामिनी का मन खट्टा हो गया... जब नई-नई आई थी तो सामने पड़ने पर मुस्कराकर अभिवादन करती थी।... कामना और ज्योतिका अभिवादन का उत्तर दिए बिना इतराती हुई सामने से निकल जाती थीं। उम्र ने उन्हें बड़ा बनाया है। बड़े होने का अर्थ दूसरे को अपमानित करना है क्या?... कोई आपका दिल जीतने का प्रयत्न करे और आप उसका दिल तोड़ दें।...

"हर व्यक्ति सम्मान योग्य नहीं होता।"

"तुम्हारी बात ठीक है, किंतु, "दर्शन के स्वर में स्पष्ट विरोध था, "प्रैक्टिकल लाइफ में इन सबको न सिर्फ एक्सेप्ट करना होगा वरन इनके अनुकूल हो जाना होगा।"

दामिनी चुपचाप दर्शन के चेहरे को देखती रही...

आठवीं की सुपरवाइज़र मिसेस सामंत के विषय में उसने सुना था कि उनकी चिड़चिड़ाहट का कारण उनके पति के देहांत के पश्चात उनका अकेलापन है। सातवीं की सुपरवाइज़र मिसेस कुलकर्णी आई.ए.एस. अधिकारी की पत्नी हैं। स्वयं को राजरानी मानती हैं। मुख पर मुस्कान, वाणी में माधुर्य... हृदय और मस्तिष्क कुटिलता का घोंसला।...

अनूप ने बताया था, "किसी को स्कूल से निकाले जाने का पत्र भी देती हैं, तो मुख पर लंबी-चौड़ी मुस्कान होती है..."

...अवाक दामिनी अनूप को देखती रही थी... यह लड़का, जो उन्हीं के आगे-पीछे घूमता है। उन्हें पटाने के लिए उनके चरणों में लोटने तक के लिए तैयार रहता है, इस आकांक्षा से कि शायद कभी वे उसे रैप बनाने का अधिकार दे दें।

"लेकिन तुम तो उनकी हर बात स्वीकार लेते हो।"

"मुझे इस स्कूल में टिकना है।" अनूप ने रहस्यमय अंदाज़ में उसे समझाया, "प्रिंसिपल तक सारी रिपोर्ट इन सुपरवाइज़र के माध्यम से ही पहुंचती है। जब सुपरवाइज़र किसी क्लर्क, कर्मचारी या अध्यापक को डांटती हैं तो कैसे सब सिर झुकाए मौन बैठे रहते हैं। अपने विभागाध्यक्ष की नाराज़गी हमें नुकसान नहीं पहुंचाएगी; किंतु इनकी एक भृकुटी...! उनके मन में क्षमा नाम का भाव नहीं है।"

दामिनी निर्द्वंद्व भाव से हंसी।

"यह मजाक नहीं है। तुम तो कुछ भी नहीं करतीं। मैं और शर्मिला जब यहां नए-नए आए थे तो अपने खाली पीरियड में उनके कक्ष के सामने हाथ बांधे खड़े रहते थे, शायद उन्हें हमसे कोई काम हो।"

"द्वार के भिखारी!"

"सत्य तो यही है। प्रिंसिपल की दृष्टि में हमारी छवि वही बनाती और बिगाड़ती हैं। जब मैं यहां अस्थायी था, एक बार उन्होंने मुझे बहुत डांटा। मैं सिर झुकाए खड़ा रहा। जब वे डांट चुकीं, मैंने कहा, "मेरी तो इतनी उम्र भी नहीं है, जितना अनुभव आपको है।'...उनके अहंकार को फुलाते रहने से मेरी स्थिति इतनी मजबूत हो गई कि यहां वेकेन्सी नहीं थी किंतु मुझे स्थायी करने के लिए जगह बनाई गई। देखना, जल्दी ही मैं रैप भी बन जाऊंगा।"

दामिनी का मन अशांत हो उठा, "तुम इन सबसे संतुष्ट हो अनूप?"

"तुम्हारा विरोध मैं समझ नहीं पाता दामिनी। इस जीवन में समृद्धि है, वैभव है, आधिपत्य है। इन सबका भोग ही तो सुख है।"

अनूप कहता है, वह इन बातों से इसलिए सहमत नहीं होती क्योंकि उसका लक्ष्य यहां टिकना नहीं है। यदि वह कॉलेज में लगी होती तो स्वयं को उसके अनुरूप ढालती।

दामिनी का लक्ष्य तो मन की निर्मलता है।... किंतु वह संन्यास नहीं ले रही; फिर अपने जीवन का लक्ष्य उच्च क्यों न रखे!... वह कॉलेज में अध्यापन चाहती है; क्योंकि उसने जान लिया है कि स्कूल में कितना अधिक समय नष्ट होता है। स्कूल, घर, पढ़ाई, लेखन... इन सबके मध्य संतुलन बैठाना कितना कठिन हो जाता है। फिर, अभी तो उसका विवाह नहीं हुआ। विवाह के बाद व्यस्तता और दायित्व कहीं अधिक बढ़ जाएंगे। कॉलेज का अध्यापन इतना समय नहीं लेगा और वह साहित्य के संपर्क में भी रहेगी।

नई जान स्थायी अध्यापकों से कहीं अधिक काम उसके इस आधे वेतन में लिया जाता है। अनूप ने उसे बताया था, 'स्कूल के बाद रुकने का यहां भत्ता दिया जाता है।' इच्छा न होने पर भी उसे टेलेंट शो के लिए रोका जाता है; किंतु अस्थायी अध्यापकों के लिए किसी प्रकार का अतिरिक्त भत्ता नहीं है।

प्रिंसिपल जानती हैं कि... 'बच्चे स्कूल की सबसे बड़ी संपत्ति हैं। इन बच्चों के अस्तित्व से ही वे हैं। इनका धन ही उनकी जीवन-शैली को मनचाहा रंग देता है। बच्चों को किसी भी रूप में असंतुष्ट नहीं होने देना।' बहुत धनी परिवारों से आए इन बच्चों के अभिभावक स्कूल बिल्डिंग या साज-सज्जा के लिए ही नहीं, छोटी-छोटी आवश्यकताओं की पूर्ति हेतु उनके लॉकर भर देते हैं। 'शिक्षा-केंद्र' के नाम से गरीब बच्चों को पढ़ाया जाता है; किंतु इस केंद्र के नाम पर अभिभावक खुलकर दान देते हैं। टेलेंट शो जैसे कई कार्यक्रम

'शिक्षा-केंद्र' की सहायता के लिए रखे जाते हैं। इन कार्यक्रमों को देखने बड़ी संख्या में अभिभावक आते हैं। उनके द्वारा दिए चेकों की रकम एक से बढ़कर एक होती है।

बच्चों के अभिभावकों के लिए इस स्कूल का आकर्षण सबसे अधिक है। यहां सारे बच्चे संभ्रांत परिवारों से आए हैं। जो जीवन-शैली उन्हें अपने परिवार से मिली है, वही इस स्कूल में है। यहां अध्यापकों को मालूम है कि किस ढंग से पढ़ाने से, पढ़ाई की किन पद्धतियों को अपनाने से, अंक अधिक आते हैं। अपने बच्चों में वे इसी परिपक्वता को देखना चाहते हैं।

फिर! प्रत्येक स्कूल की पद्धति बच्चों को इसी दिशा में ले जाना चाहती है। इस प्रकार की सुविधाएं लाने और यह छवि बनाने में कितना समय लगता है। यही चेतना उन्हें बच्चों में जगाए रखनी है। सारा समाज आज इस जीवन-पद्धति को अपनाने के लिए पागल हो रहा है। बच्चे बुद्धि और कौशल में कम नहीं हैं। यह जीवन-शैली उन्हें सुख-समृद्धि, ऐश्वर्य, अधिकार... सब कुछ देगी। यही सफलता है, यही कल्याण है।

* * * * * *

"इस लड़की के हर कार्य में परेशानी होती है।" पिताजी हार से गए।

"परेशानी तो तब होती, जब एक-दूसरे के परिवार से परिचय होता और बात नहीं बनती।" मां ने उन्हें धैर्य बंधाया, "अभी तो दोनों तरफ से एक-दूसरे का परिचय-पत्र और फोटो ही नकारा जा रहा है। हम तो अभी किसी परिवार से मिले तक नहीं।"

"हां," पिताजी के मन में उदासीनता जागी, "मैं स्वयं इसका विज्ञापन निकालता हूं। तब उन्हीं से बात होगी, जो स्वयं विवाह के लिए उत्सुक होंगे।" पिताजी शिथिल पड़ गए थे, "साक्षी के विवाह में यह परेशानी बिल्कुल नहीं आएगी। पढ़ाई पूरी होते ही नौकरी लग जाएगी। उसका तो क्षेत्र भी कंप्यूटर का है। इस क्षेत्र में उच्च पदों पर लगे लड़के भरे पड़े हैं।"

विज्ञापन निकालने के निर्णय पर आकर बात टल गई। उसके विवाह के प्रयत्न रुक गए।

* * * * * *

टेलेन्ट शो के बाद स्कूल में भोजन की व्यवस्था थी।

"मैं भोजन के लिए नहीं रुकूंगी।"

"ठीक है।" दर्शन ने सहज भाव से कहा, "मैं भी नहीं रुक रही।" सहसा उसकी जिज्ञासु दृष्टि दामिनी के मुख पर जा टिकी, "अनूप रुक रहा है?"

"हां। उसका परहेज भी समाप्त हो गया है।"

"उसकी पूजा-पाठ और प्रार्थना सफल हो गई। इन दिनों उसका अधिकांश समय डॉक्टरों और ज्योतिषियों के चक्कर काटने में व्यतीत हुआ है।"

"वह मानता है, परिणाम ज्योतिष की भविष्यवाणी के अनुरूप आया है।"

"आजकल वस्त्रों के भीतर गले और कलाई पर उसने बड़ी-बड़ी मालाएं पहन रखी हैं!"

"हां। शनिवार को प्याज-लहसुन तथा मिर्च-मसाला नहीं खाता। रोज घंटे भर रामचरितमानस पढ़ता है। शाम को पति-पत्नी मंदिर जाते हैं।"

"कैसी है उसकी पत्नी?"

"जैसी उसे चाहिए थी। सहज, सामान्य, सांसारिक, सुंदर सी कोमल लड़की।" दामिनी बोली, "उसकी भटकन समाप्त हो गई है। संतुष्ट है।"

"शर्मिला मैम ने बताया था, जब वह नया-नया स्कूल आया था तो गरमियों में भी टाई बांध आता था। मेज पर चढ़कर बैठ जाता था और प्रत्येक अध्यापिका से बड़े अधिकार से चुहल करता था। प्रियंका प्रकरण की बदनामी के कारण वह अपने-आप में सिमट गया।"

दामिनी का मन शांत था। अपने संबंधों के प्रति उसे उसका मन साफ लगा था। उसके साथ वह लक्ष्मी नगर के स्टॉप पर उतरा था। उसने कुछ फोटो बनवाने के लिए दी थीं।

"मैं अच्छा फोटोग्राफर भी हूं। तुम्हें अपने विवाह के लिए फोटो खिंचवानी हो तो मुझे बता देना।" वह हंसा।

"दिखाओ।"

"चलो, थोड़ी देर नीरुलास में बैठते हैं। वहीं देखेंगे।"

"चलो।"

दो घंटे वे साथ थे। अपनी पत्नी से संबंधित अनेक अनुभूतियां उसने उसे बताईं थीं। उसके लिए सखा का सा भाव था उसके मन में।

"तुम्हारी सीट यहीं हो जाती, तो कितना मजा आता न!"दर्शन ने दामिनी का ध्यान खींचा, "शर्मिला मैम के जाने के बाद बहुत अकेलापन महसूस होता है। डॉ.नवनीत ने कहा तो था, किनारे रखा यह डस्टबीन यहां से हटवाकर बड़ी मेज डलवा देंगे। इससे दोनों की कुर्सियों के लिए स्थान बन जाएगा।"

"डॉ.नवनीत कब क्या कह देते हैं, उन्हें स्वयं ध्यान नहीं रहता।"

दर्शन ने चकित होकर दामिनी को देखा।

"चलती हूं। कुछ कॉपियां जांचनी हैं।" दामिनी उठ खड़ी हुई।

दर्शन मौन भाव से उसे जाते देखती रही...

दामिनी निश्चय ही अन्य लड़कियों से बहुत अलग है। वह यथार्थ में कम और स्वप्नलोक में अधिक जीती है। छोटी-छोटी बातों में आदर्श ढूंढती है। कल जब वह कॉपी जांच रही थी...

"दामिनी, मैं देखता हूं, तुम्हारी मेज पर सदा कॉपियों का ढेर लगा रहता है।" अनूप ने कहा।

"पूरी जांच नहीं पाती न! घर ले जानी पड़ती है।"

"मैं कॉपी मंगाता ही सोमवासरीय परीक्षा से दो दिन पहले हूं। एक मिनट में एक कॉपी जांचता हूं। स्कूल में ही जांची और वापस कर दी।"

"एक मिनट में एक कॉपी?"

"हां।" अनूप ने एक कॉपी उठाई, पृष्ठ खोला। हर पृष्ठ पर एक सरसरी नजर डाली, गलतियों पर गोले बनाए और पृष्ठ पलट दिया।

दामिनी धक सी रह गई... वह जो हर वाक्य को पढ़कर गलतियों को सुधारती है। देखती है, वाक्य विन्यास ठीक है या नहीं, शब्दों का उपयोग उचित है, प्रश्न का उत्तर सटीक और समुचित है, मौलिकता है या सिर्फ नकल करके लिख दिया!... वह मूर्ख है या अनूप उसे बुद्धू बना रहा है।

उसने अनूप द्वारा जांची उसकी कक्षा की कॉपी उठाई। जिस पद्धति से अनूप कॉपी जांचता है, उससे तो जांचना न जांचना एक समान है।...

दामिनी प्रथम पीरियड लेकर स्टाफ-रूम में घुसी ही थी कि कामना और ज्योतिका के पास बैठे डॉ.नवनीत, अनूप और दर्शन पर उसकी दृष्टि पड़ी। डॉ.नवनीत ने संकेत से उसे बुलाया।

"बैठो दामिनी।" निकट आने पर वे बोले, "अर्द्धवार्षिक परीक्षा के बाद हम सेमिनार रखेंगे। उसमें डॉ. नरेन्द्र और डॉ. भास्कर को बुलाने का निश्चय किया है। उसी विषय में चर्चा चल रही है।"

"डॉ. नरेन्द्र!" दामिनी आह्लादित हो उठी, "सर को बुलाने मैं जाऊंगी।"

"हां जरूर।" डॉ.नवनीत मुस्कराए, "दोनों को निमंत्रण तुम ही पहुंचाना।"

"नहीं," दामिनी विचलित हुई, "एक से मैं संपर्क करूंगी और दूसरे से कोई और।"

"ठीक है," अनूप ने धीरे से कहा, "डॉ. भास्कर से मैं बात कर लूंगा।"

सहसा सातवीं कक्षा की एक छात्रा आ खड़ी हुई। दूसरे पीरियड में दामिनी का सातवीं कक्षा में अरेंजमेंट लगा था।

कामना का आक्रोश भड़क उठा, "नई आई अध्यापिका इतनी लापरवाह कैसे हो सकती है। डॉ. साहब की शह के कारण नए अध्यापक अपना काम भी पूरा नहीं करते।"

"मैं कक्षा में जा रही हूं सर।"

कक्षा लेकर लौटते ही दर्शन दामिनी से उलझ पड़ी, "तुमने स्पष्ट क्यों नहीं कहा कि अरेंजमेंट पहले पीरियड में लगते हैं; और पीरियड लेकर आते ही तुम्हें मीटिंग में बुला लिया गया था।"

"वे इस बात से अनजान थीं क्या?" दामिनी ने उपेक्षा से बात टाल दी, "मैं क्यों अपनी सफाई दूं।"

"इसलिए कि तुम्हारी निष्ठा पर कटाक्ष किया जा रहा था।"

दामिनी हल्के से मुस्कराई, "आरोप मुझ पर या तुम पर नहीं लगाए जाते दर्शन। हमें माध्यम बनाकर डॉ.नवनीत को यह सब सुनाया जाता है।"

* * * * * *

दामिनी ने दर्शन का हाथ पकड़ा, "बच्चों का एक बड़ा अच्छा नाटक तैयार हुआ है। आओ, एक बार तुम देख लो।"

दामिनी चाहती थी, खुले मैदान में बच्चे अभिनय करें। वहां पर्याप्त स्थान है और अभिनय करते समय बच्चों का शोर आसपास की कक्षाओं के अध्यापकों की नाराजगी का कारण भी नहीं बनेगा।

बच्चों के इंकार ने दामिनी को चकित किया। ये बच्चे, जो किसी पीरियड में अध्यापक के न आने पर मैदान में जाना सबसे अधिक पसंद करते हैं, वे आज मैदान का नाम सुनते ही इतने अन्यमनस्क से क्यों हो उठे हैं!

"सार्थक! आप तो यह नाटक प्रार्थना-सभा में खेलना चाहते हैं!"दामिनी बच्चों के निकट आई, "फिर दर्शन मैडम से संकोच कैसा?"

बच्चे कुछ कहते-कहते रुक गए। एक-दूसरे को देखा और दृष्टि फेर ली।

"आप कुछ बताएंगे नहीं, तो मुझे कैसे पता चलेगा..." दामिनी ने रुक-कर बच्चों को देखा, "जो भी बात है, स्पष्ट कहो।"

बच्चों ने दामिनी को देखा।

"एस. यू. पी. डब्ल्यू. की सभी गतिविधियों में हमें सबसे अच्छा हिंदी नाटक ही लगता है, क्योंकि आप हमारी कक्षा लेती हैं।"

"हां मैम।" सिद्धांत ने उसका समर्थन किया, "बल्कि कुछ बच्चे तो दूसरी कक्षाओं से नाम कटवाकर हिंदी नाटक में आना चाहते हैं। कनक ने तो कुलकर्णी मैम से हस्ताक्षर भी करा लिए हैं। अगले पीरियड से वह हमारे साथ अभिनय करेगी।"

"फिर!" दामिनी ने असमंजस से उन्हें देखा।

"मैम।" सचिन ने दामिनी की ओर देखा मानो उस पर विश्वास करना चाहता हो।

दामिनी की निश्छल मुस्कराहट के पीछे छिपे प्रेम ने उन्हें आश्वस्त किया। अनायास बच्चों के मन में संचित संकोच और प्रतिरोध का बांध टूट गया, "मैम। कक्षा में किसी को न पाकर बड़ी कक्षा के कुछ बच्चे आते हैं और हमारी पानी की बोतल में ड्रग्स का पाउडर मिला जाते हैं।"

"क्या!" दामिनी स्तंभित सी उन्हें देखती रह गई।

"हां मैम!" वसुधा ने उसका समर्थन किया, "एक दिन खेल के पीरियड में हम सब मैदान में थे। गरमी के कारण तान्या का जी मिचला रहा था। पी. टी. सर से पूछकर मैं उसके साथ कक्षा में आई। देखा, दसवीं के दो लड़के कमरे में बैठकर सिगरेट पी रहे थे।"

दामिनी ही नहीं, दर्शन भी अवाक थी।

"हमने मिसेस कुलकर्णी को बताया है।" सभ्यता ने उसे संतुष्ट करने का प्रयत्न किया, "उन्होंने कहा है, हम अपनी कक्षा को खाली छोड़कर कभी न जाएं। दो बच्चे सदा कक्षा में रहें।"

"ठीक है, हम यहीं रहेंगे।"

* * * * * *

छुट्टी के बाद दर्शन ग्यारहवीं, बारहवीं कक्षाओं के मध्य स्थित डॉ.नवनीत के कक्ष में जा रही थी। शर्मिला का पत्र आया था। उसके ही लिफाफे में उन्होंने डॉ.नवनीत को भी दीपावली की शुभकामनाओं का कार्ड भेज दिया था। अपनी व्यस्तता के कारण दो दिनों से वह डॉ.नवनीत से मिल नहीं सकी थी। तीसरी मंजिल पर चरण रखते ही निरुपाय सी दर्शन अपना माथा पकड़ स्तब्ध खड़ी रह गई। लड़की, लड़कों के अनेक जोड़े दीवार या दरवाजे की ओट ले, एक-दूसरे में मग्न थे। उन्हें आसपास की कोई सुध नहीं थी।

'यह आलिंगन और चुंबन की कक्षा ऑफिशियल तो नहीं है!"

"नहीं! यह बाई अरेंजमेंट है मैम।"

दर्शन ने नीचे आ दामिनी को बताया।

"तुम क्या सोचती हो, स्कूल का प्रशासन इन सबसे अनजान है!"

बच्चे चाहे किसी भी कक्षा के हों, उनमें कुटिलता नहीं थी। शरारत में एक-दूसरे को परेशान भले ही कर लेते हों, किंतु हृदय में एक-दूसरे के प्रति स्नेह और सहयोग है। सच्चाई है। भय उनके करीब आते हुए हिचक जाता है। मन कोरा कागज है जिस पर कुछ भी लिखा जा सकता है। इन बच्चों के मध्य आते ही दामिनी का बचपना लौट आता है।

'विद्यालय' शब्द सुनते ही दामिनी के कानों में मंदिर की घंटियां बज उठती हैं। वह मानती है कि विद्यालय का दायित्व मात्र पढ़ा देने भर का नहीं है। विद्यालय वह स्थान है जहां विद्यार्थियों को एक विशेष सांचे में ढालकर देश के भावी निर्माता के रूप में तैयार किया जाता है।

इस आदर्श विद्यालय के ये बच्चे जैसे-जैसे स्कूल को पहचानते हैं, उनके समक्ष यह स्पष्ट होता जाता है कि यह स्कूल ही उनका नहीं है वरन विद्यालय से जुड़ा हर निर्णय उनके माता-पिता के अधिकार क्षेत्र में है। स्टाफ मीटिंग में मिसेस भार्गव की बात सुनकर दामिनी सन्न रह गई...

"बच्चों के अभिभावक हमारे अन्नदाता हैं।" मिसेस भार्गव का मन मानो अभिभावकों के चरण-स्पर्श के लिए तत्पर था, "इस बात को आप सब कभी न भूलें कि हम उनका दिया हुआ खाते हैं। अभिभावकों की इच्छा ही हमारा धर्म है। उनके बिना हमारा कोई अस्तित्व नहीं है।"

"आधुनिक चिंतन के मापदंड बदल गए हैं" दर्शन सहज थी, "अभिभावक को गर्व होता है कि उनका बच्चा चतुर ही नहीं, धूर्त और पाखंडी बनकर स्कूल से निकला है। उसे मालूम होता है कि कैसे अत्यंत सुविधाजनक ढंग से अधिक से अधिक अर्जन किया जा सकता है। कैसे दूसरे से अपना काम निकलवाया जाता है। कितने दंभ से वे बताते हैं कि उनका बच्चा उस विद्यालय में पढ़ता है जहां हिंदी बोलने पर उसे दंडित किया जाता है। यह परिपक्वता ही चेतना का मापदंड है।"

"परिपक्वता।" दामिनी का धैर्य जैसे समाप्त होने लगता है, "यह विद्यालय अपना हानि-लाभ देखते हुए विद्यार्थियों को शिक्षित करता है। सरस्वती का मंदिर नहीं है, बनिए की दुकान है।"

दर्शन का दिमाग झल्ला उठा... क्या समझती है यह लड़की अपने-आप को! विद्यालय की प्रतिष्ठा और उसकी गरिमा का उसे कोई ख्याल नहीं।...

मन ने दिमाग को डांट दिया... दामिनी की बातों में मर्म है। उसमें सत्य कहने और स्वीकारने का साहस तो है।

* * * * * *

"अनूप, मेरी आठवीं कक्षा को 'नदी का रास्ता' कविता कब पढ़ाओगे? जीरो पीरियड में?" दामिनी ने पूछा।

संभवतः उपस्थिति लेने के बाद अनूप ने कक्षा छोड़ दी थी। कभी-कभी अपनी कक्षा वह दर्शन को देकर अपना काम भी निबटाता रहता था। प्रथम पीरियड आरंभ होने में अभी कुछ देर थी।

अनूप ने प्रश्नवाचक दृष्टि से दामिनी को देखा... सहसा उसे कुछ याद आया। अभी कुछ दिन पूर्व दामिनी ने उसे बताया था, जुलाई के पाठ्यक्रम में यह कविता थी। अब वह अर्द्धवार्षिक परीक्षा में आ रही है। जुलाई में अध्यापक की व्यवस्था न होने के कारण अरेंजमेंट में विभाग का कोई न कोई अध्यापक उन्हें पढ़ा आता था। यह कविता बच्चों को अनूप ने पढ़ाई थी, किंतु उसकी आठ पंक्तियां रह गई थीं। दामिनी चाहती थी, बची पंक्तियां अनूप पूरी कराए क्योंकि दोनों के समझाने की पद्धति भिन्न है।

"किसी अध्यापक से अपना पीरियड बदल ही नहीं सका, "अनूप ने शिष्टता से कहा, "एक अध्यापिका पर जोर दिया, तो उन्होंने कहा, अब वह उसकी कक्षा है, स्वयं निबटेगी। तुम क्यों परेशान हो रहे हो?"

"कोई बात नहीं, मैं आरंभ से पढ़ा दूंगी।"

"दर्शन ने बैंक अकाउंट खुलवा लिया?" अनूप ने पूछा।

"हां। तुमने उसके फार्म पर हस्ताक्षर नहीं किए, तो उसने डॉ.नवनीत से करवा लिए।"

"मैं इन मामलों में किसी पर विश्वास नहीं करता। और स्त्रियां तो विश्वसनीय होती ही नहीं हैं।"

दामिनी ने प्रखर दृष्टि से उसे देखा; किंतु मौन रही।

"दामिनी, जरा जाकर देखना, मेरा कोई अरेंजमेंट तो नहीं लगा।"

"हां।" दामिनी उठ खड़ी हुई, "अपना अरेंजमेंट भी मुझे देखना है।"

कुछ क्षणों बाद दामिनी लौटी।

"पहले पीरियड में तुम्हें छठी 'सी' में जाना है।"

"आजकल क्या पढ़ रही हो?"

"'दीक्षा' के अहल्या प्रसंग पर हूं। पढ़ तो पहले भी चुकी हूं, अब उसका विश्लेषण कर रही हूं।"

"बहुत प्रेरणास्पद प्रसंग है।" अनूप गंभीरता से बोला, "रामचरितमानस का पाठ करते हुए मैंने जाना कि व्यभिचार करने वाले को शापित और दंडित होना ही पड़ता है।"

दामिनी ने असमंजस से उसे देखा, "लेकिन इंद्र पर क्या प्रभाव पड़ा?"

"इंद्र!" अनूप ने आश्चर्य से उसे देखा, "इंद्र में आसक्त तो अहल्या थी। रामचरितमानस में उसने स्वयं अपने को अपवित्र स्त्री कहा है। उस जैसा पूजनीय ग्रंथ झूठा है क्या?"

"मैं तुलसीदास से सहमत नहीं हो पाती। मेरा मन डॉ. नरेन्द्र के विश्लेषण का समर्थन करता है कि अहल्या में दुर्बलता होती, तो अपने पिछले आठ-नौ वर्ष के विवाहित जीवन में न जाने कितनी बार यह सब कर चुकी होती।"

"इंद्र तो देवराज थे। उन्हें सुरा-सुंदरियों की कमी थी क्या? और सुना है, जाते-जाते उन्होंने कहा कि 'पहले बुला लिया, अब नाटक कर रही है।'..."

"देवराज होने मात्र से कोई सच्चरित्र नहीं हो जाता। अपना अपराध छिपाने के लिए दूसरों को लांछित करना झूठे, अन्यायी व्यक्ति का सर्वप्रथम लक्षण है।" दामिनी ने पीड़ित सा होकर अनूप को देखा, "यदि इतना ही सच्चरित्र था, तो स्त्रियों की आसक्ति का शिकार क्यों हो जाता था? क्यों सुरा-सुंदरी उसे आकर्षित करते थे? मैं इंद्र के कथन को मिथ्या मानती हूं अन्यथा गौतम ऋषि इतने वर्षों तक अहल्या की प्रतीक्षा न कर रहे होते।"

"तुम्हारी बात सत्य मान भी लूं, तो भी अहल्या निर्दोष कैसे मानी जाए? उसका सतीत्व तो नष्ट हो ही गया।"

दामिनी फटी आंखों से अनूप को देखती रह गई... एक नारी इतनी अधिक अपमानित हुई, पीड़ित हुई, उसकी कोमल भावनाओं के साथ इतना बड़ा अत्याचार हुआ... उसके प्रति करुणा या संवेदना के स्थान पर, उसे ही अपराधी साबित कर दिया। यह कहां का न्याय है?...

"पुरुष से पीड़ित स्त्री को तो मेरे मन ने कभी दोषी माना ही नहीं; किंतु मेरे इस भाव को शब्द डॉ. नरेन्द्र की लेखनी ने दिए कि 'सतीत्व तो मन का होता है, शरीर का नहीं।'...उन्होंने बहुत स्पष्ट शब्दों में अपने लेखन में पूछा है, 'एक पुरुष को पकड़कर कोई उसकी पिटाई कर दे, उसे घाव लग जाए, उसकी भुजा या टांग कट जाए, तो क्या वह पुरुष पतित या चरित्रहीन हो जाएगा।' उन्होंने पूछा है, 'यदि सबल पुरुष दुर्बल नारी के साथ दुष्कृत्य करे, तो उस अबला का क्या दोष?'..."

"अहल्या की निर्दोषता पर तुम्हारे इतने विश्वास का कारण? तुम तर्क से सच को झूठ नहीं बना सकतीं!"

दामिनी के मन में आक्रोश संचित हुआ... क्या यह कहे कि स्त्री होने के कारण स्त्री के मन को अधिक समझती है?... इस विद्यालय में तो स्त्री ही स्त्री को अधिक प्रताड़ित कर रही है। और, स्त्री के मन को जितना

डॉ. नरेन्द्र ने समझा है, जितना उन्होंने उसके गुणों को सम्मानित किया है, उतना कभी वह स्वयं नहीं समझ सकी। द्रौपदी, कुंती, अहल्या आदि की महिमा को उसने उनके लेखन से ही जाना। पीड़ित और शोषित के प्रति कितनी सहानुभूति है उनके मन में।

जब 'अभ्युदय' में अहल्या के प्रति उनकी सहानुभूति देखी, तो एक पल के लिए दामिनी को लगा, संभवतः यह लेखक की कलम का जादू है। किंतु यह मात्र साहित्य नहीं, उनकी अपनी विचारधारा है। उसने जाना था, किस प्रकार उसके प्रेम-संबंध के विच्छेद में उन्होंने न सिर्फ उसे निर्दोष माना था वरन उनका मन बेहद आत्मीय हो उठा था। स्त्री के सकारात्मक दृष्टिकोण के प्रति उनके मन में बेहद श्रद्धा है, हालांकि स्त्री द्वारा पुरुष पर अत्याचार का भी उन्होंने अनेक बार विरोध किया।

उसने अनूप को देखा, "जब लोगों में नैतिक साहस का अभाव होता है, तो निर्दोष व्यक्ति को समर्थन और सम्मान नहीं मिलता।"

"अच्छा।" अनूप के अधर व्यंग्य की मुद्रा में सिकुड़े, "तो स्वयं अहल्या ने अपने-आप को अपराधिनी क्यों माना?"

"समाज की प्रवृत्ति देखकर उसका मन दुविधाग्रस्त हो गया था। तभी तो वह जड़वत हो गई थी... शिला के समान मूक। आज भी तो कितनी नारियां इसी प्रकार निर्दोष होते हुए भी अपराध-बोध से ग्रस्त हो जाती हैं। यह उनके लिए जीवन-मरण का प्रश्न बन जाता है।"

"तुम भावुक होकर विश्लेषण करती हो। तर्क से सत्य नहीं बदला जा सकता। मैं अपनी बात सही साबित करने के लिए प्रमाण दे सकता हूं।"

"सत्य को प्रमाण की आवश्यकता नहीं होती। झूठ ने तो सदा ही प्रमाण एकत्रित किए हैं। अहल्या का चरित्र हल्का होता तो राम जैसे तेजस्वी पुरुष को अहल्या के चरण-स्पर्श की आवश्यकता नहीं पड़ती।"

"डॉ. नरेन्द्र ने स्त्री को सहानुभूति दी है अन्यथा वाल्मीकि तक उसे पतित मानते हैं। और, बात तो इस आदर्श से आरंभ हुई थी कि व्यभिचार दंडित होता है।"

"व्यभिचार में स्त्री से कहीं अधिक आसक्ति पुरुष की है। व्यावहारिक दृष्टिकोण से देखा जाए तो स्त्री को शारीरिक, मानसिक रूप से क्षति पहुंचाकर भी वह अदंडित घूमता रहता है।"

"तुलसीदास ने अहल्या के माध्यम से इसी व्यभिचार की निंदा की है।"

"मैं यहां भी तुमसे सहमत नहीं हूं। यदि एक क्षण को मान भी लें कि अहल्या अपने धर्म पर दृढ़ नहीं रही, तो गौतम ने कौन सा आदर्श प्रस्तुत किया। अहल्या ने सत्य का पक्ष लिया और अपना पाप नहीं छिपाया। किंतु ऋषि गौतम... उनके ज्ञान और विद्वता ने उनमें इतना अहं भर दिया। क्षमा भाव ही भूल गए। अहल्या की मानसिक वेदना असहनीय थी। उन्होंने पश्चाताप भी किया और पच्चीस वर्ष निरंतर तप करके प्रायश्चित भी किंतु विद्वान और तपस्वी कहे जाने वाले गौतम अपने मिथ्याभिमान में क्षमा को ही विस्मृत कर बैठे। अहल्या को एकाकी जीवन जीने के लिए विवश कर दिया, पुत्र से अलग कर दिया। हमारे इतिहास में ऐसे कितने ही उदाहरण भरे पड़े हैं जहां नारी के करुणामय रूप ने पुरुष की बड़ी से बड़ी गलती को माफ कर दिया।"

"अब तुम कुतर्क पर उतर आई हो। उदाहरण तो पुरुष की महानता और मानवीय रूप के भी हैं। तुम तो इस विवाद पर उतर आईं कि पुरुष श्रेष्ठ है या स्त्री।"

"नहीं।" दामिनी हंस पड़ी, "तुमने जो सत्य माना है, उसे लेकर विवाद हुआ है; अन्यथा मैं तो डॉ. नरेन्द्र की 'दीक्षा' से सहमत हूं, जिसमें गौतम और अहल्या दोनों को सहानुभूति मिली है।"

घंटी बजी। दामिनी उठ खड़ी हुई।

"तुम हर बात को भावुकता और आदर्श से जोड़कर देखती हो।" अनूप बोला, "जरा विचार के धरातल पर परखो तो पाओगी, रावण राम से कहीं अधिक श्रेष्ठ था। समाज के लिए आदर्श युधिष्ठिर नहीं, दुर्योधन है।"

दामिनी मौन हो गई। यह चर्चा का कोई धरातल ही नहीं था।

तत्क्षण दामिनी को जैसे याद आया, "तुम्हारा अरेंजमेंट लगा है अनूप।"

"पहले पीरियड का अरेंजमेंट बताने का दायित्व टाइम-टेबिल इंचार्ज का है क्योंकि सूची की फोटोकॉपी होने में देर लगती है। प्रत्येक बोर्ड पर अरेंजमेंट लगते ही पहले पीरियड में हैं। जब वे बताने आएंगे, तो चला जाऊंगा। तुमसे मैंने अन्य पीरियड के अरेंजमेंट दिखवाए थे।"

"अनूप! दामिनी!" डॉ.नवनीत सम्मुख खड़े थे। अनूप हड़बड़ाकर उठ खड़ा हुआ।

"अनूप। आप आठवीं की समस्त कक्षाओं के कॉरडीनेटर हैं। परीक्षाएं आने वाली हैं। मैं चाहता हूं, इस हफ्ते प्रत्येक कक्षा में जाकर देखिए, बच्चे संतुष्ट हैं।"

"ठीक है सर। मैं अपने खाली पीरियड में चला जाऊंगा।"

"मैं चलती हूं।" दामिनी ने पुस्तकें उठायीं।

"ऑ..." डॉ.नवनीत चौंके, "आप हिंदी थियेटर की कक्षाएं लेती हैं। परीक्षा हेतु प्रश्नपत्र बना लिया?" "प्रश्नपत्र?" दामिनी ने असमंजस से उन्हें देखा, "थियेटर के पीरियड में तो मैं उन्हें मात्र अभिनय कराती हूं।"

"तुम्हें किसी ने बताया नहीं कि तीस अंकों की लिखित और सत्तर अंकों की मौखिक परीक्षा होगी।" "मुझे मालूम नहीं सर। मैंने उन्हें लिखित कुछ कराया ही नहीं। परीक्षा से पूर्व अब तो मात्र दो पीरियड बचे हैं।"

"इसके बाद तुम्हारा पीरियड कहां है?"

"इस पीरियड के बाद तो खाली हूं। अभी आठवीं कक्षा में जा रही हूं।"

"आठवीं में!" उन्होंने अनूप की ओर देखा, "तुम्हारा कहां पीरियड है?"

"मेरा तो यह खाली पीरियड है सर।"

"तो आरंभ आप दामिनी की कक्षा से ही कीजिए।"

"ठीक है।" उसने विनम्रता से कहा और दामिनी की ओर दृष्टि की, "मैं इस पीरियड में तुम्हारी कक्षा को 'नदी का रास्ता' कविता भी पढ़ा दूंगा।"

"दामिनी।" डॉ.नवनीत बोले, "मेरा अगला पीरियड खाली है। तुम आ जाना। मैं नाटक के लिए लिखित प्रश्नपत्र के विषय में समझा दूंगा।"

"ठीक है सर।" उसने गर्दन हिला दी।

* * * * * *

डॉ. नवनीत के जाने के बाद अनूप को उपस्थिति रजिस्टर खोलते देख दामिनी को किंचित आश्चर्य हुआ, "अनूप, तुम मेरी कक्षा में जा रहे थे न?"

"हां। अभी तो पीरियड आरंभ ही हुआ है। थोड़ा सा काम निबटा लूं, फिर जाता हूं अन्यथा रजिस्टर घर ले जाना पड़ेगा।"

पीरियड समाप्त होने से पंद्रह मिनट पहले वह उठा। दामिनी समझ नहीं सकी कि पंद्रह मिनट में वह कविता पढ़ाएगा या उनकी अन्य समस्याओं को सुलझाएगा।

"दामिनी।" अनूप ने कहा, "तुम्हारा अगला पीरियड खाली है। मेरी कक्षा में चली जाना। दरअसल मेरे जीजाजी आ रहे हैं।"

"किंतु मुझे डॉ.नवनीत के पास जाना है।"

"किसी और पीरियड में चली जाना।"

"ठीक है।" दामिनी मौन हो गई...

आत्मा मुखर हुई, "नौकरी भी अपनी सुविधा के अनुसार करेगा। झूठ का हिमालय।"

* * * * * *

दामिनी के पग सहसा रुक गए। डॉ.नवनीत के पास एक बच्चा बैठा हुआ था।

"आओ दामिनी।" डॉ.नवनीत का आह्लाद मुखर हो उठा।

"आप पढ़ा लीजिए सर। मैं बाद में आ जाऊंगी।"

"नहीं। यह तो स्वयं पढ़ता है। तुम बैठो।"

दामिनी ने फाइल में से पृष्ठ निकाला, "सर, हिंदी नाटक का लिखित प्रश्नपत्र।"

पृष्ठ थामते डॉ.नवनीत के हाथों ने मानों दामिनी की अंगुलियों को ही थाम लिया।

अचकचाकर दामिनी ने न केवल अपना हाथ खींच लिया, वरन भौंचक दृष्टि से डॉ.नवनीत को देखा। दर्शन ने एक बार उसे बताया था, जब वे उसके घर आते हैं और वह पानी का गिलास उनकी ओर बढ़ाती है तो गिलास लेते हुए, उनका हाथ उसकी अंगुलियों का स्पर्श अवश्य करता है। इसीलिए दर्शन अब ट्रे उनके समक्ष रखकर पीछे हट जाती है।... डॉ.नवनीत की मुद्रा सहज थी मानो कुछ हुआ ही न हो। दामिनी सोचती रह गई, क्या यह संयोग था?...

उसके पृष्ठ पलटते डॉ.नवनीत का स्वर बेहद आत्मीय था, "तुमसे कई दिनों से मुलाकात नहीं हुई।" वे पूर्ण आश्वस्त स्वर में बोले, "मुझे मालूम है, तुम अच्छी तरह उन्हें लिखित कार्य करा दोगी।"

"कोशिश करूंगी। किंतु दो ही पीरियड शेष हैं।"

"दो प्रश्न पांच-पांच अंकों के रख लेना। पांच प्रश्न एक-एक अंक के। बाकी प्रश्न दो या तीन अंक के हो जाएंगे।"

उन्होंने उसे उत्तर सहित प्रश्न लिखवा दिए।

"अपने दो पीरियड में यही प्रश्न बच्चों को करवा देना।"

"धन्यवाद सर।" दामिनी ने पृष्ठ फाइल में रखे।

"सर," मौन बैठा बच्चा किताब बंद करके उठा, "मैंने पूरा पाठ पढ़ लिया। मैं जाऊं?"

"ठीक है, जाओ।"

बालक के जाने पर दामिनी ने जिज्ञासा से उन्हें देखा, "अपनी कक्षा छोड़कर यह बच्चा यहां बैठकर क्यों पढ़ रहा था?"

"यह ग्रेडिड हिंदी का विद्यार्थी है। जो बच्चे विदेश से पढ़कर यहां लौटते हैं, उनका हिंदी से बिल्कुल संपर्क नहीं हो पाता। इसलिए उन्हें आरंभिक कक्षा से हिंदी पढ़ाई जाती है। ऐसे बच्चे अपनी कक्षा के साथ नहीं चल सकते। अपने हिंदी के पीरियड में मुझसे पढ़ने आते हैं।"

डॉ.नवनीत से...! दामिनी सोच में पड़ गई... पहले भी एकाध बार उसने कुछ बच्चों को देखा था; किंतु डॉ.नवनीत को उन बच्चों को पढ़ाते हुए उसने कभी नहीं देखा था। वे अपने कार्य में थे और बच्चे पाठ पढ़कर या अधिक से अधिक पाठ के पीछे दिए अर्थ याद करके चले जाते थे।

"मैं चलती हूं।" दामिनी ने अपनी फाइल उठाई।

"बैठो, तुमसे कुछ बात करनी है।"

"....।"

"पढ़ाई कैसी चल रही है? कई दिनों से तुमने रिसर्च के विषय में चर्चा नहीं की।"

वह क्षण-भर के लिए मौन रह गई। उसके उपेक्षापूर्ण और तटस्थ व्यवहार का उन पर कोई प्रभाव पड़ा नहीं था। माथे पर एक रेखा तक नहीं थी। मुख पर वही आत्मीय मुस्कराहट है। यह व्यवहार व्यक्तित्व की नम्रता का परिचायक है अथवा इस व्यक्ति में स्वाभिमान ही नहीं है। किंतु यदि यह नम्रता है तो उनके इस आचरण से उसका मन इतना अशांत और विचलित क्यों है?...

"कार्य करते-करते प्रवाह बन गया है। अब आगे मैं स्वयं कर लूंगी।"

डॉ.नवनीत के अहं को ठेस पहुंची।

"फिर भी कोई परेशानी हो, तो निस्संकोच पूछ सकती हो।" वे सायास मुस्कराए।

"ठीक है।" वह उठ खड़ी हुई।

"अभी तो पीरियड समाप्त होने में समय है।" वे उठते हुए बोले, "चलिए, एक-एक कप कॉफी पीते हैं।"

"नहीं सर, "दामिनी ने असहजता से कहा, "मेरी इच्छा नहीं है।"

डॉ.नवनीत की मुद्रा देखकर दामिनी समझ नहीं सकी कि वे वास्तव में आहत हुए, या वह मात्र उनका प्रदर्शन था।

कुछ क्षण वे सोचते रहे, फिर धीरे से बोले, "मैं नहीं जानता, मेरी किस बात ने तुम्हें ठेस पहुंचाई है। हो सकता है, अनजाने कुछ भूल हुई हो; किंतु मेरा प्रयत्न सदा यही रहता है कि मेरी कोई बात किसी को दुख न दे। तुम क्यों असंतुष्ट हो, नहीं जानता। गाड़ी जब अपने गंतव्य तक पहुंचने के लिए निकलती है, तो बीच में कभी-कभार रुकती भी है। शायद ऐसा ही कुछ हुआ हो।"

दामिनी ने देखा, उनकी आंखों में उसके प्रति स्नेह के अतिरिक्त अन्य कोई भाव नहीं था। उसकी कठोरता पिघल गई। वह उनके साथ चल पड़ी।

स्टाफ-रूम से काफी पहले ही वे रुक गए।

"तुम पिछले दरवाजे से जाओ, मैं सामने से जाता हूं। कैंटीन के सामने इस प्रकार मिलेंगे मानो आकस्मिक रूप से आमना-सामना हुआ है।"

दामिनी के मुख पर व्यग्रता के चिह्न प्रकट होने लगे। मन की तिलमिलाहट क्रोध में परिणत हो गई... जिस रिश्ते को वे सामाजिक रूप से स्वीकार नहीं सकते, उस भाव को अपने मन में स्थान दिया ही क्यों?...

"आप कॉफी पीजिए।" दामिनी ने रुखाई से कहा, "मैं अपनी सीट पर जा रही हूं।"

डॉ.नवनीत विस्फारित नेत्रों से उसे देखते रह गए।

19

दामिनी ने आंखें [illegible] कीं [illegible] हथेली से माथे को सहलाने लगी। आज कैसे चारों ओर से सब उस पर टूट पड़े थे। सबसे [illegible] खीजी और झल्लाई हुई ज्योतिका थी।

अर्द्धवा[illegible]रीक्षा से पूर्व आनुषंगिक विषयों की परीक्षाएं आरंभ हो गई थीं, जिनमें अंक नहीं ग्रेड मिलने [illegible]यों की परीक्षा पहले चार पीरियड में होती थी और मध्यांतर के बाद के चारों पीरियड में पढ़ाई। सुब[illegible]एक अध्यापिका के अनुपस्थित होने के कारण मिसेस कुलकर्णी ने उसे सातवीं 'जे' की उपस्थिति ले भेज दिया था। उपस्थिति लेकर लौटी दामिनी ने उन्हीं के सूचना पट्ट पर अपनी कक्षाएं देख ली थीं।

मध्यांतर में विभाग के अध्यापकों के एकत्रित होने की बात सुन दामिनी चकित हुई। परीक्षाओं में विभाग की बैठक नहीं रखी जाती थी।

सभा-कक्ष में प्रवेश करती दामिनी के पग ठिठक गए। भीतर से कामना के चिल्लाने की आवाज आ रही थी, "उस लड़की को आए हुए दो महीने नहीं हुए और नखरे दिखाने शुरू कर दिए। हमें इतने वर्ष हो गए, आज तक ऐसा नहीं हुआ कि हम अपने अरेंजमेंट पर नहीं गए हों।"

"आप थोड़ा शांत होइए।" डॉ.नवनीत के स्वर में कोमलता थी, "पहले दामिनी का पक्ष सुनने दीजिए।"

"उसका पक्ष!" कामना का स्वर और अधिक उग्र हो उठा, "सब जानते हैं, वह चौथे पीरियड में आठवीं कक्षा में नहीं थी। ज्योतिका को कितनी परेशानी हुई। पास की कक्षा में होने के कारण उसका एक पांव अपनी कक्षा में था, दूसरा दामिनी की कक्षा में। हिंदी विभाग को कितना कलंकित करती है यह लड़की। उस दौरान यदि नकल हो जाती, तो?"

"गलती तो इंसान से ही होती है।"

डॉ.नवनीत की नम्रता ने कामना का धैर्य छिन्न-भिन्न कर दिया, "उसे दंडित करने की सोचने की अपेक्षा उसका पक्ष ले रहे हैं।"

दामिनी ने भीतर प्रवेश किया।

"चौथे पीरियड में आप कहां थीं दामिनी?" डॉ.नवनीत ने असहाय सा होकर उसे देखा मानो दो पाटों के बीच उन्हें पीसा जा रहा हो।

"मैं पुस्तकालय में थी सर।"

"क्यों?" कामना का आक्रोश फूट पड़ा, "तुम्हें दिखाई नहीं दिया कि आठवीं कक्षा में तुम्हारा अरेंजमेंट है? हर समय नशे में रहती हो।"

दामिनी ने तीक्ष्ण दृष्टि से उन्हें देखते हुए मुंह फेर लिया। जो व्यक्ति उससे ढंग से बात नहीं कर सकता, उसके प्रश्न का उत्तर वह क्यों दे! क्रोध की अग्नि में अपना खून जलाती रहें, उसे क्या!...

सहसा उसकी दृष्टि क्षुब्ध ज्योतिका पर पड़ी।

"सर।" उसने डॉ.नवनीत की ओर देखा, "मैंने सुबह सूची देखी थी। उसमें मेरा चौथा पीरियड खाली था।"

"स्थायी अध्यापकों को मनमानी करने की छूट मिल जाती है। सारे नियम-कानून हम अस्थायी अध्यापकों के लिए ही हैं।" दर्शन उत्तेजित हो उठी, "कितनी ईमानदारी से हम अपना काम करते हैं, फिर भी कोई न कोई कमी ढूंढ ली जाती है। सेमिनार हेतु आयोजित मीटिंग वाले दिन तुम पांच मिनट देर से अरेंजमेंट पर पहुंची थीं और कामना ने कैसे चीखना आरंभ कर दिया था। अभी परसों की ही बात है, मिसेस ग्रोवर को देख आठवीं कक्षा की सुपरवाइजर ने बड़े प्रेम से कहा, 'अरे मिसेस ग्रोवर, पीरियड आरंभ हुए पच्चीस मिनट हो गए हैं। आप कक्षा में गईं नहीं।'...और वे हंसती हुई कक्षा में चली गईं। अनूप के उन विद्यार्थियों के अंक देखे जिन्हें वह ट्यूशन पढ़ाता है। तुझे भी तो कुछ सलाह दे रहा था न!"

"हां।" दामिनी का मन आहत था, "मैं डॉ.नवनीत से वैजयंती के अंकों को लेकर बहस कर रही थी, तो कह रहा था, 'वे हमारे विभागाध्यक्ष हैं। हमें उनकी प्रत्येक बात माननी है, चाहे गलत ही क्यों न हो।... और अंक तो हाथ खींचकर देने ही चाहिए। बच्चे फेल नहीं होंगे तो ट्यूशन कौन पढ़ेगा।'...''

"हुं!" दर्शन ने सिर झटका, "ईमानदारी का फिर भी अपना मूल्य है। उस दिन प्रिंसिपल ने सारे विभाग के सामने तेरी प्रशंसा की।"

"प्रभावित तो वे कामना से भी हैं, अनूप से भी।"

दर्शन ने बात बदली, "भूख लग रही है, कुछ खाएंगे।"

* * * * * *

"कामना ने तुम्हें क्यों बुलाया था?" अनूप को बौखलाया हुआ देख दामिनी ने पूछा।

"तुम तक एक सूचना पहुंचाने के लिए।"

"क्या कह रही थीं?"

अनूप खुला, "सेमिनार के कार्यों के विभाजन का दायित्व डॉ.नवनीत ने कामना को दिया है। उन्होंने उनसे कहा, 'दामिनी, दर्शन को सेमिनार के लिए कोई कर्तव्य सौंप दें।' डॉ.नवनीत के सम्मुख तो वे विरोध प्रकट कर नहीं सकतीं। उस पर आया क्रोध किसी और पर तो उतारना ही था। मुझे देखा तो बुला लिया।"

वह असहायता से हंसा।

दामिनी ने चकित दृष्टि से उसे देखा, "फिर!"

"मुझे सेमिनार के आयोजन से पूर्व के कार्य बताए। मैंने दर्शन और तुम्हारे लिए भी कार्य पूछ लिया। वे शायद इसी प्रश्न की प्रतीक्षा कर रही थीं। बोलीं, 'उन नई-नवेलियों में क्षमता ही नहीं है।' मैंने चाहा कि कुछ और नहीं तो अतिथियों के स्वागत का दायित्व ही...। वे भड़क उठीं। आसपास बैठी अध्यापिकाओं को देख वक्रता से मुस्कराईं और तीखी दृष्टि से मुझे देखते हुए बोलीं, 'उन्हें अतिथियों का स्वागत करने के लिए भेजें, जिनका चेहरा देखकर ही उबकाई आने लगती है। हमारे अतिथि उल्टे पैरों लौट जाएंगे।'..."

दामिनी का हृदय धक से रह गया।

आत्मा ने कामना के लिए कहा, "शक्ल चुड़ैलों की, दिमाग परियों का।"

"और तुम यह सब सुनकर शांति से आ गए?" दामिनी का क्षोभ उस पर बरस पड़ा।

"वे किसी को कुछ कहने का मौका देती हैं क्या?"

"और क्या कहा उस मेनका ने?"

"मैं अपनी जाति की लड़की को अध्यापिका के रूप में इस स्कूल में ले आया हूं" वह बोला, "उनका कहना है कि हर दूसरे दिन कोई न कोई अध्यापिका आकर उनसे पूछती है कि क्या दामिनी अनूप की पत्नी है।"

वह उठ खड़ी हुई।

अनूप का माथा ठनका।

"कहां जा रही हो?"

"कामना को उनकी बात का उत्तर दे आऊं।"

"उन्हें समझाओगी तुम?" अनूप की हंसी का खोखलापन दामिनी को चौंका गया, "तुम एक कहोगी, वे चार कहेंगी। तुम उत्तेजित तो हो सकती हो; किंतु बदतमीजी में उनसे जीत नहीं सकोगी। उनका स्वर उंचे से ऊंचा होता चला जाएगा। तुम्हारे चरित्र की धज्जियां उड़ाकर रख देंगी; और तुम भीतर ही भीतर ऐंठती रह जाओगी।"

"क्यों भयभीत हैं वे मुझसे? क्यों हर बात तुम्हारे माध्यम से कहलाती हैं?"

अनूप के मुख पर विरोध झलका। उसने सयत्न स्वयं को साधा, "एक क्षण के लिए तुम्हारी नात मैं मान भी लूं, तो तुम्हारे पास क्या प्रमाण है कि उन्होंने ऐसा कहा है।"

"क्या!" स्तब्ध खड़ी दामिनी उसे ताकती रह गई।

अनूप की दृष्टि उसकी ओर उठी। मुख पर व्यग्रता और बेचैनी के भाव थे। अनायास उन सारे भावों को वह पी गया। उसका स्वर मधुर हो उठा, "समझने का प्रयत्न करो दामिनी। तुम्हें यहां नहीं टिकना। किंतु मुझे तो यहीं रहना है। विरोध पालकर नौकरी करना बहुत कठिन है।"

"मुझे मौन रहने पर विवश करके तुम मुक्त नहीं हो सकते अनूप।"

दामिनी तीखी दृष्टि से उसे देखती हुई चली गई। अनूप ने देखा... इन आंखों में पीड़ा और तनाव ही नहीं, क्रोध की प्रचंड ज्वाला धधक रही थी। वह साक्षात दामिनी हो गई थी।

20

मैं तुमसे कुछ बात करना चाहती हूं दामिनी।"

"कहिए।"

"तुम्हें पता है," करुणा ने कहा, "कल सातवें पीरियड में सब अध्यापिकाओं की दृष्टि तुम पर थी।"

"मुझ पर!" दामिनी ने अचकचाकर उन्हें देखा, "क्यों?"

"तुम्हारा मुखड़ा तुम्हारी दाहिनी हथेली पर टिका था। तुम्हारे पास ही अनूप बैठा था।"

"डॉ.नवनीत ने हमें आसपास बिठाया है।"

"किसी को इससे क्या मतलब? मुझे लगता है, तुम बहुत भोली हो।"

"मैं आपका मतलब नहीं समझी।" दामिनी ने असमंजस से उन्हें देखा।

"जब तुम कल अनूप से बात कर रही थीं तो तुम्हारे मुख पर हास था। तुम्हारी दृष्टि अनूप पर टिकी हुई थी। बहुत कमनीय लग रही थीं तुम। अनूप भी मधुरता से तुमसे बात कर रहा था।"

दामिनी टुकुर-टुकुर सी करुणा को देखती रह गई।

"आप मुझसे स्पष्टीकरण मांग रही हैं?" दामिनी ने स्वर को भरसक संयत किया; किंतु वाणी में आई वक्रता छिप नहीं सकी।

"नहीं।" करुणा का स्वर पहले की अपेक्षा और अधिक नम्र हो उठा, "मैं जानती हूं, तुम और अनूप मित्र हो। किंतु तुम शायद नहीं जानतीं। यहां स्त्री-पुरुष के मध्य शरीर-संबंध के अतिरिक्त अन्य कोई संबंध अस्तित्व नहीं रखता। अध्यापिकाओं के लिए तुम्हारी उस दृष्टि में अनूप के लिए निमंत्रण था।" उन्होंने स्नेहपूर्वक उसका हाथ दबाया, "इससे अधिक स्पष्ट क्या कहूं। तुम समझदार हो।"

वे चली गईं। मूक-स्तब्ध दामिनी चित्रवत खड़ी रह गई। पुरुष को प्रभावित किया जाता है, मुग्ध करके निमंत्रित किया जाता है... यह उसके लिए बिल्कुल नई बात थी।

करुणा के स्नेह भरे स्पर्श ने उसे सहलाया नहीं। उसके भीतर ज्वाला उत्पन्न कर दी थी। वह हृदय को निरंतर दग्ध करती जा रही थी। पाजी मन इस बात को चुपचाप स्वीकारने को सह जाने को सहमत नहीं था। इतनी ओछी मानसिकता—सड़ी हुई!...

क्या कह गई करुणा... 'स्त्री-पुरुष के मध्य शरीर-संबंध के अतिरिक्त अन्य कोई संबंध नहीं होता।' कुछ ऐसा ही डॉ.नवनीत ने भी कहा था, 'आज का समाज स्त्री-पुरुष की स्वस्थ मैत्री स्वीकार नहीं करता।'... संसार का रूप इतना वीभत्स है!... फिर वह किस युग में जी रही है जो आज भी सीता, सावित्री और पार्वती को अपनी आराध्या मानती है।

दामिनी की आंखों में उजाड़ खंडहर सी वीरानी छा गई... कैसी अंधी दौड़ है यहां! प्रत्येक व्यक्ति दूसरों को अपनी वासनाओं में रंगकर देखता है। संसार व्यक्ति के लिए भोग का साधन-मात्र कैसे बन सकता है। जगत का यह कैसा भयानक रूप है?...

* * * * * *

"दामिनी।" अनूप ने सांत्वना के से स्वर में कहा, "मुझे करुणा मिली थी। तुमने मुझे उनसे हुई बातचीत के विषय में बताया नहीं?"

दामिनी ने पीड़ित होकर उसे देखा। उन निगाहों का सामना करने का साहस उसमें नहीं था। व्यथित ही नहीं, बेहद अपमानित भी थी वह।

"तुम्हें मालूम होगा," अनूप का स्वर स्नेह से भीगा हुआ था, "सीता के चरित्र पर किसने आक्षेप किया था?...धोबी ने। इतना कलुषित चिंतन तो धोबी का ही होता है।"

मूक दामिनी की तड़प अनूप के लिए तनिक भी सुखकर नहीं थी।

"इस प्रकार दुखी मत हो। परपीड़न-रति यहां का लोकप्रिय विनोद है। जब प्रियंका की बात सबमें फैली थी, तब मुझ पर कितने कटाक्ष हुए, कितने आरोप लगे। किसी ने नहीं सोचा कि मुझ जैसा समर्थ युवक विकलांग लड़की से विवाह क्यों करेगा। मुझसे तो यहां तक कहा गया कि 'इतनी ही भूख सता रही थी तो हमारे पास आ जाते। बाहर जाने की क्या आवश्यकता थी।'...मुझ पर इन बातों का कोई प्रभाव नहीं पड़ा। हां, प्रिंसिपल मुझे भला आदमी मानती थीं। इसलिए मैं नहीं चाहता था कि वे मुझे गलत समझें। मैंने उन्हें वे कागज़ दिखाए थे, जिनके अनुसार उसे पागलपन के दौरे पड़ते थे और उन क्षणों में वह इस प्रकार की हरकतें करती थी।... दूषित चिंतन से क्या परेशान होना।"

सहसा अनूप की दृष्टि ने अपने आसपास देखा। कितनी ही जोड़ी आंखें उस पर टिकी हुई थीं।

"दामिनी।" अनूप ने धीरे से कहा, "मैं तुम्हारे दुःख और कष्ट को समझ सकता हूं।" पल भर के लिए रुककर वह बोला, "मैं मानता हूं, जिस प्रकार की परिस्थिति हो, हमें वैसा ही आचरण करना चाहिए। अब भी यदि हम साथ-साथ बैठेंगे, बातें करेंगे, तो आगे की परिस्थितियां और अधिक कष्टदायक हो जाएंगी। मैंने निश्चय किया है कि आज से हमारा स्कूल के भीतर कोई संबंध या संपर्क नहीं होगा।"

* * * * * *

'डी' ब्लॉक में दूसरी मंजिल पर पहुंचकर डॉ.नवनीत रुक गए। उन्होंने कक्ष का ताला खोला और अंदर प्रवेश किया, "देखो दामिनी, मैंने सारे कंप्यूटर यहां से हटवा दिए हैं। तुम्हारी और दर्शन की मेज पर नाम और समय-तालिका भी लग गई है।" वे मुस्कराए, "मेरी इच्छा है कि हिंदी विभाग इसी कमरे में स्थापित हो जाए। स्टाफ-रूम में अध्यापिकाएं अधिक हो गई हैं और स्थान कम है। सोचा तो पहले भी कई बार था; किंतु व्यस्तता के कारण..."

"अब बाईस दिसंबर तक मैं यहीं बैठूंगी।" दामिनी ने स्थिर वाणी में कहा।

"तुम बार-बार ऐसा क्यों कहती हो? तुम्हारी नौकरी आगे भी तो बढ़ सकती है।"

"किंतु मैं अब इस परिवेश में रहना नहीं चाहती।" दामिनी का स्वर प्रखर हो उठा, "इस स्कूल में रचनात्मकता, मौलिकता और प्रतिभा का स्वागत नहीं होता।"

"मैं जानता हूं, तुम्हारे साथ अन्याय हुआ है; किंतु हम संसार को बदल नहीं सकते। तुम खुश रहो, चिढ़ने-कुढ़ने दो सबको। तुम्हारा ध्यान सिर्फ अपने लक्ष्य पर होना चाहिए। मैं तुम्हारे साथ हूं।"

वे मुड़े। दरवाजे तक गए और अनायास रुक गए।

"दामिनी! स्टाफ-रूम में स्थान की कमी के कारण तुम्हारे पास सीट या लॉकर नहीं था; किंतु यह पूरा कक्ष तुम्हारा है," वे मुस्कराए, "अब इस द्वार के भीतर सिर्फ सात्विकता आएगी।"

* * * * * *

कक्ष का दरवाजा खटका।

"फिर आ गए तेरे बच्चे।" दर्शन ने उलाहना दिया, "तुझे नहीं लगता, तेरा सारा समय ये बच्चे खा जाते हैं। पहले खाली पीरियड में कॉपी जांचती थी, अब स्कूल का सारा कार्य घर ले जाती है।"

"मैं अंदर आ सकता हूं मैम!" एक लड़के ने थोड़ा सा दरवाजा खोलकर भीतर झांका।

"आओ रुद्रत।"

इससे पूर्व कि दामिनी कुछ समझती, रुद्रत ने झुककर उसके चरण-स्पर्श किए। क्षण-भर दामिनी देखती रह गई। उसे याद आया, एक बार रुद्रत ने बताया था, उसके परिवार में बड़ों के चरण-स्पर्श की परंपरा है। किंतु आज तक तो उसने ऐसा नहीं किया था। विह्वल अवस्था में अपना हाथ उसने आशीर्वाद के रूप में उसके सिर पर रख दिया।

"मैम, मेरे चौरासी प्रतिशत अंक आए हैं। अब मुझे भी स्कॉलर बैच मिलेगा।"

दामिनी चमत्कृत थी...

कक्षा में वह बहुत हताश और निराश लगा था उसे।

"रुद्रत!" एक दिन पीरियड समाप्त होने पर उसने कहा था, "जरा मेरे कक्ष में आना।"

"तुम्हें मेरा समझाया समझ नहीं आ रहा?" उससे पूछा था दामिनी ने।

"ऐसी बात नहीं है मैम।"

"कोई और परेशानी?" दामिनी ने सस्नेह पूछा, "मैं तुम्हारी कुछ सहायता कर सकती हूं?"

रुद्रत ने दामिनी का मुख देखा... इस मुस्कराहट के पीछे यह कैसी आश्वस्ति थी!

उसका संकोच बह गया। दामिनी ने जाना, उसके माता-पिता दोनों नौकरी करते थे। उनके पास रुद्रत के लिए समय नहीं था। रुद्रत अपने-आपसे दूर होता जा रहा था। दामिनी के मन में उसके प्रति सहानुभूति जागी। जैसे-जैसे उसने दामिनी के पास अधिक आना आरंभ किया, उसके भीतर की रिक्तता दूर होती गई।

बच्चों के साथ रहकर दामिनी ने जाना, उनके भीतर बेहद क्षमताएं हैं; किंतु उन्हें उनकी प्रकृति से परिचित कराने के लिए उनकी मनःस्थिति को समझकर उन्हें उत्साहित करना पड़ता था।

आठवीं कक्षा की स्निग्धा की मां प्रफुल्लित थीं...

"मेरी बेटी ने कभी हिंदी में इतनी रुचि नहीं ली। कारण शायद विद्यालय का वातावरण रहा हो; फिर आठवीं के बाद हिंदी पढ़नी नहीं है, इसलिए मैंने भी कभी जोर नहीं दिया। किंतु इन दिनों वह न सिर्फ हिंदी का कार्य पूरा करती है, बल्कि विषय से हटकर हिंदी कहानियों की पुस्तकें भी पढ़ती है।... इसका श्रेय आपको जाता है।"

"ऐसी कोई बात नहीं है। स्निग्धा में मैंने क्षमता देखी तो उसका उत्साह बढ़ाया। मैं नहीं जानती, आगे यह कितना विकास करेगी; किंतु हिंदी के नए-नए शब्दों का ज्ञान होने से लेखन के प्रति भी वह प्रेरित हो रही है।"

पढ़ाते समय दामिनी बीच-बीच में बच्चों से प्रायः प्रश्न पूछा करती थी। प्रश्न पूछते समय एकाध बार उसकी दृष्टि स्निग्धा की ओर उठी। उत्तर देते समय स्निग्धा की विश्लेषण दृष्टि, सोचने-विचारने की क्षमता दामिनी को मुग्ध कर देती। एक दिन अन्य बच्चों के साथ वह भी कक्ष में आई।

"स्निग्धा, तुम कुछ लिखती क्यों नहीं हो?"

"मैं?"

"हां, तुम लिख सकती हो।"

स्निग्धा सकुचा गई। उस समय वह कुछ नहीं बोली। किंतु कुछ दिन बाद वह उसके पास आई।

"मैम," उसके मन में दुविधा थी, "मैं सोचती तो हिंदी में हूं। किंतु जब लिखने बैठती हूं तो शब्द मेरे पास अंग्रेज़ी के होते हैं।" उसने जिज्ञासा से उसे देखा, "क्या मैं अंग्रेज़ी में नहीं लिख सकती? वैसे भी हिंदी में लिखी रचना को कोई नहीं पढ़ता।"

"यदि यह सत्य होता तो पुस्तकालय में हिंदी की इतनी पुस्तकें क्यों होतीं?"

"आप भी लिखती हैं?"

"हां। मैं हिंदी में लिखती हूं। मेरे सर मेरी रचनाएं जांचते हैं, मैं उन्हें सुधारती हूं।"

"आप तो मैम हैं। आपकी रचनाओं में भी गलतियां होती हैं?"

दामिनी मुस्कराई, "विकास की तो कोई उम्र नहीं होती।" उसका स्वर मधुर हो उठा, "अगर ईश्वर ने कला दी है, तो उसके सदुपयोग का प्रयत्न करना चाहिए। भाषा कोई बंधन नहीं है किंतु शब्द न होने के कारण अंग्रेज़ी में लिखा जाए, यह तो उचित नहीं है।"

स्निग्धा ने प्रश्न भरी दृष्टि से उसे देखा...मानो पूछना चाह रही हो, सिर्फ इसलिए अंग्रेज़ी में न लिखे क्योंकि दामिनी हिंदी की अध्यापिका है।

दामिनी ने उसकी आंखों में झांका...उसके मन में आपत्ति थी। हिंदी में लिखना उसके लिए सम्मानजनक नहीं था।

"मैं तुम्हें हतोत्साहित नहीं कर रही स्निग्धा। किसी को अंग्रेज़ी में लिखी रचना पढ़नी होगी तो वह अंग्रेज़ साहित्यकार द्वारा लिखी रचना पढ़ना चाहेगा। ठीक ऐसे ही जैसे हम हिंदी साहित्य अंग्रेज़ कवि या लेखक द्वारा लिखा हुआ नहीं पढ़ेंगे। अपनी भाषा में हम जितनी उन्नति कर सकते हैं, वह दूसरा भाषा में नहीं।"

स्निग्धा मुस्करा दी। पुस्तकालय पीरियड में उसने हिंदी की कहानियां और कविताएं पढ़ना शुरू कीं। उसका प्रयास जल्दी ही उसकी रुचि बन गया।

अपनी छोटी-छोटी गलतियों को जानकर कितनी जल्दी सजग हो जाते थे ये बच्चे।

नकुल पूरी पंक्तियों में बड़े-बड़े शब्द लिखता था। बीच-बीच में काटा-पीटी बहुत करता था।

"नकुल, तुमने उत्तर बहुत अच्छा लिखा है, किंतु यदि तुम्हारा हस्तलेख भी इतना अच्छा और साफ होता तो लिखे हुए का सौंदर्य बढ़ जाता।"

प्यार से कही गई उसकी यह छोटी सी बात उसके अंतर में उतर गई। अगली बार उसकी कॉपी देखकर दामिनी का मन खिल उठा। निश्चित ही अभ्यास से उसने अपना लेख सुधारा था।

श्रेया बहुत सुंदर चित्रकारी करती थी किंतु ठीक से रंग न भरकर चित्रों का सौंदर्य खराब कर देती थी। रागिनी बहुत अच्छा बोलती थी किंतु उसके भीतर आत्मविश्वास का अभाव था। अपनी इन छोटी-छोटी बातों से बच्चे अपरिचित थे इसलिए मन में सुधार की बात ही नहीं आती थी।

अनेक बार अध्यापकीय गरिमा के प्रति दामिनी को सचेत होना पड़ता।... बच्चे जब अधिक खुलते थे तो प्रायः अन्य अध्यापकों की बातें बताते थे...

"मैथ्स की मैडम पढ़ाती इतना नहीं, जितना डांटती हैं। कुछ समझ में न आए और पूछो तो कहती हैं, जब समझा रही थी, तब ध्यान कहां था।"

अनेक बच्चे अध्यापकों के नाम बिगाड़कर आनंद लेते थे। अनूप की कक्षा की सेतिका ने उसके पास अधिक आना आरंभ कर दिया था, "मैम, मैं सर का अभिनय करके दिखाऊं, वे क्लास में कैसे करते हैं।"

दामिनी ने बच्चों की ऊर्जा को पहचाना। उसे सार्थक दिशा देने का प्रयत्न किया। एक-एक करके उनकी क्षमताएं दामिनी के समक्ष उभर रही थीं। उसका स्नेह बच्चों को उनके स्वधर्म से परिचित कराता गया। उनकी क्षमताओं को बढ़ाने के तरीके सुझाता गया। उसका मन बच्चों के मनभावन संसार के मध्य आसक्त होता चला गया।

* * * * * *

दामिनी ने पत्र पर्स में रखा और उस बालक की ओर देखा, "अनूप सर से कहना, मैं कक्षा में हूं, इस समय नहीं आ सकती।"

बच्चों को निबंध का विषय बताकर दामिनी ने उनसे उस विषय पर चर्चा की, निबंध से संबद्ध कविता की कुछ पंक्तियां ब्लैक-बोर्ड पर लिखीं। उसने उन्हें कल्पना-शक्ति का उपयोग करके निबंध लिखने को कहा।

अनूप का व्यवहार उसके लिए आकस्मिक और विचित्र ही नहीं, आहत करने वाला भी था...

पहले पीरियड में आठवीं कक्षा से कॉपी लेकर कक्ष में आई, तो अनूप को वहां देखकर चौंक पड़ी।

"कहां थीं तुम?" अनूप फट पड़ा, "तुम्हारा सातवीं 'डी' में अरेंजमेंट है। टाइम-टेबिल इंचार्ज ने तुम्हें सूचित करने के लिए मुझे भेजा था। तुम्हारे कक्ष, स्टाफ-रूम, पुस्तकालय से लेकर डॉ.नवनीत के कक्ष तक मैं तुम्हें देख आया। कहीं न पाकर फिर से तुम्हारे कक्ष में आया। पांच मिनट हो गए यहां खड़े-खड़े।"

"दो दिन बाद आठवीं की सोमवासरीय परीक्षा है। कॉपी जांचने का अंतिम दिन है।" उसने घड़ी देखी, "पीरियड आरंभ हुए दस मिनट हुए हैं, मैं जाती हूं।"

"दामिनी," अनूप ने कहा, "डॉ. अघ अनुपस्थित हैं। उनकी कक्षा की कॉपियां जंची नहीं हैं। पंद्रह-पंद्रह कॉपियां मुझे, दर्शन और तुम्हें जांचने के लिए बांटी गई हैं। तुम ले जाना।"

अनुपस्थित तो वे पिछले दो दिन से हैं। उन्हें पता था, उन्हें नहीं आना तो कॉपी जांचने का काम क्यों नहीं निबटाया?... उसकी अपनी कक्षा की कॉपियां! बच्चों को कितना भी समझा लो किंतु कुछ बच्चे अंत समय ही कॉपी देते हैं।

"मेरे पास अपनी कक्षा की पंद्रह कॉपियां हैं और इस पीरियड के बाद आज मेरा सिर्फ एक पीरियड और खाली है।" दामिनी ने असहमति दिखाई, "मैं जांच नहीं सकूंगी।"

"पंद्रह कॉपियां तो बीस-पच्चीस मिनट में जंच जाएंगी, फिर भी तुम्हारे पास काफी समय बचा रहेगा।"

"मुझमें इतनी जल्दी जांचने की क्षमता नहीं है।"

उसके उत्तर ने अनूप को क्षुब्ध किया। पैर पटकता हुआ वह चला गया।

तीसरे पीरियड में अनूप आया, "कल तुम डॉ. भास्कर को सेमिनार में आने हेतु निमंत्रण देने गई थीं। उनका परिचय लाई हो?"

"हां।" दामिनी ने परिचय लिखा कागज उसकी ओर बढ़ाया, "और डॉ. नरेन्द्र का परिचय!"

"डॉ. नरेन्द्र यहां पहले भी आ चुके हैं। उनसे सब परिचित हैं।" उसने परिचय पर दृष्टि डाली, "इतना पास-पास और रफ लिखा है। समझ नहीं आ रहा।"

"जल्दी में लिखा था न। रात सात बजे घर पहुंची; सुबह छह बजे स्कूल के लिए निकल पड़ी। साफ लिखने का समय नहीं मिला।"

"अब लिख दो।"

"ठीक है। कॉपी जांचने के बाद लिख दूंगी। इस पीरियड के बाद मेरा आठवां पीरियड खाली है।"

हर पीरियड में वह उससे टकरा जाता, "लिख दिया दामिनी?"

दामिनी का मन खिन्न हो उठा...

और अब... सातवें पीरियड में अंग्रेज़ी में लिखा यह पत्र! उसका हृदय उबलने लगा। पत्र में उसने उसे गैरजिम्मेदार ठहराते हुए सलाह दी थी कि उसे अपने दायित्व का बोध होना चाहिए। साथ ही कॉरडीनेटर होने के नाते यह आदेश दिया था कि वह तुरंत आकर उससे मिले।

दामिनी झल्ला गई...उसे दायित्व सिखा रहा है। स्वयं यह भी भूल गया, इस प्रकार कक्षा छोड़कर वह नहीं आ सकती। बच्चों को छोड़ जाए तो अभी यहां हंगामा हो जाए।

"मैम, मैंने निबंध लिख लिया।" एक बच्चे ने उसका ध्यान भंग किया।

"हां दिखाओ।" वह बच्चों के निबंध जांचने लगी।

पीरियड समाप्त होते ही वह स्टाफ-रूम में आई।

"मुझे मालूम है कि मेरे कर्तव्य क्या हैं।" दामिनी तमतमाई हुई थी, "फिर भी लिखित रूप में बोध कराने के लिए धन्यवाद।"

"अपने दायित्वों के प्रति सजग हो, तभी तो अब तक परिचय लिखकर नहीं दिया।" उसका आक्रोश जैसे खौल रहा था।

"इतना विश्वास तो मुझ पर रखना ही चाहिए।"

"तुमने तो कामना मैम से जाकर सेमिनार के लिए अपना कार्य भी नहीं पूछा।"

दामिनी के भीतर तूफ़ान उठा...उसके द्वारा कार्य पूछने पर उन्होंने कम अपमानित किया था क्या!

"क्षमता दिखाई देगी, तो स्वयं काम सौंप देंगी।"

"इतना अहंकार अच्छा नहीं है। दर्शन भी तो स्वयं जाकर काम पूछ आई। तुम्हारे यही लक्षण रहे तो अधिक देर यहां टिक नहीं सकोगी।"

"इस नरक में टिकना ही कौन चाहता है।" दामिनी झुंझला गई, "तुम्हें डॉ. भास्कर का साफ-सुथरा लिखा परिचय अंतिम पीरियड के अंत में मिल जाएगा।"

"अंतिम पीरियड के अंत में!" अनूप की भृकुटी चढ़ गई, "फिर मैं उसे टाइप कब करवाऊंगा?"

दामिनी विस्मित हुई, "टाइप करवाने के विषय में तो कोई चर्चा नहीं हुई।"

"तुम्हारे लिए यह जानना आवश्यक नहीं था। तुम्हें जो आदेश दिया जाए, उसका पालन करो।" अनूप का स्वर इतना उग्र हो गया कि आसपास के अध्यापकों का कार्य रुक गया। सबकी

दृष्टि और कान उनकी ओर उन्मुख हो गए। किंतु उसके स्वर की प्रखरता कम नहीं हुई, "तुम क्यों भूल जाती हो कि मैं कॉरडीनेटर हूं। मेरे पद का महत्व तुम्हें समझ नहीं आता!... या फिर तुमने निर्णय कर रखा है कि तुम्हें सिर्फ मनमानी करनी है। तुम्हारे हिस्से की डॉ. अघ की कॉपी तक मुझे जांचनी पड़ी।...बनती तो बहुत आदर्शवादी हो..."

दामिनी ने तड़पकर उसे देखा और चली गई।

डॉ.नवनीत कैंटीन के पास चाय पी रहे थे। दूर होने के कारण उन तक उन दोनों की बातों की आवाज तो नहीं पहुंच रही थी; किंतु गड़बड़ का अहसास उन्हें हो गया था। "सर," दामिनी उनके पास आई।

"क्या हुआ दामिनी?" उन्होंने न केवल कप मेज पर रख दिया वरन जिज्ञासावश उठकर खड़े भी हो गए।

"सर, अनूप ने मुझसे डॉ. भास्कर का साफ-सुथरा परिचय लिखने को कहा था। मेरा आठवां पीरियड खाली है, अब लिख देती। वह चिल्लाए जा रहा है।" उसने पर्स में से अनूप का लिखा पत्र निकाला, "अंग्रेज़ी में इतना लंबा-चौड़ा पत्र लिखकर देने का क्या अर्थ है?''

उसकी आंखें डबडबा आईं।

"तुम परेशान मत होओ।" डॉ.नवनीत ने स्नेह-सिक्त स्वर में कहा, "परिचय दिखाओ।"

दामिनी ने पर्स में से परिचय निकाला।

अनूप आकर सिर पर खड़ा हो गया था।

परिचय उसके हाथ से लेकर उन्होंने अनूप को देखा, "इस परिचय में क्या परेशानी है अनूप?... और बखेड़े कम हैं कि इस छोटी सी बात को मुद्दा बनाकर लड़ रहे हो।"

"सर।" वह नम्र स्वर में बोला, "यह साफ-साफ नहीं लिखा है।"

उन्होंने उस पर दृष्टि डाली, "बोलना तो मुझे है न। इसी से पढ़कर बोलूंगा मैं।" उनकी मुद्रा कठोर हो गई, "दामिनी अपनी जगह सही है।" उन्होंने उसकी ओर कागज बढ़ाया, "इसे ही फाइल में रखो। कोई साफ सुथरा नहीं लिखा जाएगा। यही परिचय सबके सामने सुनाया जाएगा।"

अनूप ने चुपचाप परिचय फाइल में रख लिया।

"जाओ दामिनी।" डॉ.नवनीत ने कहा, "तुम अपना काम करो।"

दामिनी कक्ष में लौट आई। पांच कॉपियां अभी अनजंची पड़ी थीं। उन्हें जांचकर वह आठवीं कक्षा में दे आई।

उसने घड़ी देखी... पीरियड समाप्त होने में अभी दस-बारह मिनट बचे थे। उसके कदम डॉ.नवनीत के कक्ष की तरफ मुड़ गए।

"सर! मैं अब खाली हूं। लाइए, परिचय साफ-साफ लिख देती हूं। टाइप भी हो जाएगा।"

"टाइप ही करवाना है तो साफ क्यों लिखना। और टाइप क्यों करवाना है। कोई दस-पांच कापियां तो करवानी नहीं हैं। वैसे भी वह अनूप के पास फाइल में है।"

"मैं उससे मांग लूं?"

"अरे नहीं। वह तो पागल है। तुम क्यों उसके पीछे हल्कान होती हो।" उन्होंने आत्मीयता से उसे देखा, "अपना मुखड़ा तो देखो जरा। कितना मुरझा गया है। इतनी सी बात पर इतनी दुखी मत होओ। तुम हंसती-खेलती ही अच्छी लगती हो।"

"सर, मैं जबानी आपको उनका परिचय बता देती हूं। वे आत्माराम सनातन धर्म कॉलेज में..."

"अरे छोड़ो। इसकी आवश्यकता नहीं है।" उन्होंने उसकी बात बीच में काट दी, "अनूप पर कामना का दबाव बढ़ गया था। इसलिए वह आपा खो बैठा। परिचय तो औपचारिकता मात्र है, मुख्य तो उनका वक्तव्य है।"

"तो मैं निश्चिंत हो जाऊं?"

"हां। पूर्णतः निश्चिंत। सेमिनार की सारी तैयारियां ठीक हो रही हैं। कल प्रातः तुम और दर्शन वक्ताओं तथा आदर्श विद्यालय की अन्य शाखाओं के अध्यापकों का स्वागत करके उन्हें कांफ्रेंस रूम में ले आना।"

"हम दोनों?"

डॉ.नवनीत मुस्कराए, "यह जिज्ञासा है या आपत्ति।"

"नहीं सर।" दामिनी ने सहजता से कहा, "मैं और दर्शन मुख्य द्वार पर खड़ी रहेंगी।" वह उठ खड़ी हुई, "मैं चलती हूं सर, छुट्टी होने वाली है।"

"जाओ।"

* * * * * *

"आ गई।" दामिनी, दर्शन को देख मुस्कराई।

"हां। डॉ.नवनीत ने डॉ. नरेन्द्र के स्वागत के लिए भेजा है।" वह हंसी, "उन्होंने सोचा, डॉ. नरेन्द्र को देख भावविह्वल दामिनी कहीं कांफ्रेंस रूम ही न भूल जाए।"

"ठीक ही सोचा है उन्होंने!" दामिनी हंस पड़ी, "स्वयं संभली रहना और मुझे भी संभालना।"

"दामिनी।" दर्शन आत्मलीन सी थी, "डॉ. नरेन्द्र के विषय में तुम सदा ही कुछ न कुछ बताती रहती हो। किंतु डॉ. भास्कर की तुमने कभी कोई खास चर्चा नहीं की। आज उनसे मिलकर, थोड़ा-बहुत जानकर लगा, बहुत अच्छे इंसान हैं।"

"हां। बहुत सरल हैं।" दामिनी मौन हो गई। सेमिनार में डॉ. भास्कर की उपस्थिति और उनके वक्तव्य के विषय में अध्यापकों की प्रतिक्रिया और व्यवहार उसे स्तब्ध कर रहा था। वह समझ नहीं सकी कि यह सेमिनार, शिक्षा से संबंधित अपनी उलझनों और समस्याओं को सुलझाने के लिए था या वक्ता की धज्जियां उड़ाकर आह्लाद प्राप्त करने के लिए। डॉ. भास्कर की एक-एक बात को मनोरंजन का विषय बना लिया गया।

डॉ.नवनीत के मुख पर सहज उल्लास था। पता नहीं इन सबसे उन्हें कोई आपत्ति नहीं थी अथवा इन वरिष्ठ अध्यापकों को रोकने का साहस ही उनमें नहीं था।

"डॉ. साहब।" कामना ने डॉ. भास्कर की ओर देखा था, "किसी भी दोहे को, किसी भी रचना को, बच्चों को किस प्रकार पढ़ाना चाहिए?"

"आप दोहा लिखकर दीजिए।" डॉ.नवनीत ने कामना को देखा, "डॉ. साहब बताएंगे।"

"लिखकर क्यों, वैसे ही बोल दीजिए।" डॉ. भास्कर मुस्कराए।

"हां। रहीम का एक..." कामना रुकीं, "नहीं। आपके लिए शायद कबीर अधिक सुविधाजनक हैं। आपने अपने वक्तव्य में सारे उदाहरण कबीर के ही दिए हैं।"

दामिनी ने चौंककर कामना को देखा... प्रत्यक्ष रूप से इस प्रकार अपमानित करना!...डॉ. भास्कर का धैर्य उसे चकित कर रहा था।

"ठीक है, कबीर ही सही।" डॉ.नवनीत ने समर्थन किया।

"नहीं।" डॉ. भास्कर ने नम्रता से कहा, "रहीम या अन्य किसी भी कवि का दोहा कहा जा सकता है।"

डॉ. भास्कर की मुखाकृति इन बातों से प्रभावित हो रही थी। किंतु न तो उनके भीतर आक्रोश जागा, न प्रतिरोध। वे मूक थे। क्षण-भर के लिए जागे आवेश को वे सायास पी गए थे।

दामिनी का मन खिन्न हो उठा। आज पहली बार उसने जाना कि डॉ. भास्कर की सज्जनता और सरलता के प्रति उसके मन में कितना सम्मान है। उसका आक्रोश उबल रहा था। मन कर रहा था, वक्ता का सम्मान न करने वाली इन अध्यापिकाओं से भिड़ जाए; किंतु यह भी देख रही थी कि डॉ. भास्कर ने किस तरह धैर्यपूर्वक स्वयं को संभाल रखा था।

सहसा दक्षा की चंचलता विभाग की कमजोरियों को उजागर करने लगी, "डॉ. साहब, यदि किसी बच्चे के परीक्षा में सौ में से सत्तानवे अंक आएं तो उसे पूरे अंक देने चाहिए या नहीं?"

"साहित्य में इतने अंक दिए नहीं जाते।"

"किंतु विद्यार्थी ने बहुत अच्छा किया हो, तो?...कहीं पूर्ण विराम तक की गलती न हो! अंक काटने की कहीं गुंजाइश न हो, तो? हमारे विभागाध्यक्ष इतने अंक हमें देने नहीं देते।"

डॉ.नवनीत ने दक्षा पर दृष्टि डाली, "ठीक है। ऐसी स्थिति में कॉपी अन्य अध्यापकों द्वारा भी जांची जाएगी। यदि वास्तव में इतना अच्छा कार्य किया है तो अंक दिए जा सकते हैं।"

दक्षा कुटिलता से मुस्कराई, "यही तो मैं सुनना चाहती थी।"

दामिनी की दृष्टि अनूप की ओर गई। वह उन्हीं की ओर आ रहा था।

"आप भी?" करीब आने पर दर्शन ने पूछा।

"हां। डॉ.नवनीत ने डॉ. नरेन्द्र के स्वागत के लिए भेजा है।"

दामिनी ने देखा, अनूप का मुख तना हुआ था। संभवतः कल की घटना से वह अभी तक क्षुब्ध था।

"अनूप!"

दामिनी के स्वर की मधुरता ने अनूप के मुख पर छाये तनाव को तनिक भी कम नहीं किया। तमककर उसने दामिनी को देखा।

"कल शायद मैंने तुम्हें आहत किया।"

"डॉ.नवनीत के पास पहुंच गई।" अनूप की भौंहें ही नहीं सिकुड़ीं, आंखों से क्रोध की चिनगारियां भी निकलने लगीं, "मैं तुम्हें जीवन के सत्य से परिचित करा रहा था। तुम्हारी उस लापरवाही और अकर्मण्यता की वजह से डॉ. भास्कर को अपना परिचय स्वयं देना पड़ा। क्या सोच रहे होंगे वे!"

दामिनी का ध्यान उसके आरोप पर गया। कुछ ऐसा ही हुआ था। डॉ.नवनीत ने फाइल खोलकर डॉ. भास्कर का परिचय देना आरंभ किया, "डॉ. साहब आ. राम स. धर्म कॉलेज में अध्यापक हैं।..."

"डॉ. साहब।" डॉ. भास्कर के स्वर ने उनके प्रवाह को रोक दिया, "मैं उस कॉलेज में अध्यापक था; किंतु अब विश्वविद्यालय में रीडर हूं। मैं सोच रहा था, परिचय देने की औपचारिकता वक्तव्य के समय मैं स्वयं कर लूंगा।"

डॉ.नवनीत सहमत हो गए।

दामिनी की दृष्टि में अनूप के प्रति रोष जागा...यह बात उसे दिखाई दी, किंतु अध्यापकों द्वारा डॉ. भास्कर का उपहास, उनके वक्तव्य पर ध्यान न देकर अपना मनोरंजन करने का प्रयत्न, उस पर उसे कोई आपत्ति नहीं है...

दामिनी के मौन ने अनूप को उद्वेलित किया, "सबसे लड़-भिड़कर क्या प्राप्त कर लोगी तुम?" उसका आक्रोश अनियंत्रित हो उठा, "यहां तुम्हें डॉ.नवनीत मिल गए। हर जगह डॉ.नवनीत नहीं होते। वैसे भी यह महंगा सौदा है।"

"मेरे मन में ऐसा कुछ भी नहीं था।" दामिनी शांत थी, "तुम इतने अध्यापकों के बीच जिस प्रकार मुझ पर चिल्ला रहे थे, वह कितना अपमानजनक था। मित्र होकर भी..."

"जो तुम पर चीख रहा था, तुम्हें आदेश दे रहा था, वह मित्र नहीं, कॉरडीनेटर था।" अनूप ने दंभपूर्ण स्वर में कहा, "तुम्हें नौकरी और व्यक्तिगत संबंधों में अंतर करना नहीं आता।"

"जानती हूं, तुम कॉरडीनेटर हो।" दामिनी ने शांत किंतु दृढ़ स्वर में कहा, "किंतु पद की गरिमा बनाए रखते हुए भी हम मनुष्य बने रह सकते है। तुममें और मिसेज कुलकर्णी में क्या अंतर रह जाएगा?" उसके कथन ने अनूप को और उत्तेजित कर दिया। क्रोध की प्रखरता उद्दंडता में बदल गई, "तुम अच्छी तरह जानती हो कि तुम्हें यहां केवल बाईस दिसंबर तक ही टिकना है। इन हरकतों के रहते तुम्हारी नौकरी आगे नहीं बढ़ेगी। तब तक कुछ भी करो, न करो, वेतन तो तुम्हें मिल ही जाएगा।"

दामिनी सन्न रह गई।...

"यदि मैं तुम्हारी छोटी से छोटी गलती पकड़ने लगूं, तो दो दिन भी टिक नहीं पाओगी।" उसकी मुखाकृति पिशाच की सी हो गई, "अपने इसी व्यवहार के कारण आज तुम स्टाफ-रूम से निकलकर उस उजड़े कक्ष में पहुंच गई हो। दर्शन भी तो तुम्हारे साथ ही आई है। उस पर तो इतना विवाद कभी नहीं हुआ।"

डॉ. नरेन्द्र की कार आते देख अनूप मौन हो गया।

डॉ. नरेन्द्र ने कार फाटक पर रोक दी। मुस्कराकर उसकी और दर्शन की नमस्ते का जबाव दिया और अनूप की ओर दृष्टि की, "आओ अनूप, मुझे जरा पार्किंग का रास्ता बताओ।"

"दामिनी।" कार आगे बढ़ गई तो दर्शन बोली, "अनूप बकता रहा और तुमने एक भी कठोर बात नहीं कही।"

"मैंने उसकी ओर मित्रता का हाथ बढ़ाया था..."

"वह डॉ.नवनीत के बहुत करीब रहा है। उन पर अपना अधिकार तुमसे अधिक मानता है। तुम्हें यहां लाते समय उसने सोचा होगा, तुम पर भी उसका अधिकार हो जाएगा और डॉ.नवनीत भी...।" वह हंसी, "किंतु पासा उलटा पड़ा। तुमने डॉ. नवनीत को उससे छीन लिया।... बुरा नहीं मानना..."

दामिनी ने उसकी ओर देखा।

"या फिर उसकी पीड़ा यह है कि डॉ. नवनीत ने उससे दामिनी छीन ली है।"

"क्या बकती हो।" दामिनी समझ रही थी, यह सब परिहास नहीं था। "तुम पुरुषों को जानती तो हो, समझती नहीं हो या फिर केवल डॉ. नरेन्द्र को ही जानती हो।"

दामिनी कहना चाहती थी कि उसने तो डॉ.नवनीत पर कभी अपना कोई अधिकार नहीं माना। वे अधिकार पाने योग्य थे ही कहां...

अनूप के भीतर के चीत्कार ने दामिनी को चकित किया था। कितना आक्रोश, कितनी उद्विग्नता थी उसके भीतर... या फिर यह हाहाकार था, सिर्फ इस बात से कि उसने उसकी शिकायत डॉ.नवनीत तक क्यों पहुंचाई! यह सब कुछ तो क्षणिक उत्तेजनावश हुआ था। ठीक इसी प्रकार असहज वह तब हुआ था जब स्कूल बैंक में अपना खाता खोलने के लिए दर्शन ने उससे हस्ताक्षर कराने चाहे थे और उसने यह कहते हुए इंकार कर दिया था कि लड़कियां विश्वसनीय नहीं होतीं।... डॉ.नवनीत से हस्ताक्षर कराते हुए दर्शन ने अनूप की बात बता दी थी।

"अनूप।" दामिनी ने बड़े-बुजुर्गों की भांति उसे समझाया, "तुम बिना कोई टिप्पणी किए भी तो हस्ताक्षर करने से इंकार कर सकते थे। डॉ.नवनीत कह रहे थे कि अनूप फ्रस्ट्रेटेड व्यक्ति है, इसलिए ऐसी बातें करता है।"

खून खौल उठा था अनूप का। शर्मिला के पास जाकर उसने दर्शन की शिकायत की थी।... हस्ताक्षर करना न करना उसका निजी मामला था। डॉ.नवनीत तक बात पहुंचाने का क्या अर्थ!

कई बार दामिनी को लगा था कि अनूप अपने और डॉ.नवनीत के संबंधों के प्रति बेहद सजग है। उस दिन जब वह डॉ.नवनीत से मिलकर आई थी...

"दामिनी! मैं एक टेलीफिल्म का निर्देशन कर रहा हूं।" वे बोले, "मैं चाहता हूं कि इसकी मुख्य भूमिका तुम करो।"

"मैं!" दामिनी ने आश्चर्य से उन्हें देखा।

"हां। शायद तुम नहीं जानतीं कि तुम्हारा चेहरा कितना फोटोजेनिक है।" वे उसे मुग्ध भाव से देख रहे थे, "फिल्म जगत में क्रांति हो जाएगी।"

"नहीं सर, वह मेरा क्षेत्र नहीं है। मैं अपनी ऊर्जा और समय वहां खर्च करना नहीं चाहूंगी।"

"डॉ.नवनीत एक टेलीफिल्म पर काम रहे हैं।" उसने अनूप को बताया था।

"मालूम है। अपना काम करते-करते अनूप बोला।

"वे कह रहे थे..."

"उनकी हर शूटिंग पर मैं उनके साथ होता हूं। उनकी ऐसी कोई बात नहीं, जो मुझे पता न हो।"

दामिनी चकित हुई।

और उस दिन विद्यालय की छुट्टी के बाद डॉ.नवनीत ने अनूप और उसके साथ दर्शन के घर जाने का कार्यक्रम बनाया था।

"दर्शन, मैंने घर में नहीं बताया।" अनूप ने कहा, "मैं नहीं जा सकूंगा।"

"डॉ.नवनीत ने कहा है।"

अनूप ने मौन भाव से जाना स्वीकार कर लिया।

दर्शन के घर चर्चा के मध्य अनूप डॉ.नवनीत की ओर उन्मुख हुआ, "सर, जब मैंने कॉलेज में प्रवेश लिया था तो साहित्यिक प्रतियोगिताओं में सम्मिलित होने के लिए कविता लिखनी प्रारंभ की। मेरी कविता के विषय मृत्यु, श्मशान आदि होते थे। तब एक दिन मेरे गुरु उमेशचंद्र ने मुझे प्रेम कविताएं लिखने का परामर्श दिया और कहा, यह उम्र इन बातों के लिए नहीं है। उन्हीं दिनों मैंने ढेरों प्रेम कविताएं लिखीं।"

"प्रेम कविताएं लिखीं या..."दामिनी ने चुहल की, "प्रेम का नाटक करना आरंभ कर दिया।"

अनूप ने जलती हुई निगाहों से उसे देखा। दामिनी खिलखिलाकर हंस पड़ी।

इस प्रकार की अनेक घटनाओं पर आज तक उसने गौर ही नहीं किया था। उसके भीतर के भय को उसने समझा ही नहीं था।

अब उसे समझ में आ रहा था, यह क्रोध अकस्मात घटी घटना के कारण नहीं था। न जाने कितने दिनों से उसके मन में रोष संचित होता जा रहा था, जो अवसर पाते ही फट पड़ा।

क्षुब्ध दामिनी का मन उदासीन होता चला गया।

* * * * * *

कार से उतरकर दर्शन बोली, "अंदर आइए, सर।"

"नहीं दर्शन, अभी नहीं।"

"ज्यादा देर नहीं सर, बस एक-एक कप चाय।"

डॉ.नवनीत ने दामिनी की ओर दृष्टि की, "तुम्हें देर तो नहीं होगी?"

"नहीं। आधा घंटा बैठा जा सकता है।"

वे अंदर आ गए।

"दर्शन," डॉ.नवनीत बैठते हुए बोले, "तुम्हें दामिनी का मुख कुछ उतरा हुआ नहीं लग रहा?"

"हां सर। जब आपने हमें डॉ. नरेन्द्र का स्वागत करने के लिए भेजा, तब वहां अनूप और दामिनी की लड़ाई हो गई।"

"क्या?"

"हां सर। और जब वहां से आकर भोजन के समय हम डॉ. नरेन्द्र के पास बैठे थे, तो कामना मैम ने कहा, जूनियर टीचर्स ने डॉ. नरेन्द्र को घेर रखा है। अब हम उनसे कैसे बात करें!"

"लेकिन वहां तो मैं भी बैठा था।"

"आपमें सीनियर होने का मिथ्या अहंकार नहीं है न!"

गर्व और आह्लाद से डॉ.नवनीत के नयन चमक उठे।

"किंतु सर," दर्शन मुस्कराई, "दामिनी कह रही थी, आप कामना और ज्योतिका मैम से बहुत भयभीत रहते हैं।"

डॉ.नवनीत छटपटा उठे। रोष भरी दृष्टि से उन्होंने दामिनी को देखा, "आपको ऐसा क्यों लगा?"

"डॉ. भास्कर के वक्तव्य पर आपत्तिजनक ढंग से उपहास किया जाता रहा और आप मुस्कराते हुए मौन समर्थन करते रहे। मुझे लगा, आपके विद्यालय में वक्ता को बुलाकर उनका अपमान किया जाता है!" दामिनी निर्भीक स्वर में बोली।

डॉ.नवनीत को जैसे बिच्छू ने डंक मार दिया। पर गजब का धैर्य था उनमें। तुरंत ही उन्होंने न सिर्फ स्वयं को संतुलित किया वरन उनके मुख पर मुस्कान भी आ गई, "कई बार शब्द की अपेक्षा भाव-भंगिमा अधिक कारगर सिद्ध होती है। मुस्कान के पीछे छिपी डांट को अध्यापकों ने पहचाना था। डॉ. नरेन्द्र के वक्तव्य को सब किस प्रकार आत्मलीन होकर सुन रहे थे।"

"वैसे सर," दर्शन कुछ अधिक ही चहक रही थी, "डॉ. नरेन्द्र में कितना तेज है। उन्हें सुनने के बाद और अधिक सुनने की उत्सुकता भी बनी रहती है। उनकी तेजस्विता और प्रखरता का सामना करने का साहस भी कोई नहीं कर पाता।"

"यह सही है कि डॉ. नरेन्द्र के वक्तव्य में रोचकता रहती है; किंतु फिर भी सरकारी विद्यालय की वह अध्यापिका किस प्रकार हमारे विद्यालय की कमजोरियां प्रस्तुत कर रही थी। मैंने उसे न सिर्फ सबके समक्ष डांटा वरन जाते समय जब उसने मेरी ओर देखा तो मैंने बहुत कठोर होकर कहा, "आपसे तो मैं बाद में बात करूंगा।"

दामिनी उन्हें देख रही थी। कितनी ऐंठ के साथ वे यह बात बता रहे थे।

"वह आपसे परिचित नहीं थी ना।" दामिनी हंसी, "इसलिए आपका रौब उस पर चल गया।"

दर्शन ने घबराकर डॉ.नवनीत को देखा। खिसियाकर उनका मुख कितना छोटा सा हो गया था। यह दामिनी भी... कितना स्पष्ट रूप से सब कुछ कह देती है। यह भी ध्यान नहीं रखा कि वे हमसे बड़े हैं, हमारे विभागाध्यक्ष हैं।... पर डॉ. नवनीत भी तो उसे कुछ नहीं कह पा रहे। ये भी दामिनी का मन जीतने के चक्कर में हैं, नहीं तो ऐसी बात कैसे सह जाते।...

"सर," वह बातचीत की दिशा दूसरी ओर मोड़ ले गई, "डॉ. नरेन्द्र कितना अच्छा बोलते हैं। एक-एक वाक्य जैसे उनकी आत्मा से निकल रहा था।"

"हां।" दामिनी के नेत्रों में ज्योति जागी, "अपना कहा एक-एक शब्द वे जीते हैं। उनके शब्द उनके आचरण, उनकी प्रकृति से उच्चरित होते हैं। उनके मन,वचन और कर्म में अद्भुत सामंजस्य है।"

"इस बार डॉ. नरेन्द्र के वक्तव्य में बहुत सरसता थी, अन्यथा पिछली बार वे मेरे प्रश्नों के जाल में उलझकर रह गए थे। वे हमारे अतिथि थे इसलिए मैं मौन हो गया।"

दामिनी के भीतर भयंकर कोलाहल हुआ। डेढ़ वर्ष पहले यही शब्द उसने अनूप के मुख से सुने थे। तो वह डॉ.नवनीत के शब्द थे जिसके लिए वह अनूप से क्षुब्ध हुई थी।

"पिछली बार तो मैं थी ही नहीं," दर्शन ने कहा, "किंतु इस बार मैंने अध्यापकों के मन में डॉ. नरेन्द्र के आने का बहुत उत्साह देखा। सबका यही मानना है कि डॉ. नरेन्द्र ने पिछली बार उन्हें बांध लिया था। अन्यथा किसी का वक्तव्य उन्हें इतना अधिक अनुशासित नहीं रख पाता।" उसने दामिनी की ओर देखा, "तुमने तो पिछले साल अपने गुरु को सुना ही होगा।"

"यदि सुना होता तो डॉ.नवनीत ये शब्द नहीं कहते क्योंकि तब मेरे पास उत्तर होता।"

डॉ.नवनीत तिलमिला उठे। द्विविधा से उसे देखा और हल्के से आवेश के साथ बोले, "अनूप से हुई लड़ाई का प्रभाव अभी तक तुम पर है।"

दामिनी मौन रही। उसने अपनी आंखें चारों ओर घुमाईं, "दर्शन, घर में कोई दिखाई नहीं दे रहा!"

"हां। चाचा की ड्यूटी तो आजकल दिल्ली से बाहर है। चाची ऑफिस से छह बजे आती हैं। भाई दोस्तों के साथ क्रिकेट खेलने गया है और बहन रसोई में है।"

"तुम्हारे भाई-बहन?" दामिनी ने उसे देखा।

"मेरा मतलब चचेरे भाई-बहन।" दर्शन मुस्कराई, "हमारे यहां ताया, पिताजी, चाचा में इतने प्रगाढ़ संबंध हैं कि भेद-भाव की भावना कभी मन में आई ही नहीं। मुझे कभी नहीं लगा कि मैं आगरा से अपने घर नहीं, यहां दिल्ली में चाचा के यहां रह रही हूं।"

डॉ.नवनीत का मन उखड़ रहा था। हर बार जब वे एकत्रित होते थे तो चर्चा का विषय वे ही होते थे। वे अपनी गजल सुनाते थे, कविता सुनाते थे। उनकी प्रशंसा में कब किसने क्या कहा, वह बताते थे। उनकी रचना सुनकर सब वाह-वाह करते, तब उनका सीना गर्व से फूल जाता। किंतु आज उनकी उपस्थिति जरा भी महत्वपूर्ण नहीं थी।

दर्शन के मन में डॉ. नरेन्द्र का कहा एक-एक शब्द रस उत्पन्न कर रहा था। अपनी भाषा को बोलने में उसे हीनता का बोध होता था, विद्यालय में बच्चों और अध्यापकों के समक्ष जबरन अंग्रेज़ी बोलती थी, अपनी सांस्कृतिक भाषा के जिस महत्व को वह बड़े-बड़े भाषणों द्वारा नहीं समझ पाई थी, डॉ. नरेन्द्र के समझाने मात्र से समझ गई थी।

डॉ. नरेन्द्र ने यह नहीं कहा कि अंग्रेज़ी भाषा का ज्ञान प्राप्त मत करो। किंतु उन्होंने इसे व्यावसायिक भाषा कहा। व्यवसाय के लिए आवश्यक होने के कारण जानकारी जरूरी है; किंतु इसे ही अपना धर्म न मान लिया जाए। कैसे अनायास उसे समझ में आ गया है कि हमारा राष्ट्रीय गौरव हमारी अपनी भाषा में है, हमारी अस्मिता हमारी भाषा से जुड़ी हुई है इसलिए उसे अपने काम-काज की भाषा बनाया जाए।... इतने संवेदनशील तथ्य की ओर उसने आज तक ध्यान नहीं दिया। जो समाज में प्रचलित और सम्माननीय माना जाता है, उसे ही आंख मूंदकर स्वीकार लिया। डॉ. नरेन्द्र ने कैसे उसे इतनी ज्वलंत समस्या से अवगत करा दिया कि 'यदि अपनी भाषा से प्रेम नहीं किया तो अपनी सभ्यता, अपने धर्म, अपने ज्ञान से भी अपरिचित रह जाएंगे। यदि संस्कृति की रक्षा नहीं होगी, तो अर्थ-व्यवस्था की रक्षा भी नहीं होगी। हमारा बाजार भी हम से छिन जाएगा।'...दर्शन का मन कांप उठा।

आज उसे दामिनी की बात समझ में आ रही थी। आचरण का बहुत स्पष्ट प्रभाव दूसरों पर पड़ता है। दामिनी के प्रति उसके मन में गर्व ही नहीं, ईर्ष्या भी जाग रही थी। कितनी भाग्यशालिनी है दामिनी, उसे डॉ. नरेन्द्र का सान्निध्य और स्नेह प्राप्त हुआ।

दर्शन का ध्यान डॉ. नरेन्द्र की बातों पर गया। कर्म-सिद्धांत की ऐसी सुखद व्याख्या तो उसने डॉ. नरेन्द्र के मुख से ही सुनी है... 'कर्म की इच्छा रखिए, अपना लक्ष्य लेकर चलिए, सफलता की कामना कीजिए, परिणाम में आसक्ति मत रखिए क्योंकि सिर्फ कर्म पर हमारा अधिकार है; फल के स्वरूप का निर्णय तो ईश्वर करेंगे।'... श्रीकृष्ण का कथन, 'कर्म में अधिकार होने और फल में अधिकार न होने' का भाव उसे आज समझ में आया है। वह तो जब-तब ईश्वर से अपने इच्छित फल की याचना भी करती रहती है। मनोनुकूल फल न मिलने पर कितनी पीड़ित होती है। कभी-कभी ईश्वर पर दोषारोपण भी करती है। डॉ. नरेन्द्र ने यह कैसा आश्वासन दिया है, 'जो फल आपको मिलेगा, उसी में आपका हित है इसलिए सिर्फ लक्ष्य को लेकर चलें, कर्म की इच्छा रखें।'

श्रीकृष्ण के निष्काम भाव को डॉ. नरेन्द्र ने कितना अधिक समझा है, तभी तो प्रकृति के अनेक भेद उनके समक्ष अनायास खुलते चले गए। जब-जब उसने ईश्वर पर विश्वास किया, उसके समक्ष यह तथ्य उभरा कि सब कुछ पूर्वनिर्धारित है। किंतु डॉ. नरेन्द्र ने बोध कराया, 'पुराने संचित कर्मों के बंधन के मध्य, आज के कर्म की स्वतंत्रता हमको है।' शायद उनकी इसी विचारधारा के कारण दामिनी मन की स्वच्छता पर इतना अधिक बल देती है।

यहीं तक वे सीमित नहीं रहे। उनके व्यक्तित्व का एक पक्ष और सामने आया, 'कर्म में भी सुविधा न देखें।'... कर्म के इस रूप से उसे किसी ने कब परिचित कराया। कार्य की सफलता ही नहीं, उसके मन में तो सदा यह बात भी रही कि ऐसा कौन सा ढंग अपनाए कि कार्य बिना किसी परेशानी के बहुत आसानी से संपन्न हो जाए। 'अगर कार्य में सुविधा की बात न करें तो सबसे पहले व्यक्ति के मन में न्याय-अन्याय का विचार उठेगा।'...दर्शन का मुंह आश्चर्य से खुला रह गया...

डॉ. नरेन्द्र के प्रति उसके मन में श्रद्धा जन्म लेती जा रही थी। वह तो आज तक दूसरों की दिखाई राह पर चलती आ रही थी। डॉ. नरेन्द्र ने उसके मन में यह कैसा विश्वास जगा दिया है कि अनुकरण से हम कभी सफल नहीं हो सकते।

वह भाव-विभोर हो उठी... सचमुच डॉ. नरेन्द्र का व्यक्तित्व दैदीप्यमान है। युवा अध्यापकों से भी अत्यंत सरलता और सहजता से बातें कर रहे थे। सबके प्रति उनके मन में प्रेम था। कैसे उनके व्यक्तित्व की सात्विकता ने उनके चारों ओर के वातावरण को स्वच्छ कर दिया था। किसी भी स्थिति में उन्होंने स्वयं को महिमा-मंडित करके प्रस्तुत नहीं किया। उनका एक-एक शब्द उनके भीतर से निकल रहा था। तभी तो उस पर उनकी बातों का इतना गहरा प्रभाव हुआ।... दर्शन का मन कभी इतना विह्वल नहीं हुआ था।

सुमिरन ने कक्ष के भीतर प्रवेश किया।

"सर, मेरी बहन सुमिरन।" दर्शन ने परिचय कराया।

अभिवादन में सिर हिलाकर उसने चाय, नाश्ता मेज पर रखा और दर्शन के पास बैठ गई।

सुमिरन के विषय में थोड़ा बहुत वार्तालाप कर डॉ.नवनीत दामिनी की ओर उन्मुख हुए, "आज सुबह तुम बहुत जल्दी आ गई थीं?"

"हां सर।" उत्तर दर्शन ने दिया, "कल छुट्टी के समय कामना मैम ने हमें साढ़े नौ बजे तक आ जाने को कहा था। उनका कहना था कि संभवतः सुबह खाने, नाश्ते आदि का काम देखना पड़े। पानी भी भरना होगा। किंतु स्वयं वे और उनकी सखियां तो साढ़े दस के बाद आईं। मेरा घर तो पास ही है। स्कूल पहुंचने से पांच मिनट पहले ही निकलती हूं। दामिनी को काफी पहले निकलना पड़ा।"

"ओह!... मैंने आठ बजे दामिनी के घर फोन किया। रास्ता एक था। सोचा, दस बजे उसे लेता हुआ आ जाऊंगा। पर यह तो जा चुकी थी..."उन्होंने दर्शन को देखा, "तुम लोग तो सेमिनार के बाद भी तुरंत भाग निकलीं।"

"नहीं सर।" उसने दामिनी की ओर देखा, "दामिनी और मैं डॉ. नरेन्द्र को प्रणाम करने भागी थीं। आप उनके साथ आगे-आगे जा रहे थे। डॉ. नरेन्द्र ने कार रोककर दामिनी से पूछ लिया, 'मुझे विदा करने आई हो?' दामिनी सकपका गई। एकाएक उसके मुख से निकल गया कि घर जा रहे हैं।"

"मैं तो एकदम भौचक रह गया। सुबह ही तो मैंने कहा था कि सेमिनार के बाद दोनों को घर छोड़ते हुए निकल जाऊंगा। तब मुझे अपने पद का इस्तेमाल करके कहना पड़ा, 'अभी वहीं रुको।' "

दामिनी ने चाय का खाली कप मेज पर रखा, "हम चलते हैं दर्शन। देर हो रही है।"

डॉ.नवनीत उठ खड़े हुए।

* * * * * *

"दामिनी," कार चलाते हुए डॉ.नवनीत ने उसे देखा, "तुम आज कुछ प्रसन्न नहीं हो। उदास हो, उद्विग्न हो और चिंतित भी हो। अनूप को डॉ. नरेन्द्र के स्वागत के लिए भेजकर शायद मैंने गलती की।"

"नहीं सर। आज नहीं तो कल, जो बात उसे चैन नहीं लेने दे रही थी, वह कभी न कभी तो सामने आती ही।"

"इन छोटी-छोटी बातों पर इस प्रकार व्यथित हुआ जाता है क्या?"

"मेरे लिए यह छोटी बात नहीं है। ईमानदारी मेरे लिए शोभा की वस्तु नहीं, मेरा धर्म, मेरे जीवन का अंग है। और आज, अपने कुतर्कों द्वारा उसने यह प्रमाणित करने का प्रयत्न किया कि, 'नौकरी मेरी बाध्यता है, मेरा एकमात्र लक्ष्य तो धन-प्राप्ति है।'..."दामिनी मर्माहत थी।

"तुम बिल्कुल सही हो। संभवतः कामना के दबाव के कारण वह इतना उग्र हो उठा। किंतु मर्यादा का ध्यान रखना चाहिए था।"

"जाने क्यों उसे लगता है कि मैं उसकी प्रवरता को स्वीकार नहीं कर पाती; किंतु मैंने कभी प्रवरता की उपेक्षा नहीं की।" दामिनी अभी भी खिन्न थी।

"तुम्हारा रास्ता सहज और सरल है। तुम्हारे मन में कोई ग्रंथि नहीं है।" डॉ.नवनीत गंभीर स्वर में बोले, "निजी जीवन और नौकरी का जो अंतर वह तुम्हें समझा रहा था, तुम्हारे साथ वह अंतर स्वयं वह नहीं कर पाता।"

दामिनी चकित! ये अनूप के विरोध में बोल रहे थे।

"मुझे लगता है कि प्रवरता का जो रूप वह यहां की अध्यापिकाओं में देख रहा है, वही उसके अपने जीवन का अंग बनता जा रहा है। वह कुर्सी की चापलूसी कर सकता है; किंतु मेरे जीवन के सिद्धांत सर्वथा भिन्न हैं। वह दर्शन का उदाहरण देता है कि वह भी तो हर स्थिति को चुपचाप स्वीकार लेती है। मैं अपने कर्तव्य का ईमानदारी से पालन करती हूं। पद का निर्धारण प्रशासकीय कारणों से होता है, न कि दूसरों को अपना दास समझने के लिए।" वह व्यथित थी, "जिस देवत्व की खोज में मैं विद्यालय में काम कर रही थी, वह मुझे कक्ष में पहुंचकर बच्चों के मध्य मिला। अनूप ने मुझे बताया कि स्टाफ-रूम छोड़कर कक्ष में बैठना मेरे लिए दंड है। मुझे कालेपानी में एकांतवास के लिए भेजा गया है।"

"मुझे उसकी बुद्धि पर तरस आता है। इतने वर्षों में वह तुम्हें समझ नहीं पाया। रही बात दर्शन की, तो वह बेचारी साधारण सी लड़की है। हर उचित-अनुचित बात से समझौता कर लेती है। तुम्हें वही समझ सकता है, जिसके अपने भीतर वे गुण हों।"

"कर्ता होने का दंभ पाल बैठा। कह रहा था, मेरी गलतियां ढूंढना आरंभ कर दे, तो दो दिन भी यहां टिक नहीं सकूंगी। अनुभवहीन हूं, किंतु गैरजिम्मेदार नहीं। यह तो मैं ही समझ सकती हूं कि किस प्रकार पढ़ाई के मूल्य पर मैं नौकरी कर रही हूं।"

डॉ.नवनीत ने दामिनी की ओर देखा। उनके स्वर में हल्की सी कठोरता थी, "वह होता कौन है तुम्हें रखने और निकालने वाला?...वह शायद भूल गया कि यदि मैं विभागाध्यक्ष का आतंक दिखाना आरंभ कर दूं, तो वह भी दो दिन यहां टिक नहीं सकेगा।"

स्तब्ध और अवाक दामिनी, डॉ.नवनीत को देखती रह गई। यही भय तो उसने अनूप की आंखों में देखा था। डॉ.नवनीत उसकी खिन्नता, उसका अवसाद शांत करने के लिए, उसे पुचकार रहे थे या अनूप के व्यवहार ने उन्हें आहत किया था!

"सर, जाने क्यों अनूप को लगता है कि मैं आप दोनों की अंतरंगता के मध्य आ गई हूं।" दामिनी ने कहा, "सत्य तो यह है कि अनूप मेरे लिए सदा से अविश्वसनीय रहा है। पहले दिन से ही स्कूल में अपना विरोध देखकर मैं आपके संरक्षण में आ गई।"

आत्मा अपने स्थान से दस फीट उछल गई, "वाह री लड़की! बहुत चतुर हो गई है। अच्छा किया 'शरण' शब्द बचा गई। पर देख! इस व्यक्ति का रोम-रोम ही नहीं नाड़ी-नाड़ी परम प्रसन्न हो उठी है। आज रात भर नींद नहीं आएगी इसे। आज तो मोर्चा मार लिया तू ने।"

"धत! मैं ऐसी थोड़ी हूं।" दामिनी ने उसे डांट दिया।

"है तो नहीं। पर उस बेचारे को क्या पता।" आत्मा बोली, "वह तो सोच रहा होगा कि मछली जाल में फंस गई।" "उसकी और मेरी अंतरंगता!" डॉ.नवनीत हंसे, "कैसी अंतरंगता!... मैंने कहा था न कि अनूप ने झूठ के आधार पर मेरा मन जीतना चाहा है।"

उनकी बात का उसने विरोध नहीं किया; किंतु उसके मुख के भाव बता रहे थे कि वह उनसे सहमत नहीं थी।

उन्होंने अपने स्वर में गन्ने का रस ही घोल दिया, "इस अपराध-बोध से मुक्त हो जाओ दामिनी। वह व्यक्ति अपने दोषों के कारण कष्ट पा रहा है।" उन्होंने उसे आश्वस्त किया, "तुमने जो किया, वही उचित है।"

लगा, उनके हाथ उसे शाबाशी देने को फड़फड़ा रहे थे। दामिनी तनिक सा भी प्रोत्साहित करती तो वे उसे किसी भी बहाने बाँहों में बांध लेते।

"तुम मेरे कक्ष में छठी कक्षा के लड़के, शगुन से मिली थीं न!" डॉ.नवनीत ने विषय बदला।

"हां। ग्रेडिट हिंदी का वह विद्यार्थी।"

"हां, वही। उसकी मां को मैंने हिंदी के प्रति उसकी उदासीनता से परिचित कराया। उस पर ट्यूशन के लिए दबाव डाला। मैं चाहता हूं, तुम उसे ट्यूशन पढ़ाओ।"

"मैं? नहीं सर।"

"क्यों? हफ्ते में दो दिन स्कूल के बाद वह रुक जाया करेगा। डेढ़ घंटा पढ़ा दिया करना। दो सौ रुपये प्रति घंटे के हिसाब से महीने के चौबीस सौ हो गए। ऐसे यदि दो-तीन ट्यूशन भी मिल जाएं, तो स्थायी अध्यापक से कहीं अधिक वेतन हो जाएगा।"

आत्मा फिर चिहुंकी, "ऐ अनासक्त प्राणी! अब यह मत कह देना, 'धन के प्रति मेरी आसक्ति नहीं है।' कुछ इसकी आसक्ति पर भी विचार कर।"

"जब वह आपके कक्ष में आता है तो आप उसे स्वयं पाठ पढ़ने के लिए कहकर अपने काम में लीन..."दामिनी सजग हो गई।... डॉ.नवनीत के चेहरे पर खीज पसर रही थी। उसका स्वर हल्का हो गया, "ध्यान न दिए जाने के कारण शायद उसमें रुचि जन्म नहीं ले पा रही।"

"यहां ऐसा ही होता है।" उनका स्वर सधा हुआ था, "आदर्शों का ढकोसला, मन को भ्रमित करने का प्रयत्न है। अपने इस मोह-जाल से निकलो।"

"समझ रही है न मूर्ख लड़की!" आत्मा उसके कान में फुसफुसाई, "तेरा आदर्शवाद उन्हें खलने लगा है। थोड़े दिनों में डॉ. नरेन्द्र के नाम से भी चिढ़ने लगेंगे।"

दामिनी मौन रही।

"दामिनी।" उन्होंने मुस्कान का मुखौटा लगा लिया, "मेरे पास समय बिल्कुल नहीं है। ट्यूशन की संख्या बढ़ गई है। इस बच्चे को तुम पढ़ा दोगी, तो मुझे सहायता मिल जाएगी।"

"आपने दर्शन से क्यों नहीं कहा?"

"दर्शन से मेरा ऐसा आत्मीय संबंध नहीं है।"

दामिनी के मुख पर असंतोष के भाव उभरे।

"दर्शन आगरा विश्वविद्यालय की टॉपर है; किंतु विदुषी नहीं, किताबी कीड़ा है। साहित्य की समझ नहीं है उसे। और वैसे भी..."उनके मुख पर उपेक्षा के से भाव उभर आए, "उसके चाचा चपरासी हैं। पिता भी चपरासी से अधिक क्या होंगे। जिन कारणों से मैंने उसे रखा था, वह बात उसमें है ही नहीं।"

दामिनी स्तब्ध होकर थक गई थी।...इस व्यक्ति के लिए पद कितना महत्वपूर्ण है! लगता है, दर्शन लुब्ध नहीं कर पाई इसे।...किंतु फिर स्कूल के बाद प्रायः ये दर्शन के घर क्यों चले जाते हैं। आरंभ में उनके आने पर दर्शन कितनी उल्लसित होती थी। कहीं न कहीं यह लोभ भी था कि उसकी नौकरी पक्की हो जाएगी।... किंतु पिछले एक-डेढ़ महीने से प्रतिदिन उनका घर आना उसे कुछ खलने लगा है। वह मुख से कुछ कह नहीं पाती। किंतु उसका और घर के लोगों का बुझा-बुझा सा व्यवहार!... क्यों समझना नहीं चाहते डॉ.नवनीत कुछ!

"तुम ही क्यों कुछ नहीं समझतीं।" आत्मा ने कहा, "इस आदमी के आत्मीयता के मुखौटे के पीछे के लोलुप मन को पहचान। नारी शरीर का लोभ है इसे।"

"चुप!" दामिनी ने उसे झिड़क दिया।

"वैसे उसका स्तर सुधर सकता है। स्थायी हो गई तो दिल्ली में नौकरी करने से विवाह भी अच्छे स्थान पर हो सकता है। इसलिए संपर्क पूरी तरह से समाप्त नहीं किया। संभवतः भविष्य में किसी काम आए।" डॉ.नवनीत का कैसेट बजता जा रहा था, "...मेरे पास इतने ट्यूशन हैं। बच्चे घर जाने के बाद एक-डेढ़ घंटा आराम करके पढ़ना चाहते हैं। स्कूल के पास ही उसका घर होने से समय काटने का साधन भी मिल गया है। स्कूल में अपने कक्ष में या पुस्तकालय में रुकूंगा तो मेरी गरिमा को ठेस पहुंचेगी।"

दामिनी के मन की पीड़ा घनीभूत होने लगी।

"और मैं...?"

"तुम साहित्यकार हो। तुमने मुझे शोध-कार्य पर प्रकाशित अपनी पुस्तक दिखाई तो मन उत्फुल्ल हो उठा था। समझ में आ रहा था कि डॉ. नरेन्द्र की तुम पर विशेष कृपा है। आज तुम्हारे प्रति उनके प्रेम को देख भी लिया। आरंभ में अनूप और तुम्हारी मित्रता को देखकर मैं सतर्क रहा, किंतु जब मुझे तुम्हारे और अनूप के मध्य टकराव का पता चला, तो मैं तुम्हारे करीब आया।"

दामिनी के हृदय पर जैसे किसी ने बुरी तरह प्रहार किया।

उसके आने से पूर्व के अनूप से अपने संबंधों को क्यों इस व्यक्ति ने क्षण-मात्र में तोड़ डाला! क्यों उन्होंने उसके माध्यम से डॉ. नरेन्द्र तक अपना 'नाटक' पहुंचाया! क्यों सबका विरोध सहकर भी वे उसका समर्थन करते रहे!... डॉ. नरेन्द्र के माध्यम से वे साहित्यिक क्षेत्र में अपनी पहचान बनाना चाहते थे। अर्थात एक वर्ष पूर्व आदर्श विद्यालय की रानी बाग शाखा में उसे पद देने का जो कारण अनूप ने बताया था, वह सत्य था।

अपनी मूर्खता के कारण किस प्रकार ठगी गई है वह। किंतु व्यक्ति एक बार मूर्ख बन सकता है, बार-बार नहीं।...

"तो आपने मेरी सच्चाई का झूठा समर्थन किया?" दामिनी की मुद्रा कठोर हो गई, "मेरा संग पाने के लिए आपने मेरी झूठी प्रशंसा...?"

"झूठ कुछ नहीं है।" डॉ.नवनीत का ध्यान उसके स्वर के तेज पर गया। वे विनम्र हो उठे, "तुम्हारी आत्मीयता, तुम्हारी सहृदयता, सत्यप्रियता ने मुझे लुब्ध किया। तुम नहीं जानतीं कि तुम्हारी संगति कितनी सुखमयी है। जब मैं तुम्हारी उम्र का था, यही आदर्श थे मेरे। किंतु धीरे-धीरे मुझे समझ में आया, पैसे और यश से बढ़कर कुछ नहीं है। यही दोनों चीजें सम्मान दिलाती हैं। आदर्श मुझे खोखले लगने लगे। तुम्हारे प्रति मेरा अनुराग नहीं चाहता कि तुम वह संघर्ष करो, जो मूर्खतावश मैंने किया। काश, मुझे उस समय यह सब समझाने वाला कोई व्यक्ति मिल जाता, तो मैं अपना सब कुछ उसे दे डालता।"

आत्मा कुछ कहती, इससे पूर्व ही वह बोल पड़ी, "यानी आप मुझे झूठा और पाखंडी बनाना चाहते हैं?"

"अरे नहीं। मैं तुम्हें समझदार और व्यवहारकुशल बनाना चाहता हूं। तुमने अभी-अभी घर से बाहर कदम रखा है। तुम सुखी और आनंदमय जीवन जीने का ढंग नहीं जानतीं।..."

दामिनी का मन रो रहा था... इस व्यक्ति ने विश्वास की ही हत्या नहीं की, मानव-मात्र के प्रति उसके हृदय में भय और संशय भर दिया था। अब किसी पर विश्वास कर सकेगी वह!... कितनी चतुराई से खेल खेला है। उससे पहले अनूप से भी उन्होंने यही अपेक्षा की थी किंतु जल्दी ही उन्होंने जान लिया था कि अनूप का डॉ. नरेन्द्र से वैसा आत्मीय संपर्क नहीं है।... दामिनी के करीब आने का एक ही मार्ग था, अनूप से संपर्क न रखना, उसे उतना महत्व न देना। अनूप से अब उनका कोई लोभ पूरा नहीं हो रहा था; उससे दूर जाने में कोई हानि नहीं थी।

"आप दर्शन को यह सब कुछ क्यों नहीं सिखाते?"

"सिखाता तो हूं। उसमें वैसे ही समझौते की प्रवृत्ति है। वह जहां कहीं चाहे, एडजस्ट हो सकती है।"

"और मैं बुद्धू हूं?"

"नहीं। भोली हो, नादान हो। तुम्हारे भीतर के हीरे को मैं तराशना चाहता हूं।"

"कैसे?"

"तुम स्वयं सोचो दामिनी, तुम्हारे आदर्शों ने तुम्हें क्या दिया?...उस दिन जब विभाग के साथ तुम्हारे यहां जाना हुआ तो तुम्हारे माता-पिता को तुम्हारे लिए बहुत परेशान देखा कि तुम्हारी अस्थायी नौकरी के कारण वे तुम्हारा विवाह नहीं कर पा रहे। तुम्हारे अपने पास क्या है?...घर का संघर्ष, बाहर का संघर्ष। यू. जी. सी. में पास हो भी जाओ तो क्या भरोसा कि कॉलेज में नौकरी लग ही जाएगी।"

"हमारे देश में इतना भ्रष्टाचार है..."

"यह समस्या का हल नहीं है।" उन्होंने उसकी बात काट दी, "तुम समाज को नहीं सुधार सकतीं।"

"स्वयं को तो सुधार सकती हूं।"

"क्या मिलेगा? आर्थिक तंगी! मां-बाप की उपेक्षा! अवमानना! भीतर-बाहर का संघर्ष! उगते हुए सूर्य को प्रणाम किया जाता है। व्यर्थ के सिद्धांतों के लिए स्वयं को तपाने का अर्थ?"

दामिनी चकित थी... इंसान पाप का किस प्रकार बढ़-चढ़कर समर्थन करता है। समवयस्क अनूप से बहस करते हुए उसे कभी सोचना नहीं पड़ता था। डॉ.नवनीत के बड़े होने का अहसास उसे प्रायः

मौन कर देता था। जहां वह उनसे असहमत होती थी, चुप रहती थी। किंतु उसके मौन को डॉ.नवनीत अपनी विजय मान रहे हैं।

"देखो दामिनी," वे उसे समझाने की मुद्रा में आ गए थे, "उपलब्धि, ग्रहण में है, त्याग में नहीं। तुम नहीं जानतीं, तुम्हारी अच्छाई देखकर किस प्रकार मेरे मन ने तुम्हें अपना मान लिया है।" उन्होंने उस पर अधिकार जताया, "मैं तुम्हें बी.एड. कराऊंगा। अपने संपर्कों से किसी अच्छे स्कूल में स्थायी कराऊंगा। फिर, तुम तो साहित्यकार हो। मैंने प्रकाशन खोला है। तुम्हारी पुस्तकें मेरे प्रकाशन से छपेंगी। हर साल तुम्हारे पास एक-डेढ़ लाख की रायल्टी का चेक लेकर आऊंगा। तुम्हें लेकर कितने सपने देखे हैं मैंने!"

"जाग लड़की जाग। इसे और सपने मत दिखा।" आत्मा ने उसे पुकारा, "यह व्यक्ति तुझे झपटने के चक्कर में है।"

"चुप रह।" दामिनी ने उसे डपट दिया, "समझती हूं। मूर्खा नहीं हूं।...आज मौन रहकर इससे पूरी तरह परिचित होना ही होगा।"

"तुम अभी पीएच. डी. कर रही हो। मैं तुम्हारी पढ़ाई की बाधा बनना नहीं चाहता। साल भर के भीतर पीएच. डी. पूरी करो। अनूप की पद्धति अपनाओ। फिर दोनों मिलकर मीडिया का काम संभालेंगे। यह दायित्व, यह सहयोग पहले मैं अनूप से चाहता था; किंतु वह विश्वसनीय नहीं है। तुम भावुक हो, मुझे धोखा नहीं दोगी। बहुत पैसा, बहुत यश है इस राह में। तुम्हें मैं बताऊंगा, तुम्हें कब क्या करना है। हां..."उनका स्वर धीमा हो गया. "अधिक अभिमान अच्छा नहीं है। बिना किसी गॉडफादर के संसार में सफलता नहीं मिलती।"

दामिनी की दृष्टि खिड़की के शीशे के बाहर, गुजरते दृश्यों की ओर चली गई। उसे अनूप के भीतर का रुदन और चीत्कार पूरी तरह अब समझ आया था। ये प्रलोभन तो उसके हिस्से के थे, जो दामिनी के कारण छीन लिए गए। स्वयं को बहुत बड़ा नीतिज्ञ समझकर डॉ.नवनीत का मन बल्लियों उछल रहा होगा। उस पर अहसान का बोझ लादकर, गॉडफादर जैसे बड़े शब्द से उसका शुभचिंतक बनकर स्वयं को गौरवान्वित करके खुद को वे कितना महान समझ रहे हैं।

"तुम्हारी जीवंतता को मैं सार्थक रूप देना चाहता हूं।" डॉ.नवनीत कहे जा रहे थे, "तुम्हारे जैसा मित्र पाकर मैं धन्य हो गया हूं। दर्शन में जीवन का यह रस नहीं है। तुम्हारी विद्वता और मधुरता मुझे बहुत प्रिय है।" वे हंसे, "यह अलग बात है कि मेरे अतिरिक्त स्कूल में अन्य सबसे तुम लड़ती-भिड़ती रहती हो।"

"आज से पहले आपको इतना अधिक जाना भी तो नहीं था।" दामिनी कैसे तो हंसी थी।

डॉ.नवनीत ने चौंककर उसे देखा... इन आंखों का यह भाव पहले कभी तो उन्होंने नहीं देखा था।

"मैं जानता हूं दामिनी!" उनका स्वर बेहद कातर हो उठा, "तुम मेरा बहुत सम्मान करती हो शायद इसलिए कि मैं तुम्हें प्रिय हूं।"

वह मुस्कराई, "मैं सिर्फ अच्छाई का सम्मान करती हूं। उसी से प्रेम करती हूं।"

"हमारे मध्य अन्य लोगों को लेकर विवाद नहीं होना चाहिए। मैं समझता हूं, मित्रता का लाभ तब है, जब दोनों का कल्याण होता रहे..."

"मेरा स्टॉप आ गया है।" दामिनी ने कहा।

"ओह!" उन्होंने ब्रेक लगाए, "आज मैं ही बोलता रहा।"

"अच्छा लगा।" दामिनी ने कार का दरवाजा खोला।

पीछे की सीट से उसका पर्स उठाकर डॉ.नवनीत ने उसकी ओर बढ़ाया। पर्स पकड़ाते हुए आहिस्ता से उसका हाथ दबा दिया, "ओ. के. डियर! सोमवार को मिलते हैं।"

दामिनी की भृकुटी तनी... पुनः स्पर्श का प्रयत्न! असावधान स्पर्श का बहाना भी नहीं।... स्पष्ट रूप से दैहिक संकेत!... और फिर डियर...

"अब समझीं, क्या चाहता है यह व्यक्ति।" आत्मा फिर से जाग उठी, "मैं तो कब से समझा रही हूं।"

* * * * * *

आज अपने प्रति ही दामिनी निष्ठुर हो उठी थी।... चार महीने पहले डॉ. नरेन्द्र ने कहा था, "परखो उन्हें। अच्छा व्यक्ति मिल जाए तो बहुत खुशी की बात है।"... काश! वह उनके संकेत को समझ पाती। जिस व्यक्ति से रोज मिलकर भी वह उसे चार महीनों में पहचान पाई, उस व्यक्ति को डॉ. नरेन्द्र ने उसकी बातों से परख लिया था।

उसका मन अपने-आप पर ही झल्ला रहा था... उन्होंने उसकी प्रशंसा की और उसने मान लिया कि उनके भीतर सत्य है। उन्होंने हर बात में उसका समर्थन किया इसलिए वह उन्हें अपना मान बैठी।... कुछ और भी कहा था उस दिन डॉ. नरेन्द्र ने,... 'अपने इतने वर्षों के अनुभव से मैंने जाना है, यदि आप पर कोई कृपा कर रहा है, तो प्रतिदान में उसकी अपनी अपेक्षाएं भी जुड़ी होती हैं।'

दामिनी का मन फूट-फूटकर रोना चाहता था...

21

डॉ.नवनीत को देख, दर्शन घबराई सी उठ खड़ी हुई, "क्या हुआ सर?"

"आप दोनों तो हमसे मिलने आती नहीं।" उन्होंने कमरे में चारों ओर दृष्टि घुमाई, "दामिनी दिखाई नहीं दे रही। पीरियड तो उसका भी खाली है।"

"हां सर, वह स्टाफ-रूम में अपना अरेंजमेंट देखने गई है।" उसने कहा, "आप बैठिए।"

"आपका शिकायतकर्ता आया था।" वे बैठते हुए बोले।

"शिकायतकर्ता!" उसने असमंजस से उन्हें देखा।

"हां, अनूप आया था। क्या तुम अपने किसी पीरियड में देर से पहुंची थीं?"

"हां सर। मैंने टाइम-टेबिल में बुधवार की बजाय मंगलवार के अपने पीरियड देख लिए थे। आठवीं 'जे' में पीरियड आरंभ होने के पंद्रह मिनट तक किसी अध्यापिका को न देख सुपरवाइजर तक इस बात की सूचना पहुंची थी।"

"अनूप ने तुम दोनों पर आरोप लगाया है कि तुम समय से कक्षा में नहीं पहुंचती, कॉपी तुम्हारी अनजंची पड़ी हैं और कक्षा में पाठ्यक्रम पीछे चल रहा है।"

"आपने आरोप की जांच नहीं की?"

दामिनी की आवाज सुन वे चौंके। वह दरवाजे पर खड़ी थी।

"नहीं। मैं अपने अध्यापकों को जानता हूं। संशय होता तो यह बात बताता ही क्यों!"

दामिनी भीतर आ गई।

"सर," दर्शन ने सीट पर से कुछ पृष्ठ उठाए, "आपकी रचना।"

"ओह!" उन्होंने पृष्ठ थामे, "बीस पृष्ठ और लिखे गए हैं। कुल एक सौ बीस पृष्ठ हो गए।" उन्होंने दामिनी की ओर देखा, "मेरे ख्याल से लघु उपन्यास डेढ़ सौ पेज का होना चाहिए। तुम लिखती हो, इस विषय में अधिक जानती होगी।"

"मैं पृष्ठों की संख्या निर्धारित करके नहीं लिखती। लिखने के पश्चात रचना के रूप को देखती हूं।"

निमिष भर के लिए उनकी आंखों में विरोध झलका, किंतु तत्काल ही उन्होंने बात बदल दी, "मैंने नियम बनाया है कि स्कूल आने से पहले रोज प्रातः चार-पांच पृष्ठ लिखने ही हैं। बाद में तो पूरा दिन व्यस्त होता हूं। नियमित एक घंटा लिखने से तीन महीने में एक रचना तैयार हो ही जाती है।" उन्होंने आत्मप्रशंसा के भाव से उसे देखा, "पढ़ा तुमने? कैसा लगा!"

दामिनी मुस्करा दी।

दर्शन ने अचकचाकर डॉ.नवनीत को देखा... इस मुस्कराहट के पीछे छिपे व्यंग्य को कहीं वे पहचान तो नहीं गए। कल उनके लेखन को लेकर ही तो दामिनी से चर्चा कर रही थी वह।

डॉ.नवनीत की बाल-कहानियां छठी, सातवीं, आठवीं कक्षा के पाठ्यक्रम में लगी थीं। उनकी बाल-कहानियां पढ़कर मन उल्लसित होता था। उनमें रोचकता भी थी, सरसता भी, आदर्श भी; और भाषा-शिल्प का कौशल भी।... डॉ.नवनीत ने बताया था, दस वर्ष पूर्व उन्होंने 'पंचतंत्र' की कहानियां पढ़ी थीं। उस मनःस्थिति का प्रभाव उनकी बाल-कहानियों पर पड़ा था। घटनाओं के मध्य कथा के बीच-बीच में लेखक

की विचारधारा पंचतंत्र से ली गई प्रेरणा का प्रभाव था। उन रचनाओं की रोचकता से प्रभावित होकर उसने पुस्तकालय से उनके नाटक, कहानियां आदि लेकर पढ़े थे।... दर्शन को याद आया, उस दिन सेमिनार में डॉ. नरेन्द्र ने कहा था, 'अनुकरण से सफलता नहीं मिलती, फिर वह अनुकरण चाहे अपना ही क्यों न हो।'... डॉ.नवनीत की बाद की रचनाएं उनकी अपनी पहली रचनाओं का अनुकरण तो थीं ही, साथ ही ऐसा भी लगा मानो रचना की संख्या बढ़ाने मात्र के लिए उनका निर्माण हुआ है। मौलिकता का उनकी रचनाओं में कोई स्थान नहीं था। और बच्चों के लिए लिखा यह उपन्यास जो हर किसी को वे पढ़ा रहे हैं; वही घिसा-पिटा पुराना फॉर्मूला था... बच्चों का अपहरण करने वाला एक गिरोह बच्चों के अंग निकाल विदेश में बेच देता है। बारह वर्षीय बालक, जो रचना का नायक है, इस गिरोह में फंस जाता है; और अंततः उसका पर्दाफाश करके पुलिस को वहां पहुंचाता है। इसी के साथ चलती है, बालक की अपनी कक्षा की लड़की से प्रेम-कथा।... उसने डॉ.नवनीत से पूछा था, इतने छोटे बालक को प्रेम-प्रसंग में क्यों डाला! उन्होंने कहा, 'उनके विद्यालय में सातवीं कक्षा से ही बच्चे इन बातों में रुचि लेने लगते हैं। बच्चों की मनःस्थिति इससे तादात्म्य करेगी। उपन्यास अधिक चर्चित होगा।...'

दर्शन की इन रचनाओं में कोई रुचि नहीं थी। दामिनी तो अब उनके द्वारा पृष्ठ देने पर खोलकर देखती ही नहीं। वे कहते हैं, उनकी रचनाएं घर के लोगों तथा परिचित व्यक्तियों को पढ़ाई जाएं। चाची ने कितनी उत्सुकता से उनका बाल-उपन्यास पढ़ना आरंभ किया था; किंतु तीसरे पृष्ठ तक आते-आते उनका उत्साह समाप्त हो गया। रचना में बांधे रखने की क्षमता थी ही नहीं। अब उनके लेखन का केवल एक ही लक्ष्य रह गया है, किस प्रकार की रचना लिखने से रायल्टी अधिक मिलेगी। लेखन की परिपक्वता की ओर उनका ध्यान है ही नहीं। उन्होंने मान लिया है कि इस उम्र में विकास की आवश्यकता नहीं होती।

"पढ़ा तुमने? कैसा लगा!" डॉ. नवनीत पूछ रहे थे।

"अच्छी है सर।"

डॉ.नवनीत के मुख पर लंबी-चौड़ी मुस्कान फैल गई, "अभी कल मैं 'एन.सी.ई.आर.टी.' गया था। वहां डॉ. मलहोत्रा ने कहा, 'वाह डॉ. साहब! क्या लिखते हैं आप। कुछ बात तो है आपमें।'...उस दिन एक कॉलेज की वाद-विवाद प्रतियोगिता में निर्णायक बनकर गया था। वहां चाय के समय अध्यापकों को मैंने अपनी कुछ गजलें सुनाईं। सब वाह-वाह कर उठे। प्रशंसा तो सब करते हैं। विश्वविद्यालय के विभागाध्यक्ष को अपना नाटक और उपन्यास देकर आया हूं। देखना, पढ़ते ही फोन खटखटाएंगे। वे तो मेरी प्रतिभा के कायल हैं।"

दर्शन ने दामिनी की ओर देखा... दामिनी सहज भाव से मुस्करा दी।

"दामिनी," सहसा कुछ याद आने का नाटक किया उन्होंने, "शगुन की मां ने फोन किया था। बुधवार को वह स्कूल के बाद ट्यूशन के लिए रुका था। तुमने पढ़ाया ही नहीं।"

"हां सर," दामिनी ने कहा, "मैं ट्यूशन नहीं करना चाहती।"

"नुकसान क्या है? वह विद्यार्थी कमजोर है और मेरे पास समय नहीं है। फिर यह तो ऑफिशियल कार्य है, जिसके लिए तुम्हें अतिरिक्त पैसे मिल रहे हैं।"

"मेरा मन स्वीकार नहीं कर पा रहा।"

"ट्यूशन भी तो अध्यापन ही है।" उन्होंने दर्शन की ओर देखा मानो उसकी राय जानना चाह रहे हों।

"हां दामिनी," दर्शन ने उनका समर्थन किया, "अनूप जब तुम्हें ट्यूशन दे रहा था, तब भी तो सर ने कहा था कि स्वीकार लो।"

"जरा सी बात में इतने मनन-चिंतन की आवश्यकता नहीं है।" डॉ.नवनीत हंसे, "ट्यूशन भी तो परिश्रम का ही धन है।"

"ठीक है सर।"

पैसों की आवश्यकता तो उसे भी थी ही।

* * * * * *

आकस्मिक विभागीय बैठक की दामिनी और दर्शन तक कोई सूचना नहीं पहुंची थी।

अनूप को कक्षा लेने के लिए ऊपर आते देखकर दर्शन कक्ष से बाहर निकली, "आज मीटिंग में क्या हुआ?"

"आपको क्या?" अनूप ने चिढ़कर कहा, "आप स्कूल की थोड़ी हैं। स्कूल आपका है।"

"हमें मीटिंग होने का पता नहीं चला।" दर्शन ने धीरे से कहा।

"आपकी तो स्टाफ-रूम में सीट है। नीचे आकर सूचनाएं एकत्र कीजिए।" उसने रुखाई से कहा, "यहां ऊपर आकर तो कोई बताएगा नहीं।"

"आगे से ध्यान रखूंगी।" दर्शन बेचैन हो उठी, "कोई खास बात तो नहीं हुई?"

"डॉ.नवनीत से पूछ लीजिएगा!"

आहत दर्शन दामिनी के पास आई, "अनूप पागल हो गया है क्या?"

दामिनी मुस्कराई, "भाव बढ़ा रहा है।"

"वैसे दामिनी, मुझे लगता है कि हमें थोड़ा समय स्टाफ-रूम में भी बिताना चाहिए।" दर्शन के मन में ऊहापोह चल रहा था।

"हम तो विभागीय आदेश के तहत यहां बैठे हैं।"

"कैसा आदेश?" दर्शन झल्लाई हुई सी थी, "यह तो डॉ.नवनीत की इच्छा मात्र है।"

दामिनी ने अपनी दृष्टि दर्शन के मुख पर टांग दी, "तुम क्या चाहती हो?"

दर्शन ने अपने पैर के अंगूठे से फर्श खोदने का प्रयत्न किया, "जब मैं तुम्हारे साथ होती हूं, तो ऐसा लगता है जैसे हर दृष्टि मुझसे कह रही है, यह उस लड़की की सहेली है, जिसके साथ अनूप के..." दर्शन ने बात अधूरी छोड़ दी।

दामिनी ने कुछ आश्चर्य से उसे देखा... यह चिंता अनूप की उपेक्षा मात्र से उत्पन्न हुई है अथवा काफी पहले से उसके मन में यह सब घुमड़ रहा था।

"मैंने तुम्हें अपने पास बैठने के लिए विवश तो नहीं किया था।"

"नहीं। कहा तो डॉ.नवनीत ने था, किंतु आई मैं स्वेच्छा से थी," दर्शन ने बहुत स्पष्ट कहा, "वहां की औरतों से घबराकर या शायद उन बातों से वितृष्णा हो जाने के कारण आई थी। फिर तुम्हारा संग भी सुखद है, बच्चों के हम कितने करीब आ गए हैं। किंतु," दर्शन ने आंखें फेरीं, "हमें गैरजिम्मेदार मान लिया गया है। आरोप तुम पर लगाए जाते हैं, कोशिश तुम्हारे स्वाभिमान को ठेस पहुंचाने की होती है और गेहूं में घुन की भांति पिस मैं जाती हूं।"

"कोई बात हुई?" दामिनी ने धैर्य से उसे देखा।

"कल मैं अरेंजमेंट देखने के लिए गई थी। आठवीं की सुपरवाइजर डॉ.नवनीत से बातें कर रही थीं। स्टाफ-रूम में घुसते समय कुछ वाक्य मेरे कानों में पड़े...

"आपकी वे दोनों अस्थायी अध्यापिकाएं बहुत गैरजिम्मेदार हैं। कहां रहती हैं वे? जब भी अरेंजमेंट पर भेजने के लिए स्टाफ-रूम में आती हूं वे कभी नहीं मिलतीं।"

"नहीं। ऐसी बात नहीं है। वे बहुत प्रतिभावान और कर्तव्यनिष्ठ लड़कियां हैं।" डॉ.नवनीत बोले।

"मैं कक्ष में आ गई," दर्शन ने उसे देखा, "तुम्हें देखकर मुझे बहुत आश्चर्य होता है। तुम पर कोई प्रभाव नहीं पड़ता मानो इन बातों का तुम्हारे अस्तित्व से कोई संबंध न हो," दर्शन खिन्न और उदास थी, "तुम वैसे ही हंसती रहती हो, मुस्कराती रहती हो।"

"मैंने कोई गलती नहीं की, कोई पाप नहीं किया।" दामिनी का स्वर पर्याप्त संयत था, "कर्तव्य के प्रति पूरी तरह सजग हूं, फिर क्यों मैं परेशान होऊं?"

"अनूप शायद इसीलिए पीड़ित है कि वह तुम्हें प्रताड़ित नहीं कर पा रहा।"

जिस मन से अच्छे कार्य हो सकते हैं, उसे चिढ़ने-कुढ़ने या अन्य तुच्छ बातों में क्यों लगाया जाए!"

"मुझमें तुम जैसी दृढ़ता नहीं है," असहायता से दर्शन की दृष्टि झुक गई, "मुझे बदनाम होने से बहुत डर लगता है।" उसने अपना सामान समेटा, "अब से मैं स्टाफ-रूम में बैठा करूंगी। कोई अन्य अध्यापिका भी तो यहां नहीं है।"

* * * * * *

सोमवासरीय परीक्षा चल रही थी। आठवीं की एक कक्षा अध्यापिका की अनुपस्थिति के कारण दामिनी को कक्षा में भेज दिया गया।

"मैम," एक लड़का उठ खड़ा हुआ, "चौथा प्रश्न जिस पाठ से है, वह पाठ अभी हमारी मैम ने पढ़ाया ही नहीं।"

"हां मैम।" अन्य स्थानों से आवाज आई।

"मैं सूचना भिजवाती हूं। आप अन्य प्रश्न करिए।"

दामिनी कई बार कक्षा के दरवाजे तक आई। आठवीं की कोई रैप आज चक्कर काटती हुई नहीं मिली।

"मैम, हमारे पास सिर्फ बीस मिनट बचे हैं। एक प्रश्न करने के लिए इतना समय हमें चाहिए।" एक विद्यार्थी उठ खड़ा हुआ।

"आपने अन्य प्रश्न कर लिए?" दामिनी ने उसे देखा।

"हां मैम।"

"ठीक है तो आसपास की आठवीं कक्षाओं की अध्यापिकाओं के पास जाइए। संभवतः उन कक्षाओं में भी यह परेशानी हो।"

थोड़ी देर बाद वह लौट आया।

"सबकी मैम ने उन्हें वह प्रश्न कराया है।" उसने परेशान से स्वर में कहा।

"ओह!" दामिनी कक्षा के दरवाजे पर आई।

"मैम, हमारा जितना समय नष्ट हुआ है, उतना समय आप हमें देंगी?"

"हां," दामिनी की दृष्टि आठवीं की रैप पर पड़ी, "मिसेस घोष, बच्चों को कुछ परेशानी है।"

"ठीक है, मैं उनकी अध्यापिका को भेजती हूं।" दूर से कहती हुई वे चली गईं।

विषय की अध्यापिका ने आकर प्रश्न बदल दिया।

"मैम," बच्चों ने समवेत स्वर में कहा, "सिर्फ दस मिनट बचे हैं। हमें दस मिनट और चाहिए।"

"हां, आप काम करिए," कहते हुए दामिनी ने अध्यापिका की ओर दृष्टि की, "आपसे एक सहयोग चाहिए। इसके बाद मेरा छठी कक्षा में पीरियड है। इस ब्लॉक से उस ब्लॉक तक पहुंचने में भी देर लगेगी। आप नीचे ही जा रही हैं, आठवीं की रैप से कह दीजिए, पीरियड समाप्त होते ही कोई आ जाए। इन्हें अतिरिक्त समय देना है।"

"जिस विषय का पीरियड है, वह अध्यापिका तो आएगी ही।"

"इनकी कक्षा अध्यापिका का ही पीरियड है और वे अनुपस्थित हैं। मैं चाहती हूं, अरेंजमेंट पर जो भी हो, वह जल्दी आ जाए।"

"ठीक है, मैं कह दूंगी। वैसे जिसका पीरियड है, उसका दायित्व है कि समय से आए।"

घड़ी की सूई के साथ दामिनी के दिल की धड़कन भी बढ़ती जा रही थी। पीरियड समाप्त हुए बारह मिनट हो गए थे, किंतु अध्यापिका नहीं आई थीं।... मिसेस कुलकर्णी क्रोध से उबल रही होंगी कि वह अभी तक कक्षा में क्यों नहीं पहुंची!

समय पूरा होते ही दामिनी बच्चों के पास आ गई।

"मैम, बस पांच मिनट और!"

"आपको पूरा समय दिया जा चुका है।" उसने जल्दी-जल्दी कॉपियां एकत्रित कीं और गिनने लगी।

कक्षा के बाहर कदम रखते ही वह अध्यापिका आती दिखाई दी।

"आप देर से आईं। मेरा छठी कक्षा में पीरियड है।"

"मेरा तो अरेंजमेंट है। तुमने इतनी देर क्यों लगा दी?"

"परीक्षा पत्र में अंतिम समय में कुछ परिवर्तन करना पड़ा। विद्यार्थियों ने अतिरिक्त समय मांगा।"

"बच्चे तो समय मांगते ही रहते हैं। इनकी मत सुना करो।" वे कक्षा में चली गईं।

जल्दी-जल्दी सीढ़ियां उतरते हुए दामिनी स्टाफ-रूम में आई।

"दामिनी," मिसेस घोष से बात करती मिसेस कुलकर्णी ने उसे देखा, "आपकी कक्षा के विद्यार्थी बहुत शोर मचा रहे हैं।"

"मैं जाती हूं मैम।" परीक्षा के बंडल लिए हुए ही दामिनी कक्षा की ओर बढ़ गई।

* * * * * *

"दामिनी," पीछे आते हुए अनूप की आवाज सुन वह रुकी और मुड़ी।

"कहां थीं तुम?" उसने गुस्ताख़ दृष्टि से उसे देखा, "पीरियड आरंभ हुए बीस मिनट हो चुके हैं।"

"मिसेस कुलकर्णी के आसपास चक्कर अधिक काट लेने से, उनके अधिकार भी इसे मिल गए!" आत्मा ने कहा।

वह व्यंग्य भाव से मुस्करा दी... क्यों दे वह इसे उत्तर? कुढ़ता रहे।

"अपने पीरियड का ध्यान रखा करो।" तीखे स्वर में आदेश सा देता हुआ बोला, "मिसेस कुलकर्णी बहुत नाराज़ हो रही थीं।"

यह मिसेस कुलकर्णी का पी.ए. है क्या? नहीं! मिसेस कुलकर्णी का चमचा!...

सहसा उसकी आंखें मुंद गईं... हे ईश्वर, यह क्या हो रहा है?...यह युद्ध, घृणा, शत्रुता मेरे जीवन का ध्येय नहीं है। मुझे व्यर्थ के झगड़ों में मत डालो। मुझे बुद्धि की सात्विकता प्रदान करो ईश्वर!...

दामिनी ने आंखें खोलीं... भीतर की कड़वाहट और विद्वेष ने अनूप की मुखाकृति को कितना विकृत कर दिया था।

शांत भाव से वह पलटी और कक्षा में चली गई। आज उसे मन की शक्ति समझ आ रही थी। हृदय चाहे तो मनुष्य को आध्यात्मिक ऊंचाइयों पर ले जाकर देवत्व प्रदान कर दे और चाहे तो मानवता का दृढ़ आधार उससे छीनकर उसे पशुत्व की श्रेणी में लाकर खड़ा कर दे।

"ठीक समझीं बच्ची!" आत्मा ने उसकी पीठ ठोकी।

* * * * * *

डॉ.नवनीत कक्ष में नहीं थे। दामिनी ने दृष्टि दौड़ाई। कल छुट्टी में डॉ.नवनीत को उनके कक्ष में जाते देख उसने परीक्षा के बंडल उन्हें पकड़ा दिए थे... उस दिन परीक्षा के बाद उसे छठी कक्षा में जाने की इतनी जल्दी थी कि मिसेस घोष को सामने देखकर भी उन्हें बंडल देने का ध्यान उसे नहीं रहा। तब से आज चार दिन हो गए थे। अपनी कक्षाओं में जाते समय वह स्टाफ-रूम का चक्कर लगा जाती। किंतु एक बार भी न तो रैप दिखाई दी, न विषय अध्यापिका। घर से लाना और वापस घर ले जाना उसे बोझ लगने लगा था।

उसके कक्ष में लॉकर नहीं था। इस प्रकार परीक्षा की कॉपी छोड़कर घर नहीं जा सकती थी। परसों विद्यालय आकर दर्शन के लॉकर में रखवाए थे। दूसरे पीरियड में आठवीं की रैप सामने दिखीं तो दर्शन को वह ढूंढती रही। शायद वह अपनी कक्षा में थी। दर्शन अब अपने कमरे में भी नहीं बैठती। अंतिम पीरियड में कक्षा से सीधे घर के लिए चली जाती थी; फलतः डॉ.नवनीत को सामने पाकर बंडल उसने उन्हें थमा दिए।

उसने मेज पर देखा। इतने बड़े बंडल मेज की दराज में तो नहीं ही आए होंगे। अलमारी पारदर्शी थी, शीशे के भीतर भी बंडल दिखाई नहीं दिए।

"दामिनी तुम यहां। तुम्हें देख बहुत खुश हूं।"

"मैं बंडल लेने आई हूं। इतने दिनों से रैप मिली नहीं। अब मध्यांतर है, शायद मिल जाएं। सुबह से चारों पीरियड लगे हुए थे इसलिए आज स्टाफ-रूम गई ही नहीं।"

"लंच के बाद तुम्हारा पीरियड है?" उन्होंने उसकी बात पर ध्यान नहीं दिया।

"नहीं, अब सातवां-आठवां पीरियड लगा हुआ है।"

उन्होंने सामने सीट की ओर संकेत किया, "बैठो।"

"दूसरे पीरियड में आठवीं कक्षा की रैप आई थी," वे बैठते हुए बोले, "बंडल नहीं पहुंचे इसलिए क्षुब्ध थी। पता नहीं उस तक यह बात किसने पहुंचाई कि तुम मेरे कक्ष में होगी। मैंने उसे सामने लगे टाइम-टेबिल पर तुम्हारे पीरियड दिखाए। उसे विश्वास हुआ नहीं कि तुम उसे कई बार देखने स्टाफ-रूम गई थीं।"

"आप मुझसे यही बात करना चाहते थे?"

उन्होंने अचरज से उसे देखा और खिलखिला पड़े, "नहीं। बिल्कुल पागल हो तुम।" उन्होंने मेज की दराज़ से कुछ पृष्ठ निकाले, "अगले हफ्ते शगुन की हिंदी की परीक्षा है। उसकी बातों से लग रहा था, बहुत हिल गया है तुमसे।"

"मैंने पाठ्यक्रम पूरा करा दिया। अब अभ्यास चल रहा है," दामिनी बोली, "उसकी मां से फोन पर बात हुई थी। उनका कहना है, परीक्षा में आप चार की जगह दो पाठ कर दें।... मैंने इंकार कर दिया। ऐसा कैसे हो सकता है।"

"ओह दामिनी," डॉ.नवनीत के मुख से अनायास निकला, "तुम्हें पैसा बनाना नहीं आता।"

दामिनी उन्हें देखती रह गई...

"न मां-बाप को रुष्ट होने देना, न बच्चों को असंतुष्ट। चार पाठ तो इसलिए रखे थे जिससे कक्षाएं अधिक हों। खैर, मैंने तुम्हें बताया भी तो नहीं था। धीरे-धीरे सीख जाओगी।" उन्होंने पृष्ठ उसकी ओर बढ़ाए, "यह कुछ महत्वपूर्ण प्रश्न हैं, उसे अभ्यास करा देना और कहना, जैसा मैं कह रही हूं वैसा ही चलता रहे तो बहुत अच्छे अंक आएंगे उसके।"

दामिनी आंखें फाड़े उन्हें देखती रही। पृष्ठ की ओर उसके हाथ नहीं बढ़े। तो उनके व्यक्तित्व के इस पहलू के कारण उनके विभाग के अन्य अध्यापक स्वच्छंद होकर ट्यूशन करते हैं।... कैसे महत्वपूर्ण प्रश्न थे ये... अनुमानित प्रश्न! अथवा परीक्षा का प्रश्नपत्र ही है।

डॉ नवनीत की दृष्टि ने उसके मनोभावों को पहचाना। अपनी हर बात पर दामिनी द्वारा विरोध भाव वे सहजता से सह लेते थे। उन्होंने मान लिया था, दामिनी जीवन के यथार्थ से परिचित नहीं है इसलिए हर बात से भड़क उठती है।

वे हंस पड़े, "इस प्रकार उत्तेजित होने की आवश्यकता नहीं है। सुख का स्वरूप यही है। प्रत्येक व्यक्ति को पद, महत्व, धन चाहिए। इसी से सम्मान मिलता है।"

"यह मिथ्या सम्मान है।" दामिनी की दृष्टि में झिड़क थी...

"तुम क्यों मूर्ख बनी रहना चाहती हो?...स्कूल के भी तो हम नौकर ही हैं। ट्यूशन भी एक नौकरी है। उसमें भी हमें सबको संतुष्ट करना है।"

आत्मा तमककर खड़ी हो गई, "इन्हें बता! यदि यहां ऐसा होता है तो गलत होता है। यह व्यक्ति विभागाध्यक्ष की मर्यादा को खंडित नहीं कर रहा?..."

डॉ.नवनीत ने उसके चेहरे को पढ़ने का प्रयत्न किया। दामिनी का रोष उन्हें प्रिय नहीं था। वे उसे मनाने के लिए बेहद विनम्र हो उठते थे।

"कक्ष में जा रही हो?" उन्होंने मधुर भाव से पूछा।

"नहीं। छठा पीरियड है तो खाली ही; किंतु मैं अपनी आठवीं कक्षा में जा रही हूं।"

"क्यों?"

"उनका गणित का पीरियड है। वह अध्यापिका आई नहीं। एक अन्य अध्यापिका का अरेंजमेंट लगा है। सोच रही हूं,मेरा पीरियड तो खाली ही है, जाकर उनकी कक्षा में हिंदी पढ़ा दूं।"

"तुम्हारा पाठ्यक्रम पीछे रह गया?"

"नहीं। अभी तो यहां मेरे तेरह दिन बचे हैं। चार महीनों में मैंने एक भी छुट्टी नहीं ली। अंतिम दिन नहीं आऊंगी, उसकी जगह आज पढ़ा देती हूं। मैं चाहती हूं, जाने से पहले हर कक्षा की कॉपियां जंची हुई हों।"

"किंतु तुम्हारी नौकरी तो आगे बढ़ाऊंगा मैं। मिसेस बोस से बात हुई थी। वे अप्रैल में आएंगी। नए सैशन से।"

"जो भी हो," दामिनी ने उपेक्षा से कहा, "मुझे अब यहां और रुकने की इच्छा ही नहीं है।"

"नहीं दामिनी," डॉ.नवनीत के स्वर में कोमलता ही नहीं, कातरता थी, "तुम कहीं नहीं जाओगी। तुम्हारे बिना..."

"तेरे बिना इनका मन नहीं लगेगा।" आत्मा ने कहा, "तुम नहीं रहोगी तो लार किस पर टपकाएंगे।"

...भ्रम में जीकर व्यक्ति स्वयं को ही कितना छलता है।

वह कक्ष से बाहर आ गई।

* * * * * *

"इतनी दायित्वहीन अध्यापिका मैंने कभी नहीं देखी।"

दर्शन का हृदय धक रह गया। मिसेस राय का सातवीं 'सी' में अरेंजमेंट था किंतु उन्हें कोई आवश्यक विभागीय काम था इसलिए उनका नाम काटकर किसी अन्य अध्यापिका का नाम लिख दिया गया था। वह अध्यापिका अब तक कक्षा में नहीं पहुंची थी। इस सूचना मात्र ने उनके भीतर बिजली उत्पन्न कर दी थी।

जाने किस अध्यापिका का अरेंजमेंट था। उसका तो था नहीं। सूची में दामिनी का नाम भी उसे कहीं दिखाई नहीं दिया था। पता नहीं किस पर यह बिजली गिरने वाली थी।

स्टाफ-रूम में घुसते ही डॉ.नवनीत कुछ विचलित हो गए। मिसेस राय उनकी ओर देखकर ही भड़की थीं। तो क्या उनके विभाग की ही किसी अध्यापिका का अरेंजमेंट था!...किसका?

दर्शन पास पड़ी कुर्सी पर बैठ गई। इतनी अध्यापिकाओं के मध्य डॉ.नवनीत की दृष्टि उस पर नहीं पड़ेगी। संभवतः अब वे मिसेस राय के क्रोध को ठंडा करने का प्रयत्न करेंगे। दर्शन पर दृष्टि पड़ गई तो थोड़े असहज हो जाएंगे।

"क्या बात है मिसेस राय?" डॉ.नवनीत ने सहजता से पूछा।

"मेरी समझ में नहीं आता, जब काम करना नहीं आता तो लिए क्यों जाते हैं!" मिसेस राय ने उग्र स्वर में कहा, "वह दामिनी अभी तक कक्षा में नहीं पहुंची।"

दर्शन अवाक सी देखती रह गई। हर परिस्थिति में धैर्य बांधे रखने वाले डॉ.नवनीत की त्योरियों पर बल ही नहीं पड़े, वरन उनके हृदय में तूफान उठ खड़ा हुआ। क्रोध से कांपते हुए कड़क उठे, "गैर-जिम्मेदार नहीं है वह। ध्यान नहीं गया होगा। मैं स्वयं जाता हूं उस कक्षा में।"

तेज कदमों से चलते हुए वे चले गए।

दर्शन ने देखा, सर्वत्र सन्नाटा छा गया था। मिसेस राय चुपचाप स्टाफ-रूम से बाहर चली गई।

दर्शन शांत भाव से बैठी नहीं रह सकी। विभागाध्यक्ष होने के कारण डॉ.नवनीत के अरेंजमेंट नहीं लगते थे। संभवतः खाली पीरियड में वे चाय या कॉफी पीने आए होंगे।... उसका पीरियड भी तो खाली है। उसके कदम सातवीं 'सी' की तरफ बढ़ गए।

कक्षा के बाहर दर्शन ठगी सी खड़ी रह गई। डॉ.नवनीत को इतने क्रोध में उसने पहले कभी नहीं देखा था। कक्षा के सारे बच्चों को उन्होंने हाथ ऊपर करके खड़ा कर दिया था और बुरी तरह डांट रहे थे।

दर्शन ने भीतर कदम रखा। डॉ.नवनीत का गुस्सा देख क्षण-भर के लिए वह सहम गई थी।

"सर, मैं यह कक्षा ले लेती हूं।" उसने धीरे से कहा, "आप अपना कार्य कर लीजिए।"

डॉ.नवनीत ने स्वयं को संयत करने का प्रयत्न किया।

"दामिनी सुबह से व्यस्त है। इस समय आठवीं कक्षा में है।" उन्होंने अपने मुख पर प्रसन्नता लाने का जबरन प्रयत्न किया, "संभवतः अरेंजमेंट देख नहीं सकी होगी।"

"ऐसी बात नहीं है सर। कक्षा में जाने से पहले वह अरेंजमेंट देखने आई थी। मेरा पीरियड खाली है न। कैंटीन के पास हमारी भेंट हुई थी। सूची में उसका नाम मुझे भी दिखाई नहीं दिया था।" उसने उन्हें देखा, "आप जाइए सर, मैं कक्षा ले लूंगी।"

बच्चों को बैठने का आदेश देते हुए डॉ.नवनीत चले गए।

कक्षा समाप्त होते ही दर्शन स्टाफ-रूम में आई। दामिनी की दृष्टि अरेंजमेंट सूची पर टिकी थी। शायद उसे सूचना मिल गई थी।

"तुम्हें कलंकित करने के लिए छोटी-छोटी बात पर हंगामा किया जाता है।" दर्शन ने कहा, "पर नाम पर दृष्टि पड़ी क्यों नहीं?"

"कुछ तो नाम ही जल्दी में लिखा गया था। फिर यहां दो दामिनी हैं इसलिए मैं नाम की जगह 'सक्सेना' पर ध्यान देती थी। उन्होंने सिर्फ नाम लिखा था।"

"काटकर आगे लिखा गया है इसलिए मेरा ध्यान भी नहीं गया।" दर्शन ने उसे सांत्वना दी, "छोड़, ऐसी छोटी-मोटी बातें तो होती ही रहती हैं।"

दामिनी मुसकरा नहीं सकी, "मैं चलती हूं। अब लगातार दो पीरियड हैं।"

22

अपने कमरे के दरवाजे पर ताला लगा देख दामिनी चकरा गई। उसका पर्स अंदर है, बच्चों की कॉपियां हैं, पिछले हफ्ते हुई परीक्षा की कॉपियां हैं जिन्हें खाली पीरियड में बैठी वह जांच रही थी। क्या करे?...

सामने कक्षा में कुर्सियां साफ करते रघु के पास वह आई, "यह दरवाज़ा इतनी जल्दी बंद क्यों कर दिया गया?"

"पता नहीं मैडम।"

"किसने बंद किया है?"

"डी ब्लॉक के हर कमरे की चाबी तो कुलकर्णी मैम के पास होती है।"

"ओह!" ... दामिनी सीढ़ियां उतरकर नीचे आई।

मिसेस कुलकर्णी कुछ अध्यापिकाओं से बातें कर रही थीं। नमस्ते कर वह कुछ हटकर खड़ी हो गई। एक लंबी सी मुस्कान उन्होंने उसकी ओर फेंकी और पुनः बातों में लग गई।

अध्यापकों से बात कर वे अपने कक्ष की ओर बढ़ गई।

"मैम," दामिनी तेज़ कदमों से चलते हुए उन तक आई, "ऊपर कक्ष में ताला लगा है। मेरा सामान अंदर रह गया।"

वे मुस्कराईं, "आपका सामान वहां कैसे पहुंचा?"

"आजकल मैं वहीं बैठती हूं।"

"क्यों बैठती हैं?"

दामिनी ने देखा... उनके प्रश्न में जिज्ञासा नहीं, रोष था।

"डॉ.नवनीत ने मुझे वहां बैठने को कहा है।"

उनके मुख की मुस्कराहट आक्रोश में परिवर्तित हो गई, "आपको नहीं मालूम कि डी-ब्लॉक के विषय में सारे निर्णय मैं लेती हूं।" वे रुकीं, एक भरपूर दृष्टि उस पर डाली और बोली, "डॉ.नवनीत कैसे भूल गए कि डी. ब्लॉक मेरा है!"

दामिनी के पास कोई उत्तर नहीं था।

"मैम," उसका ध्यान बसों की ओर गया; समय हो गया था, वे चल पड़ने वाली थीं, "मैं अपना सामान कैसे लूं?"

"मुझे नहीं मालूम कि ताला किसने लगाया है। इतनी चाबियों में से उस ताले की चाबी की पहचान हो, तो ले जाओ।" वे चली गई।

दामिनी के कदम स्टेट ऑफिस की ओर मुड़ गए।

"मुझे लगा, वहां कोई नहीं है इसलिए...।" वहां बैठे क्लर्क ने उसकी समस्या सुनकर कहा, "अभी मैं एक आदमी को भेजता हूं। मिसेस कुलकर्णी के कक्ष से चाबी लेकर वह दरवाजा खोल देगा।"

"धन्यवाद।"

नौकरी में एक तथ्य दामिनी के समक्ष बार-बार उभरा था। जहां स्त्रियों का प्रयत्न प्रायः एक-दूसरी को आहत करने का होता था, वहां अधिकांश पुरुषों का व्यवहार सहयोग का था।

"क्या हुआ दामिनी?" अपना सामान लेकर दामिनी बाहर आई तो डॉ.नवनीत को सामने खड़े पाया, "जाने के लिए निकल रहा था, तो स्टेट ऑफिस के क्लर्क ने बताया, आपके विभाग की अध्यापिका का सामान ऊपर कक्ष में फंसा पड़ा है। मन ने कहा, दामिनी ही होगी।"

"हां सर।" दामिनी ने मिसेस कुलकर्णी के साथ हुआ संभाषण सुना दिया।

"मैं मिसेस कुलकर्णी से बात करूं?" उन्होंने पूछा।

दामिनी आश्चर्य से उनका मुख ताकती रह गई; अब अपने दायित्व का निर्णय भी वे उससे पूछकर करेंगे?...

वे मिसेस कुलकर्णी के कक्ष की ओर बढ़ गए।...दामिनी की दृष्टि उनका पीछा करती रही।...कक्ष तक पहुंचने से पूर्व ही वे रुके। फिर वे लौट आए। उनके मुख पर असहायता के से भाव थे।

"दामिनी," उनका स्वर धीमा था, "उनका गर्व तो इसी में है कि कोई उनकी सत्ता, उनके अहं को पूजे। अन्यथा तुम्हारे उस कक्ष में बैठने से उन्हें स्थान की कमी तो हो नहीं रही। वह कबसे बंद ही तो पड़ा था।"

दामिनी समझ नहीं सकी, उसकी समस्या का क्या समाधान है! अब वह क्या करे!...

"तुम घर कैसे जाओगी?" उन्होंने चिंता जताते हुए पूछा, "बसें तो सारी निकल गईं।"

"मैं प्राइवेट बस से चली जाऊंगी।"

"अरे नहीं, वे बसें थका देती हैं," उन्होंने कहा, "मेरा रास्ता भी तो वही है। छोड़ता हुआ निकल जाऊंगा।"

दामिनी नहीं मानी। वह नहीं चाहती कि उनका अहसान नाग के समान कुंडली मारकर उसके हृदय पर बैठा रहे। उनका खेल वह समझ गई है।

"आप व्यर्थ कष्ट न करें। मैं चली जाऊंगी।"

डॉ.नवनीत को उससे यही उत्तर अपेक्षित था। उसकी उपेक्षा को वे अनदेखा कर गए।

"चलो, मैं छोड़ देता हूं।" उन्होंने अपनत्व से कहा और आगे बढ़ गए।

अनिर्णय की स्थिति में दामिनी खड़ी रह गई।... उनके पाखंड को वह स्नेह का अधिकार कैसे मान ले।... किंतु क्या वह कह सकेगी, 'नहीं जाना मुझे आपके साथ।'

वे पलटे, "तुम चलो, मैं पार्किंग से गाड़ी निकालता हूं। सड़क से मुड़कर पीछे वाले स्टॉप पर पहुंच जाना। यहां धूप है।"

"आप घर ही जा रहे हैं?"

दामिनी को मालूम था, वे कभी इतनी जल्दी घर नहीं जाते। स्वयं उन्होंने ही बताया था, पत्नी के गुजर जाने के बाद घर में उनके लिए ऐसा कोई सुख नहीं बचा जो उन्हें वहां बांधे। छह बजे से पहले वे कभी घर नहीं पहुंचते थे।

"यदि तुम्हें आपत्ति न हो, तो आत्माराम एंड संस के यहां होते हुए चलें। अपनी पुस्तकों की रायल्टी लेनी है। ज़्यादा देर नहीं लगेगी। स्वयं मेरा साढ़े चार से छह घर के पास ही ट्यूशन है।"

"वहां मुझे साथ ले जाना आपके लिए असुविधाजनक नहीं होगा?" उसके मन में परिहास जागा; अनायास वह उद्दंड हो उठी, "स्कूल में तो मेरे साथ खड़े होते हुए भी आपको परेशानी होती है... पता नहीं अध्यापक क्या सोच रहे होंगे, बच्चे क्या सोच रहे होंगे।"

वे बौखला उठे। दामिनी की स्पष्टतावादिता अनेक बार उन्हें अटपटी स्थिति में डाल देती थी। सकुचाते हुए उन्होंने दृष्टि फेर ली, "वहां का समाज सभ्य और शिष्ट है। और फिर सोचें भी, तो मुझे क्या फर्क पड़ता है।"

'यहां पड़ता है'... दामिनी सोचती रह गई... 'उनके इस दोगले व्यक्तित्व ने यहां विभाग में कितनी अराजकता उत्पन्न कर दी है। उपहास का पात्र बने हुए हैं।'...

"मैं स्टॉप पर पहुंचती हूं।"

डॉ.नवनीत ने कार रोकी।

"ओह!" हाथ बढ़ाकर दरवाजा खोलते हुए बोले वे, "यहां तो शेड ही नहीं है। धूप सीधी सिर पर पड़ रही होगी।"

"जाड़ों की धूप तो अच्छी लगती है।" वह बैठती हुई बोली, "पहले मैं स्कूल के बाहर ही खड़ी थी। फिर यहां आ गई। सोचा, आप बिना देखे निकल गए, तो यहां मुझे ढूंढते रहेंगे।"

"वहां रुककर तुम्हारे स्टॉप तक पहुंचने का मुझे इंतज़ार करना पड़ा," उन्होंने कार आगे बढ़ाई, "दरअसल प्रिंसिपल इसी समय भोजन के लिए निकलती हैं। कहीं वे साथ जाते हुए देख लेतीं..."

दामिनी गहरा नि:श्वास छोड़कर रह गई; इस व्यक्ति का कलुषित मन...

आत्मा हंसी, "तुझे क्या! तेरा मन तो दृढ़ है न!"

"हां।" उसके मुख पर आत्मविश्वास की आभा छा गई, "मेरी भावुकता मेरी दुर्बलता नहीं है।"

उसने उन्हें देखा... इन दिनों उसके मन में कई बार यह आशंका भी जागी थी कि उनके भीतर इस भय का कारण कहीं विद्यालय में बनी दामिनी की छवि तो नहीं है?... दर्शन भी तो इसी कारण कमजोर होकर स्टाफ-रूम में चली गई। जब उसे स्वेच्छाचारिणी मान ही लिया गया है, तो पुरुष कोई भी हो, उसमें दामिनी की आसक्ति दिखाने में किसी का क्या बिगड़ रहा है।

दामिनी ने जाना, उसके भीतर का द्वंद्व उसे मथ रहा है; यदि उनके भय का कारण यह होता, तो दर्शन के प्रति भी वे इतने सजग होकर व्यवहार क्यों करते? उसके साथ भी तो वे यही रुख अपनाते हैं। व्यक्तिगत रूप से इतनी आत्मीयता दर्शाते हुए भी सार्वजनिक रूप से वे यही दिखाने का प्रयत्न करते हैं कि नई होने के कारण इन अनाड़ी अध्यापिकाओं का वे समर्थन करते हैं।

"आजकल क्या लिख रही हो?"

"आजकल!" दामिनी उखड़ी-उखड़ी सी थी, "विद्यालय से मुक्त होकर ही लिखूंगी।"

"सारे काम साथ-साथ चलते हैं," वे हंसे, "कल कहोगी, गृहस्थी के जंजाल में फंस गई, अब कैसे लिखूं।"

"आप तो आजकल कोई टी. वी. सीरियल लिख रहे हैं?" उसने बात बदल दी।

"शनि पर लिखने की बात हुई थी," वे बोले, "हालांकि मेरा मन इन सब पर विश्वास नहीं करता; किंतु अच्छा एसाइंमेंट था इसलिए ग्रहों पर आधारित कुछ पुस्तकों का अध्ययन कर रहा था। किंतु वह काम किसी अन्य को मिल गया।" उन्होंने दामिनी को देखा, "मीडिया का काम तो मिलता ही रहता है। कुछ समय पहले मिसेस चड्ढा ने स्वास्थ्य से संबंधित सीरियल की छह किस्तें लिखवाई थीं। विषय मिलने पर अध्ययन अवश्य करना पड़ता है; किंतु लेखक का तो धंधा ही यही है।"

"इससे स्वतंत्र लेखन की संभावनाएं समाप्त हो जाती हैं।" दामिनी ने शालीन स्वर में कहा, "अभी मैं स्वान्तः सुखाय लिखती हूं। मौलिकता तो है ही, व्यक्तित्व का पकना भी आवश्यक है। मुझे लगता है, प्रलोभन में फंसकर लेखक की यात्रा रुक जाती है।"

डॉ.नवनीत ने गंभीर भाव से उसे देखा, "तुमने अपने मन में कुछ रूढ़ धारणाएं बना ली हैं। वे शायद डॉ. नरेन्द्र का प्रसाद हैं। तुम शायद नहीं जानतीं, इससे तुम्हारे लेखकीय रूप की कोई पहचान नहीं बन पाएगी।" उनके मुख पर एक सलज्ज मुस्कान छा गई, "इसीलिए तो मैं चाहता हूं कि तुम जल्दी से पीएच.डी. करो, फिर अनेक प्रोजेक्ट पर हम मिलकर काम करेंगे।"

दामिनी डर गई... कहीं, वे फिर से अपनी योजनाएं दोहराने न लगें!

"दूसरों की मांग पर लिखने में मेरी रुचि नहीं है।"

"रुचि प्रकृति से उत्पन्न नहीं होती। जिस समय जिस तरह के लेखन की मांग होती है, वही लेखक की प्राथमिकता होती है।"

"आपकी है।"

डॉ.नवनीत को लगा, दामिनी बहुत धृष्ट हो उठी है। उनके अहंकार की चट्टान दरक रही थी। उनकी दृष्टि दामिनी की ओर घूम गई।

दामिनी के मुख पर एक शिष्ट मुस्कान उभरी, "मैंने शायद आपको आहत किया है। आप सोच रहे होंगे, आप विभागाध्यक्ष हैं...!"

"नहीं," उन्होंने मुस्कराने का प्रयत्न किया, "यह बातचीत तो दो मित्रों के मध्य हो रही है। तुम शायद द्वंद्व में हो। संभवतः मेरे जीवन के अनुभव तुम्हें भ्रम से मुक्त कर सकें।" उन्होंने सरस भाव से कहा, "हमारे मध्य उम्र का इतना अधिक अंतर है कि कोई प्रतिस्पर्धा हो नहीं सकती।" उनके अधरों पर हल्की मुस्कान छा गई, "मेरी एक कहानी है, 'गॉडफादर', जिसमें प्रतिभा होते हुए भी नायक किसी का वरदहस्त न होने से गुमनाम रह जाता है।"

दामिनी के मुख पर उग्रता उगने लगी थी...

"इन दिनों जो बाल-उपन्यास मैं लिख रहा हूं...आजकल 'हैरी पोटर' के अंग्रेज़ी बाल-उपन्यास बच्चों में बहुत प्रचलित हैं। लिखने के साथ-साथ ही मैं उसका अंग्रेज़ी में अनुवाद भी करा रहा हूं। देखना, छपने के बाद कितना बिकेगा।"

दामिनी ने उत्सुक दृष्टि से डॉ.नवनीत को देखा, "कभी-कभी मैं सोचती हूं, आप इतना समय अभिनय सिखाने या ट्यूशन करने में व्यर्थ नष्ट करते हैं।"

"तुम्हारी सोच उचित है।" वे मुस्कराए, "डॉ.नवनीत कोई कार्य बिना लाभ के नहीं करता। मात्र धन अर्जित करना मेरा लक्ष्य नहीं है। जिस इंस्टीट्यूट में मैं अभिनय सिखाता हूं, वहां बच्चों से लेकर डाइरेक्टर तक कितना प्रभावित हैं मुझसे। संभवतः मुझसे सीखा कोई विद्यार्थी मुम्बई जाकर सफलता प्राप्त करे और फिल्म निर्देशित करे। बहुत धैर्य है मुझमें। कभी तो कोई फिल्म बनाने का प्रस्ताव मुझे मिलेगा।"

"आप शायद आरंभ से इसी राह पर चलना चाहते थे।"

"आरंभ में तो नाटकों में अभिनय ही किया करता था। बहुत प्रशंसा भी मिलती थी। अपने आप को पहचानने में बहुत देर की मैंने।" वे मुस्कराए, "मैं नहीं चाहता, तुम वह सब झेलो।"

"स्वधर्म के अनुसार चलने में ही मेरा सुख है।"

"यह मार्ग तो तुमने डॉ. नरेन्द्र के कहने पर अपनाया है न!"वे उसके मन को कुरेदने लगे, "लेकिन तुम्हारा भला-बुरा या उन्नति किसमें है, यह तो तुम्हें ही निर्धारित करना पड़ेगा। जिन्हें तुम अपना मसीहा समझ रही हो, वे तुम्हारे मार्ग की बाधा भी हो सकते हैं।"

"बाधा तो वे आपके मार्ग की हैं।" आत्मा चहकी, "उनके कारण ही तो आप दामिनी को निगल नहीं पारहे।"

"मुझे लगता है, मेरी उन्नति अपनी प्रकृति के अनुकूल चलने में है।" वह सहज भाव से मुस्कराई, "डॉ. नरेन्द्र चाहते तो नाटक या निर्देशन के क्षेत्र का ज्ञान मुझे दे सकते थे। स्वयं अपने समय में उन्होंने इतने नाटकों में नायक का अभिनय किया था। नौकरी के बाद भी कितने समय तक वे निर्देशन का दायित्व भी संभालते रहे थे; किंतु उन्होंने पहचाना कि ये क्षमताएं मुझमें नहीं हैं। मैं तो मूलतः कथाकार ही हूं; इसी निश्चित दिशा में चलकर मुझे सफलता मिलेगी। उन्होंने भटकने नहीं दिया मुझे।"

डॉ. नरेन्द्र के विषय में डॉ.नवनीत ने जैसे सर्वथा नई बात सुनी थी।

"डॉ. साहब का रंगमंच से भी संबंध रहा है?" उन्होंने विस्मय से पूछा।

"हां।" डॉ. नरेन्द्र की चर्चा दामिनी के लिए बेहद सुखद अहसास था, "बहुत सफलता भी मिली उन्हें; किंतु बाद में उन्हें लगा, अभिनय या निर्देशन में समय बहुत नष्ट होता है। धीरे-धीरे उन्होंने स्वयं को लेखन की साधना तक सीमित कर लिया। लेखन में भी कथाकार, व्यंग्यकार, नाटककार... हर क्षेत्र में उनकी गहरी पकड़ है। एक तो ईश्वर-प्रदत्त प्रतिभा... उस पर ऐसी लगन, इतना अभ्यास, एकाग्रता। मेरा मन उनकी इस साधना को पूजता है।"

डॉ.नवनीत का मन ऐंठकर रह गया...

* * * * * *

"ये दामिनी जी हैं।" डॉ.नवनीत ने प्रकाशन के कर्ता-धर्ता ओमवीर को उसका परिचय दिया, "कुछ समय पहले ही विद्यालय में इनकी नियुक्ति हुई है। डॉ. नरेन्द्र के साहित्य पर रिसर्च कर रही हैं। शोध-सामग्री के लिए कुछ विशेष पुस्तकों की तलाश कर रही थीं। मैंने सोचा, आपसे सहयोग मिल जाएगा।"

"हां बिल्कुल। मैं पुस्तकों की सूची मंगवा देता हूं।"

दामिनी असमंजस में डॉ.नवनीत को देख रही थी... उसने कब कहा था कि उसे पुस्तकों की आवश्यकता है।

"पहली से पांचवीं तक की पुस्तकें छपकर आ गई हैं।" ओमवीर ने डॉ.नवनीत की ओर देखा, "आप प्रूफ-रीडिंग कर दीजिए।"

"प्रूफ-रीडिंग के लिए घर ले जाऊंगा।"

"मिश्र जी की कहानी की छपाई ठीक नहीं थी। आप उनसे बात करिए, एक कॉपी भिजवा देंगे।"

"कॉपी..." वे मुस्कराए, "विद्यालय की पाठ्य-पुस्तकों के लिए बाल-कहानियों का चयन करते समय अनायास मिश्र जी की एक कहानी पर दृष्टि पड़ गई। अच्छी लगी तो मैंने उसकी एक प्रति करा ली। शायद फोटो-कॉपी ठीक नहीं हुई होगी। कोई बात नहीं, कहानी निकाल देते हैं। कोई और कहानी देख लेंगे।"

ओमवीर चिंतित हो उठे, "थोड़ा संभलकर चला करिए डॉ. साहब। रचनाकार को सूचना तो पहुंचा ही दिया करिए। नियमतः तो रचना का पेमेंट भी उस तक पहुंचना चाहिए। कभी कोई मुसीबत उठ खड़ी हुई।"

"अरे नहीं।" वे हंसे, "इतने वर्षों से यही तो कर रहा हूं। लेखक को तो गर्व होना चाहिए, उसकी रचना किसी विद्यालय के पाठ्यक्रम में लग रही है।"

दो महीने पूर्व उन्होंने दामिनी से डॉ. नरेन्द्र की बाल-कहानियां मांगी थीं। उससे कुछ समय पूर्व ही उसने बच्चों को अभिनय सिखाने के लिए विषय-रोचकता की दृष्टि से डॉ. नरेन्द्र की बाल-कहानियों के संकलन

खरीदे थे। उसमें से ही उसने तीन कहानियों का चयन किया था। दामिनी बहुत खुश थी। उसने डॉ. नरेन्द्र से चर्चा की।

"डॉ.नवनीत ने मुझे तो कोई सूचना नहीं दी। बिना लेखक की अनुमति के वे यह अधिकार कैसे ले सकते हैं?"

"डॉ.नवनीत से मैं चर्चा करूं?" उसने पूछा।

"छपने दो, फिर देखेंगे।" उन्होंने उत्तर दिया था।

उसने उनकी बात तो डॉ.नवनीत से नहीं कही, किंतु सहज रूप से उनसे पूछ लिया, "जिसकी रचना ली है, उस तक सूचना पहुंचनी चाहिए न?"

"यह तो आत्मीय भाव होता है," उन्होंने कहा, "मन में रचनाकार के प्रति स्नेह और प्रेम होता है इसलिए रचना रख ली जाती है। मेरी रचना इस प्रकार ली जाए, तो मुझे खुशी होगी। रिश्ते में अधिक प्रगाढ़ता आ जाएगी।"

"आप मिश्र जी जगह किसकी कहानी रखेंगे?" ओमवीर पूछ रहा था।

"हूं...।" डॉ.नवनीत सोचते रहे। सहसा उन्होंने दामिनी की ओर दृष्टि की, "एक बाल-कहानी तो हम दामिनी जी की लेंगे। क्यों दामिनी जी?"

"मेरे पास कहानी लिखने का समय नहीं है।" उसने स्थिर स्वर में कहा।

डॉ.नवनीत खीज उठे। तत्क्षण ही उन्होंने स्वयं को संभाला और ओमवीर की ओर उन्मुख हुए, "मैं भूल गया, आजकल इनका पूरा ध्यान अपने रिसर्च पर है। मैं ही अपनी एक रचना और दे देता हूं।"

दामिनी का व्यवहार ओमवीर के लिए हतप्रभ करने वाला था।

"आप लिखती भी हैं?" ओमवीर ने पूछा।

"थोड़ा-बहुत।" वह मुस्करा दी।

"ये तो छुपी रुस्तम हैं," डॉ.नवनीत के स्वर में उसके लिए गर्वोक्ति थी, "इनके दो उपन्यास वाणी प्रकाशन से छप चुके हैं।"

दामिनी का मुख आश्चर्य से खुल गया... यह क्या कह रहे हैं डॉ.नवनीत?...अब तक तो अपनी ही झूठी प्रशंसा करते रहे हैं, आज उसकी भी? इतना झूठ!...

"अच्छा!" ओमवीर प्रभावित हुए, "क्या नाम हैं उपन्यासों के?"

दामिनी ने क्षुब्ध दृष्टि से डॉ.नवनीत की ओर देखा: अब काल्पनिक नाम भी बता दें! मुंह सिले उससे नाम बताने की अपेक्षा क्यों कर रहे हैं!...

"सर, आप शायद भूल रहे हैं," उसने सप्रयत्न अपने स्वर में नम्रता भरी, "मेरी शोध-विषय पर आधारित पुस्तक प्रकाशित हुई है और उपन्यास तो प्रकाशन की प्रक्रिया में है।"

"ओह, हां," उन्होंने नाटकीयतापूर्वक माथे को सहलाया, "शायद महेन्द्र की पुस्तक प्रकाशित हुई थी। संपर्क इतने हैं, गड़बड़ हो जाती है।" उन्होंने ओमवीर की ओर मुख किया, "अपने उपन्यास में इन्होंने बहुत अच्छा विषय उठाया है। आप अपने प्रकाशन से छपवा दीजिए।"

"हां, बिल्कुल," ओमवीर उठे, "फिलहाल मैं अपने प्रकाशन से प्रकाशित पुस्तकों की सूची और प्रूफ-रीडिंग की सामग्री भिजवाता हूं।"

ओमवीर के हटते ही दामिनी अपना नियंत्रण खो बैठी, "मैंने आपसे अपने उपन्यास के प्रकाशन के विषय में कब कहा?"

वे सकपका उठे।

"मेरे साथ आई हो, तुम्हारा महत्व तो दिखाना होगा न! सब जानते हैं, डॉ.नवनीत साहित्यकारों में रुचि लेते हैं। फिर, मेरे मन में सहज जिज्ञासा थी कि दो वर्ष पूर्व लिखा उपन्यास छपा क्यों नहीं।"

यह जिज्ञासा है या डॉ. नरेन्द्र के प्रति वे उसके मन में अविश्वास जगाना चाहते हैं। कबसे वे यही तो कर रहे हैं।

"मेरे जीवन में एक ही व्यक्ति है, जिस पर मैं आंखें मूंदकर विश्वास कर सकती हूं—मेरे गुरु। जिस बहकने-फिसलने वाली अवस्था में मैं उनके करीब गई, कोई भी सामान्य व्यक्ति मेरी भावुकता का लाभ उठा सकता था। ठग सकता था मुझे। मैं तो सहज ही बह जाती।" श्रद्धा से उसके नेत्र मुंद गए, "यह विश्वास ही तो है, अपनी रचना उन्हें थमाते हुए उसकी प्रति भी मैं अपने पास नहीं रखती।" उसका स्वर आक्रामक हो आया, "उपन्यास क्यों रुका हुआ है, यह वे भी जानते हैं और मैं भी। हां कुछ ईश्वरेच्छा भी है। मैं उसे और आगे बढ़ाना चाहती हूं।" उसके मुख पर आवेश के भाव आए, "दो-चार वर्ष क्या, उनके पास अपनी रचना रख पूरे जीवन के लिए मैं निश्चिंत रह सकती हूं।"

"तुम खुश रहो दामिनी, मैं तो बस इतना ही चाहता हूं।"

अब तक तो वह समझ रही थी, वे डॉ. नरेन्द्र तक पहुंचने के लिए उसे सीढ़ी के रूप में इस्तेमाल करना चाहते हैं; किंतु जिस प्रकार डॉ. नरेन्द्र का महत्व वे उसके मन से कम करना चाहते हैं...अब बार-बार आभास होता है कि मात्र इस इच्छा के लिए ही उनकी उसमें इतनी आसक्ति नहीं है। अपना स्वाभिमान त्याग, वे उसके चरण छूने तक के लिए तत्पर दिखाई देते हैं। यह तो निश्चित ही है कि उनमें ईमान और स्वाभिमान है ही नहीं, किंतु अब संशय यह भी होने लगा है कि वे उससे कुछ अन्य अपेक्षाएं भी रख रहे हैं। अन्य अपेक्षाएं...

ओमवीर के पीछे-पीछे एक लड़का कमरे में आया। अपने हाथ की ट्रे उनके सामने रख दी।

"यह लीजिए, हमारे प्रकाशन से प्रकाशित पुस्तकों की जानकारी।" उन्होंने दामिनी की ओर सूची बढ़ाई और डॉ.नवनीत की ओर दृष्टि फेंकी, "प्रूफ-रीडिंग के लिए टाइप किए हुए पृष्ठ आप अभी ले जाएंगे?"

"हां, बिल्कुल।"

वे मुस्कराए, "आपका चेक हफ्ते भर में तैयार हो जाएगा। पिछले कुछ पेमेंट्स देखने हैं।"

"ठीक है।" डॉ.नवनीत हंस दिए।

* * * * * *

रजिस्टर में अपनी उपस्थिति लगा दामिनी ऊपर आई तो कक्ष का दरवाजा खुला देख चकित रह गई। प्रातः आकर उसकी चिटकनी वह खोलती थी।

भीतर प्रवेश कर देखा, दर्शन बैठी थी।

दर्शन की आंखों में शरारत जागी, "मैं यहां बैठ सकती हूं?"

उसका नाटक देख दामिनी ने अदा से कहा, "नहीं। यह निजी संपत्ति है। इसमें घुसपैठ दंडनीय अपराध है।"

दोनों हंस पड़ीं।...

"यहां बैठने का एक फायदा तो है।" दर्शन बोली, "जीरो पीरियड में कक्षा-अध्यापिका के स्थान पर हमें भेजने के लिए यहां बुलाने कोई नहीं आता।"

"नहीं, ऐसी बात नहीं है। रैप को मालूम है कि हफ्ते के तीन दिन जीरो पीरियड में हम कमज़ोर विद्यार्थियों को पढ़ाते हैं।"

"यह प्रबंध मुझे उचित नहीं लगा। बीस मिनट के जीरो पीरियड में दस मिनट तो बच्चे उपस्थिति देकर यहां आने में ही लगा देते हैं।"

"हां, मैंने अनुभव किया है, दस मिनट में हम उन्हें एक दोहा या कविता की चार पंक्तियां मात्र करा पाते हैं।"

"अभिभावकों को यह भ्रम तो हो ही जाता है कि कमज़ोर विद्यार्थियों पर अतिरिक्त ध्यान दिया जा रहा है।"

"शायद इसीलिए अर्द्धवार्षिक परीक्षा के बाद यह प्रबंध किया जाता है।"

दोनों मौन हो गईं।

दर्शन ने नज़रें चुराते हुए दामिनी को देखा... दामिनी के मन में कोई दुर्भाव नहीं था। मुख पर वही निश्छल मुस्कान है।...

* * * * * *

सुबह-सुबह अपना अरेंजमेंट देख दामिनी चकित रह गई। आज उसके आठ में से सात पीरियड लगे हुए थे। उसका एकमात्र खाली पीरियड भी व्यस्त कर दिया। उसे इसमें षड्यंत्र की बू आने लगी; पिछले एक महीने से प्रायः रोज ही उसके नाम पर किसी न किसी बात पर हंगामा खड़ा हो जाता था। कहीं ऐसा तो नहीं, कोई उसे इतना परेशान कर देना चाहता है कि वह यहां से भाग खड़ी हो। अथवा, उसका स्वरूप इतना विकृत करके प्रस्तुत करने का प्रयत्न किया जा रहा है कि उसके पांव स्वयमेव उखड़ जाएं। झूठे प्रचार पर से परदा हटाने का कोई प्रयत्न उसने नहीं किया, अविचलित रहकर अपना काम करती रही।

आज अरेंजमेंट देखकर वह बौखला उठी; आज तक किसी अध्यापिका के साथ ऐसा नहीं हुआ था कि सारे दिन में उसे एक भी पीरियड खाली न मिले।... उसके विषय में कोई क्या सोचता है, इसकी उसे चिंता नहीं; किंतु अपना शोषण वह किसी कीमत पर नहीं होने देगी।

"इस अन्याय के विरुद्ध उसे क्या कदम उठाना चाहिए?" मन में प्रश्न उठा।

"क्या समय-तालिका इंचार्ज मि. सिंह से कहे कि उन्होंने समान कार्य-विभाजन क्यों नहीं किया! किंतु कौन सुनेगा उसकी?...यदि प्रेमपूर्वक उसे किसी कक्षा में भेजा जाता, तो सहर्ष स्वीकार कर लेती; किंतु यह शोषण!... चुपचाप सह जाए?... नहीं।... उसने निश्चय किया, "नहीं जाएगी वह कक्षा में।"

"मैम।" अनूप की वह विनाशकारी मुस्कान, "आपको अपने अरेंजमेंट तक का ध्यान नहीं रहता?" मन का संपूर्ण कलुष उसके चेहरे पर उभर आया।

दामिनी के तन-बदन में अग्नि सुलग गई...अरेंजमेंट तो उसका सातवीं में है और यह कॉर्डीनेटर आठवीं का है। किस अधिकार से उसे डांट रहा है?... आजकल मिसेस कुलकर्णी के आसपास कुछ अधिक ही मंडराने लगा है। उनकी एक रैप छुट्टी पर है। अनूप की अभिलाषा रैप बनने की है। उनके समक्ष स्वयं को योग्य साबित करने का हरसंभव प्रयत्न कर रहा है। बिना अधिकार पाए ही दूसरों पर हुक्म चलाता है।

"हां। मैं अरेंजमेंट पर नहीं गई।" अपने रोष का दमन कर वह मुस्कराई, "डॉ.नवनीत के कहने पर नहीं गई।"

तिलमिलाता हुआ, खौंखियाए जानवर के समान पैर पटकता हुआ वह चला गया।

अब डॉ.नवनीत आए थे।

"कक्षा में न जाना, शोषण के खिलाफ आवाज उठाने का सही ढंग नहीं है। आपका नाम मैंने अनूप को चिढ़ाने के लिए लिया था। लेकिन अब लग रहा है, इसी एक बात को आधार बनाकर वह अपनी लड़ाई में आपको भी घसीटने का प्रयत्न करेगा। जो कुछ हुआ, अकस्मात हुआ। उसकी बातों से उत्तेजित होकर मुझे अपना आपा नहीं खोना चाहिए था।"

"तुम राजनीतिज्ञ नहीं हो। तुमने जो कुछ किया, भावावेश में किया। मैं मि. सिंह से बात करूंगा, भविष्य में ऐसा नहीं होगा।" उन्होंने रुककर उसे देखा, "तुम निश्चिंत होकर अपना काम करो। अन्य स्थितियों से मैं निबट लूंगा।" वे मुस्कराए, "आज सुबह से तुमसे बात नहीं हुई थी, इसलिए भी चला आया।"

वे चले गए। दामिनी कक्षा में आ गई।

मि. सिंह से मिलकर वे कैंटीन के पास आ गए। एक कॉफी ली और किनारे कुर्सी सरकाकर बैठ गए। दामिनी की बात सुनकर वे चकित हुए थे कि मि. सिंह ने बिना उसके पीरियड की गिनती किए अरेंजमेंट कैसे लगा दिया।

"प्रायः हम ऐसा नहीं करते सर!"मि. सिंह ने कहा, "किंतु बहुत ढूंढने पर भी किसी अध्यापक का वह पीरियड हमें खाली नहीं मिला। जिनका खाली था, वे कहीं न कहीं व्यस्त थे।"

कामना को अपनी ओर आते देख डॉ.नवनीत मुस्कराए, "कॉफी लेंगी मिसेस शर्मा?"

"डॉ.नवनीत," कामना के स्वर की प्रखरता चरम पर थी, "आप कब तक अनीति को आश्रय देते रहेंगे?"

"आप बैठिए मिसेस शर्मा।" डॉ.नवनीत ने नम्रता से कहा।

अनूप को उन्होंने मिसेस कुलकर्णी के कक्ष की ओर जाते तो देखा था; उन्हें पता नहीं था कि कामना तक भी वह पहुंच चुका है। अब इस बात को फैलते देर नहीं लगेगी। उनसे अपनी स्पर्धा के कारण कामना वैसे भी उनकी हर बात, हर निर्णय को जांचना-परखना अपना अधिकार मानती है। वे कामना, ज्योतिका और डॉ. अघ के लगभग साथ-साथ ही आए हैं। डॉ. अघ की प्रकृति से प्रिंसिपल प्रसन्न नहीं रहतीं इसलिए वे उनका स्पष्ट विरोध नहीं करते, राजनीतिक चालें खेलते हैं। तेज-तर्रार कामना अपने बड़बोलेपन के कारण यहां अध्यापकों के मध्य बहुत चर्चित हैं। अपनी इस प्रकृति और वरिष्ठता के कारण बहुत से अधिकार उन्हें स्वतः मिल गए हैं; किंतु डॉ.नवनीत का स्थान वे कभी नहीं ले सकीं। उनका यह घाव सदा रिसता रहता है।

"आप बैठक बुलाइए।" कामना धृष्टतापूर्वक बोली, "सबके सामने इस बात का निर्णय होगा कि किसके आदेश के तहत उसने अरेंजमेंट नहीं किया।"

डॉ.नवनीत ने कामना की ओर देखा, "ठीक है, आप जैसा चाहेंगी, वही होगा। आप बैठिए तो।"

तुनकते हुए कामना बैठ गई।

"आपको याद है मिसेस शर्मा," डॉ.नवनीत ने उन्हें देखा, "अभी कुछ दिन पूर्व आपके चार पीरियड लगातार थे। आप किस प्रकार मुझसे शिकायत कर रही थीं कि हफ्ते के इस दिन क्यों मैंने आपके लगातार चार पीरियड लगा रखे हैं। तीसरे के बाद चौथे में जाने की जरा सी क्षमता आपमें नहीं बचती। यहां तक कि चौथे पीरियड में आप किसी अन्य अध्यापिका को अपने स्थान पर भेजने की इच्छुक भी थीं।"

कामना के मन में निस्तब्धता छा गई। वे क्या कहना चाह रहे थे, उन्हें समझ आ रहा था। आज दामिनी का सिर्फ सातवां पीरियड खाली था।

"आपने मेरी और दामिनी की अवस्था का अंतर देखा है," विद्रूपता से कामना का मुख मलिन हुआ, "युवावस्था में यदि क्षमताएं नहीं हैं, तो बाद में क्या करेगी! हमने तो नई होने पर कभी ऐसा नहीं किया।"

डॉ.नवनीत देख रहे थे, उनकी बात का प्रभाव कामना पर हो रहा था। कितनी निर्भय होकर उन्होंने बात आरंभ की थी, किंतु अब अपनी बात कहने के लिए न सिर्फ शब्द ढूंढने पर रहे थे, साहस भी बटोरना पड़ रहा था।

"नियम तो सबके लिए एक होते हैं," वे कुछ अधिक ही नम्र हो उठे, "और पुराने को तो नए के लिए आदर्श बनना पड़ता है।"

कामना ऐंठकर रह गई; शब्दों की मधुरता बनाए रखते हुए भी कैसे छील रहे थे वे उसे।

"ठीक है चलिए, लेकिन," उनके भीतर कोलाहल मचा हुआ था, "वह तो कहती है कि आपके कहने पर उसने ऐसा किया।"

"यह बात अनूप और दामिनी के मध्य हुई है। सच्चाई क्या है, वे ही जानते होंगे।" कप रखकर वे उठ खड़े हुए, "आप शांत हो जाइए। मैं दामिनी को समझा दूंगा।"

वे चले गए। कामना की एक-एक रग को जैसे कोई मरोड़ रहा था।

* * * * * *

"आपको मालूम है, यह तीसरा अरेंजमेंट है, जो आपने नहीं किया।" मिसेस कुलकर्णी मुस्करा रही थीं।

दामिनी निर्निमेष उन्हें देखती रही; निश्चित ही यह बताने के लिए तो उन्होंने नहीं ही बुलवाया होगा। जबसे अनूप ने उनके चक्कर अधिक काटने आरंभ कर दिए हैं, वे उससे कुछ अधिक ही खार खाए रहती हैं।

"मैं यह बात मिसेस भार्गव तक नहीं पहुंचाना चाहती।" उन्होंने रुककर उसको घूरने का दायित्व पूरा किया, "आपके विभाग के अध्यापक ही आपकी शिकायत करते हैं। मेरे अधिकार-क्षेत्र में इस प्रकार की मनमानी क्यों करती हैं आप?"

दामिनी कुछ समय मौन रही। वह आत्मलीन सी हो उठी; क्या चाहती हैं वे? उसका पक्ष जानने का कोई प्रयत्न नहीं किया उन्होंने। कहीं वे यह तो नहीं सोच रहीं कि वह आंखों में अश्रु भरकर, सिर झुकाकर, उनसे क्षमा मांगे, प्रार्थना करे कि वे ऐसा न करें अन्यथा उसकी नौकरी चली जाएगी।

लगा, अभी दामिनी खिलखिलाकर हंस पड़ेगी... वह क्षमा मांगेगी? और वह भी इस अभिमानिनी खूसट से!... नहीं मिसेस कुलकर्णी, तुम अपना लक्ष्य नहीं पा सकतीं।

"हां मैम, मैंने अरेंजमेंट नहीं किया।" उसके मुख पर सलज्ज मुस्कान छा गई।

मिसेस कुलकर्णी का अंग-अंग झन्ना उठा। यह तो सरासर उनकी अवमानना थी। वे तो आंख उठाती भर हैं और लोग बिना गलती के उनसे माफी मांगने लगते हैं। कल की आई यह छोकरी किस बल पर इतरा रही है!...

"मैं पूछ सकती हूं, आप ऑफिशियल अरेंजमेंट पर क्यों नहीं गईं?"

"भूल तो मैं कर चुकी हूं मैम।"

मिसेस कुलकर्णी का क्रोध भड़कता जा रहा था... कैसे आंख से आंख मिलाकर यह लड़की उनसे बात कर रही है।

"मैं मिसेस भार्गव के पास शिकायत लेकर नहीं जाना चाहती।" उन्होंने उसे धमकाने का अंतिम प्रयास किया।

"यदि मैं अपराधी हूं, तो दंड देने का आपको अधिकार है।" मधुर भाव से मुस्करा दी वह, "आप जो चाहें कर सकती हैं। आप चाहें तो मैं आपके साथ श्रीमती भार्गव के पास चलूं।"

दामिनी के देखते-देखते मिसेस कुलकर्णी की कटुता कलुषता में परिणत हो गई। आदर्श विद्यालय की सुपरवाइजर उस लड़की से पराजित हो गई, जिसका उनकी दृष्टि में कोई महत्व, कोई अस्तित्व नहीं है।

"आप जा सकती हैं।" क्रोध से कांपती वे पलटकर खड़ी हो गईं।

दामिनी बाहर आ गई।

* * * * * *

कक्ष के बाहर रुककर डॉ.नवनीत ने कपाट थपथपाए।

"सर, आप?" द्वार खोलते ही दर्शन खिल उठी।

"हां। दामिनी के विरुद्ध मिसेस कुलकर्णी ने आरोप पत्र तैयार कराया है कि उसने तीन अरेंजमेंट नहीं किए। भविष्य में ऐसी गलती न करे।" उन्होंने दामिनी को देखा, "मिला तुम्हें?"

"हां सर।" दामिनी खिलखिला पड़ी, "संभालकर फाइल में रख लिया है।"

डॉ.नवनीत हतप्रभ थे। अपने विरुद्ध छोटा सा आरोप सुनकर यहां ऊंचे पद पर कार्यरत व्यक्ति भी कितना घबरा उठता है। आगे कार्रवाई न बढ़े, लिखित रूप में कुछ न हो, इसके लिए भाग-दौड़ करता है, सबके चरण छूने तक को तत्पर रहता है। दामिनी के माथे पर शिकन तक नहीं उभरी।

"मुझे अच्छा लगा कि तुम विचलित नहीं हुईं;" डॉ.नवनीत बोले, "किंतु नौकरी में थोड़ा व्यावहारिक होना पड़ता है।" वे शून्य में देखने लगे, "मिसेस कुलकर्णी जरा आंख तिरछी करके किसी को देख लें, तो सामने वाला व्यक्ति क्षमा मांग लेता है। यह अलग बात है कि पीठ पीछे उनका उपहास किया जाता है।... एक सॉरी बोलने से तुम्हारा क्या बिगड़ जाता!"

दामिनी की भौंहें सिकुड़ीं...

"सर।" उत्साहित स्वर में दर्शन बोली, "अंग्रेज़ों ने या चीन ने जब हमारी स्वतंत्रता छीनने का प्रयत्न किया था, हमारी शांति भंग की थी, तो हमारे वीर जवानों ने उनके टुकड़े-टुकड़े कर दिए थे।"

"किताबी बातें।" उनकी शैली उपदेशात्मक हो गई, "मैं स्नेहवश तुम्हें परामर्श दे रहा हूं... सुविधा से सब कुछ पाने के लिए झुकना पड़ता है; अन्यथा जीवन में संघर्ष के अतिरिक्त कुछ नहीं मिलेगा।"

"आप ठीक कह रहे हैं सर।" दामिनी की वाणी में तेज उभर आया, "सरलता से सुविधाएं तो पाई जा सकती हैं, स्वच्छता नहीं।"

डॉ.नवनीत असहाय भाव से हंस दिए... फिर वही!... खीज उठे थे वे इस विषय से।

"हां सर।" दर्शन ने उसका समर्थन किया, "मैंने इस विद्यालय में देख लिया, अधर्म बुद्धि को पतन की ओर ले जाता है। मनुष्य तो वही है जो भले-बुरे का विवेक करके आगे बढ़े।"

"इस पर फिर कभी चर्चा करेंगे। मैंने उपन्यास के पूरे 150 पृष्ठ कर लिए हैं।" वे आत्मविभोर थे, "तुम दोनों के लिए फोटोकॉपी करा दी है। कक्ष में रखी है, ले जाना।"

"ठीक है सर।" दोनों मुसकरा दीं।

* * * * * *

"कहां जा रही हो दामिनी?" पर्स कक्षा में रखते ही दामिनी को कहीं जाते देख दर्शन को अचरज हुआ।

"मिसेस भार्गव से मिलने।"

दर्शन के मन में हलचल मच गई; प्रिंसिपल के कदमों की आहट पाकर ही सब इधर-उधर खिसक जाते हैं और यह उनसे मिलने जा रही है।

दर्शन चिन्तित हो उठी...

कल मध्यांतर में मिसेस कुलकर्णी कक्ष में आई थीं। दर्शन तो आश्चर्य से आंखें फाड़े उन्हें देखती ही रह गई; कक्ष तक उनका स्वयं चलकर आना!... अवश्य कोई विशेष बात है।

दर्शन के अभिवादन का उत्तर अवश्य दिया उन्होंने किंतु उसका होना, न होना उनके लिए जैसे महत्वपूर्ण नहीं था। उनकी दृष्टि दामिनी की ओर घूम गई।

"दामिनी," वे मुस्कराईं, "मैंने आपसे कहा था न कि इस कक्ष में आप न बैठा करें।"

"हां मैम," दामिनी ने नम्रता से कहा, "किंतु स्टाफ-रूम में सीट की व्यवस्था नहीं है। मैं यहां सिर्फ पांच दिन और हूं।"

"आप कितने ही दिन हों, मुझे इस बात से मतलब नहीं है," उन्होंने स्वर को भरसक नम्र किया, "किंतु आपके यहां बैठने से विद्यालय का अनुशासन टूटता है।"

"मैम, आप बैठिए," दामिनी ने अनुरोधपूर्वक कुर्सी आगे बढ़ाई, "मेरे यहां बैठने का कारण है।"

"उस कारण में मुझे कोई रुचि नहीं है।" वे आवेश में आ गईं; यह लड़की उनसे लगातार बहस क्यों करती है...

"मैं कल से आपको इस कक्ष में देखना नहीं चाहती। मैं भी चौदह वर्ष स्टाफ-रूम में रही हूं। कहीं भी कुर्सी डालकर बैठ जाइए, परेशानी क्या है?"

दामिनी का मन फड़क रहा था; कहीं भी कुर्सी डालकर बैठने से विद्यालय की गरिमा बनी रहेगी। अनुशासन खंडित नहीं होगा!...

वे मुड़ीं , "आशा है, आप मेरी बात पर ध्यान देंगी।"

"कैसी सुपरवाइजर हैं!"उनके चले जाने पर दामिनी बुदबुदाई, "अपने अध्यापकों की परेशानी इनके लिए कोई महत्व नहीं रखती।"

"हम अस्थायी अध्यापिकाएं हैं न!"दर्शन ने असहायता से कहा।

"तो? क्या हम अपना काम पूरा नहीं करतीं!"

व्याकुल दर्शन का मन डूबने लगा; आवेश में आकर वह प्रिंसिपल से मिलने गई है या सोच-विचारकर उसने यह कदम उठाया है!...

* * * * * *

"मैम, मैं आपसे कुछ बात करना चाहती हूं।"

हाथ के संकेत से उन्होंने दामिनी को सामने बैठने का संकेत किया और घंटी बजाकर चपरासी को दरवाज़ा बंद करने का आदेश दिया।

"हां, कहिए।" उन्होंने जिज्ञासा से उसे देखा।

"मैं नहीं जानती, यह बात मुझे आपसे कहनी चाहिए या नहीं।"

वे शांत भाव से उसे देखती रहीं।

"मैं यहां अनूप के माध्यम से आई हूं," दामिनी पुनः बोली, "सबने मेरा अनूप के साथ संबंध जोड़ दिया। मेरे लिए स्टाफ-रूम में बैठने की उचित व्यवस्था नहीं की गई थी। डॉ.नवनीत के कहने पर मैं डी. ब्लॉक के कक्ष में बैठी। मैं यहां सिर्फ बाईस दिसंबर तक हूं।" दामिनी एक ही सांस में इतना बोल गई कि कुछ क्षण उसे रुकना पड़ा।

"यदि आप बाईस तक हैं, तो इसमें मैं कुछ नहीं कर सकती।"

"नहीं। मैं बाईस के बाद अब और रुकना भी नहीं चाहती।"

"कारण?"

"यहां न्याय की परिभाषा अपनी सुविधा और स्वार्थ से निर्धारित की जाती है।"

"आप क्या चाहती हैं?" उनका स्वर कोमल था।

".....।"

"देखो दामिनी," उन्होंने स्नेह से कहा, "आपके भीतर इतना आत्मविश्वास होना चाहिए कि झूठ से आप अप्रभावित रहें। आप मुझे बताइए, किसने आप पर आक्षेप किया है।"

उनका स्नेह देख दामिनी की व्यथा फफक पड़ी। अब तक वह अपनी उमड़ती वेदना भीतर ही भीतर पीती जा रही थी। कोई भी तो यहां उसे अपना नहीं लगा था। खामोशी की गहनता में उसके भीतर का रुदन बढ़ता ही चला गया था। उनके आत्मीय रूप ने उसके घाव पर जैसे मरहम लगाने का प्रयत्न किया था। उसका कंठ आद्र हो गया, आंखों से अश्रु छलछला पड़े, "मैम, मेरे मान-अपमान का विचार किए बिना पूरे विद्यालय में मुझे कलंकित किया गया।"

"आप मुझे आरोप लगाने वाले व्यक्ति का नाम बताइए। मैं कार्रवाई करूंगी।" वे और अधिक नम्र हो उठीं।

दामिनी ने अश्रु भरी आंखों से उन्हें देखा... नाम! किसका नाम बताए? किसी एक की तो यह विचारधारा थी नहीं।

"मैं आपसे इस विषय पर बात करने नहीं आई।" रुंधे गले से कहा उसने; इतने समय से जिस रुदन को पीती आ रही थी, वह गुबार जैसे रुकना ही नहीं चाहता था। सप्रयत्न उसने स्वयं को संभाला, अश्रु पोंछे और बोली, "मैं सिर्फ इतना चाहती हूं कि बाईस तारीख तक मुझे उस कक्ष में बैठने दिया जाए। कुलकर्णी मैम मुझे वहां बैठने नहीं देतीं।"

"ठीक है।" उन्होंने फोन की ओर हाथ बढ़ाया, "मैं अभी मिसेस कुलकर्णी को बुलाती हूं।"

मिसेस भार्गव की अंगुलियां नंबर मिलाने लगीं और दामिनी के भीतर मंथन होने लगा; उसके समक्ष जब मिसेस कुलकर्णी को आदेश दिया जाएगा, तो कितनी परेशान हो उठेंगी वे। वह तो सिर्फ अपना अधिकार मांगने आई है, किसी को अपमानित करना उसका लक्ष्य नहीं है।

वह उठ खड़ी हुई, "मैं चलूं मैम?"

"आपका पीरियड है?"

"जी।"

"ठीक है, आप जाइए," उनका स्वर स्नेहसिक्त था, "मैं मिसेस कुलकर्णी से बात करूंगी। वे अब आपको परेशान नहीं करेंगी।"

* * * * * *

पुस्तकालय में पुस्तक वापस करके दामिनी डॉ.नवनीत के कक्ष की ओर मुड़ गई। उसके हाथ में अध्यापकीय डायरी और व्याकरण की पुस्तक थी।... आज बाईस दिसंबर है। नियुक्ति-पत्र के अनुसार विद्यालय में उसकी नौकरी का अंतिम दिन। सोचा तो उसने था कि आज नहीं आएगी किंतु दर्शन की इच्छा थी कि विद्यालय की छुट्टी के बाद का कुछ समय वे दोनों साथ बिताएं। फिर पता नहीं दामिनी से कब मुलाकात हो।

विद्यालय में उसका यह हफ्ता बहुत आनंद से कटा था। किसी प्रकार की कोई शिकायत नहीं, कोई तनाव नहीं, किसी ने उसे परेशान नहीं किया। जिस दिन वह मिसेस भार्गव से मिली थी, उस दिन से ही सब अपने प्रति अतिरिक्त रूप से सावधान हो गए थे। प्रिंसिपल के पास उसके पहुंचने की सूचना विद्यालय में जंगल में आग की भांति फैली थी।

स्टाफ-रूम से बाहर निकल रही थी, अनायास सामने से मिसेस कुलकर्णी आती दिखाई दीं। उस पर दृष्टि पड़ते ही फक्क से उनका मुख सफेद हो गया। मिसेस भार्गव द्वारा उन्हें आदेश दिया जाना... वह भी नई आई अध्यापिका के पक्ष में... बेहद अपमानजनक था उनके लिए। उससे नज़रें चुराते हुए उन्होंने अपना चेहरा घुमा लिया।...दामिनी मौन भाव से आगे बढ़ गई। उन्हें सताना उसका लक्ष्य नहीं था।

और जब वह छठी 'डी' में प्रवेश के लिए बढ़ रही थी, मिसेस कुलकर्णी के कक्ष से निकले अनूप से आमना-सामना हो गया। कैसे खून उतर आया था उसकी आंखों में। किंतु मुख सिल लिया उसने। कितना लाचार बेबस सा लग रहा था।

दामिनी ने पहली बार जाना... पद के अहंकार में, सुविधाएं प्राप्त करने की होड़ में जंगली पशु बने व्यक्ति का नियंत्रण मौन, अच्छाई, विरोध या शोषित होते रहने से नहीं, शक्ति के भय से होता है। यह शक्ति चाहे सत्ता की हो या अन्य किसी प्रकार की।...

* * * * * *

"आओ दामिनी।" उसे देख डॉ.नवनीत मुस्करा दिए।

उसने डायरी और पुस्तक मेज पर रख दी।

"बैठो।"

"सर," दामिनी बैठते हुए बोली, "हालांकि पहले से कहना तो नहीं चाहिए; किंतु संकोच त्याग रही हूं। मैं पुनः इस विद्यालय में आना नहीं चाहूंगी।"

"ऐसा मत कहो दामिनी।"

वह स्तब्ध सी रह गई। उनकी मुखमुद्रा में कितनी कातरता थी, कितने दीन हो उठे वे।

उसका मन कुछ वर्ष पीछे पहुंच गया। कुछ ऐसी ही गिड़गिड़ाती हुई मुद्रा उसने उमेशचंद्र की देखी थी। वह बी. ए. द्वितीय वर्ष में आई ही थी। कक्षा लेकर बाहर जाते समय उमेशचंद्र सहसा दरवाजे पर रुक गए।

"दामिनी।" संकेत से उन्होंने उसे बुलाया।

अचंभित सी वह बाहर आई...

"मैं तुमसे कुछ मांगना चाहता हूं दामिनी।"

"....।"

"मेरे पास बी. ए. प्रथम वर्ष की परीक्षा के कुछ बंडल जांचने के लिए पड़े हैं। मैं हृदय रोगी हूं, अधिक समय देकर जांच नहीं सकता। तुम और अपर्णा अच्छे अंकों से उत्तीर्ण हुई हो। मैं चाहता हूं, तुम दोनों मुझे कापियां जांचने में सहयोग दो।"

दामिनी अनिर्णय सी स्थिति में खड़ी थी। उसके मन में प्रश्न कुलबुला रहे थे... यदि जांचने की क्षमता नहीं है तो क्यों यह कार्य स्वीकार किया?... वे दोनों स्वयं अभी छात्राएं थीं। क्या इस प्रकार का दायित्व उन्हें सौंपना चाहिए?

"दामिनी," उन्होंने उसे अधिक सोचने नहीं दिया; अपनी हथेलियों को मिलाकर कटोरे का सा आकार देकर उसके आगे फैला दिया और गिड़गिड़ाने का सा भाव मुख पर ले आए, "तुम मेरी पुत्री के समान हो। न मत कहना।"

दामिनी के लिए यह सब बहुत विचित्र था। उम्र कम थी। उचित-अनुचित की उतनी समझ नहीं थी। किंतु उस नासमझी में भी कहीं यह बोध अवश्य जागा; यह व्यक्ति सही नहीं है, कैसे भिखारियों की भांति कातर हो उठा। गुरु क्या ऐसा होता है? गुरु तो इतना उदात्त, इतनी गरिमा लिए हुए, इतना तेजस्वी होता है कि उसकी इच्छा, आदेश बन जाती है। गुरु कहीं अपने बच्चों के समक्ष दीन होता है। नहीं... वह तो आदेश देता है। फिर उमेशचंद्र ने आदेश क्यों नहीं दिया? निश्चित ही उनकी इच्छा अनुचित है। ऐसा व्यक्ति उसका गुरु कैसे हो सकता है?...

उनकी इच्छा उसने अपर्णा को बताई। उसे और अपर्णा को वे अपने घर ले गए। तीनों ने मिलकर कापियां जांचनी आरंभ की। उमेशचंद्र की रुचि कॉपी जंचवाने में कम और स्वयं को बढ़-चढ़कर प्रदर्शित करने की अधिक थी। एक बार जाने के बाद अपर्णा के पिता ने पुनः उसे उनके घर जाने से मना कर दिया। वह भी नहीं गई। बाद में उमेशचंद्र ने बहुत उद्विग्न होकर बताया, "तुम लोगों ने सहायता नहीं की। मेरे घर से कापियों के बंडल उठवा दिए गए।"

इतने वर्षों के बाद डॉ.नवनीत के रूप में जैसे दूसरे उमेशचंद्र को देख रही थी। इतना दीन-हीन, लाचार, गिड़गिड़ाता हुआ याचक-भिक्षुक...।

"मैं जानता हूं, बहुत कष्ट पाया है तुमने यहां! बहुत पीड़ित रही हो तुम।"

"बात पीड़ा की नहीं। विद्यालय की नौकरी मेरा गंतव्य नहीं है। मेरा लेखन और पढ़ाई...।"

"यहां रहते हुए तुम पीएच. डी.कर रही थीं न! मैं बताऊंगा, तुम्हें कैसे दोनों कार्य करने चाहिए। हम दोनों मिलकर रिसर्च करेंगे। देखना, इसी वर्ष तुम्हारा थीसिस पूरा हो जाएगा। तुम इस पर ध्यान क्यों देती हो कि काम कैसा है। फटाफट लिखो। कभी रिसर्च पुस्तक छपे तो सुधार लेना।"

दामिनी के मुख का स्वाद एकदम कसैला हो गया।

"आपने हर कार्य, हर उपलब्धि को बहुत सुविधा से पूरा करना और पा लेना सीख रखा है।"

डॉ.नवनीत ने कुछ न समझते हुए उसे देखा... यह व्यंग्य था या प्रशंसा?...

"मेरे विचार सबको उचित तो लगते ही हैं। प्रभावित भी करते हैं। साहित्यिक क्षेत्र का अनुभव तो है ही मेरे पास।"

"हां, वह तो है ही।"

उसकी बात पर उन्होंने ध्यान नहीं दिया। उनकी रुचि अपनी बात कहने में अधिक थी, "अभी कुछ दिन पहले 'एन. सी. ई.आर. टी.' की मीटिंग में गया था। वहां पाठ्य-पुस्तकों के लिए रचना के चुनाव पर चर्चा हो रही थी। सबको पता है कि मैं विद्यालय के लिए इतनी पाठ्य-पुस्तकों का संपादन करता हूं; किंतु मेरी राय स्वीकार करने में उनके अहंकार को धक्का लगता है।"

"कैसे?"

"वे जिन रचनाकारों की रचनाएं लेना चाहते हैं, यदि मेरा उनसे आमना-सामना हो जाए, तो मैं उस पर भारी पड़ूंगा।"

फिर गर्वोक्ति!...

"वे चतुर्वेदी जी का नाम ले रहे थे। जैसी रचनाएं वे लिखते हैं, मैं सुबह से शाम बैठ जाऊं तो ऐसी दस किताबें लिख दूं।"

"आप वास्तव में बहुत प्रतिभावान हैं।"

डॉ.नवनीत ने चौंककर उसे देखा... दामिनी उनकी प्रशंसा कर रही है?...

"हां!" वे बोले, "एक बार 'एन. सी. ई. आर. टी.' के किसी सदस्य से जान-पहचान हो जाए, मित्रता हो जाए, उस सभा में महत्व पा जाऊंगा। अभी तो वे अभिमानवश मेरी बात स्वीकारना ही नहीं चाहते। डॉ. नरेन्द्र की रचना लेने की बात कर रहे थे। मैंने कहा, पहले रचना तो देख लें।"

दामिनी का मन सुलग उठा... यह व्यक्ति अपने-आपको समझता क्या है? तड़पकर बोली, "डॉ. नरेन्द्र का व्यंग्य 'दुर्घटना' तो नवीं कक्षा की पुस्तक में लगा हुआ है।"

"उनका व्यंग्य!... नहीं तो।"

"मैंने देखा है, पढ़ा है।"

"मेरी दृष्टि तो नहीं पड़ी।"

विद्वता का अहंकार!

"इच्छा हो रही है, आपका और डॉ. नरेन्द्र का आमना-सामना करा ही दूं।"

उनके मुख पर खुशी की एक लहर दौड़ गई, "काफी दिनों से सोच रहा था, तुमसे कहूं कि उनसे मिलने का कोई कार्यक्रम बनाओ। छुट्टियां हो रही हैं, कल का ही समय ले लो।"

* * * * * *

डॉ.नवनीत के हाथ अभ्यासवश स्टेयरिंग घुमा रहे थे किंतु मन अपने भीतर डूबा हुआ था।

डॉ. नरेन्द्र से वे पिछले काफी समय से संपर्क बढ़ाना चाह रहे थे। डॉ. नरेन्द्र ही क्या, हर उस व्यक्ति से जिसके पास शक्ति है, कुछ लौकिक देने का सामर्थ्य है, वे आत्मीय भाव से मिलते-जुलते रहना चाहते हैं। कब,किससे कौन सा काम निकल आए, कौन जानता है।

डॉ. नरेन्द्र से संपर्क हुआ तो लगा, जल्दी ही उनका स्वप्न साकार होगा। कितनी आकांक्षाएं रही हैं उनके जीवन में किंतु पूरी न हो सकने के कारण भीतर से कितने अतृप्त और अशांत रहे हैं वे।

उनका मन बेहद खिन्न था... आज डॉ. नरेन्द्र से मिले तो लगा, उन्होंने सिर्फ अतिथि होने के कारण मर्यादावश उनका सम्मान किया, बातें कीं। जिस उल्लास और आशा के साथ वे यहां आए थे, वह आकांक्षा, क्षोभ में बदल गई।

हताशा से उन्होंने दामिनी को देखा, "डॉ. नरेन्द्र ने तो मेरा नाटक पढ़ा तक नहीं।"

दामिनी ने तत्काल कुछ नहीं कहा। वे अपनी रचना के विषय में राय लेने कहां गए थे। वे तो यह सोच रहे थे, डॉ. नरेन्द्र उनके नाटक का पहला पृष्ठ खोलेंगे और अनायास उनके मुख से निकलेगा, 'वाह, क्या रचना है। डॉ. साहब, आपमें विलक्षण प्रतिभा है।'... डॉ. नरेन्द्र इन मनःस्थितियों से जूझ चुके हैं। बातों ही बातों में अत्यंत शांत भाव से उन्होंने समझा दिया, "युवावस्था में व्यक्ति अपने हित के लिए, सुझाई राह पर गौर करता है, अपनी गलतियां सुधारता है, किंतु जैसे-जैसे उम्र बढ़ती जाती है, उसके मन में यह विश्वास भी दृढ़ होता जाता है कि उसकी प्रतिभा का पूर्णरूपेण विकास हो चुका है। जब कभी वे किसी प्रौढ़ रचनाकार की रचना पर लाल निशान लगा देते हैं, वह रुष्ट हो जाता है। वह सिर्फ प्रशंसा सुनने का ही आकांक्षी होता है।"

डॉ. नरेन्द्र को दामिनी ने अपनी ही पुरानी रचनाओं पर घेरे लगाते देखा था। उन्होंने सदा यही माना है कि विकास तो जीवन भर होता रहता है। जहां यह अभिमान उत्पन्न हो जाता है कि इससे अच्छा अन्य कुछ हो ही नहीं सकता, वहीं यात्रा रुक जाती है।

दामिनी के मौन में डॉ.नवनीत को अपने प्रति उपहास का सा भाव महसूस हुआ, "तुम मुस्करा रही हो?"

दामिनी क्षण-भर के लिए अवाक सी उन्हें देखती रह गई: कहीं वे यह तो नहीं सोच रहे कि उनकी निराश, हताश मनःस्थिति देख वह आह्लादित हो रही है। जाते समय कैसे गर्व से उनका मुख चमक रहा था: आखिर दामिनी उनकी इच्छापूर्ति का माध्यम बन ही गई। एक बार भी उन्होंने नहीं सोचा कि उनकी प्रवृत्ति का निरंतर विरोध करने वाली दामिनी क्यों उन्हें डॉ. नरेन्द्र से मिलाने को इतनी उत्सुक है!... जिस दामिनी ने अपने लिए कुछ लौकिक डॉ. नरेन्द्र से कभी नहीं मांगना चाहा, वह किसी अन्य के लिए उनसे अपेक्षा रखेगी?... ऐसी सोच मूर्खता नहीं तो और क्या है! हां, उनके जिस अहंकार को खंडित होते देखने का सुख वह पाना चाहती थी, वह इतनी जल्दी पूर्ण होगा, यह देख वह विस्मित अवश्य हो उठी।

डॉ. नरेन्द्र के सामने उसका मौन उसकी विह्वलता का परिणाम होता है। किंतु डॉ.नवनीत! वे भक्त हृदय से वशीभूत होकर तो उनसे मिलने नहीं गए थे। दामिनी के मन में स्पष्ट था कि डॉ.नवनीत स्वयं को महान बनाकर दिखाने का प्रयत्न करेंगे। तब डॉ. नरेन्द्र का तेज, डॉ. नवनीत की हर सोच, हर बात, हर तर्क को धराशायी कर देगा। कैसे प्रसन्नता से खिल उठेगी वह। किंतु यहां तो कुछ हुआ ही नहीं। वह जैसे किसी गोष्ठी या सेमिनार में बैठी थी, जहां वक्ता डॉ. नरेन्द्र थे और श्रोता डॉ.नवनीत। कैसे आंखें फाड़े ऊदबिलाव की भांति वे भौचक से सब कुछ सुनते रहे।... भीतर ही भीतर अपने-आपसे किस कदर लड़ रहे थे वे। डॉ. नरेन्द्र का प्रत्यक्ष सामना करना, उनकी बातों का उत्तर देना, अपनी बात स्पष्ट करने का सामर्थ्य डॉ. नवनीत में नहीं था। छल और दुराव के कारण प्रत्यक्ष वार्तालाप करने का साहस वे खो चुके थे।

वह देख रही थी, उसकी मुस्कान उनके मन में रोष उत्पन्न कर रही है। उनका क्षुब्ध, आहत मन उसकी प्रतिक्रिया को अपना मरहम बनाना चाहता है। दामिनी को लगा, वह डॉ.नवनीत को बताए, डॉ. नरेन्द्र की संगति का सुख उसे इतना सम्मोहित कर देता है कि उस विकट अद्भुत आनंद से वह बाहर निकलना ही नहीं चाहती। उसकी यह मुस्कान अपने गुरु से मिलकर आने की है।

किंतु दामिनी ने कहा नहीं। जिस मनःस्थिति में वे थे, वहां सच बोलना भी उन्हें चिढ़ाने के समान था।

"डॉ. नरेन्द्र को मैं अपना गुरु बनाने गया था।" डॉ.नवनीत की आंखों में अथाह पीड़ा थी, "किंतु मैं तो उनसे सहमत ही नहीं हो सका। वे विकारों से मुक्त होने में मानव का कल्याण मानते हैं।"

"आप ऐसा नहीं मानते?"

"नहीं। भाव मिले ही भोगने के लिए हैं। लोभ, अहं, प्रेम, मोह, तृष्णा आदि यदि मन की इच्छा के अनुकूल मिल जाएं, तो इनका अपना सुख है।"

"आपको यह सुख मिला?"

"मुझे जीवन को सही ढंग से जीना बहुत बाद में आया।"

"तो उपनिषद, गीता या हमारे धर्मग्रन्थों को आप सत्य की सृष्टि नहीं मानते?"

वे कुछ क्षण चुप रहे।

"तुमने देखा," सहसा उन्होंने कहा, "डॉ. नरेन्द्र मुझे बताना चाहते थे कि मेरा सारा चिंतन, सारी सोच शारीरिक धरातल तक सीमित है इसलिए मेरी यात्रा रुक गई है।"

वह चौंकी; विस्मय से उसने उन्हें देखा। उसके स्वर में हल्की सी उत्तेजना थी, "वे एक सामान्य बात कह रहे थे। आपने उस बात को अपने व्यक्तित्व से जोड़ लिया।"

"हो सकता है।" वे स्वयं को बहुत तिरस्कृत अनुभव कर रहे थे, "मैं ईश्वर का अस्तित्व स्वीकार नहीं करता। जिस शरीर से कर्म कर रहे हैं, सत्य तो वही है। इसे सुख पहुंचाने का प्रयत्न ही हमारा ध्येय होना चाहिए।"

दामिनी स्तब्ध थी।

"तो मैंने जो आपको नवरात्रि, शिवरात्रि, जन्माष्टमी आदि पर उपवास करते हुए देखा है!"

"परिवार में सब रखते हैं। उनका साथ देने मात्र के लिए रख लेता हूं।"

"अच्छा!"

"डॉ. नरेन्द्र से हुई भेंट से इतना समझ में आ गया कि तुम्हारा व्यक्तित्व इस रूप में निर्मित कैसे हुआ।" उन्होंने उसके उल्लास को बाधित करने का प्रयत्न किया, "ईश्वर पर विश्वास करने के कारण ही वे सत्य आचरण को सबसे बड़ा सुख मानते हैं। यदि ईश्वर है तो दिखाई क्यों नहीं देता! दिखाई दे तो डॉ. नरेन्द्र के अनुसार मन को अनासक्त करने की चेष्टा करूं। जो दिखाई नहीं दे रहा, उसके लिए भटकूं और जो प्रत्यक्ष है, उसे प्राप्त करने के लिए संघर्ष न करूं। शायद इसी विश्वास के बल पर तुम सब कुछ इतनी सहजता से ठुकरा देती हो।"

डॉ.नवनीत का अहं खोखला साबित हुआ, तो इस कदर बिलबिला उठे कि सत्य के अस्तित्व पर ही प्रश्नचिह्न लगा दिया।

"हम प्रकृति के बारे में जानते ही कितना हैं!"दामिनी ने सहज भाव से कहा, "क्या आप जानते हैं, पृथ्वी के गर्भ में कौन-कौन से तत्व विद्यमान हैं? सूर्य या चंद्रमा का अस्तित्व मनुष्य के प्रयासों से तो नहीं है।"

"यह सब खोज से सामने आता है। जो इन विषयों का ज्ञान रखते हैं, वे तथ्यों की खोज कर सत्य सामने लाए हैं।"

दामिनी सोच रही थी, इस चर्चा को आगे बढ़ाए या मौन होकर उन्हें अपनी बात सही होने का गर्व पालने दे। उसका मन उसे शांत होने नहीं दे रहा था, "ईश्वर को न मानना तो अपने इतिहास और ग्रंथों को न जानने का परिणाम है।"

"यदि परमात्मा है, तो उसकी सृष्टि में इतना अंतर क्यों है? क्या वह इतना क्रूर है कि कोई करोड़पति है और कोई दाने-दाने को तरस रहा है। कोई स्वस्थ और शक्तिशाली है, कोई निर्बल। हर स्थान पर अन्याय ही दिखाई देता है।"

"इसलिए कि आत्मा शरीर की मृत्यु के साथ ही समाप्त नहीं होती। उसे रंग, रूप, स्वास्थ्य, शक्ति, पद, धन सब अपने कर्मों के फलस्वरूप मिलता है। शरीर का मूल्य तो तभी तक है, जब तक आत्मा उसके भीतर है।"

"सब भ्रम है।" उन्होंने चिढ़कर कहा, "तर्क से गलत साबित हो सकता है।"

स्पष्ट हो रहा था, रोष के कारण वे उन सब बातों को अपनी युक्तियों से गलत प्रमाणित करने पर तुले हुए थे, जिन्हें डॉ. नरेन्द्र ने मनुष्य के हित का साधन बताया था। किंतु ईश्वरीय सत्ता को क्यों नहीं स्वीकारना चाहते वे?...इसलिए कि सत्य अपनाना पड़ा तो 'छोटे मार्ग' से सब कुछ प्राप्त करने का मोह छोड़ना पड़ेगा।

"विदेशियों की उन्नति देखी है तुमने?" डॉ.नवनीत ने अपना आत्मबल समेटा, "यूरोप को देखो, अमेरिका को देखो, उनकी आस्था सिर्फ कर्म से जुड़ी है इसलिए इतने सफल हैं। उन्हें ईश्वर के नाम का ढिंढोरा पीटते देखा है?"

"आपको नहीं लगता, कर्म-सिद्धांत तो हमें श्रीकृष्ण बहुत पहले दे चुके हैं," उसका विरोध प्रकट हो ही गया, "हमारी विशेषता है कि कर्म के साथ अनासक्ति और निष्काम भाव भी जुड़ा हुआ है, तभी तो दूसरे देश भारत के अध्यात्म में इतनी रुचि लेने लगे हैं।" दामिनी पल-भर रुकी। उसने देखा, डॉ.नवनीत विचलित होने लगे थे, "जब स्वामीजी भारत से बाहर भ्रमण पर निकले, तो लोगों ने बड़ी रुचि से न सिर्फ उन्हें सुना वरन कितने ही उनके शिष्य बन गए। भगिनी निवेदिता ने तो उनका प्रचार भी किया।"

"धर्म के नाम पर बहुत सहजता से लोगों को बहकाया जा सकता है," उन्होंने उपेक्षा से कहा, "इस मामले में लोग अधिक ही भावुक होते हैं।"

'इंसान को अच्छा और मानवीय तो धर्म ही बनाता है।' दामिनी ने कहना चाहा, किंतु मौन रह गई।

उसकी दृष्टि में अपने लिए विरोधी भाव डॉ.नवनीत को अच्छा नहीं लगा। यदि वह डॉ. नरेन्द्र से परिचित नहीं होती, तो उसे लुभाना उनके लिए कितना सरल होता।...

"सोचा तो मैंने था कि डॉ. नरेन्द्र को अपनी ग़ज़लें या कविता सुनाऊंगा; किंतु वैसा माहौल बना नहीं। वैसे भी, आज पहली बार उनके यहां जाना हुआ इसलिए उन्हें ही सुना किंतु," उनके मुख पर वक्रता छा गई, "अगली बार मैं बोलूंगा और वे सुनेंगे।"

दामिनी के मुख पर व्यंग्य भरी मुस्कान छा गई; डॉ. नरेन्द्र के सामने आते ही डॉ.नवनीत की मुखमुद्रा कितनी मलिन हो उठी। उनकी निरीहता और असहायता देख दामिनी का मन उस वक्त बहुत उल्लसित हुआ था, किंतु अब हृदय बार-बार कह रहा है, उससे कहीं कोई भूल हुई है... कर्ण ने अर्जुन को युद्ध के लिए ललकारा था, किंतु अर्जुन का कर्ण से भिड़ना किसी को उचित नहीं लगा। अर्जुन जैसे योद्धा से पराजित होने में उसके लिए कोई अपमान नहीं था; अर्जुन से उसका आमना-सामना हो सके, यही उसके लिए बहुत बड़ा गौरव था, किंतु कर्ण को पराजित कर अर्जुन को कोई यश नहीं मिलता।

डॉ. नरेन्द्र से मिलकर डॉ.नवनीत अपनी ही दृष्टि में छोटे हो गए थे। पराजय की इस भावना ने उनके मन को इतना कसैला कर दिया कि वे उसका प्रतिशोध लेने के लिए पुनः एक भेंट का अवसर चाहते थे।... कब उनसे आमना-सामना हो और वे दो-दो हाथ कर लें।...

आत्मा के विलाप से दामिनी के कान बहरे हो रहे थे।...

"यहां उतार दीजिए।" सहसा दामिनी ने कहा, "मेरा स्टॉप आप भूल गए हैं शायद।"

डॉ. नवनीत ने गाड़ी रोक दी; और उसे विदा करने के लिए गाड़ी से उतर भी आए। "तो तुम अब स्कूल नहीं आओगी?"

"नहीं।"

अकस्मात ही डॉ.नवनीत ने मिलाने के लिए अपना हाथ आगे बढ़ा दिया, "तो...।"

वह अपने हाथ समेटे खड़ी रही। डॉ.नवनीत ने भी अपना बढ़ाया हुआ हाथ समेट लिया था।

"तुम इतनी विचलित और हताश क्यों हो? मैं हूं न। किसी अच्छी नौकरी का प्रबंध कर दूंगा।"

दामिनी का मन जैसे छिल गया, "आप कष्ट न ही करें।"

"दामिनी!"वे बोले, "तुम्हें कभी अपने जीवन का अधूरापन दिखाई नहीं दिया? तुम समझती क्यों नहीं कि तुम्हारे जीवन में क्या अनुपस्थित है?"

"कैसा अधूरापन?"

"एक भी पुरुष मित्र नहीं है तुम्हारे जीवन में।"

"आपसे किसने कहा कि मेरे भीतर रिक्तता है!"उसका स्वर बेहद तीखा हो गया, "यह आवश्यक तो नहीं कि आपको मित्र बनाकर ही मेरी मित्र-संख्या पूरी हो।"

वे सकपका गए, "मेरा मतलब कोई प्रेमी!..."

"प्रेम योग्य कोई दिखेगा, तो उसे प्रेमी मान लूंगी।"

"अधूरी रह जाओगी।" उन्होंने अपने स्वर में दर्द परोसा, "स्त्री के जीवन में किसी पुरुष का होना आवश्यक है। मेरी मित्रता स्वीकार कर लो।"

दामिनी को लगा, उन्होंने उसे बहुत ही भद्दी गाली दी है। अब उसमें उनकी बात सुनने का धैर्य नहीं था, "हमारी प्रकृति इतनी भिन्न है...।"

"जब हम किसी को मित्र बनाते हैं, तो गुणों को ही नहीं उनके दुर्गुणों से भी समझौता करते हैं।"

"मित्र होने का अर्थ सुख-दुख बांटना है या अपने भोग की सामग्री जुटाना?" इस बार उसकी आग उसकी जिह्वा पर ही आ बैठी।

कुछ चकित भाव से उन्होंने उसे देखा, "मैं नहीं जानता, मुझसे यह भूल कब हुई।"

वे अत्यंत विनीत हो उठे, "मैं अनूप की भांति तुम्हें कभी धोखा नहीं दूंगा। तुम बहुत अच्छी हो। असाधारण हो।" उनकी सांसों की गति तीव्र हो गई थी, "जब तक तुम्हारा विवाह नहीं होता, तब तक मुझे स्वीकार करो।" वे मुग्ध भाव से उसे देख रहे थे, "किसी को पता नहीं चलेगा।"

"मैं चलती हूं।" उसने कदम आगे बढ़ाए।

"ऐसा मत कहो दामिनी।" उनका स्वर अत्यंत कातर हो उठा, "मेरा मन तुम्हारी कामना करता है। मैं तुम्हारे प्रति समर्पित होना चाहता हूं। एक बार तुम्हें कंठ से लगा लूं, तो मेरा दुख दूर हो जाए। मेरे भीतर बहुत दर्द है।"

दामिनी का अंग-अंग झनझना उठा। अपने स्त्रीत्व, अपनी लाज-मर्यादा की इतनी स्पष्ट अवहेलना से वह छटपटा उठी। किसी ने जैसे जलता हुआ अंगारा उसके दिल पर रख दिया था, व्यथा उमड़-उमड़ पड़ती थी। कुत्ता भी दुत्कारे जाने के बाद पुनः करीब नहीं आता, यह तो उससे भी गया-गुज़रा है। वह समझ नहीं सकी, इस अपराध के दंड-स्वरूप किन कठोर शब्दों से वह इस व्यक्ति को अपमानित करे।

"नीचता की भी कोई सीमा होती है डॉ.नवनीत! पर आपकी कोई मर्यादा नहीं।"

23

अस्पताल से लौटी तो दामिनी का मन कुछ-कुछ स्थिर होने लगा। पिछले दस दिनों से अपनी दाईं आंख को लेकर वह कुछ परेशान थी। वह सोच रही थी, संभव है, लैंस का नंबर बदल गया हो। टी. वी. देखते समय जब आधी-अधूरी तस्वीर दिखाई दीं, तो उसने एक-एक करके आंखों को जांचा कि किस आंख में परेशानी है। किस आंख के लैंस का नंबर बदला होगा। तस्वीर अस्पष्ट या धुंधली दिखाई नहीं देती थी, वरन अधूरी दिखाई देती थी। पढ़ाई करते समय भी आधा भाग दिखाई देता था। वह कुछ चकित हुई थी, जब उसने देखा, दाईं आंख से केवल आधा चित्र, आधे अक्षर दिखाई दे रहे हैं।... डॉक्टर के पास जाना ही होगा... नंबर बदला होगा, तो लैंस बदल जाएगा। डॉक्टर के यहां जाने से बचने के लिए दस दिन निकाल दिए थे उसने। जाना तो था ही; किंतु आज सुबह जब आंख पूरी लाल हो गई तो वह घबरा सी गई। चक्षु-विशेषज्ञ से मिलकर लौटी, तो भाग्य के विधान के प्रति उसके मन में जिज्ञासा या आश्चर्य इतना नहीं था, जितना प्रचंड विरोध था। उसके दाएं नेत्र का पर्दा अपने स्थान से हट गया... जितने भाग से पर्दा खिसका था, उतने भाग की रोशनी चली गई थी...

उसका मन अपने भीतर के प्रश्नों से जूझ रहा था। मां-पिताजी चिंता से ग्रस्त होते जा रहे थे... इस छोटी अवस्था में यह विपत्ति!... उसके जीवन का लक्ष्य पढ़ाई-लिखाई था और डॉक्टर कह रहे हैं, ऑपरेशन के पश्चात भी आवश्यक नहीं कि रोशनी वापस आ जाए।

दामिनी के मन में अभी आशा शेष थी; संभवतः डॉक्टर ने ढंग से जांच न की हो!...

ऐसी बात का विश्वास कैसे कर ले?

उसकी अंगुलियां डॉ. नरेन्द्र का फोन नंबर मिलाने लगीं। उनकी पुत्रवधू—डॉ. वंदना—चक्षु विशेषज्ञ हैं। उनसे वह अपनी जिज्ञासाओं के उत्तर पा सकती है। डॉ. नरेन्द्र कहीं गए हुए थे, उसकी बात सीधे डॉ. वंदना से हुई। उन्होंने उसे जांच के लिए समय दे दिया। संभवतः जांच से पूर्व वे कोई टिप्पणी नहीं करना चाहती थीं।

डॉ. नरेन्द्र ने फोन किया, तो परेशान मन उस चिंता के मध्य भी खिल उठा। उसकी चिंता गुरु की चिंता बन गई?...

"वंदना से तुम्हारा फोन आने की बात सुनकर मैंने सोचा, मेरे लिए ही होगा।" डॉ. नरेन्द्र थोड़ी देर चुप रहे। वे कुछ चकित थे, "मुझे तो पता ही नहीं था कि तुम कान्टैक्ट लैंस का उपयोग करती हो।"

दामिनी मौन रही। बताने का ऐसा कोई अवसर कभी आया नहीं था।

उनके स्वर में वात्सल्य उमड़ आया, "तुम्हें कोई चोट वगैरह तो नहीं लगी थी? कहीं कान्टैक्ट लैंस के अधिक उपयोग के कारण तो ऐसा नहीं हुआ?"

"डॉक्टर कह रहे थे, नंबर बदलते समय कभी-कभी पर्दा अपने स्थान से हट जाता है।" उसका मन उदास हो उठा, "ऐसा क्यों हुआ सर?"

"प्रकृति के रहस्य को कौन समझ सकता है!"उनका स्वर संभला हुआ, किंतु चिंतित था, "वैसे इतनी बड़ी बात कोई संशय के आधार पर तो नहीं कहेगा। पूरी तरह जांचने के पश्चात ही बताया होगा।"

दामिनी को वे कुछ व्यग्र से लगे। मां-पिताजी भी तो ऑपरेशन की बात जानकर इतने ही विचलित हो उठे थे।

"घबराने की कोई बात नहीं है। डॉक्टर ऑपरेशन की सफलता-असफलता का दायित्व न लेने की बात मुख से कहते तो हैं। फिर भी वे जानते हैं कि रोशनी वापस आएगी।" थोड़ी सी देर में ही उन्होंने स्वयं को स्थिर कर लिया था, "कल जांच के बाद वंदना से सारी आशंकाओं और जिज्ञासाओं के उत्तर मिलेंगे।"

"हां सर।" दामिनी अत्यंत विह्वल हो उठी।

दामिनी ने ध्यान दिया, डॉ. वंदना से मिलने के पश्चात मां-पिताजी की अस्थिरता समाप्त हो गई थी। उनकी जांच से स्पष्ट हो गया था कि ऑपरेशन आवश्यक है; जितनी देर होगी, पर्दा उतनी ही देर आंखों से दूर रहेगा, इसलिए अनावश्यक विलंब न हो। ऑपरेशन के बाद यद्यपि आंख पहले जैसी स्वस्थ तो नहीं होंगी, नंबर भी काफी बढ़ सकता है; किंतु चश्मा लगाकर स्पष्ट दिखाई देगा।... डॉ. वंदना के माध्यम से अस्पताल की वरिष्ठ डॉक्टर ने 'एम्स' के डॉक्टर के लिए पत्र लिखा जिससे जल्द से जल्द उसके ऑपरेशन की व्यवस्था हो सके।

* * * * * *

मां ने कमरे में झांका। दामिनी तकिए पर कोहनी टिकाए अधलेटी सी मुद्रा में बैठी थी। उसके मुख का भाव बहुत आक्रामक था।

दामिनी के भीतर की उथल-पुथल को वे जानती थीं। उसके हृदय में अपने गुरु के लिए देवत्व सी ऊंची पदवी है। डॉ. नरेन्द्र के वात्सल्य की सरिता से भी वे अनजान नहीं हैं। दामिनी ने उन्हें जब डॉ. नरेन्द्र की पुत्रवधू के चक्षु-विशेषज्ञ होने की बात बताई, तो स्वयं उन्होंने उसे उनकी राय लेने के लिए कहा था।

दामिनी ऑपरेशन को लेकर कितनी भयभीत थी। न जाने कितना दर्द, कितना कष्ट होगा। डॉ. वंदना ने बहुत सांत्वना दी, 'आजकल ऑपरेशन होना कोई भय या कष्ट वाली बात नहीं रही। सब ठीक हो जाएगा। आंखों को पूरा आराम दो।'...

डॉ. नरेन्द्र ने समझाया, "महत्वपूर्ण यह नहीं कि दर्द कितना होगा। रोशनी वापस आ जाना आवश्यक है। मेरी मां की आंखों का भी ऑपरेशन हुआ था। उन्हें कुछ पता तक नहीं चला; यद्यपि उनकी अवस्था इतनी अधिक थी।"

भय कुछ कम होने लगा था।

पिछले तीन दिन से पिताजी प्रयत्नरत थे। डॉ. वंदना ने उन्हें बताया था, ऑपरेशन में विलंब नहीं होना चाहिए। पर्दा आंखों से अधिक दिन दूर रहेगा, तो आंख ऑपरेशन के बाद बहुत कमज़ोर हो जाएगी।... वे ऑल इंडिया मेडिकल इंस्टिट्यूट में जाने के इच्छुक नहीं थे। सबके मन में ऊहापोह था। अंकुश को लेकर वे पहले वहीं गए थे। अपने परिचित डॉक्टर से पत्र लिखवाकर वहां के डॉक्टर से मिले थे। किंतु फिर भी बहुत भटकना पड़ा। वहां का वातावरण भी उन्हें सुविधाजनक नहीं लगा। किसी से गंगाराम अस्पताल की प्रशंसा सुन अंकुश का इलाज उन्होंने वहीं कराया था। वहां के वातावरण, डॉक्टरों के व्यवहार, सुविधा और देखभाल से वे पूर्णतः संतुष्ट थे।

उनके मन में प्राइवेट डॉक्टर के प्रति आकर्षण देख डॉ. वंदना ने अपने प्रयासों से डॉ. श्रॉफ से संपर्क कर उनसे समय लिया। दामिनी का मन रखने मात्र के लिए पिताजी वहां चले गए; किंतु आपस में विचार-विमर्श कर पहले ही वे निश्चय कर चुके थे कि दामिनी का इलाज वे गंगाराम अस्पताल में ही कराएंगे।

अपने गुरु के प्रयासों को व्यर्थ होते देख, अपने माता-पिता के प्रति उसके मन में विद्रोह पनपता जा रहा था। आज गंगाराम अस्पताल में चक्षु विशेषज्ञ डॉ.विक्रम ने ऑपरेशन के लिए, तीन दिन बाद का समय दिया

था। उसके लिए मां-पिताजी के ये प्रयत्न गुरु की अवहेलना बन गए थे। विवश सी वह उनके साथ अस्पताल तो चली गई, किंतु उन सबसे इतनी अधिक रुष्ट थी कि स्वयं को उसने उनसे बिल्कुल अलग-थलग कर लिया। कोई और समय होता तो भाई-बहन उससे उलझ पड़े होते, पिताजी आदेश देना चाहते, मां या तो रुष्ट होकर मौन हो जातीं या समझातीं; किंतु इस समय उन्हें उसकी चिंता अधिक थी। उसकी व्यथा समझ में न आने पर भी उस पर क्रोध न करके उसका ध्यान ही रखना था।

मां कक्ष के भीतर आईं।

"दामिनी! खाना?"

"मुझे भूख नहीं है।" उसने करवट बदल ली।

मां को कुछ क्रोध आया। इसके गुरु तो उनके शत्रु ही हो गए। गुरु की इच्छा का इतना मान और माता-पिता की सारी भाग-दौड़? उनकी भावनाओं का कोई महत्व नहीं। वे जन्म देने वाले माता-पिता से भी अधिक महत्वपूर्ण हो उठे!... वे विचलित सी दामिनी को देखती रहीं।

"तुम्हें पता है दामिनी, जिस दिन से तुम्हारी आंख की रोशनी जाने की बात सुनी है, मन कितना बेचैन है।"

दामिनी पलटी और उठकर बैठ गई। उसकी आंखों में अश्रु थे, "आपने मेरे गुरु के प्रयत्नों को व्यर्थ क्यों कर दिया? वे बार-बार कह रहे हैं, इलाज में विलंब मत कीजिए। वंदना दीदी को मेरा कितना ख्याल है। डॉक्टर से समय लिया। वे आपको नहीं रुचे, तो 'गुरुनानक अस्पताल' में उसी दिन ऑपरेशन की व्यवस्था का प्रयत्न करने को तैयार थीं।"

मां ने अपनी उत्तेजना को संभाला। दामिनी के अश्रु देख उनका क्षोभ अधिक देर टिक नहीं सका, "रो मत। आंख पर प्रभाव पड़ेगा।" उनके स्वर में स्नेह छलक आया, "अभी तक तो ऑपरेशन से इतना डर रही थी। खून जांचने के लिए एक सूई तक हाथ में नहीं लगवा रही थी। अब ऑपरेशन की जल्दी मचा रही है।"

दामिनी के मन में गुरु के सारे प्रयत्न, उनकी चिंता, उनका वात्सल्य घूम गया। इलाज में देर होते देख कैसे उन्होंने फोन पर ही पिताजी को आंख की भीतरी प्रक्रिया और समय का महत्व समझाया था। पिताजी पर उनकी बातों का प्रभाव पड़ा था। फिर भी ऑपरेशन थियेटर खाली न होने के कारण डॉक्टर ने तीन दिन बाद का समय दिया था। मां की बात सुन वह तड़प उठी थी, "नहीं करनी मुझे अपनी आंख ठीक। यदि आपको अपने मन की करनी थी, तो सर से राय क्यों ली?...गंगाराम में क्या कम खर्च होगा?" उसके अश्रु ढरक आए, "कुछ पैसे मेरे पास भी हैं, वे ले लीजिए। मेरे सर की बात आप मानतीं क्यों नहीं?"

मां का मन कुछ झुंझलाने लगा... सर का परामर्श न हुआ, भगवान का आदेश हो गया। मां-बाप को दुत्कार रही है।... "हां। वे, डॉ. वंदना, सब... तुम्हारे लिए बहुत व्याकुल हैं।" वे कुछ अतिरिक्त गंभीर हो गईं, "तुम्हारे पिताजी कह रहे थे न कि उनके मन में तुम्हारे लिए बहुत चिंता और स्नेह है। इसलिए इतना प्रयत्न कर रहे हैं। हमने उनका मार्गदर्शन चाहा, आदेश नहीं मांगा था। उनके बताए डॉक्टर से मिले भी; और धन की कमी की बात कहां से आ गई। 'एम्स' या 'गुरुनानक' में तो बिल्कुल खर्चा नहीं हो रहा था।" उन्होंने रुककर उसे देखा, "जबसे अंकुश का गंगाराम में इलाज हुआ है, हमारा उस अस्पताल पर विश्वास जमा है। ठीक है, हर डॉक्टर जिम्मेदार होता है, प्रत्येक की अपनी पद्धति होती है; किंतु हम सबको नहीं जानते इसलिए मन शंकित होता है। यहां के विषय में पता है...'वे रुकीं। उसे देखती रहीं, फिर बोलीं, "गुरु की छोटी-छोटी बातों का भी महत्व है। उन्होंने तुम्हें हर भटकन से बचाया, हर मुसीबत में सहयोग देने के लिए

सदा साथ रहे। हम सबके मन में उनके लिए बहुत मान, बहुत सम्मान है; किंतु बेटी!"उन्होंने उसके सिर पर हाथ फेरा, "तुम्हारा उनसे संबंध आत्मिक है। तुम्हारे इस शरीर को जन्म हमने दिया है। हमें भी इससे मोह है। इसकी रक्षा के हमारे प्रयत्न अर्थहीन नहीं हैं।" वे उठ खड़ी हुईं, "यदि सच्चे गुरु की वाणी ईश्वर की इच्छा है, तो देय तो मां-बाप का भी कम नहीं होता।"

दामिनी अचरज से उन्हें जाते देखती रह गई।

* * * * * *

ऑपरेशन थियेटर में लेटी दामिनी की दृष्टि ऊपर रोशनी पर टिकी थी। दो डॉक्टर और नर्स उसकी आंखों की गतिविधियां देख रहे थे।

"दामिनी, दाईं आंख पर दवाई का पूरा प्रभाव नहीं हुआ है। वह अभी ऑपरेशन योग्य नहीं है।" डॉ.विक्रम ने कहा, "एकाध बार दवाई और डालनी है। तब तक दूसरी आंख में लेज़र कर दें।"

"बिना बेहोश किए?" ...उसने आश्चर्य से उन्हें देखा और विरोध किया, "मैं जागते हुए लेज़र नहीं कराऊंगी।"

"लेज़र में दर्द नहीं होता।" दूसरे डॉक्टर ने कहा।

"कोई बात नहीं।" डॉ. विक्रम मुस्कराए, "लेज़र भी बेहोश करने के बाद ही कर देंगे।"

नर्स ने उसकी आंखों में दवाई डाली, "अब आंख मत खोलना।"

दामिनी ने मौन भाव से सहमति दे दी।

उसने आंखें बंद कर लीं।...

ऑपरेशन कोई सहज बात नहीं थी। इन छब्बीस वर्षों में उसे बुखार या सिरदर्द भी शायद ही कभी हुआ हो। अब अकस्मात इतना बड़ा ऑपरेशन!... भय था, चिंता थी... और किंचित विरोध भी। उसे याद नहीं आता कि ऐसा कौन सा भयंकर पाप किया था उसने, जो यह पीड़ा भोगनी पड़ रही है। क्या कर्म के बिना भी फल मिलता है?... कहते हैं, यह जन्म, पूर्वजन्म के कर्मों का परिणाम है। क्या ऐसा संभव है कि जो संस्कार उसे सत्व की ओर ले गए, उन्होंने ऐसा कोई बुरा कर्म भी किया हो!...

आज तक ईश्वर की इच्छा को स्वीकार करती आई है तो शारीरिक कष्ट की इस घड़ी में ईश्वर से प्रश्न क्यों करे। उनकी इच्छा का विरोध क्यों करे। इस कष्ट को झेलने से नहीं बच सकती। रोकर सहन करेगी तो दुख बढ़ेगा।

* * * * * *

दामिनी ने बात करके रिसीवर रखा ही था कि मां ने कक्ष में प्रवेश किया।

"आराम नहीं कर रहीं?"

"साक्षी ने बताया, हम अस्पताल गए थे तो डॉक्टर नरेन्द्र ने हाल-चाल जानने के लिए फोन किया था। सर से बात कर रही थी।" उसने उन्हें देखा, "मां, डॉक्टर ने दूसरी आंख से पढ़ लेने को कहा। सर ने कहा है, इस समय आंख का ध्यान रखने की बहुत आवश्यकता है। इन्फैक्शन होने का डर है। दवाई सही समय पर डालूं और अपना पूरा ख्याल रखूं।"

"सर सही कह रहे हैं। डॉक्टर ने पढ़ने और टी.वी. देखने को कह दिया, क्योंकि छह हफ्ते लेटे-लेटे खाली समय काटना बहुत मुश्किल है। ऑपरेशन वाली आंख छह हफ्ते में ठीक होगी। लेज़र एक सामान्य

प्रक्रिया है, उसके बाद तुरंत कार्य किया जा सकता है। किंतु एक आंख से कार्य करने पर दूसरी आंख पर ज़ोर तो पड़ेगा ही।"

"हां। इसीलिए सर ने कहा है, मैं अपनी रुचि के अनुकूल संगीत सुन लिया करूं।"

मां मुस्करा दीं।

* * * * * *

दामिनी चकित थी। इन दिनों मां-पिताजी का एक नया ही रूप उसके सामने आया था।

बचपन से अब तक मां-पिताजी से अपनी प्रवृत्ति, प्रकृति को लेकर उसका टकराव ही अधिक हुआ था। मां-पिताजी से उसने जिस वात्सल्य की अपेक्षा की, इन दिनों वह उसका भरपूर सुख भोग रही है। उसकी कोई गलती, कोई भूल उन्हें याद नहीं है। उस पर कोई बोझ,कोई तनाव नहीं है। वे नहीं चाहते कि दामिनी किसी भी बात से तनिक भी विचलित हो। जितना वे उसकी मनःस्थिति का ध्यान रखते हैं, उतनी ही वह विह्वल होती जाती है।

साक्षी को अपने करीब आते देख दामिनी का विचार-प्रवाह टूट गया...

"डॉ.नवनीत का फोन है। आपका हाल-चाल पूछना चाहते हैं।"

"यह चतुर बहेलिया!"आत्मा ने कहा।

"कह दूं, सो रही हैं?" साक्षी ने उसका रुख पहचाना।

दामिनी चौंक पड़ी... इन दिनों डॉ.नवनीत के प्रति उसकी वितृष्णा और क्रोध के भावों को परिवार में सब समझ रहे थे।

"नहीं! झूठ बोलने की क्या आवश्यकता है। मैं उठाती हूं।"

साक्षी चली गई।

दामिनी समझ नहीं पाती, आखिर ये डॉ.नवनीत किस मिट्टी के बने हैं। इतने अधिक अपमानित होने के बावजूद उससे बोलने का साहस कर लेते हैं।...

ऑपरेशन से कुछ दिन पूर्व भी उन्होंने फोन खटखटाया था...

"मैं डॉ.नवनीत बोल रहा हूं"

"कहिए!"दामिनी की आंखें कपाल पर चढ़ आईं।

वे किंचित सावधान हो गए।

"मैं स्कूल आया था, वहीं से फोन कर रहा हूं। किंतु कुछ अन्य लोग भी पंक्ति में खड़े हैं इसलिए बाद में बात करता हूं।" तत्क्षण ही उन्होंने फोन रख दिया।

दामिनी का मन सुलग रहा था: रूप-पिपासा की तृष्णा में हाड़-मांस के शरीर को सत्य मान यह व्यक्ति अपनी अस्मिता को भूल गया। सत्य को अनदेखा करता रहा, कला के नाम पर अपनी ही आत्मा से छल करता रहा। किंतु क्या फल मिला इसे?...झूठ थोड़े समय के लिए दूसरे को भले ही भ्रमित कर दे किंतु सत्य कभी छिपता नहीं। आज इस व्यक्ति का अशांत, असंतुष्ट, भटकता मन दामिनी की ठोकर खाकर भी उसके पैरों के समक्ष पड़ा गिड़गिड़ा रहा है। क्या यही आदर्श विद्यालय के हिंदी विभाग का विभागाध्यक्ष है?...

दो दिन बाद ही फिर फोन घनघनाया...

"मैं डॉ.नवनीत। तुमने कहा था न, मैं बाद में तुम्हें फोन करूं।"

ऐसा निर्लज्ज व्यक्ति! घोर दुष्कर्म करने के बावजूद यह अपेक्षा करता है कि दामिनी उससे बोलना भी चाहेगी।

"मैंने तो ऐसा नहीं कहा था।" उसकी चिड़चिड़ाहट में चीत्कार था।

वे घबरा उठे। धड़कते दिल से अस्फुट वाणी में कहा, "मैं समझ नहीं पा रहा, मुझसे कहां भूल हुई है। रात-रात भर रोता हूं। तुम्हारे घर से कुछ ही दूर खड़ा फोन कर रहा हूं। तुमसे मिलकर भ्रम को दूर करना चाहता हूं।"

दामिनी स्तब्ध थी; इस व्यक्ति के भीतर न कोई पश्चाताप था, न लज्जा। उसके लिए अपनी यह प्रवृत्ति बहुत सहज थी। या वह मानता है कि ऐसे गिड़गिड़ा-गिड़गिड़ाकर भी किसी का मन पिघलाया जा सकता है। ऐसा पापी और घृणित जीव स्वयं को निर्दोष बता, उसे ही भ्रमित कह रहा है। क्रोध से मन तिलमिला रहा था। क्या करे वह इस व्यक्ति का!... इस पर उपेक्षा, घृणा, अपमान किसी बात का कोई प्रभाव नहीं होता। इस पाखंडी के लिए वह अपना मन मलिन करती है, मस्तिष्क पर बोझ डालती है, कटु बोलती है।

"साफ-साफ कह क्यों नहीं देतीं।" आत्मा फड़फड़ाई, "तुम समझती हो कि तुम्हारी शिष्ट और आलंकारिक बातों से वह मान जाएगा। लातों के भूत कभी बातों से माने हैं क्या आज तक! इस व्यक्ति का इलाज तो जूता है।"

"जो कुछ कहना है, अभी फोन पर कहो।" वह बोली, "हर किसी के लिए इस घर के द्वार नहीं खुलते।"

"मैं यह जानना चाहता था कि '[illegible]' विद्यालय से कोई फोन आया?" कुछ क्षण बाद वे बोले।

"नहीं। आए भी, तो नौकरी नहीं करूंगी। मेरी दाईं आंख का परदा अपने स्थान से हट गया है रेटिना डिटैचमेंट!"

"क्या?" उन्होंने आश्चर्य व्यक्त किया, "ऐसा कुछ नहीं हुआ होगा, डॉक्टर ने ढंग से जांचा नहीं होगा।" उन्होंने अपनत्व जताया, "मेरे एक स्टूडेंट के फादर आई-स्पेशलिस्ट हैं। तुम उनसे जांच कराओ।"

"धन्यवाद। उसकी कोई आवश्यकता नहीं है।" स्वर में व्यंग्य भाव गहराया।

"संकोच वाली कोई बात नहीं है।" अपने स्वर को चिंतित कर वे बोले, "घर की सी बात है। तुम कहो, तो मैं साथ चल कर, तुम्हें डॉक्टर से मिलवा दूं।"

"आप अपनी बीमारियों का ध्यान रखिए। उनका उपचार कराइए। आप मानसिक रोगी हैं।"

वे असहाय भाव से हंस दिए, "अच्छा रखता हूं। कोई खास बात नहीं थी। मन उदास था, फोन कर लिया।"

दामिनी मौन रही।

पर उन्होंने फोन रखा नहीं, "तुम्हारे पिताजी घर पर हैं?"

"चिकना घड़ा।" आत्मा बोली।

"क्यों?"

"जो केस मैं तुम्हारे पिताजी के पास लाया था, उसकी रिपोर्ट उन्हीं के पास है। मुझे लेनी है।"

दामिनी ने पिताजी को सूचना दी।

बात करके, पिताजी ने फोन रख दिया और दामिनी की ओर देखा, "तुम्हारे ऑपरेशन का दिन और समय पूछ रहे थे। कह रहे थे, अभी आप सब व्यस्त और परेशान होंगे, ऑपरेशन के बाद किसी दिन आकर फाइल ले जाएंगे।" उनकी दृष्टि में थोड़ा असमंजस था, "कोई विशेष बात?"

"नहीं।"

दामिनी क्या कहे! जिस व्यक्ति का उसने अपने घर में स्वागत किया, उसके चरित्र की इस गंदगी को कैसे कहे! पता नहीं, मां-पिताजी उसे निर्दोष मान सकेंगे या नहीं।...

"बहुत चिपकू आदमी है...।" उसने टाल दिया।

"पैसा कमाना तो जानता है न।" वे सहज भाव से बोले, "चल, तू आराम कर।"

"पिताजी भी बस!"आत्मा बोली, "चोरी-डकैती को पैसा कमाना कहते हैं।"

* * * * * *

ऑपरेशन के पश्चात होश आया तो उसे बहुत कमज़ोरी लग रही थी।

मां ने बताया, डॉ.नवनीत उसे देखने आए हैं।

"तेरे द्वार खड़ा इक जोगी...।" आत्मा ने उसे चिढ़ाया।

"जोगी न कुछ और। पापी, कामुक, लंपट...।" उसने कहा।

उनकी उपस्थिति को अनदेखा कर वह मां से बातें करती रही।

डॉ.नवनीत के प्रति उसकी उपेक्षा मां को अच्छी लगी। मां की पारखी दृष्टि ने निश्चित ही उसके प्रति उनकी लिप्सा को जाना होगा।... एकाध बार मां ने कहा भी था, 'इस व्यक्ति के मन में भटकन है। विवाह क्यों नहीं करता?'... दामिनी ने हर बार यही कहा था, 'परिस्थितिवश बेबस हैं। किंतु बहुत दुखी हैं।'...मां उसकी इस सोच से सदा असंतुष्ट रहीं; किंतु हस्तक्षेप कभी नहीं किया।

तीन दिन बाद बिना कोई सूचना दिए डॉ.नवनीत फाइल लेने आ धमके।

"डॉ.नवनीत तुम्हारा हाल जानना चाहते हैं।" मां कमरे में आईं, "उनका कहना है, तुम आराम कर रही हो, तो वे तुम्हें देख भर लें।"

"नहीं।" वह उठ बैठी, "मैं जाती हूं।"

बैठक में आई, तो देखा... पिताजी ने कोर्ट से आकर अभी वस्त्र भी नहीं बदले थे।...

"कैसी हो?" वह बैठी तो डॉ.नवनीत ने चिंता जताई, "ध्यान तुम्हारी ओर ही लगा रहता है।"

"स्वस्थ हूं।"

"डॉक्टर ने कहा है, बहुत भाग्यशाली है।" पिताजी ने कहा, "अन्यथा सामान्य रोगी इतनी जल्दी रिकवर नहीं करता है।"

"चलिए, बहुत अच्छा है।" डॉ.नवनीत बोले, "तो अब पढ़ाई कब से आरंभ करोगी?"

पिताजी आश्चर्य से डॉ.नवनीत को देख रहे थे। ऑपरेशन का आज चौथा दिन है और वे पढ़ाई की बात कर रहे हैं।... दामिनी के बदले वे ही बोले, "छह हफ्ते तक इसे आंख को पूरा आराम देना है। दवाई चल रही है इसलिए शरीर में टूटन है। हम सबका यही प्रयत्न है, यह पूरी तरह आराम करे। दिमाग पर जोर डालने वाली कोई बात न करे, न सोचे।"

"हां। सही बात है।"

"धूप से तो बचाव करना ही है, गैस के करीब भी नहीं जाना।"

"ओह!"डॉ.नवनीत ने अपना ज्ञान बघारा, "भारतीय डॉक्टर मरीजों को डरा देते हैं। यूरोप में कुर्सी पर बैठाकर घंटे भर में ऑपरेशन कर घर भी वापस भेज देते हैं। और यहां... तीन घंटे तक ऑपरेशन चला। फिर शाम तक यह देखने के लिए रोका कि बेहोशी से बाहर निकलने के बाद तबीयत ठीक रहे।"

"यूरोप और अमरीका में भी भारतीय डाक्टर ही लोगों का इलाज कर रहे हैं। अब तो वहां के लोग यहां आकर अपना इलाज करा रहे हैं।" जाने कहां से पिताजी में देश-भक्ति जागी थी, या फिर यह केवल डॉ.नवनीत को चुप कराने के लिए था, "डॉक्टर रोगी के हित के लिए ही आराम करने को कहते हैं।"

"डॉ.नवनीत! आप जाकर यूरोप में क्यों नहीं बस जाते?" दामिनी ने अफसोस जताया, "यहां आपकी प्रतिभा व्यर्थ नष्ट हो रही है।"

पिताजी खिलखिला पड़े। डॉ.नवनीत ने दामिनी की सहजता में से भी व्यंग्य ताड़ लिया। वे मुस्करा भर दिए।

"मैं अभी आता हूं।" पिताजी उठ खड़े हुए।

"तुम नहीं जानतीं दामिनी! तुम्हारे ऑपरेशन की बात सुन मैं कितना व्याकुल था।" पिताजी को बाहर जाते देख डॉ.नवनीत ने कहा, "मैंने सोच रखा था, कोई भी ऐसी-वैसी बात हुई तो अपनी आंख मैं तुम्हें दे दूंगा।"

"जीवित व्यक्ति की आंख का दान कोई डॉक्टर नहीं लेता। और चक्षुदान के लिए आपको मरने की आवश्यकता नहीं है।" वह उठी, मेज पर रखी फाइल उठाई और उनकी ओर बढ़ाई, "यही लेने आए थे न।"

"हां।" उसके व्यवहार से वे भौचक थे। हाथ बढ़ाकर फाइल ले ली, "फाइल मैं जाते समय ले लेता।"

"शायद भूल जाते, ताकि फिर आने का कोई बहाना बना रहता।" उसने अतिथि-मर्यादा का सारा संकोच झटक दिया, "आपको जान लेना चाहिए कि इस परिवार में किसी को आपसे मिलकर कोई प्रसन्नता नहीं होती।"

आश्चर्य से उनकी आंखें फट गई...किंतु वे उठे नहीं।

"साक्षी से बात हुई। उसने बताया, तुम्हारे पैरों में भी तकलीफ है।"

"डॉक्टर ने दवाई दे दी है।"

"दरअसल, पिछले दस दिनों से तुम आराम कर रही हो न! शरीर पर इसका प्रभाव पड़ा है। मेरी मानो, रस्सी कूदने का व्यायाम किया करो। शरीर कभी अस्वस्थ नहीं होगा।"

"अच्छा प्रतिदिन रस्सी कूदूंगी और फिर अंधी होकर उसी रस्सी से लटककर आत्महत्या कर लूंगी।"

"तुम्हें लगता है कि मैं आडंबर रहा हूं।" वे बोले।

"आडंबर नहीं पाखंड।"

"अच्छा!"उन्होंने अपने आक्रोश को दबाया और बात बदल दी, "आज विद्यालय गया था। अप्रैल आरंभ हो चुका है। कल या परसों 'सेंट मेरी' से तुम्हारे पास नियुक्ति के लिए फोन आएगा।"

"ठीक है, मैं क्षमा मांग लूंगी।"

"क्या!..."उनके स्वर में बेहद आश्चर्य था, "तुम नौकरी नहीं करोगी?"

दामिनी कुछ कठोर बात कहने को हुई; रोशनी होते हुए भी इस व्यक्ति ने अपनी आंखों की बत्ती बुझा रखी है क्या? शारीरिक कमजोरी उसे लगातार आधे घंटे भी बैठने नहीं देती, पिछले दो दिनों से पैरों में इतना दर्द है... उसकी रुग्णता से परिचित हैं वे, फिर भी इस प्रकार के प्रश्न का औचित्य!

"पिताजी आपको बता चुके हैं, मेरा धूप में बाहर निकलना आंखों के लिए बेहद घातक है। वैसे भी दवाइयों की वजह से मैं बहुत थकी-थकी रहती हूं। आजकल तो पैरों में भी सूजन है।" उसके भीतर आक्रोश जाग्रत होने लगा, "विद्यालय में नौकरी करने के लिए तो मैं कभी इच्छुक रही ही नहीं। आंख ठीक हो जाए, तो नौकरी तो जीवन भर करनी है।"

उन्होंने अपने स्वर को मधुर बनाया, "तुम जाना मत, किंतु अभी मना मत करना। मेरे मन में एक योजना है।"

दामिनी चौंकी... फिर उनका मन किसी कपट की सृष्टि करने लगा था।

"तुम सिर्फ दो घंटे के लिए चली जाना। उन्हें अपने स्वास्थ्य के विषय में कुछ मत बताना। नियुक्ति-पत्र ले लेना, बाकी मैं संभाल लूंगा। अपने प्रयासों और दबाव से तुम्हारे लिए हफ्ता, दस दिन की छुट्टी मांग लूंगा। तब तक तुम स्वस्थ भी हो जाओगी। उपलब्धि को त्यागना मूर्खता है।"

"उपलब्धि की परिभाषा क्या है?... झूठ बोलना? दूसरों को भ्रम में रखना? अपने स्वार्थ के लिए लोगों के बच्चों का भविष्य बिगाड़ना...?"

वे मौन रहे।

"ठीक है।" कुछ समय बाद वे बोले, "क्या एक बार भी नहीं बताओगी कि मेरी गलती क्या है?"

"कई बार बता चुकी हूं।"

"कई बार!"उन्होंने चौंकने का अभिनय किया, "मैंने ध्यान नहीं दिया।"

"कुटिल, कुचक्री, पापी, पाखंडी...।" आत्मा ने कहा।

वह अपने कमरे की ओर चल पड़ी।

"जा रही हो?" उनका स्वर कातर हो गया।

"फाइल देने आई थी। बिना लिए चले जाते, तो पुनः आने का बहाना मिल जाता।"

"ठीक है दामिनी। मैं सब समझ गया।" अपमान से उनका मुख लाल हो गया, "तुम्हें फोन तो कर सकता हूं न!"

"नहीं।" वह भड़क उठी।

"तुम आराम करो।" पिताजी को भीतर आते देख वे मुस्कराए।

दामिनी ने देखा, पिताजी ने हाथ-मुंह धोकर वस्त्र बदल लिए थे।

"दामिनी। मेरा उपन्यास पूरा हो गया। तुम्हारे लिए लाया हूं।"

"डॉ. साहब, यह कहां पढ़ेगी।" पिताजी के स्वर में रोष था, "अभी कुछ समय उसे पढ़ना-लिखना मना है।"

"अरे हां।" वे मौन हो गए।

"लातों के भूत...।" आत्मा ने कहा।

24

दामिनी की चिंता निराशा में बदलती जा रही थी। कुछ दिन पहले अचानक ही उसके पैरों में सूजन आ गई थी। दर्द बढ़ा, तो दर्द निवारक गोली खा ली। किंचित आश्चर्य भी हुआ, ऐसा दर्द तो पहले कभी नहीं हुआ। एक दिन प्रातः सोकर उठी, तो पैर अकड़े हुए थे। धीरे-धीरे चलना-फिरना लगभग बंद हो गया। अपने मोहल्ले के डॉक्टर श्रीनिवास को दिखाय। उन्होंने दवाई दी और बताया, ऑपरेशन के बाद शरीर में विकार आ जाता है। जहां आंख का इलाज हुआ है, वहीं दिखाइए।

डॉक्टर श्रीनिवास की राय से सारी जांच कराकर गंगाराम अस्पताल के हड्डी विशेषज्ञ को दिखाया। दवाई खाते रहने के बावजूद एक-एक करके उसके अन्य अंग अकड़ते जा रहे थे। दस दिन पहले अंगुलियों ने कार्य करना बंद कर दिया और फिर हाथों में दर्द आरंभ हो गया। वह तो जैसे अपाहिज ही होती जा रही थी। मुख इतना कम खुलता था कि खाना खाने में भी परेशानी हो रही थी।...डॉक्टर ने दवाई का डोज़ बढ़ा दिया। परिणामतः जितनी देर दवाई का प्रभाव रहता था, उतनी देर दर्द तो नहीं रहता था, किंतु वह पूरी तरह से बिस्तर की हो गई थी।

हताश दामिनी की जीने की उमंग समाप्त होती जा रही थी। मां-पिताजी उसकी बीमारी से तो चिंतित थे ही, उसे पूरी तरह से टूटता देख व्यथित भी हो उठे थे। उनकी सांत्वना, सहानुभूति, प्रेम... कुछ भी दामिनी को जीवंत नहीं कर पा रहा था।

मां कमरे में आई। उनके हाथ में भोजन था। सुबह से दामिनी ने कुछ भी नहीं खाया था। उन्हें देख दामिनी ने प्रयत्नपूर्वक मुख पर चुन्नी ले ली।

भोजन मेज पर रख मां उसके करीब बैठ गई। छिपा मुख कितने अश्रु बहा रहा होगा, इसका उन्हें आभास था। उनका मन पीड़ा से चरमरा रहा था।

"दामिनी!" मुख से चुन्नी हटा उन्होंने उसके बालों में अंगुलियां फेरीं।

"मां।" वह सिसक उठी।

"सब ठीक हो जाएगा। रोने से आंख पर असर पड़ेगा बेटी।"

उसके अश्रु बेतहाशा बहते जा रहे थे, "मैं बहुत बुरी हूं न! इसीलिए आज इतनी असमर्थ हो गई हूं।"

मां का मन उसके साथ बह जाना चाहता था... युवावस्था में उस पर यह कैसा संकट टूट पड़ा!...ऐसे कष्टकारी रोग से ग्रसित होकर रोग-शैया पर पड़ी है।... सायास उन्होंने स्वयं को नियंत्रित किया। यदि वे भी अपना मनोबल खो देंगी, तो दामिनी का आत्मबल कौन जगाएगा! मानसिक स्थिति का बहुत गहरा प्रभाव स्वास्थ्य पर पड़ता है।

"तुम तो सदा ही धर्म के मार्ग पर चली हो। तुम बुरी कहां हो!"

"ईश्वर बहुत क्रूर है मां।" उसने कहा, "उसने मुझे इतना लाचार क्यों कर दिया?"

"सुख-दुख तो आते-जाते रहते हैं, बेटी!" उन्होंने स्नेह से उसे शांत करना चाहा, "तुम तो सदा से मानती आई हो, प्रकृति में विपत्ति स्वाभाविक नियम है। जो सूर्य अस्त होता है, वही पुनः उदित भी होता है।"

"अब विश्वास नहीं होता कि ऐसे रोग और दुख का भी कभी अंत होगा। मुझे पूरी तरह बेबस कर, बिस्तर पर पटक दिया है।" उसका कंठ रुंध गया, "अब ही तो मेरे देय चुकाने का समय आया था।"

मां का मन हुआ, स्वयं भी चुप्पी साध लें और दामिनी को भी मौन करा दें। जितना सोचेगी, उतना ही अधिक व्याकुल होगी।... पर उनका मौन दामिनी को दग्ध करेगा, रोग को शांत नहीं। संभवतः संवाद उसके मन और आत्मा को शांति प्रदान करे, सुख दे।... उन्होंने गंभीर दृष्टि से उसे देखा, "इस विपत्ति में भी मुझे ईश्वर की कृपा दिखाई दे रही है।"

दामिनी चकित रह गई।

"हां।" उन्होंने आत्मविश्वास से कहा, "दुख से पाप कटते हैं बेटी। जो घटित हुआ है, उसे होना ही था। ऑपरेशन के बाद तुम्हारी आंख छह हफ्ते के बाद सामान्य अवस्था में आएगी। उसके बाद अपने कर्मानुसार तुम इस रोग से ग्रस्त हो जातीं। इस प्रकार स्वयं तुम और पूरा परिवार इतने लंबे समय तक व्याकुल रहता। दोहरा कष्ट उठाना पड़ता। ईश्वर ने एक ही समय में सब दुखों को एकत्रित कर दिया।"

दामिनी ने स्तब्ध होकर उन्हें देखा। उनके विश्लेषण से उसका मन सहमत हुआ।

"जब तुम्हारे भाई का ऑपरेशन हुआ था, उसी दौरान मैं बीमार पड़ी।" मां बोलीं, "दंड का भोग साथ ही आरंभ हुआ और इकट्ठे ही शांत हो गया; अन्यथा हमारी चिंता दुगने समय तक चलती रहती।"

"यह तो वास्तव में ईश्वर की दया है।" दामिनी के मुख पर हल्की सी मुस्कान आई, "मैं उन्हें निर्दयी समझ बैठी। मां! क्या यह विपत्ति सचमुच दूर हो जाएगी?"

"मैं इतने वर्षों से देख रही हूं, जीवन में सहस्रों परिवर्तन हुए हैं। रोग और कष्ट का अंत भी अवश्य होगा।"

"आप ठीक कह रही हैं।..."

मां मुसकरा दीं, "अब खाना खा लो।"

दामिनी उत्साह से हंस पड़ी। वह विह्वल थी: मां-बाप के भीतर अपने बच्चों के लिए कितना प्रेम, कितनी ममता, कितनी करुणा, कितना मोह होता है।...

* * * * * *

"दामिनी!"

अपनी बेटी को स्वस्थ देख मां की आंखें भर आईं। मन और शरीर से टूटी-फूटी दामिनी न सिर्फ बिल्कुल स्वस्थ होकर उनके सामने खड़ी थी वरन उसका आत्मबल भी लौट आया था।

कितने हताश हो उठे थे वे। हड्डी विशेषज्ञ की दी गईं दवाइयां उसे सुधार कम रही थीं, दुष्प्रभाव अधिक हो रहा था। आंखों की नमी सूखती जा रही थी। उसे लगता था, जैसे कोई उसके सिर पर निरंतर हथौड़े चला रहा है। अपच की शिकायत रहने लगी थी। दवाई में नींद का प्रभाव था, घंटों-घंटों वह सोती रहती थी। शरीर थका ही रहता था।

आंखों की जांच कराने वे डॉक्टर विक्रम के पास पहुंचे, तो वे तनिक चकित हुए।

"आंखें स्वस्थ नहीं हैं। कौन सी दवाई खा रही है?"

दवाई का नाम पढ़ वे स्तब्ध हुए, "यह तो बहुत गरम टैबलेट हैं। इसका दुष्प्रभाव भी हो सकता है।"

पिताजी ने उनकी बात पर अधिक गौर नहीं किया। हड्डी विशेषज्ञ भी तो गंगाराम अस्पताल के ही हैं। पिताजी की ओर से कोई प्रतिक्रिया न पाकर उन्होंने समझाया, "अभी दामिनी अविवाहित है। इन दवाइयों का बुरा असर भी हो सकता है।"

पिताजी स्तब्ध हुए।

"आपने इसकी सारी जांच किसी छोटी-मोटी उपयोगशाला से कराई है। यदि आप गंगाराम से नहीं कराना चाहते, तो डॉ. लाल से करा लीजिए। वे तो आपके घर के करीब ही हैं। गलत जांच गंभीर रोग दे सकती है।"

पिताजी डॉक्टर विक्रम से सहमत नहीं हो पा रहे थे। आज तक तो वे अपने मोहल्ले की प्रयोगशाला से ही जांच करवाते आए थे। ऐसी कोई शिकायत पहले तो कभी नहीं हुई।

"लेकिन डॉ. साहब, कुछ तो है इसे?"

"ऑपरेशन का प्रभाव कभी-कभी अन्य अंगों पर भी पड़ता है। कभी मरीज थोड़े समय बाद स्वयं ठीक हो जाता है, कभी इलाज कराना पड़ता है। वाइरल इंफैक्शन मात्र है। ऐसी दवाइयों की आवश्यकता नहीं।"

डॉ.विक्रम ने न सिर्फ उसके पिता पर दबाव डाला बल्कि एक अन्य डॉक्टर से उनका परिचय भी कराया। पिताजी ने गंगाराम से जांच करवाई। वह सामान्य थी। कोई रोग नहीं था। सारी दवाइयां बंद कर दी गईं, बस कुछ वाइटामिंस इत्यादि...। कुछ दिन बाद ही दामिनी की शारीरिक क्षमता लौटने लगी थी। धीरे-धीरे वह स्वस्थ होती चली गई थी और आज उनके सामने खड़ी थी।

"कुछ खाओगी?" मां ने पूछा।

"अब सारे दिन आप मुझे खिलाती ही रहेंगी!"

वे मुस्कराईं, "पिछले दिनों की कसर पूरी करनी है न।"

दामिनी खिलखिलाकर उनके निकट बैठ गई।

"देखा, हौसले और आत्मबल ने कितनी जल्दी तुम्हें स्वस्थ कर दिया।"

"वह तो दवाइयों का प्रभाव था।"

"जो भी था," उनका स्वर स्नेह-सिक्त हो गया, "जीवन का सकारात्मक रूप ही मानव को शक्ति देता है। हर दुख से उबारता है।"

"आप सत्य कह रही हैं। आत्मविश्वास बहुत बड़ी शक्ति है।"

वे कुछ विचलित हुईं, "यदि हम यज्ञ या कोई पूजा कर लेते तो शायद तुम्हें इतना कष्ट न भोगना पड़ता।"

दामिनी के मुख पर असहमति के भाव जागे, "इस कष्ट को भोगना पूर्वनिर्धारित था मां! फिर ईश्वर पर यज्ञादि से दबाव डालने का प्रयत्न तो अज्ञान ही नहीं, अहितकारी भी है। इस माध्यम से मेरा कोई पाप कटा है।"

मां तनिक चकित हुईं, "तुम्हारे भीतर भूल से मिलने वाले दंड के प्रति घबराहट नहीं होती?...स्वयं को भ्रमित कर रही हो!"

"नहीं मां!" उसने उन्हें देखा, "अच्छे कर्म एकत्रित करने के लिए आवश्यक है, सारे पाप-कर्म नष्ट हों। यदि इन्हें भोगने की अपेक्षा पूजा-पाठ द्वारा इनका प्रतिकार करने का प्रयत्न करूंगी, तो विकास अवरुद्ध रहेगा। आगे का अपना कर्मफल बनाने का उत्तरदायित्व तो मेरा है। जितना हम स्वयं को साधते हैं, उतना ही सुख है, सुकून है।"

"तुम ईश्वर की बात ऐसे करती हो, जैसे वे तुम्हारे आसपास ही कहीं हों। किंतु इतना कभी नहीं हुआ कि मंदिर में जाकर अगरबत्ती ही जला दो। प्रातः नहा-धोकर पूजा कर लो।"

"आप जानती हैं, आराधना में मेरी आरंभ से ही रुचि नहीं है। मेरा मन निराकार ईश्वर को पूजता है। मैं दो मिनट भी ध्यान नहीं कर सकती, किंतु घंटों बैठकर लिख सकती हूं।"

"लेखन की साधना तो गुरु ने दी है।"

"हां। मेरे मन में उनके इसी रूप के प्रति श्रद्धा है। फिर मैंने यह भी सोचा कि पालथी मार, आंख मूंद साधक ध्यान क्यों करता है, मन के दोषों से मुक्त होने के लिए ही तो। मैंने लेखन की साधना कर वह अभ्यास किया है।

"तभी विशेष त्योहारों पर भी कभी व्रत, उपवास नहीं रखा?"मां के मन में उसके लिए विरोध जाग रहा था।

दामिनी निश्छलता से हंस दी, "ऐसा नहीं है, किंतु ईश्वर को स्मरण करने की हर व्यक्ति की पद्धति अलग-अलग होती है।"

* * * * * *

सबको बैठक में देख पिताजी वहीं आ गए।

"कल डॉ.नवनीत अपने बेटे के विवाह में निमंत्रित करने के लिए आए थे।" उन्होंने दामिनी की ओर देखा, "कह रहे थे, मैं तो सोच रहा था, पहले आपकी ओर से निमंत्रण आएगा।"

"आप जाएंगे?"

"मैं ही क्यों, सब जाएंगे।... तुम नहीं जाएगी?"

"नहीं।"

"क्यों?" वे चकित हुए।

"क्या करूंगी जाकर!"

"उनसे हमारा संपर्क तो तुम्हारी वजह से ही है।"

"हां। किंतु वे स्वयं को बहुत बुद्धिमान और मुझे बिल्कुल बुद्धू मानते हैं।"

"वे कह रहे थे, तुम्हें रोज़ पढ़ाने आ जाया करेंगे। बीमारी के कारण तुम्हारी पढ़ाई रुक गई है। वह आरंभ हो जाएगी और उनके ज्ञान, अनुभव और विश्लेषण से तुम्हें बहुत लाभ होगा।"

दामिनी चौंक पड़ी, "आपने 'हां' तो नहीं कर दी न?"

"मैं क्या कहता! उन्होंने स्वयं ही कहा, आने से पूर्व फोन कर देंगे।"

"ओह!" वह मौन हो गई।

"अच्छा ही है, तुम्हें मार्गदर्शन मिल जाएगा।"

"नहीं पिताजी। मेरे पढ़ने का अपना ढंग, अपनी पद्धति है। यदि फोन पर मुझसे बात हुई, मैं निबट लूंगी। किंतु आपसे बात हो तो मना कर दीजिएगा।"

"मना कैसे कर सकता हूं। यह कह दूंगा, दामिनी को सहायता नहीं चाहिए। कल उनके आने पर तुम मिलने नहीं आईं, तो पूछ रहे थे। मैंने कह दिया, शायद सो रही है।"

"सही है।" मां ने कहा, "पहले ही आ-आकर उन्होंने इतना परेशान कर रखा था।"

"समय काटने के लिए किसी पुस्तकालय में जाकर बैठ जाया करें। इतने पार्क हैं, रेस्टोरेंट हैं।" साक्षी बोली, "दीदी ही उन्हें झेलती रहती थीं। मुझे तो वे पहली ही बार बुरे लगे थे। जबरन अपना उपन्यास थमा दिया कि पढ़कर राय दो।"

पिताजी हंस पड़े।

"अपनी प्रशंसा ऐसे करेंगे मानो उनसे अधिक विद्वान और प्रतिभावान अन्य कोई है ही नहीं।" अंकुश बोला, "यह भी दिखाई नहीं देता कि मन ही मन हम उस पर हंस रहे होते हैं।"

साक्षी को उसकी बात से प्रश्रय मिला, "दिमाग से पैदल व्यक्ति हैं। कल पिताजी के सिर में कितना दर्द था। किंतु उन्हें इससे क्या! अपनी सड़ी-भुसी कविताएं सुनाए जा रहे थे। दो घंटे पूरे करके ही उठे।"

दामिनी मुस्करा रही थी। साक्षी चिढ़ गई। व्यंग्य भाव से उसे देखा, "तुम्हारे लिए एक लड़का बताकर गए हैं। फोटो भी दी है। कह रहे थे..." उसने उपहास सा करते हुए उनका अभिनय किया, "दामिनी बहुत सरल है। उसे अपनी प्रकृति का लड़का चाहिए, जो उसकी भावनाओं को सही ढंग से समझे।"

सब हंस पड़े।

पिताजी ने दराज़ में से उसका फोटो और परिचय निकाला, "लड़के की शक्ल-सूरत को यदि अनदेखा कर दें, तो भी अन्य कोई ऐसा गुण नहीं है जिससे हमारी बेटी की शादी हो। नौकरी है नहीं; उनके प्रकाशन में पुस्तकों के लिए चित्र बनाता है। कह रहे थे, किसी विद्यालय में नियुक्ति होने वाली है। मैंने तो तभी मना कर दिया था। बोले, घर में दिखाइए, शायद विचार बदल जाए।"

मां डॉ.नवनीत के चुनाव पर क्रुद्ध थीं, "सोचा होगा, जिस लड़के पर उनका इतना दबाव है, उससे दामिनी का विवाह करा देंगे तो उससे संपर्क बनाए रख सकेंगे।"

पिताजी ने बीच-बचाव किया, "जैसे भी हैं, हमें उनसे क्या लेना-देना।"

दामिनी के मन से बहुत बड़ा बोझ हट गया; परिवार के मन से वे पूरी तरह से उतर गए थे।

* * * * * *

दामिनी के मन से कोई धुंधलका छंट रहा था। कुछ बातों को लेकर उसका मन बहुत पीड़ित था। जब चिंतन, अध्ययन और अनुभव ने, उतार-चढ़ाव ने तत्वज्ञान की कुछ महत्वपूर्ण बातों को उसके सामने स्पष्ट किया, तो समय के साथ-साथ उसमें अनेक परिवर्तन हुए...

प्रारब्ध और कर्मफल से परिचित होकर कुछ समय के लिए वह धर्मभीरु हो गई थी। तभी उसके समक्ष स्पष्ट हुआ, उसकी बुराई के समय भी ईश्वर की उस पर कितनी कृपा बनी रही। अपनी ममता से वे उसे उन सबसे उबारने का प्रयत्न करते ही रहे। भय समाप्त हुआ; उनकी करुणा देख ईश्वर-प्रेम उत्पन्न हुआ। अब किसी दंड या दुख का भय उसे नहीं सताता था। इन सबको भोगने के लिए वह स्वेच्छा से तैयार थी। प्रभु-प्रेम ने अपने दोषों को रेखांकित किया; छोटे-छोटे विकारों पर दृष्टि केंद्रित कर उन्हें नष्ट करने के लिए अभ्यासरत हो गई। कोई उसके विषय में क्या राय बनाता है, इसकी परवाह तो उसने कभी की ही नहीं थी इसीलिए अपने दुर्गुणों को स्वीकारते हुए हिचकिचाहट नहीं हुई।

अपने प्रति बेहद सजग दामिनी देख रही थी... ज्यों-ज्यों उसमें प्रेम और अहिंसा का समावेश हो रहा था, प्रकृति के कुछ गुण बिना किसी प्रयास के उसके भीतर संचरित हो रहे थे। जिस क्षमा भाव को अपनाने के लिए उसका मन कभी इतना व्याकुल रहता था, अब वह उसके जीवन में प्रवेश करता जा रहा था। और इन्हीं दिनों... एक अनजानी सी पीड़ा उसे सताने लगी थी: अज्ञान से उत्पन्न अपने विकारों के कारण उसने यदा-कदा कष्ट भोगा है। कितनी व्याकुल और अशांत भी रही है वह। अब संसार को देखती है, तो पाती है... लोग अपनी आत्मा को कितनी यातना दे रहे हैं।... वह बहुत बेचैन थी... क्या परिणाम होगा?...

उसे रामकृष्ण परमहंस की बात याद आ रही थी... आत्मज्ञान प्रत्येक को मिलता है, प्रत्येक के पाने का समय होता है। ईश्वर का हरेक से वही संबंध है, सब पर उनका ध्यान है। उनका प्रेम सबके लिए है। जब जिसका समय आता है, तब उसको मिल जाता है।

सत्य तो यही है... उसकी शांति लौट आई... उसका प्रयत्न अपनी शुद्धता के लिए होना चाहिए।...

* * * * * *

"अब आपका स्वास्थ्य कैसा है दामिनी जी?"मिसेस पवार ने पूछा, तो दामिनी चकित हुई। वे उसकी तबीयत के विषय में क्यों पूछ रही हैं?

"मैं ठीक हूं।... और, अनुराग, हर्षिता की पढ़ाई कैसी चल रही है?"

"उसी विषय में बात करने के लिए तो फोन किया है।" वे बोलीं, "पिछले वर्ष वे आपसे पढ़ते रहे। उसी पद्धति से पढ़ने के अभ्यस्त हो गए हैं। डॉ.नवनीत ने बताया, इन दिनों आप बीमार चल रही हैं इसलिए वे बच्चों को पढ़ा रहे थे।"

"अच्छा है। वैसे भी अब मैं विद्यालय में नहीं हूं। उनसे मेरा संपर्क नहीं होगा।"

"उससे क्या फर्क पड़ता है। आपको तो पाठ्यक्रम के अनुसार पढ़ाना है।"

"हां, किंतु मैंने इस विषय में सोचा नहीं।"

"कई दिनों से बच्चे जिद कर रहे थे, आपको फोन करूं। मैंने डॉ.नवनीत से बात की। उनका कहना है, उनके पास अन्य बहुत ट्यूशन हैं; अनुराग, हर्षिता के लिए यदि दामिनी मान जाए, तो उनके लिए बहुत सुविधाजनक हो जाएगा।"

"वह सब तो ठीक है मिसेस पवार, किंतु जब डॉ.नवनीत पढ़ा रहे हैं, तो पढ़ाने दीजिए। वे बड़े हैं, अधिक अनुभवी हैं।"

"इस विषय में मैंने भी सोचा था। लेकिन मैं देख रही हूं, बच्चों को आपसे पढ़ने की आदत पड़ गई है। प्रत्येक व्यक्ति के व्यवहार में अंतर होता है, पढ़ाने का अलग-अलग ढंग होता है। हर्षिता तो आपसे बहुत हिल गई थी। इन दिनों वे दोनों हिंदी में रुचि नहीं ले रहे।" रुक-कर बोलीं वे, "अब आप कैसी हैं।"

"मैं स्वस्थ हूं।"

"आपको कोई परेशानी न हो, तो पढ़ा दीजिए," उन्होंने आग्रह किया, "विद्यालय खुलते ही मासिक परीक्षाएं आरंभ हो जाएंगी।"

"ठीक है।" दामिनी सहमत हो गई।

* * * * * *

दामिनी को विश्वास नहीं हुआ: जिस अनूप को देखकर वह अपना रास्ता बदल देती है, वह उसे फोन करेगा।

"मुझे डॉ. नरेन्द्र का फोन नंबर दे सकती हो?" उसने नम्रता से कहा।

"हां।... लिखिए।" उसने नंबर बताया।

"और," उसका संकोच कुछ ढीला हुआ, "कहीं अन्य नौकरी के लिए प्रयत्न कर रही हो?"

"मुझे नौकरी के लिए आवेदन करने की क्या आवश्यकता है!" उसका भाव व्यंग्यपूर्ण हो उठा, "प्रस्ताव स्वयं मेरे पास आते हैं।"

वह हंसा, "कुछ ऐसे संपर्कों से मुझे भी परिचित करा दो।"

"पहला प्रस्ताव तो आपकी ओर से ही मिला था।"

"हां। मुझे तुम्हारी चिंता थी।" उसके शब्दों की कृत्रिमता को दामिनी ने पहचाना, "हमारे बीच कितना ही मनमुटाव हो, किंतु जो मधुरता हमारे संबंधों में रही थी, मेरी स्मृति में सदैव उसकी ही ताजगी रही है।"

खीज की जगह दामिनी में जिज्ञासा जागी: क्या है अनूप के मन में! बिना किसी कारण के वह उसका आत्मीय होने का नाटक नहीं करेगा। उसने नि:श्वास छोड़ा, "ईश्वर की कृपा है।"

"हां।" कहते हुए उसने आकस्मिक रूप से विषय बदला, "विवाह कब कर रही हो?"

वह विस्मित हुई।

हंसकर अनूप ने बात को संभाला, "तुम अपनी किसी उपलब्धि की सूचना तो देती ही नहीं, कि कहीं मैं मिठाई की मांग न कर बैठूं।"

"खुश रहने के लिए मुझे किसी उपलब्धि की प्रतीक्षा नहीं करनी पड़ती।" उसने निर्द्वंद्व भाव से कहा।

"यह बात तो है।" उसने जैसे बात को आगे बढ़ाया मात्र, "वैसे तुम्हें यह जानकर खुशी होगी, मेरी बारह पुस्तकें प्रकाशित हुई हैं।"

दामिनी चकित रह गई, "साहित्यिक पुस्तकें?"

वह कुछ देर मौन रहा।

"नहीं।" सधे हुए स्वर में कहा उसने, "साहित्य में पैसा नहीं है। इतने समय से विद्यालय में कार्य करते हुए विद्यालय की पद्धति से परिचित हो गया हूं। तुमने देखा होगा, डॉ.नवनीत पाठ्य-पुस्तकें तैयार करते हैं। मैंने हिंदी के बदले अन्य विषयों की पुस्तकें तैयार की हैं।"

दामिनी ने चुपचाप उसकी बात सुनी: लेखकीय तत्व उसमें था ही कहां! सरल मार्ग से धन और महत्व प्राप्त करने की आकांक्षा अवश्य थी।

"बधाई हो।" यंत्रवत वह बोली।

"बस, बधाई।" उसका स्वर अपनत्व लिए हुए था, "मिठाई नहीं मांगोगी?"

"लोभी नहीं हूं।"

"ईसा मसीह ने कहा है, खटखटाओगे तो खुलेगा। बिना कहे तो ईश्वर भी नहीं सुनते।"

"और श्रीकृष्ण ने कहा है, मांगो मत, अपने स्वभाव के अनुसार कर्म करो।"

"अच्छा बताओ, कहां ट्रीट लोगी?"

दामिनी मुस्कराकर रह गई... कितना व्याकुल है ट्रीट देने को। क्यों?

"मिल तो नहीं सकूंगी।" वह बोली, "आपकी उपलब्धि जानकर अच्छा लगा।"

"मैंने तुम पर कहानी लिखी है। सोचा, तुम मिलोगी तो पढ़ने को दूंगा।"

"अच्छा।" दामिनी पर उस बात का जैसे कोई प्रभाव नहीं हुआ।

"मेरी पत्नी विधि ने वह कहानी पढ़ी।" अपनी बात कहने के लिए अनूप को आत्मबल संचित करना पड़ रहा था, "कथा की नायिका से उसे जितनी सहानुभूति हुई, नायक पर उतना ही क्रोध आया। मुझसे उसने पूछा, वह व्यक्ति कौन है।" वह रुककर मानो दामिनी के कुछ कहने की प्रतीक्षा कर रहा था। दामिनी के मौन के कारण अंततः स्वयं ही बोला, "मैंने जब गंभीर होकर बताया कि मैं हूं, तो वह विश्वास करने को तैयार नहीं थी। उसे लगा, शायद मैं अपने किसी मित्र या परिचित को बचाना चाहता हूं।"

दामिनी समझ नहीं पा रही थी, गड़े मुर्दे उखाड़कर उसके मन की थाह लेने का प्रयत्न वह क्यों कर रहा है!...

"किसी पत्रिका में कहानी भेजी?"

"नहीं। इन दिनों बहुत व्यस्त हूं। डॉ.नवनीत कुवैत चले गए न।" कुछ रुक-कर बोला, "तुम्हें तो मालूम होगा?"

"वैसे, कुवैत तो आप जाना चाह रहे थे!" सहजता से उसने बात बदल दी।

वह चौंक पड़ा, "हां।" कुछ क्षण रुका, फिर बोला, "सब निश्चित हो गया था। वहां विधि की भी प्राइमरी विद्यालय की अध्यापिका के रूप में नियुक्ति हो गई थी। उसी दौरान बेटी के अस्तित्व का आभास मिला। जैनुइन रीज़न था; न जाने का कारण बताने से प्रिंसिपल रुष्ट नहीं हुई।"

"बेटी कैसी है?" संयमित शब्दों में बात करती दामिनी की सीमा अनायास ढीली हो गई।

बेटी की चर्चा ने उसे उत्फुल्ल कर दिया, "अब तो सवा वर्ष की होने जा रही है। बहुत शरारती है। मिलोगी तो..." उसे जैसे शब्द नहीं मिले। सहसा वह बोला, "अपनी कथा में मेरी बेटी का जिक्र करोगी?" वह कहता चला गया, "तुम्हारा जो शोध-प्रबंध प्रकाशित हुआ है, उसके परिचय में तुम्हारे उपन्यास की चर्चा है। स्वयं तुमने एक बार उसका जिक्र किया था। तुमने कहा था, जिस-जिससे तुम मिलती गईं, वे सब तुम्हारी रचना में हैं।"

दामिनी के मौन ने उसके प्रवाह को बाधित नहीं किया, "मैं वह पढ़ना चाहता हूं, जो तुमने मेरे विषय में लिखा।"

"रचनाकार की रचना प्रकाशित होने के बाद पढ़ी जाती है।" वह बोली।

"अपनों को तो पढ़ने को दी जा सकती है।" उसने व्यग्रता से कहा।

"आप स्वयं से परिचित हैं। जैसे आप हैं, उस रूप को ही मैंने अपनी रचना में उभारा है।"

"प्रत्येक व्यक्ति के देखने, समझने और विश्लेषण करने का कोण भिन्न होता है।"

"प्रकाशित होने से पूर्व अपनी कोई रचना मैंने अपने गुरु के अतिरिक्त अन्य किसी को नहीं पढ़ाई।" उसने निर्णय सुनाया, "कभी रचना हाथ में आए और किसी चरित्र में आप स्वयं को पाएं, तो वह चरित्र आपका है। न पाएं तो वहां आप नहीं हैं।"

"ओह!"

दोनों के मध्य एक मौन पसर गया।

"नवंबर में ट्रेड फेयर लगेगा।" कुछ क्षणों के पश्चात वह बोला, "पास चाहिए? उपलब्ध करा दूंगा।"

"मैं अपने परिवार के साथ जाऊंगी।"

"जितने कहोगी, उतने पास मिल जाएंगे।"

"अभी तो जाना निश्चित ही नहीं है। सृष्टि का भाई भी पूछ रहा था, उसका वहां स्टॉल होगा।"

"देख लेना। जरूरत हो, तो बताना।" उसकी नम्रता बनी रही, "ओ.के. दामिनी,बाय।"

25

साक्षी औंधे मुंह पलंग पर पड़ी थी। स्तब्ध दामिनी फटी-फटी आंखों से टुकुर-टुकुर देखती रह गई। साक्षी में स्वपीड़न-रति की प्रवृत्ति थी। किसी कारण से व्यथित होती, उद्विग्न होती, तो दूसरों को कहती तो सब कुछ; किंतु स्वयं को भी दंड देती। न किसी से बोलती, न ढंग से खाती-पीती, न टी.वी. देखती, बस पढ़ती रहती। कमरे से बाहर भी आवश्यक होने पर ही निकलती। दामिनी हंसकर मां से कहती, "वैसे तो यह पढ़ती नहीं। सप्ताह में एक बार इसे कोंच दिया कीजिए। कोप-भवन में पड़ी पढ़ती रहेगी।"

इस समय अन्न-जल त्याग, वह प्रायोपवेशन का निर्णय कर पड़ी थी। पिताजी का स्नेह भरा आग्रह और मां की ममता का बंधन भी उसे बांध नहीं पा रहा था। मां-पिताजी ने स्वयं को इतना असहाय शायद कभी नहीं पाया था।

दामिनी का मन दूसरी ओर चल पड़ा...

जब तक साक्षी भ्रम में जी रही थी, कितनी सुखी थी। दामिनी को उसने देखा था; पिताजी का कितना दबाव रहा उस पर। किंतु साक्षी पर ऐसा कोई बंधन कभी नहीं रहा। न विवाह का, न नौकरी का। साक्षी अपने मां-पिताजी का गर्व रही है। उनका विश्वास था, पढ़ाई समाप्त होते ही किसी मल्टीनेशनल कंपनी में उसकी नौकरी लग जाएगी, जहां उसका आरंभिक वेतन ही पच्चीस हज़ार से कम नहीं होगा। उसकी नौकरी लगते ही, द्वार पर विवाहार्थी लड़कों की लाइन लग जाएगी।... कहां है वह सुख जिसका स्वप्न पिताजी ने उसे दिखाया था। आरंभ से ही उसमें अध्यापकीय क्षमताएं थीं। किंतु स्वधर्म के अनुरूप चलना पिताजी के लिए बकवास था। पढ़ना वह चाहिए जिसकी बाज़ार में मांग हो

शिक्षा पूरी कर, साक्षी ने जाना, नौकरी थाली में कोई नहीं परोसता। पिताजी के संपर्क नहीं थे कि उनके माध्यम से कहीं लगने की बात सोचती। नौकरी के लिए स्वयं ही भटकना था।

अपनी योग्यता का साक्षी को भान था। बारहवीं के बाद से ही तो दसवीं, बारहवीं और कुछ समय बाद बी.ए. के विद्यार्थियों को उसने गणित पढ़ाना आरंभ कर दिया था। इतने वर्ष निरंतर पढ़ाते-पढ़ाते इस क्षेत्र में वह सध गई थी। ट्यूशन पढ़ाने का उसका कमरा बिना प्रचार के कोचिंग सेंटर का रूप धारण कर गया। और पिछले ही वर्ष... भाई को वकालत नहीं, अध्यापन अपनी ओर खींचता था। अपनी उस प्रवृत्ति के कारण वह एक कोचिंग सेंटर में कई वर्षों से पढ़ा रहा था। क्रमशः अपना ही संस्थान खोलने की आकांक्षा जागी। अपने इस स्वप्न को उसने साकार किया: किराए का काफी बड़ा मकान लेकर उसे कोचिंग सेंटर का रूप दिया। साक्षी और भाई दोनों पढ़ाने लगे। संस्थान बड़ा था, तंत्र उतना बड़ा था नहीं। जल्दी भी थी। कम समय में अधिक से अधिक धन चाहिए था। योजना ठप हो गई। अपने पांच-छह महीने साक्षी ने उस संस्थान में गलाए थे। घर पर मिलने वाले ट्यूशन समाप्त हो गए। धनार्जन का कोई माध्यम नहीं रहा। जिस साक्षी ने परिवार का खर्च बंटाया था, अब अपने लिए किससे मांगती। स्वाभिमान आड़े आने लगा। विद्यालयों के कितने धक्के खाए उसने। झूठा प्रमाणपत्र प्रत्येक आवेदन के साथ लगाया, किंतु नौकरी कहीं नहीं मिली। टूटी, बिखरी, अधिक से अधिक हताश-निराश होती चली गई।

वह चकित होती, दामिनी कैसे स्वेच्छा से घर बैठ गई। दामिनी अपने लिखने में मग्न थी। वही उसका सुख था। साक्षी को अपनी बेकारी भेड़ियों के झुंड के समान नोच-खसोट रही थी। परिवार की गिरती आर्थिक स्थिति उसे विचलित करती। इधर काफी धन कोचिंग सेंटर में लगा था। महीने भर के भीतर ही दो बार मकान बदल लिया था। दामिनी के प्रति उसके भीतर रोष जागता, कैसे इन सबके प्रति उदासीन होकर, वह बैठी लिखती रहती है। दामिनी का तर्क वह स्वीकार नहीं सकती कि, 'ऐसा हमारे परिवार में कोई पहली बार तो

नहीं हुआ। जीवन में उतार-चढ़ाव आते हैं। जब वह नौकरी कर रही थी, तब दो-एक बार के अतिरिक्त कब आवश्यकता पड़ी परिवार को उसके धन की। साक्षी सहमत नहीं होती। उसका मानना है, उस एकाध बार के लिए ही उन्हें स्वावलंबी होना चाहिए। जब पिताजी समर्थ हों, तब वे घर में अन्य सुविधाएं जुटाएं... व्यायाम करने वाली मशीन लें, कुकिंग रेंज लें, घर की अन्य ज़रूरतों तथा कपड़े गहनों पर खर्चें। धन के प्रति उसकी आसक्ति नहीं थी; किंतु परिवार संपन्न होकर जिए, ऐसी बलवती कामना उसके मन में थी। पढ़ाई पूरी हो गई, तो नौकरी के बिना कैसे रहे! परिवार में आर्थिक संकट था। दामिनी का क्या, वह तो कह देती है, आवश्यकता है, तो जो कुछ मेरे पास है, ले लो। पिताजी लेते हैं तो दबाव बना रहता है कि उसकी पढ़ाई-लिखाई के लिए वह राशि लौटाएं। दामिनी तो हंसकर कह देती है, उसे वापस नहीं चाहिए। समाप्त हो जाएगा, तो कोई और द्वार खुल जाएगा। पिताजी का हृदय इस बात को कैसे मान ले कि जिन बच्चों ने बहुत कम अवस्था से आत्मनिर्भर होकर कठिन से कठिन स्थिति में भी उनसे पैसे नहीं मांगे, उनकी जमा-पूंजी वे लें और न लौटाएं। यदि वह नौकरी कर रही होती, तो लौटाने की बात न सोचते। क्यों की थी इतनी पढ़ाई! घर बैठने के लिए? बड़े-बड़े संवाद बोलकर परे हो जाती है कि कर्ता तथा पालक ईश्वर है।... साक्षी सिर्फ इतना जानती है कि दामिनी को घर की कोई चिंता नहीं है। दायित्व का प्रसंग छिड़ने पर या तो मौन रह जाती है अथवा यह कहकर अपना पल्ला झाड़ लेती है कि सबकी सारी इच्छाएं तो पूरी नहीं हो सकतीं।

एक दिन अखबार में निकला था, 'शोध-सहायक संपर्क करें।' दामिनी का कहना था, दूसरे व्यक्ति के शोध में सहायता के बदले वह अपना शोध करेगी। विद्यालय की नौकरी हो या विश्वविद्यालय की, बताने पर भी वह टाल देती है। दामिनी के प्रति साक्षी के मन में तिरस्कार उफनता है। उद्विग्न मनःस्थिति में समाचारपत्र में नौकरी ढूंढते-ढूंढते उसकी दृष्टि होटल-रिसेप्शनिस्ट के विज्ञापन पर पड़ी। कितना टूटे थे पिताजी उस दिन: अपनी इस बेटी के लिए कितने बड़े-बड़े सपने देखे हैं उन्होंने। उसे समझाया, 'छोटी सोचोगी तो छोटी रहोगी। व्यक्ति को स्वप्न आसमान के देखने चाहिए। उसमें क्षमताएं हैं। जीवन के धक्कों से विचलित होकर गलत निर्णय नहीं लेना चाहिए।'... साक्षी का पिताजी के प्रति विश्वास डोल गया था। सदा की भांति उनकी बात मान लेने के बदले, अब वह मनमानी करना चाहती थी।

दामिनी को पांच हज़ार की टीचरी के लिए कहा। जब दामिनी छोटी नौकरी कर सकती है, तो मैं क्यों नहीं?"

"दामिनी नैट परीक्षा पास कर लेती, तो क्यों उसे वह नौकरी करनी पड़ती!" साथ ही समझाया, "दामिनी के लिए आगे बढ़ने की संभावनाएं नहीं हैं। जो हैं, वे दामिनी के अक्खड़ स्वभाव के कारण उसे मिलेंगी नहीं। तुम्हारे लिए अनंत संभावनाएं हैं। तुम धन कमाने की इच्छुक हो। परिस्थितियों से विचलित होकर अपने हाथों अपने द्वार क्यों बंद कर रही हो?"

साक्षी का मन हल्का नहीं हुआ। उसकी जन्म-पत्री में राजयोग लिखा है। यही राज-योग है? द्वार-द्वार भटक रही है। जहां कहीं संभावना दिखाई देती है, पहुंच जाती है। किसने बुलाया आज तक उसे? उससे अच्छी तो वे कम पढ़ी-लिखी लड़कियां हैं जो कम उम्र में ही कहीं लग जाती हैं। कॉलेज के विद्यार्थियों को गणित पढ़ाना, पिताजी ने उसका 'स्टेटस सिंबल' मान लिया था। पर घर से बाहर कौन मानता था? दामिनी की सफलता-असफलता का पूरा दायित्व उसका अपना था। उसने अपना मार्ग स्वयं चुना था। साक्षी के कठिन दौर के दोषी पिताजी बन गए थे। साक्षी उनका गर्व थी, उसका लक्ष्य उन्होंने चुना था। वे उस मूर्ति के ब्रह्मा थे।... दामिनी का साक्षी से मतभेद कितना भी रहा हो, किंतु साक्षी के प्रति उसके मन में कहीं श्रद्धा भी थी। उस पर नौकरी अथवा विवाह का दबाव नहीं था। वह मुक्त थी, पर स्वयं को मां-पिताजी का गौरव मानकर वह संतुष्ट नहीं रही।

भाई की आर्थिक स्थिति कुछ खास नहीं थी। फिर, परिवार उसका नहीं, पिताजी का था। दामिनी देने को तैयार थी, किंतु उसके पास धन ही नहीं था। साक्षी मां-पिताजी की महत्वाकांक्षाओं की डोर से बंधी पतंग थी। जहां और जिधर उड़ाते, उड़ती रहती। कंप्यूटर लेने के लिए उसने पैसे इकट्ठे किए तो पिताजी ने कार लेनी चाही। कार ले ली गई। बाद में पिताजी ने कंप्यूटर खरीद दिया। तब तक वह उसके मन से उतर चुका था। गणित पढ़ाते-पढ़ाते उसकी पकड़ अच्छी हो चुकी थी। वह उसी क्षेत्र में कुछ करना चाहती थी। पिताजी ने नौकरी के क्षेत्र में कंप्यूटर का महत्व देखा तो एम.एस-सी. गणित के पश्चात उसे एम.एस-सी. कंप्यूटर साइंस में लगा दिया। उसने कर तो लिया किंतु कंप्यूटर के क्षेत्र का आकर्षण उसे बांध नहीं सका। घर में रखा वह कंप्यूटर डब्बा बना रह गया था। साक्षी के एक मित्र ने उसमें हिंदी के अक्षर डाल दिए। वह दामिनी के लिए अत्यंत उपयोगी उपकरण हो गया।

अपनी किसी सोच, किसी विचारधारा अथवा भविष्य की किसी योजना के तहत वह कभी नहीं चली। भाई ने कोचिंग इंस्टीट्यूट का भार उस पर डाला, तो सारे ट्यूशन छोड़, वह उसके साथ हो ली। अब साक्षी का मन पिताजी के विरुद्ध चलने लगा था। वह मानने लगी थी, पिताजी तनिक भी व्यावहारिक नहीं हैं। यदि वह उनका कहा मानती रही, तो कभी आत्मनिर्भर नहीं हो सकेगी। होटल की नौकरी स्वीकार कर ली। दामिनी की एक सहेली की वैसी नौकरी देख पिताजी ने चाहा था कि दामिनी उससे संबंध ही न रखे। दामिनी ने उनका कहा नहीं माना तो घर में कितना क्लेश हुआ था।

पहले ही दिन रिसेप्शन पर बैठने के बाद उसका मन ऐसे ऊबा कि पुनः वहां जाने का नाम नहीं लिया।

इस एक घटना ने पिताजी को समझा दिया था कि न तो नौकरी पाना सहज है, न उनकी बिटिया आसमान से उतरी हुई कोई अप्सरा है, जिसके चरणों में हर कोई फूल बरसाएगा।

पिताजी साक्षी के लिए चिंतित हुए। कितना चिड़चिड़ा होता जा रहा था उसका व्यवहार। वे उसे अखबार में निकलने वाली नौकरियों के विषय में बताते, बी.एड. कर लेने को कहते, पीएच.डी. के लिए रजिस्ट्रेशन करा लेने की सलाह देते। साक्षी झल्ला जाती। घर में उसने 'हिंदुस्तान टाइम्स' मंगाना बंद करा दिया। न समाचारपत्र होगा, न पिताजी का ध्यान नौकरी वाले कॉलम की ओर जाएगा। मां की चिंता उसके लिए उद्विग्नता का कारण बन गई थी... उन्हें लगता, डिग्रियां उसे नौकरी प्रदान नहीं कर रहीं, तो प्रयत्न छोड़ वह निरुपाय होकर बैठ गई है। क्या वह कभी अपने पैरों पर खड़ी नहीं होगी!

नया सत्र आरंभ होने पर उससे ट्यूशन पढ़ रहे बच्चे आए तो उसने समय न होने का बहाना कर उन्हें मना कर दिया। अब अर्द्धवार्षिक परीक्षा के पश्चात वे फिर आए, तो वह पढ़ाने बैठ गई। कुछ आय होने लगी थी...

साक्षी ने जहां से एम.सी.एस. किया था, उस संस्थान ने अपनी एक शाखा कालकाजी में खोली थी। वे चाहते थे, साक्षी वहां गणित पढ़ाए। संस्थान आरंभ ही हुआ था, बच्चे अधिक आए नहीं थे। उन्होंने साक्षी की क्षमता का लाभ उठाया। विद्यालय के बच्चों से लेकर कॉलेज के बच्चों तक को वहां प्रवेश दे दिया।

दिन बीतते गए और नौकरी का कष्ट बढ़ता गया। किसी भी बैच में दो या तीन से अधिक विद्यार्थी नहीं थे। कॉलेज के विद्यार्थी प्रातः का समय चाहते थे और विद्यालय के बच्चे शाम का। सुबह से शाम तक के लिए उन्होंने उसे बांध लिया था। वेतन तो वही चार हज़ार था। खाली होने के कारण उसने नौकरी स्वीकार की थी; पर यह तो न्याय नहीं था। नोएडा की जिस संस्था से उसने पढ़ाई की थी, वहां अध्यापकों को कॉलेज अध्यापकों का वेतन मिलता था। प्रति विद्यार्थी इंसेंटिव भी था।

साक्षी को आश्वस्त किया गया था कि क्रमशः यह संस्थान भी उसी रूप में विकसित होगा। किंतु यह तो छोटा सा ट्यूशन सेंटर बनकर रह गया था। जो अध्यापक हिसार विश्वविद्यालय का हिस्सा बनने का स्वप्न

देख रहे थे, उसकी स्थिति देख, सब चलते बने। वह साक्षी के गले बना पत्थर बन गया। पांच सौ रुपये वेतन बढ़ाकर प्रातः नौ से रात्रि आठ तक उसे बांध लिया था। उसके पास इतना वक्त भी नहीं था कि किसी और नौकरी के लिए प्रयत्न कर सके।

साक्षी थक चुकी थी...

"यदि योग्यता के अनुरूप नहीं मिल रहा तो..." खीजती, झल्लाती साक्षी से हल्के से दामिनी ने कहा, "इन क्षमताओं का उपयोग किसी अन्य प्रकार से होना है। परिस्थितियों से हारकर व्यक्ति को अपना शोषण नहीं होने देना चाहिए।" कुछ रुक-कर उसने कहा, "पिताजी जी भी तो चाहते हैं कि इतने कम वेतन में इस प्रकार पिसते रहने से अच्छा है कि घर में अपने ट्यूशन करते हुए, कोई अच्छी नौकरी खोजे।"

तमककर उसने दामिनी को देखा था, मानो कड़ककर कहना चाहती हो, स्वयं तो अपने दायित्व निभाओ मत और दूसरों को भी निकम्मा बनने की सलाह दो।

दामिनी मौन हो गई थी: जब तक स्वयं को कर्ता मानती रहेगी, मन कैसे शांत होगा!...

जाने कहां चला गया साक्षी का भ्रम। वह अपनी वर्तमान कठोर परिस्थितियों से मुक्ति चाहती थी। उसे अपने लिए समय चाहिए था ताकि स्वतंत्र होकर कुछ कर सके। मां-पिताजी चाहते थे कि वह संस्थान छोड़ दे। भाई ने संस्थान चला रहे मि. थापरा का पक्ष लिया, 'और कोई काम नहीं है तो लगी-लगाई नौकरी क्यों छोड़ रही है। अब तो वे इंसेंटिव भी दे रहे हैं। आरंभ में तो इतना ही मिलता है।'

मि. थापरा के काफी समझाने पर भी साक्षी अपने निर्णय पर अटल रही तो उन्होंने अंतिम महीने का वेतन बाद में देने की बात कर उसे मुक्त कर दिया।

साक्षी ने संस्थान छोड़ा, बच्चों ने वहां जाना बंद कर दिया। साक्षी जैसी अध्यापिका संस्थान को नहीं मिली थी, जो विद्यालय के बच्चों से लेकर कॉलेज के बच्चों तक को पढ़ा सके। उन्होंने अलग-अलग अध्यापकों का प्रबंध किया तो साक्षी से पढ़ चुके बच्चों ने नए अध्यापकों से पढ़ना अस्वीकार कर दिया। कुछ बच्चों के माता-पिता ने साक्षी से संपर्क किया कि वह संस्थान नहीं जा रही तो घर पर पढ़ा दे। साक्षी का कहना था, वह किसी के घर नहीं जाती। उन्हें पढ़ना है तो वे मेरे घर आएं। इतनी दूर उन बच्चों के लिए आना संभव नहीं था।

भाई का स्वप्न साक्षी की आंखों में साकार होने लगा। आरंभ में वह बड़ा इंस्टीट्यूट न खोले। दो कमरों से ही आरंभ करे। उनके पास मेज, कुर्सियां, बोर्ड आदि सारा सामान है। बच्चे कालकाजी में उपलब्ध हैं, तो वहीं से आरंभ करे। विचार क्रियान्वित करने से पूर्व स्थान ढूंढना था। अतः काम कुछ समय के लिए टल गया।

मि. थापरा क्षुब्ध थे। संस्थान छोड़ते समय कुछ बच्चों ने उन्हें बताया, वे अब साक्षी द्वारा खोले जा रहे संस्थान में पढ़ेंगे। उनका आरोप था, साक्षी ने उनके बच्चों को तोड़ा है। साक्षी का तर्क था, तोड़ना होता, तो इतने लंबे समय उनके यहां इतना पिलकर कार्य क्यों करती। न उसने स्वयं उन बच्चों से संपर्क किया, न वह उनकी सुविधा से उन्हें पढ़ा रही है। उसने तो अपना संस्थान खोलने का विचार बनाया है। वह तो उनकी प्रतिद्वंद्विता में खड़ी हुई है। अध्यापक उपलब्ध कराएं और रोक लें, उसके यहां आने को तैयार बैठे बच्चों को। उसकी बात से वे असहमत रहे और निर्णय सुनाया, 'यदि उनके संस्थान के बच्चों से उसका संपर्क नहीं होता, तो वह कभी अपना संस्थान यहां नहीं खोलती। वे अब उसका बचा हुआ वेतन नहीं देंगे। उसे जो करना है, कर ले।'

साक्षी झल्लाई ही नहीं, हिंस्र भी हो उठी।

"वेतन भले ही कम है, किंतु प्रातः नौ बजे से रात आठ बजे तक मैंने वहां काम किया है। मि. थापरा ने झूठा आरोप लगाकर अपमानित ही नहीं किया, मेरे परिश्रम का धन हड़पा है। मुझे न्याय चाहिए।"

पिताजी से उसका आग्रह उग्र होता गया, "आप उन्हें कानूनी नोटिस भेजिए। आपके वकील होने का लाभ मुझे मिलना चाहिए।"

पिताजी ने उसका समर्थन नहीं किया, "थोड़ा समय रुक जाओ। वे भी शांत हो जाएंगे।"

"उन्होंने मेरा ही नहीं, पहले भी अन्य अध्यापकों के अंतिम महीने का वेतन किसी न किसी बहाने से मारा है। उन अध्यापकों का तो उनसे कोई झगड़ा भी नहीं था। अब बात मात्र वेतन प्राप्त करने की नहीं, मुझे मानसिक प्रताड़ना देने की भी है। मैं भीतर ही भीतर जली हूं, फुंकी हूं। अब मुझे मात्र न्याय नहीं, प्रतिशोध चाहिए।"

भाई ने उसका समर्थन किया, "हम समर्थ हैं। उस क्षमता का लाभ क्यों न उठाएं। क्रिमिनल केस बनाएंगे। दिन के दिन गिरफ्तारी होगी।"

पिताजी ने धैर्य नहीं खोया। उनका स्वर उदासीन हो गया, "तेरे पास वहां काम करने का क्या प्रमाण है? अप्वाइंटमैंट लैटर नहीं दिया। वहां प्रतिदिन हस्ताक्षर अवश्य किए, किंतु वह प्रूफ भी उन्हीं के पास है। किस आधार पर लड़ना चाहती है?"

"पहले जिन अध्यापकों को उन्होंने वेतन नहीं दिया; और वे बच्चे, मैंने कब उनके घर जाकर उन्हें पढ़ाने की बात की!"

पिताजी उपेक्षा भाव दिखाते हुए व्यंग्य से हंसे, "कोई किसी के झगड़े में पड़ना नहीं चाहता।"

कुछ दिन बेहद उत्तेजना से भरे रहे। साक्षी सिर्फ इतना जानती थी, उसके साथ अन्याय हुआ है। पिताजी समर्थ हैं, उन्हें उसका साथ देना चाहिए। भाई का समर्थन उसके आक्रोश को बढ़ा रहा था।

साक्षी का आक्रोश सघन होता गया। घर का वातावरण सहज नहीं था। एक नीरवता साक्षी के भीतर छाती गई। दुख, पीड़ा और मानसिक संघर्ष ने भीतर ही भीतर साक्षी को इतना तोड़ा कि जीवन में सुख का कोई रूप उसे दिखाई नहीं दिया। न वर्तमान सुखद लग रहा था, न भविष्य में कुछ प्राप्त होने की संभावनाएं दिखाई दे रही थीं। इतना कष्टकारी जीवन उसे सह्य नहीं था। उसका हृदय पत्थर का नहीं है कि भाग्य जो दिखाए, वह सह ले।

कल शाम से अब तक पूरा एक दिन हो गया था। पानी की एक बूंद भी साक्षी ने मुख में नहीं डाली थी मानो निर्जल उपवास रख लिया हो।

"कुछ मुंह में डाल ले साक्षी।" मां उसके करीब आईं, "तूने खाया-पिया नहीं, तो आज खाना नहीं बना। सबका उपवास हो गया।"

उपेक्षा भाव से उसने करवट बदल ली।

पिताजी उसके पास आए, "कमज़ोरी हो जाएगी, ग्लूकोज चढ़वाना पड़ेगा।"

मौन भाव से आंख बंद किए वह पड़ी रही।

"ऐसे कैसे चलेगा?" मां का स्वर भर्राया, "मेरी बात का तेरे लिए कोई महत्व नहीं है। कब तक नहीं खाएगी-पिएगी तू?"

"जब तक इस शरीर से जान निकल नहीं जाती।" कष्ट से कहा उसने, "क्या है इस जीवन में जिसके सुख की आकांक्षा कर मैं मृत्यु से घबराऊंगी।" उसका कंठ अवरुद्ध होने लगा, "मैं जीना नहीं चाहती।"

"हमारे जीवन में धन का इतना महत्व कब से हो गया कि जीवन का कोई और रूप तुझे दिखाई नहीं दे रहा!" उसकी अवस्था के प्रति चिंतित पिताजी ने देखा, उनकी बात ने साक्षी पर कोई प्रभाव नहीं डाला था। मां ने कुछ इस प्रकार से पिताजी को देखा, मानो कहना चाहती हों, उसके मन को क्यों नहीं समझते।

"तू केस चाहती है!" पिताजी ने हथियार डाले, "व्यक्तिगत मुकदमा लड़ना कठिन हो जाता है, इसलिए अग्रवाल साहब तेरा केस लड़ लेंगे। उनका झगड़ा मैं निबटा रहा हूं।" असहायता से कहा उन्होंने, "वकालत व्यवसाय है। एक बार यदि अपने झगड़ों में पड़ जाएं, तो अन्य सब काम ठप हो जाते हैं। चाचाजी ने गांव की ज़मीनों के चक्कर में फंसवाया। क्या मिला? अपनी प्रैक्टिस खराब हुई।" एक गहरी दृष्टि उन्होंने उस पर डाली और धैर्य से बोले, "उन्हें नोटिस भेजेगी, तो क्या स्वयं नहीं बंधेगी। जहां नौकरी के लिए आवेदन देगी, वहां आवेदन के साथ-साथ तेरा झगड़ा भी पहुंचेगा। कौन रखेगा अपने यहां! थोड़े से धन के लिए भावी सारी संभावनाएं क्षत-विक्षत हो जाएंगी।"

साक्षी के मन ने उनके आग्रह को स्वीकार किया या नहीं, किंतु ध्यान उनके शब्दों पर अटका। व्यथित हो, फफककर वह रो पड़ी।

दामिनी उठ खड़ी हुई। मां की ओर देखा, "मैं भोजन तैयार करती हूं।"

* * * * * *

पिताजी ने घर में प्रवेश किया, तो उल्लसित थे। दामिनी को समझते देर नहीं लगी, संभवतः रंजन अथवा उसकी मां से उनकी बात हो गई है। तीन दिन पूर्व न्यायालय से लौटकर पिताजी ने बताया था, "चट्टोपाध्याय साहब ने रंजन के लिए कोई लड़की बताने को कहा है। साथ ही अपनी इच्छा प्रकट की, 'क्यों न दामिनी की बात हम उनसे चलाएं।' "

"रंजन!" मां के लिए यह नाम अपरिचित था।

"उसके पिताजी की छह मास पूर्व ही मृत्यु हुई है।" सबको एक स्थान पर एकत्रित देख पिताजी ने बताया, "मां-बेटा दोनों वकील हैं। बहुत अच्छी प्रैक्टिस है। देखने में तीसेक वर्ष का लगता है।"

"अब तक विवाह क्यों नहीं किया?"साक्षी ने जानना चाहा।

पिताजी ने दृष्टि उठाकर उसे देखा। कुछ क्षण मौन रहे। बोले तो उनका स्वर उत्साहशून्य था, "विवाह तो उसका हुआ था किंतु मतभेद हो गया। चट्टोपाध्याय ने बताया, पत्नी आत्मनिर्भर थी। काफी अच्छा कमाती थी, फिर भी चाहती थी, रंजन उसके व्यक्तिगत खर्च के लिए प्रतिमास पंद्रह-बीस हज़ार रुपये दे। इस बात को लेकर उन दोनों के मध्य नोक-झोंक होती रहती थी। अंततः तलाक हो गया।"

सन्नाटा छा गया। भाई मुंह बनाकर परे सरक गया। साक्षी कुछ सोचने लगी। मां ने कुछ रुककर प्रश्न किया, "कोई बालक?"

"नहीं।" पिताजी को बल मिला, "यही सोचकर मैंने चट्टोपाध्याय साहब से अपने परिवार में बात करने को कह दिया।"

पता नहीं पिताजी स्वयं को आश्वासन दे रहे थे अथवा उनके हृदय में भाव संचरित हो रहे थे, "आजकल की लड़कियों का क्या है। समझौता उन्हें करना आता ही नहीं। एकाध बार रंजन को मैंने देखा था, हंसता रहता है। वैसे भी रिश्ता टूटने के बाद व्यक्ति परिपक्व होता है। उसमें स्थिरता आती है। उन्हें घरेलू लड़की चाहिए, गृहस्थी संभालने वाली।" उनकी दृष्टि दामिनी पर ठहरी, "यदि सब कुछ ठीक है तो मात्र तलाकशुदा होने के कारण तो नहीं ठुकराना चाहिए। वैसे भी सत्ताईस वर्ष की यह हो गई है। कुंवारा लड़का अब कहां मिलेगा। दो-एक वर्ष बाद ऐसे लड़के भी नहीं मिलेंगे। फिर बुढ़ापे का साथी ढूंढना होगा। मां-बाप के घर कब तक रहा जा सकता है!" उन्होंने मां की ओर देखा, "अच्छी तरह सोच लेना। दामिनी का निर्णय जान लेना, तब मुझे बताना।"

मां उसे थपथपाकर बाहर निकल गई। साक्षी मौन भाव से उसे देखते हुए मां-पिताजी के पीछे हो ली।

पिताजी के व्यवहार में विस्मित होने वाली कोई बात नहीं थी। सदा ही ऐसा होता है, अपने मन के अनुरूप वे तर्क प्रस्तुत कर देते हैं। कितनी सहजता से कह दिया, इस उम्र में दामिनी से विवाह कौन करेगा!... दामिनी का चीत्कार सिसकी बनकर फूट पड़ा: उनसे पूछे कोई, उसके विवाह के लिए प्रयास उन्होंने कब किया। यही चाहते रहे, जिस राजकुमार की कल्पना वे कर रहे हैं, उसे ढूंढने का बोझ उन पर न पड़े। कोई लड़का बता दे और वे बात पक्की कर दें। उसका विज्ञापन निकाला था। कुछेक लड़कों में से उन्हें निगम पसंद आया था। किंतु जब पता चला, उसका सी.ए. पूरा नहीं हुआ है और उसे विश्वास भी नहीं है कि वह उसे पूरा कर सकेगा, इसलिए वकालत पढ़ना चाहता है, तो उसका विचार उन्होंने त्याग दिया था। निगम से रिश्ता न बनाने के निर्णय के बाद कितना शांत होकर बैठ गए। दामिनी द्वारा विद्यालय से इस्तीफ़ा देते ही बौखला उठे मानो दामिनी ने आजीवन उनके पास रहने का संकल्प कर लिया हो। समाचारपत्र में विज्ञापन देख सीमापुरी में रहने वाले एक लड़के से जाकर मिले। दामिनी के विवाह के लिए संजोया कोई अरमान अब उनकी स्मृति में शेष नहीं था। चाहते थे, परिवार की ओर से स्वीकृति मिल जाए।

"कैसा है परिवार, लड़का?" मां ने पूछा।

"जैसा भी है, उतना बुरा भी नहीं है। विवाह तो करना ही है, बाकी उसका भाग्य।"

दामिनी को याद आया, उसकी सबसे छोटी बुआजी के साथ भी यही हुआ था। चौबीस वर्ष की अवस्था तक उनके विवाह का कोई प्रयत्न नहीं किया गया था। परिचितों ने पूछना आरंभ किया तो बात चलाई। दो लड़के उनके सामने थे। जिस लड़के को परिवार ने पसंद किया, चाचा ने उससे अपनी साली के विवाह की बात चला दी। दूसरे लड़के के विषय में छानबीन की गई। केशव चौरस्या ने क्षोभ से पिताजी को देखते हुए कहा, "सबको पता है, लड़का कितनी शराब पीता है। क्या जानना चाहते हैं आप?"...कहां बुआजी पच्चीस वर्ष की अवस्था पार न कर जाएं, उनका विवाह उसी लड़के से कर दिया गया। फूफाजी अधिक समय तक जीवित नहीं रहे। शराब से उन्हें ब्लड-कैंसर हो गया। उनकी मृत्यु के पश्चात न मायके की ओर से बुआजी को कोई सहयोग मिला, न ससुराल की ओर से। एम.ए. थीं अतः फूफाजी की नौकरी उन्हें मिल गई। फूफाजी की मृत्यु और अकेलेपन के अवसाद ने बुआजी को घेरा कि असमय ही बूढ़ी हो गईं। दामिनी जब भी उनसे मिली, उनके मुख पर उसने मुस्कराहट कभी नहीं पाई। जी नहीं रही थीं, मात्र जीवन काट रही थीं।

अब उसके साथ पिताजी वही करना चाह रहे थे। भाग्य को आधार बनाकर ऐसे स्थान पर उसे ब्याहना चाह रहे थे, जहां थोड़ी देर ठहरना उनके लिए ही असह्य हो उठा था।

"डेढ़ वर्ष नौकरी की, तब तो आपने मेरे विवाह का कोई प्रयास नहीं किया!" दामिनी ने प्रतिवाद किया था, "और आज नौकरी न होने का ताना देकर मेरी किस्मत को कोस रहे हैं।"

"क्या प्रयास करें! तेरा विषय हिंदी सुनकर ही लोग पीछे हट जाते हैं। और नौकरी क्या है? स्कूल में पढ़ाती है मास्टरनी।"

दामिनी के भीतर वितृष्णा जागी: असमर्थ वे हैं और दोषी उसे ठहरा रहे हैं। कितने लड़कों से उन्होंने उसके लिए बात की: सिर्फ दो से। लड़कियों से मिलने के बाद उन्हें पसंद नहीं किया जाता, तब भी मां-बाप प्रयत्न जारी रखते हैं। उन्होंने बिना कोई प्रयत्न किए अपनी दुर्बलता को ढकने के लिए दामिनी को अपमानित कर दिया। पिताजी को उसके मनोभावों से कोई मतलब नहीं था। यदि वे उनको पकड़कर चलती, तो शायद उसके मान की रक्षा करना वे अपना दायित्व मानते।

"मास्टरनी बनने को आपने ही बाध्य किया था मुझे।" स्थिर दृष्टि से उसने उन्हें देखा और गंभीरता से बोली, "अब तो साक्षी भी बड़ी हो रही है। उसके विवाह का प्रयत्न कीजिए।"

वे हंसे। साक्षी के प्रति उनके हृदय में संचित दर्प मुखर हो उठा, "उसे क्या परेशानी है! इधर उसकी नौकरी लगेगी, उधर उसका विवाह हो जाएगा।"

दामिनी शांत भाव से उन्हें देखती रही। अब इस प्रकार की बातें उसे उद्वेलित नहीं करतीं। वह आदी हो गई है।

"मैं सदा आप पर बोझ बनकर नहीं रहूंगी। कहीं न कहीं अपना प्रबंध कर ही लूंगी कभी।"

"तब क्यों?" क्रुद्ध दृष्टि से उन्होंने उसे देखा, "अभी क्यों नहीं। पैदा करने का अर्थ यह तो नहीं है कि जीवन भर छाती पर जमी रहो।"

"मैं आप पर आश्रित नहीं हूं। भोजन और रहने के लिए घर का उतना काम भी कर देती हूं।"

मां रसोई से निकलीं, "कामवाली है जो खाने, रहने के बदले काम करती है।"

दामिनी वहां से हट गई। मन हो रहा था, रो पड़े, 'वह परिवार का अंग है ही कहां। बोझ है वह तो। और बोझ को तो कोई भी, कहीं भी पटक सकता है।'

क्रमशः दामिनी का रोष शिथिल होता गया। उसकी दृष्टि उनके व्यवहार की अपेक्षा उनके हृदय पर गई। उनकी हताशा के मूल में उनकी असहायता थी। स्वयं को असमर्थ पाते, तो दोष दूसरों पर रख देते। यह उनकी आदत थी। पिछले दिनों जब डॉ. भटनागर ने उनसे संपर्क किया था... भाई के लिए उनकी लड़की का रिश्ता आया था। उस रिश्ते को स्वयं पिताजी का मन स्वीकार नहीं कर पाया था। किंतु अनेक तर्क देकर अप्रत्यक्ष रूप से वे भाई को सहमत हो जाने के लिए बाध्य कर रहे थे।

"आप किसी को विवश कैसे कर सकते हैं?"दामिनी उनके विरुद्ध हो गई थी। वे विवाह का प्रयास नहीं करते थे, अपना ठीकरा किसी के सिर फोड़ना चाहते थे।

"तभी तो शादी नहीं हुई।" खीजकर उन्होंने कहा, "इतने नखरे दिखाने वालों का विवाह या तो होता नहीं अथवा होता है तो सफल नहीं होता।"

"विवाह तो आप ही नहीं होने दे रहे।" मां के मुख से अकस्मात ही निकल गया, "धन नहीं होता, तो क्या बच्चों के विवाह नहीं होते। जितनी क्षमता है, उसी के अनुरूप विवाह कीजिए। जितनी भी लड़कियों को उसने पसंद किया, वे सारे रिश्ते मात्र धन के कारण नहीं जुड़े।"

पिताजी कुछ अधिक ही उत्तेजित हो उठे, "लड़कियों के विवाह में भी खर्च करूं और लड़कों पर भी। मुझसे ज्यादा पागल और कौन होगा।"

अब अकस्मात ही रंजन आ गया। दामिनी इस दौरान बहुत बदली है। अब उसका मन पिताजी के व्यवहार को नहीं, उनके हृदय, उनकी भावनाओं को समझना चाहता है। विवाह-संबंध कैसे बनाए जाते हैं, कैसे रिश्ते जोड़े जाते हैं, इतनी व्यावहारिक समझदारी उनमें है ही नहीं। इसलिए निर्णय या तो भगवान पर छोड़ देते हैं, अथवा अनायास आए रिश्ते को किस्मत की बात कह स्वीकार लेना चाहते हैं।

दामिनी सचेत हुई: उसका भी तो विश्वास है कि जब समय होता है, जिसके साथ संबंध जुड़ना होता है, जीवन की दिशा वैसे ही निर्धारित हो जाती है।

उसका मन कुछ आश्वस्त हुआ: ठीक ही तो कह रहे हैं पिताजी। केवल इसलिए उस लड़के को न स्वीकारा जाए कि उसके जीवन में तलाक नामक दुर्घटना हो चुकी है। उसका मन भी तो किसी के प्रति समर्पित हुआ था। जो भी चरण उसके जीवन में आया है, उससे उसका विकास ही हुआ है। फिर घबराहट या निराशा क्यों! जो होगा, अच्छे के लिए होगा।

मां ने उसका निर्णय जानना चाहा। उसने सहमति दे दी किंतु साथ ही कह दिया, "लड़के से मिले बिना 'हां' नहीं करूंगी।"

मां की आंखें आश्चर्य से फैल गईं। तत्काल उन्होंने स्वयं को संभाल लिया, "विवाह की तैयारी में चार-पांच महीने लगेंगे। इस दौरान तुम मिलते रहना। इतनी समझदार तो तुम हो ही गई हो कि अपना भला-बुरा समझ सको।"

दामिनी मौन रही। वह मात्र इतना चाहती थी कि उसका विवाह झूठ की नींव पर न हो।

* * * * * *

पिताजी सीधे उसके पास ही चले आए। उनका मुख उल्लास से दमक रहा था।

दामिनी मौन भाव से उन्हें देखती रही।

"चट्टोपाध्याय साहब से बात हुई। वे रंजन की अवस्था अड़तीस वर्ष बता रहे थे। संभव है, और भी अधिक हो।"

दामिनी सुनती भर रही। बोली कुछ नहीं।

"रंजन को जब भी देखा, मुंह बनाए हुए ही पाया।"

दामिनी के मुख पर मुस्कराहट छा गई: उस दिन तो इसी लड़के को हंसमुख बता रहे थे। बिना पूरी बात सुने उनके मन को उसने समझ लिया।

"मैंने तो उसी दिन संकेत कर दिया था।" भाई पीछे से बोला।

मां कक्ष में आ गई। सोती हुई साक्षी उठ बैठी।

"मैं सोच रहा था," सबकी उपेक्षा सी करते हुए वे मां से बोले, "तलाक होने का तर्क भी कुछ समझ नहीं आया। कोई धन को लेकर रिश्ते में इतनी कड़वाहट भर लेगा।... संभव है, अहंकार ही रहा हो, किंतु लड़के की अवस्था!..."कुछ देर वे चुप रहे, फिर मुस्कराए, "मैंने चट्टोपाध्याय साहब से कह दिया, मेरी लड़की साहित्यिक है, गोष्ठियों में जाती है, लिखती है, कुछ न कुछ प्रकाशित भी होता रहता है। वह घरेलू लड़की बनकर नहीं रह सकती।"

दामिनी का मन भीग उठा: क्या ये वही पिताजी हैं जिन्होंने उसे घर छोड़कर चले जाने का आदेश दिया था। कितनी बाध्यता में रंजन की बात चलाई थी मानो कर्तव्य का कोई बोझ उनके सिर पर से उतर रहा था; किंतु उस बोझ को हल्का करने का उनका प्रयत्न, न मन को शांत कर रहा था, न द्विविधा से मुक्त होने दे रहा था। अब रिश्ते को न जोड़कर कैसे प्रसन्न हो रहे हैं।

* * * * * *

पिछले पूरे वर्ष संघर्ष के जिस दौर से साक्षी गुजरी, उसने साक्षी के स्वयं को कर्ता मानने के सूक्ष्म अहं को ही नहीं तोड़ा, उसकी पीड़ा से उससे कहीं अधिक पिताजी लड़े। दामिनी की मित्र मंडली के प्रति पिताजी के मन में कितना विरोध रहा है,'वह मात्र ग्रेजुएट है: उसकी और तेरी मित्रता का आधार क्या है! वह रिसेप्शनिस्ट है, उससे तूने मित्रता क्यों की हुई है! मैत्री संबंध बराबर के धरातल पर होते हैं: संबंध स्थापित करते समय वह इस ओर ध्यान क्यों नहीं देती!'... वे समझना नहीं चाहते थे कि दामिनी के लिए संबंधों में भावना और विश्वास का होना आवश्यक है। साक्षी के संघर्षमय दौर की मनःस्थिति ने उनमें उदारता भरी। साक्षी की अक्षमता ने उन्हें पीड़ित किया, तो दामिनी की सखियों की असहायता से उन्हें सहानुभूति हुई। आज

तक डॉ.नवनीत और अनूप जैसे लोग उन्हें प्रभावित करते थे। साक्षी का अस्तित्व उनके लिए इतना महत्वपूर्ण न होता, तो संभव है, उसका कष्ट उनको न तपाता।

साक्षी मन ही मन सोचती रह गई: कहां उसकी नौकरी के बावजूद घर में तंगी रही। घर का किराया पूरा करने के लिए दामिनी ने चेक दिया। साक्षी के माध्यम से रसोई का सामान आया। कोर्ट भी पिताजी कार के स्थान पर स्कूटर से ही गए।

साक्षी ने नौकरी छोड़ी। पिताजी के पास एक साथ ही कितने मुकदमे आ गए। दामिनी से लिया धन उन्होंने वापस कर दिया। कार पर हुआ जो खर्चा भाई के क्रेडिट कार्ड से लिया था, चुका दिया। उसके बाद भी बैंक की योजनाओं में धन को सुरक्षित कर लिया।... स्वयं को सुरक्षित कर साक्षी ने मां से कहा, "सोचती हूं, समय कभी भी एक जैसा नहीं रहता। मनुष्य को अपना धैर्य नहीं खोना चाहिए।"

पिछले वर्ष विद्यालय में दामिनी की सखी बनी अपर्णा का परिचय साक्षी से हुआ। साक्षी की व्यवहार बुद्धि ने अपर्णा को प्रभावित किया।

"दामिनी,"अपर्णा ने उससे कहा, "अब तो नौकरी है, शादी के विषय में कुछ सोचा?"

"अभी से?"दामिनी ने हंसकर टाला, "शादी जितनी देर में हो, उतनी ही अच्छा।"

वह गंभीर थी, "साक्षी!"

दामिनी ने असमंजस में उसे देखा।

वह खुलकर बोली, "हम दो भाई-बहन हैं। भाई कंपनी में मैनेजर है। मैं छोटी सी ही थी, जब मां गुजर गई। पिताजी चाहते हैं, भाभी आ जाएं तो मेरे विषय में सोचें। घर में अन्य कोई स्त्री नहीं है इसलिए चाहते हैं, साक्षी जैसी कोई जिम्मेदार स्त्री घर को संभाले।" वह हल्के से मुस्कराई, "कद-काठी और रंगत में हम भाई-बहन एक से ही हैं।"

दामिनी की दृष्टि क्षण-भर के लिए उस पर ठहरी: कश्मीरी सौंदर्य था उसमें।

"तुम अपने घर में बात करना।" उसे मौन देख बोली वह।

दामिनी मुस्कराई, "साक्षी को लेकर ऐसी बात कभी घर में उठी नहीं। आज लग रहा है, 'वह बड़ी हो गई है।' "

दामिनी ने घर में बात चलाई। मां उत्फुल्ल हो उठीं। उन्होंने चाहा, दामिनी बात आगे बढ़ाए। दामिनी ने संकोच से कहा, एक बार पिताजी से पूछ तो लें। अपनी ओर से बात आगे बढ़ा लें और बाद में इंकार करना पड़े तो कितनी विचित्र सी स्थिति हो जाएगी। भाई ने कहा, जब कुछ निश्चित हो जाएगा, तब पिताजी को सूचित कर देंगे। उन पर निर्भर रहे, तो इस घर में किसी का विवाह नहीं होगा।... दामिनी ने साक्षी की सहमति चाही। उसने मौन नहीं त्यागा, तो स्वयमेव ही दामिनी ने पिताजी के सामने बात रखी। कहीं ऐसा न हो, अभी तो अतिरिक्त जोश में मां और भाई बात आगे बढ़ाने कह रहे हैं, बाद में पिताजी की असहमति पाकर सब ठप हो जाए। और किसी पर प्रभाव पड़े, न पड़े, साक्षी पर पड़ेगा।

उसकी बात सुन पिताजी के मुख पर अरुचि का भाव आया। हंसकर बोले, "साक्षी के लिए लड़कों की कमी नहीं होगी। पढ़ाई पूरी कर लें, तब सोचेंगे।"

बात वहीं समाप्त हो गई, किंतु उसके बाद दामिनी के विवाह की बात घर में उठी, तो उसने साक्षी की बात भी उठाई।

"तू दादी-अम्मा हो गई है?"एक दिन मां ने उपहास किया।

"मेरा जीवन जिन पड़ावों से होकर गुज़रा है, वहां साथी का अभाव मुझे पीड़ित नहीं करता।" गंभीर होकर कहा उसने, "साक्षी और भाई के भीतर जीवन के इस रूप को लेकर कामनाएं हैं, आकांक्षाएं हैं।"

"ओह!" कहकर मां हंसीं और उसे झिड़क दिया। दामिनी ने देखा, उनके भीतर अनिर्णय की स्थिति अधिक समय टिकी नहीं। साक्षी के लिए पिताजी को सोचने पर विवश करने लगी थीं वे।

* * * * * *

"तुम अपना थीसिस कब जमा करोगी?" पिताजी का यह रोज का प्रश्न था।

दामिनी ने स्थिर दृष्टि से उन्हें देखा।

"इस बोझ से स्वयं को मुक्त क्यों नहीं करती?" उन्होंने पुनः कहा, "डिग्री मिल जाएगी।"

"क्या होगा डिग्री प्राप्त करके?"

"उसके आधार पर तुम्हारे विवाह की सोचेंगे।"

"पांच वर्ष पूरे होने से पूर्व थीसिस जमा कराने का मेरा कोई इरादा नहीं है। संभव है, पुनः रजिस्ट्रेशन भी करा लूं।" हाथ रोककर उसने उन पर अपनी दृष्टि डाली, "साक्षी के विषय में क्यों नहीं सोचते। अब तो वह कमाने लगी है। विवाह योग्य तो है ही।"

"उसे क्या परेशानी होगी?" उसकी बात के प्रति उनका रुख उपेक्षा-भाव लिए हुए था।

"इसीलिए तो कह रही हूं," उसने विनीत भाव से कहा, "कहीं से आरंभ तो कीजिए। संभव है, अटक खुल जाए।"

दामिनी आह्लादित थी। पिताजी ने साक्षी के विषय में संपूर्णता से विचार किया। जिन बातों को आधार बनाकर वे विवाह का प्रयत्न करना चाहते थे, साक्षी उस दृष्टि से पूर्ण समर्थ थी। दो-ढाई वर्ष पूर्व समाचारपत्र में 'ई-गुरुकुल' का विज्ञापन देख उसने उनसे संपर्क किया था। वे 'ऑन लाइन टीचिंग' के माध्यम से विद्यालय के बच्चों की समस्याओं को सुलझाते थे। साक्षी ने गरमियों की छुट्टियों में वहां गणित पढ़ाया था। ढाई वर्ष बाद अब उन्होंने बदला फोन पता करके साक्षी से पुनः संपर्क किया। 'ई-गुरुकुल' के प्रचार का लाभ उठाकर अपने संस्थान का कॉपीराइट उन्होंने 'एन.आई.आई.टी.' को दे दिया। वहां मि. श्रीवास्तव ने एक प्रोजेक्ट के तहत यू.एस.ए. के बच्चों को कंप्यूटर पर पढ़ाने का कार्यभार संभाला। साक्षी के साक्षात्कार में सफल होने पर सप्ताह भर की ट्रेनिंग के बाद उसे रख लिया गया। मास-भर के भीतर ही उसकी योग्यता को देख उन्होंने उसे 'टीम-लीडर' नियुक्त कर दिया। प्रोजेक्ट का समय शाम को रखा गया था। भारत में दिन ढलने पर अमरीका में सवेरा होता था। इसी दौरान 'इंदिरा गांधी मुक्त विश्वविद्यालय' की ओर से साक्षी के लिए गणित पढ़ाने का प्रस्ताव आया। उसके साथ पढ़ा विवेक एम.सी.ए. कर वहीं लग गया था। गणित के अध्यापक की आवश्यकता होने पर उसने साक्षी से संपर्क किया। वहां उसे गणित की कक्षाएं मिल गईं। बहुत व्यस्त जीवन हो गया। 'इग्नू' की कक्षाएं प्रातः होती थीं, शाम को कंप्यूटर पर पढ़ाती थी। इस व्यस्तता ने उसे उल्लास से परिपूर्ण कर दिया।

* * * * * *

दामिनी ने स्वयं को संयत रखा था किंतु साक्षी ने जैसे ठान रखा था कि झगड़ा करना ही है। पिताजी साक्षी के विवाह के प्रयासों में लगे थे तो दामिनी पर से उनका दबाव हट गया। उन्हें एक कार्य मिल गया था, वे उसी में मग्न थे। कुछ घरों में उन्होंने उसका परिचय भेजा। एकाध स्थान से उत्तर आया। गुड़गांव में एक कंपनी में कार्यरत एम.बी.ए. किया हुआ लड़का उन्हें पसंद आया। दामिनी के समय पिताजी ने देखा था, पी.जी. डी.ए.वी. कॉलेज में अध्यापन कार्य कर रहे लड़के के परिवार में उन्होंने उसका सामान्य ढंग से खिंचा फोटो भेजा था, तो अन्य बातों को पसंद करते हुए भी चित्र देख उन्होंने उसे अस्वीकार कर दिया था। साक्षी के समय पिताजी ने चाहा, किसी अच्छे स्थान से वह अपनी तस्वीर खिंचवाए। साक्षी बहुत व्यस्त थी। वहां से बात

आगे बढ़ाने के लिए पिताजी कुछ अधिक ही उत्सुक थे। दामिनी ने पिताजी की ओर देखा, "उसके कॉलेज में हुए विदाई समारोह के अवसर पर साड़ी पहने खिंचा उसका एक फोटो बहुत खूबसूरत है।" चहककर दामिनी ने कहा, "क्यों न उसे भेज दें।"

पिताजी उत्साहित हो उठे।

दिन बीतते गए। पिताजी के संपर्क करने पर वे टालते गए। न उधर से कोई उत्तर मिला, न चित्र वापस आया। एलबम देखती साक्षी अपने फोटो का स्थान खाली देखकर उखड़ गई। मां से उसे सारी बात पता चल गई थी।

"अपने बचाव का रास्ता अच्छा निकाला था।" साक्षी तर्क करना नहीं चाह रही थी, वह तो झगड़े पर उतारू बैठी थी।

"विवाह तो होना ही है न!" दामिनी ने नम्रता से कहा, "जब मेरी बात पिताजी करते थे, तो तुम सब अपनी राय देते थे या नहीं।"

"बेसिरपैर की राय नहीं देते थे।" आवेश में उसका स्वर ऊंचा होता चला गया, "मुझे बिना कुछ बताए मेरा विवाह तय कर दोगे?"

दामिनी चकित रह गई, "पिताजी ने लड़के के विषय में सबसे पहले तो तुझे ही बताया था। फोटो ही तो बिना पूछे भेजा था।"

"तुझे भ्रम में रखने का साहस किस में है!" झगड़ा होते देख हंसकर पिताजी उनके बीच में पड़े।

साक्षी के आक्रामक रुख ने उन्हें भी झगड़े में लपेट लिया, "आपने क्या सोचा, पांच साल पुरानी फोटो देख वे पसंद कर लेंगे। इस घर में विवाह के प्रयास नहीं होते, खेल होते हैं।" वह उग्र होती गई, "फोटो की अन्य कोई प्रति भी नहीं है मेरे पास। इतनी प्यारी फोटो बिना मुझसे पूछे क्यों ले ली!"

"तो तू फोटो खिंचवा।" सहजता से पिताजी ने कहा।

साक्षी रूठ गई। कुछ दिनों तक उसका मुख सूजा रहा।

मां ने साक्षी को मनाया। चुपचाप मां-पिताजी के साथ जाकर वह फोटो खिंचवा आई।

* * * * * *

मां-पिताजी के मुख से उल्लास का स्रोत फूटते देख सबके चेहरे खिल उठे। ऐसा ही आह्लाद उनके मुख पर दामिनी ने तब देखा था, जब वे दामिनी की बात निगम से पक्की कर के आए थे। आज साक्षी के लिए गए थे। उसकी शिक्षा, नौकरी, फोटो सब लड़के और उसके परिवार को अपनी सोच के अनुकूल लगा था। जल्द से जल्द वे लड़की से मिलना चाहते थे। पिताजी ने अगले सप्ताह का दिन रख लिया था।

साक्षी संकोचवश स्वयं चुप थी किंतु सारी बातें सुन रही थी। दामिनी साक्षी के सामने ही गढ़-गढ़कर मां से सारी बातें पूछ रही थी। उसके मन में उत्सव हो रहा था। इधर भाई की बात भी चल रही थी। साक्षी और भाई दोनों को ही मात्र रस्म करने की देर थी। पिताजी सोच रहे थे, आगे-पीछे कर अगले मास दोनों का विवाह कर देंगे।

दामिनी और मां कपड़ों का चुनाव कर रही थीं। क्या पहनेगी साक्षी जब वह लड़के से मिलेगी?

"बहुत हो चुका!" साक्षी ने कृत्रिम रोष से कहा, "इतना फूलने की आवश्यकता नहीं है। अभी बात पक्की नहीं हुई है।"

पिताजी कमरे में आए...

"पिताजी देखिए न!" दामिनी ने उपालंभ दिया, "जिसकी बात हो, उसे मौन रहना चाहिए। यह बार-बार बीच में टांग अड़ा रही है।"

"मौन तब रहना चाहिए, जब निर्णय लेने वालों में दामिनी जी जैसा दिमाग न हो।" वह इठलाई।

पिताजी ने उनकी नोक-झोंक पर कोई ध्यान नहीं दिया। वे अतिरिक्त रूप से गंभीर थे। चुपचाप आकर वे उसके करीब बैठ गए। मां तथा साक्षी का ध्यान भी उनकी ओर चला गया।

"तुझे पता है दामिनी।" पिताजी बोले, "मैंने तुम दोनों के विषय में बताया था। उस परिवार ने क्वालीफिकेशन और नौकरी को प्रेफरैंस दिया। साक्षी को चुना।"

दामिनी उन्हें देखती रही।

"सही भी है।" अन्तर्मुखी होते हुए वे बोले, "डबल एम.एस-सी. है। इग्नू के भीतर प्रवेश कर चुकी है, मल्टीनेशनल कंपनी में काम कर रही है। इतनी बातें एक साथ उन्हें कहां मिलेंगी। तेरा तो विषय सुनकर ही उत्साह बुझ जाता है। नौकरी नहीं है, घर बैठी हुई है।"

"तो!" दामिनी संयम से उनकी बात सुनती रही।

"विवाह होना कोई आसान बात नहीं है। थीसिस जमा करके आदर्श विद्यालय ज्वाइन कर ले। वहां की प्रिंसिपल तुझे रखना चाहती हैं। साक्षी को देख...!"

दामिनी के भीतर उठा ज्वार फट पड़ना चाहता था; साक्षी! साक्षी! साक्षी!... नहीं समझना चाहते कि दोनों भिन्न जीव हैं। विचार भिन्न हैं। जीवन शैली भिन्न है। कहीं कोई साम्य नहीं। हर पग पर वे दोनों की तुलना क्यों करते हैं।

"तिवाह की कामना नहीं है मुझे।" उसने धैर्य रखा, "मैं अपने-आपसे संतुष्ट हूं।"

उन्होंने झटके से मुख घुमा लिया।

"जीवन अकेले नहीं कटता।" उनका स्वर बहुत शुष्क था, "मां-बाप के साथ कब तक रहा जा सकता है?"

"थीसिस जमाकर देने से विवाह हो जाएगा?"दामिनी शांत भाव से बोली, "नौकरी तो मैंने पहले भी की थी। निगम और रंजन से आपने बात चलाई। मैंने चुपचाप स्वीकार कर लिया। इससे अधिक और क्या करूं?"

"जो हो गया, उसकी क्या बात करनी!" वे अन्यमनस्क हो उठे, "साक्षी का तो क्षेत्र ही ऐसा है, फिर नौकरी भी है।" उन्होंने अपनी बात दोहराई, "मैंने तो तुम दोनों का परिचय दिया था, किंतु उन्होंने उसका चुनाव किया।"

"तो क्या फर्क पड़ता है। जब जिसका समय आए, जिसके साथ जिसका संजोग हो।" पिताजी को जैसे उसने सांत्वना दी, "व्यक्ति को जीवन के हर रूप में खुशी ढूंढनी चाहिए। उत्सव की ऋतु है, क्यों पतझड़ की बात सोचते हैं।"

"बात पहले या बाद में होने की नहीं। आजकल ये बातें कहां महत्व रखती हैं। किंतु साक्षी को देखकर तो कुछ सोच!"

"......"

"तुझे भी विज्ञान पढ़ाना चाहा था!" उनके स्वर में उपालंभ था।

"आप मेरा मन दुखा रहे हैं।" वह उठ खड़ी हुई।

"मैं?"खीजकर उन्होंने उसे देखा।

"हां। मैं जैसी हूं, जो हूं, वह हूं। भर्त्सना-योग्य नहीं हूं। साक्षी को मेरी प्रतिस्पर्धी क्यों बनाते हैं?"

उन्होंने सिर झटका, "सच कहना गलत हो गया। तुझे ठेस लग गई। तूने सदा मेरे कहे का उलटा किया। साक्षी ने मेरा कहा माना, सुखी है, सफल है।"

"सुखी मैं भी हूं।" उसका आक्रोश जाग उठा, "आप कहते हैं, मेरा मन प्रौढ़ हो गया। जीवन का यह सांसारिक रूप मेरे लिए महत्वपूर्ण नहीं रहा। कभी सोचा, किसने मेरी कामनाओं को मारा?"

"मैंने?"आवेश में उन्होंने पूछा।

"हां।" बलपूर्वक दामिनी ने कहा, "मेरे भीतर भी लालसा थी, स्वप्न थे। कोई आज तक मुझे देखने तक नहीं आया। आपने बार-बार यह कहकर मुझे अपमानित किया कि मुझे पसंद करेगा ही कौन!" उद्विग्नता की आग में संकोच जल गया, "आपने कहा, नौकरी कर, विवाह करूंगा। कर ली नौकरी। कर देते विवाह। प्रयास किया आपने?... ढंग से काम आपने नहीं किया। व्यावहारिक समझ आपको नहीं है।"

पिताजी की हंसी वक्र हो गई, "लड़कियां वर पाने के लिए न जाने कितने व्रत-उपवास करती हैं। पार्वती ने भी तपस्या की थी, शिव के लिए। तूने क्या किया? हमारा कुछ नहीं जा रहा। यही लक्षण रहे तो दो वर्ष बाद विवाह होगा भी नहीं। देख ले, साक्षी का सब आनन-फानन में हो रहा है।"

"आप न तो कभी संतुष्ट हो सकेंगे, न समझ सकेंगे कि आपने मुझे कितना रुलाया है।" उसका हृदय हाहाकार कर उठा, "कभी आप मेरी नौकरी को लेकर ताना मारते थे। साक्षी का उदाहरण देकर गर्वपूर्वक मुझे असफल बताते हैं। अच्छा नहीं कर रहे आप।"

साक्षी फटी आंखों से उसे देखती रह गई। मां की दृष्टि भी कठोर हो उठी। पिताजी ने उसके शब्दों को पकड़ा। मन पर एक भारी बोझ लिए दामिनी कमरे से निकल गई।

* * * * * *

दामिनी की आंखों से अश्रु बहे और धाराप्रवाह बहते ही रहे। परिवार में सब उसके विरुद्ध थे। वह कलह का कारण हो गई थी। आहत तो सब हुए थे। पिताजी ने थोड़ी ही देर में स्वयं को समझा लिया था। सदा ही ऐसा होता था, पहले वे किसी से उलझते थे। बहस कर अपने मन की भड़ास निकाल लेते, फिर टी.वी. खोल उसके सामने बैठ जाते। इस समय भी वे सहज थे। सबसे अधिक पीड़ित हुई थी साक्षी। जो बहन, उल्लास से उसका शृंगार करना चाह रही थी, उसी के लिए उसने मान लिया था कि वह नहीं चाहती, साक्षी को कोई सुख मिले।

"बातें तो बहुत आदर्शवादी होती हैं।" मां से कहते हुए अप्रत्यक्ष रूप से उसने उसे सुनाया, "शोध हो रहा है आध्यात्मिक विषय पर। यही है इनका धर्म... दूसरों को अभिशाप देना, उनके हंसते-खेलते संसार में आग लगाना।"

दामिनी दहल उठी। वह बहन का अहित चाहेगी। वह रसोई में गई। मां ने उपेक्षा-भाव दिखाते हुए किसी काम में हाथ नहीं लगाने दिया। दामिनी ने व्यग्र होकर उन्हें देखा। भाई ने भड़ककर कहा, "बावलों की बातों को सुनना ही क्या! जब तक साथ है, सहना ही पड़ेगा। मरे-जिए, कोई आवश्यकता नहीं है, उसकी परवाह करने अथवा उससे बात करने की।"

आज यह भाई उच्च स्वर में उसे पागल घोषित कर रहा है। समय-समय पर आवेश में कहे गए अपने शब्दों को वह भूल गया। जब उसने नया-नया अपना संस्थान खोला था...

वह चाहता था, दामिनी वहां जाकर हिंदी पढ़ाए। मां के साथ वह उसके पास आया।

"मां, बात एक कक्षा लेने की हो या दो-चार की। संस्थान तक पहुंचने में ही डेढ़ घंटा लग जाएगा।" दामिनी ने व्याकुल होकर कहा, "मैंने विद्यालय इसलिए छोड़ा है ताकि अपना काम कर सकूं।"

"साक्षी भी तो अपने ट्यूशन छोड़ वहां जा रही है।"

"ट्यूशन पैसे के लिए करती थी। यहां नहीं कमाएगी, वहां कमाएगी।"

भाई ने हस्तक्षेप किया, "जो कक्षा लेगा, ट्यूशन फी उसे ही मिलेगी।"

"तो क्या समस्या है!" दामिनी के लिए तो जैसे सारी परेशानी ही सुलझ गई, "जिस अध्यापक को रखा जाए, उसे ही पैसे दे दिए जाएं।"

"घर का पैसा घर में क्यों न रहे?"मां ने पूछा।

"समय! मां महत्व समय का है।" दीन होकर दामिनी ने जैसे क्षमा मांगी, "इतने समय तक धन ही तो कमाया है। अब कुछ काम भी कर लूं।"

"ठीक है, तो मात्र इसी लड़की को पढ़ा दे।" भाई ने कहा, "उसकी सब्सीडियरी की परीक्षा है। अभी किसी और अध्यापक का इन्तजाम नहीं कर सकता।"

दामिनी कुछ कहते-कहते रुक गई: कुछ दिन पूर्व उसने मां से पुछवाया था, मेंहदी, फैबरिक पेंटिंग, ब्यूटीशियन आदि का जो भी काम उसने सीखा है, बच्चों को सिखाने संस्थान आ सकती है। उस दिन भी निर्द्वंद्व भाव से दामिनी ने कहा, "वह सब सहेलियों के साथ के कारण कभी सीखा था। उस भूल-भुलैया में वह समय नष्ट करना नहीं चाहती।" उस दिन भाई आवेश में आया था। अब पुनः उसे वहां से बांधने का प्रयत्न। उसकी दृष्टि में तो दामिनी व्यर्थ घर पर बैठी हुई है। एकाध घंटा वहां दे देगी तो कोई हानि नहीं हो जाएगी। एकाध घंटा दामिनी की सारी दिनचर्या नष्ट करेगा, यह समझने का प्रयत्न वह क्यों करेगा। उसके लिए तो कोई भी काम मात्र रुपया बनाने के लिए ही किया जाता है।

"पैसा ही कमाना होता तो,"रुक-कर उसने मां को देखा, "विद्यालय ही क्यों छोड़ती! अभी धन में मेरी इतनी आसक्ति नहीं है।"

उसकी दृष्टि भाई की ओर मुड़ी... स्वाभावानुसार क्रोध से उसके दांत भिंच गए थे मानो ऐसी कोई कठोर बात कहना चाहता हो कि दामिनी तड़फड़ाए तो किंतु 'आह' भी न कर सके।

"बहुत भंडार भर लिया कि जीवन-भर के लिए चिंतामुक्त हो गई।" उसका स्वर उच्च ही नहीं, अभद्र होता चला गया, "जिस धन के कारण हाथ आया काम ठुकरा रही है, वह समाप्त होगा।" प्रतिहिंसा ने उसकी मुखमुद्रा को विकृत कर दिया, "मेरी 'आह' इसके घमंड को चकनाचूर करेगी। एक-एक पैसे को तरसेगी।"

दामिनी ने मौन भाव से आंख बंद कर लीं... हे ईश्वर, मेरा अहिंसा भाव बना रहे।

आवेश और आक्रोश में क्या कुछ नहीं कह देता वह!

और साक्षी... रूठते समय वह शब्दों का सहारा नहीं लेती किंतु जब सुनाती है!...

जब कालकाजी में नौकरी कर रही थी, थकी होने के कारण हर क्षण खीजी, चिड़चिड़ाई रहती थी। कंप्यूटर के पास रखी पुरानी फ्लौपी खराब हो चुकी थी। दामिनी ने चाहा, लौटते समय साक्षी नई फ्लौपी ले आए। बीच में एक बार कंप्यूटर खराब हो गया था। तबसे वह भयभीत हो गई थी, कहीं फिर कोई परेशानी आ जाने पर उसमें अंकित उसकी सारी सामग्री नष्ट न हो जाए। साक्षी ने टाला, "कुछ दिन बाद ले आएगी। इन दिनों वह उस रास्ते से घर नहीं आ रही है।"

"कोई बात नहीं।" सहज भाव से दामिनी ने कहा, "फ्लौपी का डिब्बा तो मैं भी ला सकती हूं।"

"कोई आवश्यकता नहीं है।" उसने बिगड़कर कहा, "मेरे कंप्यूटर में न तो कोई काम बिना मुझसे पूछे किया जाए, न उससे संबंधित चीजें कोई लाए।"

"तू कल-परसों में नहीं ला सकती?"अधीर हो दामिनी ने कहा, "डरती हूं, जो सौ पृष्ठ लिखे हैं, वे उड़ न जाएं। बहुत परिश्रम किया है।"

"तो क्या करें!" ...उपेक्षा भाव से उसने कहा, "अपने लिए किया है। किसी के सिर अहसान नहीं किया।... उड़ता है, तो उड़ जाए, हम क्या करें!"

स्मृतियों में डूबी दामिनी चौंक पड़ी: फिर उसके भीतर पाने की इच्छा जाग रही है। 'महासमर' के कृष्ण कहते हैं, केवल कामना से कुछ नहीं होता, मनुष्य का लक्ष्य कर्म होना चाहिए। वह क्यों चाहती है कि अन्य लोग भी उसके दृष्टिकोण से ही सोचें। सबका अपना मन है, अपनी सोच है, अपना चिंतन है। दूसरे के विषय में राय बनाने के लिए सब स्वतंत्र हैं। भूल गई वह अपना सिद्धांत कि प्रत्येक व्यक्ति को उसकी संपूर्णता में स्वीकार लेना चाहिए।

सबके मन में झंझावात चल रहा था, साक्षी को कैसे मनाया जाए। वह रूठ गई थी।

दामिनी का संताप उसे ग्रस रहा था। व्यथित होकर वह फफक पड़ी: सत्य ही वह नृशंस है। उसके शब्दों ने उसकी बहन को मानसिक पीड़ा पहुंचाई है। व्याकुलता, उद्विग्नता अथवा पीड़ित मनःस्थिति में जिह्वा अनियंत्रित हो गई। कोई अंतर्यामी नहीं है जो भीतर उतरकर सद्वृत्ति को समझेगा।

उसके शब्दों ने साक्षी को आहत किया और उसका घाव पूरे परिवार को पीड़ित कर गया। पिताजी के शब्दों ने उसे उद्विग्न क्यों किया? कहां चला गया उसका वह देय भाव जिसने किसी से कोई अपेक्षा करनी ही त्याग दी थी। पिताजी के व्यवहार को यदि वह उनके व्यक्तित्व का अंग मान लेती, अपने प्रति उनकी चिंता को समझती, उनके शब्दों पर न जाती, तब बहस नहीं होती। अपने मन को उसने परिवार और समाज द्वारा स्वयं को निकम्मा कहे जाने पर भी विचलित नहीं होने दिया। कठिन परिस्थितियों और तर्कों-वितर्कों में भी अप्रभावित रहने का प्रयत्न किया। किसी की बात को मन से लगाने के बदले सोच लिया, वे उतना ही समझ सकते हैं, जितना उनका अनुभव है।... अब उसे क्षणिक वार्तालाप तोड़ गया। निश्चित ही कहीं न कहीं उसके भीतर सहानुभूति का अभाव है। शब्द भी धनुष से निकले तीर की भांति हैं। हृदय को बेध दिया तो रक्त तो निकलेगा ही। अब महत्वपूर्ण यह है कि विरोध से विचलित होकर प्रायश्चित से दूर न भागे। दूसरों के कर्म अथवा व्यवहार जो भी रहे हों, उसे अपने कर्मों को साधना है। उसके शब्द साक्षी के कष्ट का निमित्त बने हैं, अब उसका व्यवहार साक्षी की पीड़ा का प्रतिकार करे।

दामिनी के प्रयास विषाद में परिवर्तित होते चले गए। सबने मान लिया कि दामिनी गलत है, तो है। उसकी विनम्रता, शालीनता अथवा सहयोग उनके विचारों को बदल कैसे देता। जिस ज्ञान और चिंतन से उसने अपने व्यक्तित्व को विकसित किया, उनके लिए उसकी उस सद्भावना का विश्लेषण करना तनिक भी महत्वपूर्ण नहीं।...

इतनी उपेक्षा! अपमान! पराजय!...

क्या कचोट रहा है उसे जो उसका हृदय निर्जीव सा हो गया है। ऐसे वज्रपात तो पहले भी कई बार हो चुके हैं।... वह अपना तकिया तर कर रही है, मानो हृदय के उद्गारों की अभिव्यक्ति को एक आधार, एक अवलंब मिल गया हो। यथार्थ उसे बहुत कठोर लग रहा था क्योंकि उसके कष्ट, उसकी मनोवेदना को सांत्वना देने वाला, उसके दर्द को बांटने वाला कोई नहीं था।... उसे उबारने वाली आत्मा भी जाने कहां सो गई थी।

दामिनी भयभीत हो उठी: यही दर्द था उन दिनों उसके भीतर जब वह अनूप की ओर बढ़ी थी। भावावेश की ऐसी ही अवस्था में उसने डॉ.नवनीत से मित्रता कर ली थी। हृदय टूटने की इसी प्रक्रिया के तहत उसका मन घर के इस क्लेश, इस तनाव से कहीं दूर चला जाना चाहता था। घर छोड़कर हॉस्टल में रहने का निर्णय ऐसी ही पीड़ादायक मनःस्थिति में किया था, किंतु सामर्थ्य न होने के कारण जा नहीं सकी थी।

जब भीतर शांति नहीं है तो बाहरी कोई अवलंब उसकी पीड़ा को कैसे हर सकता है।

'उसके जीवन में किसी भी अपेक्षा के लिए कोई स्थान नहीं है।' सारी पीड़ा का स्रोत तो कामना और अपेक्षा है। कामना न हो, अपेक्षा न हो, तो पीड़ा कैसी?'...

लगा, पीड़ा बर्फ की शिला के समान गलने लगी है।... नहीं चाहिए उसे किसी से कुछ। न स्नेह, न सहयोग। अब तो अपने व्यवहार का औचित्य सिद्ध करने की आकांक्षा भी नहीं है। अपनी दृष्टि में वह गलत नहीं है। यही पर्याप्त है उसके लिए। घावों पर पट्टी की अपेक्षा ही घाव को सूखने नहीं देती। उसने स्वयं को वंचित माना, इसीलिए उसके भीतर कचोट जागी। अब अपनी पीड़ा से वह अनभिज्ञ नहीं है। बहुत मोहक होती हैं अपेक्षाएं; किंतु इनके मूल में दुख के सिवाय और कुछ नहीं है।

उसके मन में ईश्वर के प्रति कृतज्ञता जागी। अकेले होने के अहसास ने आज उसके मोह को तोड़ दिया। पिताजी कह रहे थे, जीवन गुजारने के लिए किसी का साथ होना आवश्यक है। ईश्वर ने तो मनुष्य को पूर्ण ही बनाया है। वह अपनी पूर्णता को न समझे तो दोष किसका है?...

रामकृष्ण परमहंस की पंक्तियां उसे याद हो आईं, "सबसे प्रीतिपूर्वक व्यवहार करने की चेष्टा करो क्योंकि सबमें परमात्मा का अंश है। चेष्टा करने पर भी संबंध मधुर न बन पाएं, तो फिर उसकी चिंता नहीं करनी चाहिए। भगवान की शरण में जाओ, उनकी चिंता करो।"

* * * * * *

पिताजी के अपने ही विचारों में भगदड़ मची हुई थी। रविवार को बेटे के लिए उन्हें लड़की को देखने जाना था। उसके परिवार से मिलना था। भाई-बहन दोनों का विवाह आगे-पीछे करेंगे तो तैयारी के लिए कितना कम समय उन्हें मिलेगा।

सारी परिस्थितियां एकाएक ही बदल गईं। भौचक से सब देखते रह गए। बेटे की बात बन ही नहीं सकी। साक्षी को दिखाने से पूर्व उन्होंने चाहा, विवाह संबंधी सभी बातें खुलकर हो जाएं। कहीं ऐसा न हो, अन्य बातें बाद में हों, मतभेद की स्थिति का प्रभाव साक्षी पर पड़े। अपने कारण नहीं, दहेज को बहाना बना, उसे अस्वीकार किया जाए। पिताजी खुले तो लड़के के पिता ने स्पष्ट किया कि वे नकद भी चाहते हैं और पांच लाख से कम की शादी भी नहीं चाहते। पिताजी ने धैर्य नहीं खोया: मात्र धन के कारण वे इतना अच्छा रिश्ता खोना नहीं चाहते थे।

साक्षी बिलबिला उठी: इतना ऋण किस आधार पर लेंगे। और मिल भी गया तो चुकाएंगे कैसे? उसका विवाह उसके माता-पिता को जीवन-भर के लिए बांध जाए!... उसके मन ने इसे नहीं स्वीकारा। साक्षी पिताजी के निर्णय के विरुद्ध उठ खड़ी हुई। उसने स्पष्ट कह दिया, किसी भी रूप में वह दो-ढाई लाख से अधिक खर्च अपने विवाह पर नहीं चाहती। यह उन्हें सोचना है कि इतने में कितना नकद देना चाहते हैं, कितना सामान उन्हें देना है।

पिताजी ने लड़के के पिता से पुनः बात करनी चाही। नम्रता से कहा, "अपनी बेटी की पढ़ाई-लिखाई पर हमने उतना ही खर्च किया है, जितना उन्होंने अपने लड़के पर लगाया। आत्मनिर्भर है। उतना ही कमा रही है, जितना उनका लड़का। वे थोड़ा सा सहयोग करें।"

लड़के के पिता का स्वर विषाद से भर उठा, "यह उनके घर में अंतिम विवाह है। वे कहीं कोई कमी नहीं चाहते।"

पिताजी की मुद्रा भी तन गई, "आप इस विषय पर अपने घर में बात करें। समझौता हो सके तो ठीक, नहीं तो लड़की का फोटो वापस भेज दें।"

लड़के के पिता की मुद्रा शांत थी। उन्होंने जानना चाहा, वे किस प्रकार का विवाह चाहते हैं। पिताजी की इच्छा जानकर बिना किसी विरोध के उन्होंने कहा, रविवार का दिन वे लड़की को देखने का रख लेते हैं।

मां साक्षी को साड़ी पहनाने में सहयोग दे रही थीं। दामिनी ने हल्की सी बिंदी उसके माथे पर लगाई।

"महारानी जी, मैं किसी फैशन शो में नहीं जा रही हूं।" उसके संकोच ने विरोध किया; किंतु बिंदी लगी रहने दी उसने।

अकस्मात ही फोन घनघना उठा। लड़के के पिता का फोन था। उन्होंने कार्यक्रम को स्थगित कर दिया था।

कुछ समय के लिए एक स्तब्धता छा गई। सब ओर मौन था।

बात समाप्त हो गई।

* * * * * *

"दामिनी,"पिताजी के पग उसके कमरे के द्वार पर ठहर गए, "तेरी मां कहां हैं?"

"छत पर।"

"साक्षी?"

"वह मां के साथ है। भईया कहीं गए हैं।"

पिताजी भीतर आ गए।

"मुझे तो उसी दिन वह लड़का पसंद नहीं आया था, जब हम देखने गए थे।" बैठते हुए उन्होंने स्वयं को ही सांत्वना दी, "अच्छा ही हुआ, बात नहीं बनी।"

दामिनी मौन रही। प्रायः पिताजी ऐसा करते थे, स्थिति इच्छा के प्रतिकूल हो जाती तो उसके प्रति अपने मोह को पालकर दुखी और पीड़ित होने के बदले मान लेते कि उसमें उनकी आसक्ति उनके अनुकूल थी ही नहीं।

"परेशान किसलिए होना! अभी उम्र ही क्या है?"उसे चुप देख वे पुनः बोले, "विज्ञापन पर दृष्टि डालो तो आजकल किसी लड़के-लड़की की उम्र तीस वर्ष से कम दिखाई नहीं देती। पढ़ते हुए, कैरियर बनाते हुए इतना समय हो जाता है।"

दामिनी देख रही थी, चिंतन-मनन से वे स्वयं को बहला रहे थे। उसने तत्काल कुछ कहा नहीं, किंतु सोच बहुत कुछ गई: एक परिवार की ओर से नकद मांगा गया; और पिताजी ने मान लिया कि प्रत्येक बार ऐसा ही होगा। जब वह नौकरी कर रही थी, उन दिनों पिताजी के पास काफी धन संचित था। लगातार ही मुकदमे आते चले गए थे। मां ने दामिनी के विवाह के नाम से सारा धन जमा करा दिया था। एक प्रयास के बाद पिताजी मौन हो गए। साक्षी के साथ भी वही हुआ।

उसने दृष्टि उठाकर पिताजी को देखा, "आप अपना विज्ञापन क्यों नहीं देते। प्रयत्न तो करना चाहिए।"

"बिना धन के प्रयास करूं! फिर अपमानित होऊं!"

"सब लोग एक जैसे नहीं होते। धन जोड़ने की तो प्रवृत्ति ही हमारे घर में नहीं है। विवाह की बात उठेगी; जमा-पूंजी पर ध्यान जाएगा। यदि नकद न दिया तो बाकी दहेज तो स्वयं साक्षी छह मास में बना लेगी। धन की प्रतीक्षा करते रहेंगे, तो क्या उम्र हो जाएगी उसकी।"

"उम्र तो पहले तेरी बढ़ेगी। साक्षी ही नहीं, तुम दोनों का ऐड मैं इकट्ठा निकालूंगा।" उन्होंने उसे देखा, "तू दिसंबर तक थीसिस जमा करा सकती है।"

"अभी तो इस विषय में सोचा ही नहीं।"

"सोच नहीं, कर। अगले वर्ष तीनों का विवाह कर ही देंगे।" मन का गुबार हल्का कर संतुष्ट भाव से वे उठ खड़े हुए।

26

फोन पर अचानक अनूप का स्वर सुन दामिनी सजग हो उठी।

"क्या कर रही हो आजकल?"

"गरमी झेल रही हूं।"

"शोध पूरा हो गया?"

"मुझे कोई जल्दी नहीं है। आपका थीसिस तो जमा हो गया होगा?"

"हां। पिछले वर्ष ही हो गया था। गरमियों की छुट्टियों में मैंने मन लगाकर काम किया। वायवा भी काफी अच्छा रहा। मेरा टारगेट था, जाने से पूर्व डिग्री प्राप्त कर लूं।"

"जाने से पूर्व!..." दामिनी का ध्यान उसके शब्दों पर गया किंतु कोई जिज्ञासा नहीं थी।

"मैं विदेश में बसने जा रहा हूं दामिनी। आदर्श विद्यालय की ब्रांच तो हर स्थान पर है। संभव है, कभी स्वदेश लौटूं ही नहीं।"

"कहां बसने का इरादा है?"

"अमेरिका।"

"पूरा परिवार जा रहा होगा।"

"अभी तो फिलहाल विधि और बेटी ही साथ जा रही हैं। मम्मी-डैडी कुछ महीने बाद आएंगे।"

"देश-निष्कासन की बधाई हो। भगवान करें, आप सोने की लंका में अपना प्रासाद बनाएं।" उसने कहा।

"और हनुमान जी, जाकर उसे जला आएं।" आत्मा मुस्कराई।

"धन कमाने के अवसर तो अपने देश में भी बहुत हैं।" वह बोला, "पर अब इस देश से मन ही उठ गया है।"

"हां! यह देश तो तुम्हारे योग्य कभी था ही नहीं। झूठे बंदर।" आत्मा चुप नहीं हो रही थी।

"जाने से पूर्व मैं सबसे मिल रहा हूं। किसी दिन कार्यक्रम रख लें।"

"मैं तो मिल नहीं सकूंगी।"

"व्यस्त हो?" कुछ रुककर कहा उसने, "दूर आना नहीं चाहतीं तो अपने घर के आसपास ही कोई जगह रख लो। विधि भी तुमसे मिलने को उत्सुक है।"

दामिनी मौन रही।

"तो कहां मिलोगी?"

"नहीं आ सकूंगी।" दामिनी ने शिष्टता से कहा, "गरमी इतनी अधिक है। इसी महीने चाचा-चाची और उनके बच्चे भी आ रहे हैं।"

"अच्छा!"अपनी आहत भावना वह छिपा नहीं सका।

"और, बाकी सब ठीक है?"

"हां।" पर उसने लाइन काटी नहीं, "दरअसल दामिनी! मैं तुम्हारी कथा के वे प्रसंग पढ़ना चाहता हूं, जो तुमने मेरे विषय में लिखे हैं।"

विनम्रता की चिलमन से तृष्णा झांक बैठी।

"पहले भी कहा था, मेरी अप्रकाशित रचना पढ़ने का अधिकार मेरे गुरु के अतिरिक्त अन्य किसी को नहीं है।"

वह कुछ खिन्न हुआ, "तुम्हारी वह रचना तो पता नहीं छपेगी भी या नहीं।" अप्रत्यक्ष रोष के साथ उसने कहा, "जब छपेगी, तब मैं इस देश से बहुत दूर जा चुका होऊंगा।"

दामिनी ने अपना संयम नहीं खोया, "यदि नहीं छपती है, तब तो कोई समस्या ही नहीं है।" उसका स्वर अपेक्षाकृत शांत होता गया, "छपती है तो कहीं न कहीं से आप तक पहुंच जाएगी। आपके इतने संपर्क जो हैं।"

उसका स्वर बेहद कोमल हो गया, "मैं मात्र वे ही पृष्ठ तो चाहता हूं जो तुमने मेरे विषय में लिखे हैं। इतना अधिकार तो मैं जता ही सकता हूं।"

"पांडुलिपि सर के पास है।" दृढ़ता से उसने कहा, "उसकी प्रति अपने पास मैंने रखी ही नहीं।"

अनूप चौंका, "ऐसा संभव नहीं हैं।"

"सत्य तो यही है। सर ने कई बार कहा भी कि रचना की एक प्रति मैं अपने पास अवश्य रखूं।"

"तो रखी क्यों नहीं?"

"सोचती हूं, दुर्घटना हो ही गई तो मैं भी वही कहूंगी जो वर्षों की साधना से तैयार किए गए आलेख नष्ट होने पर न्यूटन ने कहा था।"

"अभी तो कुछ हो नहीं; किंतु प्रसिद्धि पाकर क्या डायलॉग बोलने हैं, उनका पर्याप्त अभ्यास कर लिया है।" कटाक्ष निर्वस्त्र हो उठा।

दामिनी ने अनूप के मन की दमित वासना को पहचाना।

"कलाकार बड़ा हो, न हो, मनुष्य विराट होना चाहिए।" उसका स्वर ही संयत नहीं था, भाव भी शांत था, "मेरा लेखन मेरी साधना है। मैंने डॉ. नरेन्द्र के नैकट्य में स्वयं को कुछ तो साधा ही है।"

"हूं। रखता हूं... मेरा ईमेल नोट करोगी? भविष्य में कभी तुमने संपर्क किया, तो समझ लूंगा, मेरी ओर तुमने मित्रता का हाथ बढ़ाया है।"

दामिनी के हाथ कलम की ओर नहीं बढ़े। क्या करना है उसे उसका ईमेल लिखकर।

"ओ. के. दामिनी।" उसने रिसीवर रख दिया।

* * * * * *

'अभ्युदय' पर दामिनी द्वारा किया गया शोध पूरा हो गया था। स्वयं को आंकना चाहा उसने। अतिरिक्त आत्मविश्वास में कहीं स्वयं को छलने का प्रयत्न तो नहीं कर रही। तटस्थ दृष्टि से कौन उसके विषय में स्पष्ट टिप्पणी कर सकता है?...

डॉ. नरेन्द्र के अतिरिक्त अन्य किसी की बात उसे आश्वस्त कर सकती है?

असमंजस ने उसे घेर लिया था: उनके लिए वह, उनके साहित्य पर शोधरत छात्रा भर ही तो है। कार्य संपन्न हो जाने पर, एक प्रति लेखक तक पहुंचाई जाती है। किंतु यह उसका शोध ग्रंथ तो था नहीं। उसने भले

ही 'अभ्युदय' पर, दो सौ पृष्ठों की स्वतंत्र कृति तैयार कर ली है; किंतु इसका महत्व? लेखक को दिखाने का कोई औचित्य?... एम.फिल में थी तो कितना स्पष्ट कहा था उन्होंने, "शोधार्थी को निर्देशक इसीलिए उपलब्ध कराए जाते हैं कि अपनी समस्याएं वह उनके समक्ष रखे।" किंतु उसकी इस कृति से निर्देशक को कोई संबंध नहीं था। फिर जो संतुष्टि उसे चाहिए, वह डॉ. भास्कर से नहीं पा सकती। किंतु डॉ. नरेन्द्र तो सहमत ही नहीं हैं कि नौकरी को प्राथमिकता न देकर, वह उन पर पुस्तकें लिखती रहे। उनकी दृष्टि में ये सारे काम, जीवन की अनिवार्यताएं पूरी कर लेने के बाद के हैं। डॉ. नरेन्द्र की राय जानना चाहे और वे सोचें, शोध ही तो है। प्रत्येक शोधार्थी यही काम करता है। क्यों स्वयं को विशिष्ट मानना चाहती है वह?...

'जो भी है।' उसने अपना सारा साहस जुटाया, 'जब इतने आरोपों, अपेक्षाओं के बावजूद कर्म से वह नहीं डिगी तो अब अपनी उलझनों को शांत कर, यह निर्णय उसे लेना ही होगा।'

डॉ. नरेन्द्र को कुछ समय बाद दस-बारह दिनों के लिए जमशेदपुर जाना था। जाने से पूर्व उनके पास बहुत सारे काम थे। वे चाहते थे, आने के बाद मिलने का कोई दिन निर्धारित कर लिया जाए। महीना भर उसे प्रतीक्षा करनी थी।

दामिनी की दृष्टि कैलंडर पर पड़ी। परसों गुरु-पूर्णिमा थी।

उसने शोध का अपना सारा कार्य कंप्यूटर पर किया था। कार्य के पश्चात उन पृष्ठों की स्पाइरल बाइंडिंग कराकर उसे पुस्तक का रूप दे दिया था। लिफाफे में उस पुस्तक को बंद करती दामिनी सहसा चौंक पड़ी... पहली बार गुरु-पूर्णिमा पर गुरु को कुछ भेंट करना चाह रही है। किंतु वह नहीं, जिससे गुरु को खुशी मिले। अपनी आकांक्षा उसके मन में बलवती है। महीना भर वह प्रतीक्षा करना नहीं चाहती। उनकी राय जानकर निर्णय लेना चाहती है। स्वार्थ से प्रेरित उसकी यह सारी भेंट है। इस भेंट का उनके लिए तो कोई उपयोग नहीं। संभव है, वे सोच लें, प्रकाशन की आकांक्षा से दामिनी ने प्रति भेजी है।...

वह स्तब्ध रह गई: डॉ. नरेन्द्र के प्रति कितनी कठोर हो उठी है वह!

* * * * * *

दामिनी स्वयं को बहुत हल्का-हल्का अनुभव कर रही थी।

डॉ. नरेन्द्र की राय ने उसे निश्चिंत ही नहीं किया था, उल्लसित कर दिया था। उसके काम से वे विस्मित थे। उनके शब्द अब भी उसके कानों में गूंज रहे थे, "और किसी पर तो पता नहीं, किंतु मुझ पर तुमने बहुत लिखा है। विश्लेषण शक्ति तो तुम्हारी पर्याप्त विकसित हुई ही है, भाषा-शैली भी समृद्ध हो गई है।"

"वह तो सर, आपको पढ़ते-पढ़ते हो गई।" प्रसन्नता से दामिनी ने कहा।

"भाषा का विकास पढ़ते-पढ़ते नहीं, लिखते-लिखते होता है।" उन्होंने तत्काल संशोधन किया, "तो तुम!..."

"आपको अच्छा लगा सर?"डॉ. नरेन्द्र कुछ और कहना चाह रहे थे, किंतु दामिनी की विह्वलता ने बीच में ही उनके प्रवाह को बाधित कर दिया।

"हां।" अपनी बात रोककर उन्होंने उसे आश्वस्त किया, "मुझे अच्छा लगा।"

दामिनी की आंखें गीली हो गईं।

उन्होंने जानना चाहा, "तो इसमें से तुम शोध हेतु सामग्री लोगी?"

"हां सर। दो सौ में से मुश्किल से पचास-साठ पृष्ठ लूंगी।" स्वयं को संयत करने का प्रयत्न करते हुए भी दामिनी पूछ ही बैठी, "मैं लिख सकती हूं सर?"

उनकी मुस्कान में आश्वस्ति थी।

गुरु-पूर्णिमा पर अपने गुरु से निश्चिंतता तथा आशीर्वाद पाकर, हर्ष और आह्लाद से दामिनी का रोम-रोम पुलक उठा। कल ही किसी लेखिका ने 'अभ्युदय' पर किए शोध की अपनी प्रकाशित पुस्तक उनके पास भेजी थी। किसी पुरुष लेखक की 'अभ्युदय' पर हुई समीक्षा भी उन तक पहुंची थी। डॉ. नरेन्द्र उन दोनों के विश्लेषण से संतुष्ट नहीं थे। दोनों की तुलना में दामिनी की लिखी समीक्षा ने उन्हें अधिक संतुष्ट किया था।

दामिनी चुपचाप उनकी बात सुन रही थी। उन्हें उसका लिखा पसंद आया, प्रशंसा की, क्या अब भी वे उसे नहीं बताएंगे कि वह क्या करे!...

वह स्वयं को रोक नहीं सकी, "तो मैं क्या करूं सर?"

वे चकित हुए। संभवतः उसका आशय उन्होंने समझा ही नहीं। दामिनी के भीतर हताशा जागी: स्वयं को परखकर उसने क्षमताएं प्रमाणित कर दीं। अब भी वे उसे कोई कार्य नहीं बताएंगे।

"सर, आपने मुझे कभी नहीं बताया कि मैं क्या करूं!"मन की बात जिह्वा पर आ ही गई, "आपका इतनी अधिकार तो मुझ पर है।"

क्षण-भर वे मौन रहे। दामिनी से इस बात की अपेक्षा शायद उन्होंने नहीं की थी।

"बात अधिकार की नहीं।" उनके स्वर की गंभीरता को दामिनी ने परिलक्षित किया, "तुम्हें सौंपने को कामों की भी मेरे पास कमी नहीं है। पर अभी तुम्हें थीसिस पूरा करना है। फिर नौकरी। वैसे भी अपनी समझ से तुम कुछ न कुछ तो करती ही रहती हो।"

"कहां करती हूं।" दामिनी की आकांक्षा जिद का रूप धारण करने लगी, "मुझे नहीं मालूम होता, मुझे क्या करना है। आप मुझे कुछ बताते ही नहीं हैं।"

"अच्छा, थीसिस पूरा करो। उसके बाद देखते हैं।"

दामिनी का मन उत्फुल्ल हो उठा।

उसके भीतर आश्चर्य ने जन्म लिया... कितनी अधीरता थी उसमें डॉ. नरेन्द्र का समर्थन पाने की।

* * * * * *

पिताजी ने अपना रटा-रटाया प्रश्न पुनः उसके समक्ष दोहरा दिया, क्या वह अपना थीसिस छह मास के भीतर जमा करा सकती है?

आदर्श विद्यालय छोड़ने के बाद से ही कितना दबाव है उस पर...

पिताजी चाहते हैं, किसी भी प्रकार वह अपना थीसिस ही पूरा न करे, नौकरी का प्रबंध भी करे। मां यद्यपि उसके कर्म की बाधा कम बनती हैं, किंतु जब विरोध में जाती हैं, तब उसका कोई तर्क उन्हें संतुष्ट नहीं करता। अपने तर्क पर वे अड़ी रहती हैं। जिन दिनों घर के लिए ऋण लेने की बात उठी थी, कितनी परेशान रहने लगी थीं वे... कैसे चुकाएंगे ऋण?

"जब बच्चे बड़े हो जाते हैं तो मां-बाप को सहारा देते हैं।" मां बोलीं।

"मैं आपके साथ घर का काम नहीं कराती?"कुछ न समझते हुए दामिनी ने उन्हें देखा था। किंतु वे तो किसी अन्य बात से उद्विग्न थीं।

"क्या सारे बच्चों को मिल-जुलकर परिवार का खर्चा नहीं उठाना चाहिए?"निस्संकोच भाव से उन्होंने कहा, "इतना ऋण कैसे चुकाएंगे?"

मां की दृष्टि प्रचंड होकर दामिनी को धिक्कार रही थी... बेटी का दायित्व कितना निभाया उसने!

"मैं अपने लक्ष्य की उपेक्षा कर आपके आदेश का पालन करूंगी।" उसका स्वर असाधारण रूप से शांत था, "किंतु आप ही सोचिए मां, यदि एकाध वर्ष मैंने और बहन ने यह ऋण चुका भी दिया, तो बाकी के तेरह-चौदह वर्षों का क्या होगा! हां, यदि हम विवाह न करें, आजीवन आपके साथ ही रहें तो बात और है।" अपने मन की बात कहने से वह स्वयं को रोक नहीं सकी, "पिताजी इतना बड़ा घर ले रहे हैं। आपको नहीं लगता, यह दायित्व लेने की अवस्था पिताजी की नहीं है। भाई अपना सामर्थ्य देखकर जितना बड़ा मकान चाहेगा, ले ले।"

मां का मौन मुखर हुआ, "जिस घर में पली-बढ़ी, उन लोगों को सुख देना नहीं चाहती। कहीं और जाकर जीवन भर नौकरी करेगी।"

दामिनी अवाक! मां को देखती ही रह गई। इस समय दामिनी को वह अपनी वे मां कदापि नहीं लग रही थीं, जो उसकी प्रकृति को न समझते हुए भी मात्र उसकी इच्छा को देख उसका समर्थन कर बैठती थीं। इस समय उनके लिए महत्वपूर्ण उनकी अपनी कामना थी। कितनी उद्विग्न थीं वे।

उसने उन्हें सांत्वना दी, "ईश्वर ने मकान दिया तो लोन चुकाने का उपाय भी निकलेगा। और," कुछ रुककर कहा उसने, "मुझे भी आप सबका ख्याल है। मैं भी देना चाहती हूं; किंतु अपने ढंग से। देय क्या मात्र धन देकर ही निभाया जा सकता है?"

वे चौंक पड़ीं: क्या घरेलू दायित्व निभाने की बात कर रही है?... किंतु इस वक्त उन्हें उसके इस रूप की आवश्यकता नहीं है। उन्हें तो खरीदे जाने वाले मकान के लिए धन की जरूरत है।

मां उसे समझने का प्रयत्न नहीं कर रही थीं। वे उससे अपनी बात पे राज़ी होने का समर्थन चाहती थीं। तीक्ष्ण दृष्टि से उन्होंने उसे देखा, "मेरे स्थान पर तू होती तो क्या करती?"

मां उसे बांधने का प्रयत्न कर रही थीं। वह मुस्कराई, "मैं आपके स्थान पर होती तो अपने दायित्वों के लिए किसी अन्य पर आश्रित होना नहीं चाहती।" मां को आहत जानकर भी वह अपनी बात कहती गई, "मैंने भावुक होकर नहीं, संवेदनशील होकर निर्णय लिया है मां। कॉलेज अथवा विद्यालय के समय जब मैं आप पर निर्भर थी, मेरी भी अपेक्षाएं थीं कि पुस्तकें खरीदूं, मित्रों को उपहार दूं, कंप्यूटर पर कार्य करूं... और भी, किंतु फीस के अतिरिक्त अपनी अन्य जरूरतों के लिए मैंने कभी आपसे कुछ नहीं मांगा।"

"तब हमारी आर्थिक स्थिति कैसी थी?"

"मैं शिकायत नहीं कर रही, किंतु इतना तो आपने भी देखा है, इन कुछ वर्षों में हम आर्थिक रूप से निरंतर समृद्ध हुए हैं। अपने मकान के अतिरिक्त अन्य कौन सी सुविधा नहीं है। क्या परिवार को मेरे कमाए धन की ऐसी आवश्यकता है कि मैं स्वयं को भूल जाऊं और आर्थिक दृष्टि से थोड़ा और समृद्ध होने का संघर्ष करती रहूं। अपने-आप पर ही मैंने कितना खर्च किया?"

मां पुनः चौंक पड़ीं: निश्चित ही दामिनी स्वार्थी नहीं है। प्रकृति के प्रलोभनों में वह नहीं फंसी। कैसे-कैसे आकर्षण लड़कियों को अपनी ओर खींचते हैं। उसके भीतर वैसी दुर्बलताएं नहीं हैं। हर पड़ाव, जीवन का हर रूप उसे वैराग्य और त्याग की ओर खींच ले गया।... किंतु यह उन्हें उचित नहीं लगता। क्यों वह संसार को भोगना नहीं चाहती?...

सहसा उनका ध्यान अपने उद्वेलन की ओर गया: दामिनी सदा ही कहती है, पिताजी उसका हित, उसकी खुशी, अपने दृष्टिकोण से निर्धारित कर लेते हैं; इसलिए उनके वात्सल्य का सुख वह पा नहीं सकी। आज वे भी उसके प्रतिकूल जा रही हैं। उन्होंने और उसके पिताजी ने सदा ही कहा, पहले लड़कियों का

विवाह करेंगे, फिर मकान की सोचेंगे। जब बेटियों का विवाह करना ही है, तो दो-तीन वर्ष के उनके सहयोग से कितनी सहायता मिल जाएगी उन्हें? बाकी के बारह-तेरह वर्ष किसका सहयोग लेंगी? बेटे की आर्थिक स्थिति ऐसी नहीं है कि उस पर निर्भर रहा जा सके।

वे कुछ सहज हुईं, "आत्मनिर्भर भी नहीं होना तुझे?"

"आत्मनिर्भर होने की ही तो प्रक्रिया है यह सारी।"

उनके आवेश का ज्वार उतर चुका था, "किंतु बेटी, लिख तो तू इतने वर्षों से रही है। क्या मिला तुझे?... कोई पहचान तक तो बनी नहीं।"

"कोई फिल्म है कि एक हिट हुई और मैं मीडिया पर्सनैलिटी बन गई।" मां को तनावमुक्त देख दामिनी का संकोच भी कुछ कम हुआ, "इस क्षेत्र में संघर्ष है। जो छपा, उसकी चर्चा हुई।... बहुत जल्दी मचाने से गलत रास्ते अपनाने पड़ते हैं। गलत लोगों की संगति करनी पड़ती है।"

"बेटी! हर क्षेत्र में किसी न किसी का सहारा चाहिए।"

"लाठी का सहारा मिल भी जाए मां! चलना तो अपने पैरों पर ही पड़ता है।"

* * * * * *

और अब पिताजी आए हैं... पूछ रहे हैं, थीसिस कब जमा होगा?

"जमा तो अक्तूबर तक होगा, किंतु प्रयत्न करूंगी जून 04 तक काम पूरा हो जाए। कुछ दफ्तरी औपचारिकताएं पूरी करने में संभवतः दो-तीन महीने लगें।"

दामिनी का निर्णय अपनी इच्छा के अनुकूल होते देख उनके मुख पर उल्लास जागा, "एक बोझ से मुक्त तो होगी। जब कोई काम नहीं होगा, तो नौकरी ही क़रेगी।"

दामिनी मुस्कराई, "अब काम करने का प्रवाह बन गया है। मन सधा हुआ है इसलिए नौकरी के साथ लिखना भी चल सकता है। और..." दामिनी ने मन ही मन सोचा, "लड़कियां अपने मां-बाप के साथ कब तक रह सकती हैं। दो-तीन वर्ष तक विवाह नहीं हुआ, तो स्थितियां बदलेंगी। अपना प्रबंध उसे कहीं न कहीं करना ही होगा।"

"और!..." पिताजी चिंतित हुए, अब क्या करना चाहती है यह लड़की!

"काम और नौकरी में अंतर होता है पिताजी।" दामिनी ने बातचीत का रुख मोड़ दिया।

पिताजी ने चौंककर उसे देखा।

"तू क्या काम करना चाहती है?"अधैर्य से उन्होंने पूछाः मन में पुनः उसके प्रति चिंता जाग उठी थी।

"मैं डॉ. नरेन्द्र के साहित्य पर विभिन्न दृष्टियों से शोध करना चाहती हूं।"

दामिनी ने जाना, उसकी इस बात के प्रति उनके भीतर विरोध तो जागा ही नहीं, वरन एक ज्योति आंखों में साकार हो उठी, "तो डी.लिट् में प्रवेश ले लेना।"

"नहीं।" दामिनी ने दृढ़तापूर्वक कहा, "डिग्री का बंधन अभी ही मुझे बांधे हुए है। अब मैं मुक्त होकर लिखना चाहती हूं।"

"बंधन कैसा! एक उपलब्धि ही होगी। जो लिखना हो, लिख।"

दामिनी कुछ देर चुप रही: इस बात को वह पिताजी को नहीं समझा सकती। बात को टालते हुए बोली, "अब जैसे एक उपन्यास पर लिखा है। छपवाने की नहीं सोच सकती क्योंकि थीसिस जमा करने से पूर्व उसका

प्रकाशन होना मना है। थीसिस जमा करने के बाद नौकरी पाने का प्रयत्न करूंगी, ताकि कुछ पैसे जमा करके, प्रकाशन की ओर बढ़ सकूं।"

पिताजी विचलित हुए, "हमें तुमसे अपने लिए कुछ नहीं चाहिए दामिनी। किंतु अपने विवाह के लिए तुम्हें कुछ तो करना होगा। साक्षी को उसके लिए कह दिया है। थोड़ा-बहुत हम लगा सकते हैं, किंतु पूरा का पूरा कैसे लगाएं।"

दामिनी ने कुछ नहीं कहा। किंतु वह जानती है, यदि उसके पास अपना पैसा नहीं होगा, तो वह निश्चिंत होकर अपना काम नहीं कर सकती। उसने कंप्यूटर के दो सौ पृष्ठ केवल 'अभ्युदय' पर लिखे। जितने छोटे अक्षरों में उसने कार्य किया है, पूरा शोध-प्रबंध उसमें समा जाए। प्रिंटर की सुविधा उपलब्ध नहीं थी, किंतु उसके पास पैसा था। दो-दो प्रतियां उसकी निकलवाई। निर्देशक को दिखाने हेतु काम में अलग ढंग से संशोधन कर पृष्ठ निकलवाए। यदि अपने पास पैसे न होते, तो प्रतिबंध लग जाता कि पहले थीसिस पूरा करे! इस डेढ़ वर्ष में जिस प्रकार नौकरी के लिए उस पर इतना दबाव रहा है, धन के अभाव में इतना मुक्त होकर वह कार्य नहीं कर सकती थी। प्रत्येक व्यक्ति उसके जीवन की योजना अपने ढंग से बनाता है।

चाची आई थीं तो पूछा था उन्होंने, उसका मन नहीं करता कि बाहर आए-जाए, अच्छे-अच्छे वस्त्र बनवाए, घूमे-फिरे। साक्षी के प्रयास उसे प्रेरणा नहीं देते? दामिनी उन्हें नहीं समझा सकती। उसका मन तो अपना काम करने से खिलता है। नौकरी इसलिए करे कि अच्छे परिधान खरीद सके और नियमित रूप से उन्हें पहनने के अवसर खोजती फिरे। कितनी चिंता है मां-पिताजी को उसकी, दामिनी का क्या होगा!... यह उनकी चिंता का कैसा रूप है, जो उसकी अपनी इच्छा को सांस लेने का भी अवकाश नहीं देता। अपना कर्म तो उसने विरोध की स्थिति में भी किया। जिस कर्म के लिए नौकरी छोड़ी थी, उस योग्य स्वयं को बना लिया। अब थीसिस जमा करने के पश्चात नौकरी पाने की दृष्टि से भी सोचेगी।

पिताजी ने जाना, वह जून तक थीसिस पूरा करने की सोच रही है। बात उनकी इच्छा के अनुकूल हो गई, तो वे कंप्यूटर ठीक कराने की सोच रहे हैं... हाथ से लिखने की गति कम होने पर कहीं उसका काम लंबा न खिंच जाए। साक्षी ने कंप्यूटर को सूची में सबसे नीचे डाल रखा है। कंप्यूटर उसके नाम से आया है अतः उस विषय में निर्णय लेने का अधिकार भी उसी का है। ऐसा नहीं कि दामिनी इस घर में आ रही सुख-सुविधा नहीं भोग रही। जीवन-स्तर को उन्नत करने का प्रयत्न किया जा रहा है। किंतु न तो जीवन का भोग दामिनी की प्राथमिकता है, न उसके कर्म की सुविधा इसमें है। इन सबका लोभ उसे नहीं है। परिवार संपन्नता से खुश है और दामिनी सबका आह्लाद देखकर सुखी है। अपनी असुविधा को दामिनी ने ईश्वरीय इच्छा मान लिया है। अपने कर्म के स्वरूप के प्रति उसे समर्थन और सहयोग नहीं मिला तो उसकी दृढ़ता ने कैसे उसके सम्मुख स्पष्ट कर दिया कि आत्मविश्वास ही मनुष्य की शक्ति, उसका सहारा है।

लोग समय की अनुकूलता को सुख कहते हैं, दामिनी को तो प्रतिकूल कुछ लगता ही नहीं। हर परिस्थिति, हर कर्म उसे मनुष्य के विकास के निमित्त निर्धारित लगता है। स्वयं को उस समय उसने कितना खाली अनुभव किया था, जब अपने कर्म के समर्थन में किसी को भी अपने साथ नहीं पाया था। परिस्थितियां उसे जटिल लगीं और उसके अकेलेपन का जिम्मेदार उसे ही माना गया। साथ पाने की अपेक्षा उसे तोड़ रही थी किंतु इसी टूटन ने उसे बोध कराया, अपना सफर तो मनुष्य को अकेले ही तय करना है। किसी से कोई अपेक्षा नहीं रही, तो तनाव भी नहीं रहा। किसी के प्रति शिकायत भी नहीं रही। वह परेशान इसलिए हुई क्योंकि उन स्थितियों को ईश्वर की योजना का अंग नहीं मान पाई। अब तो उसे लगता है, कर्म भी मनुष्य नहीं करता। जब उसने 'अभ्युदय' पर शोध करने का मन बनाया...

कार्य रुकता। पुस्तकालय जाती। जिस पुस्तक को हाथ लगाती, वही उसके काम को आगे बढ़ाने का माध्यम बन जाती, मानो ईश्वर ही उसे इस राह पर धकेल रहे हों। एक ओर पिताजी का दबाव उस पर बढ़ता जा

रहा था, दूसरी ओर इतनी सहजता से उसे अपने काम के साधन मिल रहे थे कि आत्मविश्वास डिग नहीं रहा था। पुस्तक से सहायता नहीं मिलती, कार्य थम जाता, उसी दौरान डॉ. नरेन्द्र का कोई भाषण हो जाता। सारी बातें स्पष्ट हो जातीं। राम का चरित्र लिखना आरंभ किया, उसी दौरान 'तोड़ो, कारा तोड़ो' का तीसरा भाग 'परिव्राजक' छपकर आ गया। अध्यात्म का स्वरूप ज्यों-ज्यों समझ आता गया, राम उतने ही अधिक स्पष्ट होते चले गए। सब कुछ स्वयं ही नियोजित होता चला गया। कंप्यूटर के यू.पी.एस. की बैटरी खराब हो जाने पर भयभीत हो उठी थी वह... सीधे कंप्यूटर पर ही लिख रही है, कहीं सब कुछ नष्ट न हो जाए। साक्षी ने वहां फोन किया, जहां से कंप्यूटर खरीदा था। वहां से हुई बातचीत के आधार पर उसे बताया कि बैटरी खराब होने से कंप्यूटर प्रभावित नहीं होता, काम कर ले। शोध पूरा हुआ। उस सामग्री को निकलवा लिया और अगले ही दिन कंप्यूटर फुंक गया, मानो वह काम पूरा हो जाने की प्रतीक्षा में बैठा था।

चमत्कारों को आधार बनाकर वह नहीं चलती; किंतु हर घटना उसे यह आभास कराती चलती है कि कर्म का स्वरूप, कर्तव्य का निर्धारण तो ईश्वर ही करते हैं। किसकी क्षमताओं का उपयोग किस प्रकार करना है, यह वे जानते हैं। जब सृष्टि की प्रक्रिया ईश्वर द्वारा संचालित हो रही है, तो पिताजी को किसी भी प्रकार का आश्वासन वह कैसे दे सकती है।

जाने जीवन किस दिशा में ले जाना चाह रहा है।

नौकरी छोड़ने के बाद से अब डेढ़ वर्ष होने जा रहे हैं। अपनी कथा के आठ सौ पृष्ठ लिखे हैं। रामकथा से संबद्ध रचनाएं पढ़कर विश्लेषण किया है। कुछ समय टूटने-बिखरने और संभलने में लगाया है। पता नहीं अब आगे ईश्वर की क्या इच्छा है।

जब पिताजी ने कहा, संपर्क से नौकरी पाने का प्रयत्न करे तो कितने बवंडर उसके मन में एक साथ उठ खड़े हुए...

एक कॉलेज में वह डॉ. नरेन्द्र का भाषण सुनने गई थी: हॉल के बाहर खड़ी अध्यापिका परिचय के बाद लड़कियों को भीतर प्रवेश दे रही थीं।

"आप इस विद्यालय की हैं?"द्वार पर ही उन्होंने उसे रोक लिया।

"नहीं।" वह बोली, "मैं डॉ. नरेन्द्र को सुनना चाहती हूं।...वे आ चुके हैं क्या?"

उन्होंने परीक्षक दृष्टि से उसे देखा, "हां।" कहती हुई वे मुस्कराईं, "मिलना है?"

"वे हॉल में आ चुके हैं?"सहज रूप से पूछ लिया उसने।

"नहीं। अभी तो प्रिंसिपल कक्ष में हैं।" जाने उनके अधरों पर मधुर मुस्कान छाई थी अथवा व्यंग्यमय स्वागत, "जल्दी मिलना हो तो वहां जा सकती हो।" अंगुली से उन्होंने प्रिंसिपल कक्ष की ओर संकेत किया।

"नहीं। मैं तो उन्हें सुनने आई हूं। उन पर शोध कर रही हूं।" वह आगे बढ़ गई।

एक दिन अभि ने कहा था, "चलो, अच्छा है, सर का भाषण सुनने के बहाने कितने ही लोगों से तुम मिल लेती हो। जोड़-तोड़ तो करते भी रहना चाहिए।"

दामिनी स्वयं को अपमानित सा अनुभव करती रही।

"मेरे मन में ऐसी बातें नहीं आ पातीं।" अपने उद्वेग से उबरकर निर्विकार भाव से दामिनी ने कहा, "मांगना मेरी प्रवृत्ति में है ही नहीं। मुझे यह सब बहुत क्षुद्र लगता है।"

"इसमें क्षुद्रता क्या है?"उसने सिर झटका।

दामिनी ने विश्वस्त भाव से उत्तर दिया, "किसी को कुछ देने का माध्यम मनुष्य अवश्य है, किंतु देने वाले तो ईश्वर हैं। जब कुछ मिलना होता है, तब माध्यम स्वयमेव हमारे अनुकूल हो जाता है।"

दामिनी को ऐसी बातें आरोप लगती हैं। सहज रूप से बात करना या आत्मीय भाव होना अलग बात है, किंतु स्वार्थ के लिए संबंध जोड़ने का प्रयत्न करना!... उसे याद आता है... इस वर्ष डॉ. नरेन्द्र सूरीनाम में हुए विश्व हिंदी सम्मेलन में गए थे। लौटकर इस तथाकथित महोत्सव पर उन्होंने बेबाक टिप्पणी की। पत्रिका में छपे उस लेख को पढ़कर उसके मन ने उन्हें बधाई दी थी। वे सत्य कहने का सामर्थ्य रखते थे। सामान्यतः तो पत्र-पत्रिकाओं में लोगों के आत्मप्रशंसात्मक वक्तव्य ही छपे थे। उसके मन में कुछ आशंकाएं भी जागी थीं।

"जिन-जिनके विषय में आपने लिखा है, वे आपसे कुछ कहेंगे नहीं?"

दृढ़ता से उन्होंने कहा था, "कहेंगे क्या! विरोध करेंगे।"

"तो?"

"तो क्या। जो कर सकें, कर लें। हो सका तो किसी समाचार या पत्रिका में लेख जाने से रोक देंगे। पुरस्कारों में से मेरा नाम काट देंगे। समितियों में नहीं आने देंगे। इससे अधिक क्या कर लेंगे।"

इन बातों की उनको कोई चिंता नहीं। उन्हें तो जो लिखना है, लिखेंगे। कहना है, कहेंगे।

उनके उपन्यास के स्वामी विवेकानन्द कहते हैं, "जब संसार ईश्वर का है, नियंत्रण उसका है, निर्णय उसके हैं, तो क्या हम स्वयं को उसके भरोसे छोड़ नहीं सकते!"

स्वयं को ईश्वर-इच्छा पर छोड़कर उसका मन निश्चिंत है।

आह्लाद ने उसके नेत्र सजल कर दिए।

27

डॉ.नवनीत से बात कर दामिनी ने फोन रख दिया।

उद्विग्नता की स्थिति में वह टहलने लगी। जाने क्यों बार-बार ऐसा होता है। जिन चीजों के विषय में वह सोचती नहीं, जिनकी वह इच्छा नहीं करती, वही उसका द्वार खटखटाती रहती हैं।

विद्यालय में वह नौकरी करना नहीं चाहती, इसे कोई उपलब्धि नहीं मानती, तो क्यों उसके लिए उसके मस्तिष्क को तैयार किया जाता है! क्यों उसे यह सब अपनाने के लिए बाध्य होना पड़ता है!...

"तुम्हारे लिए एक बहुत अच्छा प्रस्ताव है दामिनी, इंकार मत करना।" डॉ.नवनीत का स्वर आग्रह लिए हुआ था, "बाल भवन स्कूल के लिए हिंदी अध्यापिका चाहिए।"

"आप कुवैत से लौट आए?"

"हां। और आते ही तुम्हारी चिंता हुई।"

"आपको पता है, मैं मना ही करूंगी। प्रस्ताव रखा ही क्यों?"

"मुझे अपने विद्यालय के लिए तुम जैसी ईमानदार अध्यापिका चाहिए।"

"आपकी दृष्टि में तो बहुत सी अध्यापिकाएं होंगी।" दामिनी तटस्थ थी, "मैं अब विद्यालय में नौकरी करने की इच्छुक नहीं हूं।"

"जब तक कॉलेज में नौकरी नहीं लगती, तब तक तो कर सकती हो।" उनका स्वर भीख मांग रहा था, "अच्छा, जरा अपने पिताजी को बुलाओ।"

"अपने जीवन का निर्णय तो मुझे लेना है।"

"मैं उनसे इस संदर्भ में बात नहीं करूंगा।" वे अपनी बात पर अड़े रहे, "दरअसल, कभी मैं एक लड़के का परिचय देकर गया था, उस विषय में बात करनी है।"

दामिनी ने कुछ नहीं कहा, मौन भाव से फोन पर पिताजी को बुला दिया।

* * * * * *

"लगता नहीं कि दामिनी इस नौकरी को स्वीकार करेगी।" मां ने कहा।

"किंतु अब उसे अपना बोझ स्वयं उठाना चाहिए।" पिताजी बोले, "कॉलेज में कहीं नियुक्त होना उतना आसान नहीं रह गया है। कहां किसको रखना है, सब पहले से निर्धारित होता है। लेनदेन कहां नहीं है।"

"डॉ.नवनीत का नाम सुनते ही भड़क उठती है।"

"किसी को नहीं मालूम, मनपसंद नौकरी कब मिलेगी।"

"डॉ.नवनीत के प्रस्ताव के पीछे उनकी अपनी कोई आकांक्षा होगी।... अभी आग्रह कर रहे हैं। बाद में अधिकार जताएंगे। अपनी इच्छाओं की पूर्ति का...!"

"विपरीत परिस्थितियों का सामना करना आना चाहिए। जीवन में सदा कोई रक्षक तो उपलब्ध नहीं होता।" पिताजी ने बलपूर्वक कहा, "डॉ.नवनीत संसार में एक ही तो नहीं हैं। इस बात की गारंटी कौन देगा कि जिस किसी कालेज में उसे नौकरी मिलेगी, वहां कोई डॉ.नवनीत नहीं होगा। वह कहीं भी रहे, ऐसे व्यक्ति तो बार-बार जीवन में आएंगे। इनका मुकाबला दृढ़ता से करना हमारी बेटी को आना चाहिए।"

"उसका विवाह!..."

"पिछली बार उसकी नौकरी लगने पर हम ढीले पड़ गए थे। किंतु अब ऐसा नहीं होगा। नियुक्ति-पत्र मिलते ही उसका मैटरीमोनियल ऐड निकाल देंगे।"

मां निश्चिंत हो गई।

* * * * * *

दामिनी सब कुछ देख और सुन रही थी। डॉ.नवनीत, पिताजी और मां - तीनों का एक मोर्चा बन गया था। तीनों ही अपनी मनमानी करने पर तुले हुए थे। किस-किस से लड़ेगी वह?

"मैं स्कूली नौकरी के लिए नहीं हूं मां। वहां पढ़ाने का अर्थ है बच्चों को डांटना और उनके माता-पिता की डांट सुनना।" दामिनी ने कहा, "न मैं डांट सकती हूं, न डांट खा सकती हूं।"

"तुम्हारे पास कोई संदेश आया है कि जल्दी ही तुम्हें कॉलेज में नौकरी मिल जाओगी?"

वह हतप्रभ रह गई।...

"आती हुई लक्ष्मी को हर बार ठुकरा देती हो और भाग्य की बात करती हो।" मां का स्वर कितना भी सहज रहा हो, किंतु उनका रोष दामिनी से छिप नहीं सका, "कैसे कह सकती हो कि यह स्कूली नौकरी तुम्हारे लिए उपलब्धि नहीं, या... यह तुम्हारे भाग्य में निर्धारित नहीं?"

दामिनी चकित सी मां को देखती रह गई... आज मां बहुत तार्किक हो गई थीं।

"स्कूल के व्यस्त जीवन में पिसकर मेरा अपना पढ़ना-लिखना, सोचना-समझना सब कुछ रुक जाता है।" वह बोली, "फिर यह मेरे लिए उपलब्धि कैसे हुई!"

"अन्य लोग भी तो नौकरी और पढ़ाई साथ-साथ करते हैं।"

"हां। इस उम्र में पहुंचकर लोगों के लिए नौकरी, पढ़ाई से अधिक महत्वपूर्ण हो उठती है। वे नौकरी का पल्लू थाम लेते हैं। फिर या तो पढ़ाई छूट जाती है या फिर वे नौकरी से बेईमानी करते हैं।" दामिनी बहुत कुछ कहना चाह रही थी, किंतु आवेश था कि उसका गला घोंट रहा था, "मुझ से कामचोरी नहीं होती। बिना समर्पण और निष्ठा के सब व्यर्थ है - पढ़ाई हो, नौकरी हो, चाहे रसोई का काम ही हो।"

"घर बैठकर कितना ही पढ़-लिख रही होओ, लोगों के लिए इसका कोई महत्व नहीं है। काम धंधे की दृष्टि से तुम 'बेकार' ही मानी जाती हो - बेरोज़गार।"

दामिनी मुस्कराई, "मैंने तो कभी स्वयं को समाज के गज से नहीं नापा।"

"समाज में रह रही हो, तो उसके गज को भी मानना ही पड़ेगा।"

"जानती हूं, जीवन को अपने ढंग से जीने के लिए मेरा नौकरी करना बहुत आवश्यक है।"

"प्राप्य सही समय पर प्राप्त न हो, तो उसकी क्या सार्थकता है?"मां अशांत हो उठीं, "तुम्हारे साथ समस्या यह है कि तुम सदा वही पाना चाहती हो, जो तुम सोचती हो। यदि प्रकृति ने तुम्हारे लिए कुछ निर्धारित किया है, तो तुम्हें बताकर देगी क्या? जो तुम्हारे सामने आया है, उसे ईश्वर की इच्छा मानकर क्यों नहीं स्वीकारतीं?"

दामिनी विचलित हुई, "विद्यालय की राजनीति! और उसका व्यवसाय! लेनदेन! नहीं होगा मुझसे यह सब। पिछले विद्यालय में मैंने कितना कष्ट पाया था।"

मां कुछ क्षणों तक शांत रहीं। उसकी मनःस्थिति को जैसे समझा। सस्नेह उसकी ओर देखा, "यह समस्या तो तुम्हें तब भी आती, जब तुम कहीं और लगतीं। तुम संसार से परिचित नहीं थीं, किसी प्रकार का कोई अनुभव नहीं था। सीधे कॉलेज से निकलकर आईं थीं, मन सरल निश्छल था। किंतु तुमने देखा," वे मुसकराईं, "इन सबने तुम्हें कितना प्रौढ़ बना दिया है। अब तुम जहां भी जाओगी, सहजता से टिक ही नहीं जाओगी, तुम्हें बहुत सम्मान भी मिलेगा।"

"मेरे पास कुछ पैसे हैं।" दामिनी बोली, "मैं अपनी मनपसंद नौकरी की प्रतीक्षा कर सकती हूं।"

मां की मुसकान विलीन हो गई। पीड़ा चेहरे पर उभर आई, "जैसे तुम्हारे कुछ कर्तव्य हैं, वैसे ही हमारे भी कुछ दायित्व हैं। तुम अपने विवाह को ईश्वर पर छोड़ सकती हो, किंतु हमें तो कुछ करना ही है। यदि तुम्हारे पिता में घरेलू लड़की का विवाह करने का सामर्थ्य नहीं है, तो तुम नौकरी करो। जो मिले वह करो। और कुछ नहीं मिलता तो डॉ.नवनीत जो कह रहे हैं, वही करो।"

दामिनी ने मां के स्वर में निर्णय की गंभीरता को पहचाना। किंतु मां कहां जानती हैं कि डॉ. नवनीत क्या कह रहे हैं...

"डॉ.नवनीत की नीयत ठीक नहीं है मां! कभी मेरी नौकरी बढ़ाने को इतने आतुर होते हैं और कभी नई नौकरी देने को। उनके मन में अपने तुच्छ स्वार्थ हैं, कामनाएं हैं, वासनाएं हैं। कहीं न कहीं वे इस नौकरी के माध्यम से मेरे साथ-साथ डॉ. नरेन्द्र को भी बांधना चाहते हैं।" उसने मनुहार की, "मलिन साधन से स्वच्छ साध्य नहीं मिलता मां। और..."

पिताजी को आते देख वह मौन हो गई।

पिताजी संभवतः काफी देर से उनकी बातें सुन रहे थे। उनके मुख पर उत्तेजना थी, "आकाश में जो छेद करना है, कर लो।"

अपने रोष में वे कमरे से बाहर निकल गए।

दामिनी व्यथित हो उठी... वह खुलकर मां-पिताजी से बात कर ही नहीं सकी। बता नहीं सकी कि डॉ.नवनीत की सारी रुचि उसके स्त्री-शरीर में है। वे नौकरी देंगे, शरीर मांगेंगे।... और दामिनी देह-व्यापार नहीं कर सकती। कैसे बताए वह यह सब अपने माता पिता को? बता देती तो शायद वे उसे विवश नहीं करते... पर इतनी घिनौनी बात...।

"जीवन तुम्हारा है, निर्णय तुम्हें लेना है।" मां ने अब तक स्वयं को साध लिया था, "जो भी निर्णय लो, सोच-विचार लेना।"

उत्तेजित अवस्था में गए पिताजी लौट आए। उन्होंने अपने क्रोध को नियंत्रित कर लिया था। वे समझाने की मुद्रा में थे, "देखो दामिनी! पढ़ाई तो तुम्हारी अब लगभग समाप्त हो ही गई है। अनूप को देखो,, विवाह भी हो गया, नौकरी भी पिछले तीन वर्ष से कर रहा है और... डॉ.नवनीत बता रहे थे, पीएच. डी. का थीसिस पूरा करके जमा करने वाला है..."

आश्चर्य से दामिनी उन्हें देखती रह गई... अब वे अनूप जैसे व्यक्ति से उसकी तुलना करेंगे! वह उसे बता रहा था कि वह पिछले वर्ष ही थीसिस जमाकर चुका है।

"चलो, उस बात को छोड़ो।" उसकी उपेक्षा को वे अनदेखा कर गए, "बाहर आते-जाते रहने से व्यक्ति कुछ सीखता ही है।"

दामिनी के मौन ने पिताजी को निश्चिंत कर दिया; किंतु दामिनी का मन असहमत ही रहा।

स्थिति स्पष्ट थी... नौकरी स्वीकारी तो डॉ.नवनीत से पिंड नहीं छूटेगा। वे फिर चिपकने का प्रयत्न करेंगे। किंतु यह मोर्चा तो मां तथा पिताजी का भी है... उनसे कैसे लड़े?...

आज एक नौकरी के लिए, किसी के आगे-पीछे घूमे, कल प्रकाशन की तृष्णा में मलिन लोगों से संपर्क बनाए, परसों पदोन्नति हेतु ग़लीज़ लोगों के चरण छुए, उसके पश्चात पुरस्कार प्राप्त करने की आकांक्षा में किसी लंपट-लोभी व्यक्ति की कठपुतली बने। यह चक्र कभी रुक सकेगा!... कैसे बचेगी वह संसार के डॉ. नवनीतों से? कहां कहां डॉ. नरेन्द्र उसे बचाने आएंगे।...

डॉ. नरेन्द्र का नंबर मिलाती दामिनी की अंगुलियां अनायास थम गईं...

वह आज तक क्यों समझ नहीं पाई कि डॉ. नवनीत कोई व्यक्ति नहीं है - एक प्रवृत्ति है। अनूप भी एक प्रवृत्ति है। संसार की तमोन्मुखी रजोगुणी प्रवृत्तियां।... डॉ. नरेन्द्र भी तो एक प्रवृत्ति ही हैं -- सतोगुणी प्रवृत्ति। डॉ. नरेन्द्र ने उसे जो संस्कार दिए हैं, वह उस प्रवृत्ति का बीजारोपण ही तो है। उनकी वह प्रवृत्ति ही तो उसमें भी प्रविष्ट हो गई है। उनका तेज उसकी आत्मा में घुलकर उसके साथ जैसे एकाकार हो गया है। आज तक कौन लड़ रहा था इन कुप्रवृत्तियों से? वह लड़ रही थी? नहीं! वे ही तो उसके भीतर से लड़ रहे थे। लड़ रहे हैं - कार्य कर रहे हैं...

गुरु के प्रति उसका मन कृतज्ञता और श्रद्धा से भर उठा। उचित-अनुचित न्याय-अन्याय, पाप-पुण्य के विवेक की दीक्षा गुरु ने न दी होती, तो!... वह घबराती क्यों है? व्यूह, चक्रव्यूह ही क्यों न हो। उसे लड़ना होगा। वह लड़ लेगी। संघर्ष के बिना कुछ नहीं होता। श्रीकृष्ण जिसे कर्म कहते हैं, वह संघर्ष ही तो है। अर्जुन को भी उन्होंने गांडीव उठाने को ही कहा था। उसे भी गांडीव उठाना होगा। सामने पितामह हों या द्रोण। उसे संघर्ष करना होगा। संसार, डॉ. नरेन्द्र और डॉ. नवनीत का संघर्ष ही तो है। सदा से रहा है। आज नया क्या हो गया है?...

उसने अपनी आत्मा को इतना प्रफुल्लित कभी नहीं पाया था।

•••

हिन्द पॉकेट बुक्स और फुल सर्कल आत्म-विकास, धर्म, अध्यात्म, स्वास्थ्य आदि आन्तरिक और बाहरी जीवन से सम्बन्धित विषयों पर पुस्तकें प्रकाशित करते हैं। हमारा मुख्य उद्देश्य एक स्वस्थ और शान्तिपूर्ण विश्व की संरचना में अपनी भूमिका को सकारात्मक ढंग से निभाना है। पुस्तकें अनमोल होती हैं और इनका कोई सानी भी नहीं होता।

हिन्द पॉकेट बुक्स / फ़ुल सर्कल

जे-40, जोरबाग़ लेन, नई दिल्ली-110003

फ़ोन : +011-24620063, 24621011 फ़ैक्स : 24645795

e-mail: sales@hindpocketbooks.in

contact@fullcirclebooks.in

website: www.hindpocketbooks.in

सेल्स ऑफिस

ई-14, सेक्टर नं. 11, नोएडा - 201301

फ़ोन : 0120-4162707, 4163707, 9015664264

ई-मेल : sales@hindpocketbooks.in